두 도시 이야기

A Tale of Two Cities
Charles Dickens
1859

ⓒ 2014 by KPI Publishing Group
이 책의 저작권은 저작권법에 의해 한국 내에서 보호를 받는 저작물이므로
무단 전재와 무단 복제를 금합니다.

두 도시 이야기

찰스 디킨스 | 서가원 옮김

책읽는수요일

차례

1부 되살아나다

1장. 시대	… 11
2장. 역마차	… 16
3장. 밤의 그림자	… 27
4장. 준비	… 36
5장. 술집	… 58
6장. 구두장이	… 79

2부 금색 실

1장. 5년 후	… 103
2장. 구경거리	… 115
3장. 실망	… 128

4장. 축하 인사	··· 153
5장. 자칼	··· 167
6장. 수백 명의 사람들	··· 179
7장. 도시의 후작 나리	··· 202
8장. 시골의 후작 나리	··· 219
9장. 고르곤의 머리	··· 230
10장. 두 가지 약속	··· 252
11장. 이상적인 배우자	··· 268
12장. 예리한 남자	··· 276
13장. 전혀 예리하지 않은 남자	··· 290
14장. 정직한 장사꾼	··· 300
15장. 뜨개질	··· 319

16장. 계속되는 뜨개질	··· 340
17장. 어느 달밤	··· 362
18장. 아흐레	··· 372
19장. 진단	··· 385
20장. 간청	··· 399
21장. 메아리치는 발자국 소리	··· 407
22장. 여전히 거센 바다	··· 429
23장. 불길은 타오르고	··· 440
24장. 자석 바위에 끌리다	··· 453

3부 폭풍을 쫓아

| 1장. 독방으로 | ··· 477 |
| 2장. 회전 숫돌 | ··· 498 |

3장. 그림자	⋯511
4장. 폭풍 속의 고요	⋯521
5장. 나무꾼	⋯531
6장. 승리	⋯544
7장. 문 두드리는 소리	⋯557
8장. 비장의 카드	⋯567
9장. 시작된 도박	⋯593
10장. 그림자의 실체	⋯618
11장. 황혼	⋯646
12장. 어둠	⋯655
13장. 쉰두 명	⋯673
14장. 뜨개질이 끝나다	⋯696
15장. 영원히 사라진 발자국 소리	⋯719

1부
·
되살아나다

1장

시대

최고의 시대이면서 최악의 시대였다.

현명한 시기이면서 어리석은 시기였다.

믿음이 뿌리내린 시간이면서 불신이 만연한 시간이었다.

광명의 시절이면서 암흑의 시절이었다.

희망을 품은 봄이면서 절망에 눌린 겨울이었다.

우리 앞에는 모든 것이 펼쳐져 있으면서 아무것도 없었고, 우리는 천국으로 직행하고 있으면서도 곧장 지옥으로도 향하고 있었다. 결국 그 시대는 지금과 무척 비슷해서, 당시를 잘 안다고 목청을 높이는 전문가들은, 선과 악처럼 극단적인 대조를 통해서만 시대를 이해할 수 있다고 주장했다.

영국은 턱이 큰 왕과 못생긴 왕비가 다스렸고, 프랑스 역시 턱이 큰 왕과 아름다운 왕비가 다스렸다.* 식량을 관장하는 두 나라의 귀족들은 풍족한 상황이 그대로 유지될 것이고, 그 무엇도 변하지 않을 거라고 굳게 믿었다.

때는 서기 1775년이었다. 이 풍요로운 시절에도 영국인들은 지금만큼이나 영적 계시를 믿었다. 사우스콧 부인**이 축복을 받으며 스물다섯 번째 생일을 맞이할 즈음, 예언 능력을 지녔다고 주장하는 영국군 사병 하나가 나타나, 런던과 웨스트민스터의 몰락을 예견하며 그녀의 웅장한 출현을 예고했다. 코크 거리의 유령이 물건을 톡톡 두드림으로써 예언을 남긴 지 꼬박 12년이 되는 해였다. 작년에 유령들이 나타나 (초자연적 존재로서는 독창성이 떨어지게도) 역시 두드리는 소리로 예언을 전한 것처럼 말이다. 미국 식민지에서 활동하는 영국 의회가 최근 영국 왕실과 국민에게 보낸 전갈은 항간의 정세를 전달하는 소식에 불과했지만, 이상하게도 지금까지 코크 거리에 출몰한 애송이들이 주장한 어떤 영적 계시보다 훨씬 인류에게 중요한 것으로 밝혀졌다.

---

* 영국의 조지 3세와 샬럿 소피아, 프랑스의 루이 16세와 마리 앙투아네트를 의미한다.
** 조애나 사우스콧(Joanna Southcott), 많은 예언을 남긴 실존 인물이다.

방패와 삼지창을 들고 있는 이웃 나라에 비해 영적인 문제에 대체로 관심이 적었던 프랑스는 지폐를 마구 찍어내 낭비하면서 정신없이 내리막으로 치달았다. 그뿐 아니라 프랑스 정부는 기독교 성직자들의 비호 아래, 비 오는 날 사제들의 추잡한 행렬을 50여 미터 밖에서 보고도 무릎을 꿇어 존경을 표하지 않았다는 이유로 한 젊은이의 두 손을 자르고 집게로 혀를 뽑고 산 채로 불태워 죽이는 형벌을 내리는 등 자비롭기 짝이 없는 만행을 저질렀다. 그 젊은이가 고통을 겪으며 죽음을 맞을 때, 노르웨이와 프랑스의 숲에서는 운명이라는 산지기가 미리 점지해둔 나무들이 뿌리를 뻗으며 자라고 있었다. 이 나무들은 베이고 잘려, 역사에 길이 남을 끔찍한 물건, 마대와 칼이 달리고 아래위로 움직이는 형틀을 만드는 데 들어갈 널빤지가 될 터였다. 한편 파리 인근에서 척박한 땅을 일구며 살아가는 사람들의 허름한 헛간에서는 죽음이라는 농부가 마련한 조야한 수레가 비바람을 피하고 있었다. 돼지가 쿵쿵거리며 코를 들이박고 닭이 둥지를 튼 진흙투성이 수레는, 혁명이 일어나면 사형수를 실어 나르는 데 쓰일 터였다. 운명이라는 산지기와 죽음이라는 농부가 쉬지 않고 일했지만, 워낙 소리 없이 움직이는 바람에 누구도 낌새를 알아채지 못했다. 운명과 죽음이 깨어나 돌아다닌다고 의심하는 것조차 신을 부정하고 나라에 반역하는 행위였기 때문이다.

　한편 영국도 국가로서 번듯하게 자랑할 만한 법과 질서를 갖추지 못한 상태였다. 수도 런던에서조차 매일 밤 무기를 지닌 도둑들이 활개를 쳤고 대로에서는 강도들이 설쳤다. 잠시라도 집을 비우려면 반드시 창고업자에게 살림살이를 맡겨야 안전하다는 경고가 파다하게 퍼져 있었다. 낮에는 장사를 하던 작자들이 어두워지면 노상강도로 돌변했다가 동료 상인이 알아보고 달려들면 '우두머리'라는 역할에 걸맞게 서슴지 않고 머리에 총을 쏘고는 달아났다. 한번은 강도 일곱 명이 지나가던 역마차를 불러 세워 약탈하는 사건이 일어났다. 차장이 셋을 쏘아 죽였지만 '총알이 빗나가는 바람에' 이내 다른 강도 넷의 총에 맞아 숨을 거두고 말았고, 강도들은 아무런 저항도 받지 않고 역마차를 강탈했다. 어떤 노상강도는 턴햄 그린 공원에서 막대한 권세가인 런던 시장 나리를 꼼짝 못하게 세워놓고 주머니를 탈탈 털어, 수행원들이 지켜보는 앞에서 그 저명한 분의 명예를 더럽혔다. 런던 감옥의 죄수들이 간수들과 치고받으며 싸우자, 지엄한 법은 총알을 가득 장전한 나팔총을 죄수들에게 겨누고 마구 쏘아댔다. 도둑들은 궁전의 응접실에 쳐들어가 고귀한 귀족들의 목에서 다이아몬드 십자가를 낚아챘다. 밀수된 금을 찾기 위해 병사들이 총을 들고 성 자일스 지역으로 쳐들어가자 악당들은 일제히 총을 쏘아댔고, 병사들이 맞대응하면서 총격이 오갔지만 이 일을 유별난 사건으로 여기는 사람은 아무도 없었다. 이 와중에 아무 짝에도 쓸모없지만 늘 바빴던 사형집행인은 여느 때보다 바쁘게 쉴 새 없이 불려 다녔다. 자, 길게 늘어서 있는 잡범들의 목을 매달게. 화요일에 붙잡은 강도는 토요일에 교수형에 처하게나. 뉴게이트 감옥에 투옥된 죄수 열두 명의 손에 인두로 낙인을 찍고, 웨스트민스터 홀의 문에 붙은 대자보도 태워야 하네. 오늘은 극악무도한 살인자를 처형하고, 내일은 농부의 아들에게서 6펜스를 빼앗은 가련한 좀도둑을 죽여버리게나.

이러한 일들이, 이와 비슷한 무수한 일들이, 그 중요한 1775년 무렵에 일어났다. 운명이라는 산지기와 죽음이라는 농부가 쥐도 새도 모르게 일을 꾸미는 동안, 두 나라를 다스리는 턱이 큰 두 왕과 못생긴 왕비, 아름다운 왕비는 그 고결한 손으로 신이 부여한 권리를 계속 휘둘렀다. 1775년은 이렇게 두 나라의 왕과 왕비 부부와 이 이야기에 등장하는 인물들을 포함한 수많은 평범한 사람들을 그들 앞에 펼쳐질 운명으로 인도했다.

2장

역마차

 11월이 끝나갈 무렵 금요일 밤, 이 이야기와 관계있는 첫 번째 등장인물 앞에 도버 길이 펼쳐져 있다. 슈터스 언덕을 느릿느릿 오르고 있는 도버 행 역마차 앞에도 도버 길이 놓여 있다. 첫 번째 등장인물도 다른 승객들처럼 역마차 옆에 서서 진창을 밟으며 언덕을 오르는 중이었다. 걷는 것이 조금도 즐겁지 않았지만 어쩔 수 없었다. 무거운 마구를 짊어진 채 마차를 끌면서 질퍽거리는 진창길을 꾸역꾸역 올라가던 말들이 벌써 세 번이나 멈춰 선 데다, 한 번은 반항하면서 마차의 방향을 틀어 블랙히스로 끌고 가려 했기 때문이다. 마부와 차장은 짐승에게도 이성이 있다는 주장에 강하게 찬성하지 않는 한 짐승이 멋대로 굴도록 내버려두지 말라는 병법에 따라 고삐와 채찍을 들었고, 이내 말들은 복종하며 주어진 의무를 다했다.

머리를 떨군 채 꼬리를 떠는 말들은, 커다란 관절이 조각조각 떨어져나가기라도 한 듯 이따금씩 몸부림치거나 비틀거리면서 질펀한 진흙을 짓이기며 한 걸음씩 앞으로 나아갔다. 마부가 "워, 워." 하고 소리 질러 말들을 멈춰 세워서 쉬게 할 때마다 대장 말은 언덕 위까지 마차를 끌고 갈 수 없다고 반항하듯 유별나게 단호한 몸짓으로 머리를 격렬하게 흔들어댔다. 대장 말이 이렇게 난리를 칠 때면 우리의 승객은 심약해서인지 깜짝 놀라며 불안에 떨었다.

골짜기에서 증기처럼 피어오른 안개는 헛되이 쉴 곳을 찾는 악령처럼 서성이면서 황량한 언덕 위를 헤맸다. 축축하고 차디찬 안개는 생기 잃은 바다에서 파도가 잔물결을 일으키듯 천천히 피어오르며 몰려와 다른 안개를 뒤덮었다. 안개가 너무도 짙어서 마차에 달려 있는 등불로는 안개의 움직임과 고작 몇 미터 앞의 길만 내다보였고, 힘겨운 노동에 시달리고 있는 말들이 계속 콧김을 내뿜는 바람에 안개가 전부 거기서 피어나는 것만 같았다.

우리의 승객 말고도 승객 두 명이 마차 옆을 터벅터벅 걸

어 언덕을 오르고 있었다. 세 사람은 모두 눈만 내놓은 채 귀까지 얼굴을 칭칭 감쌌고 무릎까지 올라오는 장화를 신었다. 겉으로 보아서는 다른 승객들이 어떻게 생겼는지 전혀 알 수 없었다. 모두 몸의 눈과 마음의 눈을 최대한 싸매서 다른 승객에게 자신을 숨겼기 때문이다. 그 시절에는 길에서 누구를 만나더라도 강도나 강도 패거리일 수 있으므로 짧은 시간에는 좀처럼 속내를 드러내지 않았다. 여관이나 선술집에 가면 그곳 주인에서부터 가장 천하고 평범한 마구간 지기까지 '두목'과 한통속일 수 있으므로 그렇게 하는 편이 가장 안전했다. 1775년 11월 어느 금요일 밤, 차장은 슈터스 언덕을 느릿느릿 올라가는 역마차 뒤편의 자기 자리에 앉아, 앞에 놓인 무기 상자를 한 손으로 잡고 한 눈으로 계속 감시하면서 다리를 떨며 생각에 잠겨 있었다. 무기 상자의 맨 밑에는 단검이, 그 위에는 장전한 대형 권총 예닐곱 자루가, 맨 위에는 장전한 나팔총이 들어 있었다.

도버 행 역마차 안은 언제나 그렇듯 화기애애하기 그지없는 분위기여서, 차장은 승객을 의심하고 승객은 차장과 다른 승객을 의심하며 서로 아무도 믿지 않았다. 마부는 성서에 손이라도 얹고, 이 여행에는 말이 적합하지 않다고 망설임 없이 장담할 수도 있었지만, 그나마 그 어떤 존재보다 말이 가장 믿을 만했다.

"워, 워, 이랴!" 마부가 소리를 질렀다. "한 발짝만 더 가면 꼭대기다. 여기까지 끌고 오는 데 이렇게 힘이 들어서야. 빌어먹을! 조!"

"왜 그러나?" 차장이 대답했다.

"조, 지금 몇 시쯤 되었나?"

"열한 시 십 분일세."

"제기랄!" 짜증 난 마부가 외쳤다. "아직 슈터스 언덕도 못 올라갔는데. 쯧쯧! 이랴! 서둘러."

채찍질을 당하고서야 드센 대장 말이 반항을 멈추고 언덕을 기어오르기 시작하자 나머지 세 마리 말도 그 뒤를 따랐다. 도버 행 역마차가 한 번 더 힘겹게 움직였고, 긴 장화를 신은 승객들도 옆에서 남은 힘을 쥐어짰다. 승객들은 마차 가까이 붙어 걸었고 마차가 멈추면 함께 멈춰 섰다. 세 승객 중 한 사람이라도 호기를 부려 안개와 어둠을 뚫고 좀 더 걸어가자고 했다면 그 즉시 노상강도 취급을 받아 총알받이가 되었을 것이다.

말이 마지막으로 용을 쓰자 마차가 언덕 꼭대기에 이르렀다. 말들이 제자리에 서서 숨을 고르는 동안, 차장은 마차에서 내려 바퀴가 미끄러지지 않게 고정시키고 승객을 태우기 위해 마차 문을 열었다.

"이봐, 조!" 마부가 마부석에서 앞을 내려다보며 다급하게 외쳤다.

"톰, 무슨 일이야?"

마부와 차장이 귀를 기울였다.

"조, 말 한 마리가 빠른 걸음으로 오고 있는 것 같아."

"톰, 내가 듣기에는 걸어온다기보다 빨리 달려오고 있는 것 같은데." 차장은 이렇게 대꾸하고는 문을 그대로 열어놓은 채 마차 뒤에 있는 자기 자리로 날렵하게 몸을 날렸다. "신사양반들! 왕명이니 얼른 마차에 타시오!"

차장은 다급하게 경고하고는 나팔총을 들어 발사할 준비를 했다.

앞으로 계속 이 이야기에 등장할 우리의 승객은 마차에 타려고 디딤대에 발을 올려놓았고, 그 뒤에 바싹 붙어 있던 다른 두 승객도 마차에 오르려던 참이었다. 우리의 승객은 한 발로 디딤대를 밟고 반대편 발은 마차에 들여놓았고, 두 승객은 아직 땅을 디딘 채였다. 세 승객은 마부와 차장을 교대로 쳐다보며 귀를 기울였다. 마부가 돌아보고 차장도 뒤를 돌아보자 고집 센 대장 말까지 두 사람을 따라 귀를 쫑긋 세우고 뒤를 돌아보았다.

꾸역꾸역 움직이며 덜컹거리던 마차가 소리를 멈추자 밤의 정적이 한층 더 깊어졌다. 말들이 힘들어서 숨을 헐떡거리자 마차도 덩달아 불안하게 흔들렸다. 승객들의 심장이 밖에서 들릴 정도로 쿵쾅거렸다. 승객들의 가쁜 숨소리, 숨죽인 겁먹은 얼굴, 무슨 일이 발생할까 봐 걱정되어 점점 빨라지는 심장박동이 잠깐의 정적을 채웠다.

말달리는 소리가 빠르고 강렬하게 언덕 위에 도달했다.

"당장 멈춰." 차장이 큰 소리로 힘껏 외쳤다. "이봐, 거기! 멈춰! 안 그러면 쏘겠다!"

말발굽 소리가 불현듯 멈추더니 진흙탕에 첨벙대며 비틀거리는 소리가 들리면서 한 남자가 안개 속에서 물었다. "거기, 도버 행 역마차인가요?"

"당신이 알 바 아니잖나?" 차장이 되받아치며 물었다. "당신 대체 누구야?"

"도버 행 역마차가 맞나요?"

"용건이 뭐요?"

"승객을 찾고 있습니다."

"누군데?"

"자비스 로리 씨요."

밖에서 오가는 대화를 듣고 있던 우리의 승객이 자신이 로리라고 밝혔다. 차장과 마부 그리고 두 승객은 미심쩍은 눈초리로 로리 씨를 쳐다보았다.

"꼼짝 말고 서 있어." 경비원은 안개 속의 목소리를 향해 외쳤다. "내가 실수로 방아쇠를 당기기라도 하는 날이면 자네는 끝장이거든. 로리라는 이름의 신사는 어디 있소? 저 작자와 직접 이야기하시죠."

"무슨 일인가?" 우리의 승객이 약간 떨리는 목소리로 물었다. "나를 찾는 사람이 누구인가? 제리, 자네인가?"

('제리라는 놈이 맞는다면 목소리가 영 탐탁지 않군. 나는 걸걸한 목소리는 딱 질색이야.' 차장이 속으로 중얼거렸다.)

"그렇습니다, 로리 씨."

"무슨 일인가?"

"저쪽 T사에서 로리 씨에게 급히 전갈을 보냈습니다."

"차장, 내가 아는 사람이오." 로리 씨가 마차에서 내리자 뒤에 있던 예의 바르기 그지없는 두 승객이 냉큼 길을 비켜주고는 즉시 마차에 올라 문을 닫고 창문을 올려버렸다. "가까이 오게 해도 되겠군. 괜찮겠어."

"그러면 다행이겠지만 도통 믿을 수가 없잖아." 차장이 퉁명스럽게 투덜댔다. "이봐, 당신!"

"여기! 나 말이오?" 제리가 아까보다 더 걸걸한 목소리로 대답했다.

"천천히 이쪽으로 오게! 내 말 들리나? 말안장에 있는 권총집은 건드리지 않는 게 신상에 좋을걸. 까딱하면 내가 일을 저지를 테니. 어서 얼굴을 내밀어보게."

말을 탄 사내가 몸을 휘감는 뿌연 안개를 뚫고 서서히 모습을 드러내면서 우리의 승객이 서 있는 마차 옆으로 다가왔다. 사내는 몸을 굽힌 채 차장을 한 번 쳐다보고는 여러 번 접힌 편지를 우리의 승객에게 건넸다. 사내와 갈색 말은 머리부터 발끝까지 온통 흙 범벅이었다.

"차장!" 우리의 승객이 차분하고 은밀한 목소리로 말했다.

오른손으로 나팔총의 개머리판을 잡고 왼손으로는 총신을 쥔 자세로 경계하던 차장이 말을 탄 사내를 뚫어져라 쳐다보며 퉁명스럽게 대답했다. "예, 손님."

"염려할 것 없소. 나는 텔슨 은행에서 일해요. 런던에 있는 텔슨 은행 말입니다. 그리고 지금 파리로 출장을 가는 길이요. 술값으로 은화를 줄 테니 이 편지를 읽게 해주겠소?"

"빨리 읽기만 한다면야."

그는 마차 옆에 매달린 등불 아래에서 편지를 펴고 처음에는 눈으로만 읽다가 이내 소리를 높였다. "'도버에서 아가씨를 기다리시오.' 이것 보시오 차장, 사연이 짧으니 금세 읽었잖소. 제리, 가서 전하게. 내 대답은 '되살아났다'일세."

말에 타고 있던 제리는 놀라서 움찔하며 걸걸한 목소리로 말했다. "희한한 대답이네요."

"그렇게 전하면 그쪽에서도 내가 연락을 받았다고 생각할 걸세. 글로 쓴 것이나 마찬가지 대답이니 잘 듣고 조심해서 돌아가게. 잘 가게."

승객은 이렇게 말하고는 문을 열고 마차에 올랐다. 다른 두 승객은 그를 도와주기는커녕 자신들의 시계와 지갑을 재빨리 장화 속에 감추고는 잠이 든 척하고 있었다. 하지만 쓸데없는 짓을 하다가 위험에 빠지는 사태를 피하려는 것일 뿐 다른 의도는 없었다.

내리막길이 시작되자 마차는 더욱 짙은 안개에 휘감기며 다시 덜커덕덜커덕 움직이기 시작했다. 차장은 나팔총을 무기 상자에 넣으면서 안에 들어 있는 무기들과 허리춤에 찬 여벌 권총을 확인했다. 대장 공구 몇 가지와 토치램프 두어 개, 부싯깃 통을 넣어둔 의자 밑의 작은 상자도 살펴보았다. 차장이 완벽하게 준비해둔 덕택에, 가끔 폭풍이 불어 마차의 램프가 꺼져도 마차 안에서 부싯돌과 강철 조각으로 불똥을 만들어서 지푸라기에 옮겨 붙여 (운이 따르면) 오 분 만에 안전하고도 손쉽게 불을 붙일 수 있었다.

"톰!" 마차 지붕 너머로 조용히 부르는 소리가 들렸다.
"왜 그러나, 조."
"자네도 편지 내용을 들었지?"
"들었지."
"무슨 뜻인지 알겠나, 톰?"
"통 모르겠네."
"자네도 마찬가지군. 나도 무슨 소리인지 도통 모르겠어." 차장이 중얼거렸다.

안개와 어둠 속에 혼자 남겨진 제리는 잠시 말에서 내려 기진맥진한 말을 쉬게 하면서 얼굴에 묻은 진흙을 닦아내고 모자챙에 고인, 족히 2리터는 됨 직한 물기도 털어냈다. 그러고는 흙탕물에 흠뻑 젖은 팔에 말고삐를 감아쥐고 서서 마차 바퀴 소리가 사라지고 밤의 고요함이 찾아들 때까지 기다렸다가 언덕을 내려갔다.

쪽지를 받아 든 쉰 목소리의 사내는 자신이 타고 온 암말을 힐끗 보며 "늙은 다리로 템플 바에서부터 달려왔으니 평지가 나올 때까지는 네 다리를 믿을 수가 없겠구나."라고 말했다. "'되살아났다'라니, 희한하기 짝이 없는 대답이군. 제리, 너한테는 조금도 이로울 게 없을 거야! 죽은 사람들이 되살아나는 게 유행이 되면 먹고살기 힘들어질테니!"

3장

밤의 그림자

    인간은 누구나 남에게 말할 수 없는 비밀을 간직한 불가사의한 존재라고 생각하면 놀라울 뿐이다. 한밤중에 큰 도시로 들어서면 이러한 생각에 깊이 빠져들기 마련이다. 어둠에 휩싸여 다닥다닥 붙어 있는 집들은 저마다 비밀을 간직하고, 방방마다 비밀을 감추고, 그 안에 고동치는 수십만 개의 심장도 가장 가까운 사람에게까지 비밀을 숨기며 살아간다. 무시무시한 일, 심지어 죽음조차도 그렇다. 죽음이 찾아오면 그동안 아끼던 삶이라는 책의 책장을 넘길 수도 없고 제때 모두 읽겠다는 헛된 희망을 품을 수도 없다. 찰나의 빛이 들어 감추어진 보석과 다른 값진 것들을 어렴풋이 보여주었던 삶의 깊디 깊은 바닷속을 더 이상 들여다볼 수 없다. 고작 한 쪽을 읽었을 뿐인데 책은 순식간에 영원히 닫히고 만다. 수면 위로 빛이 드리우면 바다는 영원히 얼어붙고 나는 영문을 모른 채 바닷가에 서 있을 것이다. 친구도 이웃도, 내가 목숨을 다해 사랑한 연인도 모두 죽는다. 죽음은 모두가 삶의 마지막 순간까지 가슴에 간직하고 있는 비밀을 영원한 수수께끼로 남긴다. 내가 지나치는 이 도시의 묘지에 잠든 자 한 명의 은밀한 속내가, 살아 바삐 움직이는 많은 사람보다 더욱 큰 수수께끼가 아닐까? 아니면 그들에게는 오히려 내가 수수께끼일까?

비밀은 물려받는 것이 아니라 자연스럽게 타고나는 것이라서, 말을 타고 와서 쪽지를 전한 사내에게도, 왕이나 재상이나 런던의 제일가는 부호와 마찬가지로 비밀이 있었다. 덜컹대며 느리게 움직이는 낡은 역마차의 좁은 실내에 틀어박혀 있는 세 명의 승객도 마찬가지였다. 말 여섯 마리 혹은 육십 마리가 끄는 자기 소유 마차에 홀로 들어앉아 있는 듯 각자 비밀에 싸여 있어 한 나라의 너비만큼이나 옆 승객이 멀게 느껴졌다.

심부름꾼은 여유롭게 말을 몰며 돌아오는 길에 여러 차례 선술집에 들러 목을 축였지만 두 눈을 가릴 만큼 모자를 푹 눌러써서 누구와도 말을 트지 않겠다는 의도를 분명하게 드러냈다. 이러한 의도에 잘 어울리는 두 눈동자는 겉이 짙으면서 그 색이나 형태를 알아보기 힘들게 깊었고, 두 눈동자가 너무 멀면 따로 비밀을 드러내기라도 할까 봐 우려해서인지 미간이 아주 좁았다. 제리의 두 눈동자는, 침 뱉는 그릇처럼 생긴 낡은 삼각모 아래로부터 턱까지 올라오도록 목을 휘감고도 거의 무릎까지 닿을 만큼 기다란 목도리 사이에서 험악하게 빛났다. 술집에서 그는 오른손으로 술잔을 들 때만 왼손으로 목도리를 내렸다가 금세 다시 올렸다.

"제리, 아니야. 아니라고!" 제리는 말을 모는 동안 같은 말을 몇 번이고 되뇌었다. "너랑은 아무 상관 없는 일이야, 제리. 너는 순수하게 심부름을 할 뿐이야. 끼어들 일이 아니라고! 되살아났다니! 정신 차려, 술김에 한 말일 거야!"

제리는 아무리 생각해도 로리 씨의 대답이 황당해서 몇 번이나 모자를 벗고 머리를 긁적였다. 대머리나 다름없는 정수리 아래로는 결이 뻣뻣한 헝클어진 검은 머리카락이 삐죽삐죽 자라서 넓고 뭉툭한 코허리까지 내려왔다. 그러다 보니 머리카락이라기보다는 벽에 단단하게 박힌 못 같아서 대장장이의 솜씨처럼 보였고, 등 짚고 뛰어넘기를 세상에서 가장 잘하는 사람조차도 너무 위험해서 오르기를 거부할 것만 같았다.

그가 템플 바 옆에 있는 텔슨 은행까지 말을 몰고 가서 문 앞 경비실에 있는 야간경비원에게 로리 씨의 대답을 전하면, 경비원은 은행의 윗선에 보고할 것이다. 은행으로 향하는 길에 밤 그림자가 마치 로리 씨의 답장처럼 되살아나는 것 같았고, 그를 태운 암말도 내면의 두려움에서 피어오르는 어두운 형태를 보았다. 암말은 내면에 두려운 대상이 많아서인지 어두운 그림자를 볼 때마다 뒷걸음질 쳤다.

그 시각, 역마차는 비밀을 간직한, 속내를 알 수 없는 세 승객을 싣고서 흔들거리고 덜컹대고 달가닥거리며 지루한 길을 느릿느릿 움직였다. 종잡을 수 없는 상념에 빠져 졸고 있는 승객들에게도 밤 그림자가 모습을 나타냈다.

텔슨 은행의 업무는 역마차 안에서 계속되었다. 로리 씨는 옆 사람에게 부딪치거나 몸이 옆으로 쏠리지 않도록 가죽 끈에 팔을 걸고 앉았다. 눈을 반쯤 감은 채 마차가 덜컹거릴 때마다 고개를 좌우로 흔들면서 역마차의 작은 창문과 그 창으로 희미하게 비치는 마차 등불, 맞은편에 앉은 승객의 커다란 짐 보따리가 은행 장면으로 바뀌어 분주하게 돌아가는 꿈을 꾸었다. 마구가 덜컹대는 소리가 동전끼리 부딪치는 소리로 들리면서 오 분 만에 해외와 국내 지점을 통틀어 텔슨 은행이 지급하는 물량보다 세 배나 많은 어음을 지급했다. 다음에는 그가 익히 알고 있는(그는 꽤 많은 것을 알고 있다), 귀금속과 기밀문서가 보관되어 있는 텔슨 은행 지하의 귀중품 보관실 문이 활짝 열린 채로 눈앞에 나타났다. 그는 큰 열쇠와 불빛이 흐릿한 양초를 손에 들고 보관 물품 사이를 다니면서 보관실이 지난번과 다름없이 안전하고 든든한지, 귀중품이 온전하게 보관되어 있는지 확인했다.

그는 마차 안에 머물러 있었고 머릿속에는 은행에 대한 생각이 떠나지 않았는데도 (아편을 맞아도 흐릿한 통증이 가시지 않아 혼란스러운 것처럼) 밤새도록 사라지지 않고 눈앞에 떠오르는 장면이 있었다. 그는 무덤을 파헤치고 누군가를 꺼내러 가고 있었다.

그의 앞에 수많은 얼굴이 나타났지만, 밤의 그림자에 가려서 매장된 자의 진짜 얼굴을 볼 수 없었다. 모두 사십 대 중반의 남자 얼굴이었지만 얼굴에 드러나는 감정도 달랐고 여위고 지친 모습도 달랐다. 자부심이나 경멸, 대담한 저항, 완고함, 굴욕, 비탄의 표정이 얼굴에 연이어 나타났고 움푹 팬 뺨, 시체 같은 낯빛, 쇠약해진 손과 몸의 모습 등도 제각각이었다. 하지만 얼굴은 주로 하나였고 머리카락은 때 이르게 하얗게 세어 있었다. 꾸벅꾸벅 졸던 승객은 이 유령에게 수백 번이나 물었다.

"얼마나 오래 묻혀 있었습니까?"

돌아오는 대답은 항상 같았다. "거의 18년이요."

"밖으로 나올 수 있으리라는 희망을 버리셨군요."

"오래전에 버렸지요."

"다시 살아났다는 걸 아십니까?"

"그들이 내게 그렇게 말하더군요."

"다시 살아나고 싶으신가요?"

"글쎄요."

"따님을 데려올까요? 아니면 직접 가시겠습니까?"

이 질문에 대한 대답은 여럿이었고 서로 모순되었다. "기다려주시오! 그 애를 너무 일찍 보면 나는 죽고 말 겁니다." 하며 낙담하기도 했고, 빗물처럼 눈물을 주르륵 흘리며 "그 애가 있는 곳으로 나를 데려다 주세요."라고 말할 때도 있었다. 당황한 표정으로 빤히 쳐다보며 "따님이라니? 무슨 소린지 도통 모르겠네요."라고 말하기도 했다.

이렇게 가상의 대화를 하고 나서 우리의 승객은 이 비참한 피조물을 꺼내기 위해 삽과 큼직한 열쇠, 또 맨손으로 땅을 파고 또 팠다. 마침내 얼굴과 머리카락이 흙 범벅이 된 그를 끌어내자 그는 갑자기 먼지가 되어 사라졌다. 그러면 승객은 퍼뜩 정신을 차리고 창문을 내려 진짜 안개와 비로 뺨을 적셨다.

안개와 빗물, 등불에서 흘러나온 흔들리는 불빛 한 자락, 빠르게 지나가는 길가 울타리를 바라보고 있자니 마치 밖의 그림자가 마차 안의 그림자로 들어와 섞였다. 템플 바 옆에 있는 실제 은행 건물, 실제로 전날 처리한 은행 업무, 실제 귀중품 보관실, 실제 그가 받은 특급 편지, 실제로 그가 보낸 답장 등은 모두 제자리에 있었다. 그러자 다시 유령 같은 얼굴이 떠올랐고 승객은 다시 말을 걸었다.

"얼마나 오래 묻혀 있었습니까?"

"거의 18년이요."

"다시 살아나고 싶으신가요?"

"글쎄요."

파고 또 파고, 동승한 두 승객 중 한 사람이 이제 그만 창문을 올리라고 나무라는 몸짓을 할 때까지 그는 무덤을 파헤쳤다. 가죽 끈에 안전하게 팔을 걸고 있는 우리의 승객은 잠에 취한 두 승객의 모습을 보며 이런저런 추측을 하다가 이내 정신을 놓고 은행과 무덤으로 다시 빨려 들어갔다.

"얼마나 오래 묻혀 있었습니까?"

"거의 18년이요."

"밖으로 나올 수 있으리라는 희망을 버리셨군요."

"오래전에 버렸지요."

날이 밝았고 밤의 그림자들이 사라졌다는 사실을 깨닫고 나서도, 지친 승객의 귓가에는 유령과 실제로 대화를 나누기라도 했던 것처럼 그 목소리가 여전히 생생하게 맴돌았다.

그는 창문을 내리고 떠오르는 태양을 바라보았다. 쟁기로 갈아놓은 들판이 시야에 들어왔고, 지난밤 말들이 멍에를 벗어놓은 자리에 쟁기가 그대로 뒹굴었다. 그 너머로는 고요한 잡목 숲이 뻗어 있고, 나무는 불타는 듯 빨갛게 물든 잎과 금빛으로 노랗게 물든 잎을 달고 있었다. 대지는 차갑게 젖어 있었지만 하늘은 맑았고, 평온한 해는 눈부시고 아름답게 반짝였다.

"18년이라니!" 승객은 해를 바라보며 말했다. "오, 자비로운 주여! 18년이나 생매장을 당하다니!"

4장

준비

 정오가 되기 전에 역마차가 도버에 무사히 도착하자 로열 조지 호텔의 수석 지배인이 관습대로 마차 문을 열어주었다. 겨울에 마차로 런던을 출발해서 도착하는 것은 위험한 여정이었으므로 이를 마친 모험심 강한 여행객을 축하하는 의식이었다.

 승객 두 명은 이미 각자의 목적지에서 내렸으므로 호텔에 도착해서 축하를 받은 모험심 강한 여행객은 한 사람뿐이었다. 축축하고 지저분한 짚이 깔려 있는 마차 안은 곰팡이가 피어 냄새가 고약한 데다가 어두컴컴하기까지 해서 흡사 커다란 개집 같았다. 부스스한 털외투를 걸치고 테가 축 처진 모자를 눌러쓰고, 다리에는 흙을 묻힌 채 짚 더미에서 빠져나오는 로리 씨 또한 덩치 큰 개처럼 보였다.

"내일 칼레로 가는 정기 우편선이 있소?"

"예, 손님. 날씨가 좋고 바람이 잔잔하면요. 물때는 오후 두 시쯤이 아주 좋습죠. 객실로 모실까요?"

"밤까지 잠을 자지는 않겠지만 객실은 필요하오. 그리고 이발도 해야겠고."

"그럼 아침 식사는 어떻게 하시겠습니까? 예, 알겠습니다, 손님. 이쪽으로 모시겠습니다. 여보게, 손님을 콩코드실로 모시게! 이분 가방과 뜨거운 물을 콩코드실로 가져가게. 객실에 가면 손님 장화를 벗겨드리고. (그 방엔 고급 석탄 벽난로가 있습니다, 손님.) 그리고 이발사를 콩코드실로 데려오게. 서두르게! 손님, 이제 객실로 가시죠."

콩코드실은 역마차를 이용하는 여행객에게 배정되는데 이들은 늘 머리부터 발끝까지 칭칭 감고 있어 들어갈 때 모습은 같아도 나올 때는 모습이 제각각이므로 로열 조지 호텔에서도 가장 묘하고 흥미진진한 방이었다. 그러한 연유로 종업원들과 짐꾼 두 명, 청소를 담당하는 하녀 몇 명에 호텔 여주인까지 콩코드실과 커피숍 사이를 우연인 척 어슬렁거렸고, 이때 큰 사각형 커프스를 찬 육십 대 신사가 호주머니에 넓은 덮개가 달리고 매우 낡았지만 손질을 잘한 갈색 정장을 격식에 맞춰 입고 아침 식사를 하러 지나갔다.

그날 아침 커피숍의 손님은 갈색 정장을 입은 그 신사뿐이었다. 그는 벽난로 옆에 차려진 아침 식탁에 앉아 난롯불을 쬐면서 음식이 나오기를 기다렸는데, 꼼짝도 하지 않고 있어서 마치 초상화의 모델이라도 하고 있는 것만 같았다.

양 무릎에 손을 하나씩 올려놓은 자세는 매우 단정하고 절도 있어 보였다. 활활 타오르는 모닥불의 변덕과 무상을 위엄과 지속성으로 겨루기나 하듯, 축 처진 조끼 안에서 시계가 큰 소리로 당당하게 째깍거렸다. 그는 질 좋은 갈색 스타킹을 맵시 있게 신은 자신의 멋진 다리에 자부심을 느끼고 있었고, 비록 평범하기는 했지만 신발과 버클도 잘 손질되어 있었다. 머리에는 결이 매끈하고 구불구불한, 작고 야릇한 금발 가발을 바짝 붙여 썼다. 머리카락으로 만든 것일 텐데 오히려 비단이나 유리섬유로 짠 것처럼 보였다. 리넨 셔츠는 스타킹과 어울리지 않게 그다지 고급은 아니었지만, 근처 해변에서 부서지는 파도처럼, 먼 바다 여기저기에 흩어져 떠 있으면서 햇빛을 받아 반짝이는 돛처럼 새하얬다. 늘 감정을 숨기고 있는 침착한 얼굴이 촉촉하게 빛나는 두 눈 덕택에 야릇한 가발 밑에서 환하게 빛났다. 텔슨 은행 직원이라는 신분에 어울리게끔 차분하고 절제된 표정을 짓느라 여러 해 고생했을 눈동자였다. 뺨에는 건강한 혈색이 돌았고, 주름이 지기는 했지만 얼굴은 근심 걱정이 없어 보였다. 그처럼 고객에게 신뢰받는 독신 은행원들은 아마도 다른 사람의 일을 처리하느라 바쁘겠지만, 타인의 고민거리여서인지 얻어 입은 헌옷처럼 입고 벗기가 간단해 보였다.

초상화 모델처럼 앉아 있던 로리 씨는 이내 잠이 들었다. 아침 식사가 나올 때에야 잠이 깨서는 테이블에 바싹 다가앉으며 호텔 종업원에게 말했다.

"오늘 중으로 젊은 숙녀가 올 테니 방을 준비해주시오. 그녀가 도착해 자비스 로리를 찾거나 텔슨 은행에서 온 직원이 있냐고 물으면 내게 알려주시오."

"알겠습니다, 손님. 런던에 있는 텔슨 은행 말씀이시죠?"

"그렇소."

"잘 알겠습니다. 영광스럽게도 그곳 은행에서 일하는 신사분들이 런던과 파리를 오가며 저희 호텔에 자주 묵습니다. 은행에서 출장이 잦은 모양입니다."

"그렇겠지. 영국뿐 아니라 프랑스 지사도 꽤 크니까."

"그렇군요. 그런데 손님은 출장을 많이 다니지 않으시나 봅니다."

"지난 몇 년 동안은 출장을 다닐 일이 별로 없었소. 우리, 아니 내가 프랑스에 다녀온 지 15년이나 되었으니 말이오."

"정말입니까? 15년 전이면 제가 이 호텔에서 근무하기도 전이네요. 심지어 우리 사장님이 이 호텔을 인수하기도 전입니다. 그때는 조지 호텔이 다른 사람의 소유였거든요."

"아마도 그랬을 거요."

"손님, 하지만 텔슨 은행 같은 곳은 15년 전은 물론 50년 전에도 당연히 번창했었겠죠?"

"그보다 세 배는 더 거슬러 올라가 150년 전부터 그랬다 해도 지나친 말은 아니지."

"대단하네요, 손님!"

종업원은 눈과 입을 크게 벌리고 테이블에서 한 발 뒤로 물러선 뒤에 오른팔에 들고 있던 냅킨을 왼쪽으로 옮겨 편안한 자세를 취하고는, 손님이 식사하는 모습을 전망대나 관망탑에 서 있는 사람처럼 지켜보았다. 이는 기억나지 않을 만큼 먼 옛날부터 종업원들이 해온 일이었다.

아침 식사를 끝낸 로리 씨는 해변으로 산책을 나갔다. 길이 좁고 구불구불한 데다 해변에서 떨어져 숨어 있는 도버 마을은 바다에 사는 타조처럼 흰 절벽에 머리를 처박고 있는 모양새였다. 해안은 파도가 쓸고 온 잡동사니와 돌무더기가 여

기저기 흩어진 사막 같았다. 바다는 마음 내키는 대로 움직였고 그 모양새는 영락없는 파괴 행위였다. 바다는 마을을 덮치거나 해안가를 휩쓸기도 하면서 미친 듯이 해안을 깎아버렸다. 마을 주택가 곳곳에서 생선 비린내가 진동해서 환자가 바다에 몸을 담그러 오듯 병든 생선이 공기에 몸을 담그러 오지 않았나 고개를 갸우뚱할 정도였다. 항구에 낚시꾼은 별로 없었지만 밤에 바다를 바라보며 해변을 산책하는 사람은 여럿 있었다. 바닷물이 넘실거리며 차오르는 만조에는 더욱 그랬다. 장사라고 할 만한 것은 전혀 하지 않는 별 볼일 없는 장사꾼이 벼락부자가 되거나, 밤에 전등을 켜는 이웃을 참고 넘기는 법이 없는 그런 곳이었다.

날이 기울어 오후가 되자 프랑스 해안이 간혹 보일 정도로 맑았던 대기에 수증기와 안개가 차올랐고 로리의 마음에도 구름이 밀려왔다. 날이 어두워져 아침 식사 때처럼 커피숍 난로 앞에 앉아 저녁 식사를 기다리는 동안, 머릿속으로는 새빨갛게 불타는 석탄을 허겁지겁 계속 파내고 있었다.

식사 후에 마신 맛 좋은 포도주는 석탄을 파내는 상상을 멈추게 했을 뿐 다른 해는 없었다. 로리는 한동안 느긋하게 앉아 여유로운 시간을 보냈다. 술 한 병을 비웠을 즈음에는 나이 지긋한 신사의 얼굴에 혈색이 돌았다. 흡족한 표정으로 마지막 남은 포도주를 술잔에 막 따랐을 때, 마차가 덜컹거리며 비좁은 길을 지나 안마당으로 들어왔다.

그는 포도주 잔을 입에 대지 않고 내려놓으며 말했다. "아가씨가 도착했나 보군!"

얼마 지나지 않아 종업원이 들어와 마네트 양이 런던에서 도착했고 텔슨 은행에서 온 직원을 찾는다고 알렸다.

"이렇게나 빨리?"

마네트 양은 오는 길에 간식을 먹어서 식사 생각이 없다면서 텔슨 은행에서 온 신사만 괜찮다면 곧장 만나고 싶다고 했다.

신사는 하는 수 없다는 듯 무덤덤하게 술잔을 비우고는 야릇한 금색 가발을 귀까지 눌러쓰고 종업원을 따라 마네트 양이 머무는 객실로 갔다. 크고 어두운 방에는 장례식에나 어울릴 법한 검은 말갈기 장식이 달린 가구와 무겁고 어두운 색 탁자가 놓여 있었다. 가구에 기름칠을 어찌나 많이 했던지 방 한가운데 탁자에 놓인 기다란 촛불 두 개가 가구 표면에 음울하게 비쳤다. 검은 마호가니의 무덤 속에 촛불이 깊이 묻혀 있어 그것을 파내야 비로소 불빛을 얻을 수 있을 것만 같았다.

로리는 방이 너무나 어두워서 걸음을 옮기기 어려웠으므로 오래된 터키산 카펫을 조심스럽게 밟으며 순간적으로 마네트 양이 다른 방에 있는 건 아닐까 하고 생각했다. 기다란 촛불 두 개가 있는 곳을 지나고 나서야, 촛불과 난로 사이에 놓인 탁자 옆에 많아야 열일곱 살 정도로 보이는 승마복 차림의 숙녀가 여행용 밀짚모자의 리본을 손에 쥐고 서 있는 모습이 보였다. 로리의 시선이 작고 가냘픈 예쁜 모습, 탐스러운 금발을 늘어뜨리고 호기심 어린 눈빛으로 자신을 바라보는 푸른 두 눈동자, 젊고 매끄러운 이마에 머물렀다. 그녀는 이마를 찡그려 당혹, 경이, 불안, 총명이라는 네 가지 감정을 한꺼번에 나타내는 독특한 능력이 있었다. 마네트 양을 바라보고 있자니 갑자기 그녀와 너무나 닮은 얼굴이 눈앞에 선명하게 떠올랐다. 우박이 퍼붓고 파도가 높게 일렁이던 어느 추운 날 자신의 팔에 안겨 해협을 건넜던 아이의 얼굴이었다. 하지만 그 얼굴은 그녀 뒤에 있는 낡고 커다란 거울에 서린 입김처럼 곧 사라졌다. 그 거울의 틀에는 머리가 떨어져나가기도 하고 몸의 여기저기가 깨진 흑인 큐피드들이 검은 피부의 여신들에게 소돔의 과일을 담은 검은 바구니를 바치러 행렬을 지어 가는 장면이 새겨져 있었다. 이윽고 로리는 마네트 양에게 정중히 인사했다.

"여기 앉으세요, 선생님." 매우 낭랑하고 앳된 목소리였다. 어색한 억양이 약간 섞여 있었지만 거의 티가 나지 않았다.

"아가씨의 손에 입을 맞추겠습니다."라고 말하며 로리가 조금 구식으로 예의를 차리고는 정중히 목례를 하고 자리에 앉았다.

"은행에서 보낸 편지를 어제 받았습니다, 선생님. 제게 어떤 정보, 아니 새로 밝혀진 사실을 알려주시려 한다는……."

"단어에 너무 신경 쓰지 마세요, 아가씨. 어떤 단어를 쓰든 괜찮습니다."

"오래전에 돌아가셔서 한 번도 뵌 적이 없는 가련한 아버지의 많지 않은 유산에 관한 편지였어요."

로리는 의자에서 몸을 움직여 흑인 큐피드의 행렬을 바라보며 난감한 표정을 지었다. 마치 큐피드들이 들고 가는 우스꽝스러운 바구니 안에 도움이 될 만한 무언가가 있는 것처럼 말이다!

"편지에는 제가 파리에 가야 한다고 쓰여 있었고, 파리에 도착하면 그 일을 처리하러 온 직원을 만나보라고 했어요."

"그 직원이 바로 접니다."

"그러리라 짐작했어요."

루시는 자신보다 나이가 많고 더 지혜로운 로리를 존경한다는 표시로 무릎을 굽히며 인사했다. (당시 젊은 아가씨들은 무릎을 굽히며 인사했다.) 로리도 고개 숙여 응답했다.

"선생님, 그래서 제가 은행에 답장을 보냈습니다. 사정을 알고 제게 조언을 해줄 만큼 친절한 분들이 그래야 한다고 생각한다면 기꺼이 프랑스로 가겠다고요. 그런데 저는 고아라서 함께 가줄 가족도 없고 친구도 없어서 믿을 만한 신사분이 제 여행에 동행해주시면 감사하겠다고 말했어요. 그 신사분이 이미 런던을 떠났기 때문에 은행에서 사람을 보내 저를 이곳에서 기다려달라고 부탁했나 봅니다."

"제가 이 일을 맡게 되어 기뻤습니다. 일을 다 끝마치고 나면 더욱 기쁘겠지요." 로리가 말했다.

"선생님, 정말 고맙습니다. 이 은혜를 어떻게 갚아야 할지 모르겠어요. 은행에서는 선생님께서 제게 이 일에 관해 자세히 말해주신다고 했어요. 깜짝 놀랄 수 있으니 마음을 단단히 먹으라고도 했고요. 그래서 마음의 준비를 하기는 했는데 제가 원래 호기심이 많아서 무슨 영문인지 알고 싶어 못 견딜 지경이에요."

"당연히 그러시겠죠. 그것이." 로리가 말했다.

로리는 잠시 뜸을 들이고 나서 귀까지 내려온 뻣뻣한 금발 가발을 눌러쓰며 말을 이었다. "말을 꺼내기가 참 어렵군요."

로리는 쉽게 말을 꺼내지 못하고 머뭇거리며 루시를 흘끗 쳐다보았다. 그 젊은 아가씨는 이마를 들어 올리며 여러 가지 표정을 한꺼번에 지어 보였다. 독특한 데다 예쁘고 매력적인 표정이었다. 그러더니 스쳐가는 환영을 움켜쥐려는 듯 무의식적으로 손을 위로 뻗었다.

"혹시 우리가 예전에 만난 적이 있나요, 선생님?"

"그런 것 같나요?"라고 말하며 로리는 어색한 미소를 지으면서 손을 바깥으로 뻗었다.

작고 여성스러운 루시의 코 위 미간에 몹시 섬세하면서도 아름다운 주름이 잡혔고, 서 있다가 생각에 잠긴 채 의자에 앉자 그 표정은 더욱 깊어졌다. 생각에 잠긴 모습을 잠자코 바라보고 있던 로리는 그녀가 고개를 들자 말을 이었다.

"지금은 영국에 살고 계시니 그곳 아가씨들을 부를 때처럼 마네트 양이라고 부르는 편이 가장 좋겠지요?"

"그게 편하시면 그렇게 부르세요, 선생님."

"마네트 양, 나는 직장에 몸담고 있으므로 맡은 임무를 완수해야 합니다. 내 말을 들을 때는 내가 그저 말하는 기계라고 생각하세요. 정말로 나는 그렇습니다. 괜찮으시다면 우리 은행의 고객이었던 분의 이야기를 들려드리려 합니다."

"이야기를요?"

로리는 마네트 양이 따라 한 단어를 고의로 혼동한 것처럼 황급히 말을 덧붙였다. "네, 우리 고객이요. 우리끼리는 업무

4장. 준비 · 47

로 만나는 사람을 고객이라 부른답니다. 그분은 프랑스 신사로 과학자였어요. 아주 재능이 많은 훌륭한 의사이기도 했죠."

"보베 출신이었나요?"

"네, 그래요. 그분도 마네트 양의 아버지처럼 보베 출신이었고 파리에서 덕망이 높았죠. 나는 영광스럽게도 파리에서 그분과 알고 지냈습니다. 우리는 일 때문에 만났지만 개인적인 이야기도 주고받는 사이였어요. 내가 프랑스 본사에서 일하고 있었을 때니까, 아! 벌써 20년이나 지났네요."

"그때라면……. 실례지만 그때가 언제쯤이죠, 선생님?"

"말씀드렸듯 20년 전입니다, 아가씨. 그분은 한 영국인 숙녀와 결혼했고 내가 그분의 재산을 관리했습니다. 다른 프랑스 신사들이나 프랑스 가정처럼 그분도 모든 재산을 텔슨 은행에 맡기셨거든요. 예전이나 지금이나 나는 수십 명이 넘는 고객들의 재산을 관리하고 있습니다. 물론 고객과는 단순히 업무상의 관계만 맺을 뿐입니다. 고객과 특별한 우정을 맺거나 각별한 이해관계가 있는 것도 아니고 다른 감정을 품지도 않습니다. 그저 여러 고객을 상대하면서 주어진 업무를 처리할 뿐입니다. 거듭 말씀드리지만 고객에게 특별한 감정을 품지 않습니다. 그저 기계처럼 일할 뿐이지요. 그러니까……."

"선생님, 혹시 저희 아버지 이야기가 아닌지요?" 호기심으로 찌푸린 이마가 로리 씨를 뚫어지게 바라보는 것 같았다. "생각해보니 아버지가 돌아가신 지 2년 만에 어머니마저 세상을 떠나시고 고아가 된 저를 영국으로 데려다 주신 분이 바로 선생님이었어요. 틀림없어요."

로리는 신뢰의 표시로 마네트 양이 망설이며 내민 자그마한 손을 잡아 예의를 갖춰 입술을 댔다. 그 후 그녀를 곧바로 의자에 앉힌 다음 왼손으로 의자 뒤쪽을 잡고 오른손으로는 턱을 문지르거나 가발을 귀 쪽으로 당기거나 자기 말을 강조하기도 하면서, 의자에 앉아 자신을 쳐다보는 마네트 양의 얼굴을 내려다보았다.

"그래요, 마네트 양, 그 사람이 바로 나였습니다. 그렇다면 나에 대해 방금 드린 말씀이 사실이라는 것도 아시겠군요. 그 이후로 아가씨를 만난 적이 없는 것처럼 나는 직장에서 만나는 고객과 사무적인 관계를 맺을 뿐 다른 감정을 품지 않습니다. 참, 아니군요. 그 후로 아가씨는 텔슨 은행의 후견을 받았고 나는 은행의 다른 업무를 처리하느라 바빴어요. 감정이라! 너무 바빠서 감정을 느낄 시간도 그럴 기회도 없습니다. 엄청나게 커다란 돈 세는 기계를 작동시키면서 평생을 보냈죠."

자신의 업무에 관해 장황하게 설명을 늘어놓고 나서 로리는 금발 가발을 양손으로 꾹 눌러 매만지고 (사실 반질반질한 가발은 여느 때보다 꼭 맞았으므로 그럴 필요는 없었다) 다시 처음의 정중한 태도로 돌아갔다.

"지금까지 전한 이야기는 (말씀하셨다시피) 아가씨의 불쌍한 아버님 이야기입니다. 그러나 지금부터는 다른 이야기를 하려 합니다. 만약 아가씨의 아버님이 그때 돌아가시지 않았다면……. 놀라지 마세요! 당연히 놀라실 테지만요!"

하지만 마네트 양은 몹시 놀란 나머지 양손으로 로리 씨의 손목을 붙잡았다.

"제발 부탁입니다."라고 로리가 부드러운 목소리로 말하며 의자 뒤를 잡고 있던 왼손을 마네트 양의 손 위에 얹었다. 격렬하게 떨리면서 그를 붙잡고 있는 마네트 양의 손은 무엇인가를 간청하는 듯했다.

"제발 진정하세요. 그냥 사무적인 일일 뿐이라니까요. 내가 말씀드리려던 내용은……."

마네트 양의 표정이 너무 불안해 보이자 로리는 말을 잠시 멈추고 머뭇거리다가 다시 말을 이었다.

"내가 하려던 이야기는 이것입니다. 만약 마네트 양의 아버지가 돌아가신 게 아니라 어느 날 갑자기 자취를 감추었다면요? 누군가 몰래 끌고 갔고 정확히 어디 있는지는 모르지만 그곳이 얼마나 끔찍한지 짐작할 수 있는 곳이라면요? 프랑스에 아버님의 적이 있는데, 그 적이 바다 건너편 나라에 사는 가장 용감한 사람조차 함부로 왈가왈부하지 못할 만한 특권을 휘둘러, 예를 들어 거짓으로 조서를 꾸며 누구든 몇 년이고 감옥에 집어넣을 수 있었다면요? 그분의 부인이 왕과 왕비, 법원, 성직자에게 무엇이라도 좋으니 남편의 소식을 알려달라고 애원해도 소용이 없었다면요? 이 모든 것이 사실이라면 운이 없는 보베 출신의 의사 이야기가 바로 아가씨 아버님의 이야기일 겁니다."

"조금 더 말씀해주세요, 선생님."

"네, 그렇게 하지요. 견딜 수 있겠습니까?"

"지금처럼 불확실하게 알려주시는 것이 오히려 견디기 힘들어요."

"매우 침착하게 말씀하시네요. 아가씨는 참 차분하시군요. 좋아요!"(그렇게 말했지만 말처럼 마음이 놓이는 것 같지는 않았다.) "사무적인 일입니다. 그저 반드시 처리해야 하는 일이라고 생각하세요. 이제 다시 본론으로 돌아가보죠. 그 의사의 아내가 아무리 용감하고 강한 사람이었어도 아기가 태어나기도 전에 이 일로 엄청난 고통에 시달렸다면……."

"그 아기는 딸이었겠죠, 선생님."

"네, 딸이었습니다. 사무적인 일일 뿐이니 너무 괴로워하지 마세요. 만약 그 가련한 부인이 아기가 태어나기도 전에 너무나 괴로운 나머지 그 고통을 불쌍한 아이에게까지 물려주고 싶지 않아서 아버지가 돌아가셨다고 말하기로 결심했다면……. 왜 이러세요? 무릎을 꿇다니요. 대체 아가씨가 어째서 내 앞에서 무릎을 꿇는 겁니까!"

"제발 사실대로 말씀해주세요. 선생님은 선량하고 자비로운 분이시니 진실을 알려주세요!"

"저는 지금 업무를 처리하고 있는 겁니다. 그런데 아가씨가 나를 혼란스럽게 만드는군요. 이러면 내가 어떻게 일을 할 수 있겠습니까? 우리는 마음을 가라앉혀야 합니다. 가령 아가씨가 9펜스의 아홉 배가 얼마인지, 20기니가 몇 실링인지 말해주면 냉정을 찾는 데 도움이 될 겁니다. 아가씨가 진정해야 내 마음이 훨씬 편안해질 것 같군요."

그의 호소를 들으며 앉아 있던 마네트 양은 로리 씨가 다정하게 일으켜 세우자 그의 손목을 잡은 손에 더욱 힘을 주어 상대방을 안심시켰다.

"좋습니다. 그래야죠. 용기를 내야 합니다! 그래야 일을 할 수 있어요! 아가씨에게는 할 일이 있습니다. 그것도 중요한 일이요. 마네트 양, 어머니는 아가씨를 위해 이 길을 선택하셨어요. 남편을 찾으려고 헛되이 노력하다가 두 살 먹은 아가씨를 남겨놓고 세상을 떠나려니 분명히 가슴이 찢어지셨을 테죠. 어머니는 아가씨가 꽃같이 아름답고 행복하게 자라기를 바라셨어요. 아버지가 감옥에 갇혀 있다가 곧 돌아가시지는 않을까, 몸이 쇠약해지시지는 않을까, 마음 졸이며 사느라 딸에게 어두운 그림자가 드리워지는 걸 바라지 않으셨죠."

이렇게 말하며 로리는 마네트 양의 물결치는 금발을 감탄과 동정 어린 심정으로 내려다보면서, 그녀의 머리카락이 이미 희끗하게 세기 시작한 것은 아닌지 상상했다.

"아가씨도 아시겠지만 부모님의 재산이 대단히 많았던 건 아닙니다. 그리고 재산은 모두 어머니와 아가씨 앞으로 되어 있습니다. 새로 찾은 돈이나 땅은 없습니다. 그런데……."

마네트 양이 자신의 손목을 더욱 힘껏 잡자 로리는 하던 말을 멈췄다. 특히 로리의 주의를 끌었던 마네트 양의 이마는 그대로 경직되어 고통과 두려움으로 더욱 깊어졌다.

"그런데 아버님을 찾았습니다. 살아 계세요. 괜찮으시기를 바랍니다만, 아마도 몹시 변하셨을 테고 거의 만신창이가 되셨을지 모릅니다. 하지만 살아 계신 것은 확실합니다. 지금은 파리에 살고 있는 옛 하인의 집으로 거처를 옮기셨고 우리는 그곳으로 갈 예정입니다. 그리고 나는 가능하다면 아버님의 신분을 되찾아드릴 것입니다. 아가씨는 아버님이 삶을 찾고 사랑과 지위를 회복하고 휴식과 안정을 되찾게 해드리세요."

마네트 양의 몸에 흐르는 전율을 로리도 느꼈다. 그녀는 꿈결인 듯 낮지만 또렷하고도 놀란 목소리로 말했다.

"아버지의 유령을 만나러 가는 거겠죠! 분명히 아버지가 아니라 유령일 거예요!"

로리는 자신의 팔을 잡고 있는 마네트 양의 손을 가만히 쓰다듬었다. "자, 자, 진정해요! 차분히 생각해보세요! 지금 아가씨는 가장 좋은 소식과 나쁜 소식을 모두 들었습니다. 이제 애처롭게 고통받은 신사분을 만나러 갈 겁니다. 해로와 육로로 안전하게 여행을 마치면 사랑하는 아버지 곁으로 곧 갈 수 있어요."

마네트 양은 조금 전과 똑같은 말투로 조용히 속삭이듯 말했다. "저는 지금까지 자유로웠고 행복했어요. 아버지의 유령이 나타난 적은 단 한 번도 없었어요!"

"한 가지만 더 말씀드리죠." 로리 씨가 마네트 양의 주의를 끌기 위해 힘주어 말했다. "아버님을 발견했을 때 그분은 다른 이름을 사용하고 계셨습니다. 원래 이름은 오랫동안 잊었거나 감추셨겠죠. 하지만 이제 와서 그 이유를 물어봤자 아무 소용이 없습니다. 아버님이 여러 해 동안 감옥에 갇힌 채 방치되었는지 아니면 누군가 고의적으로 계속 가둬두었는지 밝히려는 시도도 마찬가지고요. 지금으로서는 위험할 수 있으니 어떤 질문도 하지 않는 편이 좋습니다. 이 문제에 대해서는 어디에서든 어떤 방식으로든 언급하지 않는 편이 나아요. 그리고 얼마간 아버님을 프랑스 밖에 모시는 것이 좋겠습니다. 영국인이라서 안전한 나나 프랑스의 신용을 얻고 있는 텔슨 은행조차도 이 문제에 대해서는 일절 언급하기를 피한답니다. 내게는 이 일과 관련된 공식적인 서류가 한 장도 없습니다. 이 일은 전적으로 비밀리에 진행되어야 합니다. 내 자격증, 입국 허가증, 보고서는 하나같이 '되살아났다'라는 한 줄로 처리되고 이 단어에 많은 의미가 담겨 있습니다. 그런데 왜 그러세요? 내 말이 안 들리세요, 마네트 양?"

마네트 양은 로리에게 손을 잡힌 채 완전히 넋이 나가 미동도 하지 않고 의자에 허리를 꼿꼿하게 세우고는 조용히 앉아 있었다. 두 눈을 크게 뜨고 로리 씨를 뚫어져라 쳐다보았고, 그 표정은 마치 이마에 새겨졌거나 낙인찍힌 것처럼 보였다. 그녀가 자신의 팔을 힘주어 잡고 있었으므로 로리는 자신이 팔을 빼면 행여 그녀가 다치지 않을까 걱정되어 몸을 움직이지 않고 큰 소리로 도움을 청했다.

호텔 종업원들보다 먼저 우락부락하게 생긴 여자가 방으로 달려왔다. 로리는 당황한 와중에도 온통 붉은색인 그 여인을 살펴보았다. 머리카락이 붉었고 보기 드물게 몸에 딱 붙는 옷을 입고 있었다. 머리에는 근위 보병 모자 같기도 하고 매우 잘 만든 나무통이나 거대한 스틸턴 치즈 같기도 한 근사한 모자를 쓰고 있었다. 그녀는 방에 들어오자 건장한 손으로 로리의 가슴을 부여잡고 가까운 벽으로 밀쳐서 불쌍한 어린 숙녀를 단박에 떼어냈다.

('분명히 남자일 거야!' 로리는 벽에 부딪치는 바람에 숨이 막히는 와중에도 이런 생각이 들었다.)

"대체 다들 뭐 하는 거야?" 여인이 호텔 종업원들에게 소리 질렀다. "거기 멍하니 서서 쳐다보지만 말고 필요한 걸 가져와야 할 것 아니야! 나를 쳐다보고 있어서 뭘 해, 안 그래? 가서 뭐라도 좀 가져와. 정신을 차리게 하는 스멜링 솔트를 가져오든지. 냉수든 식초든 가져와 빨리. 그러지 않으면 내가 본때를 보여줄 테니……."

아가씨를 정신 차리게 할 물건을 구하기 위해 종업원들이 동분서주하는 동안 여인은 부드러운 손길로 환자를 소파에 눕히고는 아주 능숙하고 상냥하게 보살폈다. 그녀는 "내 보물!"이라든가 "나의 새."라고 부르면서 뿌듯한 표정으로 아가씨의 금발 머리카락을 다정하게 어깨너머로 쓸어 넘겼다.

"당신, 갈색 양복 입은 양반!" 여인은 화난 표정으로 로리 씨를 돌아보며 말했다. "아가씨가 기절할 만큼 충격을 주면서까지 할 말을 해야 했나요? 이 예쁜 아가씨의 얼굴이 창백해지고 손까지 차가워졌잖아요. 그러고도 은행가라고 할 수 있어요?"

로리는 난감한 질문을 받고 당황한 나머지, 멀찍이 떨어져서 연민과 미안함을 느끼며 아가씨를 바라보는 수밖에 없었다. 억센 여인은, 정확히 그렇다고 말하지는 않았지만 계속 한자리에 서서 바라보기만 한다면 "본때를 보여주겠다."고 은근하게 협박해서 종업원들을 내쫓은 후에 일사불란하게 아가씨를 보살피면서 축 늘어진 머리를 자신의 어깨에 올려놓고 어루만져주었다.

"아가씨가 정신을 차리셔야 할 텐데요." 로리가 말했다.

"갈색 양복 입은 당신은 신경 끄시오. 우리 예쁜 아가씨!"

다시 연민과 미안한 감정에 휩싸인 로리는 잠시 뜸을 들였다가 말했다. "부인께서 프랑스까지 마네트 양과 동행해주시면 어떨까요?"

"당치도 않아요!" 억센 여인이 대답했다. "만약 내가 바다를 건너야 할 팔자였다면, 신이 나를 섬나라에 살게 했겠어요?"

또다시 대답하기 힘든 질문을 받은 로리는 뒤로 물러서서 그 문제에 대해 곰곰이 생각했다.

5장

술집

 커다란 포도주 통이 길가에 떨어져 박살이 났다. 사건은 수레에서 통을 끌어내리다가 벌어졌다. 데굴데굴 구르다가 가장자리가 터진 포도주 통은 호두 껍데기 부서지듯 산산조각 나서 술집 문밖의 돌바닥에 나뒹굴었다.

 주변에서 일하거나 게으름을 피우고 있던 사람들이 길에 쏟아진 포도주를 마시려고 너나할 것 없이 달려왔다. 다가오는 모든 생물을 불구로 만들 것처럼 여기저기 튀어나온 거칠고 울퉁불퉁한 거리의 돌들이 제방이 되어 작은 포도주 웅덩이를 만들었다. 웅덩이 크기에 따라 그 주위에는 사람들로 북적였다. 무릎을 꿇고 두 손을 국자처럼 모아 포도주를 홀짝거리는 사람도 있고, 몸을 숙인 여자들이 포도주가 손가락 사이로 전부 새어버리기 전에 마실 수 있도록 어깨너머로 도와주는 사람도 있었다. 깨진 사기 조각으로 떠 마시기도 했고, 여자들은 머리에 쓰고 있던 수건에 포도주를 적셔 갓난아기의 입에 짜 넣어주기도 했다. 개중에는 포도주가 흘러가지 못하게 진흙으로 얕은 제방을 쌓는 사람도 있었고, 창문에서 내려다보는 사람들의 훈수에 귀를 기울이면서 포도주의 작은 줄기가 새로운 방향으로 흐르는 것을 막으려고 이리저리 뛰어다니는 사람도 있었다. 얼마나 포도주를 맛보고 싶었으면, 포도주에 흠뻑 젖은 통 조각을 핥아대거나 우적우적 씹는 사람도 있었다. 바닥에 있던 포도주를 모두 마셨을 뿐 아니라 술과 함께 진흙도 같이 가져갔으므로 배수 시설이 제대로 되어 있지 않은 거리가 말끔해졌다. 이렇게 가난한 동네에도 기적처럼 청소부가 있다고 믿는 사람이라면, 청소부가 한바탕 휩쓸고 지나갔을 거라고 생각했을 터였다.

포도주 축제가 계속되는 동안 어른들과 아이들의 밝은 웃음소리와 즐거워하는 목소리가 길거리에 울려 퍼졌다. 축제는 다소 난폭하기도 했지만 매우 재미있었다. 특별한 동료애가 있었고 모두들 서로 어울리려고 했으므로 유난히 운이 좋거나 흥이 많은 사람들은 서로 즐겁게 악수를 나누거나 얼싸

안았고, 건강을 기원하면서 술을 마시거나 십여 명씩 한데 엉켜 손을 잡고 춤을 추었다. 포도주가 모두 사라지자, 술이 가득했던 자리에 포도주를 퍼 나르던 갈퀴 같은 손가락 자국만 남긴 채 축제는 처음 시작됐을 때처럼 갑자기 끝났다. 장작을 패다가 톱을 아무렇게나 찍어놓고 달려왔던 남자는 하던 일을 마치러 갔다. 허기 때문에 손가락과 발가락이 아픈 자신과 아이들의 통증을 누그러뜨리려고, 뜨거운 재가 담긴 작은 항아리를 들고 가다가 문간에 놔두고 온 여자는 항아리를 둔 곳으로 돌아갔다. 맨 팔에 머리카락이 엉켜 붙은 시체 같은 창백한 남자들도 지하실에서 겨울의 햇빛 속으로 나왔다가 다시 지하실로 사라졌다. 그리고 거리에는 햇빛이 사라지고 이곳에 훨씬 어울리는 어둠이 몰려왔다.

쏟아진 적포도주는 파리 교외에 있는 생앙투안*의 좁은 길바닥을 붉게 물들였다. 수많은 손과 얼굴, 맨발과 나막신도 물들였다. 나무를 톱질하던 남자의 손에 묻은 붉은 자국이 장작개비에 배었다. 아기를 돌보던 여자의 이마도 머리에 다시 감은 오래된 누더기 천에 밴 포도주 얼룩 때문에 붉게 물들었다. 포도주 통 조각을 탐욕스럽게 빨았던 사람들의 입가에도

---
* 파리 바스티유 동쪽의 빈민가.

호랑이 가죽처럼 얼룩이 남았다. 평판이 나쁜 키 큰 망나니는 지저분한 나이트캡을 머리카락이 반 이상이나 보이도록 대충 걸쳐 쓰고는 포도주 찌꺼기가 스민 진흙에 더러운 손가락을 푹 찍어 벽에 이렇게 휘갈겨 썼다. '피.'

그때가 곧 올 것이었다. 길바닥에 포도주 같은 피가 쏟아지고 그 얼룩이 그곳에 사는 많은 사람들을 붉게 물들일 때가 다가오고 있었다.

그리고 이제 먹구름이 몰려오면서 생앙투안의 성스러운 얼굴에서 잠시나마 반짝였던 빛이 쫓겨나고 어둠이 깊어졌다. 추위와 더러움, 질병, 무지, 가난은 성스러운 존재를 섬기는 귀족들이었다. 모두 엄청난 권력을 지니고 있었지만 그중에서도 특히 가난이 가장 막강한 권력을 휘둘렀다. 끔찍한 기계에 빨려 들어가 갈리고 또 갈린 것 같은 몰골의 사람들이 모퉁이마다 몸을 떨고 있었고 문마다 들락날락했으며 창문마다 내다보고 있었고 바람에 흔들리는 모든 자취마다 옷이 펄럭였다. 그들을 갈아버린 기계는 젊은이를 노인으로 만들었다. 아이들의 얼굴이 늙어버렸고 목소리는 거칠어졌다. 아이들과 어른들의 얼굴에 세월이 남긴 깊은 주름과 새로 생긴 주름에는 한숨과 굶주림이 새겨졌다. 사방이 굶주림이었다. 높은 건물에도, 장대와 빨랫줄에 걸린 형편없는 옷가지에도 굶주림은 배어 있었다. 지푸라기, 해진 천, 나무, 종이와 옷가지에도 굶주림이 기워져 있었다. 사람들이 톱으로 자르던 눈곱만 한 장작 파편들에도 있었다. 굶주림은, 연기가 나지 않는 굴뚝에서 가만히 내려다보았고, 고기 찌꺼기는커녕 먹을 것 하나 찾아볼 수 없는 쓰레기들로 더럽혀진 거리에서도 올려다보았다. 굶주림은 빵 가게의 선반 위에 새겨진 비문처럼 빈약하기 짝이 없는 빵 덩어리마다 스며들어 있었다. 소시지 가게에서 파는, 죽은 개로 만든 소시지에도 섞여 있었다. 원통형 구이 기계 안에서 밤알이 구워져 돌아가는 틈에서 굶주림은 마른 뼈를 덜컹거렸다. 겨우 기름 몇 방울로 튀겨 파는 싸구려 감자 칩 그릇에도 굶주림은 잘게 잘려 들어 있었다.

굶주림은 그것이 어울리는 곳이라면 어디든 있었다. 범죄와 악취가 넘쳐나는 좁고 구불구불한 길은 여러 개의 다른 좁은 샛길로 갈라졌고, 넝마를 입고 나이트캡을 쓴 사람들이 가득했다. 넝마 같은 옷과 나이트캡은 악취를 풍겼고, 눈에 보이는 음울한 것들은 전부 아파 보였다. 무언가에 쫓기고 있는 듯 보이는 그곳 사람들에게는 여차해서 궁지에 몰리면 반항할 것 같은 야생동물의 본능이 번득였다. 그들은 풀이 죽은 채로 어슬렁어슬렁 움직였지만 두 눈에 불이 이글거리는 사람들이 있었다. 속마음을 숨기느라 입술을 꾹 다물어서 입술이 하얗게 질린 사람도 있었고, 자신이나 타인이 교수대에 매달리는 장면을 떠올리기라도 하는 듯 교수대 밧줄처럼 이마를 잔뜩 찌푸린 사람도 있었다. 상점에 내걸린 수많은 간판에도 하나같이 빈곤이 찌들어 있었다.

정육점에는 지방이 없는 말라비틀어진 고기가, 빵집에는 거칠고 볼품없는 빵 덩어리가 간판을 장식했다. 술집 간판은 포도주와 맥주의 양이 적다고 격격대며 얼굴을 찌푸리면서 은밀히 모여 술을 마시는 사람들의 모습을 허접하게 담았다. 연장과 무기를 파는 가게들 말고는 성업 중인 곳을 찾아볼 수 없었다. 칼 가게 간판에는 날카롭게 빛나는 칼과 도끼가 그려져 있고, 대장간의 망치는 묵직했으며, 총포 제조자의 개머리판은 살벌해 보였다. 돌들이 심하게 망가지고 작은 진흙 덩어리와 물웅덩이가 가득한 도로에서 인도란 찾아볼 수 없었고, 있더라도 그마저 문 앞에서 갑자기 끊겼다. 손봐야 하는 도랑이 길 가운데로 흘렀다. 도랑에 물이 흐르는 것은 비가 많이 내릴 때뿐이었는데 그때마다 물이 넘쳐 집 안으로 쿨럭쿨럭 밀려 들어왔다. 길 건너편에는 허름한 가로등이 줄과 도르래에 뜨문뜨문 매달려 있었고, 밤이 되어 점등원이 등불을 내려 불을 밝히고 다시 매달면, 가냘픈 불빛이 어둑하게 빛을 발하며 마치 바다에 떠 있는 듯 사람들의 머리 위에서 가녀리게 흔들렸다. 어찌 보면 등불은 실제로 바다에 떠 있고, 배와 선원들은 폭풍의 소용돌이에 휘말릴 위험에 빠져 있는 듯이 보였다.

굶주림과 무기력에 시달리면서 그 지역에 사는 깡마른 허수아비들이 점등원을 지켜보면서 불을 밝히는 방법을 개선해야 한다는 생각을 그토록 오랫동안 품고 있을 때, 바로 그날이 도래할 것이었다. 그들은 줄과 도르래에 사람을 매달아 자신들의 암울한 상황에 불을 환하게 밝힐 것이다. 하지만 아직 때는 오지 않았다. 프랑스를 지나는 바람마다 허수아비들의 해진 옷자락을 헛되이 흔들었고, 아름다운 노래를 부르는 깃털 달린 새들도 바람의 경고를 받아들이지 않았다.

모퉁이에 있는 그 술집은 외관이나 내부 상태가 다른 술집보다 나았다. 노란 조끼와 녹색 반바지 차림의 술집 주인은 밖에 서서 길에 쏟아진 포도주 때문에 사람들이 서로 밀치는 모습을 지켜보고 있었다. "이건 내 잘못이 아니야. 배달하는 장사꾼들 때문이지. 통을 새로 가져오라고 해야겠군." 그는 어깨를 으쓱하며 말했다.

그러다 길 건너편 벽에 낙서를 휘갈겨 쓰고 있는 키 큰 망나니를 보고는 소리쳐 불렀다.

"이봐, 가스파르, 거기서 뭐 하나?"

그 남자는 비슷한 작자들이 으레 그러듯 자신이 휘갈긴 낙서가 매우 중요한 것이라도 되는 양 가리켰다. 하지만 언제나처럼 장난은 씨도 먹히지 않았다.

"지금 뭐 하는 거냐고? 자네 미쳤어?" 술집 주인이 길을 건너면서 묻더니 손에 진흙을 가득 집어 들고 벽을 마구 문질러 낙서를 지웠다. "어째서 공공장소에 낙서를 하는 거야? 한번 말해보게. 낙서할 데가 그렇게 없나?"

이렇게 꾸짖으면서 술집 주인은 깨끗한 쪽 손을 (우연일 수도 있고 아닐 수도 있고) 망나니의 가슴에 댔다. 망나니는 술집 주인의 손을 툭툭 치더니 날렵하게 뛰어올랐다가 춤추듯이 우아하게 내려오면서 자신의 얼룩덜룩한 신발을 손으로 확 잡아당겨서 벗어 앞으로 내밀었다. 망나니 같은 부류의 작자들은 늑대처럼 재치가 있지는 않지만 그 상황에서는 썩 재치 있어 보였다.

"신발을 신어, 어서 신으라고. 이제 그만하고 포도주나 마시러 가세나." 술집 주인은 그렇게 훈수를 두면서 망나니의 옷에 흙 묻은 손을 문질렀다. 엄밀히 따지면 애초에 손이 더러워진 것도 망나니 때문이었다. 술집 주인은 그렇게 말하고는 다시 길을 건너 술집으로 들어갔다.

술집 주인은 황소처럼 목이 짧고 굵은, 싸움을 잘하게 생긴 삼십 대 남자였다. 성미가 급해서인지 몹시 추운 날에도 외투를 제대로 입지 않고 어깨에 걸치고 다녔다. 셔츠 소매도 걷어올리고 있어서 구릿빛 팔뚝이 그대로 드러났다. 짙은 색 짧은 곱슬머리에는 아무것도 쓰지 않았다. 눈매는 다정했고 미간이 조금 넓으면서 전체적으로 얼굴이 까무잡잡했다. 인상은 대체로 쾌활해 보였지만 한편으로는 고집이 묻어났다. 분명 결단력 있고 단호한 구석이 있는 사람 같았다. 무슨 일이 있어도 방향을 돌릴 것 같지 않으므로 양쪽에 깊은 낭떠러지가 있는 좁은 길에서는 절대 마주치고 싶지 않은 부류의 사람이었다.

술집 주인이 안으로 들어왔을 때 그의 아내인 드파르주 부인은 카운터 뒤에 앉아 있었다. 드파르주 부인은 남편과 비슷한 나이 또래로 몸집이 통통했고 무엇 하나 호락호락 넘기지 않을 듯한 예리한 눈매를 지녔다. 커다란 손에는 반지를 주렁주렁 끼고 있었고, 무표정한 얼굴에 체격은 튼튼했고 태도가 매우 침착했다. 그래서인지 자신이 계획한 일에 있어서는 어떠한 실수도 용납하지 않을 것만 같았다. 추위에 약한 탓에 털옷으로 몸을 감싸고 나서도 밝은 색 숄을 여러 겹으로 머리까지 둘둘 감았지만 큰 귀고리만큼은 밖으로 드러냈다. 부인은 앞에 뜨개질감을 내려놓고 이쑤시개로 이를 쑤시고 있었다. 왼손으로 오른 팔꿈치를 받치고 이를 쑤시다가 남편이 들어오자 아무 소리도 하지 않고 잔기침을 한 번 했다. 이쑤시개를 문 채로 이마에 주름이 잡히도록 짙은 눈썹을 올리면서, 남편에게 가게를 비운 사이에 새로 들어온 손님들을 둘러보라고 보내는 신호였다.

아내의 눈짓에 술집 주인은 눈동자를 이리저리 굴리다가 구석에 앉은 나이 든 신사와 어린 숙녀를 보고 시선을 멈췄다. 손님은 그들만이 아니었다. 두 명씩 카드놀이와 도미노 게임을 하고 있었고, 카운터 옆에 서서 거의 바닥이 드러난 술병을 최대한 아껴 마시는 남자도 셋 있었다. 술집 주인은 카운터 뒤를 지나면서, 노신사가 '저 사람이 우리가 찾고 있는 사람입니다.'라고 말하듯 아가씨에게 눈짓하는 모습을 보았다.

'저 사람들은 여기서 뭘 하는 거지? 대체 누구야?' 드파르주는 속으로 이렇게 중얼거렸다.

하지만 낯선 두 남녀를 보지 못한 체하면서 카운터 옆에서 술을 마시는 세 사람의 대화에 끼어들었다.

"자크*, 어찌 되었나?" 세 사람 중 한 명이 드파르주에게

---

* 1358년에 북부 프랑스에서 봉기한 '자크리의 난'에서 따온 것으로, '자크'는 당시 농민의 대표적인 이름이다.

말을 건넸다. "쏟아진 포도주는 다 마셨어?'

"한 방울도 안 남았다네, 자크." 술집 주인이 대답했다.

같은 이름이 오가는 소리에 귀가 솔깃해진 드파르주 부인은 이쑤시개로 이를 쑤시면서 다시 한 번 헛기침을 하고는 눈썹을 조금 더 치켜세웠다.

"우리같이 불쌍한 중생들이 죽음과 검은 빵이나 먹을 수 있지, 어디 포도주 맛을 볼 일이 있겠는가, 자크?" 두 번째 사람이 말했다.

"그렇고말고, 자크." 드파르주가 맞장구쳤다.

자크라는 이름이 또 들리자 드파르주 부인은 침착한 태도를 유지하면서 계속 이를 쑤시며 헛기침을 한 번 더 하고 이마에 주름이 잡힐 만큼 눈썹을 치켜세웠다.

잠자코 있던 세 번째 남자가 빈 술잔을 내려놓고 입맛을 다시며 말했다.

"점점 더 죽을 맛이니 원! 불쌍한 중생들의 입속에는 쓰디쓴 맛이 가시지 않으니 말일세. 그리고 사는 건 언제나 고달프지. 자크, 그렇지 않은가?"

"맞네, 자크. 자네 말이 맞아." 드파르주가 맞장구를 쳤다.

자크라는 이름을 세 번 듣자 드파르주 부인은 이쑤시개를 내려놓고 눈썹을 치켜세운 채 자리에서 잠시 몸을 뒤척였다.

"맞고말고. 참, 잠깐만!" 드파르주가 중얼거렸다.

"이보게들, 내 아내일세."

손님 셋은 과장된 태도로 드파르주 부인을 향해 모자를 벗어 들고 흔들었다. 부인은 고개를 숙여 세 자크의 인사를 받으며 그들의 얼굴을 재빨리 훑어보았다. 그러고는 아무렇지도 않다는 표정으로 술집 내부를 휘 둘러보고는 고요하고 평온한 모습으로 다시 뜨개질에 몰두했다.

드파르주는 아내에게 시선을 고정시키고 눈을 반짝이며 말했다. "여보게들, 잘들 지내게. 자네들이 구경하고 싶다고 했던, 가구가 있는 독신자용 방은 5층이라네. 왼쪽에 붙어 있는 작은 안마당에 가면 계단 입구가 있지." 드파르주는 창문 쪽을 손가락으로 가리키며 설명했다. "여기 가게 창문에서도 가깝지. 자네들 중 한 명은 가본 적이 있으니 길을 알 테지. 그럼 잘 가게."

손님 셋은 술값을 치르고 술집을 나섰다. 드파르주가 뜨개질하는 아내의 표정을 찬찬히 살피고 있는데, 구석에 있던 노신사가 자리에서 일어나 질문을 해도 되겠느냐고 말을 걸어왔다.

"물론이지요, 나리." 드파르주는 노신사와 함께 조용히 문쪽으로 자리를 옮겼다.

두 사람의 대화는 짧았지만 단호했다. 노신사의 입에서 나오는 첫마디에 드파르주는 깜짝 놀라며 주의 깊게 귀를 기울였다. 그러더니 일 분도 채 지나지 않아 고개를 끄덕이며 밖으로 나갔다. 노신사는 젊은 아가씨를 손짓으로 불러서 술집 주인의 뒤를 따랐다. 드파르주 부인은 눈썹을 치켜뜬 채로 손을 바삐 놀려 뜨개질에 열중하면서 그들이 나가는 걸 보지 못한 체했다.

술집을 나선 노신사 자비스 로리 씨와 마네트 양은 드파르주가 세 남자에게 일러주었던 입구로 갔다. 수많은 사람들이 쪽방마다 들어차 있었고, 공용으로 사용하는 입구는 악취가 나는 어두컴컴한 마당을 향해 입을 벌리고 있었다. 문에서 층계까지 깔려 있는 우중충한 타일 위에서 드파르주는 옛 주인의 따님을 맞아 한쪽 무릎을 꿇고 손등에 입을 맞추었다. 정중한 동작이기는 했지만 그다지 부드럽지는 않았다. 눈 깜짝할 사이에 드파르주의 태도는 크게 바뀌어 있었다. 그의 얼굴에서 쾌활함과 호탕함이 사라지고 비밀과 분노, 위험이 자리했다.

"방이 매우 높은 곳에 있어서 오르기가 좀 힘듭니다. 천천히 올라가도록 하세요." 함께 계단을 오르며 드파르주가 로리 씨에게 딱딱한 어조로 말했다.

"그분은 혼자 계신가요?" 로리가 속삭였다.

"혼자냐고요? 그분을 돕는 신과 함께 계시죠." 드파르주도 목소리를 낮춰 대답했다.

"그러면 늘 혼자 계신가요?"

"네."

"혼자 있고 싶어 하시는 건가요?"

"그분은 혼자 계실 필요가 있습니다. 그들이 저를 찾아와 위험을 각오하고서라도 그분을 모셔갈 수 있겠느냐고 물어본 뒤 제가 그분을 처음 뵈었을 때부터 지금까지, 늘 혼자 계십니다."

"많이 달라지셨나요?"

"달라지셨느냐고요?"

술집 주인은 걸음을 멈추더니 주먹으로 벽을 내리치며 무시무시한 저주의 말을 퍼부었다. 그 어떤 직접적인 말도 그 강도가 절반에 미치지 못할 만큼 강한 대답이었다. 두 동행자와 함께 계단을 오를수록 로리의 마음은 점점 어두워졌다.

파리에서도 다른 지역에 비해 더 낙후되고 사람이 밀집한 지역에 있는 이런 계단은 형편없었다. 이런 곳에 익숙하지 않고 무뎌지지 않은 사람에게는 특히나 불쾌했다. 거대한 닭장 같은 높은 건물의 작은 구멍마다, 공용 계단을 향해 열린 문마다 방이 늘어서 있었다. 그곳 주민들은 쓰레기 더미를 층계에 내다버리거나 창문 밖으로 던지기도 했다. 통제할 수도 없고 치워질 가망도 없는 쓰레기가 썩어가면서 공기를 오염시켰다. 가난과 결핍이 불러오는 보이지 않는 불결함이 더해지지 않았더라도 쓰레기와 가난이 합세해서 뿜어내는 악취는 참을 수 없을 정도로 지독했다. 이러한 악취와 오물과 해로운 물질로 가득한, 가파르고 컴컴한 난간 옆에 통로가 나 있었다. 로리는 마음이 심란한 데다가 젊은 아가씨가 매 순간 더욱 불안해했으므로 음침해 보이는 쇠창살 옆에 서서 두어 번 쉬어가야 했다. 그나마 맑은 공기도 점점 희박해져서 쇠창살 사이로 달아나버리고 썩은 냄새를 풍기는 끈끈한 수증기가 스멀스멀 올라오는 것 같았다. 직접 보지 않더라도 녹슨 창살 너머로 건물 밖에 무질서하게 펼쳐져 있는 인근 지역의 모습이 어떨지 느낄 수 있었다. 노트르담 성당의 거대한 두 첨탑보다 가깝거나 낮은 곳에서는 건강한 삶이나 건전한 염원을 향한 그 어떤 희망도 찾아볼 수 없었다.

마침내 마지막 층계참에 다다라 그들은 세 번째로 쉬었다. 가파르고 폭이 좁은 계단이 다시 다락방까지 이어져 있었다. 술집 주인은 줄곧 두 사람보다 조금씩 앞서 갔다. 젊은 아가씨가 자신에게 무엇을 물어볼까 봐 겁이 나서인지 줄곧 로리

씨 옆에 가까이 붙어서 걸었다. 드파르주는 몸을 돌려 어깨에 걸친 외투의 주머니를 손으로 더듬어 열쇠를 꺼냈다.

"문이 잠겨 있나요?" 로리가 깜짝 놀라 물었다.

"예." 드파르주가 퉁명스럽게 대답했다.

"저 불쌍한 분을 이렇게 외진 곳에 꼭 가두어놓아야만 합니까?"

드파르주는 얼굴을 잔뜩 찌푸리면서 "열쇠로 잠가놓아야 한다고 생각합니다."라고 낮은 소리로 말했다.

"어째서죠?"

"어째서냐고 물었습니까? 그분은 너무나 오랫동안 감금되어 지냈습니다. 문을 열어두면 두려운 나머지 미쳐서 자신을 갈기갈기 찢어 돌아가실 수도 있고, 다른 끔찍한 일이 일어날 수도 있습니다."

"어떻게 그럴 수가 있나요?" 로리가 외쳤다.

"그럴 수 있다니까요!" 드파르주가 침통하게 말을 이었다. "그렇습니다. 그런 일이 일어날 수 있는데도 우리가 사는 세상은 평화롭죠. 그처럼 끔찍한 일들이 일어날 수 있을 뿐 아니라 실제로 일어나는데도, 그것도 이 하늘 아래서 매일 일어나는데도 말입니다. 악마여, 영원하라! 자, 계속 갑시다."

두 사람은 아주 작은 소리로 대화했으므로 젊은 아가씨는 한 마디도 듣지 못했다. 하지만 순간적으로 그녀는 불안과 공포가 밀려와 격한 감정에 몸을 부들부들 떨었고 얼굴에 수심이 가득 고였다. 로리는 그녀를 안심시키는 말을 몇 마디 해줘야겠다고 생각했다.

"아가씨, 기운 내요! 용기를 내야 해요! 치러야만 하는 일이라고 말했잖아요! 가장 힘든 일은 순식간에 끝날 거예요. 이제 저 문만 통과하면 됩니다. 그러면 아가씨가 그분에게 기쁨과 위안을 드릴 것이고 행복한 시간이 시작될 거예요. 저 고마운 친구인 드파르주가 아가씨 옆에서 도와줄 거예요. 발길을 옮깁시다. 업무를 처리해야죠. 할 일을 합시다!"

세 사람은 천천히 조심해서 계단을 올랐다. 계단이 짧아서 금방 오를 수 있었다. 계단 끝에서 방 쪽으로 몸을 틀자 세 남자가 보였다. 그들은 문에 머리를 가까이 대고 벽에 난 구멍이나 틈을 통해 방 안을 들여다보고 있었다. 발소리가 점차 다가오자 그들은 몸을 돌려 일으켰다. 조금 전에 술집에서 술을 마시던, 이름이 같은 세 남자였다.

"두 분께서 갑자기 찾아오는 바람에 저 세 사람을 깜빡했네요." 드파르주가 말했다. "이제 자네들은 그만 가보게. 우리는 이곳에 볼일이 있다네."

세 남자는 그들 옆을 지나 조용히 계단을 내려갔다.

그 층에 다른 문은 없는 것 같았고, 셋만 남자 술집 주인은 문으로 향했다. 로리는 약간 화난 목소리로 속삭이듯 따졌다.

"마네트 씨를 구경거리로 만들고 있는 겁니까?"

"보시다시피 몇 안 되는 사람들에게만 선별해서 보여주고 있습니다."

"그게 온당한 일입니까?"

"저는 잘하는 일이라고 생각합니다."

"그 선별한 소수는 대체 누구이고 어떻게 골랐나요?"

"저처럼 자크라는 이름을 쓰는 진실한 사람들만 고릅니다. 그들에게는 이 광경을 보는 것이 이로울 수 있습니다. 영국인인 선생은 이해하지 못할 테지요. 여기서 잠시 기다리세요."

드파르주는 견제하는 몸짓으로 두 사람을 뒤에 물러서 있게 하고 나서, 머리를 숙여 벽에 난 틈으로 방 안을 들여다보았다. 그리고 머리를 들고 문을 두어 번 두드렸다. 기척을 내려는 것 말고 다른 의도는 없었다. 마찬가지로 열쇠로 문을 서너 번 긁고는 자물쇠에 거칠게 꽂아서 최대한 힘껏 돌렸다.

그는 문을 천천히 밀고 들어가 방 안을 들여다보며 뭐라고 말했다. 희미한 소리가 뭐라고 대답했다. 그들이 나눈 대화는 한 마디를 넘지 않았다.

드파르주는 어깨너머로 뒤돌아보며 들어오라고 손짓했다.

로리는 마네트 양이 쓰러질 것만 같았으므로 팔로 그녀의 허리를 단단히 부여잡고 부축했다.

"어, 어, 업무일 뿐이에요. 업무라고요." 하지만 업무와 관계없는 눈물을 뺨 위에 반짝이며 로리는 마네트 양을 재촉했다. "들어가요. 어서요!"

"무서워요." 그녀가 부들부들 떨면서 말했다.

"무엇이 무서운데요?"

"저분이요, 아버지가 무서워요."

마네트 양이 절망에 빠져 있는 데다가 드파르주가 안으로 들어오라고 손짓하자 마음이 다급해진 로리는, 자신의 어깨에 기대 떨고 있는 그녀의 팔을 목에 두르고 그녀를 조금 안아 올려 서둘러 방으로 들어갔다. 그러고는 우선 문 안쪽에 그녀를 앉히고 자신에게 매달린 그녀를 붙잡았다.

드파르주는 열쇠를 빼고 문을 닫은 다음 안에서 잠그고 다시 열쇠를 빼서 손에 쥐었다. 그는 최대한 크게 소리를 내면서 그 모든 동작을 체계적으로 마쳤다. 그러고는 창을 가로질러 절도 있게 천천히 창문 쪽으로 향했다. 드파르주는 제자리에 서서 방을 둘러보았다.

장작 따위를 보관할 용도로 만든 다락방은 침침하고 어두웠다. 둥근 모양의 창문은 실제로 지붕에 난 문으로, 그 위에는 거리의 상점에서 물건을 받아 올리는 갈고리가 달려 있었다. 유리를 끼우지 않고 두 문짝이 가운데로 닫히는 흔한 프랑스식 문이었다. 추위를 막기 위해 문의 반쪽은 완전히 닫혀 있었고 다른 쪽은 아주 조금 열려 있었다. 약간의 빛이 그 틈을 통해 들어왔지만 방에 처음 들어오면 아무것도 보이지 않았다. 이렇게 어두운 곳에서 정밀한 작업을 하려면 오랜 시간 동안 일이 몸에 배어야 가능할 것이다. 그런데 그런 종류의 작업이 이 다락방에서 이루어지고 있었다. 술집 주인이 서 있는 창가 쪽을 향해 문을 등진 자세로 백발노인이 낮고 긴 의자에 몸을 굽히고 앉아 부지런히 구두를 만들고 있었다.

6장

구두장이

"안녕하세요!"

드파르주가 허리를 낮게 굽히고 구두를 만들고 있는 백발 노인을 내려다보며 인사했다.

구두장이는 잠시 고개를 들더니 멀리 떨어져 있는 사람처럼 들릴 듯 말 듯 희미한 목소리로 대답했다.

"어서 오시게!"

"여전히 열심히 일하시네요?"

한동안 아무 대꾸도 하지 않던 구두장이가 다시 고개를 들고 대답했다. "그렇다네. 일하는 중이지." 백발의 구두장이는 퀭한 눈으로 드파르주를 쳐다보더니 이내 고개를 숙였다.

목소리에 워낙 힘이 없어서 불쌍하면서도 두렵게 느껴졌다. 오랫동안 갇혀 지내며 제대로 먹지 못한 까닭도 있겠지만 몸이 허약한 탓만은 아니었다. 참담하게도 그 이유는, 독방에 갇혀 있어 목소리를 낼 일이 없었기 때문이었다. 구두장이의 목소리는 오래전에 외쳤던 소리의 마지막 메아리처럼 희미하게 들렸다. 사람의 목소리에 깃들어 있는 생기와 울림이 모두 사라져 마치 아름다웠던 색이 더러운 얼룩으로 바랜 것만 같았다. 너무 가라앉고 억눌려 있어서 땅속에서 비집고 나오는 소리처럼 들렸다. 절망에 허덕이며 나락으로 떨어진 생명체에서 나오는 소리였기에, 굶주린 방랑자가 외롭게 황무지를 헤매다 지쳐 쓰러져 죽기 전에 고향과 친구들을 부르며 그런 소리를 낼 것만 같았다.

백발노인은 몇 분 동안 조용히 일하다가 퀭한 두 눈을 다시 치켜들었다. 관심이나 호기심이 생겨서가 아니라, 유일한 방문객이 아직도 서 있다는 것을 언뜻 알아차렸기에 보인 단순하고도 기계적인 몸짓이었다.

드파르주는 구두장이를 계속 쳐다보며 말했다. "방 안에 빛을 좀 더 들어오게 하고 싶은데, 견디실 수 있겠어요?"

구두장이는 작업을 멈추고 옆 마룻바닥을 바라보며 귀를 기울였다. 그러더니 맞은편 마룻바닥도 바라보다가 드파르주를 올려다보았다.

"뭐라고 했소?"

"방 안을 더 밝게 해도 괜찮겠냐고 물었습니다."

"자네가 그렇게 해야 한다면 견뎌야겠지."(그는 마지막 단어에 어렴풋이 힘을 주며 말했다.)

반쯤 열려 있던 창문이 조금 더 열렸다. 당분간 그 정도로 열려 있을 것이다. 다락방에 햇빛이 더 많이 들어오자 구두를 무릎에 올려놓은 채 손길을 잠시 멈춘 구두장이의 모습이 보였다. 발치와 긴 의자 위에는 간단한 연장 몇 점과 갖가지 모양의 가죽 조각들이 펼쳐져 있었다. 그리 길지 않은 하얀 수염을 거칠게 다듬은 수척한 얼굴이었지만 눈빛만은 이상할 정도로 빛났다. 야위고 수척한 얼굴에 아직은 세지 않은 눈썹과 헝클어진 백발 탓에, 실제로는 그리 크지 않은 눈이 더욱 커 보였다. 아니 원래 큰 눈이었지만 부자연스러울 정도로 더 커 보였다. 누더기 같은 누런 셔츠의 목 부근을 여미지 않아서 야위고 쇠약한 몸이 그대로 드러나 있었다. 구두장이 자신뿐만 아니라 낡은 캔버스 천으로 만든 작업복과 헐렁한 긴 양말, 넝마 같은 옷가지들 모두가 오랫동안 빛과 공기를 쐬지 못한 탓에 누런 양피지처럼 색이 바래버려 뭐가 뭔지 분간할 수가 없었다.

그는 손을 들어 눈으로 쏟아져 들어오는 햇빛을 가렸다. 손은 뼈마디가 투명해 보일 정도로 앙상했다. 그는 그렇게 미동도 없이 초점 없는 시선으로 일손을 놓은 채 앉아 있었다. 결코 자기 앞에 있는 사람을 바라보는 법이 없었다. 마치 소리가 나는 쪽을 바라보는 법을 잊어버린 듯 자기 옆을 먼저 내려다보고 나서야 비로소 앞을 응시했다. 말하기 전에도 마치 말하는 법을 잊었다는 듯 자기 주위를 둘러보았다.

"이 구두 한 켤레를 오늘 다 만드실 건가요?" 드파르주가 로리 씨에게 앞으로 나오라고 손짓하면서 노인에게 물었다.

"뭐라고?"

"오늘 안에 구두를 완성하실 거예요?"

"그럴 생각이라고 말할 수는 없지만 그럴지도 모르지. 잘 모르겠네."

하지만 그 질문을 듣고 새삼 일 생각이 났는지 구두장이는 다시 허리를 굽혔다.

로리는 문가에 마네트 양을 남겨두고 조용히 앞으로 다가갔다. 그렇게 드파르주 옆에서 잠시 서 있자 구두장이가 고개를 들었다. 다른 사람을 보고 당황하는 기색은 없었지만 대신 떨리는 손으로 자기 입술을 더듬으며 로리를 쳐다보았다. (그의 입술과 손톱은 모두 창백한 납빛이었다.) 그러고는 다시 작업을 시작하려고 손을 내리고 구두 위로 몸을 숙였다. 이 모든 행동은 짧은 시간 동안 일어났다.

"손님이 찾아오셨어요." 드파르주가 말했다.

"뭐라고 했지?"

"여기 손님이 오셨다고요."

구두장이는 아까처럼 고개를 들고 쳐다보았지만, 작업하는 구두에서 손을 떼지는 않았다.

"자!" 드파르주가 말했다. "여기, 잘 만든 구두를 알아보는 손님이 오셨습니다. 지금 만들고 있는 구두를 이분에게 보여주세요. 손님, 한번 보시죠."

로리 씨는 구두를 받아 들었다.

"손님에게 어떤 구두인지 말씀해주세요. 그리고 누가 만들었는지도요."

다른 때보다 긴 침묵이 흐르고 나서 구두장이가 대답했다.

"자네가 무엇을 물었는지 잊어버렸네. 뭐라고 했나?"

"이 손님에게 구두에 대해 설명해주시라고 말했습니다."

"이것은 숙녀용 구두라오. 젊은 아가씨가 산책할 때 신는 신발이지. 요새 유행하는 스타일로 만들었소. 유행하는 구두를 본 적이 없지만 도안을 가지고 있지." 구두장이가 자부심 어린 표정으로 구두를 바라보았다.

"그럼 구두를 만든 사람은 누군가요?" 드파르주가 물었다.

손에서 할 일을 내려놓은 구두장이는 왼손으로 오른손 마디를 쥐었다가 오른손으로 왼손 마디를 쥐더니 이내 턱수염을 쓰다듬는 동작을 쉴 새 없이 되풀이했다. 구두장이는 말을 한번 하고 나면 정신이 혼미해져버렸으므로, 그를 깨우는 건 기력이 약해져서 기절한 사람을 깨우거나 곧 죽을 사람에게 뭔가를 알아내는 것만큼이나 어려웠다.

"내 이름이 뭐냐고 물었소?"

"네, 그렇습니다."

"북탑 105호."

"그것이 이름입니까?"

"북탑 105호."

한숨도 신음도 아닌 힘없는 소리를 낸 구두장이가 다시 작업을 시작하려고 고개를 숙이자, 침묵이 깨졌다.

"구두 만드는 일이 원래 직업은 아니시죠?" 로리 씨가 구두장이에게서 시선을 떼지 않고 물었다.

구두장이는 퀭한 두 눈으로 이 질문을 설명해달라는 듯 드파르주를 보았다. 하지만 드파르주가 도와줄 기색이 없자 잠시 바닥을 응시하다가 질문한 사람에게 시선을 돌렸다.

"내 직업이 구두장이가 아니냐고 했소? 그렇소. 직업은 아니오. 나, 나는 여기서 기술을 배웠소. 혼자서 터득했지. 기술을 익힐 수 있게 해달라고 사정해서…….”

그는 시선을 떨어뜨리고는 몇 분 동안 앞서 그랬던 것처럼 두 손을 번갈아 규칙적으로 비틀어댔다. 방황하던 시선이 서서히 로리 씨의 얼굴로 돌아왔다. 그 순간 그는 흠칫 놀라며 방금 잠에서 깨어나 간밤에 하던 이야기를 계속하는 사람처럼 입을 열었다.

"기술을 배우게 해달라고 간청했지. 그래서 오랫동안 힘들게 기술을 익혔다오. 그때부터 줄곧 구두를 만들었지."

구두장이는 로리 씨가 들고 있던 구두를 건네받으려고 손을 뻗었다. 로리 씨는 여전히 구두장이에게 시선을 고정시키고 물었다.

"마네트 박사님, 저에 대해 기억나는 게 없으신가요?"

구두 한 짝이 바닥에 떨어졌고 구두장이는 앉은 채로 상대방을 빤히 쳐다보았다.

로리는 드파르주의 팔에 손을 얹으며 말했다. "마네트 박사님, 이 사람을 기억하세요? 이 사람을 보세요. 그리고 저를 보세요. 옛날에 알고 지냈던 은행원도, 옛날에 했던 일도, 옛날에 부렸던 하인도, 옛날 그 시절에 대해서 아무것도 기억나지 않으세요, 마네트 박사님?"

오랫동안 갇혀 지냈던 노인이 로리 씨와 드파르주를 번갈아 골똘히 바라보았다. 오래전에 사라진 '활발하고 뜨거웠던 지성'의 흔적이 검은 안개 장막을 뚫고 그의 이마 한가운데에 서서히 드러났다. 하지만 이내 구름에 가려 흐려지더니 사라져버렸다. 하지만 분명히 나타났었다. 아버지의 모습을 보기 위해 벽을 따라 적당한 자리를 찾아가던 아름다운 아가씨의 얼굴에도 똑같은 지성의 흔적이 보였다. 이제 마네트 양은 선 채로 아버지를 바라보고 있었다. 처음에는 두렵기도 하고 측은하기도 해서 손을 올려 아버지를 밀쳐내고 외면하려 했지만, 지금은 아버지의 유령 같은 얼굴을 자신의 젊고 따뜻한 가슴으로 품어 생명과 희망을 주고 싶은 열망을 담아 떨리는 두 손을 아버지에게 뻗었다. 젊고 아름다운 마네트 양의 얼굴에 나타난 표정이 아버지와 너무도 흡사해서 (딸의 표정이 더욱 강렬하기는 했지만) 움직이는 빛처럼 아버지에게서 딸로 전해진 것 같았다.

구두장이의 마음에 다시 어둠이 내렸다. 두 사람을 바라보던 집중력이 점차 흐려지면서 우울한 시선이 멍하니 바닥을 향하다가 전처럼 주변을 두리번거렸다. 마침내 그는 깊은 한숨을 내쉬더니 구두를 집어 다시 작업을 시작했다.

"저분을 알아보시겠습니까, 나리?" 드파르주가 로리 씨에게 낮은 목소리로 물었다.

"그렇소. 잠깐이기는 했지만 말이오. 처음에는 상당히 절망했는데 일순간 옛날에 잘 알고 지냈던 얼굴을 분명히 보았소. 쉿! 더 뒤로 물러섭시다. 조용히!"

마네트 양은 벽에서 떨어져 노인이 앉아 있는 의자 바로 옆까지 다가섰다. 구부정하게 앉아서 작업하는 백발노인에게 손만 뻗으면 닿을 만한 거리까지 다가갔는데도 노인이 전혀 알아차리지 못한다는 사실이 비참했다.

아무도 입을 열지 않았고 어떤 소리도 나지 않았다. 마네트 양은 노인 옆에 유령처럼 서 있고 노인은 몸을 굽혀 계속 일했다.

얼마 후 구두장이 노인은 손에 들고 있던 연장을 내려놓고 구두칼을 집으려 했다. 구두칼은 마네트 양이 서 있는 쪽이 아닌 구두장이 쪽에 놓여 있었다. 구두칼을 집어 들고 다시 일을 시작하려고 몸을 굽히자 마네트 양의 드레스 자락이 보였다. 노인은 마네트 양의 얼굴을 올려다보았다. 그 모습을 지켜보던 로리와 드파르주가 앞으로 나서려고 하자 마네트 양은 다가오지 말라고 손짓으로 저지했다. 두 사람과 달리 그녀는 구두장이가 자신을 칼로 찌를까 봐 두려워하지 않았다.

구두장이 노인은 겁에 질린 표정으로 마네트 양을 바라보다가 몇 마디 말을 하려고 입술을 달싹였지만 소리는 입 밖으로 나오지 않았다. 그는 빠르고 거칠게 숨을 몰아쉬며 천천히 말을 시작했다.

"이분은 누구신가요?"

마네트 양은 눈물을 주르륵 흘리면서 두 손을 입술에 댔다가 노인에게 키스를 보냈다. 그러고는 노인의 헝클어진 머리를 품에 안듯 손을 가슴에 모았다.

"간수의 딸은 아닌 것 같은데요?"

"예, 아니에요." 마네트 양이 탄식하며 말했다.

"그럼 누구신가요?"

마네트 양은 어떻게 대답해야 할지 갈피를 잡지 못하고 노인 옆에 앉았다. 구두장이가 흠칫 놀라 몸을 움찔했지만 마네트 양이 그의 팔을 잡았다. 그러한 그녀의 행동은 겉으로 드러날 정도로 노인에게 묘한 감동을 안겼다. 노인은 구두칼을 조용히 내려놓고 그녀를 빤히 쳐다보았다.

한쪽으로 급하게 넘긴 마네트 양의 곱슬곱슬하고 긴 금발 머리가 목덜미 너머로 흘러내렸다. 노인은 그녀 쪽으로 조금씩 손을 뻗어 머리카락을 집어 살펴보았다. 하지만 그러다가도 이내 집중력을 잃고 한숨을 깊게 내쉰 다음 다시 구두를 만들기 시작했다.

하지만 그것도 잠시였다. 마네트 양은 노인의 팔을 놓고 어깨에 손을 올렸다. 구두장이는 마네트 양의 손이 정말 자기 어깨 위에 있는지 의심하는 눈초리로 두세 번 쳐다보고는 구두를 내려놓고 자기 목 뒤로 손을 뻗어 접힌 헝겊 조각이 달려 있는 시커먼 줄을 꺼냈다. 헝겊 조각을 무릎 위에 놓고 조심스럽게 펼치자 몇 가닥의 머리카락이 나왔다. 먼 옛날 노인의 손가락에 감겼던 한두 가닥의 긴 금발 머리카락이었다.

구두장이는 마네트 양의 머리카락을 다시 잡고는 가까이 들여다보았다. "아주 똑같아. 어떻게 이럴 수 있지! 그게 언제 적인데! 어떻게 이런 일이!"

이마에 집중하는 표정을 지은 노인은 숙녀에게도 똑같은 표정이 나타난 것을 알아차린 듯했다. 그래서 빛이 비치는 쪽으로 돌아앉히고 그녀를 바라보았다.

"내가 끌려가던 날 밤 아내가 내 어깨에 머리를 기댔었소. 나는 전혀 두렵지 않았지만 아내는 내가 끌려가는 것을 두려워했지. 그리고 내가 북탑으로 끌려왔을 때 그들이 내 소매에서 이 머리카락을 찾아냈다오. 나는 '그 머리카락을 내게 주시오. 내 몸이 탈출하는 데는 도움이 안 되지만, 내 영혼이 탈출하는 데 도움이 된다오.'라고 말했소. 똑똑히 기억하고 있다오."

구두장이는 여러 차례 입술을 움찔하고 나서야 실제로 이 말을 내뱉을 수 있었다. 하지만 일단 소리가 나오자 말은 느리지만 조리 있게 흘러나왔다.

"어떻게 이런 일이? 그럼 아가씨가 당신이오?"

노인이 불현듯 마네트 양 쪽으로 몸을 돌리자 옆에 있던 두 구경꾼은 또 한 번 깜짝 놀랐다. 하지만 마네트 양은 노인에게 붙잡힌 채로 미동도 하지 않고 나직하게 말했다. "친절하신 두 신사분께 부탁할게요. 우리 근처에 오지 마세요. 아무 말씀도 하지 마시고, 움직이지도 마세요!"

"잘 들어봐!" 마네트 박사가 소리쳤다. "방금 누구의 목소리였지?"

노인은 이렇게 외치더니 마네트 양을 잡았던 손을 풀고는 자신의 흰 머리카락을 미친 듯이 쥐어뜯었다. 하지만 그에게 구두 만드는 일만 남기고 모두 사라진 것처럼 이러한 행동도 곧 멈췄다. 노인은 작은 헝겊 주머니를 다시 접어 가슴팍에 단단히 집어넣었다. 그리고 여전히 마네트 양을 바라보며 침울한 표정으로 고개를 저었다.

"아니야. 그럴 리가 없어. 댁은 지나치게 젊고 한창때군. 아내일 리가 없지. 갇혀 있는 나를 보라고. 이것은 아내가 알던 손이 아니고, 아내가 보았던 얼굴도 아니야. 이 목소리도 아내는 한 번도 들어본 적이 없는걸. 아니, 절대 그럴 리가 없어. 북탑에서 그렇게 세월이 느리게 흘러갔지만 아내도 나도 수십 년 전 사람인걸. 그런데, 상냥한 나의 천사님, 댁의 이름은 뭔가요?"

노인의 말투와 태도가 부드러워지자 딸은 아버지 앞에 무릎을 꿇고 호소하듯 그의 가슴에 손을 댔다.

"제 이름은 나중에 말씀드릴게요. 누가 제 어머니이고 아버지인지, 두 분이 겪은 고난을 어째서 제가 몰랐는지도 말씀드릴게요. 하지만 지금은 그럴 수 없어요. 여기서는 안 돼요. 지금 드릴 수 있는 말씀이라고는 저를 안고 축복해달라고 간청하는 것뿐이에요. 제게 입 맞춰주세요. 네? 사랑해요!"

눈처럼 차가운 노인의 하얀 머리카락은 딸의 반짝이는 머리카락과 뒤섞이자 마치 자유의 빛을 받은 듯 따뜻하고 밝아졌다.

"그럴지는 잘 모르겠지만 그러기를 바라면서 말씀드릴게요. 만약 제 목소리를 듣고 비슷한 목소리, 예전에 들었던 달콤한 음악 같은 목소리가 기억나신다면 마음껏 눈물을 흘리세요. 실컷 우세요! 제 머리카락을 만지면서 젊고 자유로웠던 시절에 당신 가슴에 기댔던 사랑하는 사람이 생각난다면 우셔도 돼요. 마음껏 우세요! 제가 도리를 다하고 진심으로 정성을 다해 당신을 섬길 곳, 우리 앞에 기다리고 있는 곳, 그러니까 집에 대해 말씀드릴 때, 가련한 심장이 시들어갔던 오랜 세월 동안 황량하게 버려졌던 집에 대한 기억이 떠오른다면 우셔도 좋아요. 속 시원하게 우세요!"

루시는 어린아이를 달래듯 아버지의 목을 감싸면서 가슴에 안고 앞뒤로 움직였다.

"오, 소중한 분이여, 이제 고통은 모두 끝났어요. 당신을 고통에서 구하려고 제가 온 거예요. 이제는 영국에 가서 편안히 쉬실 수 있어요. 그동안 당신의 유익한 삶이 얼마나 허비되었는지, 조국 프랑스가 당신에게 얼마나 사악하게 굴었는지 기억나신다면 실컷 우세요. 마음껏 우세요! 제 이름과 살아 계신 제 아버지의 이름, 돌아가신 제 어머니의 이름을 말씀드리고 나서 제가 존경하는 아버지께 무릎을 꿇어야 한다면, 사랑하는 제 가련한 어머니가 아버지께서 당한 고통을 제게 숨겼기 때문에 아버지를 위해 종일 애쓰거나 밤새 잠 못 이루며 울어본 적이 없는 딸이라고 아버지께 용서를 구해야 한다면, 실컷 우세요. 마음껏 우세요! 어머니를 위해서 그리고 저를 위해서도 울어주세요. 훌륭하신 신사 여러분, 신께 감사 기도를 드려주세요! 제 얼굴에 신의 성스러운 눈물이 흐르고 신의 흐느낌이 제 가슴을 울리네요. 오, 신이시여 감사합니다! 정말 감사합니다!"

노인은 딸의 품에 안겨 그 가슴에 얼굴을 묻었다. 두 부녀가 만난 광경이 매우 감동적인 데다가 그동안 노인이 극도로 부당하고 끔찍한 고통받았다는 사실을 알기에 두 구경꾼도 얼굴을 가리고 눈물을 흘렸다.

다락방에 오랫동안 침묵이 흐르고, 폭풍이 지나가고 찾아오는 고요처럼 노인의 떨리는 가슴과 몸이 진정되자 구경꾼 두 명이 다가가 마네트 부녀를 일으켜 세웠다. 인생의 폭풍도 결국은 잦아들고 인간다운 삶의 상징인 안식과 고요가 찾아오는 법이다. 기진맥진한 마네트 박사는 서서히 바닥으로 쓰러지더니 마치 실신한 사람처럼 누워버렸다. 마네트 양은 아버지 곁에 앉아 팔로 아버지의 머리를 안아 눕혔다. 그녀의 머리카락이 커튼처럼 늘어져 아버지에게 다다른 햇빛을 가렸다.

로리 씨가 연신 코를 풀어대다가 부녀 곁에 몸을 굽히고 서자 마네트 양은 그에게 손짓으로 신호를 보내며 말했다. "아버지가 힘들지 않으시게 당장 파리를 떠날 채비를 할 수 있다면, 그래서 바로 이 문을 나서서 떠날 수만 있다면 좋겠어요……."

"하지만 아버님께서 여행을 하실 수 있을까요?" 로리가 물었다.

"제 생각에는 이 끔직한 도시에 남아 있는 것보다 그 편이 나을 것 같아요."

"지당한 말씀입니다." 무릎을 꿇은 채로 이야기를 듣고 있던 드파르주가 말했다. "무엇보다도 마네트 박사님은 무조건 프랑스를 떠나시는 게 상책입니다. 그럼 마차와 말을 준비할까요?"

"그건 은행에서 처리할 일이에요." 로리 씨가 돌연 사무적인 태도를 취하며 말했다. "그런 업무라면 내가 맡는 것이 좋겠습니다."

마네트 양이 간청하듯 말했다. "우리를 이곳에 남겨두셔도 돼요. 보시다시피 아버지도 많이 안정되셨고 제가 아버지와 함께 있어도 걱정하실 필요가 없어요. 무엇 때문에 걱정하세요? 저희가 누구의 방해도 받지 않고 안전하게 있을 수 있도록 문을 잠그고 가시면, 돌아오실 때까지 아버지는 지금처럼 편안하게 계실 거예요. 어떻게든 아버지를 잘 보살피고 있을 테니 돌아오는 즉시 함께 모시고 나가요."

로리와 드파르주는 부녀만 남겨두고 방을 나서는 것이 영 내키지 않아 어느 한 사람은 남아 있어야 한다고 생각했다. 하지만 마차와 말뿐만 아니라 여행에 필요한 서류도 준비해야 했고, 날이 저물면서 시간에 쫓기자 결국 각자 해야 할 일을 급히 나누고 서둘러 방을 나섰다.

얼마 후 어둠이 깔리자 마네트 양은 차가운 바닥에 머리를 대고 가까이 누워 아버지를 지켜보았다. 점점 짙어지는 어둠 속에서 부녀는 벽 틈으로 빛이 새어 들어올 때까지 가만히 누워 있었다.

로리와 드파르주는 여행에 필요한 준비를 모두 마쳤다. 여행용 망토와 옷가지, 빵과 고기, 와인과 뜨거운 커피까지 챙겨왔다. 드파르주는 식량과 들고 있던 램프를 구두 작업대에 올려놓고 (그 외에 다락방에 있는 것이라고는 간이침대뿐이었다) 로리와 함께 마네트 박사를 깨워 일으켜 세웠다.

아무리 머리를 굴려도 겁에 질린 것 같은 마네트 박사의 멍한 표정만 보아서는 무슨 생각을 하는지 누구도 알아차릴 수 없었다. 자신에게 일어난 일을 아는지, 그들에게 들은 말을 기억하는지, 자신이 마침내 자유를 얻었다는 사실을 알고나 있는지 도무지 알 수가 없었다. 로리와 드파르주가 말을 걸면 마네트 박사는 혼란스러워하면서 매우 느리게 대답했다. 세 사람은 당황해서 어쩔 줄 몰라하는 박사의 모습에 깜짝 놀라서 당분간은 박사를 자극하지 않기로 했다. 마네트 박사는 이따금씩 이성을 잃고 두 손으로 거칠게 머리카락을 쥐어뜯으며 전에 없던 행동을 보였다. 하지만 딸의 목소리가 들릴 때마다 기뻐하는 표정을 지었고 딸이 말을 할 때면 어김없이 그쪽으로 고개를 돌렸다.

마네트 박사는 오랫동안 강압에 복종하도록 길들여진 사람처럼 주는 대로 먹고 마셨고, 입혀주는 대로 걸치면서 지시에 고분고분 따랐다. 그러면서도 딸이 팔짱을 끼면 얼른 반응을 보였고, 두 손으로 딸의 손을 꼭 잡고 놓지 않았다.

일행은 다락방에서 나와 계단을 내려가기 시작했다. 드파르주가 램프로 길을 밝히며 앞장섰고 로리 씨가 짧은 행렬의 끝에 섰다. 긴 계단을 몇 개 내려가지 않았을 때 마네트 박사가 갑자기 걸음을 멈추더니 천장을 올려다보고 사방을 둘러봤다.

"여기가 어디인지 아시겠어요, 아버지? 이곳에 올라오던 기억이 나세요?"

"뭐라고?"

딸이 다시 묻기 전에 박사는 질문을 다시 들었다는 듯 중얼거렸다.

"기억나느냐고? 아니 기억이 나질 않는구나. 너무 오래전 일이야."

박사는 감옥에서 이곳으로 옮겨온 일을 전혀 기억하지 못하는 게 분명했다. 그는 "북탑 105호."라고 중얼거리면서 주위를 둘러보더니 자신이 오랫동안 갇혀 있던 요새의 벽을 찾는 듯 두리번거렸다. 건물 안마당으로 나오자 박사는 도개교를 건너야 한다고 생각했는지 본능적으로 걸음걸이를 바꿨다. 하지만 도개교 대신 길에 마차가 서 있는 것을 보자 딸의 손을 뿌리치고 다시 머리를 움켜쥐었다.

문 주변에는 아무도 얼씬거리지 않았고, 수없이 많은 창문 어디에서도 내다보는 사람은 없었다. 거리에는 행인도 지나가지 않았다. 이상하리만치 고요하고 황폐했다. 딱 한 사람, 드파르주 부인만이 눈에 띄었는데 다른 곳에는 눈길도 돌리지 않고 문기둥에 기대어 뜨개질에 열중하고 있었다.

마네트 박사가 먼저 마차에 오르고 딸이 그 뒤를 따랐다. 이어서 로리가 마차에 오르려는데, 박사가 두고 온 구두 연장과 만들던 구두를 가져다 달라고 애타게 부탁하는 바람에 로리는 발길을 멈춰야 했다. 드파르주 부인은 자신이 가져오겠다고 남편에게 즉시 알리고는 뜨개질을 하다 말고 마당을 지나 램프 불빛이 닿지 않는 곳으로 들어갔다. 드파르주 부인은 박사의 물건들을 재빨리 가져와서 건네주고, 원래 있던 자리로 곧장 돌아가 다시 뜨개질에만 집중했다.

마차에 올라탄 드파르주는 "국경으로 가세!"라고 외쳤다. 마부가 채찍을 휘두르자 마차가 흔들리는 희미한 가로등 불을 따라 달그락거리며 길을 나섰다.

 가로등 불빛은 부유한 동네에서는 밝아졌지만 가난한 동네로 갈수록 흐릿해졌다. 흔들리는 가로등 아래를 지나 환하게 불을 켜놓은 가게들과 찻집들, 기분이 들뜬 무리와 극장들을 뒤로하고 관문에 다다랐다. 손전등을 든 병사들이 초소를 지키고 있었다. "통행 서류를 보여주시오." "장교님, 잠시 이쪽으로 오시죠." 마차에서 내린 드파르주가 장교를 옆으로 끌어놓고 진지한 어투로 말했다. "마차에 타고 계신 백발 신사분의 서류입니다. 제가 저분을 모시고 가는 중입니다……." 드파르주는 목소리를 낮췄다. 여기저기서 군인들이 비추는 등불이 흔들렸고, 제복을 입은 병사 한 명이 마차 안으로 등불을 들이밀어 비추면서 그 안에 앉아 있는 백발 신사를 예사롭지 않은 눈길로 유심히 살폈다. "가도 좋소." 제복을 입은 병사가 말했다. "수고하십시오." 드파르주는 이렇게 인사하며 마차에 올랐다. 쏟아지는 별빛 아래 흔들리는 가로등 불빛이 점점 희미해져갔다.

 흔들리지 않는 영원한 빛의 아치 아래―학자들은, 어떤 별들은 이 작은 지구로부터 너무도 멀리 떨어져 있어서 모든 것이 고통받고 죽어가는 지구에는 아직까지 그 빛이 닿지도 않았을 것이라고 말한다―밤의 그림자는 넓고도 어둡게 펼쳐져 있었다. 춥고 불편한 밤이 지나가고 새벽이 찾아오는 동안, 밤의 그림자는 땅에 묻혔다 파헤쳐진 남자와 마주 앉아서 박사가 영원히 잃어버린 능력이 무엇인지, 그 능력을 되돌릴 방법이 있는지 고민하는 로리의 귓가에 과거에 물었던 질문을 다시 한 번 속삭였다.

"되살아나고 싶으세요?"

대답도 먼젓번과 같았다.

"잘 모르겠소."

2부
·
금색 실

1장

5년 후

 템플 바 옆에 있는 텔슨 은행은 1780년에도 이미 구식 건물이었다. 아주 작고 어두운 데다가 흉물스러웠그, 이용하기에도 매우 불편했다. 은행 경영자들의 의식은 그보다 더 구식이어서 은행이 작고 어둡고 흉측하고 불편한 것을 자랑으로 여겼다. 심지어 이러한 환경을 과시하면서 지금보다 덜 불편했더라면 명성도 얻지 못했을 거라고 궤변을 늘어놓았다. 그저 그렇게 믿는 데 그치지 않고, 시설이 더 훌륭한 경쟁 은행에 적극적으로 대항하는 무기로 삼기도 했다. 그러면서 몸을 편히 움직이는 공간도, 밝은 조명도, 멋진 실내장식도 텔슨 은행에는 필요 없다고 고집했다. 녹스 은행이나 스눅스 형제 은행이라면 모를까, 감사하게도 텔슨 은행에는 그런 것들이 필요 없다는 거였다.

경영자들은 텔슨 은행을 개선해야 한다고 말하는 사람이 자기 아들이라면 상속권이라도 박탈할 기세였다. 이러한 태도는 영국의 국가관과 비슷했다. 그 시기에 영국에서는, 오랫동안 반감을 크게 사고 있음에도 불구하고 오히려 더욱 존중받는 법이나 관습을 개선하려고 덤볐다가 상속권을 박탈당하는 일이 비일비재하게 일어났다.

결국 텔슨 은행은 불편의 극치라는 오명을 얻었다. 고집스럽게 닫혀 있는 아둔한 문을 목구멍에서 나는 애처로운 소리 같은 삐걱거리는 소음과 함께 열고서 두 계단 아래로 내려가면, 작은 창구가 두 개뿐인 우중충하고 좁은 공간이 나온다. 그곳에서 가장 늙은 은행원은 바람이라도 맞은 듯 수표를 쥔 손을 부들부들 떨었고, 직원들은 지저분한 창가에서 수표에 적힌 서명을 확인했다. 창문은 플리트 거리에서 날아 들어오는 먼지를 늘 뒤집어쓰고 있는 데다가 쇠창살과 템플 바가 드리운 짙은 그림자 탓에 더욱 우중충해 보였다. 은행장과 만날 때는 은행 뒤쪽에 있는 유치장 같은 방에 앉아 그동안 잘못 살아온 지난날을 속절없이 떠올려야 했고, 이윽고 주머니에 두 손을 찔러 넣고 나타난 은행장을 우울한 석양빛 속에서 너그럽게 맞아야 했다.

고객의 돈이 드나드는, 벌레 먹고 낡은 나무 서랍은 여닫을 때마다 먼지가 날려 코와 입으로 파고들었다. 지폐에서는 금방이라도 썩어 문드러질 것처럼 퀴퀴한 냄새가 났고, 고객이 맡긴 귀금속은 오물에 나뒹굴어서 하루 이틀이면 본래의 광택을 잃었다. 부동산 등기 서류는 주방과 다용도실을 임시로 개조한 금고에 보관했는데 습기가 차는 바람에 양피지의 유분이 공기 속으로 증발해버렸다. 가족들이 소중하게 여기는 문서 보관함은 단 한 번도 사용하지 않은, 화려한 식탁이 놓인 위층 만찬장에 있었다. 그곳에 보관된 옛 애인이 보낸 첫 편지나 자식들에게 받은 소중한 편지는, 1780년이 되어서도 아비시니아나 아샨티 같은 고대 아프리카 야단 부족의 무자비하고도 잔혹한 행위처럼 템플 바 꼭대기에 개달린 사람 머리와 창문을 통해 시선을 마주칠 때 느끼는 공포를 겨우 피할 수 있었다.

당시에는 온갖 사업과 직종의 문제를 해결하는 처방전처럼 사형을 남발했는데, 그중에서도 텔슨 은행이 가장 심했다. 죽음은 자연이 허락한 모든 문제의 해결책인데 법이라고 다를 리 있겠는가? 이러한 사회 분위기를 틈타 문서를 위조해도 사형, 위조수표를 유통해도 사형, 남의 편지를 몰래 뜯어봐도 사형, 40실링 6펜스를 훔친 좀도둑도 사형, 텔슨 은행 문 앞에 매어둔 말을 훔쳐 달아나도 사형, 가짜 동전을 만들어도 사형, 범죄에 사용된 돈의 4분의 3을 유용해도 사형에 처했다. 이러한 판결은 범죄를 예방하는 데 무용지물이었고 오히려 정반대의 효과를 냈다. 하지만 사형을 집행하면 사건과 관련된 골치 아픈 문제들이 단번에 해결되었고 뒤처리로 골치 아플 일도 없었다. 그래서 텔슨 은행도 전성기를 누리던 시절, 당시에는 더욱 규모가 컸던 사업체들과 마찬가지로 수많은 목숨을 빼앗았으며, 그 수가 상당해서 시체를 따로 은밀하게 처리하지도 않았다. 잘린 머리를 템플 바에 줄줄이 매달아놓으면 은행 앞마당을 겨우 비추던 얼마 되지 않는 햇빛조차 차단될 정도였다.

텔슨 은행에서 가장 늙은 직원들은 어두침침한 벽장과 진열장들이 빽빽하게 들어차 있는 구석에서 진지한 태도로 업무를 처리했다. 텔슨 은행의 런던 지점은 젊은 직원을 고용하면 늙어 꼬부라질 때까지 꼭꼭 숨겼다. 치즈처럼 텔슨의 맛과 향이 배어서 푸른곰팡이가 필 때까지 어두운 곳에 가두었던 것이다. 숙성이 끝나고 비로소 밖으로 나온 직원들은 두꺼운 장부를 심각한 표정으로 들여다보면서 반바지에 각반을 두른 차림으로 거만을 떨었다.

은행 외부에는 잡역부 한 명이 상주하면서 이따금씩 짐을 나르거나 전갈을 보내는 임무를 수행했다. 그는 따로 부름을 받지 않는 한 절대 은행 안으로 들어가지 않은 채 은행의 움직이는 간판 구실을 했다. 심부름할 때를 제외하고는 영업시간에 절대 자리를 비우지 않았고, 어쩌다 자리를 비워야 할 때면 그 추레한 몰골이 아비를 빼다 박은 열두 살짜리 철부지 아들을 대신 앉혀놓았다. 사람들은 텔슨 은행이 이 야릇한 잡역부를 대놓고 너그럽게 대우한다고 생각했다. 텔슨 은행에는 늘 이런 잡역부가 필요했으므로 세월이 흐르다 보니 그에게 잡역부 일이 돌아갔다. 성이 '크런처'인 그는, 젊었을 때 하운스디치의 동부 교구에 속한 성당에서 대부를 앞에 두고 더 이상 나쁜 일을 하지 않겠다고 서약하고는 '제리'라는 세례명을 받았다.

때는 서기 1780년 3월, 바람이 몹시 불던 어느 날 아침 일곱 시 삼십 분이었고, 장소는 화이트프라이어스의 행잉 스워드 골목에 있는 제리 크런처의 아파트였다. (크런처는 언제나 연도를 언급할 때마다 '아노 도미니(Anno Domini, 서기)'를 '안나 도미노(Anna Domino)'라고 불렀는데 아마도 안나라는 여인이 도미노 게임을 만들고 자신의 이름을 붙인 것이 서기의 유래라고 생각하는 듯했다.)

허름한 동네에 있는 제리의 아파트는 작은 창문 하나가 달린 벽장까지 합쳐야 방이 두 개였다. 그래도 집 안은 깔끔하게 정돈되어 있었다. 바람이 많이 불던 3월의 이른 아침, 그가 잠을 자는 방은 이미 깨끗이 청소되어 있었고, 나무 식탁에는 새하얀 식탁보가 깔려 있고 아침 식사를 위한 찻잔과 접시들이 놓여 있었다.

헝겊을 조각조각 이어붙인 이불을 덮고 잠을 자는 제리는 흡사 광대 같았다. 그는 처음에 깊게 잠들었다가 조금씩 뒤척이기 시작하더니 나중에는 시트를 갈기갈기 찢을 것처럼 머리를 삐죽삐죽 산발한 채 일어나 짜증이 폭발한 듯 고함을 질렀다.

"저 여편네, 또 그 짓거리를 하고 있는 거지?"

한쪽 구석에서 단정하고 부지런해 보이는 여자가 무릎을 꿇고 있다가 벌벌 떨면서 재빨리 일어나 그 앞에 서는 것을 보니, 제리가 부른 '저 여편네'인 모양이었다. "뭐야!" 제리는 장화 한 짝을 찾아 침대 주변을 두리번거리며 소리를 질렀다. "또 그 짓거리를 하는 거야?"

제리는 이렇게 아침 인사 대신 소리를 두 번 지르더니 이번에는 세 번째 인사로 여자에게 장화 한 짝을 냅다 집어던졌다. 진흙투성이 장화를 보면 제리의 묘한 가정 경제 상황을 짐작할 수 있었다. 은행 일이 끝나고 집에 왔을 때는 대부분 장화가 깨끗했지만 다음 날 아침에 일어나보면 진흙으로 뒤덮여 있었다.

"대체 뭔 짓을 하는 거야, 이 화상아!" 던진 장화가 빗나가자 부인을 더욱 못된 호칭으로 부르며 제리가 외쳤다.

"그저 기도를 했을 뿐이에요."

"기도라! 참으로 훌륭한 여성이 납셨군! 무릎까지 꿇고 나를 망하게 해달라고 기도해서 뭘 어쩔 건데?"

"당신을 망하게 해달라고 기도하지 않았어요. 당신이 잘되게 해달라고 기도했어요."

"네가 그랬을 리 없어. 그렇게 말하면 내가 속을 것 같아? 아들아, 네 어미가 얼마나 착한 여자인지 똑똑히 봐라. 네 아비가 쫄딱 망하라고 빌었다는구나. 얼마나 헌신적인 어미냐? 무릎까지 꿇고 하나밖에 없는 자식 입에 들어갈 양식마저 빼앗아달라고 기도하다니 신앙심은 또 얼마나 깊은지."

아직 옷을 입지 않아 셔츠 바람인 아들은, 어쨌거나 엄마가 자신이 먹을 음식을 빼앗아달라고 기도했다는 사실에 화를 내고 심술을 부렸다.

"그래서 네 기도가 그렇게 대단하다고 생각하는 거야? 이 배은망덕한 여편네야." 머리끝까지 화가 난 크런처는 입에서 나오는 대로 악담을 퍼부었다. "네 기도는 대체 몇 푼짜리야?"

"여보, 기도는 마음에서 우러나오는 거예요. 마음만큼 값어치가 나가겠죠."

"마음만큼 값어치가 나간다라……." 제리는 아내의 말을 되풀이했다. "결국 뭣도 아니겠구먼. 어찌 되었거나 두 번 다시 기도 따위는 하지 마. 더는 참을 수가 없어. 네가 몰래 숨어서 기도하는 바람에 재수가 옴 붙는 일이 생기면 안 돼. 기어코 무릎을 꿇으려면 네 남편과 자식이 잘되라고 빌어. 골탕 먹이지 말란 말이야! 불쌍한 아들의 어미란 저 여편네가 마귀같지만 않았어도 지난주에 돈을 좀 벌었을 텐데. 앞길을 막는 기도 때문에 일이 다 틀어지고 재수가 옴 붙은 거라고. 제기랄!" 제리는 옷을 입으면서 계속 소리를 질렀다. "내 말이 틀림없어. 지난주에 신앙인지 뭔지 하는 망할 것 때문에 정직한 장사꾼한테 최악의 불운이 닥쳐서 한 푼도 못 건진 거라고! 아들아, 옷 입어라. 내가 장화를 닦는 동안 네 어미를 잘 감시하고 있다가 또 무릎 꿇으려고 하면 당장 나한테 말해야 해." 그리고 다시 아내를 향해 말했다. "경고했어. 다시는 당하지 않을 거야. 나는 지금 낡아빠진 마차처럼 온몸이 삐걱거리고, 머리는 아편에 취한 것처럼 멍하고, 온몸을 너무 혹사해서 고통이라도 느끼지 않았다면 내 몸뚱이인지 남의 몸뚱이인지

구분도 못하겠어. 그런데도 주머니 사정은 형편없단 말이지. 아무래도 네가 밤낮 없이 내가 망하기를 기도해서 그런 것 같아. 이제 더 이상은 못 참아. 이 망할 여편네야! 뭐라고 말 좀 해보시지?"

그는 계속 으르렁거리면서 이런저런 말을 되는 대로 내뱉었다. "아! 그렇지. 당신은 신앙심이 깊으니까 남편이나 아들한테 해가 되는 기도를 하겠어? 그러지는 않겠지!" 제리는 분개하며 회전 숫돌에서 불똥이 튀듯 매섭게 비난을 퍼부었다. 그러고는 장화를 닦으면서 평소처럼 출근 준비를 했다. 그러는 동안 제 아비보다는 정도가 심하지 않기는 하지만 똑같이 삐죽한 머리에 아비를 쏙 빼닮아 미간이 좁은 아들은 지시받은 대로 줄곧 어미를 감시했다. 그는 화장실로도 쓰고 잠도 자는 작은 방에서 외출 준비를 하다가 이따금씩 뛰쳐나와 소리를 지르며 어머니를 괴롭혔다. "엄마가 또 무릎 꿇고 기도하려고 해요! 아빠!" 이렇게 거짓으로 고자질을 하고는 버르장머리 없이 씩 웃으며 방으로 뛰어 들어갔다.

아침 식탁 앞에 앉아서도 제리의 기분은 조금도 나아지지 않았다. 게다가 아내가 식사하기 전에 감사 기도를 드리자 머리끝까지 화가 났다.

"이 화상이 대체 지금 뭐 하는 짓이야? 또 그 짓거리를 하는 거야?"

아내는 그저 가족을 축복해달라고 빌었을 뿐이라고 설명했다.

"집어치워!" 제리는 아내의 기도 때문에 빵이 진짜로 없어지기라도 하는 것처럼 주위를 두리번거렸다. "집안을 거덜 내는 축복 따위는 필요 없어. 내 음식을 축내는 축복은 필요 없으니까 입 닥치고 찌그러져 있어!"

끝이 좋지 않은 파티에서 밤을 새웠는지 뻘겋게 충혈된 눈에 굳은 표정의 제리는 아침 식사를 한다기보다는 동물원에 있는 네발 달린 짐승처럼 식탁 앞에서 으르렁댔다. 그는 아홉 시가량이 되어서야 겨우 화를 누그러뜨리고, 겉모습을 가다듬어 본성을 가리고 그럴싸한 직장인처럼 행색을 꾸민 다음 출근길에 나섰다.

제리 크런처는 자신을 '정직한 장사꾼'이라고 즐겨 불렀지만 정작 하는 일은 장사와는 거리가 멀었다. 일할 때 쓰는 물건이라고는 등받이가 부서진 의자로 만든 작은 나무 걸상이 전부였다. 그의 아들은 매일 아침 아비를 따라와서 템플 바와 가장 가까운 은행의 창문 밑에다 걸상을 끌어다 놓았고, 이 수상한 잡역부의 발이 추위와 비를 피할 수 있도록, 지나가는 수레나 마차에서 떨어진 짚을 주변에 깔아 그날의 자리를 마련했다. 변함없이 이곳을 지키고 있는 제리는 워낙 익숙한 존재여서 플리트 거리와 템플 바 주변 지역에서 유명했다.

제리 크런처는 바람 부는 3월 아침, 텔슨 은행으로 출근하는 늙은 직원들에게 삼각 모자에 손을 얹으며 인사하기 좋은 시간인 여덟 시 사십오 분에 일터를 장만했다. 그의 아들은, 자신의 친밀한 호의를 거절 못할 정도의 어린아이를 골라 몸과 마음을 호되게 괴롭히며 템플 바 주변을 헤집고 다닐 때를 빼고는 늘 아버지 옆에 서 있었다. 쏙 빼닮은 좁은 미간만큼 머리를 가까이 맞댄 부자가 플리트 거리를 조용히 바라보고 있는 아침이면, 그들의 모습은 마치 한 쌍의 원숭이 같았다. 특히나 아버지가 지푸라기를 질겅질겅 씹고 뱉는 동안 눈을 반짝이며 아비와 플리트 거리 전체를 쉴 새 없이 두리번거리는 아들의 모습은 영락없는 원숭이였다.

텔슨 은행의 정식 직원인 잡역부가 문밖으로 머리를 내밀더니 소리쳤다.

"심부름꾼이 필요하다네!"

"우와! 아버지! 이른 아침부터 일거리가 들어오네요!"

아버지가 쏜살같이 자리에서 일어나자 아들은 홀로 걸상에 앉아 얼마 전까지 아버지가 씹던 지푸라기를 바라보며 생각에 잠겼다.

"아버지의 손가락에는 늘 녹이 묻어 있어!" 아들이 투덜댔다. "어디서 녹을 묻혀 오시는 걸까? 은행에는 녹 묻을 곳이 없는데 말이야."

2장

구경거리

"자네, 중앙형사법원 알지?" 은행에서 나이가 가장 많은 직원이 제리에게 물었다.

"예, 나리, 알다마다요." 제리가 말꼬리를 끌며 조심스럽게 대답했다.

"알고 있으리라 생각했네. 로리 씨도 알지?"

"저야 정직한 장사꾼이니 중앙형사법원보다야 로리 씨를 훨씬 잘 알고 있죠." 제리가 마지못해 재판장에 불려 나온 증인처럼 말했다.

"좋아. 증인이 들어가는 문을 찾아가 그곳을 지키는 문지기에게 로리 씨에게 이 편지를 전하러 왔다고 말하면 자네를 들여보내줄 걸세."

"법정으로 말입니까, 나리?"

"그래, 법정으로."

제리의 두 눈이 서로 질문을 주고받으려는 것처럼 한가운데로 모였다. '네 생각에는 무슨 일인 것 같아?'

"법정에서 로리 씨를 기다려야 하나요, 나리?" 두 눈이 회의를 마친 듯 제리가 물었다.

"어떻게 할지 지금부터 말해주겠네. 문지기가 로리 씨에게 편지를 건네면, 자네는 손짓으로 로리 씨의 주의를 끌어서 자네가 서 있는 곳을 알리게. 그다음 로리 씨가 부를 때까지 그 자리에서 기다리면 된다네."

"그게 전부입니까, 나리?"

"그렇다네. 로리 씨가 심부름꾼을 불러달라고 하셨거든. 이 편지에는 자네가 심부름꾼으로 왔다는 사실이 적혀 있어."

늙은 은행원이 편지를 접고 나서 받는 사람의 이름을 겉에 적는 동안 제리는 그 모습을 잠자코 지켜보다가 글씨가 번지지 않도록 은행원이 압지로 잉크를 찍어낼 때 물었다.

"오늘 아침에 화폐위조범 재판이 열리나 보네요?"

"아닐세. 반역죄라네!"

"사지를 찢어서 죽이겠네요. 끔찍하기도 하지." 제리가 말했다.

"그게 법이니까." 늙은 은행원이 제리의 말에 내심 놀라며 대답했다. "법은 법이야."

"법이라도 사람 몸에 말뚝을 박다니 너무 잔인합니다. 사람을 죽이는 것도 가혹하지만, 몸에 말뚝을 박는 건 정말 끔찍합니다, 나리."

"그렇지 않네." 늙은 은행원이 말했다. "법에 관해서는 말을 잘해야 한다네. 자네 가슴이랑 목소리를 잘 돌보고, 법일랑 내버려두란 말일세. 이건 자네에게 해주는 충고이니 잘 새겨듣게."

"정작 제 가슴과 목소리에 영향을 미치는 것은 습한 날씨입죠, 나리." 제리가 대꾸했다. "저는 먹고살기 위해 정말 축축한 곳에서 일하고 있죠."

"어쨌거나," 늙은 은행원이 말했다. "사람마다 먹고사는 방법이 다르지. 축축한 곳에서 일하는 사람도 있고 마른 곳에서 일하는 사람도 있고. 여기 편지가 있네. 어서 출발하게나."

제리는 편지를 받아 들면서 겉으로는 직원에게 머리 숙여 인사했지만, 속으로는 '말라비틀어진 야비한 늙은이 같으니'라고 중얼거렸다. 그는 아들에게 들러 행선지를 알리고 중앙형사법원으로 향했다.

당시에는 타이번에서 교수형을 집행했으므로 이곳 뉴게이트 바깥 거리는 아직 악명을 떨치기 전이었다. 하지만 뉴게이트 감옥은 그때에도 이미 온갖 악한 짓들이 벌어지고 무서운 질병이 퍼지는 끔찍한 장소였다. 심지어 죄수들에게 질병이 붙어 법정에 들어와 느닷없이 판사석을 덮쳐서는 재판장을 끌어내기도 했다. 검은 모자를 쓴 재판장이 피고에게 사형선고를 내릴 때, 재판장 본인에게도 그만큼 가차 없는 선고가 내려져 사형수가 처형되기도 전에 재판장이 먼저 세상을 떠나는 일이 여러 차례 일어나기도 했다. 주변 사람들에게 중앙형사법원은 죽음의 여인숙으로 통했다. 이곳에 머문 창백한 여행객들은 끊임없이 수레와 마차를 타고 저세상으로 가는 험난한 여행길에 올랐다. 공공 도로를 4킬로미터 정도 지나면서 시민들에게 치욕을 당해야 했지만, 그 시민들 중에서 선량한 자들은 거의 없었다. 관례라는 것이 이토록 막강하니 처음부터 좋은 관례가 들어서게 해야 하는 법이다. 중앙형사법원은 지혜롭고 역사가 오래된 형구로, 죄인의 목과 두 손을 널빤지 사이에 넣는 방식의, 누구도 처벌 강도를 가늠할 수 없는 '칼'로 유명했고, 또 다른 오래된 형구로는 지켜보는 사람에게 자비심과 연민을 저절로 불러일으키는 '태형 기둥'이 잘 알려져 있었으며, '살인 사례금'이 활발하게 거래되는 것으로도 이름을 날렸다. 조상의 꾀가 엿보이는 유산이었던 '살인 사례금' 때문에 하늘 아래에서 가장 잔혹하고 탐욕스런 범죄가 조직적으로 이루어졌다. 이렇게 중앙형사법원은 당시까지도 '늘 실시되고 있는 방식은 무엇이든 정당하다.'는 격언의 살아 있는 표본이었지만, 말하는 사람에게 유리하게 '실시되고 있는 방식과 다르면 무조건 옳지 않다.'라는 뜻을 나타내기도 했다.

제리는 잔인한 처형 장면을 구경하려고 서성이는 악취 나는 군중 사이를 능숙하고 약삭빠르게 헤치고 목적지인 입구를 찾아가 문틈으로 편지를 건넸다. 그 시절에는 사람들이 돈까지 내가며 정신병원에서 벌어지는 연극을 보았고, 중앙형사법원에서 상영하는 연극을 볼 때도 마찬가지였으며 그 입장료는 훨씬 비쌌다. 그러므로 죄수들이 들어가는 문만 활짝 열려 있을 뿐 다른 문들은 보안이 철통같았다.

얼마 동안 실랑이를 벌이고 나서 문지기가 마지못해 문을 살짝 열어주자 제리는 문틈을 비집고 안으로 들어갔다.

"무슨 일이요?" 제리가 옆 사람에게 넌지시 물었다.

"아직 시작 안 했소."

"무슨 사건인데요?"

"반역 사건이라오."

"능지처참을 당하겠군요. 안 그렇소?"

"그렇다마다!" 옆 사람이 열을 내며 대답했다. "죄인이 형틀에 목매달려 초죽음이 되면 내려서 눈앞에서 배를 가르고 내장을 꺼내 불태운다오. 그런 다음 머리를 베어내고 사지를 찢을 거요. 그게 형벌이라오."

"유죄 판결이 내려지면 그렇게 된다는 소리죠?" 제리가 조건을 달며 물었다.

"유죄라고 밝혀질 테니 그런 걱정일랑 마시오." 남자가 말했다.

이때 제리는 손에 편지를 들고 로리 씨에게 다가가는 문지기에게 눈길을 돌렸다. 로리 씨는 가발 쓴 남자들과 함께 탁자에 앉아 있었다. 그들 중 한 명은 피고의 변호사로 앞에는 묵직한 서류 더미가 쌓여 있었고, 반대편에 앉은 가발 쓴 남자는 제리가 처음 보았을 때부터 줄곧 주머니에 손을 넣은 채 천장만 쳐다보고 있었다. 제리는 거칠게 기침도 하고 턱을 문지르거나 손을 휘젓기도 하면서 자신을 찾으려고 자리에서 일어선 로리 씨의 주의를 끌었고, 제리를 발견한 로리 씨는 조용히 고개를 끄덕이며 다시 자리에 앉았다.

"저 사람은 이 사건과 무슨 관계가 있는 거요?" 아까 이야기를 나누었던 남자가 물었다.

"난들 알겠소." 제리가 대답했다.

"그럼 댁은 이 사건과 무슨 관계가 있소?"

"나도 궁금하오." 제리가 받아쳤다.

재판장이 들어오고 법정이 술렁이더니 이내 소란이 가라앉았고, 제리와 남자의 대화도 중단되었다. 이제 피고인석에 관심이 쏠렸다. 그곳에 있던 간수 두 명이 밖으로 나가 죄수를 데려다 피고인석에 세웠다.

천장을 바라보고 있는 가발 쓴 사람을 제외하고 모두가 피고를 쳐다보았다. 법정에 모인 모든 사람의 숨결이 마치 파도처럼, 바람처럼, 불길처럼 피고를 에워쌌다. 기둥 뒤와 구석에 앉은 사람들은 어떻게든 피고를 보려고 간절한 표정으로 고개를 내밀었고, 뒤에 앉은 사람들은 피고의 머리카락 한 올이라도 더 보려고 자리에서 일어섰다. 법정 바닥에 서 있던 사람들도 다른 사람이야 어찌 되든 피고를 좀 더 자세히 보겠다고 앞사람의 어깨를 붙잡고 까치발을 서기도 하고 난간에 올라서기도 했다. 이러한 군중 틈에, 뉴게이트에 두른 철조망처럼 머리카락이 삐죽삐죽한 제리가 있었고, 그도 피고를 보았다. 법정에 오는 길에 맥주를 마신 제리의 숨결에서 맥주 냄새가 풍겼고, 그 냄새는 다른 사람들의 입김에서 나오는 맥주, 위스키, 차, 커피, 그 밖에 뭔지 모를 냄새와 뒤섞여 코를 찔렀다. 뒤편의 커다란 유리창에는 이미 불결한 입김들이 안개처럼 서렸다가 비처럼 주르륵 흘러내리고 있었다.

이처럼 사람들이 요란을 떨며 지켜보고 있는 피고는, 구릿빛 얼굴에 눈동자가 검었고 스물다섯 살쯤 되어 보이는 건장하고 잘생긴 청년이었다. 게다가 신사 계급에 속한 사람처럼 보였다. 검은색인지 짙은 회색인지 분간이 되지 않는 수수한 옷을 입었고, 길고 검은 머리카락을 목 뒤로 넘겨 끈으로 묶었는데, 멋을 내려 했다기보다는 긴 머리가 거추장스러워서 묶은 것 같았다. 사람의 마음은 몸을 감싼 거죽 밖으로 드러나기 마련이듯, 햇볕에 건강하게 그을린 뺨도 자신의 처지를 가릴 수 없어 창백했다. 그렇지만 그는 침착한 태도로 재판장에게 인사하고는 조용히 서 있었다.

사람들이 입김을 뿜으며 이 남자를 구경하면서 쏟는 관심은, 숭고한 인간애와는 애당초 거리가 멀었다. 남자에게 조금이라도 가벼운 판결이 내려지거나 그가 겪을 잔혹한 형벌들 중에서 한 가지라도 빠진다면, 사람들이 느끼는 흥미도 훨씬 줄어들 것이었다. 군중이 보고 싶어 하는 것은 가차 없이 난도질당해 죽을 몸뚱이였다. 그들은 살아 있던 생명이 무참히 도륙되고 갈가리 찢기는 모습에 혹할 것이다. 아무리 강하게 자신을 합리화하고 교묘하게 포장하더라도 피고에게 쏟는 관

심의 근원은 '식인귀'의 탐욕이었다.

자! 정숙하시오! 재판을 시작하겠소. 찰스 다네이는 자신에게 내려진 반역 혐의에 대해 어제 무죄를 주장했소. 그는 관대하고 거룩하고 위대하고 훌륭한 군주이신 우리 국왕 폐하께 반역하지 않았다고 주장했소. 그는 프랑스 왕 루이가 앞서 말한, 관대하고 거룩하고 위대하고 훌륭한 군주이신 국왕 폐하와 전쟁을 일으키는 것을 갖가지 수단과 방법을 동원해 수차례 돕고, 앞서 말한 관대하고 거룩하고 위대하고 훌륭한 군주이신 국왕 폐하의 영토와 앞서 말한 프랑스 왕 루이의 영토를 오가며, 앞서 말한 관대하고 거룩하고 위대하고 훌륭한 군주이신 국왕 폐하께서 캐나다와 북아메리카에 군사를 보낼 준비를 하고 계시다는 기밀을, 앞서 말한 프랑스 왕 루이에게 사악하고 부정하고 불충하고 말로 표현 못할 만큼 악한 마음으로 밝힌 적이 없다고 항변했소. 법률 용어들이 정신없이 쏟아지자 제리는 안 그래도 삐죽삐죽한 머리가 더 솟구쳤지만, 계속 반복되는 '앞서 말한' 단어들을 뱅뱅 돌아 겨우 이해하면서 결국 찰스 다네이가 재판을 받기 위해 피고석에 서 있고, 배심원이 선서를 했고, 검사가 발언할 차례라는 정황을 파악하자 매우 뿌듯해했다.

법정 안의 모든 사람이 머릿속으로 피고의 목을 매달고,

머리를 자르고, 사지를 찢었고, 피고 본인도 그 사실을 알았지만 그는 이런 상황에서도 움츠러들지 않았고 감정이 흔들리는 낌새조차 없었다. 그는 조용히 주의를 기울여 재판 과정을 신중하게 지켜보았다. 어찌나 침착한지, 앞에 있는 나무 난간 위에 뿌려놓은 약초 이파리 하나 건드리지 않고 두 손을 가만히 올려놓고 있었다. 법정 안 여기저기에는 감옥의 뜨거운 공기를 통해 법정까지 전염병이 퍼지는 것을 막기 위한 약초와 식초가 뿌려져 있었다.

피고의 머리 위에 걸려 있는 거울에 빛이 반사되어 다시 피고의 몸으로 쏟아졌다. 이 거울에 모습이 담겼던 수많은 악당들과 불쌍한 죄수들은 거울에서 모습이 사라지면서 땅 위에서도 자취를 감추었다. 바다가 언젠가 자신이 삼켰던 자들을 토해내듯, 이 거울에 비쳤던 자들이 돌아온다면, 법정은 섬뜩한 유령이 득실대는 가장 끔찍한 장소가 될 것이다. 거울이 놓인 목적에 따라 피고는 치욕과 수치를 느끼는 것 같았다. 그런데도 몸을 움직여 한 줄기 빛을 얼굴로 받으며 위를 올려다보았다. 그는 수치심에 붉어진 얼굴을 확인하고는 오른손으로 앞에 놓인 약초를 밀어냈다.

그러다가 피고는 자연스럽게 고개를 왼쪽으로 돌렸다. 판사석 옆쪽으로 자신의 눈높이에 앉아 있는 두 사람에게 순간

적으로 시선이 꽂혔다. 그 순간 그의 표정이 순식간에 돌변했으므로, 그를 보고 있던 모든 사람의 눈도 그 두 사람에게 향했다.

한 명은 스물을 갓 넘긴 젊은 아가씨였고, 나머지 한 명은 누구라도 아가씨의 아버지임을 알 수 있는 신사였다. 완벽하게 새하얀 백발이 독특한 신사는 말로 표현하기 힘들 만큼 인상이 강렬했지만 매우 내향적이고 사색적으로 보였다. 표정이 그렇다 보니 신사는 영락없이 노쇠해 보였다. 하지만 딸과 대화할 때면 그런 표정은 온데간데없고, 인생의 전성기가 아직 지나지 않은 잘생긴 신사 같았다.

딸은 한 팔로 아버지에게 팔짱을 끼고 다른 팔로는 그 팔을 붙잡고 있었다. 눈앞의 광경이 두렵고 피고가 가여워 괴로운 듯 그녀는 아버지 곁에 바짝 붙어 앉아 있었다. 이마에는 크나큰 두려움과 연민이 가득했으므로, 위험에 처한 피고를 그녀가 마음을 다해 걱정하고 있다는 사실을 알 수 있었다. 그 표정이 너무도 강렬하고 자연스러웠으므로 피고에게 일말의 동정을 느끼지 못하던 사람들도 감명받아 "저 두 사람은 누구지?" 하고 물으면서 서로 수군댔다.

심부름꾼 제리도 손가락에 묻은 녹을 입으로 빨며 나름대로 상황을 관찰하면서 두 사람이 누구인지 보려고 고개를 쭉 내밀었다. 제리 주변에 있던 사람들이 던진 질문이 두 사람 옆에 있는 사내에게까지 도달했고, 답변을 천천히 되돌아와 결국 제리의 귀에까지 들어왔다.

"증인이랍니다."

"어느 쪽 증인인가요?"

"반대쪽 증인이랍니다."

"그러니까 누구의 반대쪽이란 말이오?"

"죄수 반대쪽이오."

장내를 둘러보던 재판장은 시선을 거두고 의자에 기대앉아, 자기 손에 목숨이 달린 남자를 가만히 바라보았다. 이때 검사가 이 남자를 밧줄로 묶고, 도끼날을 갈고, 교수대에 망치로 못을 박아야 한다고 주장하기 위해 자리에서 일어났다.

3장

실망

 검사는 배심원단을 향해 말했다. "여러분 앞에 있는 이 피고는, 나이는 어리지만 오랫동안 반역 행위에 가담했으므로 사형을 받아 마땅합니다. 피고가 적국 프랑스와 내통한 것은 하루 이틀, 아니 한두 해의 일이 아닙니다. 그보다 훨씬 오래전부터 프랑스와 영국을 수시로 오가며 누구에게도 정직하게 말할 수 없는 비밀스러운 임무를 수행해왔습니다. 반역은 다행히도 절대 성공할 수 없었지만, 만약 성공했다면 피고가 저지른 사악한 범법 행위는 영원히 밝혀지지 않았을 것입니다. 하지만 두려움과 맞섰을 뿐 아니라 비난받을 만한 결점이 하나도 없는 한 사람 덕분에 모두 밝혀졌습니다. 신의 가호를 받아 피고의 책략을 밝혀낸 이 증인은 모든 사실을 차마 감출 수 없어, 떨리는 가슴으로 폐하의 수석 국무장관과 명예로운 추밀원에 피고의 범죄를 털어놓기에 이르렀습니다. 조국을 사랑한 이 증인은 곧 여러분 앞에 설 것입니다. 증인의 입장과 태도는 정말이지 숭고합니다. 피고의 친구였으나, 불행인 동시에 다행히도 피고의 악행을 알고 나서 그를 친구로서 아끼는 마음을 접고, 조국의 신성한 제단 앞에 이 반역자를 제물로 바치겠다고 결심했습니다. 고대 그리스와 로마처럼, 국가에 공헌한 자를 위해 동상을 세우는 법령이 영국에도 있다면, 이 고귀한 자의 동상도 마땅히 세워야 합니다. 안타깝게도 그런 법령이 없으니 불가능하겠지만요. 시인들이 노래했듯 미덕은 주변으로 쉽게 번지기 마련입니다. (검사는 미덕에 관한 많은 시구를 인용하면서 배심원단도 곧장 줄줄 읊을 수 있을 정도로 그 구절들을 잘 알고 있으리라 생각했지만, 그들이 전혀 모르는 표정이자 당황한 듯했다.) 그중에서도 조국을 사랑하는 마음, 애국심이라는 찬란한 미덕은 더욱 강하게 퍼져나갑니다. 저로서는 그 이름을 입에 올리는 것만으로도 영광스러운 이 증인이 보여준, 국왕 폐하를 위하는 결백하고 믿음직한 태도는 고귀한 본보기가 되었고, 증인의 대국심이 널리 퍼져 피고의 하인에게까지 이르렀습니다. 결국 하인은 조국을 사랑하는 마음에서 주인의 책상 서랍과 주머니를 살피고 서류를 빼돌려야겠다는 신성한 결단을 내렸습니다. 이 훌륭한 하인이 주인을 배신했다고 해서 듣게 될 비난의 말들을 저는 잘 알고 있습니다. 하지만 크게 보면, 저는 이 사람을 제 형제자매보다 아끼고 부모보다 존경합니다. 배심원단 여러분도 이 증인을 그렇게 생각해야 한다고 자신 있게 말씀드립니다. 두 증인이 발견한 문서가 곧 제출될 것이며, 그 증거에 따르면 피고는 국왕 폐하의 군대인 육군과 수군의 배치 및 작전 계획을 수록한 목록을 적국에 상습적으로 넘겨주었음이 확실합니다. 이 목록의 필체가 피고의 것이 아닐 수도 있습니다. 하지만 그렇다 하더라도 달라질 것은 없습니다. 오히려 피고가 교묘하게 빠져나갈 방책을 마련해놓았다는 점에서 기소에 유리한 증거가 되겠지요. 증거는 5년 전으로 거슬러 올라갑니다. 피고가 이 같은 사악한 범죄에 가담하기 시작한 것은 영국과 미국 사이에 처음으로 무력 충돌이 발생했던 날보다 몇 주 전입니다. (제가 익히 알고 있듯) 애국자인 배심원 여러분, (여러분 자신도 잘 알고 있듯) 책임감 강한 배심원 여러분, 이러한 이유로 피고에게 반드시 유죄를 내려야 하며, 여러분이 원하든 원하지 않든 사형을 선고해야 합니다. 피고의 머리가 그대로 붙어 있는 한, 여러분은 베개에 머리를 누이고 편히 잠들 수 없을 것입니다. 생각만으로도 괴롭겠지만 여러분의 부인과 아이들까지도 곤히 잠들 수 없습니다. 피고의 목숨을 끊어놓지 않는다면 말입니다! 이제 그 누구도 편히 누워 잘 수 없습니다. 머리에 떠올릴 수 있는 모든 이름을 걸고, 저는 피고가 이미 죽은 목숨이라고 굳게 믿으며 그에게 사형을 구형합니다."

검사가 말을 마치자 파리 떼가 몰려들듯 판결 결과를 놓고 웅성거리는 소리가 법정을 가득 메웠다. 소란이 잦아들고 더할 나위 없는 애국자가 증인석에 섰다.

검사에 이어 변호사가 애국자 증인을 심문했다. 존 바사드라는 이름의 신사였다. 자신의 순수한 영혼이 해온 행동을 진술하는 증인의 말은 검사의 설명과 일치했다. 다만 문제가 있다면 너무나 정확하게 일치한다는 점이었다. 숭고한 마음에 지고 있던 무거운 짐을 모두 내려놓은 증인이 조심스럽게 증인석에서 일어나려 하자, 로리 씨 근처에 쌓여 있는 서류 더미 뒤에 앉아 있던 가발 쓴 신사가 몇 가지 질문을 해도 되겠느냐고 물었다. 맞은편에 앉아 있는 가발 쓴 신사는 여전히 법정 천장만 올려다보고 있었다.

첩자 노릇을 해본 적이 있습니까? 아니오. 질문의 의도를 알아챈 증인이 피식 웃으며 말했다. 그러면 무엇으로 생계를 유지합니까? 재산이 있소이다. 어디에 있죠? 정확하게 기억 나지 않습니다. 어떻게 얻은 재산입니까? 대답할 필요가 없는 질문인 듯합니다. 상속받은 재산입니까? 예, 그렇습니다. 누구에게 상속받았나요? 먼 친척입니다. 아주 먼 친척입니까? 그렇다고 할 수 있습니다. 투옥된 적이 있습니까? 전혀 없습니다. 빚을 져서 투옥된 적도 없습니까? 대체 그 일이 이 재판과 무슨 관계가 있는지 모르겠습니다. 빚을 져서 투옥된 적이 없느냐고 물었습니다. 단 한 번도 없습니까? 있습니다. 몇 번이나 되죠? 두세 번입니다. 대여섯 번 아닙니까? 아마도요. 직업이 무엇입니까? 신사입니다. 누군가에게 발로 걸어차인 적이 있습니까? 있는 것 같습니다. 그런 일이 자주 있습니까? 아닙니다. 계단에서 걸어차인 적이 있습니까? 전혀 없습니다. 계단 꼭대기에서 발에 차였을 때 일부러 굴러 떨어진 적은 있습니다. 노름판에서 사기를 치다가 걸려서 맞은 것 아닙니까? 술 취한 거짓말쟁이가 저를 발로 차고 나서 그렇게 말하고 돌아다니지만 사실이 아닙니다. 사실이 아니라고 맹세할 수 있습니까? 맹세합니다. 노름판 사기로 생계를 유지한 적이 있습니까? 전혀 없습니다. 노름으로 생계를 유지한 적은 있습니까? 노름은 다른 신사들이 하는 정도로 할 뿐입니다. 피고에게 돈을 빌린 적이 있습니까? 그렇습니다. 갚았습니까? 갚지 않았습니다. 피고와 마차, 술집, 정기선에서 계획적으로 마주쳐 억지로 친분을 만들었을 뿐 실제로는 잘 알지 못하는 사이가 아닙니까? 아닙니다. 피고가 이 목록들을 가지고 있는 것을 분명히 보았습니까? 확실히 보았습니다. 이 목록들에 관해 더 아는 것은 없습니까? 없습니다. 본인이 직접 이 목록들을 구한 것은 아닙니까? 아닙니다. 증언해주는 대가로 무언가 받기로 했습니까? 아닙니다. 사람들을 모함하고 정부로부터 정기적인 보수나 자리를 보장받는 것은 아닙니까? 전혀 아닙니다. 아니면 비슷한 다른 일을 하고 있습니까? 전혀요. 맹세할 수 있습니까? 몇 번이고 맹세하겠습니다. 순수한 애국심 말고 다른 동기는 없습니까? 전혀 없습니다.

다음 순서로 충직한 하인 로저 클라이는 물 흐르듯 빠른 속도로 사건에 관한 자신의 이야기를 진술했다. 하인은 4년 전부터 피고의 곁에서 성실하고 우직하게 일했다. 그는 칼레를 오가는 정기선에서 만난 피고에게 동행하며 잔심부름을 해줄 하인이 필요하지 않은지 물었고, 그 후로 피고 밑에서 일해왔다. 변호사가 동정심에 호소하며 하인으로 써달라고 부탁한 것은 아닌지 묻자 전혀 그렇지 않았다고 대답했다. 하인이 의심을 품고 피고를 감시하기 시작한 것은 일한 지 얼마 지나지 않아서였다. 여행하는 도중에 피고의 옷을 정리하다가, 법정에 증거로 제출한 목록들과 유사한 서류를 주머니에서 여러 차례 발견했다. 피고의 책상 서랍에서 같은 목록들을 꺼내 본 적도 있었다. 본인이 목록을 구해 넣어두지 않았느냐는 변호사의 질문에 하인은 그렇지 않다고 부인했다. 하인은 피고가 칼레에서 만난 프랑스 신사에게 같은 목록을 보여주는 모습을 목격했고, 그 후에도 칼레와 불로뉴에서 프랑스 신사를 만나 비슷한 목록을 보여주는 모습을 보았다. 조국을 사랑하는 하인은 이러한 행위를 참을 수 없었으므로 결국 피고를 고발하기에 이르렀다. 하인은 은으로 만든 찻주전자를 훔쳤다고 의심받은 적이 한 번도 없으며, 겨자 소스 단지를 훔쳤다고 비난받은 적은 있지만 그것은 순은이 아니라 은으로 도금한 단지로 밝혀졌다고 말했다. 하인과 존 바사드는 7, 8년 전부터 알고 지내기는 했지만 피고를 고발한 것은 단순히 우연의 일치일 뿐이라고 말했다. 사실 모든 우연의 일치는 이상하기 마련이므로 특별히 더 이상하다고는 생각하지 않는다고도 했다. 두 사람 모두 피고를 고발한 동기가 똑같이 순수한 애국심 때문이라는 사실도 특별히 수상할 것 없는 우연의 일치라고 말했다. 하인은, 자신은 진정한 영국인이며 자신 같은 사람들이 더욱 많아지기를 바란다는 말로 진술을 마쳤다.

법정은 다시 파리 떼 같은 웅성거림으로 술렁였고, 이번에는 검사가 자비스 로리를 호명했다.

"로리 씨, 텔슨 은행의 직원이 맞습니까?"

"그렇습니다."

"1775년 11월 어느 금요일 밤, 업무 때문에 역마차를 타고 런던에서 도버로 간 적이 있습니까?"

"그렇습니다."

"역마차 안에 다른 승객이 있었습니까?"

"두 명 있었습니다."

"그 두 사람은 가는 도중에 내렸지요?"

"그렇습니다."

"로리 씨, 피고를 보십시오. 그때 탔던 두 승객 중 한 명이 맞습니까?"

"확실히 모르겠습니다."

"두 승객 중 한 명과 닮지 않았습니까?"

"두 승객 모두 온몸을 꽁꽁 싸매고 있었고 그날 밤은 무척 어두웠습니다. 게다가 말 한 마디 나누지 않았으므로 그 질문에도 확실히 대답할 수 없습니다."

"로리 씨, 피고를 다시 한 번 보십시오. 피고가 그날 밤 두 승객처럼 꽁꽁 싸매고 있다고 상상했을 때, 피고의 키나 몸집에서 두 승객과 확연히 다른 점이 있습니까?"

"없습니다."

"그렇다면 피고가 두 승객 중 한 명이 아니라고 맹세할 수 있습니까, 로리 씨?"

"없습니다."

"그렇다면 피고가 두 승객 중 한 사람일 수도 있다는 뜻이군요?"

"예. 제가 기억하기로는 저를 포함해서 승객 모두 노상강도가 나타날까 봐 벌벌 떨었는데, 지금 피고에게는 그런 기색이 전혀 보이지 않는다는 점만 빼고는 그렇습니다."

"로리 씨, 두려운 척하는 사람을 본 적이 있습니까?"

"물론입니다."

"로리 씨, 피고를 다시 봐주세요. 이전에 피고를 만난 적이 있습니까?"

"있습니다."

"언제죠?"

"그날로부터 며칠 후 정기선을 타고 프랑스에서 돌아오는 길에 칼레에서 피고가 배에 탔고 그때부터 여정을 함께했습니다."

"피고는 몇 시쯤 배에 올랐습니까?"

"자정이 조금 넘어서였습니다."

"한밤중이었군요. 그렇게 야심한 시각에 배에 오른 승객이 피고뿐이었습니까?"

"공교롭게도 피고뿐이었습니다."

"로리 씨, '공교롭게도'라는 말은 하실 필요가 없습니다. 한밤중에 배에 탄 승객이 피고뿐이었나요?"

"그렇습니다."

"로리 씨, 혼자 여행하고 있었나요, 아니면 일행이 있었습니까?"

"신사분과 숙녀와 동행했습니다. 두 분 모두 여기 와 계십니다."

"그렇군요. 로리 씨는 피고와 이야기를 나누었습니까?"

"몇 마디 나누지 않았습니다. 날씨가 계속 사나웠고 여행이 길고 힘들었으므로 출발해서부터 도착할 때까지 내내 소파에 누워 있었습니다."

"마네트 양!"

조금 전에 법정에 있는 사람들의 눈길을 끌었던 젊은 숙녀가 다시 한 번 시선을 모으면서 자리에서 일어섰다. 마네트 양과 팔짱을 낀 채로 그녀의 아버지도 함께 일어났다.

"마네트 양, 피고를 봐주십시오."

피고는 수많은 군중을 마주하는 일보다 자신을 연민하는 젊고 아름다운 여인을 마주하는 일이 훨씬 힘겨웠다. 구경꾼들의 호기심 어린 시선은 아무래도 상관이 없었지만, 그 순간 마치 자신의 무덤가에서 그녀와 거리를 두고 서 있는 것처럼 느껴져서 평정심을 유지하기 위해 안간힘을 써야 했다. 피고는 황급히 오른손을 움직여 앞에 놓여 있는 약초를 이리저리 나누어놓으며 정원에 꾸며놓은 화단을 상상했다. 호흡을 차분히 가라앉히려 애쓰느라 심장으로 피가 몰렸고 창백한 입술이 덜덜 떨렸다. 법정은 파리 떼가 몰려들듯 다시 소란스러워졌다.

"마네트 양, 이전에 피고를 본 적이 있습니까?"

"네, 있습니다."

"어디서 보았습니까?"

"로리 씨께서 좀 전에 말씀하신 정기선에서 보았습니다."

"조금 전에 증인이 언급한 숙녀가 본인입니까?"

"오! 안타깝게도, 제가 맞습니다!"

연민으로 떨리는 마네트 양의 가련한 목소리가 재판장의 건조한 목소리에 묻혔다. "묻는 질문에만 대답하세요. 의견을 덧붙이지 마십시오." 재판장이 차갑게 말했다.

"마네트 양, 바다를 건너는 동안 피고와 이야기를 나눈 적이 있습니까?"

"예, 그렇습니다."

"무슨 이야기를 했는지 말씀해주시죠."

깊은 정적이 흐르는 가운데 마네트 양이 조심스럽게 입을 열었다. "신사분께서 배에 오르셨을 때……."

"피고를 말하는 겁니까?" 재판장이 눈살을 찌푸리면서 물었다.

"네, 그렇습니다."

"앞으로 피고라고 부르십시오."

"배에 오른 피고는 제 아버지께서 몹시 피로하고 건강이 좋지 않다는 것을 알아챘습니다." 마네트 양은 곁에 서 있는 아버지를 사랑스러운 눈길로 바라보며 말했다. "아버지께서는 너무 지치고 몸이 약해진 상태라 바람을 피하기 위해 자리를 옮기는 것조차 힘겨워하셨습니다. 그래서 갑판 위의 바람을 피할 만한 선실 계단 근처에 자리를 마련하고 곁에서 아버지를 간호했습니다. 그날 밤 다른 승객은 없었고 저희 네 사람뿐이었습니다. 피고는 어떻게 하면 바람과 거친 날씨로부터 아버지를 잘 보호할 수 있을지 조언을 해드려도 되겠냐고 물을 정도로 친절한 분이셨습니다. 저는 배가 항구를 떠나면 날씨가 어떻게 바뀌는지 알지 못했고, 아버지를 어떻게 보살펴드려야 하는지도 잘 몰랐습니다. 피고는 그런 저를 도와주셨습니다. 아버지의 건강을 염려해서 따뜻한 태도로 크게 친절을 베풀어주셨고, 저는 진심 어린 마음을 느꼈습니다. 이렇게 해서 피고와 처음 이야기를 나누게 되었습니다."

"잠깐만요. 피고는 배에 혼자 탔습니까?"

"아닙니다."

"일행이 몇 명 있었습니까?"

"프랑스 신사 두 분이 있었습니다."

"함께 어떤 의논을 하던가요?"

"프랑스 신사분들이 보트로 떠나던 순간까지 무언가 의논하고 계셨습니다."

"피고와 프랑스 신사들 사이에 이 목록들과 비슷한 서류가 오가지는 않았습니까?"

"서류가 오갔지만, 정확히 어떤 서류인지는 모릅니다."

"이 목록들과 모양이나 크기가 비슷하던가요?"

"그럴 수도 있겠죠. 하지만 잘 모르겠어요. 저와 가까운 곳에서 의논하시긴 했지만 신사분들은 전등이 매달려 있는 계단 꼭대기에 계셨습니다. 매우 작은 목소리로 말씀하셨기 때문에 무슨 말인지 듣지 못했고, 게다가 불빛이 약해서 서류를 보고 계시다는 정도만 알 수 있었습니다."

"마네트 양, 이제 피고와 어떤 이야기를 나누었는지 자세히 진술해주시죠."

"피고는 제 딱한 사정을 배려해서 거리낌 없이 대해주셨어요. 그리고 선량하고 친절하게 저희 아버지를 도와주셨고요." 그녀가 갑자기 눈물을 터뜨렸다. "은혜를 오늘 이렇게 해를 끼치는 것으로 갚고 싶지 않습니다."

웅성거리는 소리가 다시 법정을 에워쌌다.

"마네트 양, 당신의 의무이고 그 책임에서 도망칠 수 없으므로 마지못해 증언하고 있다는 사실은 피고를 제외하고 이 법정에 있는 사람이면 누구나 알고 있습니다. 그러니 계속하시죠."

"피고는 제게 복잡하고 까다로운 업무를 처리하기 위해 여행하고 있고, 주변 사람을 곤경에 빠뜨릴까 봐 걱정이 되어서 가명을 쓰고 있다고 했습니다. 그리고 며칠 동안 프랑스에 다녀왔으며 앞으로도 오랫동안 프랑스와 영국을 오가야 할 것 같다고 말했습니다."

"피고가 미국에 대해 언급한 적이 있습니까? 자세히 진술하세요."

"피고는 분쟁이 일어난 이유를 설명해주려 하셨고, 지금까지 벌어진 일로 판단하면 영국이 잘못했고 어리석었다고 했어요. 그리고 농담하는 식으로 조지 워싱턴이 조지 3세만큼 역사적으로 크게 명성을 얻을 수 있을 것이라고 했습니다. 하지만 나쁜 의도는 없었고, 그저 웃으며 무료한 시간을 보내려고 한 말이었어요."

많은 사람의 이목이 쏠리는 중요한 장면에 이르면 청중은 주연배우가 짓는 강렬한 표정을 자신도 모르게 따라 하기 마련이다. 증언하는 내내 마네트 양의 이마에는 긴장과 걱정이 가득 서려 있어 고통스러워 보였다. 재판장이 증언을 받아 적는 동안 마네트 양은 잠시 말을 멈추고 자신의 증언이 어떤 영향을 미칠지 염려하며 변호사 쪽을 걱정스레 살폈다. 법정을 가득 메운 청중도 그녀와 같은 표정을 짓고 있었다. 증언을 받아 적던 재판장이 조지 워싱턴에 관한 매우 이단적인 진술을 듣고 불쾌감을 나타내며 고개를 들었을 때, 그곳에 있는 수많은 청중의 이마가 모두 마네트 양을 비추는 거울로 보일 정도였다.

검사가 재판장에게 만약의 경우에 대비하고 형식을 갖추기 위해, 마네트 양의 아버지인 마네트 박사도 증인석에 세워야 한다고 제안했다. 뒤이어 마네트 박사가 호명되었다.

"마네트 박사, 피고를 보십시오. 이자를 본 적이 있습니까?"

"한 번 보았습니다. 그가 영국에 있는 제 숙소를 찾아왔습니다. 3년이나 3년 반쯤 되었지요."

"정기선을 같이 탔던 승객이 피고가 맞습니까? 피고가 따님과 어떤 이야기를 나누었는지 진술해주시겠습니까?"

"두 질문 모두 대답할 수 없습니다."

"그렇게 하지 못하는 특별한 이유라도 있습니까?"

"예, 있습니다." 마네트 박사가 낮은 목소리로 대답했다.

"모국에서 재판을 받기는커녕 기소되지도 않은 상태로 억울하게 오랫동안 투옥되어 고통을 겪은 일 때문입니까?"

마네트 박사가 모두의 폐부를 찌르는 목소리로 대답했다. "아주 기나긴 투옥 생활이었습니다."

"지금 문제가 되는 시기는 박사가 풀려난 직후이죠?"

"그렇다고 하더군요."

"그때 상황을 전혀 기억하지 못합니까?"

"전혀요. 제 기억은 백지 상태입니다. 정확히 언제인지도 모르지만 자기 속에 저를 가두고 신발을 만들던 때부터 영국에서 딸과 같이 살고 있다는 사실을 깨달았을 때까지 머릿속이 완전히 하얗습니다. 은혜로운 하느님 덕분에 몸을 회복하고 눈을 떴을 때 딸과 저는 이미 친밀한 사이였지만, 서로 어떻게 가까워졌는지조차 모릅니다. 그 과정은 전혀 기억나지 않습니다."

검사가 자리에 앉고, 뒤이어 마네트 부녀도 자리에 앉았다.

재판에서 새로운 쟁점이 떠올랐다. 피고가 정체 모를 공모자와 함께 5년 전인 11월 금요일 밤에 도버 행 역마차를 탔고, 목적지를 감추려고 다른 장소에 내렸다가 몇 십 킬로미터를 되돌아가 국경 수비대와 항구 시설에서 정보를 수집했다는 의혹이었다. 정확히 그 시기에 그 일대 마을의 호텔 찻집에서 일행을 기다리는 피고를 보았다는 목격자가 진술을 하려고 증언대에 섰다. 피고의 변호사가 목격자를 반대 심문을 했지만 그날 이후에는 피고를 한 번도 본 적이 없다는 진술을 받아낸 것 말고는 소득이 없었다. 이때 재판 내내 천장만 바라보고 있던 가발 쓴 신사가 작은 종이에 단어 몇 개를 적더니 구깃구깃 접어 변호사에게 던졌다. 잠시 심문을 멈추고 쪽지를 펴서 읽은 변호사는 매우 호기심 어린 눈으로 주의 깊게 피고를 바라보았다.

"증인은 자신이 목격한 사람이 틀림없이 피고라는 사실을 지금도 확신합니까?"

목격자가 그렇다고 대답했다.

"혹시 피고와 매우 닮은 사람을 본 것은 아닙니까?"

목격자는 자신이 착각할 만큼 닮은 사람은 본 적 없다고 말했다.

그러자 변호사가 방금 종이를 건넨 남자를 가리키며 말했다. "저기 앉아 있는 학식 있는 제 동료를 잘 보십시오. 그리고 다시 피고를 보십시오. 어떻습니까? 많이 닮지 않았습니까?"

변호사의 동료가 방탕까지는 아니더라도 단정하지 않고 부주의해 보인다는 점만 제외하면, 목격자는 물론이고 법정에 있는 모든 청중이 비교해보고 놀랄 정도로 두 사람의 생김새는 비슷했다. 변호사가 동료의 가발을 벗게 해달라고 요청하자 재판장은 마지못해 허락했고, 동료가 가발을 벗자 두 사람의 모습은 훨씬 눈에 띄게 닮아 보였다. 재판장이 피고의 변호사인 스트라이버에게 동료인 카턴을 반역죄로 기소할 생각이냐고 물었다. 스트라이버는 아니라고 대답하면서 그렇다면 목격자에게 이처럼 한 번 일어난 일이 두 번 일어나지 말라는 법은 없지 않으냐고, 목격자가 자신의 경솔함을 미리 그림 보듯 훤히 알았다면 아까처럼 자신 있게 증언할 수 있었겠냐고, 그리고 지금 이러한 장면을 보고도 고집을 내세울 생각이냐고 묻고 싶다고 말했다. 결국 목격자의 신뢰도는 깨진 도자기처럼 산산조각 났고, 재판에서 목격자가 맡은 역할도 쓸모없는 잡동사니처럼 하찮아졌다.

제리는 점심도 거르고 손가락에 묻은 녹을 핥으며 재판을 지켜보고 있었다. 그리고 스트라이버가 몸에 꼭 들어맞는 옷을 배심원단에게 입히듯 피고의 사례를 변론하는 장면을 지켜보았다. 스트라이버는 이렇게 주장했다. 바사드는 애국자로 알려져 있지만 실제로는 고용된 첩자이고 반역자이며, 뻔뻔한 악덕 상인의 피가 흐를 뿐 아니라 저주받은 유다 이후로 가장 비열한 악당입니다. (바사드는 실제로 유다처럼 보였다.) 그리고 도덕적인 하인으로 알려진 클라이는 바사드의 친구이자 동업자로 역시 만만치 않은 악당이며, 사기를 일삼는 두 사람이 거짓을 맹세하고 피고를 치밀하게 관찰하여 희생양으로 삼았습니다. 프랑스 출신인 피고는 가족 문제 때문에 바다 건너 프랑스를 여러 번 오가야 했는데, 곁에 있는 지인들을 보호하기 위해 프랑스를 오간 이유는 목에 칼이 들어와도 밝힐 수 없다고 합니다. 그리고 모두가 지켜보는 곳에서 고통스러워하는 젊은 숙녀에게서 억지로 증언을 쥐어짜냈지만, 그 증언조차도 우연히 만난 젊은 신사와 숙녀 사이에 오갈 법한 순수한 용기와 친절함이었을 뿐 전혀 문제될 것이 없습니다. 물론 조지 워싱턴에 대한 농담은 예외지만 그 내용이 너무 어처구니가 없으므로 단지 엉뚱한 농담일 뿐 다른 의도가 있을 리 만무합니다. 그리고 이렇게 덧붙였다. 정부가 대중의 인기를 얻기 위해 국민의 가장 어두운 공포와 반감을 이용하다 실패하는 것은 크나큰 수치이고, 정부와 손잡은 검사도 국민의 그러한 감정을 최대한 이용하려 했지만 결국 아무것도 얻어내지 못하지 않았습니까? 부도덕하고 악명 높은 인물들이 내세운 증거가 이런 재판을 망치는 일이 비일비재하고, 나라에 이러한 국사범 재판이 넘쳐나고 있습니다. 이때 재판장이 변호사의 말이 거짓이라는 듯 근엄한 표정을 지으면서 끼어들어, 판사석에 앉아 있는 동안 이러한 위험한 발언은 절대 용인하지 않을 것이라고 선언했다.

변호사인 스트라이버가 몇 명 되지 않는 증인을 불렀다. 제리는 아까 변호사가 배심원에게 꼭 맞게 입혀놓은 옷을 검사가 다시 뒤집어 벗기는 장면을 보았다. 검사는 바사드와 클라이가 자신이 생각했던 것보다 백배는 나은 사람들이고, 피고는 백배나 사악한 악당이라고 주장했다. 마지막으로 재판장이 나서서 배심원의 옷을 이리저리 뒤집더니 단호하게 재단하고 다듬어 피고가 입을 '수의'로 만들었다.

배심원들이 판결을 내리려고 논의에 들어가자 법정은 다시 파리 떼가 윙윙대듯 웅성거렸다.

카턴은 자리도 자세도 바꾸지 않고 가만히 앉아 계속 천장만 바라봤다. 지금처럼 소란스러운 상황에도 요지부동이었다. 반면에 동료인 스트라이버는 서류를 모아 앞에 놓기도 하고, 옆에 앉은 일행과 귓속말을 하거나 가끔 긴장한 눈으로 배심원단을 흘깃 보았다. 청중들도 이리저리 자리를 옮겼다. 재판장까지도 평정심을 잃은 것 같다는 의심을 받을 정도로 자리에서 일어나 단상 위를 이리저리 거닐었다. 이 와중에도 카턴은 해진 법복을 대충 걸친 채로 아까 벗었던 가발을 아무렇게나 머리에 쓰고는, 양손을 주머니에 꽂고 등을 기대고 앉아 온종일 그랬듯 천장만 쳐다보고 있었다. 카턴은 태도가 너무 심드렁해서 평판이 나빴을 뿐 아니라, 아까만큼 피고와 많이 닮아 보이지도 않았다. 조금 전에 피고와 나란히 비교되었을 때 잠깐 진지해졌을 뿐 피고에게 대놓고 계속 무관심하자, 몇몇 사람들은 이제 두 사람이 그다지 닮아 보이지 않는다고 수군대기도 했다. 이런 모습들을 지켜보던 제리는 옆 사람에게 자기 생각을 말하면서 이렇게 덧붙였다. "저 사람이 법하고는 아무 관계도 없다는 데 반 기니를 걸겠소. 그쪽에서 일하는 사람으로는 안 보이는군. 그렇지 않소?"

하지만 카턴은 겉보기와 달리 주변을 예의 주시하고 있었다. 마네트 양이 아버지의 가슴에 기대 고개를 떨어뜨리는 모습도 카턴이 제일 먼저 발견하고 소리쳤다. "경관! 저 아가씨를 보시오. 아버지를 도와 그녀를 밖으로 내보내주시오. 아가씨가 쓰러지려 하지 않소!"

마네트 양이 부축을 받으며 아버지와 함께 나가자 사람들은 그녀를 매우 가엾게 여겼고 그 아버지를 동정했다. 마네트 박사는 수감 생활을 했던 기억이 다시 떠올라 분명 매우 고통스러웠을 것이다. 증인석에서 질문을 받을 때 박사는 정신적으로 매우 불안해 보였고, 과거를 곰곰이 되씹을 때는 얼굴에 짙은 먹구름이 드리워서 훨씬 늙고 약해 보였다. 마네트 박사가 법정을 나가자, 논의를 멈추고 잠시 기다렸던 배심원단은 대표를 앞세워 자신들의 의견을 전달했다.

배심원들은 의견의 일치를 보지 못했으므로 잠시 퇴정하고 싶다고 요청했다. (아마도 조지 워싱턴 이야기에 계속 사로잡혀 있었을) 재판장은 배심원단이 결론을 내지 못했다는 사실을 듣고 다소 놀란 것 같았지만, 어쨌거나 철저한 감독 아래 퇴정하라고 허락하면서 자신도 법정을 떠났다. 재판은 종일 계속되었고 법정에는 이제 등불이 켜졌다. 휴정이 당분간 계속될지 모른다는 소문이 돌자 관중들은 휴식을 취하기 위해 자리를 떴고 피고도 피고석에서 물러나 의자에 앉았다.

마네트 부녀와 함께 나갔던 로리 씨가 돌아와 사람들의 관심이 시들해진 틈을 타서 제리를 불렀다.

"제리, 배가 고프면 요기를 해도 좋지만 멀리 가지는 말게. 배심원단이 돌아오는지 잘 살폈다가 같이 들어와야 하네. 그리고 은행에 배심원의 판결을 전해주게나. 자네는 내가 알기로 가장 발이 빠른 심부름꾼이니 나보다 빨리 템플 바에 도착할 수 있을 걸세."

이마가 꼭 손가락 한 마디만큼 좁은 제리는 수고비로 1실링을 받고는 무슨 말인지 알아들었다는 뜻으로 자기 이마를 손가락으로 짚었다. 그때 카턴이 다가와 로리 씨의 팔을 툭 쳤다.

"마네트 양은 좀 어떻습니까?"

"매우 괴로워하고 있지만 마네트 박사께서 잘 돌보고 계시고 법정을 나간 뒤로는 많이 좋아졌습니다."

"피고한테 그렇게 전하겠습니다. 선생님처럼 훌륭한 은행원께서 피고와 대화하는 모습을 사람들이 보면 좋지 않을 테니까요."

로리는 마음속으로 혼자 고민하고 있었던 생각을 들키기라도 한 듯 얼굴을 붉혔다. 카턴이 난간 밖으로 나갔다. 법정 출구도 그쪽에 있었으므로 제리는 눈과 귀를 열어 온 신경을 날카롭게 세우며 그의 뒤를 따랐다.

"다네이 씨!"

피고가 곧장 앞으로 걸어 나왔다.

"마네트 양의 소식을 알고 싶어 하실 것 같아서요. 아가씨는 이제 괜찮답니다. 가장 힘든 고비는 넘겼습니다."

"저 때문에 그렇게 된 것 같아 매우 죄송합니다. 깊이 사과드린다고 대신 전해주시겠습니까?"

"알겠습니다. 원하신다면 그렇게 하지요."

카턴의 태도는 무례하게 느껴질 정도로 무심했다. 그는 팔꿈치를 난간에 기대며 피고에게 등을 반쯤 돌리고 서서 대꾸했다.

"그럼 부탁하겠습니다. 그리 해주신다니 감사합니다."

여전히 등을 반쯤 돌린 상태로 카턴이 물었다. "재판 결과가 어떻게 나올 거라고 생각합니까?"

"최악의 판결이 내려질 것 같습니다."

"최악을 예상하는 게 가장 현명하겠죠. 자연스러운 결론이기도 할 겁니다. 하지만 배심원이 퇴정한 것이 당신에게 유리하게 작용할 것 같습니다."

법정 출구에서 서성일 수는 없었으므로 제리는 둘의 대화를 더 이상 엿듣지 못하고 발길을 돌렸다. 제리의 등 뒤로는 얼굴은 매우 닮았지만 행동이 전혀 다른 두 사람이 위에 놓인 거울에 함께 모습을 비추며 나란히 서 있었다.

양고기 파이와 맥주로 배를 채웠는데도 도둑과 악당으로 붐비는 복도에서 보내는 한 시간 반은 무거운 다리를 절뚝이며 걷는 것처럼 더디게 지나갔다. 목이 쉰 심부름꾼은 요기를 하고 나서 불편한 자세로 앉아 꾸벅꾸벅 졸았다. 갑자기 왁자지껄한 인파가 법정으로 향하는 계단을 재빠르게 오르기 시작하자 심부름꾼도 발 빠르게 행렬에 합세했다.

"제리! 제리!" 심부름꾼이 도착했을 때 이미 로리 씨가 문 앞에 나와 그를 기다리며 다급하게 불렀다.

"나리, 저 여기 있습니다! 사람들로 미어터져 정신이 하나도 없네요. 저 왔습니다."

로리가 사람들을 헤치며 쪽지를 건넸다. "서둘러야 하네! 잘 챙겼지?"

"그럼요, 챙겼습니다."

로리가 쪽지에 재빠르게 휘갈긴 글씨는 '무죄'였다.

"나리께서 '되살아났다'라고 적힌 쪽지를 다시 주셨다면 이번에는 무슨 뜻인지 알았을 텐데." 제리가 발길을 돌리며 중얼거렸다.

제리는 중앙형사법원을 벗어나기 전까지 어떤 말도 어떤 생각도 할 틈이 없었다. 법정에서 정신없이 쏟아져 나오는 인파 때문에 다리를 가누기가 힘들었다. 사람들은 실망한 파리 떼가 썩은 고기를 찾아 나서듯 시끄럽게 웅성대며 거리로 휩쓸려 나갔다.

4장

축하 인사

 온종일 들끓던 인간 스튜에서 남은 마지막 찌꺼기까지 어두침침한 법원 복도를 빠져나가자, 마네트 부녀와 로리, 피고 측 변호사인 스트라이버가 한데 모여 방금 사형을 면한 찰스 다네이에게 축하의 말을 건넸다.

 불빛을 더 밝힌다 해도, 지적이고 꼿꼿한 모습의 마네트 박사를 보면서 파리의 다락방에서 신발을 만들던 노인의 모습을 떠올리기는 어려웠다. 하지만 누구라도 그를 한번 보고 나면 그냥 지나치지 못했다. 박사의 낮고 엄숙한 목소리에 담긴 애절한 감정을 느끼거나, 느닷없이 닥친 음울한 기분에 넋이 빠진 모습을 보지 않더라도 마찬가지였다. 재판 때 그랬듯 외부적인 이유로 그의 영혼 깊숙이 박혀 있는 오랜 고통이 되살아나기도 했지만, 특별한 이유가 없는데도 우울한 어둠이 문득 그를 덮치곤 했다. 박사의 사연을 잘 모르는 사람들에게는 이해할 수 없는 모습이었다. 여름 태양 아래 놓인 바스티유 감옥의 그림자가 수백 킬로미터 밖에 있는 그를 뒤덮은 것 같았다.

박사의 마음속에 드리운 어두운 구름을 밀어낼 수 있는 것은 딸뿐이었다. 루시 마네트는 아버지의 비참한 삶을 넘어서서 과거와 현재를 이어주는 '금색 실'이었다. 딸의 목소리와 밝은 얼굴, 부드러운 손길에는 마네트 박사를 살아가게 하는 강한 힘이 깃들어 있었다. 그 힘이 항상 강하지만은 않아서 괴로워하는 아버지의 모습을 이따금씩 지켜봐야 했지만, 그런 일은 아주 드물었고 또 그 정도가 가벼워서 루시는 아버지가 더 이상 고통받지 않을 거라고 믿었다.

찰스 다네이는 감사의 표시로 루시의 손등에 열렬하게 입맞추고 나서 스트라이버를 돌아보며 진심을 다해 감사 인사를 건넸다. 스트라이버는 서른 남짓한 나이인데도 그보다 스무 살은 더 들어 보였고, 몸집이 건장하고 목소리가 우렁찼으며 얼굴이 불그스름했다. 허세가 심할 뿐 아니라 섬세함과는 거리가 멀어서 동료들과 이야기할 때면 몸으로든 마음으로든

무작정 밀치고 끼어들었고, 세상을 살아가는 방식도 이와 비슷했다.

아직 가발을 쓰고 법복을 입고 있던 스트라이버는 의뢰인에게 말을 걸기 위해 아무 잘못 없는 로리 씨가 무리에서 완전히 밀려날 정도로 억세게 몸을 밀어 넣었다. "다네이 씨, 사건이 잘 해결되어서 정말 기쁩니다. 어처구니없을 정도로 부당하고 악랄한 기소였습니다. 그렇다고 검사가 이길 가능성을 배제할 수는 없는 재판이었죠."

"생명을 구해주셨으니 이 은혜는 평생 잊지 않겠습니다." 다네이가 스트라이버의 손을 잡으며 말했다.

"최선을 다했답니다, 다네이 씨. 최선을 다하면 누구든 저만큼 잘할 수 있다고 생각합니다."

누군가 한마디 덧붙여야 할 상황에 이르자 로리가 나서서 말했다. "아닙니다, 변호사님만큼 사건을 잘 해결할 사람은 없었을 겁니다." 사심 없이 한 말은 아니었다. 다시 대화에 끼어들려는 의도였다.

스트라이버가 말했다. "정말 그렇게 생각하십니까? 그렇죠! 온종일 법정에 계셨으니 잘 아실 겁니다. 더군다나 로리 씨는 사무를 노련하게 처리하는 분이기도 하시니까요."

"그러면 이제……." 로리 씨가 입을 열자 법률에 정통한 변호사는 조금 전에 로리 씨를 무리 밖으로 밀어낼 대처럼 다시 어깨부터 집어넣었다. "이제 마네트 박사님께서는 흩어져서 모두 집으로 돌아가라고 말씀해주셔야 하겠습니다. 마네트 양의 안색이 좋지 않습니다. 다네이 씨도 끔찍한 하루를 보냈고 우리 모두 지쳤습니다."

스트라이버가 말했다. "로리 씨, 본인 사정만 말씀하시면 됩니다. 저는 아직도 밤에 할 일이 남아 있습니다. 당신은 어떠신데요?"

로리가 대답했다. "제 생각을 말한 겁니다. 물론 다네이 씨와 마네트 양의 사정도 고려했습니다. 마네트 양, 모두의 생각도 그렇지 않은가요?" 로리 씨는 정곡을 찔러 루시에게 묻고는 마네트 박사를 힐끗 쳐다보았다.

마네트 박사는 굳은 얼굴로 의심스러운 표정을 지으면서 다네이를 뚫어지게 바라보고 있었다. 점점 일그러지는 표정에 반감과 불신이 드러났고 약간의 두려움마저 섞여 있었다. 이런 묘한 표정을 짓고 있는 박사의 마음은 허공을 떠돌고 있는 것 같았다.

"아버지." 루시는 아버지의 손을 살며시 잡으며 말했다.

박사는 얼굴에 드리운 그림자를 천천히 떨쳐내며 딸을 바라보았다.

"그만 집에 돌아갈까요, 아버지?"

길게 한숨을 내쉬면서 박사가 대답했다. "그러자꾸나."

찰스 다네이 본인이 그날 밤에는 풀려나지 못할 것처럼 말했기 때문에, 무죄로 풀려났는데도 친구들은 이미 흩어지고 없었다. 중앙형사법원의 복도에는 등불이 거의 꺼졌고 철문도 모두 덜컹거리는 소리를 내며 잠겼다. 지금 아무도 없는 이 음산한 곳은 내일 아침이면 교수대와 칼, 태형 기둥과 인두 등에 열광하는 사람들로 다시 북적일 것이다. 마네트 양은 아버지와 다네이 사이에 서서 밖으로 걸어 나왔다. 마네트 부녀는 불러놓은 마차를 타고 집으로 향했다.

스트라이버는 무리가 아직 복도에 있을 때 이미 사람들을 어깨로 밀치며 탈의실로 갔다. 그때 무리에 끼어 있지 않고 누구하고도 말 한마디 나누지 않은 채 가장 어둡게 그늘이 드리운 벽에 기대어 있던 사람이 조용히 무리를 따라 나가 부녀를 태운 마차가 떠나는 모습을 지켜보았다. 그러고는 로리 씨와 다네이가 서 있는 인도로 걸어왔다.

"로리 씨! 이제는 노련한 사무원께서 다네이 씨와 이야기를 나누어도 별 탈이 없겠죠?"

지금까지 어느 누구도 그날 재판에서 카턴이 한 일을 칭찬하지 않았고, 실제로 그가 무슨 일을 했는지 아는 사람도 없었다. 법복을 벗고 있는 지금도 카턴의 인상은 전보다 나아 보이지 않았다.

"사무원들이 일을 하면서, 착한 본성을 따르고 싶지만 사무적으로 행동해야만 할 때 속으로 얼마나 갈등하는지 안다면 놀라실 겁니다, 다네이 씨."

로리가 얼굴을 붉히며 부드러운 어조로 말했다. "카턴 씨도 전에 말씀하셨지요. 우리 사무원들은 회사의 즈인이 아니라 회사를 위해 일해야 하죠. 그러니 자신의 입장보다 회사의 업무를 먼저 생각해야 합니다."

카턴은 무심하게 대답했다. "압니다, 알지요. 언짢아하지 마세요, 로리 씨. 선생은 다른 사람 못지않게 성실하신 분이죠. 그 점은 의심하지 않습니다. 아니 더 뛰어난 분이라고 말할 수 있죠."

로리는 카턴의 말을 들은 척도 하지 않고 계속 말했다. "정말이지, 난 카턴 씨가 제 일하고 무슨 관계가 있는지 도무지 모르겠습니다. 제가 나이를 훨씬 많이 먹었으니 실례를 무릅쓰고 말하자면, 카턴 씨에게는 상관할 일이 없는 것 같군요."

카턴이 말했다. "상관할 일이 없다고요? 자상도 하시군요. 그렇죠, 일이 없죠."

"그것 참 딱하군요."

"저도 그렇게 생각합니다."

"그래도 일이 있으면 신경을 쓸 텐데 말입니다." 로리가 계속 말을 이었다.

"맙소사, 결단코! 그럴 일은 없을 겁니다."라고 카턴이 받아쳤다.

로리는 카턴의 퉁명스러운 말투에 화가 나서 소리쳤다. "이봐요, 카턴 씨! 맡은 업무를 수행하는 것은 아주 바람직하고 훌륭한 일입니다. 그런 업무를 처리하다 보면 여러 가지 규율을 지켜야 하고 말 못할 애로사항들이 생기기 마련입니다. 여기 마음이 넓은 젊은 신사 다네이 씨라면 그런 상황을 어떻게 헤쳐나가야 할지 잘 아실 겁니다. 다네이 씨, 안녕히 가세요. 축복받으시길 바랍니다! 오늘의 일이 순조롭고 행복한 삶의 출발점이 되기를 빕니다. 어이, 마차!"

카턴뿐 아니라 자신에게도 조금 화가 났는지 로리는 서둘러 마차를 잡아타고 텔슨 은행으로 향했다. 카턴은 이미 취한 듯 포도주 냄새를 풍기면서 소리 내어 껄껄 웃으며 등을 돌려 다네이를 보았다.

"이렇게 둘만 남다니 묘한 인연입니다. 이상한 밤이지 않습니까? 이 길거리에 닮은 사람 둘이서 덩그러니 서 있다니 말입니다."

다네이가 대답했다. "이 세상에 계속 발붙이고 있다는 게 아직은 실감 나지 않습니다."

"그렇겠죠. 조금 전까지만 해도 죽음에 바싹 다가가 있었으니 말입니다. 목소리에 힘이 없군요."

"온몸에 기운이 없는 것도 이제야 알겠습니다."

"그럼 제길, 저녁이나 함께 먹을까요? 나는 그 멍청이들이 당신을 이 세상에 남겨둘지 저세상으로 보낼지 고민하는 동안에 밥을 먹었지만요. 여기서 제일 가깝고 요리를 잘하는 선술집으로 안내하리다."

카턴은 찰스 다네이의 팔을 잡아끌며 러드게이트 언덕을 내려가 플리트 거리의 포장된 길을 따라 선술집으로 들어갔다. 둘은 조그만 방으로 안내받았다. 다네이는 담백한 요리에 고급 포도주를 곁들여 먹고는 이내 기운을 차렸다. 그동안 카턴은 같은 탁자의 맞은편에 앉아 따로 주문한 포도주를 들이켜다가 다소 무례한 말투로 다네이에게 물었다.

"이제 이 세상에 다시 돌아온 게 실감 나시오, 다네이 씨?"

"시간과 장소가 뒤엉키기는 했지만 그렇게 느끼는 것을 보니 많이 나아진 것 같습니다."

"정말 좋으시겠소!"

카턴은 쓸쓸하게 말하고는 다시 잔을 채웠다. 큼직한 잔이었다.

"그런데 말입니다, 나는 무엇보다 이 세상에 속해 있다는 사실을 잊고 싶어요. 세상이 나에게 준 것이라곤 이 술뿐이죠. 물론 나도 세상에 해준 것이 하나도 없긴 하군요. 이 점만큼은 우리가 그리 닮지 않았겠군. 사실 가만 보면 특별히 닮은 구석이 있는 것 같지도 않아요. 우리 두 사람 말입니다."

그날 이런저런 감정을 겪느라 이미 정신이 혼란스러웠던 다네이는 자신과 얼굴이 닮았지만 행동은 거칠기 짝이 없는 카턴과 함께 있다는 사실이 꿈처럼 느껴져서 어떻게 대답해야 할지 막막했고 결국 아무 말도 하지 않았다.

이내 카턴이 말을 꺼냈다. "이제 식사가 끝났으면 건강을 위해 건배할까요, 다네이 씨? 건배 괜찮죠?"

"누구의 건강을 위해 건배할까요? 아니면 누구를 위해 건배할까요?"

"왜 있잖소, 당신 혀끝에 맴도는 사람이요. 있을 텐데요, 있고말고요. 암, 분명히 있지 않습니까?"

"그럼, 마네트 양을 위하여!"

"마네트 양을 위하여!"

카턴은 건배를 하고 술을 들이켜며 다네이의 얼굴을 빤히 쳐다보다가 어깨너머 벽으로 술잔을 내던졌다. 술잔은 산산조각 났고 카턴은 종을 울려 새 잔을 달라고 했다.

카턴은 새 잔에 술을 채우며 말했다. "한밤중에 마차를 타고 떠났죠. 참 아리따운 아가씨예요."

다네이는 얼굴을 살짝 찌푸리며 "네."라고 짧게 대답했다.

"그렇게 아름다운 아가씨가 동정해주고 눈물을 흘려주다니! 기분이 어떻던가요? 그러한 동정과 연민의 대상이 될 수 있다면 목숨 걸고 재판을 받을 만하지 않던가요, 다네이 씨?"

다네이는 이번에도 입을 다물고 아무 말도 하지 않았다.

"마네트 양에게 당신 소식을 전해주었더니 매우 기뻐하더군요. 겉으로 기쁜 내색을 하지는 않았지만 내가 보기에는 그랬소."

이 말에 다네이는 이 무례한 사내가 오늘 자진해서 자신을 곤경에서 구해주었다는 사실을 기억해냈다. 그래서 화제를 바꾸어 카턴에게 고맙다고 말했다.

"감사하다는 말도 어떤 보상도 원하지 않소." 무심한 말투였다. "무엇보다 그리 대단한 일도 아니었고, 내가 왜 그랬는지도 모르겠소. 그건 그렇고 다네이 씨, 한 가지만 물어봐도 되겠소?"

"물론입니다. 당신의 호의에 조금이라도 보답할 수 있다면요."

"내가 당신에게 특별히 호의를 갖고 있다고 생각하시오?"

다네이는 적잖이 당황하면서 대답했다. "카턴 씨, 그 질문에 대해서는 한 번도 생각해본 적이 없습니다."

"그럼, 지금 생각해보시오."

"호의가 있는 사람처럼 행동하셨지만 그런 것 같지는 않습니다."

카턴이 말했다. "내 생각도 그렇소. 이해력이 아주 뛰어나시군요."

다네이는 종을 울리려고 일어서면서 말을 이었다. "그렇다고 해서 감사의 표시를 하지 못하게 막거나 서로 얼굴을 붉히며 헤어질 일은 없어야겠죠."

카턴이 대꾸했다. "그런 일은 평생 없을 거요!" 다네이가 종을 울리자 카턴이 물었다. "전부 계산할 작정이시오?" 그렇다고 하자 카턴은 종업원에게 말했다. "그럼 웨이터, 같은 술로 한 잔 더 가져오고, 열 시에 와서 깨워주게."

다네이는 술값을 계산하고 일어나서 인사를 건넸다. 하지만 카턴은 인사에는 대꾸도 하지 않고 일어나서 마치 시비를 거는 것 같은 태도로 말했다. "마지막으로 물읍시다, 다네이 씨. 내가 취한 것 같소?"

"술을 많이 드신 것 같습니다, 카턴 씨."

"그런 것 같다니? 많이 마신 걸 다 알고 있으면서."

"그렇게 말해야 한다면야, 분명히 많이 드셨습니다."

"그러면 내가 왜 취해야 하는지도 알려드리지. 나는 지긋지긋한 일만 하는 불행한 사람이오. 세상 천지에 내가 신경 써줄 사람도 없고 내게 신경 써주는 사람도 없소이다."

"정말 안타깝습니다. 재능을 발휘하실 수도 있을 텐데요."

"그럴지도 모르고 아닐지도 모르지, 다네이 씨. 그런데 그렇게 말짱한 얼굴로 으쓱거리지 마시오. 그러다 무슨 일을 당할지 아무도 모르거든. 안녕히 가시오!"

홀로 남겨진 기이한 사내는 촛불을 들고 벽에 걸린 거울 앞으로 가서 자신의 모습을 자세히 뜯어보았다.

"저 친구에게 특별히 호감이 있나?" 카턴은 자기 얼굴을 들여다보며 중얼거렸다. "너를 닮은 사람에게 특별히 호감을 가질 이유라도 있냐고? 네 안에는 닮은 구석이 전혀 없어. 잘 모르겠나 보군. 너는 정말 많이 변했어! 네가 저 친구를 좋아할 만한 이유는, 네가 예전에 떠나보냈고 멋질 수도 있었던 네 모습을 저 녀석에게서 볼 수 있어서지. 녀석과 처지가 바뀐다면 녀석에게 하듯 그 푸른 두 눈으로 너를 바라봐주고, 그 걱정 어린 얼굴로 너를 위로해주었을까? 자, 솔직히 털어놔봐! 너는 저 녀석을 싫어해."

카턴은 술로 마음을 달랬다. 주문한 술을 몇 분만에 다 들이켜고는 탁자 위에 양팔을 포개 머리를 얹고 잠이 들었다. 머리카락은 사방으로 헝클어졌고, 양초에서 기다란 촛농이 녹아내렸다.

5장

자칼

 이 시기는 주정뱅이의 시대였고, 대부분의 남자들이 술을 지독하게 마셔댔다. 세월이 흐르면서 음주 습관도 많이 변해서, 당시 신사로서 완벽하게 품위를 지키면서 하룻밤 동안 마셨던 술의 양은, 어느 정도 줄여 말하더라도 요즘에는 터무니없는 허풍이라고 여길 정도였다. 법률 전문가들도 진탕 마시는 술버릇에 있어서는 다른 분야의 전문가들에 뒤지지 않았다. 전부터 규모가 크고 이익이 되는 일이라면 잽싸게 끼어들었던 스트라이버도 예외는 아니었다. 그는 법조계에서 벌어지는 경쟁만큼이나 술자리에서도 동료들에게 뒤지지 않았다.
 중앙형사법원뿐 아니라 지방법원에서도 인기 있었던 스트

라이버는 사다리를 한 칸 밟고 올라가면 아래 칸을 조심스럽게 잘라버렸다. 상황이 이렇다 보니 중앙형사법원과 지방법원은 명성을 쌓은 그를 두 팔을 활짝 벌려 초대해야 했다. 마치 정원에서 다채롭게 빛나는 꽃들 사이에서 커다란 해바라기가 태양을 향해 뻗어 오르는 것처럼, 스트라이버는 가발 쓴 무리들 틈을 헤치고 불쑥 튀어나와 왕립재판소 수석 재판관의 면전에 그 불그레한 얼굴을 날마다 들이밀었다.

법조계에서 스트라이버는 언변이 뛰어나고 뻔뻔하며 치밀하고 대담하긴 하지만, 방대한 양의 자료에서 핵심을 추려내는 능력이 부족하다는 평을 받았다. 이러한 능력은 변호사로 성공하려면 가장 필수적으로 갖춰야 할 조건의 하나였다. 하지만 그는 이러한 약점을 놀라울 정도로 빨리 극복했다. 사건을 많이 맡을수록 사건의 핵심을 이해하는 능력이 향상되는 것 같았다. 늦은 밤까지 시드니 카턴과 흥청망청 술을 마셔도 다음 날 아침이면 사건의 핵심을 정확하게 짚어내곤 했다.

게으른 데다 전망이라고는 눈을 씻고 찾아도 없어 보이는 시드니 카턴은 스트라이버의 중요한 협력자였다. 힐러리 기간부터 성 미카엘 축일*까지 두 사람이 마신 술의 양은 국왕

---

* 힐러리 기간은 1월 11일부터 부활절 직전 수요일이고, 성 미카엘 축일은 9월 29일이다.

의 배를 띄울 수 있을 만큼 엄청났다. 사건 때문에 스트라이버가 법정에 나타나는 날이면 양손을 주머니에 넣고 법정 천장을 바라보는 카턴이 으레 있었다. 두 사람은 순회 재판에도 함께 다녔고 늦은 밤까지 진탕 마셔댔다. 카턴이 방탕한 고양이처럼 대낮부터 비틀거리며 숙소로 살그머니 들어간다는 소문이 나돌았다. 결국 호사가들은 카턴을 두고 결코 '사자'는 되지 못하겠지만 굉장히 뛰어난 '자칼'이어서 스트라이버의 부족한 능력을 메워준다고들 말했다.

"열 시입니다, 손님." 카턴에게서 깨워달라는 부탁을 받은 선술집 종업원이 말했다. "열 시예요."

"뭐라고?"

"열 시입니다."

"뭐? 밤 열 시?"

"네. 손님이 열 시에 깨워달라고 하셨잖아요."

"아 참, 그랬었지. 맞아."

카턴은 다시 잠을 청하려고 몇 차례 뒤척였지만 종업원이 오 분 동안 난롯불을 계속 휘저으면서 교묘하게 잠을 깨우는 바람에 할 수 없이 일어나서 모자를 눌러쓰고 밖으로 나갔다. 템플 바가 있는 방향으로 접어들어 왕립법원 산책로와 신문사들이 늘어서 있는 보도를 천천히 두 번을 오가며 잠을 깨고 나서 그는 스트라이버의 사무실로 발걸음을 옮겼다.

이런 만남이 있을 때마다 쓸모 있었던 적이 없는 서기는 오늘도 여지없이 퇴근한 후라서 스트라이버가 직접 문을 열어줬다. 슬리퍼를 신고 헐렁한 잠옷을 입은 그는 편안하게 목을 훤히 드러내고 있었다. 그와 같은 계급의 모든 애주가들이 으레 그렇듯 벌겋게 달아오른 눈은 거칠면서도 지쳐 보였다. 다양한 이름의 예술로 포장되어왔지만 제프리스*의 초상화 이후 주정뱅이의 시대에 완성된 초상화에서 늘 볼 수 있는 모습이었다.

"좀 늦었군, 친구." 스트라이버가 말했다.

"평소랑 비슷한걸. 늦어봤자 한 십오 분이겠지."

두 사람은 책이 여기저기 쌓여 있고 서류가 지저분하게 널려 있는 허름한 방으로 들어갔다. 방 안에는 난롯불이 활활 타오르고 있었다. 벽난로 안에 걸어놓은 주전자에서 수증기가 뿜어 나오고 있었다. 엉망진창인 서류들 사이로 탁자 하나가 눈에 띄었다. 그 위에는 와인과 브랜디, 럼주, 설탕과 레몬이 가득 놓여 있었다.

"보아하니 이미 한잔했나 보군, 시드니."

---

* 조지 제프리스(George Jeffreys, 1648~1689), 영국의 재판관.

"오늘 밤엔 두어 잔 한 것 같아. 오늘 재판 의뢰인하고 식사를 했지. 아니, 그가 먹는 모습을 구경했지. 결국 같은 얘기군!"

"정말 보기 드문 묘책이었어, 시드니. 얼굴이 닮았다는 점을 이용하다니 말일세. 어떻게 그런 생각을 했지? 대체 언제 알아차린 거야?"

"그 친구가 꽤 잘생겼다고 생각했거든. 나도 운만 따라줬다면 그 친구 정도는 됐겠다 싶었지."

스트라이버는 나이에 걸맞지 않게 불룩 나온 배가 출렁거릴 때까지 껄껄 웃어댔다.

"웬 운 타령이야, 시드니. 이제 일이나 하자고, 어서."

'자칼'은 시무룩한 표정으로 옷을 느슨히 풀고 옆방으로 들어가 찬물이 들어 있는 큰 물주전자와 대야, 수건 두어 장을 갖고 왔다. 수건을 물에 적셔서 살짝 짜낸 다음 대강 접어서 흉물스럽게 머리 위에 올려놓고는 탁자 앞에 앉아 말했다. "이제 준비됐네!"

"오늘 밤에는 할 일이 그리 많지 않아, 친구." 스트라이버가 서류를 내려다보며 밝은 목소리로 말했다.

"얼마나 되는데?"

"딱 두 건."

"까다로운 사건부터 꺼내보게."

"여기 있네, 시드니. 이제 시작해보자고!"

'사자'는 술이 놓인 탁자 한쪽에 있는 소파에 편히 기대어 앉은 반면 '자칼'은 그 맞은편에 서류가 잔뜩 쌓여 있는 자리에 앉았다. 그쪽에서도 손만 내밀면 술병과 잔을 집을 수 있었다. 두 사람 모두 탁자에 놓인 술을 스스럼없이 마셨지만 방법은 달랐다. '사자'는 난롯불을 바라보다가 이따금씩 간단한 서류를 훑어보았지만, 대체로 허리춤에 두 손을 얹은 채 몸을 기대고 앉아 있었다. 미간을 잔뜩 찌푸린 채 진지한 표정으로 맡은 일에 지나치게 몰두하고 있는 '자칼'은, 술잔을 잡으려고 손을 뻗으면서도 눈길을 줄 여유조차 없어서 몇 분씩 손으로 더듬고 나서야 겨우 잔을 찾아 입에 댔다. 일이 잘 풀리지 않아서 두세 번 정도 자리에서 일어나 다시 수건을 물에 적셔 와야 했다. 물 주전자와 대야가 있는 곳에 가서 다시 축축한 수건을 머리에 얹고 돌아오는 카턴의 모습은 말로 표현하기 힘들 정도로 괴상망측했다. 온갖 걱정을 담은 심각한 표정 때문에 더욱 우스꽝스러워 보였다.

한참이 지나 '자칼'은 '사자'가 먹을 밥상을 다 차려서 '사자' 앞에 내놨다. '사자'는 밥상을 조심스럽게 받아 필요한 내용을 고른 다음 자기 의견을 말했고, '자칼'은 옆에서 시중을 들었다. 먹이에 관한 논의를 끝내자 '사자'는 다시 허리춤에 두 손을 올려놓고 누워서 생각에 잠겼다. 그동안 '자칼'은 잔에 술을 가득 채워 목구멍으로 들이붓고는 새로 적신 수건을 머리에 얹어 기운을 차린 다음, 두 번째 식사 준비에 몰두했다. 이번에도 첫 번째 밥상과 마찬가지로 '사자'에게 갖다 바쳤고 가까스로 업무를 다 처리하고 나니 새벽 세 시가 되었다.

"자, 이제 다 끝났군. 시드니, 한 잔 채우게나." 스트라이버가 말했다.

'자칼'은 다시 뜨끈해진 수건을 머리에서 걷어낸 다음 고개를 흔들며 하품을 하고는 몸을 떨었다. 그러고는 스트라이버의 청에 따라 잔을 채웠다.

"오늘 검사 측 증인 심문에서 자네 솜씨가 돋보였어. 빠뜨린 질문도 없었어, 시드니."

"나야 늘 잘하지, 안 그런가?"

"못 믿는다는 말이 아닐세. 그런데 왜 그렇게 기분이 저조한가? 몇 잔 더 하면서 풀게나."

자칼은 불만스럽게 투덜대면서도 다시 스트라이버가 권하는 대로 술을 마셨다.

"그 옛날 슈루즈버리 학교에 다닐 때의 시드니 카턴이 생각나는군." 스트라이버는 카턴의 과거와 현재의 모습을 떠올리며 고개를 끄덕였다. "'시소' 시드니였지. 기분 좋다가 일 분

만에 다시 나빠지고, 잠깐 기뻐하다가 이내 우울해졌으니까."

"휴우……." 카턴이 한숨을 쉬었다. "맞아! 지금도 똑같지. 팔자도 매한가지고. 그때도 다른 친구들 숙제를 대신 해줬어. 내 숙제는 거의 내팽개치고 말일세."

"왜 그랬나?"

"알 게 뭐야. 내 팔자가 그런가 보이."

카턴은 주머니에 손을 넣고 다리를 앞으로 쭉 뻗은 채 앉아서 난롯불을 바라보았다.

"시드니," 스트라이버가 그를 몰아세우려는 것처럼 마주 보며 말했다. 난로 안에 놓인 쇠살이 용광로 속의 열기를 견디어고서야 단단해지듯, 슈루즈버리 학교를 다니던 시절보다 조금도 나아지지 않은 시드니 카턴을 위해 작으나마 해줄 수 있는 일은 그가 강해질 수 있도록 거칠게 몰아붙이는 것이었다. "자네는 말이야, 늘 그랬지만 변변치가 못해. 열정도 없고 목표도 없고 말일세. 나를 좀 보라고."

"거참, 귀찮게 하는군!" 카턴은 가볍게 웃어넘기면서 별일 아니라는 듯 대답했다. "설교 좀 그만하지!"

"내가 지금까지 이 일을 어떻게 해왔겠어? 사무실을 어떻게 꾸려가고 있겠나?" 스트라이버가 물었다.

"어느 정도는 내가 돈을 받고 자네를 돕고 있으니 가능하지 않은가. 어쨌거나 자네가 날 바꾸려고 해봤자 소용없네. 자네는 무엇이든 하고 싶은 일이 생기면 하지. 자네는 늘 앞줄에 섰고 난 언제나 뒤에 있었으니까."

"나도 앞줄로 비집고 들어가야 했다고. 태어날 때부터 앞에 있었겠나?"

"자네가 태어나는 걸 보지는 못했지만 그때도 앞줄에 있었을 것 같은데?" 카턴이 다시 웃으며 말했고 둘은 함께 웃었다.

카턴이 말을 이었다. "슈루즈버리에 입학하기 전에도, 다니는 동안에도, 그리고 졸업하고 나서도 자네는 앞줄에 있었고 나는 뒷줄에 있었지. 파리로 유학을 떠나 프랑스어와 프랑스 법률, 그 외에 별 도움도 되지 않았던 잡다한 프랑스 지식 나부랭이를 공부하던 시절에도, 자네는 늘 어딘가에 있었고 나는 늘 어디에도 없었네."

"누구 탓이었을까?"

"내 목숨을 걸고 솔직해야 한다면, 자네 탓이 아니라고는 못하겠네. 자네는 가만있지 못하고 항상 비집고 들어가고, 사람을 밀쳐내고, 앞으로 나아갔으니 나는 어쩔 수 없이 뒤에 죽치고 앉아 시간을 보내는 수밖에 없었어. 그런데 날이 밝아오는 이 시간에 옛날이야기나 하고 있자니 우울하군. 헤어지기 전에 화제를 바꿔보지그래."

"좋아, 그러면 그 어여쁜 증인 이야기를 해보세나!" 스트라이버가 술잔을 들며 말했다. "이 이야기는 재미있겠지?"

카턴의 표정이 다시 우울해지는 것을 보니 재미있지 않은 모양이었다.

"어여쁜 증인이라," 그는 술잔을 내려다보며 중얼거렸. "오늘 밤낮으로 증인을 너무 많이 봐서 말일세. 어여쁜 증인이라면 누구를 말하는 건가?"

"박사의 아리따운 딸, 마네트 양 말일세."

"마네트 양이 예쁘다고?""

"예쁘지 않나?"

"전혀."

"왜? 법정에 있던 남자들은 다들 그 아가씨를 보면서 황홀해하던걸."

"황홀 좋아하시네. 쓸데없는 소리! 대체 누가 중앙형사법원을 미인 경연대회장으로 만드는 건가? 그 여자는 금발 인형일 뿐이야!"

"자네 그거 아나, 시드니?" 스트라이버는 불그스름한 자기 얼굴을 손으로 천천히 문지르면서 날카로운 눈길을 던졌다. "내 생각에는 말이지, 아까 보니까 자네도 그 금발 인형한테 마음을 빼앗겨서 그녀에게 일이 생기자 순식간에 알아챈 게 아닌가?"

"순식간에 알아챘다고? 인형처럼 예쁘든 아니든 코앞에서 여자가 기절하는데 누군들 보지 않았겠나? 망원경이 있어야 했던 것도 아니고 말이지. 순식간에 알아챈 것은 인정하지만 그 여자가 예쁘다는 데에는 동의하지 않네. 이제 술은 그만 마시고 자러 가야겠군."

스트라이버가 계단을 내려가는 카턴을 위해 촛불을 들고 뒤를 따랐다. 때 묻은 창문에 비친 바깥 풍경이 추워 보였다. 밖으로 나오니 공기는 차갑고도 서글펐으며, 구름이 잔뜩 낀 하늘은 흐렸고 컴컴한 강물은 흐릿해 보였다. 모두가 생명이라고는 없는 사막처럼 느껴졌다. 세찬 아침 바람에 먼지가 소용돌이를 치며 돌고 또 돌았다. 아주 먼 사막에서 날아온 모래가 이제 막 흩어지면서 도시 전체를 삼키려는 것 같았다.

탈진한 사내는 사방이 사막으로 둘러싸인 듯 조용한 주택가를 지나다가 발길을 멈추고, 눈앞 황무지에서 고귀한 야망과 희생, 그리고 인내가 존재하는 신기루를 잠시 보았다. 신기루에 있는 아름다운 도시에서 밝은 표정을 한 사람들이 그를 사랑과 은총이 가득 담긴 눈길로 바라보았고, 정원에서는 열매들이 무르익어갔으며, 희망의 샘이 눈앞에 반짝였다. 하지만 모든 것이 눈 깜짝할 사이에 사라져버렸다. 카턴은 다닥

다닥 늘어선 집들 가운데 가장 높은 곳에 있는 자기 숙소로 올라가 옷을 입은 채로 어수선한 침대 위에 쓰러졌다. 눈물이 주르륵 흘러 베개를 적셨다.

슬프고 슬프게도 해가 떠올랐다. 능력이 뛰어나고 마음도 선하지만 제대로 쓸 줄 모르고, 자신의 이익이나 행복을 추구하며 살지 못하는 이 남자, 해충이 몸에 붙어 있다는 것을 알면서도 체념한 채 자신을 갉아먹도록 놔두는 이 남자 위로 햇빛이 비쳤다. 이보다 슬픈 광경은 없었다.

6장

수백 명의 사람들

 마네트 박사가 사는 조용한 집은 소호 광장에서 멀지 않은 한산한 길모퉁이에 있었다. 반역죄 재판이 열렸던 날로부터 넉 달이라는 세월의 물결이 몰아쳐 사람들의 관심과 기억을 저 먼 바다까지 밀어낸 어느 화창한 일요일 오후, 자비스 로리는 마네트 박사와 식사를 하기 위해 클러큰웰에 있는 집을 출발해서 햇볕이 내리쬐는 거리를 걷고 있었다. 일에 열중하느라 몇 차례 소원해지긴 했지만 로리와 마네트 박사는 절친한 벗이 되었고 이 조용한 길모퉁이는 로리의 삶에 밝은 양지가 되었다.

 이 화창한 일요일의 이른 저녁 시간에 로리가 습관적으로 소호를 향해 걸어가는 이유는 세 가지였다. 날씨가 좋은 일요일이면 저녁을 먹기 전에 마네트 부녀와 함께 자주 산책을 했다. 날씨가 고약하면 부녀의 친구가 되어 창밖을 내다보면서 이야기를 나누고 책을 읽으며 하루 일과를 함께 보내는 데 익숙해졌다. 마지막으로는 자신이 해결해야 하는 사소한 문제들이 있었는데, 박사의 집에서 시간을 보내다 보면 문제들이 풀릴 것만 같았다.

마네트 박사가 사는 길모퉁이는 런던에서 가장 희한한 곳이었다. 집 앞을 통과하는 길이 없었고, 한가롭고 호젓한 분위기가 느껴지는 아기자기한 거리를 앞 창문으로 내다보면 기분이 좋아졌다. 당시에 옥스퍼드 가의 북쪽으로는 건물이 별로 없고 숲이 무성해서, 지금은 사라진 들판에서 야생화가 자라고 산사나무 꽃이 피었다. 그 덕택에 시골의 맑은 공기가 떠돌이처럼 비실비실 빈민가로 불어오는 게 아니라 매우 자유롭고 호탕하게 불어와 소호 지역을 맴돌았다. 그리고 멀지 않은 남쪽에는 멋들어진 담이 여럿 있었고 그 주위로 복숭아나무가 자라서 제철이면 복숭아가 탐스럽게 무르익었다.

오전에는 길모퉁이에 여름 햇살이 눈부시게 쏟아졌지만 점차 더워지면서 그늘이 내려앉았다. 그래도 그늘이 아주 멀리까지 미치지는 못해서 그늘 너머에서 반짝이는 햇빛을 볼 수 있었다. 그곳은 고요하면서도 기분 좋게 선선헸고, 소란스러운 길거리에서 한참 떨어져 있어 자연의 소리가 아름답게 울려 퍼지는 항구였다.

항구라면 돛단배가 조용히 떠 있을 법도 하다. 마네트 부녀가 두 개 층에서 살고 있는 커다랗고 튼튼한 즈택이 바로 그 돛단배였다. 그 건물 안에는 다양한 업종의 사무실이 낮 동안 돌아갔지만 거의 아무 소리도 들리지 않았고, 밤에는 아예 아무 소리도 들리지 않았다. 플라타너스 나뭇잎이 바스락거리는 마당을 통과해야만 갈 수 있는 건물 뒤편에는 교회 오르간을 만들거나 은 세공을 하는 상점들이 있었다. 금제품을 만드는 상점도 있었는데, 현관 벽에 불쑥 튀어나와 있는 신비로운 거인의 황금 팔뚝이 금을 두드려서 자기 팔을 만든 것처럼 손님들의 팔도 똑같이 만들어주겠노라고 위협하는 것만 같았다. 하지만 이런 상점에서 일하는 사람들이나 위층에 혼자 산다는 쓸쓸한 하숙인, 아래층에 경리 사무실을 따로 차린 우둔한 마차 장식품 제작자의 모습을 본다거나 그들의 소리가 들리는 일은 거의 없었다. 외투를 걸친 떠돌이 일꾼이 복도를 가로지르거나 낯선 사람이 주변을 두리번거리는 모습은 가끔 눈에 띄었고, 이따금씩 멀리서 쨍그랑거리는 소리가 들리거나 황금 거인 가게에서 쿵쿵대는 소리가 마당을 가로질러 들려오기도 했다. 하지만 이런 소리는 정말 이따금씩 들려올 뿐, 일요일 아침부터 토요일 밤까지 플라타너스 나무에서 참새가 쉼 없이 지저귀었고 집 앞 모퉁이에서는 메아리가 울려 퍼졌다.

사연이 널리 알려지면서 옛날의 명성을 되찾은 덕택에 마네트 박사는 환자들을 받기 시작했다. 과학 지식이 해박할 뿐 아니라 흔치 않은 임상 실험을 거치면서 조심스러운 태도와 의료 기술을 익힌 덕분에 환자들이 꽤 많이 찾아와서 그가 원하는 만큼 돈도 벌었다.

여기까지가 그 화창한 일요일 오후에 길모퉁이에 있는 고요한 집의 초인종을 누르는 로리가 알고 있고, 생각을 거듭하며 곁에서 지켜보았던 그간의 사정이었다.

"마네트 박사님 계신가?"

곧 돌아오실 거라고 하녀가 대답했다.

"루시 양은 있나?"

역시 곧 돌아오실 거라는 대답이 돌아왔다.

"프로스 양은?"

프로스 양은 집에 있는 것 같았지만, 하녀는 손님을 들여야 할지 말아야 할지 프로스 양의 생각을 알 수 없어서 고민하는 눈치였다.

"여긴 내 집 같은 곳이니 위층으로 올라가 있겠네." 로리 씨가 말했다.

마네트 양은 자신이 태어난 나라에 대해서 잘 알지는 못했지만, 아주 소소한 것들을 대단하게 바꿔놓는 재능을 타고난 듯했다. 이는 프랑스 사람들이 지닌 가장 쓸모 있고 매력적인 특징이기도 했다. 집 안의 가구는 소박했지만 여러 가지 장식품으로 아기자기하게 꾸며져 있었다. 특별히 실용적이진 않았지만 세련되고 고상한 장식품이 빚어내는 효과는 훌륭했다. 가장 큰 것부터 가장 작은 것까지 방마다 모든 물건을 적절하게 배치했고, 뛰어난 감각과 탁월한 안목을 발휘하고 섬세한 손길을 덧입혀 사소한 것까지 신경 써서 색이 어우러지게 배열함으로써 우아한 변화와 대비를 만들어냈다. 이러한 조화는 그 자체로 매우 아름다울 뿐만 아니라 주인의 특성을 아주 잘 드러내고 있었다. 로리 씨가 주변을 둘러보니 의자와 탁자들이 이제는 아주 낯익은 사람처럼 독특한 표정을 지으면서 그에게 마음에 드느냐고 묻고 있는 것 같았다.

층마다 방이 세 개씩 있었는데, 방마다 문을 활짝 열어놔서 바람이 아주 잘 통했다. 방 안의 모습이 모두 놀랍도록 비슷해서, 로리는 돌아보면서 자신도 모르게 미소를 머금었다. 가장 마음에 든 방은 첫 번째 방으로 루시의 새와 꽃, 책, 책상, 작업대, 수채화 물감 상자가 놓여 있었고, 두 번째 방은 식당으로도 사용하는 마네트 박사의 진찰실이었다. 뜰에 있는 플라타너스가 흔들리면 잎사귀 그림자가 점점이 지는 세 번째 방은 박사의 침실이었다. 파리의 생앙투안 거리 변두리에 있는 술집 옆 음침한 건물의 5층 다락방에서 가져온, 지금은 사용하지 않는 구두장이의 작업대와 연장통이 방구석에 놓여 있었다.

"이상하군." 로리 씨는 방을 둘러보다 발길을 멈추고 말했다. "고통스러운 기억이 담긴 물건을 아직도 가지고 계시다니."

"뭐가 이상하다는 거죠?" 갑작스럽게 들려온 목소리에 로리 씨는 화들짝 놀랐다.

프로스 양이었다. 얼굴이 우락부락하고 시뻘건 데다 손아귀 힘이 장사인 프로스 양은 도버에 있는 로열 조지 호텔에서 처음 만난 이후로 친하게 지내고 있었다.

"그러리라고 생각했어야 했는데……." 로리 씨가 입을 열었다.

"당연하지 않겠어요?" 프로스 양의 반문에 로리는 말문이 막혔다.

"어떻게 지냈나요?" 그녀는 날카로운 말투로 안부를 물었지만 악의는 없었다.

"덕분에 잘 지냈어요. 안녕하셨나요?" 로리 씨가 부드럽게 말했다.

"별일은 없었어요." 프로스 양이 말했다.

"그렇습니까?"

"아! 그렇고말고요. 우리 귀여운 아가씨한테 신경 쓰느라 바쁘답니다."

"그렇습니까?"

"'그렇습니까?'라는 말 말고는 할 줄 아는 말이 없나요? 정말이지 귀에 거슬린다니까요." 덩치에 걸맞지 않게 성질이 급한 프로스 양이 역정을 냈다.

"그럼 '정말인가요?'라고 할까요?" 로리 씨가 고쳐 말했다.

"그 말도 별로지만 그나마 낫네요. 사실 진이 빠질 때로 빠졌답니다."

"무엇 때문인지 물어봐도 되겠습니까?"

"우리 귀여운 아가씨의 발끝에도 미치지 못하는 건달들이 아가씨 얼굴 한번 보겠다고 수십 명씩 몰려온다니까요."

"그런 이유로 수십 명이나 옵니까?"

"아니 수백 명이지." 프로스 양이 자기 말을 정정했다.

(이전에도 이후에도 그런 사람이 늘 있기 마련이지만) 프

로스 양은 처음 던진 말에 대해 질문을 받으면 과장해서 대답하는 버릇이 있었다.

"세상에나!" 로리 씨는 가장 무난한 맞장구라고 생각하는 말로 대꾸했다.

"나는 아가씨가 열 살 때부터 데리고 살았어요. 아니, 아가씨가 나를 데리고 살면서 월급도 주었다고 말해야겠죠. 하지만 맹세컨대 우리 두 사람을 건사할 능력이 내게 있었다면 결코 아가씨한테 돈을 받지 않았을 거예요. 겨우 열 살이었잖아요. 하지만 그때는 너무 힘들었어요." 프로스 양이 말했다.

도대체 뭐가 힘들었는지 정확히 알 수는 없었지만 로리 씨는 고개를 끄덕였다. 누구에게나 꼭 맞는 요정 망토처럼 어느 상황에서도 튀지 않는 몸짓이었다.

"개만도 못한 온갖 작자들이 수시로 얼굴을 들이민다니까요. 그러니까 당신이 그 일을 벌이는 바람에……"

"내가 무슨 일을 벌였다는 거죠?"

"아니란 말이에요? 그럼 아가씨 아버지를 살려낸 사람은 대체 누군가요?"

"아! 그 일을 말하는 거라면……" 로리 씨가 말했다.

"일을 벌여놓았을 뿐이잖아요? 그러니까 당신이 벌인 일만 해도 정말이지 수습하기 힘들었단 말이우. 그렇게 훌륭한 딸을 둘 만한 아버지가 없어서 그렇지, 마네트 박사님께 흠이 없기는 하죠. 물론 그분을 탓할 수도 없어요. 그런 일을 겪고도 멀쩡하기는 아주 힘들 테니까요. 하지만 박사님은 그렇다 쳐도 그 후에 나타나서 내게서 아가씨의 사랑을 빼앗아가려는 건달 녀석들은 도저히 참아낼 수가 없네요!"

로리는 프로스 양이 질투심이 강하다는 것은 익히 알고 있었지만, 여태껏 봐온 대로라면 행동은 괴팍하지만 (여자들 사이에서만 목격할 수 있는) 헌신적인 면이 있는 사람이었다. 일찍이 잃어버린 청춘과 간직해본 적이 없는 미모, 불행하게도 단 한 번도 누리지 못한 성공과 침울한 삶을 밝혀준 적이 없는 희망의 포로가 되어 순수한 사랑과 존경의 마음으로 아가씨의 시중을 들기로 맹세했던 것이다. 세상 이치를 아는 로리는 보상을 전혀 바라지 않는 진심 어린 봉사가 정말 훌륭하다는 걸 알고 있기에, 아가씨를 섬기는 프로스 양의 정신을 매우 존경했다. 누구나 그렇듯 로리도 마음속으로 주변 사람들의 선악을 따져볼 때가 있었는데, 텔슨 은행의 고객 중에 선천적으로나 후천적으로 흠잡을 데 없이 훌륭한 많은 숙녀들보다도 프로스 양이 훨씬 천사에 가깝다고 생각했다.

"우리 아가씨에게 어울릴 만한 사람은 예전에도 없었고 앞으로도 없을 거예요. 단 한 사람 내 동생 솔로몬이 실수만 안

했어도……." 프로스 양이 탄식했다.

또 시작이었다. 로리는 프로스 양의 개인사에 대해 몇 번 이야기를 들었으므로, 그녀의 남동생인 솔로몬에 대해 알고 있었다. 그는 누나의 재산을 빼앗아 도박으로 모조리 탕진해 버리고 나서도 평생 가난하게 사는 누나에게 전혀 죄책감을 느끼지 않는 망나니였다. (사소한 실수 때문에 신뢰를 조금 잃긴 했지만) 로리는 프로스 양이 여전히 솔로몬을 신뢰한다는 사실을 매우 중요하게 생각했고, 그 때문에 그녀에게 더욱 호감을 갖게 되었다.

"둘 다 돈 받고 일하는 사람이고, 마침 둘만 있으니……." 로리 씨는 응접실로 돌아와 편안하게 앉은 다음 말했다. "한 가지 물어보겠습니다. 루시와 대화할 때 박사님께서 신발 만들던 시절의 이야기를 꺼내신 적이 있나요?"

"아뇨."

"그런데 작업대와 연장을 아직도 곁에 두시네요?"

"아!" 프로스 양은 고개를 갸웃하더니 대답했다. "마음속으로는 그 시절을 떠올리실지 모르겠네요."

"그럼 박사님께서 그 시절에 대해 많이 생각하신단 말이군요?"

"이따금씩요."

"당신이 가정하기로는……." 로리 씨가 입을 떼자 프로스 양이 재빨리 끼어들었다.

"나는 가정 같은 건 안 해요. 한 번도 해본 적이 없다고요."

"그럼 말을 고치죠. 당신이 생각하기에는…… 가끔씩 생각해볼 수는 있지 않습니까?"

"가끔씩 그러시겠죠."

"당신이 생각하기에," 로리 씨는 반짝이는 눈으로 눈웃음을 지으며 프로스 양을 다정하게 바라보며 말했다. "마네트 박사님은 오랫동안 입을 다물고 계시지만, 감금당한 이유에 관해서 나름대로 알고 계실까요? 자신을 감금한 사람의 이름은 아실까요?"

"그런 생각은 해본 적 없어요. 하지만 아가씨가 하신 말씀은 있어요."

"뭐라고요?"

"박사님이 알고 계신 것 같다고요."

"이런 질문을 한다고 화내지 마세요. 저는 둔한 사람이고 당신도 임무를 처리하는 사람이니 제 입장을 이해하시겠죠."

"둔하다고요?" 프로스 양이 차분하게 물었다.

로리 씨는 자신이 덧붙인 겸손한 형용사가 잊히기를 바라면서 대답했다. "아뇨, 그런 뜻이 아니에요. 본론으로 들어갑시다. 모두가 알다시피 범죄라고는 단 한 번도 저지르지 않은 박사님께서 이 문제를 언급조차 하지 않으신다니 의외이지 않습니까? 나 또한 오래전부터 박사님과 사업상 교류해왔고, 지금은 친구나 다름없기는 하지만 내 이야기를 하는 건 아닙니다. 박사님께서 끔찍이 사랑하시고 또 박사님을 끔찍이 사랑하는 따님에게도 말씀하시지 않는다는 거죠. 프로스 양, 진심입니다. 단순히 호기심이 생겨서가 아니라 정말 마음이 쓰여서 묻는 겁니다."

"좋아요. 내가 머리를 열심히 굴려봤을 때, 뭐 그래봐야 신통치 않겠지만." 로리 씨가 사과의 말을 늘어놓자 기분이 누그러진 프로스 양이 부드러운 목소리로 대답했다. "박사님은 그 일 자체를 너무나 두려워하고 계세요."

"두려워한다고요?"

"그분께서 두려워하시는 이유야 뻔하죠. 정말 끔찍한 기억이었을 테니까요. 그런 데다가 정신까지 나가버렸으니. 어떻게 정신을 잃었다가 다시 찾았는지도 모르니, 다시 잃지 않는다는 확신도 없으시겠죠. 이 상황만으로도 보통 문제가 아니네요."

로리 씨가 기대한 것보다 사려 깊은 대답이었다. "그렇군요. 떠올리기 끔찍한 기억이겠죠. 그렇지만 프로스 양, 이렇게 마음을 억누르면서 사는 것이 박사님에게 괜찮은 걸까요? 사실 저도 불안하고 의심스러워서 가끔 이곳을 찾아와 당신에게 물어보는 겁니다."

"다른 도리가 없지 않나요?" 프로스 양이 고개를 저으면서 말했다. "까딱하면 바로 상태가 안 좋아지시니까 그대로 놔두는 편이 나아요. 좋든 싫든 그럴 수밖에요. 가끔씩 박사님께서 한밤중에 일어나 방 안을 이리저리 쉬지 않고 돌아다니시는 소리가 들려요. 그럴 때면 아가씨는 박사님의 마음이 옛 감옥을 돌아다니고 있다는 사실을 알아차리고는 서둘러 달려가 아버지가 진정하실 때까지 함께 걷고 또 걷는답니다. 하지만 박사님께서는 마음이 불안한 이유에 대해 아가씨께 한마디도 말씀하지 않으시고, 아가씨도 이야기를 꺼내봤자 좋을 게 없다고 생각하시죠. 그래서 사랑하는 딸이 곁에 있다는 사실을 깨닫고 박사님의 정신이 되돌아올 때까지 묵묵히 방 안을 이리저리 돌아다니는 겁니다."

프로스 양은 결코 상상 따위는 하지 않는다고 부정했지만, 돌아다닌다는 말을 꺼낼 때마다 슬픔에 사로잡혀 괴로워하는 모습에서 상상력이 풍부하다는 게 드러났다.

앞에서 말했듯 소리가 잘 울리는 집 앞 길모퉁이에서 발소리가 울려 퍼지기 시작했다. 방금 전에 이리저리 돌아다닌다고 이야기했던 그 지친 발소리 같았다.

"그분들이 오시네요! 이제 곧 수백 명이 몰려들겠군요!" 프로스 양은 대화를 멈추고 벌떡 일어섰다.

모퉁이에서 들리는 이 소리는 워낙 특이해서 로리는 활짝 열린 창문으로 마네트 부녀의 발소리를 들었지만 여전히 모습을 볼 수는 없었다. 마치 두 사람이 다른 곳으로 걸어간 것처럼 발소리가 사라지고 울림도 잦아들자 절대 오지 않을 것 같던 발소리가 바로 가까이에서 울리다가 이내 사라졌다. 그러다가 마침내 마네트 부녀가 들어왔고 프로스 양은 현관에서 두 사람을 맞이할 채비를 했다.

프로스 양은 얼굴이 새빨간 데다가 우락부락하고 행동이 거칠었지만, 2층으로 올라온 아가씨의 모자를 벗겨 자신의 손수건 끝으로 잡고 먼지를 털어낸다거나 망토를 가지런히 개는 모습은 보는 사람마저 기분 좋게 만들었다. 아가씨의 풍성한 머리카락을 빗어줄 때는 자신의 머리카락을 빗어 내리는 허영심 많은 미인만큼이나 자부심을 느끼는 듯했다. 아가씨가 프로스 양을 포옹하면서 고마워하고, 수고스러우니 그만하라고 말하는 모습도 유쾌했다. 농담이었으니 망정이지 그렇지 않았다면 프로스 양은 크게 상심해서 방으로 돌아가 울음을 터뜨렸을지 모른다. 박사는 프로스 양이 루시를 응

석받이로 키웠다고 말하면서도 두 사람을 바라보는 눈길과 그 말투에는 프로스 양보다 더하면 더했지 결코 모자라지 않는 애정이 담겨 있어 보기 좋았다. 옹색하게 가발을 쓴 로리가 미소를 머금은 채 세 사람을 지켜보면서 홀아비인 자신을 말년에 가정으로 인도해준 하늘에 감사하는 모습 역시 흐뭇한 광경이었다. 하지만 이 광경을 보려고 수백 명의 남자들이 몰려들지는 않았으므로 프로스 양의 말이 사실인지 기대했던 로리는 헛물을 켜고 말았다.

저녁 식사 시간이 되어도 수백 명의 남자들은 역시 오지 않았다. 프로스 양은 자지레한 살림살이를 잘 정리했고 아래층 부엌을 도맡아 늘 훌륭하게 일을 처리했다. 매우 소박한 식사가 맛깔스럽게 준비되어 정성스럽게 식탁에 올랐고, 영국과 프랑스의 요리법이 교묘하게 어우러진 맛은 더할 나위 없이 뛰어났다. 철저하게 실용적인 목적에 따라 사람들과 교류하는 프로스 양은 소호와 인근 지방을 샅샅이 뒤져 가난뱅이 프랑스인을 찾아내 1실링이나 은화 반 닢을 주고 요리 비법을 전수받았다. 집안일을 돕는 하녀들은 쇠락한 갈리아인 후예들에게 기가 막힌 요리법을 배워오는 프로스 양을 마술사나 신데렐라의 대모쯤으로 여겼다. 새든 토끼든 밭에서 캐온 채소든 마음먹은 대로 요리할 수 있었기 때문이다.

일요일에는 프로스 양도 박사 가족과 함께 식사했지만, 다른 요일에는 아래층 부엌이나 2층 자기 방에서 알아서 먹겠다고 부득부득 고집을 피웠다. 그녀의 방은 아가씨 말고는 아무도 들어가지 못하는 밀실이었다. 하지만 오늘 같은 날에는 귀여운 아가씨의 환한 얼굴도 보고, 자기를 즐겁게 해주려고 애쓰는 아가씨를 생각해서 함께 앉아 즐겁게 식사했다.

날씨가 무더웠던 날, 저녁 식사를 마친 루시는 플라타너스 그늘 밑에 앉아 포도주를 마시자고 제안했다. 매사가 그녀를 중심으로 돌아갔으므로 모두들 밖으로 나가 플라타너스 아래 앉았고, 루시는 특별히 로리 씨를 위해 포도주를 준비했다. 얼마 전부터 로리 씨에게 술을 따라주는 역할을 자청한 루시는 모두가 플라타너스 밑에 앉아 이야기를 나누는 동안 그의 잔을 계속 채웠다. 그사이 집의 뒤편과 구석이 이들을 흘끗 엿보는 듯했고, 플라타너스가 그들의 머리 위에서 나름대로 무언가 속삭이는 것 같았다.

여전히 수백 명의 남자들은 나타나지 않았다. 모두가 플라타너스 밑에 자리 잡고 있을 때 다네이가 오기는 했지만 그 한 사람뿐이었다.

마네트 박사는 물론 루시도 반갑게 그를 맞이했다. 하지만 프로스 양은 갑자기 온몸과 머리가 욱신욱신 쑤시고 아프다면서 집 안으로 들어가버렸다. 그녀는 자주 이러한 증상을 보였는데 사람들에게는 아무렇지도 않게 '경련'이 일어났다고 말했다.

박사는 몸 상태가 아주 좋아져서 꽤 젊어 보였다. 이럴 때 박사와 루시는 정말 판박이처럼 닮았다. 루시가 아버지의 어깨에 기대고 박사는 딸이 앉은 의자 등받이에 팔을 얹고 나란히 앉아 있는 모습은 정말 흐뭇했다.

여느 때와 달리 박사는 하루 종일 활기차게 여러 주제에 관해 이야기했다. "그런데 박사님, 런던탑을 자세히 보신 적이 있으십니까?" 플라타너스 밑에 앉아 이야기를 나누다가 때마침 런던의 고건물이 화젯거리가 되어서 다네이가 자연스럽게 질문했다.

"우연히 딸아이와 함께 간 적이 있네. 이리저리 둘러보고 나서 흥미로운 곳이라고 생각했지만 그뿐이었지."

"기억하시겠지만 저도 그곳에 간 적이 있습니다." 다네이는 약간 화가 나는 듯 얼굴이 붉게 달아올랐지만 그래도 미소를 머금고 말했다. "탑을 두루 구경하기 위해서가 아니라 다른 문제 때문에 갔었습니다. 그런데 그곳에서 이상한 이야기를 들었습니다."

"무슨 이야기였나요?" 루시가 물었다.

"보수공사를 하던 중에 지어진 뒤 오랫동안 버려져 있던 지하 감옥을 인부들이 발견했다고 합니다. 그런데 내벽의 벽돌에 죄수들이 날짜, 이름, 불만, 기도문 등을 빼곡하게 새겨 놓았다더군요. 벽 모퉁이의 한 귓돌을 보니 사형을 당했으리라고 생각되는 죄수가 마지막으로 새겨놓은 세 글자가 있었답니다. 물론 시원찮은 도구를 이용해 손을 떨며 허둥지둥 새겼겠지요. 모두가 처음에는 'D. I. C.'라고 읽었지만 더욱 자세하게 들여다보니 마지막 글자가 G였다는군요. 하지만 기록에도, 소문에도 이름의 머리글자가 'D. I. G.'인 죄수는 없었습니다. 그것이 누구의 이름인지 궁리해봤지만 별다른 성과가 없었나 봅니다. 시간이 한참 지나고 나서야 머리글자가 아니라 'DIG'라는 단어일지 모른다는 생각이 들었답니다. 그래서 글자가 새겨져 있는 바닥을 아주 조심스럽게 파보았더니, 그 밑에서 돌인지 타일인지 아니면 포장도로 조각인지는 확실하지 않지만 자그마한 가죽 상자나 가방의 부스러기와 뒤섞여 바스러진 종이가 발견되었습니다. 정체불명의 죄수가 어떤 글을 적었는지는 영원히 알 수 없겠지만 무언가 적어서 교도관들의 눈에 띄지 않게 숨겼던 거죠."

"아버지!" 루시가 소리쳤다. "어디 아프세요?"

마네트 박사가 갑자기 손으로 머리를 감싸면서 벌떡 일어섰다. 함께 있던 사람들은 박사의 행동과 표정에 깜짝 놀랐다.

"오, 얘야. 괜찮단다. 굵은 빗방울이 떨어져서 놀랐을 뿐이다. 그만 안으로 들어가는 게 좋겠구나."

박사는 금방 진정되었다. 정말 빗방울이 뚝뚝 떨어졌고 박사는 손등에 떨어진 빗방울을 사람들에게 보여주었다. 하지만 다네이가 꺼낸 이야기에 관해서는 한 마디도 하지 않았다. 노련한 로리는 모두 집으로 들어갈 때 찰스 다네이를 바라보는 박사의 표정이 법정 복도에서 그를 보았을 때처럼 심상치 않다는 것을 예리한 눈으로 감지했다. 아니 감지했다고 생각했다.

하지만 박사가 순식간에 정신을 차리는 모습을 보고 로리는 자신의 눈을 의심했다. 통로에 있는 황금 거인의 팔 아래에 멈춰 서서 빗방울처럼 작은 충격에 깜짝 놀랄 정도로 아직 허약하다고 말하는 박사는 오히려 황금 팔보다도 더 건강해 보였다.

차 마실 시간이 되어 프로스 양이 차를 준비하다가 다시 한바탕 경련을 일으켰지만 여전히 수백 명의 남자들은 오지 않았다. 카턴도 왔지만 그래봤자 두 사람뿐이었다.

그날 밤은 너무 후덥지근해서 창문과 문을 활짝 열어놓았는데도 모두들 더위에 지쳤다. 그들은 차를 마신 다음 다 함께 창문 쪽으로 가서 노을을 바라보았다. 마네트 박사 옆에 루시, 그 옆에 다네이가 앉았고 카턴은 창문에 기대서 있었다. 길모퉁이에서 세찬 바람이 회오리를 일으키는 바람에 기다란 하얀색 커튼이 천장까지 날아올라 유령의 옷자락처럼 나부꼈다.

"아직도 굵은 빗방울이 조금씩 뚝뚝 떨어지는군. 서서히 내리기 시작했어." 마네트 박사가 말했다.

"곧 쏟아질 것 같습니다." 카턴이 말했다.

그들은 무언가를 지켜보며 기다리는 사람들이 으레 그렇듯, 어두운 방에서 번개가 내리치기를 지켜보며 기다리는 사람들이 항상 그렇듯 목소리를 낮추었다.

거리는 폭풍우가 몰아치기 전에 집으로 가려고 황급히 달려가는 사람들로 북적였다. 메아리가 울리는 묘한 길모퉁이에 발걸음의 메아리가 울려 퍼졌지만, 메아리에 그칠 뿐 정작 모퉁이를 돌아오는 발걸음은 없었다.

"사람들이 넘쳐나지만 적막하군요!" 사람들이 발소리에 귀 기울이고 있을 때 다네이가 말했다.

"인상적이지 않나요, 다네이 씨?" 루시가 말했다. "저녁이면 가끔씩 여기에 앉아 상상에 빠지곤 해요. 하지만 오늘처럼 칠흑같이 어둡고 엄숙한 밤에는 어리석은 상상을 조금만 해도 몸서리를 치게 된답니다."

"몸서리 치기는 우리도 매한가지입니다. 다들 비슷해요."

"여러분은 아무렇지도 않을 거예요. 그런 종잡을 수 없는 기분은 스스로 느낄 때에만 피부에 와 닿거든요. 말로는 전달할 수 없는 감정이죠. 저녁에 가끔씩 여기 혼자 앉아 이 발걸음의 메아리를 듣다 보면 우리 삶에 들어왔다가 사라지는 사람들의 발소리로 들려요."

"그렇다면 언젠가는 엄청나게 많은 사람들이 우리 삶 속으로 밀고 들어오겠군요." 시드니 카턴이 특유의 서글픈 목소리로 말했다.

끊임없이 계속되는 발걸음들은 점점 서두르고 있었다. 길모퉁이에 발걸음의 메아리가 계속 울려 퍼졌다. 발소리는 창문 아래에서 들리는 것 같기도 하고, 방 안에서 들리는 것 같기도 했다. 다가오기도 했고 멀어져가기도 했으며, 갑자기 끊어지기도 했고 일시에 멈추기도 했다. 모두 멀리 떨어진 거리에서 들려올 뿐 무엇 하나 눈에 띄지 않았다.

"마네트 양, 이 발소리가 모두 우리 쪽으로 올까요? 아니면 흩어질까요?"

"저도 잘 모르겠어요, 다네이 씨. 어리석은 상상이라고 말씀드렸는데도 물으시는군요. 상상에 몰두할 때는 혼자 있었기 때문에 저와 아버지를 찾아오는 사람들의 발소리라고 생각했어요."

"제가 알아맞혀보겠습니다!" 카턴이 말했다. "저는 묻지도 않고 따지지도 않겠습니다. 마네트 양, 엄청나게 많은 사람이 우리 쪽으로 오고 있어요. 번개가 치니 그들의 모습이 보입니다." 창가에 서 있던 카턴은 강렬한 번갯불이 번쩍 비추자 마지막 말을 덧붙였다.

"그리고 그들의 소리도 들립니다!" 천둥이 울리고 나자 카턴이 말을 이었다. "분노하면서 빠르고 격렬하게 몰려오고 있습니다!"

울부짖듯 세차게 내리는 비에 모든 목소리가 묻히자 카턴은 말을 멈췄다. 비가 한바탕 쏟아지면서 천둥과 번개를 동반한 엄청난 폭풍우가 몰아쳤고, 자정에 달이 떠오를 때까지 쉴 새 없이 천둥과 번개가 치고 비가 계속 내렸다.

하늘이 맑게 개고 세인트 폴 성당의 웅장한 종소리가 새벽 한 시를 알리자, 로리는 장화를 신고 손에 전등을 든 제리를 앞세우고 클러큰웰로 돌아가기 위해 길을 나섰다. 소호와 클러큰웰이 이어지는 길 곳곳에 인적이 드문 지역이 있었으므로, 노상강도를 만날까 봐 겁이 나서 오늘보다 두 시간 정도 일찍 길을 나서는 평소에도 늘 제리와 동행했다.

"엄청난 밤이네, 제리." 로리가 말했다. "죽은 자들이 무덤에서 나올 것만 같은 밤이야."

"저는 그런 밤을 본 적도 없고 또 어떤 밤일지 상상도 못하겠습니다, 나리." 제리가 대답했다.

"카턴 씨, 잘 가시오." 로리 씨가 말했다. "다네이 씨도 살펴 가십시오. 우리가 또 언제 그런 밤을 함께 보낼 수 있겠소!"

어쩌면 헤아릴 수도 없이 많은 사람들이 흥분하여 울부짖으면서 그들을 향해 달려오는 장면을 보게 될지도 모를 일이었다.

7장

도시의 후작 나리

궁중에서 막대한 권력을 휘두르는 후작은 자신이 소유한 대저택에서 한 주 걸러 손님을 맞았다. 후작이 머무는 내실은 그에게 안식처 중의 안식처였고, 방마다 들어찬 추종자들에게는 성지 중의 성지였다. 후작은 이제 막 초콜릿을 먹으려던 참이었다. 그가 수많은 것들을 쉽사리 집어삼켰으므로 빠른 시일 내에 프랑스까지도 집어삼키고 말 것이라고 못마땅해하는 사람들도 있었다. 하지만 정작 후작은 요리사와 건장한 시종 네 명이 돕지 않으면 아침마다 먹는 초콜릿조차도 목구멍으로 밀어 넣지 못했다.

화려하게 치장한, 자그마치 네 명이나 되는 시종 가운데

주머니에 금시계를 족히 두 개는 지니고 있는 우두머리는 고귀하고 품위 있게 차려 입고 나리의 분부를 받잡아 그의 입술에 초콜릿을 나르는 행복한 임무를 관장했다. 시종 하나가 초콜릿 단지를 성스러운 분 앞으로 가져오면, 다음 임무를 맡은 시종은 몸에 지니고 다니는 작은 도구로 초콜릿을 으깨고 녹였다. 세 번째 시종이 후작 나리가 좋아하는 냅킨을 들고 대기하면, 금시계를 두 개 차고 있는 우두머리 시종이 마지막으로 초콜릿을 따랐다. 초콜릿 시중을 드는 네 명 중 하나라도 빠지면 후작 나리는 하늘 아래 가장 높은 지위를 유지할 수가 없었다. 시종을 세 명만 세워두고 초콜릿을 먹는 천박한 짓은 가문의 이름에 먹칠을 할 뿐이고, 고작 두 명의 시중을 받을 바에는 차라리 죽는 편이 나았다.

어젯밤 후작은 가볍게 저녁 식사를 할 겸 멋들어진 희극과 대가극을 공연하는 극장으로 납셨다. 이렇게 그는 거의 매일 밤, 매력적인 사람들과 저녁 식사를 함께하며 시간을 보냈다. 워낙 교양이 넘치고 감수성이 풍부한 덕택에 궁정과 국가 기밀을 처리할 때도 프랑스의 이익보다는 희극과 대가극의 영향에 더욱 마음을 썼다. 다른 나라의 상황도 이렇게 행복한 프랑스와 별반 다르지 않았다. 예를 들어 스튜어트 왕가가 홍청망청 들떠서 나라를 팔아먹었던 유감천만한 시기에 영국도

그랬다.

일반적인 국정 업무에 대해 후작은, 모든 일은 저절로 흘러가게 내버려둔다는 지극히 귀족다운 생각을 품었다. 특정 국정 업무는 자신의 권력과 부를 두둑하게 해주는 방향으로 처리해야 한다는 생각 역시 귀족다웠다. 게다가 숭고하기 짝이 없게도 일반적인 일이든 특정한 일이든 세상은 자신의 쾌락을 채우기 위해 창조되었다고 생각했다. 후작 나리 같은 귀족은 자신들이 믿는 성서의 구절을 대명사만을 바꿔서 원칙으로 내세웠다. "땅과 그 안에 충만한 것은 모두 후작의 것이니라."*

그러나 후작은 공적으로도 사적으로도 저속한 골칫거리들이 몰려왔으므로 두 영역의 업무를 모두 처리하기 위해서는 세금 징수원과 부득이하게 손을 잡아야만 했다. 국가 재정에 관해서는 아는 게 조금도 없었으므로 능력 있는 사람에게 기대야 했고, 사치스럽고 흥청망청하게 몇 세대를 보내면서 점점 가난해졌으므로 부유한 세금 징수원에게 개인 재정까지 맡겨야 했다. 결국 후작 나리는 수녀원에 있는 여동생을 그녀의 신분으로 입을 수 있는 가장 값싼 의복인 베일을 쓰기 직전에 빼내, 매우 부유하지만 계급이 미천한 세금 징수원에게

---

* 시편 24장 1절, '땅과 그 안에 충만한 것은 모두 여호와의 것이니라.'에서 따온 말이다.

자신의 일을 봐주는 대가로 보냈다. 부에 걸맞게 꼭지에 황금 사과가 달린 지팡이를 짚은 세금 징수원도 지금 사람들 틈에 끼어 접견실에 있었다. 일반인들은 후작 나리 앞에서 바닥에 납작 엎드렸지만, 그와 같은 귀족 혈통인 사람들은 심지어 그 아내까지도 후작을 깔보고 무시했다.

사치스럽게 살기로는 세금 징수원이 단연 으뜸이었다. 마구간에는 말이 서른 마리 있었고, 집안일을 하는 하인은 스물네 명, 부인의 시중을 드는 하녀는 여섯 명이었다. 결혼 덕택에 사회적 평판이 높아지긴 했지만 맡은 업무대로 당당하게 징발하고 약탈을 일삼기로 평판이 자자한 그가, 적어도 그날 후작 나리의 저택에 모인 유명 인사 중에서 가장 거짓이 없었다.

당시의 기술과 감각으로 가능했던 온갖 장식으로 아름답게 꾸민 방에서 그다지 고상하지 않은 일이 벌어졌다. 어딘가에서 누더기 옷에 나이트캡을 쓰고 있을 허수아비들을 생각한다면 마음이 상당히 거북한 일들이 자행되었던 것이다. 사실 후작의 저택과 빈민가는 멀리 떨어져 있지도 않았고, 노트르담 탑까지의 거리도 비슷했으며, 양쪽에서 모두 노트르담 탑이 보였다. 육군 장교는 군사 지식이 부족하고, 해군 장교는 선박 지식이 없었으며, 공무원은 공무가 뭔지 몰랐다. 속

세에서 최악의 세계에 속한 파렴치한 성직자는 눈과 혀가 음란하고 생활이 방탕했다. 소명 의식이라고는 눈곱만큼도 없는 그들은 소름 끼칠 만큼 위선을 떨었지만, 후작과 관계가 멀든 가깝든 상류층이었으므로 임무와 아무 상관 없이 한 자리씩 꿰차고 있었다. 그런 사람이 엄청나게 많았다. 후작이나 국가와 직접적으로 관계가 없긴 했지만 세상의 진실이나 참된 가치를 추구하는 삶에 무관심한 사람들 역시 넘쳐났다. 있지도 않은 질병을 생각해내서 그럴듯한 치료법으로 돈을 긁어모은 의사들이 후작 저택의 접견실에서 귀족 환자들을 보며 연신 미소 지었다. 나라를 좀먹는 사회악을 제거할 방안을 마련했다는 이론가들은 유일한 악을 뿌리 뽑는 데 충성하기보다는 후작 나리의 접견실에 모여 아무나 붙잡고 되는 대로 허튼소리를 남발했다. 말로 세상을 다시 구성하고 카드로 하늘에 닿을 만큼 높은 바벨탑을 세웠다는 믿지 못할 철학자들과 비금속을 금속으로 바꿀 수 있는 눈을 지녔다는 미덥지 않은 연금술사들도 이야기를 나누었다. 이 놀라운 시대부터 지금까지 사람 사는 세상이라면 당연히 생각해야 할 주제에 한결같이 무관심하기로 유명한 좋은 집안 출신의 완벽한 귀족들도 진이 다 빠진 모습으로 후작 나리의 저택에 모여 있었다. 이러한 가문은 각양각색의 유명 인사들을 파리 상류층 사회에 심어놓았고, 후작을 추종하는 무리에 섞여 있는 첩자라도(정중한 작자들 중에서 첩자가 절반을 훌쩍 넘었다) 그 세계에서 천사처럼 보이는 여인 가운데 행동으로나 차림새로나 어머니로 인정받을 만한 여인을 단 한 명도 가려낼 수 없을 것이었다. 성가신 생명체를 세상에 태어나게 하는 단순한 행위를 했다고 해서 어머니로 불릴 수도 없지만, 상류층 여자들은 육아는 안중에 없었다. 자신의 생활양식에 어울리지 않는다고 생각한 그들은 소작농의 아내에게 아기를 키우게 했고, 육십 대이지만 매력적인 노파들은 스무 살 아가씨처럼 옷을 입었고 음료수를 마실 때도 내숭 떨며 홀짝였다.

비현실성이라는 전염병이 후작의 접견실에 모인 온갖 작자들을 죄다 병들게 했다. 가장 바깥쪽 방에서 대기하고 있는 여섯 명은 드물게도 몇 년 동안 상황이 오히려 전반적으로 불길하게 흘러가는 것 같다는 불안을 막연하게 느꼈다. 그중 절반은 '경련 숭배교'라는 기이한 종교 집단에 합류해 상황을 바로잡을 요량이었는데, 거품을 물며 발작하고 소리 지르고 온몸을 마비시키는 수행을 함으로써 후작이 이끄는 방식을 빌려 미래로 나아가는 방향을 제시해야 하는 건 아닌지 고민했다. 기이한 수행자 말고 나머지 세 명은 '진리의 중심'이라는 알쏭달쏭한 용어로 세상 문제를 해결한다는 종교에 빠졌다. 그들은 세상 사람들이 '진리의 중심'에서 벗어난 것은 분명하지만 아직 '진리의 경계' 밖으로 튕겨나가지는 않았다고 하면서, 그렇기 때문에 영혼들과 계속 교류해서 세상을 유익하게 했다고 주장했지만, 눈에 띄는 결과는 없었다.

하지만 다행히도 후작의 대저택에 모인 사람들은 너나할 것 없이 옷차림이 완벽했다. '심판의 날'이 옷차림을 판단하는 날이라면 그곳에 있는 사람들은 누구나 영원히 구원을 받을 것이었다. 머리에 분을 발라 고정한 곱슬머리, 열심히 꾸며 고친 우아한 낯빛, 겉으로는 꽤나 용맹해 보이는 검, 후각까지 신경 쓰는 섬세한 태도는 언제까지고 끊임없이 계속될 것이다. 훌륭한 가문의 세련된 신사들이 느릿느릿하게 움직일 때마다 옷에 달린 자그마한 장신구가 짤랑거렸다. 이런 황금 족쇄들이 내는 값비싼 종소리에 실크와 양단과 리넨이 스칠 때 나는 바스락거리는 소리가 뒤섞여 공기를 진동시키면서 멀리 생앙투안에서 굶주림에 허덕이는 사람들의 마음을 휘저어놓았다.

옷차림은 모두가 제자리를 지키게끔 해주는 가장 확실한 부적이자 마술이었다. 그래서 사람들은 끊임없이 열리는 가장무도회에 옷을 갖춰 입고 참석했다. 튈르리 궁정의 사람들, 후작을 비롯한 저택의 귀족들, 의회와 법원에서 일하는 사람들, 허수아비를 제외한 온갖 계층의 사람들, 심지어 천한 사형집행인까지 그랬다. 사형집행인은 주술이 시키는 대로 '곱슬머리에 분칠을 하고, 금빛 레이스가 달린 외투를 걸치고, 하얀 실크 스타킹에 굽 높은 구두'를 신었다. 그 지역 사형집행인들과 그들을 감독하는 오를레앙 씨는, 이렇게 고상한 복장을 갖추고 교수대나 수레를 사용해(당시에 도끼로 매우 귀했다) 사형을 집행하는 사람을 '파리 씨'라 불렀다. 서기 1780년 후작 나리의 접견실에 있던 사람들 중에서 '곱슬머리에 분칠을 하고, 금빛 레이스가 달린 외투를 걸치고, 하얀 실크 스타킹에 굽 높은 구두를 신고' 사형을 집행하는 제도가 하늘의 별보다 오래갈 것을 감히 의심하는 사람이 있었을까!

초콜릿을 후딱 마셔서 시종 네 명의 수고를 덜어준 후작 나리는 성지 중의 성지를 보호하는 문을 열어젖히게 하고 밖으로 나갔다. 이내 그 뒤를 따르며 비굴하게 굽실거리고 아첨을 떠는 추종자들의 모양새는 꼭 노예 같았고 그 비굴함은 차마 눈 뜨고 볼 수 없을 만큼 처참했다! 몸과 마음을 바쳐 굽실대느라 하늘에 바칠 것이 하나도 남지 않았으니, 후작의 추종자들이 단 한 명도 천당에 가지 못하는 데 기여했을 법했다.

후작은 이쪽에 대해 약속을 하고, 반대쪽을 보며 미소를 던지고, 기뻐하는 노예에게 한마디 속삭이고, 다른 노예에게 손을 흔들면서 상냥하게 접견실을 하나씩 지나 멀리 떨어진 '진리의 경계'까지 납시셨다. 그러고는 몸을 돌려 여태껏 걸어온 길을 되돌아가서는 정해진 시간에 초콜릿 요정이 기다리고 있는 안식처에 틀어박혀 더는 밖에 모습을 드러내지 않았다.

행진이 끝나자 공기의 진동이 아주 작은 폭풍으로 바뀌었고 값비싼 작은 종들이 아래층에서 짤랑거렸다. 곧 사람들이 무리 지어 물러나고 한 사람만 덩그러니 남았다. 그 남자는 겨드랑이에 모자를 끼고 코담배 갑을 손에 든 채 복도에 걸린 거울들을 지나 출구로 향했다.

그 남자는 나가는 길에 놓인 마지막 문에 멈춰 서서는 안식처 쪽을 돌아보며 "내가 너를 악마에게 제물로 바치노라!"라고 말했다.

그리고 발에 묻은 먼지를 털어내는 것처럼 손가락으로 코담배를 털어내며 아래층으로 조용히 걸어 내려갔다.

예순 살쯤 되어 보이는 이 남자는 옷차림이 말쑥했고 태도가 거만했으며, 멋진 가면을 쓰고 있는 것 같은 표정이었다. 속이 비칠 듯 피부가 창백했고 이목구비가 뚜렷했으며 한 가지 표정으로 굳어 있었다. 콧구멍 끝이 아주 살짝 일그러진 것을 제외하면 코가 잘생겼다. 조금 짓눌려 있는 두 콧구멍은 얼굴에서 유일하게 표정 변화를 조금이나마 볼 수 있는 부위였다. 이따금 색이 변하기도 하고, 희미한 맥박에 따라 확장과 수축을 반복하기도 했다. 그럴 때면 영락없이 잔인한 배반자의 표정이 얼굴에 떠올랐다. 자세히 뜯어보면 쭉 찢어진 눈매와 입매가 그런 인상으로 보이는 데 한몫 톡톡히 하긴 했지만, 얼굴은 여전히 잘생겨서 다른 사람의 이목을 끌 만했다.

얼굴 주인은 계단을 따라 안마당으로 내려와서 마차를 타고 저택을 떠났다. 접견실에서 자신을 상대해준 사람이 많지 않았으므로 무리에서 조금 떨어져 있었다. 후작 나리는 딱히 그를 따뜻하게 맞아주지는 않았다. 이런 날에는 자신이 탄 마차를 피해 평민들이 이리저리 흩어지고 가까스로 달아나는 광경을 보며 기분을 풀었다. 마부는 마치 적에게 돌진하듯 맹렬하고 난폭하게 마차를 몰아댔지만, 주인은 얼굴 표정은 고사하고 입술조차 움찔하지 않았다. 그러나 귀를 막은 도시와 입을 다문 시대에도 이따금씩 불평은 터져 나왔다. 인도가 따로 없는 좁은 거리에서 거칠게 마차를 몰아대는 귀족의 고약하고 악랄한 습성 탓에 애꿎은 빈민들만 위험에 처하거나 불구가 되었다. 하지만 이런 일을 다시 생각할 만큼 인간미 있는 귀족은 찾아보기 힘들었고, 다른 모든 일들이 그렇듯 가엾은 빈민들만이 남아서 견디기 힘든 상황을 스스로 꾸역꾸역

헤쳐나가야 했다.

마차는 요즘에는 상상할 수도 없을 정도로 맹렬하고 요란하게 덜컹거리면서 거리를 내달리고 모퉁이를 획획 돌았다. 앞을 지나던 여자들은 비명을 질러댔고 남자들은 서로 붙잡아주면서 아이들을 길 밖으로 끌어냈다. 결국 마차가 샘터 옆 길 모퉁이를 들이받으면서 바퀴 하나가 끽 하고 소름끼치는 소리를 냈다. 여러 사람들의 입에서 비명이 터져 나왔고 말은 앞다리를 번쩍 들어 올리면서 날뛰었다.

그다음에 일어난 귀찮은 일만 없었어도 마차는 멈추지 않고 달렸을 것이다. 마차가 내빼고 나면 다친 사람만 덩그러니 남는 일이 허다했다. 멈출 이유가 없지 않은가? 하지만 시종은 이번만큼은 섬뜩한 기분이 들어 마차에서 서둘러 내렸고 열 명쯤 되는 사람들이 우르르 달려들어 말고삐를 붙잡았다.

"무슨 일이라도 생긴 게냐?" 후작이 태연하게 밖을 내다보며 말했다.

나이트캡을 눌러쓴 키 큰 사내가 말발굽 틈바구니에서 보따리를 꺼내 들고는 샘터 바닥에 내려놓았다. 그는 진흙탕에 무릎을 꿇고 앉아 사나운 짐승처럼 악을 쓰며 울부짖었다.

"송구하옵니다, 후작 나리! 아기가 치었습니다." 행색이 초라한 한 사내가 고분고분한 말투로 말했다.

"저 작자는 왜 저렇게 시끄럽게 소리를 지르는 게지? 저자의 아기인가?"

"송구하옵니다, 나리. 가엾게도 그렇습니다."

샘터는 거리에서 조금 들어간 사방 10미터 크기의 공터에 있었다. 울부짖던 키 큰 사내가 자리에서 벌떡 일어나 마차로 달려들자 후작은 재빨리 칼자루를 쥐었다.

"내 아이를 죽였어!" 사내는 머리 위로 두 팔을 치켜들고 후작을 노려보며 악에 받쳐 절규했다. "내 아이가 죽었다고!"

사람들이 빙 둘러서서 후작을 물끄러미 바라보았다. 그들의 눈에는 경계심과 애절한 감정이 서려 있을 뿐 위협도 분노도 보이지 않았다. 아무도 말이 없었다. 처음 비명이 터져 나온 이후로 사람들은 줄곧 입을 다물었다. 고분고분하게 대답하던 사내는 굽실거리며 비굴하게 몸을 낮췄다. 후작은 쥐구멍에서 나온 쥐를 대하듯 마을 사람들을 훑어보고는 지갑을 꺼냈다.

"참 희한하지!" 후작이 말했다. "너희 같은 놈들은 자기 몸뚱이 하나, 자식 놈 하나도 제대로 건사하지 못한단 말이냐! 늘 이런 식으로 길바닥에서 얼쩡거리다니. 너희 놈들 때문에 내 말이 다쳤는지 알게 뭐야? 자, 이걸 저놈에게 주거라."

후작이 시종에게 금화 한 닢을 던져주자 둥그렇게 모여 있던 사람들은 목을 길게 빼고 땅에 떨어진 금화를 내려다보았다. 키 큰 사내는 한 번 더 있는 힘껏 섬뜩한 소리를 내질렀다.

"죽었단 말이오!"

사람들이 길을 터주자 한 사내가 재빠르게 뛰어들어 키 큰 사내를 막았다. 이 불쌍한 사내는 그를 보자 어깨를 축 늘어뜨리고 통곡하면서 샘터를 가리켰다. 그곳에서는 아낙네 몇 명이 허리를 굽혀 미동도 없는 보따리 안을 조심스럽게 살피고 있었다. 하지만 아낙네들도 사내들처럼 아무 말도 하지 않았다.

"다 안다네. 무슨 심정인지 알다마다." 방금 도착한 사내가 말했다. "기운 차려야지. 가스파르! 그 가엾은 것은 사람대접도 못 받고 사느니 차라리 이렇게 죽는 게 나아. 그래도 고통 없이 한순간에 죽지 않았나. 그 딱한 것이 단 한 시간이라도 행복했던 적이 있었던가?"

"제법 철학자처럼 말하는군. 자네는 이름이 뭔가?" 후작이 씩 웃으며 말했다.

"다들 드파르주라고 부르지요."

"무슨 일을 하나?"

"술장사를 하고 있습죠."

"이걸 받아두게. 철학자 나부랭이 술 장사꾼." 후작은 사내에게 금화 한 닢을 더 던지며 말했다. "두었다가 쓰게나. 그런데 내 말은 멀쩡한가?"

황송하게도 모여 있는 사람들을 한 번 더 쳐다보는 일 따위는 없이 후작은 의자 깊숙이 몸을 기댔다. 그는 별 볼일 없는 물건을 어쩌다 실수로 깨뜨리고 나서 배상을 하고 그 정도 돈은 있는 신사라고 으스대며 막 현장을 떠나려던 참이었다. 그때 동전 한 닢이 마차로 날아와 바닥에 땡그랑 하고 떨어지면서 후작의 평온했던 심기를 건드렸다.

"멈춰!" 후작이 말했다. "말을 멈추란 말이다! 대체 어느 놈이냐?"

후작은 방금까지 술장수 드파르주가 서 있던 곳을 보았다. 그 자리에는 비통에 젖은 아이의 아버지가 고개를 푹 숙인 채 길바닥에 웅크리고 있었고, 그 옆에는 피부가 검고 몸집이 통통한 여인이 서서 뜨개질을 하고 있었다.

"개자식들!" 들썩이는 코만 빼고 표정 하나 바꾸지 않고 후작이 차분하게 말했다. "내 기꺼이 너희 같은 버러지 놈들을 마차로 뭉개버려서 이 땅에서 없애주지! 어느 놈이 마차에 금화를 던졌는지 알아내기만 해봐라. 그놈이 근처에서 얼씬거리면 바퀴 밑에서 뼈도 못 추릴 줄 알아!"

법의 테두리 안팎에서 후작 같은 작자들이 자신들에게 무슨 짓을 할 수 있는지 오랜 세월 동안 모질게 겪어온 사람들은 한껏 주눅이 들어 목청을 높이지도, 손을 쳐들지도, 하물며 눈동자를 치켜뜨지도 못했다. 남자들은 누구도 그러지 못했지만, 서서 뜨개질하는 여인만은 고개를 들고 후작의 얼굴을 빤히 쳐다보았다. 후작은 위신을 지키느라 그 여인을 알은체도 하지 않고 경멸하는 눈으로 여인과 쥐새끼들을 훑어보고 나서 다시 의자에 기대어 마부에게 소리쳤다. "출발하자!"

후작의 마차가 내달렸고 다른 마차들도 연달아 질주했다. 각료, 정부 관료, 세금 징수원, 의사, 변호사, 성직자, 극장이나 가장 무도회에 갔다가 나온 화려한 행렬이 줄기차게 빙글빙글 돌면서 이어졌다. 사람들은 방금 일어난 사고를 구경하려고 쥐처럼 쥐구멍에서 나와 몇 시간째 자리를 뜨지 않고 서 있었다. 군인과 경찰이 구경꾼과 현장 사이를 왔다 갔다 하면서 차단막을 세우자 구경꾼들은 뒤로 슬금슬금 물러나 그 틈새로 안을 들여다보았다. 아이를 잃은 아버지는 진작 보따리를 안고 떠났다. 샘터에서 보따리 옆을 지키던 여인들은 그곳에 앉아 물이 흘러가는 모습과 화려한 가장무도회 행렬을 보았다. 유난히 눈에 띄게 서서 뜨개질을 하던 여인은 운명의 실을 뜨듯 여전히 묵묵히 뜨개질에 열중했다. 샘물이 흘렀고 강물도 빠르게 흘렀다. 낮이 흘러 저녁이 되었고, 도시의 많은 생명도 세월이 흘러 죽음을 맞았다. 세월은 사람을 기다려 주지 않는 법이다. 쥐들은 다시 어두컴컴한 쥐구멍에 한데 모여 잠이 들었고, 무도회장은 저녁 연회를 열기 위해 불을 밝혔다. 모든 일이 여느 때처럼 흘러갔다.

8장
시골의 후작 나리

옥수수가 노랗게 익어가는 아름다운 시골 풍경이었지만 정작 옥수수는 많이 열리지 않았다. 원래 옥수수를 심어야 할 땅에서 볼품없는 호밀, 시들한 완두콩과 강낭콩, 억센 채소들이 듬성듬성 자라고 있었다. 생기를 잃은 작물들은 이를 재배하는 농부와 아낙처럼 마지못해 살아가는 것처럼 보였다. 그렇게 실의에 빠져 축 늘어진 모습으로 시들어가고 있었다.

말 네 마리와 마부 두 명이 후작을 태운 마차를 끌고 가파른 언덕길을 힘겹게 올랐다. 후작의 붉은 얼굴은 지체 높은 혈통으로 태어나지 못해서도, 몸 상태가 이상해서도 아니었다. 자신도 어쩔 수 없는 외부 요인 때문이었다. 해가 기울고 있었다.

마차가 언덕 꼭대기에 다다르자 석양빛이 마차를 눈부시게 내리쬐는 바람에 마차에 탄 사람들 모두가 진홍빛으로 물들었다. "해가 곧 지겠군." 후작은 자기 손을 힐끗 내려다보며 말했다.

실제로 지평선에 낮게 걸려 있던 석양이 그 순간 땅 밑으로 꺼져버렸다. 마차가 묵직한 제동장치를 바퀴에 걸고 언덕 아래로 미끄러지듯 내려가자 먼지구름이 일면서 바퀴 타는 냄새가 스멀스멀 올라왔다. 붉은 기운은 이내 사라졌다. 태양과 후작이 함께 아래로 내려왔고 마차의 제동장치를 풀었을 즈음 붉은 기운은 온데간데없이 사라졌다.

피폐해질 대로 피폐해진 시골 풍경이 마차 앞에 그대로 펼쳐졌다. 언덕 아래에는 작은 마을이 둥지를 틀고 있었고, 언덕 너머로 드넓게 펼쳐진 길과 오르막을 따라가면 교회 탑과 풍차, 사냥 숲이 나왔다. 과거에 감옥으로 쓰였던 요새가 우뚝 서 있는 험준한 바위 절벽도 보였다. 밤이 찾아와 사방이 어둠에 잠긴 광경을 후작은 집을 코앞에 둔 사람처럼 들뜬 심정으로 둘러보았다.

조악한 마을 거리에는 양조장, 가죽 공장, 술집, 역마를 갈아타는 역참 마구간, 샘터 등이 늘어서 있는데 하나같이 허름하기 짝이 없어서 무너지기 일보 직전이었다. 마을 사람들도 헐벗고 굶주려 몰골이 말이 아니긴 매한가지였다. 대부분 문밖에 앉아 저녁거리로 아껴둔 양파 따위를 써는가 하면, 어떤 사람들은 땅을 뒤지고 다니면서 먹을 수 있는 것은 죄다 뜯어다가 샘터에 앉아 씻고 있었다. 마을 사람들을 이렇듯 가난에 찌들게 만든 흔적은 차고도 넘쳤다. 지엄한 장부에 적힌 대로 가뜩이나 작은 마을 여기저기서 국세, 교회세, 영주세, 지방세, 종합세 등의 명목으로 세금을 걷어가니 마을이 잡아먹히지 않고 살아남아 있다는 사실이 놀라울 뿐이었다.

마을에는 아이들도 눈에 띄지 않았고 개들도 아예 자취를 감추었다. 사람들이 이 땅에 태어나 선택할 수 있는 삶은 이미 두 가지로 정해져 있었다. 방앗간 아래 작은 마을에서 비참하게 삶을 연명하든지, 험준한 바위 절벽 위에 있는 감옥에서 생을 마감해야 했다.

시종이 앞장서서 후작이 도착한다고 소리 질러 알리고, 마부가 말에게 움직이는 뱀 같은 채찍을 휘두르는 소리가 저녁 공기를 가르면서, 후작은 복수의 세 여신에게 호위받듯 역참 입구에 도착했다. 역참에서 아주 가까운 샘터에서 소작농들이 하던 일을 멈추고 후작을 쳐다보았다. 후작도 그들을 쳐다보았다. 비록 그가 알아채지 못했지만 소작농들의 얼굴과 몸은 고통으로 일그러져 서서히 쪼그라들고 있었다. 이때부터 100년 동안 프랑스인은 몸집이 작고 빈약하다는 편견이 영국인의 뇌리에 진리처럼 자리 잡았다.

후작은 자신이 궁중 후작에게 굽실거렸듯 자기 눈앞에서 머리를 조아리고 있는 고분고분한 얼굴들을 훑어보았다. 단지 차이가 있다면 이 사람들은 비위를 맞추기 위해서가 아니라 고통스러워서 고개를 숙이고 있을 뿐이었다. 바로 그때 머리가 희끗희끗한 도로 수리공이 무리 속으로 들어왔다.

"저 작자를 내게로 데려오너라." 후작이 시종에게 말했다.

손에 모자를 든 사내가 끌려나오자 마을 사람들은 파리의 샘터에 모여 들었던 구경꾼들처럼 주위를 에워쌌다.

"길에서 너를 지나쳤던 것 같은데?"

"맞습니다, 나리. 영광스럽게도 그랬습죠."

"언덕을 오를 때도, 언덕 꼭대기에서도 나를 보았느냐?"

"그렇습니다, 나리."

"그때 뭘 그렇게 뚫어져라 쳐다보았느냐?"

"나리가 아니라 저 아래에 있던 사내를 본 것입니다요."

사내는 몸을 약간 구부리고는 다 해진 푸른색 모자로 마차 아래를 가리켰다. 그러자 모두들 몸을 숙이고 마차 아래를 들여다보았다.

"멍청한 놈! 사람은 무슨! 그 아래는 왜 쳐다보았느냐?"

"나리, 송구합니다만 제동기 쇠사슬에 매달려 있었습죠."

"대체 누가?" 후작이 따지듯 물었다.

"그 사내가요, 나리."

"악마가 잡아가도 시원찮을 이 얼간이 같은 놈! 그놈 이름이 무엇이냐? 너는 이 동네에 사는 놈들은 죄다 알고 있을 것 아니냐! 쇠사슬에 매달려 있던 놈이 누구냐니까?"

"관대하신 나리! 이 마을 사람이 아니었습니다요. 난생처음 보는 사람이었어요."

"쇠사슬에 매달려 있었다고? 목 졸려 죽으려고 환장을 했다더냐?"

"나리, 그게 참 희한했습니다. 자비로운 나리께서 허락해 주신다면 말씀드리겠습니다. 그 사내의 머리가 이렇게 매달려 있었습죠."

도로 수리공은 마차 옆으로 가서 상체를 뒤로 젖히고 드러누워서 얼굴을 하늘로 향하게 하고 머리를 아래로 축 늘어뜨렸다. 그러더니 모자를 만지작거리며 제자리로 돌아와 다시 머리를 조아렸다.

"그놈이 어떻게 생겼더냐?"

"그 사내는 방앗간 주인보다 얼굴이 더 하얬습니다요. 온

몸에 먼지를 뒤집어쓰고 있어선지 유령처럼 하얗고 키가 컸습죠."

도로 수리공이 설명하자 작은 무리들이 시끄럽게 술렁이기 시작하면서 서로 눈치를 보는 기색도 없이 일제히 후작을 쳐다보았다. 아마도 후작이 원한을 산 유령이 있는지 궁금해하는 것 같았다.

"참 장한 짓이다!" 버러지 같은 놈들이 자신의 심기를 건드리는 일은 결코 용서하지 않겠다는 심산으로 후작은 비꼬며 말했다. "내 마차 밑에 도둑이 매달려 있는 꼴을 보고도 그 잘난 주둥이를 꽉 다물고 있었단 말이지! 가벨! 저놈을 끌고 가게!"

역장인 가벨은 세금을 거두는 일도 도맡고 있었다. 아까부터 심문을 거들겠다며 온갖 아첨을 떨고 있다가 지금은 공무를 집행하는 태도로 수리공의 팔을 붙잡았다.

"멍청한 놈! 비켜서라!" 가벨이 소리쳤.

"만약 낯선 놈이 오늘 밤 마을에 들어와 묵을 곳을 찾으면 당장 체포해서 꿍꿍이가 뭔지 낱낱이 밝혀내게, 가벨."

"후작 나리, 지당하신 말씀입니다요. 분부대로 하겠습니다."

"이봐, 아까 그 빌어먹을 놈은 도망갔나? 어디로 간 게야?"

그 빌어먹을 놈은 이미 친한 친구 대여섯 명과 마차 밑으로 기어들어가 푸른색 모자로 쇠사슬을 가리키고 있었다. 후작의 말을 듣고 다른 친구 대여섯 명이 즉시 도로 수리공을 끌어내 숨을 헐떡이는 그를 후작 앞에 대령시켰다.

"얼뜨기 같은 놈! 마차가 멈췄을 때 그놈은 이미 내뺐을 게 아니냐."

"후작 나리, 그놈은 물속에 뛰어드는 사람처럼 머리를 내밀면서 언덕 너머로 냅다 뛰었습니다."

"그놈을 찾아보게, 가벨. 우리는 이제 그만 가자!"

대여섯 명이 여전히 양떼처럼 바퀴 주위에 몰려들어 쇠사슬을 살펴보고 있었다. 그때 바퀴가 갑자기 움직였고 사람들은 가까스로 몸을 피해 다행히 살가죽과 뼈를 건질 수 있었다. 사실 몸을 빼면 건질 것도 별로 없지만 운이 따르지 않았다면 그마저도 건지지 못했을 터였다.

전속력으로 달리던 마차는 마을을 벗어나 가파른 언덕에 다다르자 점차 속도를 줄였다. 그리고 이내 여름밤에 가득한 달콤한 향기를 맡으며 느릿느릿 좌우로 흔들리면서 덜거덕덜거덕 언덕을 올랐다. 복수의 세 여신을 대신해 거미줄처럼 촘촘히 들러붙은 수많은 각다귀들의 비호를 받으며 마부는 조용히 채찍을 휘둘렀다. 말 옆에서 총총걸음으로 걷는 시종의 모습이 먼발치에서 희미하게 사라졌다.

언덕의 가장 가파른 곳에는 작은 묘지가 있었고, 새로 새긴 큼지막한 예수그리스도 조각상이 매달린 십자가가 세워져 있었다. 미숙한 시골 조각가가 자신의 삶에 빗대어 표현한 듯 조악한 예수그리스도 목각상은 몹시 야위고 마른 모습이었다.

가난은 오랫동안 서서히 심해지고 있었지만 아직 최악의 상태는 아니었고, 이 엄청난 빈곤을 상징하는 슬픈 십자가 앞에 한 여인이 무릎을 꿇고 있었다.

"나리가 맞으시지요! 나리, 간청이 있습니다."

후작은 얼굴 표정 하나 바꾸지 않고 밖을 내다보았지만 참지 못하고 소리쳤다.

"뭐야! 무슨 일이야? 어딜 가나 이놈의 간청은!"

"나리, 자비를 베풀어주세요! 산지기인 제 남편이……."

"네 남편이 뭐! 산지기라고? 너희 같은 놈들이야 어딜 가나 있지. 네 남편이 세금을 내지 않았느냐?"

"세금은 다 냈습니다. 나리, 그런데 이제 이 세상 사람이 아닙니다."

"아! 입을 다물었으니 조용하기는 하겠군. 내게 남편을 살려내라는 말이냐?"

"아아! 아닙니다. 나리! 제 남편은 저기 보이는 메마른 풀더미 아래 묻혀 있습니다."

"그래서?"

"나리, 그곳에는 초라한 무덤들이 아주 많습니다."

"그래서?"

여인은 나이 들어 보였지만 실제로는 젊었다. 그녀는 격한 슬픔을 내비치면서, 핏줄이 튀어나오고 마디가 불거져 나온 손을 번갈아 꽉 움켜쥐었다. 그러고는 마치 문이 사람의 가슴이라도 되는 양 애원하는 손길을 느껴주기를 바라는 것처럼 부드럽게 달래듯 한 손을 마차 문에 갖다 댔다.

"나리, 제 말 좀 들어주세요! 나리, 간청을 들어주세요! 제 남편은 가난 때문에 죽었습니다. 많은 사람들이 가난으로 죽어가고 있습니다. 그리고 더 많은 사람들이 가난으로 죽을 것입니다."

"그래서 무엇을 원하는 거냐? 나보고 그자들을 다 먹여 살리라는 말이냐?"

"나리, 하늘에 맹세코 그런 것이 아닙니다. 남편의 이름이 새겨진 작은 돌이나 나무 조각 하나만 남편의 무덤 앞에 세울 수 있게 해주십시오. 그러지 않으면 남편의 무덤은 금세 잊히고 말 것이고, 제가 죽기라도 하는 날에는 아무도 알아보지 못할 겁니다. 저 역시 어딘가에 초라하게 묻히게 되겠지요. 나리, 여기에는 주인을 알 수도 없는 무덤이 너무 많습니다.

그리고 너무 빠르게 늘어나고 있습죠. 숱하게 많은 사람들이 가난으로 죽어가고 있습니다. 나리! 나리!"

시종이 여인을 문에서 떼어내자마자 마차가 빠르게 달리기 시작했다. 마부가 속도를 높이자 뒤에 남겨진 여인의 모습이 점점 멀어져갔다. 후작은 다시 복수의 여신이 호위하는 마차를 타고 저택까지 4킬로미터 남짓한 거리를 빠르게 좁혀나갔다.

후작의 주위에 달콤하게 피어오르던 여름밤 향기는 멀지 않은 샘가에도 비가 내리듯 공평하게 피어올라, 해진 먼지투성이 옷을 걸치고 고단하게 하루를 보낸 사람들을 감쌌다. 푸른색 모자를 빼면 별 볼일 없는 도로 수리공은 모자를 손에 움켜쥔 채로, 유령처럼 보였다는 사내 이야기를 여전히 떠들어댔다. 그쯤 되자 이야기에 싫증 난 사람들이 하나둘씩 자리를 떴고 작은 여닫이창에서 불빛이 반짝 새어 나오다가 다시 사라지면서 하늘에는 더 많은 별들이 떠올랐다. 그래서인지 창문으로 새어 나오던 빛이 꺼져버린 게 아니라 하늘로 솟아오른 듯 보였다.

그때쯤 후작은 지붕이 높이 솟은 대저택과 무성한 나무의 그늘 아래 있었다. 마차가 멈춰 서자 그림자는 사라지고 환한 불빛과 함께 대저택의 커다란 문이 후작을 향해 열렸다.

"샤를이 오기로 했는데 영국에서 왔다던가?"
"나리, 아직 도착하지 않았습니다."

9장
고르곤의 머리

후작의 대저택은 묵직한 풍채를 자랑했다. 앞에는 돌로 된 커다란 뜰이 펼쳐져 있었고 양쪽 계단은 부드러운 곡선을 그리며 정문 앞 석재 테라스에서 만났다. 저택은 육중한 돌난간부터 항아리, 꽃, 사람 얼굴, 사자 머리 할 것 없이 사방 구석구석 온통 석재로 장식되어 있었다. 마치 200년 전 처음 지어졌을 때 고르곤*이 정원을 둘러보고 간 것만 같았다.

마차에서 내린 후작은 횃불을 들고 앞장선 시종을 따라 폭

---
* 그리스 신화에 등장하는 뱀 머리카락과 멧돼지 어금니를 가진 세 자매를 뜻한다. 고르곤과 눈이 마주치면 온몸이 돌로 변한다.

이 넓고 낮은 계단을 올라갔다. 횃불이 지나가면서 어둠이 물러나자 견고하게 쌓아올린 웅장한 건물의 지붕에서 부엉이가 항의하듯 울어대는 모습이 나무 틈새로 보였다. 그 외에는 쥐 죽은 듯 조용해서 시종이 들고 올라가는 횃불과 정문에 꽂혀 있는 횃불이, 탁 트인 밤하늘이 아니라 사방이 막힌 거실을 밝히고 있는 듯했다. 부엉이 울음소리와 석조 분수의 물소리만 들릴 뿐 사방이 조용했다. 마치 어두운 밤이 시시각각 숨을 참았다가 길고 낮게 숨을 내쉬고는 다시 숨을 참는 소리 같았다.

등 뒤로 커다란 문이 철커덩 닫히고, 후작은 낡은 멧돼지 사냥용 창과 검, 사냥칼이 장식된 음산한 복도를 가로질러 갔다. 지금은 죽음의 은혜를 입고 사라진 수많은 소작농들이 귀족의 화를 돋웠을 때 참아내야 했던 묵직한 승마용 채찍이 스산함을 더했다.

후작은 횃불을 든 시종을 앞세워 밤새 문을 잠가두었던 어두운 큰 방을 여러 개 지나 복도에 있는 방으로 이어지는 계단을 올라갔다. 문이 열리면서 침실을 포함해 방이 세 개 딸린 개인 공간으로 들어섰다. 높은 아치형 천장으로 장식된 방은 카펫을 깔지 않아 시원해 보였다. 겨울이면 장작을 피우는 난로 위에는 멋진 개 조각상을 비롯해 호화로운 시대에 호화스러운 나라에 살고 있는 후작에게 걸맞은 온갖 사치품들이 장식되어 있었다. 영원히 기억될 루이 왕 시대에 유행하던 양식이 값비싼 가구에 고스란히 녹아 있었고, 프랑스의 오랜 역사를 담아낸 다양한 물건들도 눈에 띄었다.

촛불 끄는 기구처럼 지붕이 뾰족한 탑 네 개 중 하나로, 둥근 모양의 세 번째 방에는 두 사람 몫의 저녁 식사가 차려져 있었다. 작지만 천장이 높은 방에 창문을 활짝 열고 목재 덧문을 닫자 그 틈 사이로 어두운 밤이 비치면서 석재 바닥에 검은 가로줄이 생겼다.

"조카가 아직 도착하지 않았다고 하던데." 후작은 준비된 저녁 식사를 힐끗 보며 말했다.

후작은 지금쯤 조카가 와 있으리라 예상했지만 그는 아직 도착하지 않았다.

"아! 오늘 밤에 도착하지는 않을 것 같군. 어쨌든 식사는 그대로 두게. 십오 분 뒤에 먹도록 하지."

십오 분 뒤 후작은 준비를 마치고 정성 들여 준비한 호화로운 저녁 식사 앞에 홀로 앉았다. 창문을 마주 보고 앉아서 수프를 먹은 다음 잔을 들어 보르도 포도주를 한 모금 마셨다.

"저게 뭔가?" 후작은 석재 바닥에 드리운 검은색 가로줄을 유심히 들여다보며 조용히 물었다.

"나리, 무엇을 말씀하시는지요?"

"덧문 말이다. 한번 열어보아라."

시종이 덧문을 열었다.

"뭐가 보이느냐?"

"나리, 아무것도 없습니다. 나무와 어두운 밤뿐입니다."

덧문을 활짝 열어 텅 빈 어둠을 물끄러미 바라보며 시종이 대답했다. 그러고는 이내 등을 돌려 창문 밖의 어둠을 등지고 후작의 다음 명령을 기다렸다.

"그렇군. 다시 닫아라." 후작이 차분히 말했다.

시종이 덧문을 닫자 후작은 다시 저녁 식사를 시작했다. 그는 식사를 반쯤 했을 즈음 잔을 들고 잠시 머뭇하더니 밖에서 나는 소리에 귀를 기울였다. 바퀴 소리가 요란하게 가까워지더니 저택 앞에 마차가 도착했다.

"누가 왔는지 알아보아라."

후작의 조카였다. 그날 오후 일찍 그는 후작보다 몇 킬로미터 뒤처져 출발했다. 빠르게 거리를 좁혀갔지만 후작을 따라잡을 만큼 속도를 내지는 못했다. 역참에 다다라서야 후작이 앞서 다녀갔다는 소식을 들었다.

시종은 조카에게 저녁 식사가 준비되어 있고 후작이 함께 식사하기를 원한다고 전했다. 조카는 저녁 식사가 준비된 곳으로 갔다. 그는 영국에서 찰스 다네이로 통했다.

후작은 기품 있게 조카를 맞았지만 서로 악수를 나누지는 않았다.

"숙부님은 어제 파리에서 출발하셨지요?" 다네이는 식탁에 앉으며 후작에게 물었다.

"그래, 어제 출발했단다. 너도 그랬느냐?"

"이곳으로 곧장 왔습니다."

"런던에서 오는 길이냐?"

"네."

"오는 데 오래 걸렸구나." 후작이 웃으며 말했다.

"전혀 그렇지 않습니다. 곧장 왔습니다."

"아! 내 말은 오는 데 시간이 오래 걸렸다는 게 아니라 오랜만이라는 뜻이다."

"바빴습니다……. 이런저런 일들로." 조카는 대답을 하다가 잠시 멈추더니 말을 이었다.

"아무렴 그랬겠지." 숙부는 품위 있게 대꾸했다.

둘은 시종이 있는 동안에는 더 이상 아무 얘기도 하지 않았다. 커피가 나오고 둘만 남게 되자 조카는 숙부를 쳐다보았다. 그리고 잘 만들어진 가면 같은 숙부의 얼굴에 자리 잡은 두 눈을 마주 보며 입을 열었다.

"숙부님이 예상하신 대로 제가 떠나게 된 그 일 때문에 다시 돌아왔습니다. 그로 인해 예상치 못했던 엄청난 위험에 빠졌지만, 그래도 성스러운 일이고, 설사 그러한 연유로 죽음으로 내몰린다 해도 그 선택이 저를 지키는 버팀목이 되어줄 겁니다."

"죽음은 아니지. 굳이 죽음이라고까지 말할 필요는 없다." 숙부가 말했다.

"글쎄요. 숙부님, 만약 그 일 때문에 제가 죽을 위기에 처한다면 숙부님께서 과연 저를 말리셨을까요?"

숙부의 코에 깊게 팬 주름과 잔인한 얼굴에 생긴 가는 선이 만들어낸 표정에서 그 말이 사실이라는 불길한 기운이 감돌았다. 숙부는 품위 있게 손사래를 쳤지만 이는 좋은 가문에서 자란 사람들이 으레 보이는 가벼운 행동이었을 뿐이므로 조카는 의심을 거두지 못했다.

"사실 제 생각에 숙부님은 가뜩이나 의심을 사고 있는 제 주변 상황이 더욱 수상쩍어 보이도록 일을 꾸미고 계신 것 같습니다."

"아니, 그럴 리가 있겠니?" 후작은 호탕하게 대답했다.

"아니라고 하시지만 수단과 방법을 가리지 않고 저를 방해하실 테고 일말의 가책도 느끼지 않으시겠죠." 숙부를 쳐다보는 조카의 눈에 불신이 가득했다.

"얘야, 내가 했던 말이 있었지." 후작이 말할 때 코에 팬 자국이 실룩였다. "오래전에 한 말인데 기억하고 있을지 모르겠구나."

"기억합니다."

"그래, 고맙다." 더할 나위 없이 부드러운 후작의 목소리가 높은 천정을 타고 악기 선율처럼 방에 울려 퍼졌다.

"사실 제가 이곳 프랑스에서 투옥되지 않은 것은 제게는 행운이지만 숙부님에게는 불행일 거라고 생각합니다."

"대체 그게 무슨 말이냐?" 후작이 커피를 한 모금 들이켜며 되물었다. "어디 알아들을 수 있게 얘기해보아라."

"숙부님께서 왕실의 총애를 잃지 않으셨다면, 지난 몇 년간 구름의 그림자에 갇혀 살지 않으셨다면, 아마도 체포 영장을 발부해 저를 영원히 감옥에 가둬두셨겠죠."

"못할 것도 없지." 오싹할 만큼 냉정하게 후작이 대답했다. "우리 가문의 명예를 지키기 위해서라면 너한테 그만한 불편쯤은 끼칠 수 있다고 생각했겠지. 마음이 상했다면 용서하려무나!"

"제게는 다행이었지만, 엊그제 접견실에서도 늘 그랬듯 냉대를 받으시더군요."

"나라면 다행이라는 표현은 쓰지 않겠다." 후작은 다시 점잖은 목소리로 대답했다. "과연 다행이라고 확신할 수 있겠니? 아무도 방해하지 않는 조용한 감방에서 자신에 대해 깊이 성찰하는 게 지금 네가 하고 다니는 일보다 네 운명에는 이로울 것 같아서 하는 말이다. 흠, 하지만 다 부질없는 소리지. 네 말마따나 내 입지가 예전 같지 않아. 인간들을 감옥에 보내고, 가문의 권력과 명예를 지키기 위해 동분서주하고, 네게 그 정도 불편을 끼칠 만한 사소한 이권을 누리려면 이제는 관심을 기울이고 끈질기게 노력해야만 하지. 상류층의 특권을 누리고 싶어 하는 사람은 많지만 실제로 쟁취하는 사람이 얼마나 되겠니? 프랑스는 예전과 달리 모든 면에서 망가지고 있단다. 불과 얼마 전까지만 해도 우리 집안은 비천한 인간 나부랭이들의 목숨 따위는 손아귀에 쥐고 흔들었는데 말이다. 이 방에서도 개보다 못한 천한 것들이 끌려 나가 교수형을 당했지. 내 기억으로는 바로 옆방(내 침실)에서 그놈의 딸이었던가? 그래, 딸의 명예를 지킨답시고 건방을 떨던 놈이 단칼에 죽음을 당했지. 천한 것들이 새로운 사상에 물들면서 우리가 특권을 잃고 있어. 요즘 같아서야 우리 주장만 내세웠다가는, 흠, 그렇게 되리라 생각하기는 싫지만 망하는 수도 있지. 이런 개 같은 세상 같으니라고! 틀렸어! 아주 틀려먹었다고!"

자신이 얼마나 품위 있게 상심하느냐에 따라 나라와 가문의 부활이 좌우되기라도 하는 것처럼 후작은 코담배를 조금 집어 부드럽게 들이마시면서 고개를 저었다.

"예나 지금이나 우리는 가문의 권위만 지나치게 내세우고 있습니다." 조카는 침울하게 말을 이었다. "숙부님, 과연 프랑스에서 우리 가문만큼 증오를 받는 가문이 있을까요?"

"아무렴 그래야지. 천한 것들이 높은 사람을 미워하는 속내를 들여다보면 모두 귀족에 대해 경외심을 품고 있기 때문이란다."

"존경하는 눈빛으로 저를 쳐다보는 사람들은 이 땅 어디에도 없습니다. 단지 우리를 두려워하고 일에 찌들어 있을 뿐이라고요." 조카는 변함없이 우울한 목소리로 말했다.

"아니, 우리에게 경의를 표하고 있는 거란다. 오랫동안 귀족을 모셔온 천한 것들의 몸에 밴 습성이지!" 후작은 다시 한 번 코담배를 마시고는 가볍게 다리를 꼬았다.

하지만 한쪽 팔꿈치를 테이블에 괴고 실의에 찬 손길로 얼굴을 덮으며 깊은 생각에 빠진 조카를 보면서 후작은 지금까지 보였던 무관심한 태도를 접고 훌륭한 가면 같은 얼굴에 신랄하면서도 못마땅한 표정을 뚜렷하게 지으며 조카의 얼굴을 훑어보았다.

"천한 것들은 계속 쥐어짜야 하지. 개들은 채찍으로 때려야 말을 듣는 법이거든. 이 높은 지붕이 하늘을 늘 가려준단 말이다." 후작이 고개를 들어 천장을 바라봤다.

하지만 이러한 상황은 후작이 생각한 만큼 오래가지 않을 것이었다. 앞으로 불과 몇 년 후에 자신을 포함한 귀족 쉰여 명의 저택이 약탈당하고 불에 타서 그 시꺼먼 잔재가 숯 비가 되어 내리는 장면을 후작에게 보여줄 수 있었다면 어땠을까? 후작이 그토록 뿌듯해했던 지붕이 새로운 하늘을 덮고 있어서 사람들이 수많은 총알에 희생되는 광경을 가리고 있었다는 사실을 깨달았을지 모른다.

"네가 하지 않겠다면야 나라도 가문의 명예와 신념을 지켜야겠지. 피곤할 텐데 이쯤에서 대화를 끝내고 자러 가자꾸나."

"잠시만 더요, 숙부님."

"원한다면 뭐 한 시간 정도는 괜찮다."

"숙부님, 우리 가문은 민중에게 많은 악행을 저질렀고 이제 그 죄의 열매를 먹고 있습니다."

"우리가 악행을 저질렀다고?" 후작은 이해할 수 없다는 표정을 지으며 처음에는 조카에게, 그다음은 자신에게 조심스레 반문했다.

"우리 가문, 참으로 대단한 우리 가문은 서로 방식이 다르긴 하지만 숙부님에게도 저에게도 중요합니다. 아버지 세대도 어떤 경우든 자신의 쾌락을 방해하는 사람은 가차 없이 처단하셨지요. 제가 아버지와 숙부님의 세대를 굳이 거론할 필요가 있을까요? 쌍둥이로 이 집안의 공동 상속자이자 후계자인 숙부님을 아버지와 굳이 갈라서 생각할 수 있을까요?"

"죽음이 이미 우리 둘을 갈라놓았다!"

"하지만 제가 남아 있지 않습니까? 저는 이 제도에 묶여 책임감을 느끼고 있지만, 두려움에 떨고 있고 무기력하기 짝이 없습니다. 어려운 사람들에게 선행을 베풀고 과거에 자행된 악행을 바로잡으라는, 사랑하는 어머니의 유언과 마지막 눈빛의 의미를 지키려고 애쓰고 있지만 도와주는 사람도 없고 힘도 없어 괴롭습니다."

"조카야, 혹시라도 내게 도와달라고 부탁할 심산이라면 헛수고를 하고 있는 게다." 어느새 조카와 난롯가에 서 있던 후작은 비수를 꽂듯 조카의 가슴팍을 손가락으로 살짝 누르면서 말했다.

후작은 담뱃갑을 손에 쥔 채 조카를 조용히 응시했다. 잡티 없이 새하얀 얼굴에 곧게 팬 주름이 잔혹하고 교활한 성격을 그대로 드러냈다. 그는 다시 손가락을 들어 조카의 가슴에 대고는 날카로운 비수의 끝인 양 찬찬히 조카의 몸에 일직선을 그었다.

"얘야, 나는 여태껏 살아온 대로 죽을 때까지 이 제도를 지킬 작정이다."

후작은 마지막으로 코담배를 빨아들이고는 담뱃갑을 주머니에 넣었다.

"좀 더 이성적으로 생각하렴." 후작은 탁자 위에 놓인 작은 종을 들어 울리고 나서 말을 이었다. "타고난 운명을 받아들이렴. 샤를, 너는 지금 길을 잃은 거야."

"가문의 재산과 프랑스는 제게는 아무런 의미가 없습니다." 조카는 씁쓸한 어조로 말했다. "저는 모두 포기하려 합니다."

"둘 다 포기하겠다고? 그래, 프랑스를 떠날 수는 있다 치자, 하지만 재산도? 하기야 재산은 아직 네 것이 아니질 않느냐?"

"제 말은 내일 당장 제 몫을 상속해주신다 해도 받지 않겠다는 뜻입니다."

"그럴 일은 없을 거다."

"지금으로부터 20년쯤 지나서라도 말입니다."

"이런, 감사하기도 하지. 앞으로 그만큼이나 더 산다니 생각만 해도 기분이 좋구나."

"저는 모두 포기하고 다른 곳에서 다른 방식으로 살아갈 겁니다. 포기랄 것도 없지요. 어차피 있어봤자 저를 고통으로 밀어 넣을 뿐이니까요."

"흐흠!" 후작은 호화로운 방을 둘러보면서 코웃음을 쳤다.

"별 생각 없이 보면 정말 훌륭한 방입니다. 하지만 저 하늘에서 비추는 강렬한 빛으로 본연의 모습을 들여다보면 낭비, 악행, 부당, 빚, 저당, 탄압, 굶주림, 무기력, 고통의 무게에 짓눌려 무너져 내리고 있는 탑일 뿐입니다."

"허허!" 후작은 이제 그만 더 이상 듣고 싶지 않다는 태도를 보였다.

"만에 하나라도 이 저택이 제 소유가 된다면, 혹시라도 언젠가 제게 돌아온다면, 좀 더 자격이 있는 사람들에게 넘겨주어서 저택을 짓누르고 있는 고통의 무게에서 벗어나게 할 작정입니다. 그러면 이곳에 발이 묶여 떠나지 못한 채 죽는 순간까지 착취당한 가련한 사람들의 고통을 덜어줄 수 있겠죠. 그것도 불가능하다면 다음 세대의 고통이라도 줄여줄 수 있을 겁니다. 하지만 그것도 저를 위한 일은 아니죠. 이 저택뿐 아니라 이 땅에 있는 것은 무엇이든 저주를 받았으니까요."

"그러면 너는 어떻게 살 작정이냐?" 후작이 물었다. "캐묻는 것 같아 미안하다만 네가 말한 대로 철철 넘치도록 자비를 베풀며 살아갈 테냐?"

"이 나라의 보통 사람들처럼 일하면서 살 겁니다. 귀족도 언젠가는 일해야 할 테니까요."

"아마도 영국에서 살겠지?"

"예, 영국에서는 제가 가문에 먹칠하는 일은 없을 겁니다. 다른 나라에서 본명을 사용하지 않고 살면 저주받은 가문의 이름도 제게 해를 끼치지 못할 테고요."

벨 소리를 듣고 온 시종이 옆 침실에 밝혀 놓은 불빛이 문틈으로 새어 들어왔다. 후작은 문 쪽을 쳐다보며 시종이 물러나는지 귀를 기울였다.

"신경 끄고 그럭저럭 잘 지내는 것을 보니 영국이 마음에 드는가 보구나." 후작은 침착한 표정으로 옅은 미소를 머금으며 조카 쪽으로 고개를 돌렸다.

"처음에 말씀드렸듯이 제가 그곳에서 잘 지내는 것은 순전히 숙부님 덕택입니다. 숙부님이 방해하지만 않으시면 저에게는 천국과도 같은 피난처입니다."

"허풍 떨기 좋아하는 영국인들이 자기 나라가 많은 사람에게 피난처가 되어주고 있다고 말하더구나. 너도 영국으로 피난 간 프랑스인을 알고 있느냐? 의사라던데?"

"네."

"딸아이가 있다고 들었다."

"네."

"그렇군. 피곤해 보이는구나. 그만 자거라!"

후작은 최대한 격식을 갖추어 고개를 끄덕였다. 얼굴에 나타난 음험한 미소와 오묘한 뉘앙스가 담긴 마지막 말에 조카는 불안해졌다. 그와 동시에 눈가에 팬 가늘고 선명한 주름과 얇고 굳게 닫은 입술, 빈정거리듯 살짝 휜 코에 난 상처가 잘생긴 악마를 연상시켰다.

"음," 후작이 나지막이 중얼거렸다. "딸과 함께 사는 의사라……. 새로운 신념에 맞게 살기로 했나 보구나! 피곤할 테니 이제 그만 가서 자거라."

그런 후작의 얼굴에 대고 질문을 하느니 차라리 정원에 있는 석상의 얼굴에 말하는 편이 훨씬 낫겠다 싶었다. 조카는 방을 나가기 전에 숙부를 다시 쳐다보았지만 더 이상 자신의 생각을 말할 수 없었다.

"잘 자거라! 내일 아침 이 집에서 너를 다시 볼 수 있으면 좋겠다. 푹 쉬어라! 여봐라, 불을 밝혀서 내 조카를 방까지 안내해라!" 후작은 시종에게 이렇게 지시하고 나서 "그리고 조카를 침대에서 태워 죽일 요량이면 그렇게 하고."라고 혼잣말로 웅얼댔다. 그러고는 다시 작은 종을 흔들어 시종을 자기

침실로 불러들였다.

시종이 다녀간 뒤 후작은 헐렁한 잠옷을 걸치고 한낮의 열기가 아직 가시지 않은 방을 서성이면서 잠을 청했다. 부드러운 슬리퍼를 신고 있어서 아무 소리도 내지 않고 방 안을 이리저리 돌아다니는 모습이 흡사 우아한 호랑이 같았다. 옛날이야기에 등장하는 사악한 후작이 마법에 걸려 호랑이로 변했다가 다시 인간으로 변한 것처럼 보였다.

사치스러운 침실을 이 끝에서 저 끝까지 서성이자 낮에 겪었던 일이 불쑥 떠올랐다. 해질녘에 숨이 턱에 차게 올랐던 언덕, 정상에서 맞았던 일몰, 내리막길, 풍차, 험한 바위산에 버티고 있던 감옥, 계곡에 있는 작은 마을, 샘에 모여 있던 소작농들, 푸른색 모자를 흔들며 마차 바퀴에 달린 사슬을 가리키던 도로 수리공, 파리의 분수를 흉내 낸 샘, 계단 위에 놓인 작은 꾸러미, 그 위로 고개를 숙인 아낙네들, 그리고 두 팔을 치켜들고 울부짖던 키 큰 사내의 외마디, "죽었어!"

"음, 이제 몸이 좀 식었군, 잠자리에 들어야겠어." 후작 나리가 말했다.

커다란 화로에는 작은 불씨 하나만 남았고 침대 주위로 얇은 흰 커튼을 치고 막 잠이 들려는 찰나에 산들바람이 길게 한숨을 내뱉으며 밤의 정적을 갈랐다.

저택 외벽에 조각된 석상의 얼굴은 음산한 세 시간 동안 칠흑 같은 밤을 우두커니 지켜보았다. 이 암울한 세 시간 동안 말들은 마구간에 갇혀 달그락대고 개는 컹컹 짖어대고 올빼미는 시인이 노래한 것과는 완연히 다른 소리로 울었다. 고집 센 피조물들이 누가 시킨다고 해서 그대로 따를 턱이 있겠는가!

이 음산한 세 시간 동안, 대저택에 서 있는 사자 석상과 인물 석상은 망연하게 밤을 응시하고 있었다. 죽음 같은 어둠이 땅으로 죽 깔리면서 길을 쓸고 지나가는 먼지의 입을 막았다. 한 치 앞도 보이지 않는 어둠에 갇혀 있는, 풀포기가 엉성하기 그지없는 초라한 무덤은 흙더미인지 무덤인지 분간조차 할 수 없었고, 십자가 위의 예수님 형상도 땅으로 내려간 것만 같았다. 마을에서는 세금을 거두는 작자도 세금을 내는 사람도 모두 깊은 잠에 빠졌다. 굶주린 사람들이 대개 그렇듯 지지리 가난한 마을 사람들은 혹사당하는 노예와 멍에를 멘 소들처럼 깊은 잠에 빠져 꿈속에서나마 연회를 즐기며 배불리 먹고 편히 쉬었다.

마을에 있는 샘에서도 대저택에 있는 분수에서도 물은 보이지도 않고 들리지도 않게 조용히 흘러내렸다. 암울한 세 시간 동안 시간이라는 샘에서 물방울처럼 분(分)이 똑똑 떨어지

듯 그렇게 샘물이 사라졌다. 이윽고 샘과 분수의 잿빛 물이 여명 속에서 뿌연 모습을 드러냈고, 대저택 석상들은 눈을 떴다.

날이 환해지면서 태양빛이 잔잔한 나무 꼭대기에 닿았다가 언덕으로 퍼져나갔다. 햇빛을 머금은 대저택 분수의 물은 핏빛으로 물들고 석상의 얼굴도 붉게 달아올랐다. 새들은 소리 높여 지저귀고 후작 침실의 빛바랜 큰 창가에서는 작은 새 한 마리가 감미로운 목소리로 목청껏 노래했다. 이때 창문에서 가장 가까이 있던 석상이 무언가에 크게 놀란 듯 입을 떡 벌리고 턱을 떨군 채 침실을 응시하는 것 같았다.

해가 완전히 떠오르자 마을도 잠에서 깨어나기 시작했다. 여닫이 창문이 열리고 허술한 문짝의 빗장이 벗겨지면서 마을 사람들은 신선하지만 아직은 서늘한 아침 공기에 으스스한 몸을 떨며 집 밖으로 나왔다. 그리고 고된 하루가 시작됐다. 각자 샘터로 들로 발걸음을 옮겼고, 마을 한쪽에서는 땅을 파고, 다른 쪽에서는 비실대는 가축을 돌보고 비쩍 마른 소들을 끌어내어 조금이라도 풀을 먹이려고 길가로 나갔다. 예배당 안에서 한두 명이 무릎을 꿇고 앉아 기도하는 동안, 그들 중 한 사람이 끌고 온 소는 발밑에 난 잡초를 뜯으며 아침을 해결하고 있었다.

잠자리에서 늦게 일어나는 것이 높은 신분의 상징이기라

도 하듯 마을 사람들보다 훨씬 늦기는 했지만 대저택도 서서히, 그러나 어김없이 잠에서 깨어났다. 오랫동안 그래왔듯 외로운 멧돼지 사냥용 창과 칼이 먼저 붉게 물들기 시작해 아침 햇살을 받으며 날카롭게 반짝였다. 곧이어 문과 창문이 활짝 열리자, 마구간에 있는 말들은 문 쪽으로 쏟아져 들어오는 상쾌한 빛을 어깨너머로 만끽했다. 쇠창살 달린 창문에서 나뭇잎들이 바스락거리며 나풀대고, 개들은 목줄을 힘차게 끌어당기면서 풀어달라고 성급하게 짖어댔다.

이것은 그저 되풀이되는 아침과 그저 반복되는 일상이었다. 하지만 대저택에서 큰 종이 울리고 사람들이 층계를 위아래로 뛰어다니면서 급하게 테라스를 오가고, 쿵쿵거리는 부산한 발소리가 사방에서 울리고, 급히 말에 안장을 얹고 달려 나가는 광경은 그리 일상적이지는 않았다.

어떤 바람이 불어왔기에 도로 수리공은 마을에서 일어나는 다급한 소식을 들을 수 있었을까? 머리가 희긋희긋한 그는 까마귀조차도 쪼아 먹을 것이 없는 초라한 도시락 꾸러미를 돌 더미 위에 올려놓고 진즉에 일을 시작했다. 새였을까? 그가 일하는 곳까지 급하게 소문의 씨앗을 물어다 준 것은 무엇이었을까? 어떻게 들었든 도로 수리공은 푹푹 찌는 무더운 아침에 마치 목숨이 경각에 달린 것처럼 무릎 높이까지 먼지를 일으키며 언덕 아래 샘터까지 단숨에 달려갔다.

　너나할 것 없이 샘터로 몰려나온 마을 사람들은 궁색한 차림으로 웅성거리고 있었다. 그들의 얼굴에는 놀람과 병적인 호기심만 가득할 뿐 다른 감정은 찾아볼 수 없었다. 서둘러 끌고 와 아무 데나 대충 매어둔 소들은 마른하늘에 날벼락 같은 상황에 무작정 끌려 나와 뜯어먹은 풀을 되새김질하며 멍한 표정으로 누워 있었다. 저택과 역참에서 일하는 사람들 몇 명과 세무서 직원 모두는 영문도 모른 채 형편대로 무장하고 좁은 길 반대편에 집합했다. 도로 수리공은 동료들이 쉰 명 정도 모여 있는 사이를 뚫고 한가운데로 들어가 푸른색 모자로 자기 가슴을 처대고 있었다. 이 모든 일은 대체 어떤 사건의 전조였을까? 말을 타고 온 시종이 가벨을 잽싸게 끌어올리고, 평소보다 두 배의 무게를 말에 싣고도 아랑곳하지 않고 독일 가곡 〈레오노라(Leonora)〉*의 최신판처럼 번개같이 달려가는 모습은 무엇을 암시했을까?

　그것은 후작의 대저택에 있는 많고 많은 얼굴 석상이 하나 더 늘어났음을 뜻했다.

---

* 고트프리트 뷔르거(Gottfried A. Bürger, 1747~1794)의 가곡으로, 윌리엄의 유령이 레오노라를 말에 태우고 사라지는 장면을 의미한다.

고르곤은 밤사이 대저택을 둘러보고 자신이 원하는 얼굴 하나를 석상으로 만들었다. 자그마치 200년을 기다려 만든 석상이었다.

그 얼굴 석상은 후작의 베개 위에 놓여 있었다. 소스라치게 놀랐다가 끝내는 분노 가득한 모습으로, 돌처럼 굳어버린 훌륭한 가면 같았다. 석상이 되어버린 인물의 심장에는 칼이 꽂혀 있었고, 칼자루에는 휘갈겨 글을 쓴 구겨진 종이가 묶여 있었다. "이자를 신속히 무덤으로 이끌라. 자크로부터."

10장
두 가지 약속

열두 달의 시간이 흐르는 동안 찰스 다네이는 프랑스 문학에 정통한, 능력 있는 프랑스어 교사로 영국에서 자리를 잡았다. 지금이라면 교수라고 불렸겠지만 당시에는 교사라고 불렸다. 그는 세계 여러 나라 언어 연구에 흥미가 있는 젊은이들과 원서를 읽고 해독하면서 여러 외국어에 대한 풍부한 지식과 소양을 쌓았다. 다네이는 여러 언어를 수준 높은 영어로 번역할 뿐 아니라 통역도 했다. 당시에 이러한 수준에 도달한 전문가를 찾기는 쉽지 않았다. 그 정도 능력을 갖춘 사람은 왕족들뿐이었지만 그들은 교사로 일하던 시절이 아니었고, 텔슨 은행의 계좌가 닫혀버린 몰락한 귀족조차 요리사나 목

수 노릇을 할 수 없는 시대였다. 교사로서 탁월한 자질을 지닌 다네이는 학생들에게 학습에 특별한 흥미와 성취감을 느끼게 해주었고, 단순히 사전적 지식을 발휘하는 수준을 뛰어넘어 세련되게 번역을 했으므로 금세 능력을 인정받고 유명해졌다. 게다가 모국인 프랑스의 상황을 잘 알고 있었고, 영국에서는 프랑스에 대한 관심이 날로 커지고 있었다. 다네이는 불굴의 의지와 지칠 줄 모르는 근면성을 발휘하면서 성공 가도를 달렸다.

다네이는 런던에 살면서 금으로 포장된 길을 걷거나 장미꽃으로 장식된 침대에 눕기를 바라지 않았다. 조금이라도 그런 사치스러운 생활을 하고 싶었다면 사회에서 결코 성공하지 못했을 것이다. 애초에 그는 노동을 해야 한다고 생각했고, 일거리를 찾으려고 애를 썼으며 최선을 다한 덕택에 성공할 수 있었다.

케임브리지에 상당 기간 몸담으면서 대학의 승인하에 나라에서 공식 언어로 인정하는 그리스어나 라틴어가 아닌 다른 유럽어로 된 책으로 학부 학생들을 가르쳤고, 나머지 시간은 대부분 런던에서 보냈다.

남자들은 항상 여름만 있었던 에덴동산 시절부터 냉혹하고 각박한 한겨울인 오늘에 이르기까지 오직 한결같은 길을 걸었다. 그 길은 바로 여인을 향한 사랑이었고 찰스 다네이도 예외는 아니었다.

그는 위험에 처했던 그 순간부터 루시 마네트를 사랑해왔다. 여태껏 그녀의 목소리처럼 달콤하고 사랑스러운 목소리를 들어본 적이 없었고, 무덤으로 직행하기 직전에 마주한 그녀의 얼굴만큼 애정이 깃든 아름다운 모습을 본 적이 없었다. 하지만 아직 자신의 이러한 마음을 그녀에게 표현하지 못했다. 파도가 요동치는 바다를 건너고 먼지가 풀풀 날리는 머나먼 길을 달려야만 다다를 머나먼 황폐한 저택에서 암살 사건이 일어난 지도 1년이 지났다. 그 단단한 석조 저택의 기억은 한낱 꿈속 안개처럼 흐릿해졌지만 다네이는 아직도 자신의 감정을 루시에게 한마디도 전하지 못했다.

그녀에게 고백하지 못하는 데에는 나름대로 이유가 있었고 자신도 그 이유를 잘 알고 있었다. 이듬해 여름 어느 날, 대학 강의를 마치고 늦게 런던으로 돌아온 다네이는 루시를 향한 자신의 연정을 마네트 박사에게 털어놓기로 결심하고 소호의 조용한 모퉁이를 돌았다. 여름날의 해질녘인 이맘때면 루시가 프로스 양과 외출할 것이었다.

마네트 박사는 창가에서 안락의자에 앉아 책을 읽고 있었다. 역경을 겪는 오랜 시간 동안 그를 지탱해주기도 했지만 고통을 가중시켜주기도 했던 활기가 서서히 되살아나고 있었다. 박사는 이제 목적의식이 매우 확고하고 결단력과 행동력을 갖춘, 사실상 매우 생기 넘치는 사람으로 되돌아왔다. 물론 활기를 되찾았다고는 해도 다른 기능이 그렇듯 회복되기 전 상태로 불현듯 돌아가기도 했다. 하지만 그런 일이 눈에 띌 만큼 자주 일어나지는 않았고 그나마 횟수도 점점 줄어들고 있었다.

박사는 수면 시간을 줄여가며 연구에 몰입했고 웬만한 피로는 쉽게 이겨낼 정도로 활기가 넘쳤다. 찰스 다네이가 들어서자 박사는 책을 옆으로 밀어내며 반갑게 맞았다.

"찰스 다네이! 이렇게 반가울 데가! 요 며칠 동안 자네가 언제 올지 손꼽아 기다렸다네. 스트라이버 씨와 카턴 씨도 어제 왔었지. 두 사람도 지금쯤은 자네가 다녀갔어야 한다고 말했다네."

"두 분이 제게 관심을 다 가져주시다니 감사하네요." 다네이는 박사에게는 매우 상냥하게 대했지만 두 사람에 대해서는 좀 냉랭했다. "마네트 양은요……?"

"잘 지낸다네." 박사는 잠시 멈췄다가 말을 이었다. "자네가 들른 것을 알면 모두 기뻐할걸세. 루시는 집안일 때문에 외출했는데 곧 돌아올 거야."

"마네트 박사님, 따님이 외출 중이라는 것은 알고 있습니다. 이때를 틈타 박사님께 드릴 말씀이 있어서 찾아왔습니다."

두 사람 사이에 어색한 침묵이 흘렀다.

"그래?" 박사는 당혹스러움을 애써 감추며 대답했다. "의자를 가져와 앉아서 이야기하게나."

다네이는 박사의 말대로 의자를 가져오기는 했지만 말이 쉽게 나오지 않았다.

"박사님, 항상 가족처럼 대해주셔서 저는 이 댁에 오면 늘 즐겁습니다." 다네이가 마침내 말을 꺼냈다. "행복했던 지난 몇 년하고도 반년이라는 시간이 제가 지금 드리려는 말씀 때문에……."

마네트 박사는 손을 들어 그의 말을 막고, 한동안 손을 든 채로 있다가 거둬들이며 말했다.

"내 딸과 관계있는 이야기인가?"

"네, 그렇습니다."

"그 아이에 관해 이야기하는 것은 늘 어렵다네. 더구나 찰스 자네가 이런 말투로 말하니 더욱 듣기가 어색하군."

"박사님, 다만 제가 따님을 얼마나 존중하고 경외하는지, 그녀를 향한 제 사랑이 얼마나 깊은지 말씀드리고 싶을 뿐입니다!"

다시 어색한 침묵이 흐르고 나서 박사가 입을 열었다.

"자네 말을 믿네. 자네를 인정하는 만큼이나 자네 말을 믿고말고."

박사가 무척 당혹스러워하며 딸에 대해 이야기하는 것을 탐탁지 않게 여기는 눈치였으므로 찰스 다네이는 무척 조심스럽게 말을 꺼냈다.

"계속 말씀드려도 될까요, 박사님?"

다시 거북한 침묵이 흘렀다.

"그래, 계속 말해보게나."

"제가 얼마나 절실한 감정으로 이 말씀을 드리는지, 그 마음이 얼마나 진심인지, 제 가슴속에 얼마나 오랫동안 이 비밀을 가슴앓이하며 묻어두었는지, 제가 느끼는 희망과 두려움과 불안을 짐작조차 못하시리라 생각합니다. 박사님, 저는 따님을 바보스러울 만큼 순수하게 헌신적으로 사랑합니다. 세상에 사랑이란 것이 있다면, 따님에 대한 제 마음이 사랑일 것입니다. 박사님도 한 여인을 사랑해보셨겠지요? 그러니 제 감정이 어떤지 잘 아실 겁니다."

박사는 고개를 돌리고 시선을 바닥에 고정시킨 채 앉아 있다가 다네이의 마지막 말을 듣고는 급히 손을 뻗어 더 이상 말하지 못하게 막았다.

"그만하게, 찰스! 그만! 부탁이네. 더 이상 내게 과거를 상기시키지 말아주게나!"

박사의 절규에서 절절한 고통이 그대로 전해져 다네이의 귀에서 한동안 울리는 듯했다. 그만하기를 바라는 간절한 몸짓을 보고 다네이는 더 이상 말을 이을 수가 없었으므로 다시 침묵이 흘렀다. 얼마나 지났을까? 박사가 감정을 추스르고 입을 열었다.

"미안하네, 자네가 딸을 사랑하는 마음은 전혀 의심하지 않네. 이 말만으로 충분히 보상이 되지 않겠나?"

박사는 다네이 쪽으로 의자를 돌렸지만 그를 쳐다보기는 커녕 시선조차 들지 않았다. 박사가 양손으로 얼굴을 감싸자 백발이 흘러내려 얼굴을 덮었다.

"루시와 얘기해보았나?"

"아직 못했습니다."

"편지로도?"

"네, 한 번도요"

"자네가 나를 배려하느라 감정을 자제한 것을 모르는 바 아니네. 아비 된 입장에서 자네에게 고마워하고 있다네."

박사는 손을 뻗었지만 시선은 여전히 바닥을 향했다. 다네이는 공손하게 대답했다.

"매일같이 두 분을 보아왔는데 어떻게 제가 모르겠습니까. 두 분이 온갖 어려움을 겪으면서 쌓아온 애정과 애처로움, 친근함은 어느 부녀보다도 각별합니다. 마네트 박사님, 성숙한 자녀로서 아버지에게 사랑과 도리를 다하는가 하면 마음속으로는 어린아이처럼 아버지에 기대고 의지하고 싶어 하는 마네트 양의 복잡한 심정도 잘 헤아리고 있습니다. 어린 시절을 부모 없이 지냈다는 것도 알고, 장성한 지금 어려서 지니지 못했던 믿음과 사랑이 더해져서 한층 아버지에게 헌신적이라는 사실도 알고 있습니다. 박사님이 다시 태어나신다 하더라도 어느 누구도 지금의 마네트 양보다 아버지를 극진히 모시지는 못할 겁니다. 박사님의 목에 매달리는 순간, 따님은 아기이기도 하고 어린아이이기도 하며 여인이기도 하다는 것도 압니다. 지금 마네트 양은 자신의 나이였던 젊은 시절 어머니를 사랑하고, 제 나이였던 젊은 시절 아버지를 사랑합니다. 그뿐 아니라 비탄에 빠졌던 어머니를 사랑하고, 재판과 수감 생활을 거쳐 자유와 명예를 극복한 아버지를 사랑합니다. 저는 이 모든 사실을 이 집에서 박사님을 여러 해 겪어오면서 깨닫게 되었습니다."

박사는 고개를 숙이고 미동도 없이 앉아 있었다. 호흡이 약간 빨라지기는 했지만 다른 동요는 없는 듯했다.

"존경하는 마네트 박사님, 이 모든 사실을 늘 알고 있었고, 박사님을 하늘처럼 믿고 따르는 마네트 양과 박사님을 지켜보면서 가능한 한 감정을 누르고 또 눌렀습니다. 일방적인 짝사랑이라 하더라도 제 사랑이 두 분 사이에 끼어드는 것만으로도 박사님의 아픈 과거를 건드릴 것만 같았고, 지금도 그 생각에는 변함이 없습니다. 하지만 저는 마네트 양을 진심으로 사랑합니다. 제가 따님을 사랑한다는 사실은 하늘이 압니다!"

박사는 쓸쓸하게 대답했다. "알고 있네. 자네 마음이 그럴 것이라고 지금껏 믿어왔네. 믿고말고."

다네이는 박사의 슬픈 목소리가 마치 자신을 책망하는 듯 느껴져서 말을 이었다. "제가 어느 날 운 좋게도 따님을 아내로 맞이하고 부녀 사이를 마음대로 갈라놓을 거라고 생각하진 마십시오. 그럴 생각이었다면 지금 드린 말씀을 한마디도 입 밖으로 꺼내지 못했을 것입니다. 그런 일은 애당초 있을 수도 없고 정말 비열한 짓이라는 것을 잘 알고 있습니다. 먼 훗날에라도 제가 그런 생각과 마음을 은밀하게 품을 가능성이 있거나, 한 번이라도 그랬던 적이 있거나, 앞으로 그럴 수 있다면, 제가 존경하는 박사님의 손을 지금 이렇게 잡고 있을 수 없습니다."

이렇게 말하며 다네이는 박사의 손 위에 자신의 손을 얹었다.

"존경하는 마네트 박사님, 저도 박사님처럼 제 뜻에 따라 프랑스에서 망명했습니다. 혼란과 억압과 고통을 견디기 힘들어 뛰쳐나왔습니다. 지금은 더 나은 미래가 있으리라 믿고 조국을 떠나 고군분투하며 살아가고 있습니다. 저는 박사님과 운명을 같이하고, 가족으로 함께 살아가며, 죽을 때까지 박사님께 충실하고 싶습니다. 박사님의 자식이자 동반자이며 친구인 따님의 특권을 나누어 차지하려는 마음은 추호도 없으며, 가능하다면 박사님과 따님이 더욱 가까워지도록 돕고 싶습니다."

다네이는 여전히 박사의 손을 잡은 채로 말했다. 박사는 잠깐이지만 차갑지 않게 그의 손길에 응해 두 손을 의자 팔걸이에 올리고, 대화를 시작한 이후로 처음 얼굴을 들었다. 얼굴에는 고통이 묻어 있었고, 이따금씩 어두운 공포와 의혹이 밀려와 견디기 힘들 때마다 나타나는 표정이 역력했다.

"찰스, 자네가 이렇게 자상하게, 용기를 내서 말해주니 진심으로 고맙네. 전부는 아니더라도 나도 최대한 솔직하게 마음을 열도록 하겠네. 그런데 루시도 자네를 사랑한다고 믿는 근거가 있나?"

"아니요, 아직은 없습니다."

"그러면 내게 마음을 털어놓는 이유는 뭔가? 나를 통해 루시의 마음이 어떤지 알고 싶은 건가?"

"전혀 그렇지 않습니다. 그 마음을 알 수 있다는 희망을 앞으로 몇 주 동안 품지 못할 수도 있고, 때가 적당하든 아니든 내일이라도 당장 그 마음을 알 수도 있을 겁니다."

"그렇다면 내가 앞장서서 도와주기를 바라나?"

"아닙니다. 하지만 괜찮다고 여기신다면 박사님께서 저를 도와주실 수는 있겠다는 생각은 해봤습니다."

"혹시 내게 약조를 받아내려는 겐가?"

"네, 그렇습니다."

"무슨 약조?"

"박사님이 약조해주시지 않으면 제게는 아무 희망이 없습니다. 주제 넘는다고 생각하지는 말아주십시오. 만에 하나 지금 이 순간 마네트 양의 순결한 마음에 제가 들어 있다 하더라도 그 감정이 박사님을 향한 마네트 양의 사랑에 어긋난다면 제가 비집고 들어갈 틈이 없습니다."

"그렇다면 루시가 딴생각을 품을 수 있다는 뜻인가?"

"물론입니다. 구혼자가 누구든 아버지가 찬성하신다는 말씀 한마디만 하셔도 따님은 그 말씀을 세상 무엇보다 중요하게 생각할 겁니다. 마네트 박사님, 그래서 말씀인데요……."

다네이는 겸손하면서도 단호하게 말했다. "제 목숨이 달렸다 하더라도 그 말씀은 하지 말아주십시오."

"나도 그렇게 생각하네. 먼 사이에도 그렇지만 사랑하는 사이에도 비밀은 있는 법이라네. 가까운 사람의 비밀일수록 미묘하고 민감해서 파악하기가 더욱 어려울 수 있지. 그래서 내 딸 루시도 나한테는 수수께끼 같다네. 내 딸의 마음을 조금도 모르거든."

"저, 그렇다면 박사님, 혹시 따님에게……." 다네이가 머뭇거리자 박사가 먼저 말을 꺼냈다.

"다른 구혼자가 있느냐고 묻는 것인가?"

"네, 그 점을 여쭙고 싶었습니다."

박사는 잠시 생각하다가 대답했다.

"카턴 씨는 자네도 이 집에서 보았을 테고, 가끔씩 스트라이버 씨도 드나들지. 딸에게 구애했다면 둘 중 한 명일 테지."

"아니면 두 명 다겠죠." 다네이가 말했다.

"두 사람 모두 그렇다고는 생각하지 않네. 오히려 둘 다 루시에게 마음이 없는 것 같기도 하네. 그런데 내게 약조해달라고 했지. 무엇인지 말해보게나."

"언제든 혹시 마네트 양도 같은 마음을 품어서 제가 오늘 박사님께 털어놓은 것과 같은 말씀을 드린다면, 오늘 고백한 제 감정과 그에 대한 박사님의 믿음을 따님에게 말씀해주십시오. 박사님께서 저를 좋게 생각하셔서 불리한 말씀을 하지 않으셨으면 좋겠습니다. 이렇게 부탁드리며 그렇게 해주신다면 더 바랄 것이 없습니다. 박사님께서는 마땅히 요구하실 자격이 있으시니 조건을 말씀해주시면 당장 따르겠습니다."

박사가 대답했다. "아무 조건 없이 약조하겠네. 자네의 목적이 지금 말한 대로 순수하고 진실하다고 믿네. 나 자신보다 소중한 분신과 내 사이를 갈라놓는 것이 아니라 영원히 지속하도록 도와주려는 자네의 뜻을 확인했네. 자네가 곁에 있어야만 진정으로 행복해질 수 있다고 딸이 말한다면 그 애를 자네에게 줌세. 그리고 만약에 말일세, 찰스 다네이, 만약 내가……."

다네이가 고마운 마음에 박사의 손을 덥석 잡자 박사는 손을 잡은 채로 말을 이었다.

"루시가 진정으로 사랑하는 사람에게 옛날이든 현재든 의혹이 있거나 걱정거리가 있더라도 그 사람에게 직접적인 책임이 없다면 나는 딸을 위해 말끔히 잊을 걸세. 루시는 내 전부라네. 그 아이를 위해서라면 어떤 고통도 두렵지 않고, 어떤 정의보다도 나 자신보다도 중요하네. 이런, 내가 쓸데없는 소리를 했군."

갑자기 기묘한 침묵에 빠져든 박사가 하던 말을 멈추고 묘한 표정을 지으며 다네이를 빤히 쳐다보았다. 다네이의 손을 맞잡은 박사의 손이 싸늘하게 식었다. 박사는 손에서 서서히 힘을 풀면서 다네이의 손을 놓았다.

"아까 자네가 무슨 말을 하지 않았나? 그게 뭐였더라?" 박사가 억지로 미소를 지으며 말했다.

뭐라고 대답할지 몰라 당황했던 다네이는 조건에 관한 말을 생각해내고, 기억이 떠올라 다행이라고 여기면서 이렇게 대답했다.

"박사님께서 저를 이렇게 믿어주시니 저도 그 믿음에 마땅히 부응하겠습니다. 현재 제 이름은 어머니의 성을 조금 바꾸어 지은 것으로 본명이 아닙니다. 제 본명이 무엇이고, 어째서 영국에 망명했는지 말씀드리겠습니다."

"그만!" 보베의 박사가 외쳤다.

"아뇨, 말씀드리고 싶습니다. 박사님께 아무것도 숨기지 않아야 박사님의 신뢰를 받을 자격이 있으니까요."

"됐네!"

순간적으로 박사는 두 손으로 자신의 귀를 막았고, 이내 두 손을 들어 이번에는 다네이의 입을 막았다.

"지금 말고 내가 물어보면 그때 말해주게나. 루시도 자네를 사랑하는 것이 확실해서 자네의 구혼이 성공하고 마침내 결혼하게 된다면 결혼식 날 아침에 내게 말해주게. 약속할 수 있겠나?"

"물론입니다."

"자, 악수하세. 루시가 곧 집에 올 거야. 오늘 밤 우리 둘이 함께 있는 모습을 보이지 않는 것이 좋겠네. 어서 가게! 행운을 빌겠네!"

날이 저물 무렵 다네이가 박사의 집을 나섰고, 그로부터 한 시간가량 지나고 어둠이 더욱 짙어졌을 때 루시가 집으로 돌아왔다. 프로스 양은 곧장 위층으로 올라갔고, 루시는 서둘러 마네트 박사의 방으로 혼자 들어갔다가 아버지가 독서할 때 앉는 의자가 비어 있는 것을 보고 깜짝 놀랐다.

"아버지!" 루시가 박사를 불렀다. "아버지! 어디 계세요?"

하지만 대답은 돌아오지 않았고 대신 아버지의 침실에서 망치질하는 소리가 희미하게 들렸다. 조용히 가운데 방을 지나 방문 틈새로 침실을 엿본 루시는 소스라치게 놀라며 뒷걸음질 쳤다. 피가 얼어붙는 것처럼 놀란 루시는 속으로 소리를 질렀다.

"이를 어째! 어쩌면 좋아!"

하지만 루시는 이내 정신을 가다듬고 다시 침실 앞으로 돌아가 방문을 두드리면서 조심스럽게 아버지를 불렀다. 그녀의 목소리가 들리자 망치질을 멈춘 아버지는 딸 곁으로 다가왔고, 부녀는 오랫동안 방 안을 함께 거닐었다.

그날 밤 루시는 잠을 자다 말고 나와서 아버지의 잠든 모습을 살폈다. 아버지는 깊이 잠들어 있었고, 구두 만드는 연장통과 만들다 만 오래된 구두는 여느 때와 같은 자리에 놓여 있었다.

11장

이상적인 배우자

"시드니, 펀치 한 잔만 만들어보게. 자네에게 할 말이 있어." 그날의 늦은 밤인지 다음 날 이른 새벽인지 분간할 수 없는 시간에 스트라이버가 그의 자칼에게 말했다.

시드니 카턴은 밤낮을 가리지 않고 일했고, 어젯밤과 그제 밤뿐 아니라 며칠째 밤을 새우며 일했다. 장기 휴가를 앞두고 스트라이버가 준 엄청난 양의 서류를 정리해야 했기 때문이다. 마침내 그는 서류 정리 작업을 끝냈고 스트라이버에게 받을 돈도 모두 받았다. 11월이 되어 하늘에 안개가 자욱하게 끼면서 돈벌이 일감이 밀려오기 전까지 해야 할 일은 모두 마쳤다.

어찌나 열심히 일했는지 카턴은 탈진했고 쉴 새 없이 술에 절어 있었다. 밤새 일하려면 머리를 식힐 젖은 수건이 여러 장 필요했고 수건을 두를 때마다 포도주를 들이켰다. 기진맥진한 시드니는 머리 위에 두른 수건을 벗어, 지난 여섯 시간 동안 수건을 적시느라 옆에 놔두었던 대야에 집어던졌다.

"펀치를 더 만들고 있나?" 퉁퉁하게 살집이 오른 스트라이버가 허리춤에 손을 넣은 채 소파에 드러누워 옆을 둘러보며 카턴에게 물었다.

"만들고 있네."

"그럼, 나를 좀 보게나! 자네가 깜짝 놀랄 만한 이야기를 들려주지. 이 말을 들으면 자네가 평소에 생각했던 만큼 내가 약아빠진 사람이 아니라는 것을 알게 될 걸세. 나 결혼할 생각이네."

"정말인가?"

"그래. 돈 때문도 아닐세. 어떻게 생각하나?"

"말을 많이 할 기운도 없네. 상대는 누군데?"

"한번 맞춰보게나."

"내가 아는 여인인가?"

"맞춰보라니까."

"아니, 됐네. 지금 새벽 다섯 시야. 머릿속이 새까맣게 지글 지글 타들어가고 있다고. 내가 맞춰보길 바란다면 이따가 정신이 말짱한 오후에 다시 물어보든가."

"그럼 그냥 말해주지." 스트라이버는 자세를 고쳐 앉으며 말을 꺼냈다. "자네가 알아맞히지 못하다니 실망이네. 하기야 자네가 워낙 둔감하기는 하지."

카턴은 펀치를 부지런히 저으며 대꾸했다. "그러면 자네는 감성적이고 시적인 영혼을 지녀서……."

그 말이 끝나기도 전에 스트라이버가 호탕하게 웃으면서 끼어들었다. "이봐! 내가 연애소설의 주인공이라고 우기려는 게 아닐세. 나도 그 정도는 알아. 하지만 자네보다는 섬세하다니까."

"그러니까 나보다 운이 좋다는 뜻이겠지."

"아냐, 그런 뜻이 아니야. 내 말은 그러니까 내가 뭐랄까, 훨씬……."

카턴이 말을 받았다. "그래, 훨씬 신사라고 해두세."

"맞아! 신사적이야." 스트라이버는 친구가 펀치를 만드는 동안 우쭐대며 말했다. "무슨 말을 하려고 했냐면, 여자들에게 환심을 사기 위해 내가 자네보다 더욱 많이 신경을 쓰고 노력할 뿐 아니라 능숙하다는 거지."

"계속 말해보게." 카턴이 부추겼다.

이 말에 스트라이버는 거만하게 고개를 내저으며 대꾸했다. "아니, 계속 말하기 전에 자네에게 꼭 짚어줘야 할 점이 있네. 자네도 마네트 박사님 댁에 나만큼, 아니 나보다 더 자주 드나들지 않았나? 그런데도 그곳에 가면 자네가 계속 쭈뼛거리는 통에 내가 얼마나 창피한지 알기나 하나! 자네가 입을 꾹 다문 채로 시무룩하게 있는 바람에 정말이지 부끄러워서 혼났다니까, 시드니!"

스트라이버의 말에 카턴이 반박했다. "자네처럼 법정에서 일하는 사람은 창피해할 줄도 알아야지. 그러니 오히려 내게 고마워해야 하지 않겠나?"

"그런 식으로 어물쩍 넘어가지 말게나. 아니네, 시드니, 난 자네에게 말해줄 의무가 있지. 자네 면전에 대고 말하는 이유는 다 자네를 돕기 위해서라고. 자네는 그런 곳에 맞지 않는 못되고 심술궂은 사람이야. 호감을 주지 못하지." 스트라이버가 맞받아쳤다.

시드니 카턴은 자신이 만든 펀치를 들이켜며 껄껄 웃었다.

"나를 보게!" 스트라이버가 몸을 바로 세우며 말했다. "나는 자네보다 조건이 훨씬 좋기 때문에 굳이 여자들의 환심을 사려고 자네만큼 애쓰지 않아도 되지. 그런데도 내가 왜 애를 쓰는지 아나?"

"나는 자네가 애쓰는 것을 한 번도 본 적이 없는데." 카턴이 중얼거렸다.

"그렇게 하는 것이 예의이고 원칙이기 때문이지. 날 좀 보라고! 꽤 잘하고 있지 않나?"

"그런데 자네 결혼 계획에 대해서는 그다지 잘 이야기하고 있지 못하네." 카턴이 심드렁하게 말했다. "어서 본론으로 들어가게. 나야 뭐, 내가 구제 불능이라는 것을 언제야 깨달을 텐가?" 카턴이 무심하게 대꾸했다.

"자네가 어딜 봐서 구제 불능이란 말인가?" 스트라이버가 그다지 위안이 되지 않는 말투로 대답했다.

"어딜 봐도 확실히 구제 불능이지. 그건 그렇고, 결혼할 여자는 누군가?" 카턴이 물었다.

"누군지 듣더라도 자네가 기분 나빠하지 않았으면 좋겠네, 시드니." 스트라이버는 중대 발표를 하기 전에 짐짓 친절한 척 말했다. "자네 말 중 절반은 진심이 아니지 않나? 설사 전부 진심이었다 해도 달라질 것은 없지만 말일세. 내가 이렇게 뜸을 들이는 이유는 자네가 언젠가 그 아가씨를 무시하듯 말한 적이 있기 때문이야."

"내가?"

"틀림없어. 그것도 바로 이 방에서."

시드니 카턴은 자신이 들고 있는 펀치 잔을 내려다보다가 의기양양한 친구의 얼굴을 쳐다보았다. 그리고 펀치를 한 모금 마시고 나서 다시 우쭐거리는 친구에게 시선을 돌렸다.

"자네는 그 아가씨를 금발 인형이라고 불렀지. 바로 마네트 양일세. 만약 자네가 그런 방향으로 세심하고 눈치가 빠르다면 그녀를 그렇게 불렀을 때 내가 약간 화가 났을 수도 있었겠지. 하지만 자네는 그쪽으로는 영 젬병이 아닌가? 그래서 자네의 말을 듣고도 별로 화가 나지 않았다네. 마치 안목도 없는 사람이 내가 그린 그림이나 작곡한 음악을 놓고 왈가왈부하는 소리를 들을 때처럼 신경이 별로 안 쓰였지."

시드니 카턴은 잔에 펀치를 가득 부어 벌컥벌컥 들이켜고 나서 친구를 보았다.

"이제 자네에게 전부 털어놓았네, 시드니." 스트라이버가 말했다. "나는 재산에는 관심이 없어. 마네트 양은 매력적인 여성이지. 나는 내 멋대로 살기로 했고 그럴 만한 자격이 있다고 생각하네. 그녀도 나와 결혼하면 꽤 능력 있고 빠르게 출세 가도를 달리는, 어느 정도 이름을 날리는 남편을 얻는 셈이지. 마네트 양에게는 멋진 행운이지만 그녀도 그쯤은 누릴 자격이 있어. 왜, 내 말을 듣고 놀랐나?"

"내가 왜 놀라겠나?" 카턴은 여전히 펀치를 마시며 대답했다.

"그럼, 찬성한다는 뜻인가?"

"찬성하지 않을 이유가 있겠나?" 카턴은 다시 펀치를 마시며 대꾸했다.

"좋아! 내 예상보다 훨씬 쉽게 찬성하긴 했지만 생각보다는 내 편을 들어주지 않는군. 그래도 이만큼 알아왔으면 자네의 오랜 친구가 의지가 강하다는 사실쯤은 잘 알겠지. 이보게, 나는 이제 이런 삶이 지긋지긋해. 아무런 변화도 없고 말이지. 그러고 싶은 마음이 들 때 돌아갈 집이 있는 것은 사내에게 좋은 일이지. (가기 싫으면 안 가도 되고) 그리고 마네트 양은 누가 보든 남부끄럽지 않은 아내가 될 테니 내 체면도 세워줄 테고. 그래서 결혼을 결심했다네. 이보게, 시드니, 오랜 친구! 자네의 앞날에 관해서도 한마디하겠네. 자네는 지금 정말 잘못 살고 있어. 돈 귀한 줄 모르고 방탕하게 살고 있으니, 머지않아 병든 가난뱅이 신세가 될 걸세. 이제는 곁에서 돌봐줄 아내를 찾아야 하지 않겠나?"

카턴의 눈에는 성공한 후원자처럼 구는 스트라이버가 평소보다 두 배는 더 뚱뚱하고 네 배는 더 역겨워 보였다. 스트라이버는 말을 멈추지 않았다.

"충고하는데, 현실을 직시하게. 나도 나름대로 새롭게 현실을 직시했으니, 자네도 그렇게 하란 말일세. 자네를 돌봐줄 사람을 찾게나. 여자한테 관심도 없고 아는 것도 없고 요령이 없어도 괜찮네. 누군가 구하게나. 재산도 조금 있고 성실한 여자, 여관이나 하숙집 주인 같은 여자를 찾아 결혼해서 미래를 대비해야지. 그게 바로 자네에게 필요한 거야. 잘 생각해보게, 시드니."

"생각해보지." 카턴이 대답했다.

12장
예리한 남자

 자비롭게도 박사의 딸에게 엄청난 행운을 베풀기로 결심한 스트라이버는 장기 휴가차 마을을 떠나기 전에 마네트 양이 누리게 될 행복을 직접 알려주기로 했다. 그는 이리저리 고민한 끝에 미리 준비해두는 편이 낫겠다고 결론을 내렸다. 그래야 결혼식을 10월 말인 성 미카엘 축일보다 한두 주 전에 올릴지, 아니면 11월 말과 1월 사이인 힐러리 기간 전에 맞이하는 짧은 크리스마스 연휴에 올릴지 여유롭게 일정을 결정할 수 있을 것 같았다.

 스트라이버는 자신이 유리한 결혼 조건을 갖췄다는 점을 한 치도 의심하지 않았고, 마네트 양이 청혼을 받아들일 거라고 굳게 믿었다. 배심원이 유일하게 고려할 가치가 있는 실질적이고 물질적인 근거를 토대로 판결을 내린다면, 이 사건은 완전무결하게 간단했다. 스스로 원고가 되어 생각해봐도 자신의 근거를 뒤집을 수 없었다. 피고 측 변호사도 재판을 포기했고 배심원들이 따로 모여 논의할 필요조차 없었다. 재판이 끝나고 나서 스트라이버 재판장은 이보다 판결이 분명한 사건은 없다고 스스로 만족해했다.

그는 장기 휴가에 들어가면서 마네트 양에게 복스홀가든*에 가자고 정중히 제안했다가 거절당하고, 다시 라넬라**에 가자고 제안했다가 퇴짜를 맞았다. 그래서 결국은 직접 소호에 찾아가 자신의 고결한 마음을 선언하기로 했다.

장기 휴가를 앞둔 스트라이버는 템플 바에서 소호 쪽으로 어깨를 으쓱대며 걸었다. 템플 바에서 성 던스탄이 세운 교회를 출발해서 사람들을 밀치며 의기양양하게 소호로 향하는 모습을 보면 누구든 스트라이버를 함부로 건드릴 수 없는 대단한 권력의 소유자라고 생각했을 것이다.

그는 텔슨 은행 앞을 지나다가 마침 그 은행의 고객이기도

---

* 템스 강 남쪽의 정원.
** 한때 명소였던 런던의 정원.

하고 마네트 양 집안과 절친한 로리 씨와 안면이 있으므로, 은행에 들어가 소호의 지평선을 빛나게 할 자신의 결혼 계획을 알리기로 했다. 목구멍에서 가냘프게 새어 나오듯 삐걱대는 문을 밀고 휘청거리며 두 계단을 내려간 스트라이버는, 늙은 출납원 두 명을 지나고 냄새가 퀴퀴한 뒤쪽 사무실로 어깨를 으쓱이며 들어갔다. 그곳에서는 로리 씨가 줄 쳐진 회계 장부를 앞에 놓고 앉아 업무를 보고 있었다. 창문에는 쇠창살이 박혀 있었는데 하늘 아래 모든 것을 다 더해버릴 기세로 창문에도 회계 장부처럼 줄을 쳐놓은 것 같았다.

"안녕하세요! 어떻게 지내셨습니까? 별일 없으시죠?" 스트라이버가 인사를 건넸다.

스트라이버는 때와 장소를 가리지 않고 지나치게 몸집이 커 보이는 이상한 특징이 있었다. 텔슨 은행에서도 그의 몸집은 지나치게 커서, 멀리 구석에 있는 늙은 은행원들은 마치 스트라이버가 그들을 벽 쪽으로 밀어붙이기라도 한 양 불만스러운 표정을 지으며 쳐다보았다. 먼발치에서 위엄 있게 신문을 읽던 은행장도 스트라이버가 자기 배를 머리로 들이받기라도 한 것처럼 불쾌한 표정으로 읽던 신문을 내렸다.

신중한 로리 씨는 이런 상황에 적절하게 차분한 목소리로 대답하며 악수했다. "어서 오십시오. 스트라이버 씨, 잘 지내

셨습니까?" 그는 은행장이 지켜보고 있을 때면 직원이 고객과 악수하듯 독특하게 인사를 나누었다. 이때는 자신을 완전히 지우고 은행 대표가 된 것 같았다.

"무엇을 도와드릴까요, 스트라이버 씨?" 로리가 사무적인 태도로 물었다.

"아, 아닙니다. 괜찮아요. 사적인 일로 왔습니다, 로리 씨. 따로 드릴 말씀이 있어서요."

"아, 그렇군요." 로리는 스트라이버에게 귀를 기울이며 눈으로는 멀리 앉아 있는 은행장을 살폈다.

"제가 말이죠." 스트라이버가 책상에 두 팔을 올리고 몸을 앞으로 숙이면서 은밀한 목소리로 말했다. 다른 책상보다 두 배나 큰 책상이 그가 앉으니 일반 책상의 절반 크기도 안 되어 보였다. "선생님의 사랑스러운 친구인 마네트 양에게 지금 청혼하러 가는 길입니다."

"아, 그러시군요!" 로리가 턱을 문지르며 미심쩍게 쳐다보았다.

"'아, 그러시군요!'라고 하셨습니까?" 스트라이버가 로리의 말을 되풀이하며 몸을 뒤로 젖혔다. "'아, 그러시군요'라니요? 무슨 뜻입니까, 선생님?"

사무적인 태도의 실무자인 로리가 대답했다. "제 말뜻은 그러니까, 당신의 친구로서 좋은 일이라고 생각하고, 당신에게 매우 명예로운 일이기도 하다는 겁니다. 다시 말해서 저도 당신이 바라는 대로 이루어지기를 희망한다는 거죠. 하지만 진심으로 제 말은, 스트라이버 씨……." 로리는 말을 멈추고 이상한 방식으로 고개를 내저었는데, 속으로 이런 말을 덧붙이지 않고는 못 견디겠다는 태도였다. '스트라이버 씨, 당신은 착각을 해도 너무 착각했소!'

스트라이버는 눈을 부릅뜨고 숨을 크게 내쉬더니 책상을 주먹으로 쾅 쳤다. "무슨 말인지 도저히 이해하지 못하겠습니다. 내가 퇴짜를 맞을 거라는 뜻인가요?"

로리는 양쪽 귀 언저리 가발을 매만지고 펜의 깃털을 깨물면서 어떻게 하면 대화를 끝낼 수 있을지 궁리했다.

"젠장! 선생, 나는 마네트 양과 결혼할 자격이 없다는 뜻입니까?" 스트라이버가 로리를 노려보며 물었다.

"오, 있지요! 있다마다요. 스트라이버 씨가 자격이 있다고 말한다면 있는 거겠죠." 로리가 대답했다.

"그럼 내가 돈을 벌지 못할 것 같은가요?" 스트라이버가 다시 물었다.

"스트라이버 씨가 부유해질 거라고 말한다면 그러겠죠." 로리가 대답했다.

"그럼 내가 출세하지 못할 것 같나요?"

"스트라이버 씨가 출세할 거라고 말한다면 누구도 그 사실을 의심하지 못하겠죠." 로리는 그의 말을 받아칠 수 있어서 기뻐하며 말했다.

"그럼 대체 무슨 말을 하시려는 겁니까?" 눈에 띄게 기운이 빠진 말투로 스트라이버가 물었다.

"그러니까 그게, 지금 마네트 양에게 갈 생각입니까?" 로리가 물었다.

"곧장 가던 길이었습니다!" 스트라이버가 책상을 주먹으로 내리치며 말했다.

"제가 스트라이버 씨라면 가지 않겠습니다."

"왜죠? 자, 이제 선생님에게 질문을 하겠습니다." 법정에서처럼 상대방에게 검지를 들고 흔들며 스트라이버가 말했다. "당신은 실무자니까 그렇게 말하는 데는 이유가 있을 게 아닙니까? 이유를 말씀하시죠. 선생이라면 왜 가지 않겠다는 겁니까?"

"나라면 성공을 확신하기 전에는 절대 그런 일을 벌이지 않을 테니까요." 로리가 말했다.

"젠장! 어이가 없군!" 스트라이버가 소리를 질렀다. 로리는 멀리 앉아 있는 은행장과 화가 나서 씩씩거리는 스트라이버를 번갈아 흘끗거렸다.

"선생은 여러 해 동안 은행에서 풍부한 경험을 쌓은 실무자이지 않습니까. 완벽하게 성공할 수 있는 가장 중요한 근거 세 가지에 동의해놓고, 이제는 근거가 전혀 없다고 말하시는군요! 머리가 있으면 어디 설명해보시죠!" 스트라이버는 로리가 차라리 머리통이 날아간 상태로 그렇게 말했다면 그만큼 놀라지 않았을 것이라는 듯 말했다.

"내가 말하는 성공은 그 젊은 아가씨를 상대로 청혼할 때를 언급한 겁니다. 그리고 성공할 수 있는 근거와 이유도 아가씨에게 통할 만한 근거와 이유겠죠." 로리는 스트라이버의 팔을 가볍게 툭툭 치며 말했다. "상대가 젊은 아가씨라는 사실을 무엇보다 먼저 생각해야 합니다."

"그러니까 선생님의 신중한 견해로는 지금 우리가 말하는 그 아가씨가 고상한 척하는 바보라는 뜻입니까?" 스트라이버가 팔짱을 끼며 말했다.

"그렇지 않습니다. 스트라이버 씨, 그 아가씨에 대해 무례하게 말하는 사람이 있다면 가만두지 않을 겁니다. 그런 일이 없기를 바라지만, 만일 취미가 고약하고 성질이 오만한 사람이 이 자리에서 그 아가씨에게 실례되는 말을 뱉는다면 아무리 텔슨 은행이 막더라도 저는 그자를 절대 묵인하지 않을 겁니다." 로리가 얼굴을 붉히며 말했다.

스트라이버는 화가 치솟는데도 목소리를 가라앉히느라 혈관에서 피가 거꾸로 솟는 것 같았다. 상황이 이렇다 보니 평소에 차분하던 로리도 혈관 속의 피가 끓어오르기는 마찬가지였다.

"이것이 내 말뜻입니다. 뜻을 잘 귀담아 들으셨기를 바랍니다." 로리가 말했다.

스트라이버는 자 끄트머리를 잠시 빨고 나서 흔들다가 치아를 아프게 잘못 때린 것 같았다. 그는 어색한 침묵을 깨고 말했다.

"이거 참 생소한 경험이군요, 선생님. 그러니까 고등법원에서 명망 높은 변호사인 이 스트라이버한테 소호에 가서 청혼하지 말라고 진심으로 조언하시는 겁니까?"

"정말 내 조언을 듣고 싶으십니까?"

"네, 그렇습니다."

"좋습니다. 그럼 말씀드리죠. 나는 조언을 했고 스트라이버 씨는 그 조언을 방금 정확하게 따라 읊으셨습니다."

스트라이버가 허탈한 표정을 지으며 웃었다.

"하하! 여태껏 이런 어처구니없는 말은 들어본 적이 없고, 앞으로도 들어보지 못하리라는 말밖에는 할 말이 없군요."

로리 씨가 말을 계속했다. "나는 은행 업무를 처리하는 실무자이니 이런 일을 두고 왈가왈부할 자격이 없습니다. 은행에서 일만 해서 이런 문제에 대해서는 아는 게 없기 때문이죠. 하지만 마네트 양이 아기였을 때 품에 안고 바다를 건너온 나이 든 사람으로서, 그녀와 박사가 믿을 만한 친구로서 말하는 겁니다. 생각해보세요, 지금 나누는 이야기를 내가 원해서 시작한 것은 아니지 않습니까? 내 말이 틀렸나요?"

"아니요!" 스트라이버가 콧방귀를 뀌며 말했다. "아무래도 상식이 있는 제삼자를 찾기는 그른 것 같으니 내가 알아서 판단해야겠습니다. 나는 그런 문제에 관해 판단력이 있는데 선생은 그 고상한 은행 업무 말고는 판단력이 빵점이신가 봅니다. 처음 듣는 말이기는 하지만 어쩌면 선생님이 옳을 수도 있겠죠."

"스트라이버 씨, 그저 내 생각을 말씀드렸습니다. 그러니 이해해주십시오." 로리의 얼굴이 순식간에 다시 붉어졌다. "텔슨 은행 사람이라도 누구든 내 판단을 비난한다면 묵과하지 않을 겁니다."

"이런! 죄송하게 됐습니다!" 스트라이버가 대답했다.

"사과를 받아들이겠습니다. 스트라이버 씨, 내 말뜻은 이렇습니다. 만약 자신이 잘못 생각했다는 사실을 깨달으면 괴로우실 겁니다. 그리고 거절해야 하는 마네트 박사 부녀의 심정도 괴롭기는 마찬가지일 테고요. 당신이 아시다시피 영광스럽고 기쁘게도 나는 그 가족과 가깝게 지내고 있습니다. 괜찮으시면 스트라이버 씨가 내게 시키지도 않았고 내가 자신해서 대변하지는 않겠지만, 상황을 살펴보고 판단한 다음에 무슨 조언을 해드릴 수 있을지 다시 생각해보겠습니다. 그때도 동의하지 않으시면 내 조언이 옳은지 아닌지 직접 확인하셔도 좋습니다. 반대로 내 의견에 동의하신다면 모두에게 난처한 상황을 피할 수 있을 겁니다. 어떠십니까?"

"얼마나 기다려야 할까요?"

"몇 시간이면 충분합니다. 저녁때 소호에 다녀오고 나서 당신 사무실로 찾아가겠습니다."

"좋습니다. 지금은 소호에 가지 않겠습니다. 청혼을 하고 싶어 안달이 난 것도 아니니까요. 그럼 오늘 밤에 들르시는 것으로 알고 있겠습니다. 그만 이만 가보겠습니다." 스트라이버가 작별 인사를 했다.

스트라이버는 등을 돌려 쌩 하고 은행을 나왔다. 그가 어찌나 강한 바람을 일으키며 나갔던지 창구 뒤에서 고객에게 인사하고 있던 노인 직원 두 명은 쓰러지지 않기 위해 안간힘을 써야 했다. 늙고 힘없는 두 직원은 언제나 인사하는 모양새를 하고 있어서 사람들은 이 두 사람이 한 고객이 나가고 다른 고객이 들어올 때까지 텅 빈 사무실에서도 계속 머리를 숙이고 있다고 생각할 정도였다.

변호사인 스트라이버는 꽤나 예리한 사람이라 로리 씨가 확실한 증거 없이 심정만 있었다면 그렇게까지 주제넘게 자기 의견을 말하지 않았으리라는 사실을 직감했다. 그는 그렇게 크고 쓴 알약을 삼킬 준비가 되어 있지 않았지만 일단 목구멍으로 꿀꺽 넘겼다. 그러고는 법정에 섰을 때처럼 검지를 치켜들고 템플 바 일대를 향해 흔들며 말했다. "이제 내가 여기서 빠져나가려면 너희가 모두 틀렸다고 몰아가야 해."

이렇듯 중앙형사법원의 전략가가 구사하는 전술을 머릿속에 떠올리자 스트라이버는 마음이 한결 놓이면서 이렇게 말했다. "젊은 아가씨, 당신은 내가 틀렸다고 먼저 밝히지 못할 거요. 당신이 틀렸다고 내가 먼저 증명해주지."

밤 열 시가 다 되어 로리가 찾아갔을 때 스트라이버는 아침에 했던 대화는 안중에도 없다는 듯 일부러 책과 서류 더미에 파묻혀 있었다. 심지어 다른 일에 정신이 팔려 있던 사람처럼 로리를 보고 깜짝 놀라는 척하기까지 했다.

마음 좋게 밀사 역할을 자처했던 로리는 스트라이버가 이 화제를 떠올리고 입 밖에 꺼내도록 반 시간이나 노력하다가 허탕을 치고 나서 말했다. "저기! 소호에 다녀왔습니다."

"소호에요?" 스트라이버가 시치미를 떼며 대꾸했다. "아 참, 그렇죠! 대체 내가 정신을 어디다 두었는지 모르겠네요!"

"오전에 말씀드린 내 생각이 확실히 옳았습니다. 확인을 했으니 먼젓번과 같은 조언을 드려야겠습니다." 로리가 말했다.

스트라이버가 최대한 친근하게 대답했다. "정말이지, 선생님과 불쌍한 박사님을 생각하면 유감스럽기 짝이 없습니다. 이 문제가 그 가족에게는 언제나 가슴 아픈 주제라는 것을 알기 때문입니다. 그러니 이 이야기는 그만하죠."

"무슨 말씀인지 모르겠습니다만." 로리가 물었다.

"그러시겠죠. 그런들 어떻습니까. 나는 상관없습니다." 스트라이버는 상대를 달래 이야기를 어서 끝내려는 투로 고개를 끄덕이며 말했다.

"상관이 있습니다." 로리가 말했다.

"그렇지 않아요. 확실히 상관없습니다. 그분들이 분별이 있을 거라고 생각했는데 아니었고, 감탄할 정도로 야망이 있을 거라고 생각했는데 그도 아니었네요. 실수를 저지르기 전에 그만두어서 아무런 해도 입지 않았으니 다행입니다. 옛날부터 젊은 여성들은 종종 이렇게 어리석은 결정을 내린 뒤에 가난하고 미천해지고 나서야 후회를 하죠. 상대방의 입장에서 생각하면 결혼이 성사되지 않아 유감입니다만, 나로서는 현실적으로 손해를 볼 뻔했으니 기쁩니다. 결혼을 해도 내가 얻을 게 전혀 없다는 점은 굳이 말씀드릴 필요가 없겠네요. 아무튼 이번 일로 내게는 전혀 손해가 없었습니다. 아가씨에게 청혼도 하지 않았고, 우리 둘끼리 나눈 이야기이기는 하지만 잘 생각해보니 내가 과연 실제로 청혼을 했을지도 의심스럽더군요. 로리 씨, 머리가 텅 빈 아가씨들이 고상한 척 허영 떨고 경솔하게 구는 것에는 방도가 없으니 어찌하겠다는 기대를 버리지 않으면 어김없이 실망하실 겁니다. 자, 이 이야기는 그만하죠. 상대방을 생각하면 유감이지만 나 자신을 위해서는 잘된 일입니다. 그리고 내 말을 듣고 조언해주셔서 정말 감사합니다. 그 아가씨에 대해서는 나보다 훨씬 더 잘 아시네요. 선생님 말씀이 옳았습니다. 성사될 일이 아니었어요."

로리가 어안이 벙벙하여 멍하게 쳐다보자 스트라이버는 전부 이해한다는 듯 관대하고 호의적인 태도로 문을 향해 로리 씨를 어깨로 밀었다. "이 문제는 더 이상 거론하지 않는 것이 가장 현명합니다. 선생님 의견을 말씀해주셔서 다시 한 번 감사드립니다. 안녕히 가세요!" 스트라이버가 말했다.

로리 씨의 정신을 쏙 빼놓으며 밖으로 몰아내고 스트라이버는 소파에 누워 천장을 보며 눈을 깜박거렸다.

13장

전혀 예리하지 않은 남자

시드니 카턴이 어디서든 빛이 난다 해도 마네트 박사의 집에서는 예외였다. 1년 내내 그 집에 드나들면서도 그는 늘 뚱하고 시무룩한 태도로 겉돌았다. 말을 시작하면 곧잘 했지만 무엇에도 관심 없는 무기력의 구름이 너무 짙게 드리운 나머지 내면에서 타오르는 빛이 그 먹구름을 뚫고 나오는 일은 거의 없었다.

하지만 카턴은 박사의 집 주변 거리와 보도에 깔린 별 의미 없는 돌멩이에까지 관심을 쏟았다. 포도주를 마셔도 기분이 좀처럼 나아지지 않는 밤이면 멍하니 슬픔에 잠겨 그 길을 배회했다. 음울한 새벽이면 외로운 형체가 자주 그 길에 모습을 드러내 머물렀고, 한 줄기 태양빛이 교회 첨탑과 높은 건물들 사이로 스며들어 건축물의 아름다움을 걷어낼 때까지 여전히 그 자리에 남아 있었다. 적막한 시간이 되면 그동안 잊고 있었거나 이룰 수 없었던 행복을 떠올리는 듯했다. 요즘 카턴은 법원 숙소에 있는 침대에서 시간을 보내는 일이 거의 없었다. 침대에 잠깐 누워 있다가도 이내 다시 일어나 마네트 박사의 집 주변을 서성였다.

8월의 어느 날, 스트라이버가 그의 자칼에게 "결혼 문제는 다시 생각해보기로 했다."라고 전하고 자신의 예리한 감각을 가슴에 품고 데번셔로 떠나고 나서였다. 도시의 거리에 만발한 꽃을 보고 그 향기를 맡으면서 악인도 선량한 마음을 품고, 병자도 건강을 되찾았다고 느끼고, 노인도 젊음을 느끼던 날에 카턴은 여전히 마네트 박사의 집 주변 돌바닥을 배회했다. 처음에는 정처 없이 우물쭈물 서성였지만 이내 마음을 먹은 듯 가벼운 발걸음으로 마네트 박사의 집으로 향했다.

안내를 받아 2층으로 올라간 카턴은 혼자 일하고 있는 루시 마네트 양을 보았다. 그녀는 카턴이 곁에 있으면 한시도 마음이 편하지 않았으므로 탁자로 다가오는 카턴을 어색하게 맞이했다. 하지만 일상적인 대화를 주고받다가 카턴을 올려다보니 그의 얼굴이 평소와 달랐다.

"혹시 어디 편찮으세요, 카턴 씨?"

"괜찮습니다. 하지만 제 생활이 본래 건강과는 거리가 멀어서요. 이렇게 방탕하게 살면서 어떻게 건강하기를 기대하겠습니까?"

"그게 아니라……, 저도 모르게 입 밖으로 나온 질문이니 용서하세요. 좀 더 건강하게 생활하시면 어떻겠어요?"

"너무 부끄러워 몸 둘 바를 모르겠군요!"

"그러면 어째서 생활을 바꾸지 않으시나요?"

루시는 카턴의 얼굴을 상냥하게 바라보다가 눈물이 고인 모습을 보고 놀라고 슬펐다. 울먹이는 목소리로 카턴이 대답했다.

"너무 늦었어요. 나아지기는 글렀습니다. 저는 점점 나락으로 떨어져 엉망이 되겠지요."

카턴은 탁자에 팔꿈치를 올려놓고 두 손에 얼굴을 묻었다. 침묵이 흐르며 탁자가 가늘게 흔들렸다.

루시는 이렇게 나약하고 슬퍼하는 그의 모습을 처음 보았으므로 적잖이 당황했다. 카턴은 고개를 들지 않고서도 그녀가 얼마나 당황하고 있는지 알 수 있었다. 그가 말했다.

"부디 용서하십시오, 마네트 양. 당신에게 드리고 싶은 말씀을 꺼내기도 전에 감정이 앞서고 말았습니다. 제 이야기를 들어주시겠습니까?"

"당신께 도움이 되고, 그렇게 하셔서 기분이 나아지신다면 얼마든지 듣겠어요."

"당신의 상냥한 마음에 신의 축복이 깃들기를!"

잠시 후 그는 얼굴을 묻었던 손을 치우고 차분하게 이야기를 시작했다. "제 말을 듣고 놀라지 마십시오. 제가 무슨 말을 하더라도 겁내서서는 안 됩니다. 저란 사람은 이미 어릴 때부터 산송장이나 다름없습니다. 평생을 그렇게 살아왔는지도 모릅니다."

"아녜요. 저는 카턴 씨의 인생이 이제부터 시작이라고 생각해요. 그리고 앞으로 더 훌륭하게 되시리라 믿습니다."

"그렇게 말씀해주셔서 감사합니다, 마네트 양. 저 자신을 스스로 가장 잘 알고, 참담한 가슴속에 묻혀 있는 풀리지 않는 숙제도 제가 더 잘 압니다만, 아가씨의 그 말씀은 절대 잊지 않겠습니다!"

루시는 얼굴이 창백해지며 몸을 파르르 떨었다. 그녀를 달래려 했지만 이미 카턴의 절망감이 깊어서 분위기만 더욱 어색해졌다.

"마네트 양, 아가씨 앞에 서 있는 저는 아시다시피 방탕한 술꾼이고 인생을 헛되이 낭비한 미천한 사람입니다. 만약 당신이 제 사랑을 받아주신다면 행복하겠지만 지금 이 순간에도 저는 알고 있습니다. 그렇게 되더라도 당신에게 비참한 슬픔과 후회, 고통과 치욕만 안겨드릴 테고, 결국 당신을 나락으로 끌어내리게 되리라는 사실을 말입니다. 애초에 당신이 제게 호감이 없다는 것도 압니다. 하지만 저는 당신의 호감을 바라지도 않을뿐더러 오히려 다행이라고 생각합니다."

"사랑을 드리는 것 말고는 도와드릴 방법이 없을까요, 카턴 씨? 다시 실례되는 말을 드려 죄송하지만, 당신의 삶이 더욱 나아지도록 제가 도울 수 없을까요? 보여주신 신뢰에 보답할 길이 없을까요? 저를 믿기 때문에 이런 말씀을 해주셨다는 것을 잘 알아요." 루시는 잠시 망설이다가 뜨거운 눈물을 흘리며 겸손하게 말했다. "저한테만 이런 이야기를 하셨다는 걸 알아요. 제가 어떻게 하면 도와드릴 수 있을까요?"

카턴은 고개를 저었다.

"없습니다, 마네트 양. 전혀 없어요. 조금이라도 제 이야기를 들어주신 것으로 당신이 할 수 있는 일은 다 하신 겁니다. 당신이 제 영혼의 마지막 꿈이었다는 사실만 알아주세요. 제가 타락했지만 바닥까지 떨어지지 않았던 것은, 당신이 아버지와 함께 있는 모습과 당신 손으로 따스하게 가꾼 가정을 보고, 제 안에서 이미 사라졌다고 생각한 오랜 추억의 그림자가 되살아났기 때문입니다. 당신을 알게 된 후로 다시는 느끼지 않을 줄 알았던 회한이 밀려와 괴로웠고, 영원히 듣지 못할 줄 알았던 오래전 목소리가 일어나라고 다그치는 속삭임을 들었습니다. 다시 노력하자, 새로 시작하자, 게으르고 방탕하게 살지 말고 다시 투지를 불태우자고 막연하게 생각하기도 했습니다. 하지만 모두 꿈이었습니다. 꿈에서 깨면 잠들기 전으로 되돌아갈 뿐인 꿈에 지나지 않았습니다. 하지만 당신이 제게 꿈을 꾸게 해주었다는 사실을 알아주셨으면 좋겠습니다."

"그 꿈은 아무것도 남기지 않고 사라졌나요? 아, 카턴 씨, 다시 생각해보세요. 한 번만 더 노력해보세요!"

"아닙니다, 마네트 양. 처음부터 지금까지 제게 자격이 없다는 것을 알고 있었습니다. 저는 늘 나약했고 지금도 마찬가지입니다. 그러다가 당신이 한 줌의 재에 불과한 저를 갑자기 다시 뜨겁게 불타오르게 했습니다. 하지만 그 불길은 타고난 천성을 태워버리지 못하고, 생기 없이 아무것도 밝히지 못하고 도움도 되지 못한 채 의미 없이 사그라졌습니다."

"카턴 씨가 저를 알고 나서 더욱 불행해지셨다면 그건 제 탓이에요."

"그런 말씀 마세요, 마네트 양. 제게 가능성이 있었다면 틀림없이 당신 덕분에 나아졌을 겁니다. 제 상태가 더욱 나빠지더라도 절대 당신 탓이 아닙니다."

"말씀해주신 마음 상태는 솔직히 말하자면 어느 정도는 저 때문이잖아요? 제가 좋은 영향을 드릴 방법은 없는 건가요? 당신을 도와드릴 힘이 제게 전혀 없는 건가요?"

"마네트 양, 저는 현실을 직시하기 위해 이곳에 왔고 그것이 지금 제가 할 수 있는 최선입니다. 지금까지 비뚤어진 길을 걸어왔지만 제 평생의 마지막 꿈이었던 당신에게 마음을 고백했고, 당신이 안쓰러워하고 안타까워할 만한 점이 아직 제 안에 남아 있다는 사실을 가슴에 품고 남은 인생을 살아갈 수 있게 해주십시오."

"카턴 씨가 스스로 더욱 좋은 사람이 될 수 있다고 믿으시기를 마음을 다해 간절히 몇 번이고 애원합니다."

"마네트 양, 저 자신을 믿으라고 애원하는 일일랑 그만두세요. 저는 자신을 충분히 겪어보았고 누구보다도 잘 알고 있습니다. 아무래도 괜한 걱정을 끼쳐드린 것 같군요. 얼른 이야기를 끝내겠습니다. 언젠가 오늘을 기억에 떠올릴 때마다, 제 인생의 마지막 고백은 당신의 순수하고 고결한 가슴에만 고이 간직되고 다른 누구도 알지 못할 거라고 믿어도 되겠습니까?"

"당신께 위로가 된다면 그렇게 하겠습니다."

"당신이 가장 사랑하는 분께도 그렇게 해주시렵니까?"

"카턴 씨." 루시는 잠시 마음을 가다듬고서 말을 이었다. "제 비밀이 아니라 당신의 비밀이니까요. 카턴 씨의 뜻을 존중하겠다고 약속합니다."

"고맙습니다. 다시 한 번 신의 가호가 있기를 빕니다."

카턴은 루시의 손에 입을 맞추고 문 쪽으로 걸어 나갔다.

"마네트 양, 혹시 제가 지나가는 말로라도 오늘 했던 이야기를 또 꺼낼까 봐 걱정하지 마십시오. 이 이야기를 다시는 하지 않겠습니다. 물론 제가 죽는 것이 가장 확실한 방법이 되겠지만요. 저는 죽는 순간까지 제 마지막 고백을 당신에게 했고, 제 이름과 실수와 불행이 당신 마음속에 고스란히 담겼다는 사실만을 좋은 기억으로 소중하게 간직하면서 감사한 마음으로 당신의 축복을 빌겠습니다. 부디 즐겁고 행복하시기를 바랍니다."

카턴의 모습이 평소와 너무 달랐으므로 루시는 카턴이 그동안 얼마나 자기 자신을 내팽개치며 살았는지, 얼마나 인생을 허비하며 방탕한 생활을 했는지 떠올리면서 슬픔에 젖어 눈물을 흘렸다. 그때 카턴이 그녀를 돌아보았다.

"진정하세요!" 그가 말했다. "마네트 양, 저는 눈물도 아까운 놈입니다. 이제 한두 시간만 지나면 천박한 습관을 경멸하면서도 끝내 버리지 못하고 다시 저속한 작자들과 어울릴 테니까요. 저는 길바닥을 기어 다니는 비참한 사람들보다도 당신이 눈물을 흘려줄 가치가 없는 인간입니다. 눈물을 거두세요! 제 겉모습은 지금까지 당신이 보아온 그대로일 테지만 제 마음은 언제나 당신을 향할 것입니다. 마지막 부탁이니 이것만은 믿어주십시오."

"그럴게요, 카턴 씨."

"마지막으로 부탁이 하나 더 있습니다. 이 말씀만 드리고 나면, 당신과 전혀 공통점이 없고 하늘과 땅만큼이나 다른 이 방문객은 눈앞에서 사라지겠습니다. 말해봐야 소용없다는 걸 알지만 제 마음에서 우러나서 드리는 말씀입니다. 저는 당신과 당신이 아끼는 사람들을 위해 무슨 일이든 할 겁니다. 제 능력이 닿아서 당신을 위해 희생할 기회나 자격이 생긴다면 당신과 당신이 사랑하는 사람들을 위해 어떤 희생도 기꺼이 감수하겠습니다. 그러니 가끔 고요할 때마다 간절한 저의 진심을 떠올려주십시오. 머지않아 새로운 인연의 끈이 당신에게 이어질 때가 올 테지요. 그 끈은 당신과 당신이 손수 가꾼 가정을 더욱 따스하고 강하게 연결하고, 당신에게 영원한 은총과 기쁨을 줄 것입니다. 아, 마네트 양, 당신의 아기가 행복한 아버지를 쏙 빼닮은 얼굴로 당신을 올려다볼 때면, 당신의 빛나는 아름다움을 그대로 닮은 아기가 무럭무럭 자라는 모습을 볼 때면, 당신과 당신이 사랑하는 생명을 갈라놓지 않으려고 목숨을 바칠 각오가 되어 있는 한 남자가 있다는 사실을 가끔이라도 기억해주십시오!"

"그럼 안녕히 계십시오. 신의 가호가 함께하기를!" 카턴은 이렇게 마지막 인사를 남기고 떠났다.

14장
정직한 장사꾼

　제리 크런처는 플리트 거리에 걸상을 마련해놓고 지독한 장난꾸러기 아들과 함께 앉아 셀 수 없이 많은 물건들이 운반되는 광경을 지켜보았다. 이렇게 붐비는 플리트 거리에서 아무 데나 털썩 앉아 어마어마한 두 행렬을 보고도 눈이 핑핑 돌고 귀가 먹먹해지지 않는 사람이 있을까? 한 행렬은 해를 따라 서쪽으로 움직였고 다른 한 행렬은 해를 등지고 동쪽으로 가는 듯 보였지만, 결국 두 행렬 모두 붉은 자줏빛이 감도는 저녁 하늘 너머로 펼쳐진 광야로 향했다.

　제리는 자리에 앉아 지푸라기를 질겅질겅 씹으면서, 몇 백년 동안 흐르는 물줄기를 줄곧 지켜봐야 했던 시골뜨기 이교도처럼 두 행렬을 바라보았다. 하지만 이교도와는 달리 이 물줄기가 마르기를 고대하지는 않았다. 근사하게 차려입은 소심한 중년 부인들을 텔슨 은행 앞에서부터 붐비는 거리를 가로질러 반대편까지 데려다 주고 얼마간 수고비를 챙길 수 있었으므로, 이 행렬의 줄기가 계속 흘러야 제리에게는 이익이었다. 그는 부인들과 길을 건너는 잠깐 동안에도 기회를 놓치지 않고 부인들의 건강을 기도하며 건배하는 영광을 누리게 해달라고 간청했고, 그렇게 해서 부인들에게 받은 술값으로도 수입을 올렸다.

시인이 거리에 걸상을 두고 앉아 오가는 사람들을 보며 시상을 떠올리던 시절이 있었다. 거리에 나와 앉아 있기는 제리도 마찬가지였지만 시인이 아니기에 되도록 사색은 삼가고 그저 주변을 둘러보았다.

그날은 거리를 오가는 사람이 거의 없고 길을 건너려는 부인도 거의 눈에 띄지 않아 돈벌이가 시원치 않자, 제리는 아내가 예의 또 그 자세로 무릎을 꿇고 있기 때문일 거라고 강한 의심을 품었다. 이때 플리트 거리 서쪽으로 낯선 패거리가 쏟아져 나오는 광경이 눈에 들어왔다. 장례 행렬이었는데 그 주위로 사람들이 언성을 높이면서 큰 소란이 벌어졌다.

제리 크런처는 아들에게 말했다. "아들아, 장례 행렬이다."

"우와! 만세!" 아들이 외쳤다.

뭐가 그렇게 신이 나는지 꼬마 신사는 소리를 지르며 환호했다. 어른 신사는 꼬마의 환호가 웬일인지 마음에 거슬려 사람들이 보지 않는 틈을 타서 아들의 뺨을 때렸다.

"무슨 소리냐? 뭐가 만세라는 거야? 이 망나니 같은 자식, 아비 있는 데서 못하는 소리가 없구나! 점점 구제 불능이 되어가는군. 만세라니! 기가 막혀서. 한 번만 더 그 따위 소릴 해봐라, 아주 혼쭐을 내줄 테니! 알아들었냐?" 제리가 아들을 흘겨보며 꾸짖었다.

"제가 무슨 엄청난 말을 했다고 그러세요." 아들은 뺨을 문지르며 툴툴거렸다.

"조용히 해. 그 따위 소리는 집어치워. 얼른 의자 위에 올라가서 사람들이 뭘 하는지 지켜봐라!" 제리가 말했다.

아버지가 시키는 대로 아들이 의자 위에 올라가자 인파가 점점 몰려왔다. 군중들은 우중충한 운구 마차와 유족 수송 마차를 둘러싸고 욕설과 야유를 퍼부었고, 마차 안에는 후줄근하나마 예법에 따라 상복을 갖춰 입은 단 한 명의 유족이 앉아 있었다. 하지만 마차를 둘러싼 무리가 점점 불어나 유족을 조롱하고 야유하고 그에게 욕설을 퍼붓는 소리가 점점 커지고 차마 입에 담을 수 없는 욕설까지 들리자, 그는 자신이 맡은 역할을 썩 달가워하는 것 같지 않았다. "야! 이 첩자 놈아! 찢어 죽여도 시원하지 않을 자식아!"

제리는 장례식에 관심이 많았으므로 텔슨 은행 근처로 장례 행렬이 지나갈 때면 늘 신경을 곤두세우고 흥미롭게 지켜보았다. 그러므로 지금처럼 범상치 않은 조문객들이 들끓는 장례 행렬을 보자 크게 흥분해, 자기 쪽으로 달려온 첫 번째 사내를 붙잡고 물었다.

"형씨, 무슨 일이오? 왜들 난리인 게요?"

"나도 모르오." 사내가 대답하고 나서 외쳤다. "첩자다! 이 나쁜 놈!"

제리는 다른 사내에게 물었다.

"저건 누구요?"

"나도 모르오."

대답을 마친 사내가 두 손으로 손나팔을 만들어 입에 대고 맹렬하고 거세게 고함쳤다. "첩자다! 야, 이 망할 첩자 놈아!"

그러다 제리는 상황을 잘 알고 있는 사람을 만나 로저 클라이의 장례 행렬이라는 사실을 알게 됐다.

"그가 첩자였소?" 제리가 물었다.

"중앙형사법원의 첩자였다오." 정보원이 대답을 마치고 소리쳤다. "첩자다! 이 나쁜 놈! 중앙형사법원의 첩자다!"

"그렇군! 나도 그 작자를 본 적이 있소. 근데 그가 죽었소?" 제리는 심부름을 하러 갔던 재판을 기억에 떠올리며 물었다.

"도살장에 끌려 나온 양처럼 죽었소." 곁에 있던 다른 사내가 물음에 대답하고 나서 고함쳤다. "끌어내라! 첩자가 저기 있다! 끌어내라! 첩자다!"

다른 소리가 나오지 않았으므로 군중들은 줄곧 "끌어내라! 끌어내라!"라고 목이 터져라 외치면서 마차 두 대를 에워싸서 세웠다. 사람들이 마차 문을 열기가 무섭게 허둥지둥 빠져나온 단 한 명의 유족은 사람들의 손에 붙잡힐 뻔했지만 기회를 틈타 발 빠르게 샛길로 도망쳤다. 그는 외투와 모자, 모자에 두르는 긴 상장과 하얀 손수건은 물론 체면치레용 물건까지 모조리 팽개치고 줄행랑을 쳤다.

사람들은 흥분한 나머지 이 물건들을 갈기갈기 찢고 부숴 멀리 던졌고, 상인들은 서둘러 가게 문을 닫았다. 이럴 때 군중은 무엇으로도 막을 수 없는, 무지막지하게 무서운 괴물로 변했기 때문이다. 그들이 운구 마차의 문을 열고 관을 끄집어내자 무리에서 약간 영리한 누군가가 첩자의 죽음을 축하하며 목적지까지 마차를 쫓아가자고 제안했다. 현실적인 제안이 필요했으므로 군중들은 환호하며 그의 말에 따랐다. 곧장 마차에 여덟 명이 탔고 열 명도 넘게 마차 밖에 매달렸으며, 온갖 기발한 방법을 동원해서 올라탈 수 있는 사람은 누구든 마차 지붕에 자리를 잡았다. 마차에 가장 먼저 올라탄 사람들 무리에는 제리도 끼어 있었고, 그는 마차의 가장 안쪽 구석에서 삐죽삐죽한 머리를 조심스레 숨기며 텔슨 은행 사람들에게 들키지는 않을지 살폈다.

장례를 맡은 장의사가 난데없이 절차가 바뀌었다면서 조심스레 항의했지만, 말귀를 못 알아먹는 사람은 차가운 강물에 빠뜨려 정신을 차리게 해야 한다는 말이 들렸고, 실제로 강물도 코앞에 있었던 터라 장의사는 입을 다물었다. 바뀐 절차에 따라 장례 행렬이 다시 시작되었다. 굴뚝 청소부가 바로 옆에 앉은 마부의 조언을 들으며 운구 마차를 몰았고, 파이 장수가 옆에 있는 각료의 조언에 따라 유족 마차를 몰았다. 장례 행렬이 스트랜드 거리를 빠져나가기 전에 당시 거리에서 인기가 많았던 곰 조련사가 합류해 행렬을 빛냈으며 꾀죄죄한 시커먼 곰까지 어슬렁어슬렁 행렬을 뒤따르며 분위기를 더욱 뜨겁게 달구었다.

맥주를 마시고, 파이프 담배를 피우고, 목청껏 노래를 부르고, 애도하는 시늉을 하는 난장판 행렬은 가는 길마다 인원이 계속 불어났고, 상점은 모두 문을 닫았다. 목적지는 출발지에서 상당히 멀리 떨어진 세인트 판크라스 교회였다. 군중들은 목적지에 도착하자마자 무덤으로 우르르 몰려갔다. 로저 클라이의 매장 절차는 첩자에게 꼭 맞는 방식으로 진행되었고 군중들은 흡족해했다.

죽은 사람을 매장하고 나자 떼 지어 몰려든 사람들에게 다른 오락 거리가 필요하던 참에 아까와 같은 사람일 수도 있는 영리한 사람이 나서서, 지나가는 아무나 붙잡고 중앙형사법원의 첩자로 몰아 복수하고 괴롭히자고 제안했다. 이렇게 하여 평생 중앙형사법원을 근처에도 가본 적이 없는 죄 없는 수많은 사람이 이리저리 쫓기며 흠씬 두들겨 맞았다. 장난은 여기서 끝나지 않고 점차 강도가 심해져서 되는 대로 창문을 깨부수고 술집을 습격했다. 이렇게 몇 시간 동안 여름 별장들을 마구잡이로 무너뜨리고 울타리를 뜯어낸 것으로도 모자라, 싸우기 좋아하는 무리는 무기까지 뽑아들었다. 이때 근위대가 진군하고 있다는 소문이 퍼지면서 군중은 재빠르게 뿔뿔이 흩어졌다. 근위대는 올 수도 오지 않을 수도 있지만 폭동은 으레 이렇게 끝났다.

제리는 마지막에 벌어진 장난에는 참가하지 않고 교회 뒤뜰에 남아 장의사와 이야기를 나누고 조의를 표했다. 묘지에만 오면 마음이 편했다. 그는 근처 술집에서 파이프 담배를 주워 몇 모금 빨았고, 울타리를 관찰하며 주변을 유심히 살폈다.

습관처럼 제리는 자신을 남처럼 부르며 혼잣말을 중얼거렸다. "제리, 자네는 그날 거기서 클라이를 똑똑히 보았지. 젊고 외모가 준수한 사내였잖아."

파이프 담배를 다 피우고도 잠시 생각에 잠겨 있던 제리는 은행이 문 닫기 전에 자리에 앉아 있으려고 발길을 돌렸다. 죽음에 관해 지나치게 깊이 생각해서 간에 무리가 간 것인지, 원래 건강이 좋지 않아서인지, 저명한 의사에게 살짝 경의를 표시하고 싶어서인지 그다지 목적은 없었지만 아무튼 은행으로 돌아가는 길에 외과 의사에게 들러 의학적인 조언을 들었다.

아버지가 자리를 비운 동안 성실히 제 몫을 해낸 아들 제리는 그동안 아무 일도 없었다고 아버지를 안심시켰다. 은행 문이 닫히고 늙은 은행원들도 모두 퇴근하고 경비원만 남자 제리 부자도 저녁을 먹기 위해 집으로 발길을 돌렸다.

제리는 집에 들어서자마자 아내에게 외쳤다. "나 왔어! 진짜 말해두는데! 이 정직한 장사꾼께서 오늘 밤 일이 술술 풀리지 않으면 당신이 나를 방해하라고 기도해서 그런 걸로 생각하고 눈앞에서 본 것처럼 혼내줄 테니 각오해!"

풀이 죽은 크런처 부인이 고개를 가로저었다.

"왜? 내 앞에서 또 그 짓거리를 하려고?" 제리 크런처는 화를 내면서도 짐짓 불안해서 말했다.

"저는 아무 말도 안 했어요."

"좋아. 아무 생각도 하지 마. 허튼 생각을 하는 것보다는 차라리 무릎을 꿇고 있는 편이 나아! 어차피 엿 먹일 거면 그렇게 엿을 먹이라고! 어쨌거나 그냥 전부 집어치워."

"네, 여보."

"네, 여보." 제리가 아내의 말을 따라 하며 식탁에 앉았다. "맞아! 진작 그렇게 말했어야지! 앞으로도 '네 여보.'라고 말하라고!"

제리가 심술궂게 아내의 말을 따라 한 것은 별다른 뜻이 있어서가 아니라 사람들이 흔히 그러듯 불만을 비꼬아 표현한 것일 뿐이었다.

"'네, 여보'라는 대답이 아주 마음에 드는군. 당신을 한번 믿어보지." 제리는 보이지 않는 커다란 굴을 접시째로 빨아들이듯 버터 바른 빵을 목구멍으로 넘기며 말했다.

"오늘 밤 밖에 나가세요?" 제리가 빵을 한입 더 베어 물었을 때 참한 아내가 물었다.

"그럼. 나가야지."

"아버지, 제가 따라가도 돼요?" 아들이 신나서 물었다.

"아니, 안 돼. 너희 엄마도 알다시피 아버지는 낚시하러 가는 거야. 낚시 말이야. 고기를 잡으러 간다고."

"낚싯대가 많이 녹슬었죠?"

"신경 쓰지 마라."

"잡은 물고기는 집에 가져오실 거예요?"

"그래야 내일 아침에 끼니 거리가 생기지." 제리는 고개를 저으며 대꾸했다. "이제 그만 물어봐라. 나는 네가 잠들어야 나갈 테니까."

그는 남은 저녁 시간 내내 아내를 철통같이 감시하면서 자기 일을 방해하는 어떤 기도도 하지 못하게 하려고 퉁퉁거리며 계속 말을 걸었다. 그리고 같은 이유로 아들한테도 어머니에게 계속 말을 걸라고 시켰고, 잠시도 생각할 틈을 주지 않으려고 온갖 꼬투리를 잡아 불평하면서 불쌍한 아내를 괴롭혔다. 아내가 기도로 자신을 망가뜨리려 한다는 제리의 불신이 얼마나 깊었던지, 정직한 기도가 효험이 있다는 정말 독실한 신자의 믿음 따위는 발뒤꿈치에도 따라가지 못할 정도였다. 마치 귀신이 없다고 큰소리치는 사람이 귀신 이야기를 듣고 잔뜩 겁을 집어먹는 꼴이었다.

제리가 아내에게 말했다. "잘 들어! 내일 수작 부리지 마! 만약 나처럼 정직한 장사꾼이 고기 한두 점을 가져왔다 치자. 당신이나 아들놈이나 고기에는 손도 안 대고 코 박고 빵만 먹겠어? 그리고 나처럼 정직한 장사꾼이 맥주를 가져와도 둘다 물이나 마시고 있겠냐고! 로마에 가면 로마법을 따라야지. 그러지 않으면 로마한테 된통 혼나고 말아. 내가 당신의 로마라고. 알겠어?"

조금 있다가 제리는 다시 투덜대기 시작했다.

"당신은 어쩌면 그렇게 자기가 먹을 음식에까지 초를 치는 거야! 어째서 집 안에 먹을거리 구해오는 일까지 무릎 꿇고 방해하고 인정머리 없게 수작을 부리느냐고! 아들 꼬락서니를 좀 봐. 당신 새끼잖아? 장작 꼬치처럼 삐삐 말랐잖아. 그러고도 당신이 어미야? 무엇보다 자식새끼를 건강하게 살찌우는 게 어미에게 가장 중요한 의무인 것도 몰라?"

이 말을 듣고 마음이 짠해진 아들은 어머니에게 가장 중요한 의무를 다해달라고 애원했고, 다른 의무는 아무래도 좋으니 방금 아버지가 섬세하고도 감동적으로 표현한 어머니의 가장 중요한 의무만큼은 특별히 지켜달라고 부탁했다.

크런처 가족의 하루가 이렇게 깊어가면서 아들과 아내는 어서 잠자리에 들라는 명령을 받고 그 명령에 순순히 따랐다. 제리는 밤이 되었는데도 잠을 자지 않고 홀로 담배를 피우다가 새벽 한 시가 되자 집을 빠져나갈 채비를 했다. 깊은 밤 으스스한 시간에 의자에서 일어나 주머니에 있는 열쇠를 꺼내

찬장을 열고 자루와 적당한 길이의 쇠 지렛대, 밧줄과 쇠사슬, 그 밖의 낚시 도구들을 꺼냈다. 그는 능숙한 손놀림으로 준비물을 챙기고는 부인에게 작별 인사 삼아 몇 마디 더 툴툴거리고 나서 등불을 끄고 집을 나섰다.

옷 갈아입는 시늉만 했을 뿐 옷을 그대로 입은 채 잠자리에 들었던 아들은 아버지를 따라나섰다. 어둠에 몸을 숨기며 방을 빠져나온 아들은 계단과 안뜰을 지나 거리로 나갔다. 세 들어 사는 사람들이 들락거려서 대문이 밤새 열려 있으므로 집에 다시 들어가지 못할까 봐 걱정할 필요는 없었다.

아들은 아버지의 정직한 장사가 뭔지 궁금하기도 하고 기술도 배우고 싶다는 갸륵한 야심에 불타올라, 존경하는 아버지를 시야에서 놓칠세라 자신의 좁은 미간만큼 건물들과 담벼락과 현관에 몸을 가까이 붙이며 뒤를 따랐다. 존경하는 아버지는 북쪽으로 올라가다가 이내 아이작 월튼*의 다른 제자와 만나 터벅터벅 길을 함께 걸었다.

집을 출발한 지 반 시간도 지나지 않아 두 사람은 깜박이는 가로등과 정신없이 꾸벅꾸벅 졸고 있는 야간경비원을 지나 한적한 도로에 들어섰다. 여기서 낚시꾼이 정말 쥐도 새도 모르

---

* 영국의 작가로 낚시를 즐겼던 인물이다.

게 나타나는 바람에 아들 제리가 미신을 믿었다면 앞서 만났던 사람이 별안간 자기 몸을 둘로 갈랐다고 생각했을 것이다.

세 사람은 계속 걸었고 아들 제리도 그 뒤를 따랐다. 세 사람은 길 쪽으로 뻗은 제방 아래 멈춰 섰다. 그 위에는 나지막한 벽돌담이 있었고 담 위에는 철조망이 처져 있었다. 그들은 제방과 담장 그림자를 따라 막다른 골목까지 걸어갔다. 길 한쪽 옆에는 높이가 3미터 정도 되는 벽이 가로놓여 있었다. 모퉁이에 웅크리고 앉아 골목 안을 훔쳐보던 아들의 눈에 들어온 것은, 구름 낀 어스름한 달빛 아래서도 또렷이 보이는 존경하는 아버지의 형체였다. 아버지가 잽싸게 철문을 넘어가자 나머지 두 사람도 차례로 뒤를 따랐다. 세 사람 모두 문 안쪽으로 사뿐히 뛰어내려 잠시 몸을 숙이면서 주변 소리를 살피는 듯했다. 그러더니 엉금엉금 기기 시작했다.

아들 제리가 숨을 죽이고 문 앞으로 다가가 구석에 몸을 숨기고 안을 들여다보니 세 낚시꾼이 무성한 수풀을 헤치며 기어가고 있었다. 그곳은 사방에 묘비가 즐비한 거대한 교회 묘지였다. 흰옷을 걸친 유령 같은 묘비들이 낚시꾼들을 쳐다보았고, 무시무시한 거인의 망령 같은 교회 탑도 그들을 내려다보았다. 세 사람은 얼마간 기어가다가 멈추더니 몸을 일으키고 낚시를 시작했다.

처음에는 삽으로 낚시를 했다. 잠시 뒤 존경하는 아버지가 커다란 코르크 병따개 같은 연장을 이리저리 맞추는 것 같았다. 어떤 연장을 사용하는지는 몰라도 세 사람은 매우 열중했고, 잠시 후 교회 시계탑에서 오싹한 종소리가 울리자 아들은 기겁해서 아버지를 닮은 삐죽삐죽한 머리카락을 날리며 냅다 도망쳤다.

하지만 아버지가 하는 일이 뭔지 오래전부터 무척 알고 싶었던 아들은 도망치던 발걸음을 멈추고 용기를 내어 되돌아갔다. 문가에서 다시 안쪽을 몰래 들여다보니, 세 사람은 여전히 끈기 있게 낚시에 열중하고 있었다. 이번에는 입질이 있는 모양이었다. 땅속에서 끼익 하며 나사 돌아가는 소리가 났고, 허리를 숙이고 있던 세 사람은 무게 때문인지 몸에 바짝 힘을 주었다. 무거운 물체가 흙을 떨구어내며 서서히 땅 위로 모습을 드러냈다. 어린 제리는 그게 뭔지 잘 알고 있었다. 존경하는 아버지가 그것을 비틀어 열려는 순간 낯선 광경에 겁을 잔뜩 집어먹은 아들은 다시 도망쳐서 2킬로미터 남짓한 거리를 쉬지 않고 내달렸다.

유령과 달리기 시합이라도 하듯 죽기 살기로 결승선을 향해 달리던 아들 제리는 숨이 넘어가기 전까지는 달리기를 멈출 수가 없었다. 아까 보았던 관이 쫓아오는 것 같은 느낌을

떨칠 수 없었기 때문이다. 상상 속에서 관은 땅을 딛고 똑바로 선 채로 바로 뒤에서 껑충껑충 쫓아왔다. 관이 턱 끝까지 쫓아오면서 팔을 낚아챌 듯 옆에서 쿵쿵거리며 뛰어오는 것만 같아서, 아들 제리는 한시라도 빨리 이 끈질긴 추격자로부터 벗어나고 싶었다. 그 추격자는 신출귀몰한 귀신처럼 사방에서 불쑥 나타났다. 아들 제리는 밤새 관에게 쫓기는 끔찍한 공포에 시달렸다. 꼬리와 날개가 떨어지고 퉁퉁 부은 연처럼 생긴 관이 갑자기 튀어나올 것만 같아서 어두운 골목을 피해 도로로 도망쳤다. 관은 대문에도 숨어 있었다. 문짝에 징그러운 어깨를 바짝 붙이고 낄낄대듯 어깨를 귀 높이까지 들썩였다. 때로는 아들 제리가 발에 걸려 넘어지도록 지나가는 길 그림자 속에 숨어 교활하게 바닥에 등을 대고 누워 있기도 했다. 이 와중에도 등 뒤로는 다른 관이 계속 쫓아오면서 그를 잡아채려고 껑충껑충 뛰고 있었다. 초주검이 되어서 마침내 집에 도착하고 나서도 관은 사라지지 않았다. 오르는 계단마다 쿵쿵대며 쫓아와 침대 속까지 파고들었고, 아들 제리가 잠이 들려는 순간 그의 가슴 위로 쿵 하고 무겁게 죽은 듯 엎어졌다.

어슴푸레한 새벽녘, 아들 제리는 가위에 눌려 있다가 아버지가 거실로 들어오는 소리에 잠에서 깼다. 일이 잘 안 풀린 모양이었다. 어머니의 귀를 잡고 침대 머리에 갖다 박는 소리만으로도 알 수 있었다.

"또 그러면 가만두지 않겠다고 했지? 나는 한다면 하는 사람이야." 제리가 말했다.

"여보, 이러지 마세요, 제발!" 아내가 애원했다.

"너 때문에 일을 망쳤어. 나랑 동업자들이 생고생을 했다고. 남편을 존경하고 시키는 대로 따르기만 하면 되잖아. 빌어먹을! 대체 왜 그것도 못하는 거야!"

"여보, 나는 좋은 아내가 되려는 것뿐이에요." 가엾은 아내가 울부짖었다.

"남편 사업을 방해하는 게 좋은 아내야? 남편이 하는 일에 재를 뿌리는 게 남편을 존경하는 거냐고. 남편의 중요한 사업을 망치는 게 순종하는 거야?"

"예전에는 그런 끔찍한 장사를 하지 않았잖아요, 여보."

제리가 쏘아붙였다. "정직한 장사꾼을 남편으로 둔 것에 만족하라고. 여편네가 머릿속으로 남편이 예전에는 그런 일을 했느니 안 했느니 따져서 무엇하려고? 남편을 존경하고 그 말에 순종하는 아내는 남편이 하는 일에 이러쿵저러쿵 토를 달지 않는 법이야. 신앙심이 깊은 여자라 그렇다고? 그러면 신앙심 없는 여자를 데려오란 말이야! 당신은 템스 강 바닥에 박은 말뚝보다도 책임감이 없어! 책임감이 제대로 좀 박혀 있어야 하는데 말이지."

정직한 장사꾼이 흙투성이 장화를 벗어던지고 바닥에 벌렁 드러눕자 조용하게 오가던 언쟁이 끝났다. 아버지가 베개 대신 녹이 묻은 두 손으로 머리를 받치고 눕는 모습을 흘끔거리며 훔쳐보던 아들 제리도 잠자리에 누워 다시 잠이 들었다.

아침 식탁에는 생선은 물론 변변한 음식도 없었다. 기운도 없고 심사가 꼬여 있던 제리는 아내가 식전 감사 기도를 올릴 조짐을 보이기만 하면 혼쭐을 내려고 무쇠 솥뚜껑을 계속 쥐고 있었다. 그는 평소와 같은 시간에 머리를 빗고 세수를 한 뒤 아들을 데리고 대외적인 직장으로 출발했다.

걸상을 옆구리에 낀 아들 제리는 화창하고 번잡한 플리트 거리를 아버지와 나란히 걸었다. 어젯밤 끔찍한 추격자에게 쫓기며 홀로 어둠 속을 달리던 때와는 딴판이었다. 새날이 밝자 교활함이 다시 살아나고 불안은 사라졌다. 이렇게 상쾌한 아침을 맞은 플리트 거리와 런던 시내에는 그처럼 특별한 경험을 한 동지들이 꽤 있는 듯했다.

아들 제리가 아버지와 어느 정도 거리를 두려고 걸상을 아버지 쪽 옆구리로 옮겨 끼면서 물었다. "아버지, 시체 도굴꾼은 어떤 사람이에요?"

제리가 걸음을 멈추고 대답했다. "내가 어떻게 알아?"

"아버지는 모르는 게 없는 줄 알았는데요." 아들이 순진한 척 말했다.

"에헴, 글쎄다." 제리가 다시 발걸음을 옮기며 모자를 들어 올리자 안에 있던 머리카락이 제멋대로 치솟았다. "그 사람들도 일종의 장사꾼이지."

"뭘 파는데요?" 아들 제리가 명랑하게 물었다.

제리는 곰곰이 생각하다가 대답했다. "과학에 필요한 상품 같은 걸 팔지."

"사람 시체를 파는 거죠?" 아들이 아무렇지도 않다는 듯 물었다.

"그렇다고 할 수 있지." 제리가 대답했다.

"아버지, 저도 커서 시체 도굴꾼이 되고 싶어요."

제리는 마음이 누그러졌지만 찜찜한 구석이 남아 있는 탓에 훈계하듯 고개를 저으며 말했다. "네가 실력을 얼마나 키우느냐에 달려 있지. 열심히 재능을 갈고닦아야 해. 네가 소질이 있을지는 두고 봐야 하니까 다른 사람한테 쓸데없는 소리 하지 말고." 이 말에 용기를 얻은 아들은 몇 걸음 앞장서서 걸어가 템플 바의 그늘에 걸상을 놓았다. "이봐, 제리, 정직한 장사꾼. 저 녀석이 네게 뜻밖의 행운을 가져다주어서 어미가 깎아먹은 것을 채워줄지도 모르겠군."

15장

뜨개질

드파르주의 술집에서 평소보다 일찍 술판이 벌어졌다. 아직 새벽 여섯 시밖에 되지 않았는데 혈색이 누런 사람들이 창문 너머로 가게 안을 들여다보니 이미 몇 사람이 술잔을 기울이고 있었다. 장사가 잘될 때면 주인은 매우 묽은 포도주를 팔았는데 요즘에는 포도주가 유난히 더 묽었다. 게다가 술이 상했는지 상해가는 중인지 마시는 사람 기분을 우울하게 만들었다. 드파르주가 파는 포도주는 술의 신 바쿠스의 은총을 받아 뜨거운 축제의 열기를 활활 태우는 것이 아니라, 찌꺼기 속에 뒹구는 타다 만 불씨처럼 시들시들 그을음만 냈다.

드파르주의 술집에서 아침부터 술판이 벌어진 지 사흘째

였다. 월요일부터 수요일인 오늘까지 술판은 계속되었다. 가게 안에는 술을 마시는 사람보다 생각에 잠긴 사람이 더 많았다. 사람들은 문을 열자마자 몰려와 귀를 기울이고, 소곤소곤 이야기하고, 가게 안을 살금살금 돌아다녔다. 하나같이 그들은 술이 영혼을 구제해준다 하더라도 카운터에 돈 한 푼 내놓을 여유가 없었다. 하지만 술집을 전세라도 낸 듯 자리를 가득 채우고, 이 구석에서 저 구석으로 여기저기 옮겨 다니며 술 대신 대화를 게걸스럽게 들이켰다.

평소보다 손님이 넘쳐나는데도 가게 주인은 보이지 않았고, 누구도 주인을 찾지 않았다. 가게 문턱을 넘으면서도 주인을 찾는 사람이나 주인이 필요한 사람도 없었고, 어째서 드파르주 부인 혼자서 낡은 동전 바구니를 앞에 놓고 앉아 술을 내주고 있는지 궁금해하지도 않았다. 동전에 새겨진 위인들도 너덜너덜한 주머니에서 동전을 꺼내는 주인들처럼 닳고 닳아 몰골이 말이 아니었다.

술집을 염탐하는 첩자들도 흥밋거리를 잃은, 지루하고 맥빠진 분위기를 느꼈을 것이다. 첩자들은 지위를 막론하고 왕이 머무는 궁전부터 죄인이 갇힌 감옥까지 닥치는 대로 염탐했다. 카드놀이도 시들해졌고, 도미노게임을 하던 사람들도 딴생각을 하면서 아무렇게나 탑을 쌓았고, 술 마시던 사람들은 흘린 술을 손가락으로 찍어 탁자에 그림을 그렸다. 드파르주 부인마저도 이쑤시개로 소매의 무늬를 콕콕 찍으며 보이지도 들리지도 않게 멀리 있는 무언가에 정신이 팔려 있었다.

이렇게 생앙투안은 해가 중천에 뜰 때까지 술에 취해 있었다. 한낮이 되자 먼지를 뒤집어쓴 사내 두 명이 흔들리는 가로등 밑을 지나갔다. 드파르주와 푸른색 모자를 쓴 도로 수리공이었다. 먼지를 잔뜩 뒤집어쓴 통에 목이 탔던 두 사람이 술집에 들어섰다. 그들이 도착하자 생앙투안의 가슴에 불꽃이 타올랐고, 한 걸음 내디딜 때마다 불꽃이 빠르게 번져, 문과 창문 너머로 들여다보던 사람들의 얼굴에도 불길이 타올랐다. 하지만 두 사람을 따라온 사람은 없었고, 그들이 술집에 들어섰을 때에도 모두 일제히 몸을 돌려 바라보기는 했지만 아무도 말을 걸지 않았다.

"모두 안녕하신가?" 드파르주가 인사를 건넸다.

이 인사가 이제부터 말을 편하게 해도 된다는 신호라도 되는 듯 모두들 일제히 대답했다. "안녕하시오!"

"날씨가 심상치 않아." 드파르주가 고개를 저으며 말했다.

그러자 갑자기 드파르주 옆에 서 있는 사람을 보고는 일제히 시선을 떨어뜨리고 입을 꾹 다물었다. 이때 딱 한 사람이 자리에서 일어나 밖으로 나갔다.

드파르주는 아내를 큰 소리로 불렀다. "여보! 자크라는 훌륭한 도로 수리공과 꽤 먼 거리를 동행했다오. 파리에서 하루 반나절이 걸리는 곳에서 우연히 만났지 뭐요. 이 도로 수리공 자크는 아주 좋은 친구더라고. 여보, 자크에게 술 한 잔 갖다 주구려!"

두 번째 사내가 일어나 밖으로 나갔다. 드파르주 부인에게 포도주를 건네받은 자크라는 도로 수리공은 푸른색 모자를 들어 사람들에게 인사하고는 술을 마시기 시작했다. 그리고 카운터 옆자리에 앉아 셔츠 안주머니에 넣어둔 싸구려 흑빵을 꺼내 술을 마시는 틈틈이 뜯어 먹었다. 이때 세 번째 사내가 일어나 밖으로 나갔다.

드파르주도 포도주를 한 모금 들이켰지만 술은 언제든 마실 수 있었으므로 도로 수리공보다는 적게 마셨다. 그러고는 이 시골뜨기가 아침을 다 먹을 때까지 옆에 서서 기다렸다. 드파르주는 다른 사람에게 눈길을 돌리지 않았고 가게에 있는 손님들도 그를 쳐다보지 않기는 마찬가지였다. 그의 아내조차도 열심히 뜨개질만 할 뿐 눈길도 주지 않았다.

"자네, 식사는 다 했나?" 드파르주가 때를 기다려 물었다.

"네, 잘 먹었습니다."

"그럼 이리 따라오게! 아까 말했던 자네 방을 보여주겠네.

꽤 괜찮을 걸세."

두 사람은 술집에서 거리로 나와 안뜰로 들어갔고, 곧 가파른 계단을 오르기 시작했다. 계단을 올라가자 예전에 백발노인이 낮은 의자에 앉아 몸을 구부리고 열심히 신발을 만들던 다락방이 보였다.

백발노인은 이제 그곳에 없지만 아까 한 사람씩 술집을 빠져나갔던 남자 셋이 있었다. 오래전 벽에 난 틈으로 백발노인을 훔쳐보았던 바로 그 패거리였다.

드파르주는 조심스럽게 문을 닫고 목소리를 낮췄다.

"이쪽은 자크 1호, 자크 2호, 자크 3호일세! 이쪽은 자크 4호인 내가 약속하고 데려온 증인이지. 자세한 이야기는 나중에 이 친구에게 듣게. 자크 5호! 이야기를 시작하지."

도로 수리공은 푸른색 모자를 손에 들고 거무스름한 이마를 문지르며 말했다. "어디서부터 시작할까요?"

"그야 처음부터 해야지." 드파르주의 입에서 충분히 예측할 만한 대답이 나왔다.

도로 수리공이 이야기를 시작했다. "그 남자를 처음 본 건 작년 이맘때인 여름이었어요. 남자는 후작의 마차 밑에 있는 사슬에 매달려 있었습니다. 그게 어찌 된 일인가 하면요. 저는 해가 저물어갈 때쯤 일을 마치고 집으로 돌아가고 있었습니다. 그때 후작을 태운 마차가 천천히 언덕을 올라오는데 글쎄 웬 남자가 마차 밑 사슬에 매달려 있더라고요. 이렇게요!"

도로 수리공은 그 남자의 모습을 처음부터 끝까지 재연했다. 그는 지난 한 해 동안 똑같은 공연을 되풀이하면서 마을에 꼭 필요한 볼거리를 제공해온 터라 연기는 완벽한 경지에 이르러 있었다.

자크 1호가 갑자기 끼어들어 그 남자를 예전에 본 적이 있는지 물었다.

"전혀 없어요." 도로 수리공이 몸을 똑바로 세우며 대답했다.

이번에는 자크 3호가 나중에 그를 어떻게 알아봤느냐고 물었다.

"키가 컸거든요." 도로 수리공은 코를 문지르며 조심스레 답했다. "후작 나리가 그날 밤 저에게 '그놈이 어떻게 생겼더냐?'라고 물었을 때 '유령처럼 키가 컸습니다.'라고 대답했죠."

"난쟁이처럼 작다고 대답했어야지." 자크 2호가 말했다.

"제가 뭘 알았나요. 그때는 사건이 일어나기 전이었고, 누가 귀띔해준 것도 아니었고요. 그래도 증거가 될 만한 말은 한마디도 하지 않았어요. 후작 나리가 작은 샘터 옆에 서서 저를 손가락으로 가리키며 '저놈을 이리로 데려와라.'라고 말했을 때도 맹세컨대 어떤 단서도 주지 않았습니다."

"그 말은 맞아." 드파르주가 옆에서 딴죽을 거는 사내에게 나직한 목소리로 말했다. "계속하게."

"그러지요!" 도로 수리공이 은밀하게 말했다. "키 큰 사내는 결국 사라졌고, 사람들이 그를 찾기 시작했습니다. 얼마 동안이었더라? 한 아홉 달, 아니 열 달, 열한 달이던가?"

"몇 달인지는 상관없어. 잘 숨어 있었지만 불행하게도 결국 들키고 말았으니까. 이야기를 계속하게." 드파르주가 재촉했다.

"저는 해질녘에 언덕 비탈에서 일을 하고 있었어요. 언덕 아래 마을이 이미 어두워져서 집으로 돌아가려고 연장을 챙기다 보니, 군인 여섯 명이 언덕을 오르고 있더라고요. 그들 틈으로 키 큰 남자가 양팔이 묶인 채 끌려오고 있었죠. 이렇게요!"

도로 수리공은 푸른색 모자를 한시도 손에서 놓지 않고 키 큰 남자의 양 팔꿈치가 엉덩이 위쪽으로 단단히 묶여 있는 모습을 재연했다.

"저는 돌무더기 뒤에 숨어서 군인들과 죄수가 지나가는 모습을 지켜봤어요. (인적이 없는 길이라 볼거리가 귀했거든요.) 그들이 처음에 다가올 때는 검은 형체만 보여서 군인이 여섯 명이고 키 큰 죄수 한 명이 결박당해 끌려오고 있다는 것 말고는 뭐가 뭔지 분간할 수가 없었어요. 해가 저물면서 검은 형체의 가장자리가 붉게 물들었죠. 그리고 그들의 그림자가 길 반대편 우묵한 산등성이를 넘어 언덕까지 뻗어 있어서 마치 거인의 그림자 같았어요. 그들은 얼마나 먼지를 뒤집어썼던지 터벅터벅 걸음을 옮길 때마다 먼지가 폴폴 날렸어요. 그들이 가까이 다가오고 나서야 저는 키 큰 사내를 알아봤고, 그 사람도 저를 알아봤죠. 아! 그 사내는 저랑 그날 저녁 처음 마주쳤던 언덕 위 바로 그 장소를 다시 지날 수 있었던 것만으로도 만족했을 겁니다!"

도로 수리공은 마치 현장에 있기라도 한 것처럼 생생하게 설명했다. 당시 장면이 아주 또렷하게 떠오르는 게 분명했다. 아마 그런 경험은 평생 별로 해본 적이 없을 터였다.

"저는 군인들에게 사내를 안다는 티를 내지 않았어요. 남자도 저를 아는 척하지 않았고요. 우리는 눈으로만 생각을 주고받았죠. 대장이 마을을 가리키면서 '어서! 이자를 무덤으로 끌고 가라!'고 외치자 군인들은 더 빠르게 걸었고 저도 그 뒤를 따랐습니다. 남자의 팔이 너무 세게 묶여서 퉁퉁 부어 있었어요. 나막신은 커서 덜컹거렸고 다리도 절뚝였어요. 사내가 다리를 절었기 때문에 걷는 속도가 느려지자 군인들이 총으로 그를 밀었습죠. 이렇게요!"

도로 수리공은 장총의 개머리판에 떠밀려 끌려가는 남자의 모습을 흉내 냈다.

"군인들이 사내를 끌고 미친 듯이 언덕을 내려가는데 사내가 넘어졌어요. 군인들은 낄낄거리며 그를 다시 잡아 일으켰습니다. 키 큰 사내의 얼굴은 피로 범벅이 되었고 먼지로 뒤덮였어요. 군인들이 그 모습을 보고 다시 웃음을 터뜨리더군요. 마침내 사내를 마을로 끌고 오자 마을 사람들이 그를 보려고 우르르 모여들었어요. 방앗간을 지나 감옥에 도착했을 때 어둠 속에서 감옥 문이 열렸고 그가 들어가자 그를 잡아 삼키듯 문이 쾅 닫혔어요. 이렇게요!"

도로 수리공은 입을 최대한 크게 벌렸다가 이가 부딪치는 소리가 나도록 탁 다물었다. 금세 입을 다시 열면 극적인 효과가 줄어들까 봐 주저하는 모습을 눈치챈 드파르주가 다음 말을 재촉했다. "계속하게, 자크."

도로 수리공은 낮은 목소리로 조심스럽게 말했다. "마을 사람들이 모두 돌아가고, 샘터에서 소곤대던 사람들까지 모두 잠들었어요. 그리고 너나할 것 없이 험준한 바위 끝에 있는 감옥 쇠창살에 갇혀 죽기 전에는 결코 바깥 구경을 할 수 없는 남자의 꿈을 꾸었습니다. 아침이 밝자 저는 연장을 어깨에 메고 흑빵을 뜯어 먹으며 일하러 가는 길에 감옥 주변을 둘러봤어요. 벼랑 위 쇠창살 너머로 전날 밤처럼 피와 먼지로 뒤범벅이 된 사내가 보였어요. 손이 묶여 있어 저에게 인사를 하지 못했고 저도 감히 그를 부를 수가 없었지요. 저를 바라보는 그의 모습은 이미 죽은 거나 마찬가지였어요."

드파르주와 자크 세 명이 어두운 표정으로 서로 마주 보았다. 그들은 이 시골뜨기의 이야기를 듣는 내내 심각한 표정을 지으며 애써 분노를 억누르는 것 같았다. 모두들 비밀스럽고 위엄 있는 분위기를 뿜어내서 마치 엄중한 재판관들 같았다. 자크 1호와 2호는 짚으로 만든 침대에 앉아 턱을 괴고 도로 수리공을 빤히 쳐다보았다. 자크 3호도 그들 위에서 한쪽 무릎을 세우고 앉아 초조한 손으로 연신 입과 코 주변을 문지르며 도로 수리공을 쳐다봤다. 드파르주는 자크 세 명과 빛이 드는 창가 아래에서 이야기하는 도로 수리공 사이에 서서 그들을 번갈아 쳐다보았다.

"계속하게, 자크." 드파르주가 말했다.

"사내는 며칠을 철창 안에 갇혀 있었어요. 마을 사람들은 두려운 나머지 그를 몰래 훔쳐보고 벼랑 위에 있는 감옥을 멀리서 올려다볼 뿐이었죠. 하루 일을 마치고 저녁에 샘터에 모여 수다를 떨 때면 모두 감옥 쪽을 쳐다보았어요. 원래는 다들 역참을 바라봤는데 이제는 감옥을 보게 된 거죠. 사내가 사형 선고를 받았지만 실제로 처형되지는 않을 거라는 소문이 돌았어요. 아들이 죽는 바람에 제정신이 아니어서 그랬다는 탄원서가 파리에 도착했다고 하더군요. 심지어 왕에게도 탄원서를 제출했다는 말도 돌았어요. 사실인지 아닌지 어떻게 알겠어요? 가능하기는 하니까요. 그럴 수도 있고 아닐 수도 있겠죠."

"내가 말해주지, 자크." 자크 1호가 정색을 하고 끼어들었다. "탄원서는 왕과 왕비에게 전해졌어. 당신 빼고 여기 있는 사람들은 모두 왕이 왕비와 나란히 앉아 마차를 타고 가다가 탄원서를 받는 것을 보았지. 탄원서를 쥐고 목숨을 걸고 마차 앞으로 뛰어든 사람이 바로 여기 있는 드파르주였네."

"내 말도 들어보게, 자크." 음식과 술도 아닌 무언가에 굶주린 듯 코와 입 주변을 탐욕스럽게 계속 문질러대던 자크 3호가 무릎을 꿇으며 말했다. "근위병이 이 탄원자를 에워싸고 말발굽과 구둣발로 정신없이 걷어찼다네. 알아듣겠는가?"

"그럼요."

"이제 하던 이야기를 계속하게." 드파르주가 말했다.

시골뜨기가 다시 이야기를 시작했다. "하지만 샘터에는 이렇게 수군대는 사람들도 있었어요. 바로 이 마을에서 처형하려고 사내를 끌고 왔고 틀림없이 처형당할 거라고 말입니다.

심지어 그가 후작을 죽였고, 후작은 농노의 아버지 격이니까 소작인에게는 존속살인죄가 선고될 것이라고도 말했어요. 어떤 영감은 이렇게 말하더군요. 사내의 오른손에 칼을 쥐게 한 뒤에 산 채로 불태우고, 팔과 가슴과 다리에 상처를 내서 펄펄 끓는 기름, 납, 송진, 밀랍, 유황을 그 상처에 붓고, 마지막으로 힘센 말 네 마리에 사지를 각각 묶어 찢어 죽인다고요. 영감은 선왕인 루이 15세를 죽이려 했던 죄수가 실제로 그렇게 처형됐다고 말했어요. 하지만 그 말이 사실인지 아닌지 어떻게 알겠어요? 제가 배운 사람도 아니고 말이죠."

무언가에 굶주려 초조한 듯 잠시도 손을 가만두지 않던 남자가 말했다. "내 말을 잘 듣게, 자크! 그렇게 처형된 죄수의 이름은 다미앵이었어. 벌건 대낮에 파리 시내 한복판에서 말한 대로 처형당했지. 넓은 공터에 구름떼처럼 몰린 구경꾼들 사이에서 누구보다 가장 열성적으로 끝까지 처형을 구경한 사람들은 다름 아닌 근사하게 차려입은 귀족 부인들이었다네. 처형은 날이 저물 때까지 계속되었고, 죄수는 두 다리와 한쪽 팔을 잃고도 숨이 계속 붙어 있었지 뭔가! 그 일이 일어난 때가, 그러니까, 자네가 지금 몇 살이지?"

"서른다섯입니다." 예순은 족히 되어 보이는 도로 수리공이 대답했다.

"자네가 열 살쯤 되었을 때군. 아마 보았을 수도 있겠네."

"그 이야기는 그만하게." 드파르주가 더는 참을 수 없었는지 짜증을 내며 외쳤다. "악마여, 영원할지니! 자, 계속해 보게."

"뭐, 각자 말은 달라도 결국은 다 같은 이야기였어요. 심지어 샘물도 사람들 말소리에 장단을 맞추며 흘러갔죠. 결국 어느 일요일 밤, 마을 사람들이 모두 잠들어 있을 대 군인들이 감옥 바깥으로 나왔어요. 좁은 도로 바닥에서 총이 부딪치는 소리가 났죠. 인부가 땅을 파고 망치를 두들기는 소리가 들렸고, 군인들의 웃음소리와 노랫소리도 들렸어요. 아침에 샘터에 나가보니 12미터나 되는 교수대가 세워져 있더라고요. 그때부터 샘터 물은 오염되어 먹을 수가 없었습니다."

도로 수리공은 어딘가 하늘 높이 세워진 교수대를 올려다보라는 듯 낮은 천장을 손으로 가리켰다.

"마을 사람들이 모두 일손을 멈추고 모여들었어요. 일하기 위해 소를 끌고 자리를 뜨는 사람이 없었으니 소들도 그 자리에서 처형을 지켜봤죠. 정오가 되자 북소리가 울려 퍼졌어요. 밤에 군인들이 죄수를 데리러 감옥으로 돌아갔었는지 많은 군인에 둘러싸여 사내가 끌려왔습니다. 예전처럼 양팔이 묶여 있었고 이번에는 입에 재갈도 물려 있었는데 너무 세게 묶어서 입 꼬리가 올라가는 바람에 마치 웃는 것처럼 보이더라고요." 도로 수리공은 양 엄지로 입꼬리를 귀까지 잡아당기며 사내의 모습을 흉내 냈다. "교수대 꼭대기에는 칼날이 위로 향하고 칼끝이 하늘을 찌르도록 칼이 꽂혀 있었어요. 결국 사내는 12미터 높이의 교수대에 매달렸고, 이후에도 계속 매달려 있었어요. 샘물도 못 쓰게 되었고요."

도로 수리공은 그 광경을 떠올리자 식은땀이 나는지 푸른색 모자로 얼굴을 훔쳤고, 옆에 있던 사람들은 서로 바라보았다.

"정말 끔찍했죠. 여자들과 아이들이 어떻게 샘터에서 물을 길을 수 있겠어요! 누가 밤에 그 그림자 밑에서 수다를 떨 수 있겠어요! 그 그림자 밑에서 말입니다! 제가 말했던가요? 월요일 해 질 무렵 마을을 떠나면서 언덕에서 돌아보니, 교수대에 매달린 사내의 그림자가 교회와 방앗간과 감옥을 가로질러 하늘이 맞닿는 땅 끝까지 뻗어 있더라니까요!"

굶주린 남자가 다른 세 사람을 쳐다보며 손가락을 잘근잘근 씹었고, 무언가를 갈망하듯 손가락을 파르르 떨었다.

"제가 아는 것은 여기까지입니다. 저는 시킨 대로 해 질 무렵 마을을 떠났고, 그날 저녁과 다음 날 오후까지 쉬지 않고 걸어서 약속한 대로 드파르주 씨를 만났어요. 그리고 어제 한 나절하고도 밤새 함께 말도 타고 걷기도 하면서 이곳에 도착했고, 지금 여기서 여러분을 만나게 된 겁니다!"

잠시 무거운 침묵이 흐르고 자크 1호가 말했다. "아주 좋아! 자네 언행이 믿을 만하군. 바깥에서 잠시 기다려주겠나?"

"네, 그러고말고요." 도로 수리공이 대답했다. 드파르주는 그를 밖으로 데려가 계단 꼭대기에 앉혀놓고 방으로 돌아왔다. 세 사람은 일어서서 머리를 맞대고 있었다.

"자네는 어쩌겠나, 자크. 기록해야겠지?" 자크 1호가 물었다.

"파멸할 운명이라고 기록해야지." 드파르주가 대답했다.

"훌륭해!" 굶주린 사내가 거친 목소리로 환호했다.

"저택과 일족을 모두?" 자크 1호가 물었다.

"전부 몰살해야지." 드파르주가 말했다.

"훌륭하군, 훌륭해!" 굶주린 남자는 기쁨에 넘치는 목소리로 그의 말을 따라 하면서 다른 손가락을 잘근잘근 씹기 시작했다.

자크 2호가 드파르주에게 물었다. "이런 식으로 계속 기록해도 나중에 탈이 없겠나? 물론 우리 말고는 아무도 해독하지 못할 테니 두말할 필요도 없이 안전하겠지만 말일세. 과연 우리가 앞으로도 그것을 늘 해독할 수 있을까? 아니, 이렇게 물어보세. 자네 부인이 계속 그 일을 할 수 있겠나?"

드파르주가 몸을 펴며 말했다. "이보게 자크, 내 아내는 머리로만 기억해도 단어 하나, 철자 하나 까먹지 않을 사람일세. 하물며 본인만 아는 기호를 자기만의 방식으로 한 땀씩 뜨개질을 하니 그것만큼 확실하고 명확한 방법이 어디 있겠나? 내 아내를 믿어보게. 그녀가 새겨 넣은 기록에서 이름이나 죄목의 철자 하나를 지우느니 차라리 약해빠진 겁쟁이가 스스로 목숨을 끊는 편이 더 쉬울 걸세."

다들 만족해하며 맞장구를 쳤고 굶주린 자가 물었다. "저 시골뜨기는 곧 돌려보낼 건가? 나는 그랬으면 좋겠네. 너무 단순해서 위험하지 않겠나?"

드파르주가 대답했다. "저 사내는 아무것도 몰라. 자칫하면 자기도 높디높은 교수대에 매달릴 수 있다는 것 정도는 알겠지만 말일세. 내가 알아서 처리할 테니 나한테 맡기게. 적당히 돌봐주다가 보내버리겠네. 왕이니 여왕이니 궁궐이니, 상류층이 사는 세상을 구경하고 싶어 하니 일요일에 구경시켜줘야겠어."

굶주린 자가 눈을 크게 뜨며 외쳤다. "뭐라고? 왕족이나 귀족을 보고 싶어 한다니, 그래도 괜찮다는 건가?"

드파르주가 대답했다. "이봐. 고양이에게 갈증을 느끼게 하고 싶으면 먼저 우유를 보여줘야 하는 법이거든. 개도 마찬가지야. 언젠가 사냥감을 물어오기를 바란다면 야생의 사냥감을 먼저 보여줘야 하지. 그것이 현명한 처사일세."

대화는 거기서 끝났다. 계단 꼭대기에서 꾸벅꾸벅 졸고 있던 도로 수리공은 지푸라기로 만든 침대에 누워 쉬라는 권유를 받자마자 곯아떨어졌다.

시골에서 올라온 노예나 다름없는 도로 수리공이 파리에서 묵을 만한 장소로는 드파르주의 술집보다 훨씬 누추한 곳도 허다했다. 도로 수리공은 드파르주 부인이 딱히 이유 없이 두려워서 늘 마음을 졸였지만, 그 점 말고는 이곳 생활이 매우 신선하고 마음에 들었다. 하지만 부인은 그가 술집에 머무르는 진짜 이유를 모르는 척하기로 단단히 마음을 먹었는지 온종일 카운터에 앉아 대놓고 그를 무시했다. 그 탓에 도로 수리공은 부인이 눈에 띌 때마다 나막신이 달그락거릴 정도로 몸을 덜덜 떨었다. 그리고 부인이 다음번에는 또 무슨 척을 할지 알 수 없다고 속으로 투덜댔다. 그가 사슴을 죽이고 가죽을 벗기는 것을 보았다고 부인이 그 화려하게 장식한 머리로 상상하기 시작하면, 부인은 그것이 현실이 될 때까지 끈질기게 뒤쫓고도 남을 사람으로 보였다.

그래서 베르사유에 가기로 한 일요일에 드파르주 부인이

동행한다는 소식을 들은 도로 수리공은 겉으로는 기쁘다고 말했지만 실은 전혀 그렇지 않았다. 게다가 부인이 공공 마차를 타고 가면서 줄곧 뜨개질을 하자 매우 당혹스러웠다. 오후에 왕궁 마차 행렬을 기다리는 군중에 끼어서도 여전히 뜨개질을 멈추지 않는 부인을 보고 있자니 마음이 더욱 심란했다.

"정말 뜨개질을 열심히 하시는군요, 부인." 옆에 있던 어떤 남자가 말을 걸었다.

"네. 할 일이 꽤 많아서요." 드파르주 부인이 대답했다.

"무엇을 뜨고 계신 거죠?"

"이런저런 거요."

"예를 들면요?"

"수의 같은 거죠." 드파르주 부인이 태연하게 대답했다.

그 대답에 움찔 놀란 남자는 멀찍이 자리를 옮겼고 도로 수리공은 숨이 막힐 듯 갑갑해서 푸른색 모자를 벗어 들고 부채질을 해댔다. 왕과 왕비를 보는 것으로 기분이 나아질 수 있다면, 행렬이 가까워지고 있었으므로 그나마 운이 좋은 거였다. 곧 얼굴이 큼직한 왕과 얼굴이 아름다운 왕비가, 눈부시게 치장하고 한껏 웃음을 머금은 귀부인과 근사한 귀족 무리를 거느리고 황금 마차를 타고 나타났다. 보석과 비단옷으로 몸을 휘감고 얼굴에 분칠을 한 화려한 차림새, 우아하면서도 거만한 태도, 수려하면서도 오만한 표정을 짓는 남녀를 바라보자 도로 수리공은 순간의 격정을 이기지 못하고 울부짖었다. "국왕 폐하 만세! 왕비 마마 만세! 세상만사 만세!"라고 온 나라에 자크가 퍼져 있다는 사실을 전혀 모르는 사람처럼 외쳐댔다. 뒤이어 정원이며 안뜰이며 테라스, 샘터, 풀이 우거진 제방에서 "국왕 폐하 만세! 왕비 만만세! 귀족 만세! 귀부인 만세! 세상만사 만세!"라고 외치는 소리가 들려오자 도로 수리공은 감정을 주체하지 못하고 흐느꼈다. 그는 행렬이 이어지는 세 시간 내내 고래고래 소리치고 흐느끼며 동지들과 얼싸안았다. 드파르주는 도로 수리공이 일시적으로 열광해서 느닷없이 뛰어들어 난동을 부리지 않도록 그의 멱살을 틀어쥐고 있어야 했다.

소동이 끝나자 드파르주는 보호자라도 되는 듯 도로 수리공의 등을 토닥였다. "훌륭해! 잘했어!"

그제야 정신을 차린 도로 수리공은 자신이 방금 실수를 저지른 건 아닌지 걱정했지만 괜찮은 것 같았다.

"자네야말로 우리가 찾던 사람이네." 드파르주가 그의 귓가에 속삭였다. "자네 덕분에 저 멍청이들은 지금의 영광을 앞으로도 영원히 누릴 거라고 믿겠지. 저들이 기고만장할수록 종말을 앞당기는 거라네."

도로 수리공은 자신이 외친 말들을 곱씹어보며 말했다. "아! 맞아요. 그렇군요."

"저 멍청이들은 아무것도 몰라. 자네의 목숨 따위는 하찮게 여겨서 영영 숨통을 끊어놓을 수도 있어. 자네만이 아닐세. 수많은 사람의 목숨을 자기 집에서 기르는 개나 말보다 더 하찮게 여기지. 그러면서 직접 귓구멍에 대고 해주는 말만 알아듣는다네. 저들을 조금만 더 속게 놔두세. 어차피 오래가진 않을 테니까 말이네."

드파르주 부인은 오만한 태도로 도로 수리공을 바라보면서 남편의 말에 고개를 끄덕였다.

부인이 말했다. "당신은 볼거리만 있으면 무턱대고 소리를 지르고 울고 불어서 시끄러운 구경거리를 만드는군요, 안 그래요?"

"맞습니다, 부인. 저도 잠깐이지만 그렇다고 생각했어요."

"산더미처럼 쌓인 인형을 보여주면서 마음 내키는 대로 망가뜨리고 뜯어 가지라고 하면 가장 비싸고 화려한 인형을 제일 먼저 집을 테죠, 안 그래요?"

"그럼요, 부인."

"날지 못하는 새 한 무리를 주고 마음 내키는 대로 깃털을 뽑아 가지라고 하면, 가장 아름다운 새부터 공격할 테죠, 안 그래요?"

"맞습니다, 부인."

"오늘 당신은 그 인형과 새들을 모두 보았어요." 드파르주 부인은 행렬이 마지막으로 남아 있던 자리를 향해 손을 흔들며 말했다. "자, 이제 그만 돌아갑시다."

16장

계속되는 뜨개질

　드파르주 부부는 생앙투안 중심부에 있는 집으로 단란하게 돌아갔다. 그동안 푸른색 모자를 쓴 초라한 사내는 흙먼지 이는 어두컴컴한 밤을 뚫고, 몇 마일은 족히 되는 도시의 갓길을 지나 나침반이 가리키는 장소로 천천히 향하고 있었다. 목적지는 죽은 후작의 대저택으로, 나무들이 바람에 흔들리며 소곤대는 곳이었다. 얼굴 모양 석상은 나무들이 속삭이고 분수가 물을 흩뿌리는 소리를 들으며 안식에 젖어 있었다. 이따금 가난한 마을 농부들이 끼니를 때울 약초나 땔감용 나뭇가지를 주우러 왔다가, 웅장한 석상이 가득한 안뜰과 테라스 계단에 홀려 서성대기도 했다. 자기들이 너무 굶주리다 못해 조각상의 표정이 달라지는 환상이 보인다고 생각했다. 하지만 마을에 떠도는, 주민들의 생계만큼이나 미약하고 공허한 소문에 따르면 그것은 환상이 아니었다. 후작이 칼에 찔려 목숨을 잃자 조각상들의 긍지 넘치던 표정이 분노와 고통에 일그러진 표정으로 바뀌었고, 분수에서 십여 미터 위로 살인자의 목이 매달리자 원수를 다 갚았다는 듯 잔혹한 표정으로 변하더니 영원히 그대로 굳어버렸다는 소문이 돌았다. 더군다나 살인이 벌어졌던 침실의 창문 너머에 있는 조각상에도 큰 이변이 일어났다. 코 부분에 예전에는 없었던 날카로운 상처 두 개가 누구나 알아볼 수 있도록 선명하게 생긴 것이다. 조각상이 된 후작을 엿보기 위해 남루한 옷차림의 소작농들이 군중들 틈에서 빠져나오는 경우도 뜸하게 있었지만, 채 일 분도 견디지 못하고 이끼와 나뭇잎을 헤치며 토끼처럼 줄행랑을 치기 일쑤였다. 사실 그들보다는 안뜰에 사는 토끼들이 더 잘 먹고 잘 살긴 했다.

대저택과 오두막, 얼굴 석상과 대롱대롱 매달린 시체, 석조 바닥에 묻은 붉은 얼룩과 마을 우물에 담긴 깨끗한 물, 몇 천 에이커를 뻗은 토지, 프랑스의 한 지방 그리고 프랑스 전체가 밤하늘 아래 누워 있었다. 이 모두는 인류의 역사를 엮는 머리카락처럼 가는 선이나 다름없었다. 마찬가지로 천하건 고귀하건 상관없이 반짝이는 별빛 아래에 만물이 누워 있었다. 한낱 인간이 지닌 지식으로도 한 줄기 빛을 쪼개 입자를 분석해낼 수 있으니, 인간보다 더 큰 존재라면 우리가 사는 땅의 미미한 빛만 보고도 만물의 생각과 행동, 선악을 읽어낼 수 있지 않겠는가?

별빛을 받으며 드파르주 부부는 덜컹거리는 공공 마차를 타고, 목적지에 도달하기 위해서는 으레 통과해야만 하는 파리의 관문으로 향했다. 평소처럼 마차가 검문소 앞에 멈추자 객실로 등불이 불쑥 들어와 사람들의 얼굴을 스윽 훑었다. 군인 한두 명과 경찰 한 명의 얼굴을 알아본 드파르주가 마차에서 내렸고, 경찰과 꽤 친한 사이인지 정답게 껴안았다.

드파르주 부부는 생앙투안의 잿빛 날개 품으로 무사히 돌아왔다. 부부는 마을 입구에 도착하자 마차에서 내려 거무튀튀한 진흙과 음식 쓰레기가 널브러진 길 위를 조심조심 걸었다. 드파르주 부인이 남편에게 물었다.

"이제 말해봐. 경찰 자크가 뭐래?"

"오늘 밤에는 쓸 만한 정보가 별로 없었어. 하지만 아는 건 전부 말해주더군. 우리 구역에 첩자가 한 명 더 들어왔대. 몇 명이 더 있을지 모르지만 얼굴을 아는 건 한 명뿐이래."

"오, 그렇다면야!" 드파르주 부인이 눈썹을 치켜뜨며 사뭇 진지한 태도로 냉정하게 말했다. "그자도 반드시 기록해둬야 겠군. 어떤 사람이래?"

"영국인이래."

"알아보기가 훨씬 수월하겠네. 이름은?"

"바사드라더군." 드파르주가 프랑스 발음으로 말하면서 정확히 소리 내려고 몹시 신경 썼으므로 이름이 아주 또렷하게 들렸다.

"바사드라. 알았어. 성 말고 이름은?" 드파르주 부인이 물었다.

"존."

"존 바사드." 드파르주 부인은 혼잣말로 이름을 중얼거리고는 다시 한 번 소리 내어 말했다. "생김새는 어떻대?"

"나이는 마흔 살 정도이고 키는 175센티미터가량이라더군. 검은 머리에 피부가 까무잡잡한 미남형이래. 눈동자는 짙은 색이고, 얼굴이 길고 갸름한데 안색이 안 좋아 보인다나 봐. 왼쪽으로 휜 매부리코라서 인상이 음험하다더군."

드파르주 부인이 큰소리로 웃으며 말했다. "어머나, 꼭 초상화를 보는 것 같네! 그 사람, 내일 기록해야겠어."

부부는 자정이 넘어서 이미 문을 닫은 술집으로 돌아왔다. 드파르주 부인은 재빨리 책상에 앉아 우편물을 확인하고, 자리를 비운 동안 들어온 돈 몇 푼을 세고 난 뒤 재고와 장부를 확인하고 나서 장부를 새로 작성했다. 그러고는 술집 종업원을 세워놓고 시시콜콜 검사를 한 후에야 잠자리로 돌려보냈다. 부인은 밤새 안전하게 보관할 수 있도록 돈을 통에서 다시 꺼내 여러 번 매듭을 지어가며 손수건으로 싸맸다. 그동안 드파르주는 파이프를 물고 왔다 갔다 하면서 감탄하는 눈빛으로 아내를 바라보았지만 끼어들어 일을 돕지는 않았다. 사실 그는 바깥일이든 집안일이든 평생 왔다 갔다 하면서 지켜보기만 했다.

후텁지근한 밤이었다. 게다가 악취가 지독한 동네에서 문을 꽁꽁 닫고 있는 술집이니 역겨운 냄새가 날 수밖에 없었다. 드파르주는 후각이 몹시 둔했는데도 쌓아놓은 포도주니 럼이니 브랜디니, 아니스 열매 술까지 그 향이 여느 때보다 진하게 느껴졌다. 그는 계속 연기가 나는 파이프를 내려놓고 잔뜩 뭉쳐 떠다니는 냄새를 손으로 떨쳐보려 했다.

"당신 지쳤나 봐." 드파르주 부인이 돈을 싸서 묶으며 올려다보았다. "늘 맡던 냄새인데도 유난을 떠는 것을 보니."

"조금 피곤해." 남편이 인정하듯 대답했다.

"약간 우울해 보이기도 하네." 돈을 셀 때에는 그리 강렬해 보이지 않던 부인의 날카로운 두 눈이 남편을 살펴볼 때는 번

뜩였다. "이런, 남자들이란. 쯧쯧."

"그런데, 여보!" 드파르주가 항변했다.

"그런데, 여보!" 부인은 남편의 말을 반복하며 단호히 고개를 끄덕였다. "오늘 밤에는 유난히 기운이 없어 보이네."

"그러게 말야." 드파르주는 속내를 털어놓으며 말했다. "정말 오래 걸리는군."

"오래 걸리다마다." 부인이 남편의 말을 따라 했다. "늘 그렇지 않았었나? 복수와 응징을 하려면 시간이 충분히 필요한 법이거든. 늘 그래왔어."

"번개가 내리칠 때 보면 딱히 오래 걸리지도 않잖아?" 드파르주가 받아쳤다.

"그럼," 부인은 차분하게 따져 물었다. "그 번갯불이 만들어져 모이기까지 시간이 얼마나 걸렸겠어? 생각 좀 해봐."

드파르주는 아내가 무슨 의도로 그렇게 질문했을지 생각하며 슬며시 고개를 들었다.

"지진은 순식간에 마을 하나를 집어삼키지. 그렇다면 그 지진이 만들어지기까지 대체 시간이 얼마나 걸릴까?" 부인이 다시 물었다.

"꽤나 오래 걸리겠지." 드파르주가 대답했다.

"지진이 일어나 앞에 놓인 모든 걸 산산조각 내려면 먼저 준비가 되어야만 하잖아. 설령 보이지 않고 들리지 않더라도 때가 무르익을 때까지 준비를 하고 있단 말이지. 그걸 위안으로 삼고, 하던 대로 계속하라고."

그녀는 눈을 깜박거리며 마치 적의 목을 조르듯 손수건의 매듭을 꽉 묶었다.

부인은 오른손을 내밀며 힘주어 말했다. "한마디 해둘게. 시간이 오래 걸리긴 해도 우린 이미 길을 떠났고 걸어가는 중이야. 물러서서도 멈춰서도 안 돼. 꾸준히 나아갈 수 있을 뿐이지. 주위를 둘러봐. 우리가 알고 있는 세상 사람들의 얼굴과 그 삶을 떠올려보라고. 매 시간 들끓어 오르는 자크들의 분노와 불만의 목소리를 들어보란 말이지. 이런 상태가 오래갈 수 있을 거라고 생각해? 하! 천만에."

드파르주는 선생님 앞에서 고분고분하게 말 잘 듣는 순한 학생처럼 고개를 살짝 숙이고 뒷짐을 진 채 부인 앞에 서 있었다. "우리 마누라는 참 겁도 없네. 내가 그 모든 일에 의심을 품는 건 아니야. 하지만 너무 오래 걸리니까 하는 말이지. 당신도 알겠지만 그럴 수도 있잖아. 우리가 살아 있는 동안 그날이 오지 않을 수도 있잖아."

"아니, 이 양반이! 어떻게 그런 말을 내뱉어?" 부인은 또다시 적의 목을 조르듯 매듭을 묶으며 따져 물었다.

"뭐, 승리를 직접 눈으로 볼 수 없을 수도 있단 이야기지." 드파르주는 겸연쩍기도 하고 불만스럽기도 해서 어깨를 으쓱하며 투덜댔다.

드파르주 부인은 단호하게 팔을 뻗으며 말했다. "그래도 승리를 쟁취하도록 도와야만 해. 우리가 하고 있는 일은 결코 헛되지 않아. 나는 승리의 날을 맞이할 수 있다고 믿어. 그럴 리는 없겠지만 혹 승리를 보지 못하더라도, 설사 그럴 것을 알게 되더라도, 포악한 귀족의 모가지가 눈에 띄기만 하면 기필코……"

부인은 치를 떨며 매듭을 있는 힘껏 조였다.

"그만, 됐어!" 드파르주는 비겁한 사람으로 몰리는 기분이 들었는지 얼굴을 붉히며 언성을 높였다. "나도 마찬가지야, 여보. 사생결단을 내고 말겠어."

"그럼 그래야지! 하지만 당신은 나약해서 탈이야. 희생자의 모습을 직접 보거나 확실한 기회가 찾아와야 싸울 마음을 먹으니까. 그렇지 않더라도 꿋꿋하게 버틸 줄 알아야지. 그러다가 때가 되면 호랑이와 악마를 풀어버리는 거지. 하지만 만반의 준비가 끝나기 전에는 호랑이와 악마를 묶어서 숨겨두고 때를 기다려야 해."

드파르주 부인은 좁은 카운터를 박살 내기라도 하려는 듯

돈뭉치로 호되게 내리치며, 마지막 말에 힘을 주었다. 그러더니 태연하게 두툼한 손수건을 들어 옆구리에 끼고는 이제 그만 자러 가자고 말했다.

이튿날 정오 무렵 드파르주 부인은 가게에서 늘 앉던 자리에 앉아 부지런히 뜨개질을 하고 있었다. 옆에는 장미 한 송이가 놓여 있었고, 이따금씩 장미꽃을 흘끔거리는 것 말고는 평소와 별반 다르지 않았다. 가게에는 손님들이 띄엄띄엄 앉아 있었다. 선 채로 또는 앉아서 술을 마시는 사람도 있고 마시지 않는 사람도 있었다. 무더운 날씨가 기승을 부리는 가운데 부인 근처에 놓인 끈적이에는 작은 포도주 잔에 끌려 집요하게 달려들다가 결국 죽음을 맞이한 파리 떼 시체가 바닥에 수북했다. 파리들은 바닥에 떨어진 종족의 시체를 냉담하게 쳐다볼 뿐 마치 자신들이 코끼리나 전혀 다른 존재인 양 종족의 죽음쯤은 알 바 아니라는 듯 윙윙거리며 날아다니다 결국 같은 운명을 맞았다. 그 모습이 어찌나 어리석은지 한심하기 그지없었다. 화창한 여름날을 즐기고 있을 궁정의 무리들도 어쩌면 같은 생각을 하지 않았을까?

이때 한 사람이 가게 문을 열고 들어왔고 드파르주 부인은 자신에게 드리운 그림자만 보고도 타지 사람임을 직감했다. 낯선 사람의 생김새를 살피기 전에 우선 뜨개질 거리를 내려놓고 머릿수건에 장미를 꽂았다.

그러자 희한한 일이 벌어졌다. 드파르주 부인이 장미를 집어 들자 가게에 있던 손님들이 떠들다 말고 하나둘 자리를 뜨기 시작했다.

"안녕하십니까, 부인." 낯선 사람이 인사를 건넸다.

"어서 오세요."

드파르주 부인은 목소리를 높여 대답하고는 다시 뜨개질을 시작하며 속으로 생각했다. '하! 안녕하냐고? 어디 보자. 나이는 마흔쯤 되어 보이고 키는 175센티미터가량, 검은 머리에 미남, 까무잡잡한 피부, 짙은 눈동자에 길고 갸름하면서 안색이 창백한 얼굴, 왼쪽으로 휜 매부리코 때문에 음험해 보이는 인상! 안녕하다마다. 하나도 빠지지 않고 딱 맞아떨어지는군!'

"부인, 작은 잔에 진한 코냑하고 냉수 한 잔 주시죠."

드파르주 부인은 친절한 몸짓으로 마실 것을 대접했다.

"코냑 맛이 기가 막히네요!"

이런 찬사는 처음이었지만 부인은 그 밑에 가려진 속셈을 환히 꿰고 있었다. 그래도 자기네 코냑에 그러한 칭찬은 과분하다면서 뜨개질을 시작했다. 손님은 그녀가 뜨개질하는 모습을 잠시 지켜보다가 이따금씩 가게를 두루 살폈다.

"뜨개질 솜씨가 대단하시네요, 부인."

"손에 익어서 그래요."

"무늬도 참 예쁘군요."

"정말요?" 부인은 그를 향해 미소 지으며 대답했다.

"그럼요. 그런데 무엇을 짜고 있는지 여쭤도 될까요?"

"소일 삼아 만드는 거예요." 부인은 능숙한 솜씨로 손을 놀리며 여전히 미소를 띤 채 손님을 바라보며 대답했다.

"딱히 쓸 데가 있는 건 아닌가 보죠?"

"글쎄요, 언젠가는 쓸모가 있겠죠. 그때가 되면, 음……." 부인은 잠시 숨을 들이마시더니 교태를 섞어 고개를 끄덕이며 말했다. "반드시 써야죠!"

이상했다. 아무래도 머릿수건에 장미를 꽂은 드파르주 부인의 모습이 생앙투안의 분위기와는 영 어울리지 않는 듯했다. 사내 둘이 따로 들어와 술을 시키려다 부인의 생소한 차림을 눈치채고는 주춤거리면서 있지도 않은 일행을 찾는 척 두리번거리다가 훌쩍 나가버렸다. 낯선 손님이 들어오고 난 뒤로 가게에 있던 손님들도 하나둘씩 자리를 뜨더니 하나 남은 손님마저도 떠났다. 어느새 가게가 텅 비었다. 낯선 손님으로 가장한 첩자는 눈을 부릅뜨고 계속 지켜봤지만 아무 낌새도 알아차리지 못했다. 하나같이 행색이 몹시 초라했던 손

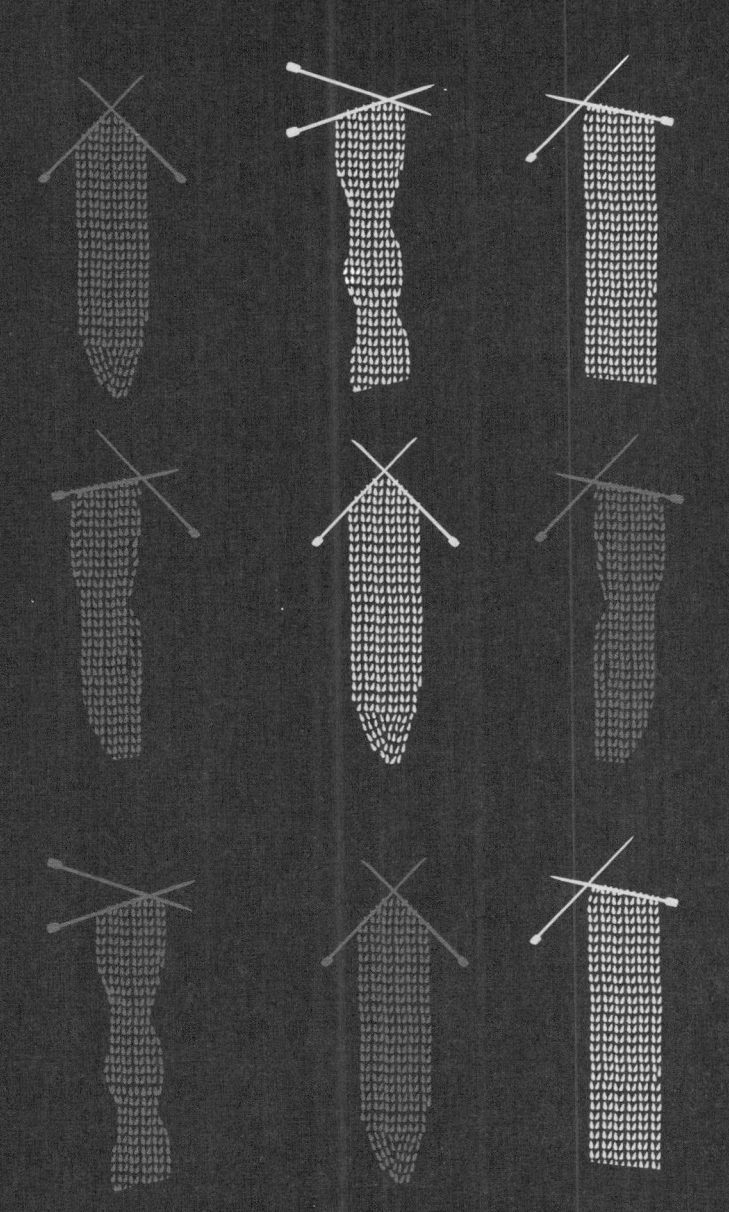

님들은 일 없이 공연히 가게 안을 서성대다가 우연인 듯 아주 자연스레 감쪽같이 모습을 감췄다.

'존, 오래 머물러. 네가 나가기 전에 '바사드'라는 네 놈 이름을 떠줄 테니.' 부인은 마음속으로 중얼거리며 뜨고 있는 무늬를 확인하고 나서 낯선 손님에게 시선을 돌렸다.

"부인, 남편은 있으세요?"

"그럼요."

"아이는요?"

"없어요."

"장사가 잘 안 되나 봅니다."

"먹고살기 힘들죠. 다들 너무 가난하니까요."

"아, 하나같이 처지가 딱하고 안됐죠. 게다가 부인 말씀대로 탄압도 거세지니 원."

"아니, 제 말이 아니라 손님 말씀대로겠죠." 부인은 그의 말을 바로잡아 반박하고는, 해를 미칠 만한 표식을 이름 안에 교묘하게 짜 넣었다.

"아이고, 죄송합니다. 제가 그렇게 말하기는 했지만 부인도 당연히 그렇게 생각하시겠죠?"

"내 팔자에 생각은 무슨 생각이요!" 부인의 목소리가 한껏 높아졌다. "바깥양반이나 나나 가게를 꾸려가기도 힘들어 죽을 지경인데 생각할 겨를이 어디 있겠어요. 그저 어떻게 먹고 살지 궁리할 뿐이지요. 아침저녁으로 먹고살 걱정에 매여 있느라 바빠서 남들 사정 따위에 신경 쓸 겨를이 없다고요. 내 주제에 무슨 수로 다른 사람들 처지를 생각하겠어요? 어림도 없죠."

어떻게든 하찮은 단서라도 건지려고 찾아왔던 첩자는 험악한 얼굴에 당황한 표정이 드러나지 않도록 조심했다. 그는 드파르주 부인의 좁은 카운터에 팔꿈치를 기대고 서서 코냑을 홀짝거리며 은근슬쩍 이야기를 꺼냈다.

"참으로 안됐어요, 부인. 가스파르가 처형된 일 말입니다. 참 불쌍하기도 하죠!" 그는 동정심을 토해내듯 한숨을 쉬었다.

부인은 대수롭지 않다는 말투로 쌀쌀맞게 대답했다. "아뇨! 그런 목적으로 칼을 휘두르는 자들은 반드시 대가를 치러야 해요. 가스파르는 자신이 어떤 대가를 치러야 할지 이미 알고 있었어요. 그리고 그 대가를 치른 거죠."

"내가 알기로는," 첩자는 비밀을 털어놓듯 나지막이 속삭였다. 사악한 그의 얼굴에는 마치 부인의 말에 마음을 다친 감상적인 혁명가라도 된 것 같은 표정이 번졌다. "그 가엾은 친구가 처형된 데에 연민과 분노를 느끼는 사람들이 이 동네에 꽤 있다던데요. 그냥 우리끼리 하는 말이지만요."

"아, 그래요?" 부인이 건성으로 대꾸했다.

"그렇지 않은가요?"

"저기 우리 바깥양반이 들어오네요!" 부인이 말했다.

가게 주인이 문을 열고 들어오자, 첩자는 모자에 손을 대고 씩 웃으며 인사했다. "안녕하시오, 자크!" 드파르주는 멈칫하며 사내를 쳐다보았다.

"안녕하시오, 자크!" 첩자는 인사를 다시 건넸다. 방금 전의 자신감이 조금 사라진 것 같기도 했고, 자신을 뚫어져라 쳐다보는 주인의 시선에 미소를 짓기도 무안한 듯 보였다.

드파르주가 말문을 열었다. "손님, 뭔가 착각을 하셨군요. 저를 다른 사람으로 잘못 보셨나 봅니다. 저는 자크가 아니라 에르네스트 드파르주라고 합니다."

"이름이 대수인가요." 첩자는 아무렇지 않은 듯 대답했지만 당황한 기색이 역력했다. "어쨌든 안녕하십니까!"

"안녕하쇼." 드파르주가 퉁명스럽게 대꾸했다.

"부인과 한창 대화를 하던 중이었습니다. 왜 그러지 않겠습니까만, 사람들 말로는 이곳 생앙투안 사람들 대다수가 불운한 가스파르가 처형당한 일에 연민과 분노를 느끼고 있다더군요."

"금시초문인데요. 전혀 모르는 일이오." 드파르주가 고개를 저으며 말했다.

그러더니 그는 좁은 카운터 뒤편으로 걸어가 아내가 앉은 의자 등받이에 손을 얹고 서서 카운터 너머로 첩자를 바라보았다. 적개심을 품은 부부는 첩자를 마주하며 회심의 한 방을 날릴 기회를 엿봤다.

첩자는 능수능란하게 애써 태연한 척했지만 당황한 듯 잔에 담긴 코냑을 단숨에 들이켜고 냉수를 한 모금 삼키더니 코냑을 한 잔 더 주문했다. 드파르주 부인은 그에게 코냑을 따라주고 나서 다시 뜨개질감을 손에 쥐고 콧노래를 흥얼거렸다.

"이 마을 사정에 훤한가 봅니다. 나보다 더 잘 아는 모양인데?" 드파르주가 말을 꺼냈다.

"무슨 말씀을요. 알고 싶기는 하죠. 불쌍한 동네 주민들에게 관심이 많아서요."

"그러세요!" 드파르주가 중얼거렸다.

"드파르주 씨, 당신과 이렇게 담소를 나누다 보니 한 가지 생각나는 게 있습니다." 첩자는 말을 이어갔다. "운 좋게도 당신이 연루된 흥미로운 사연을 알고 있어요."

"그렇소?" 드파르주는 무심하게 대답했다.

"예, 그렇습니다. 마네트 박사가 풀려났을 때 옛 하인이었던 당신이 박사를 보살폈죠? 당신이 박사를 데려왔고요. 제가 정황을 꽤 잘 알고 있지 않나요?"

"그런 것들이야 기정사실인데요, 뭘." 드파르주가 대답했다. 그러자 흥얼거리며 뜨개질을 하던 부인이 우연인 척 남편을 팔꿈치로 툭 쳐서 신호를 보냈다. 신중하게 대답하되 짧게 하라는 뜻이었다.

첩자가 말했다. "박사의 딸이 당신을 찾아와 박사를 모셔 갔다지요. 갈색 양복을 잘 차려입은 사내와 함께 왔다던데, 그 남자 이름이 뭐였더라? 작은 가발을 쓴⋯⋯. 아! 로리라는 텔슨 은행 직원 말입니다. 그 사람과 함께 와서 박사를 영국으로 모셔갔죠."

"맞아요, 그것도 기정사실이죠." 드파르주가 같은 대답을 했다.

"정말 흥미로운 인연이네요!" 첩자가 말했다. "저도 영국에 있을 때 마네트 박사와 그 따님을 알고 지냈거든요."

"그렇소?" 드파르주가 말했다.

"마네트 부녀의 근황은 전혀 모르십니까?" 첩자가 물었다.

"알 턱이 없지요." 드파르주가 대답했다.

흥얼거리며 뜨개질을 하던 부인이 고개를 들고 대화에 끼어들었다. "아무 소식도 못 들었어요. 무사히 잘 도착했다는 이야기는 들었고, 기억이 가물거리기는 하지만 그 후로 편지를 한두 통 받기는 했어요. 그러고 나서 그분들이 살기 바빠서인지 연락이 뜸해지더군요. 우리도 먹고사느라 바빴고요. 그 후로는 아무 소식을 못 들었습니다."

"그랬군요, 부인." 첩자가 대답했다. "마네트 양이 곧 결혼한다더군요."

"그래요?" 부인이 되물었다. "진작 결혼하고도 남을 만큼 어여쁜 아가씨였지요. 내가 보기에 당신네 영국인들은 좀 냉정한 것 같더군요."

"아! 제가 영국인인 것을 아시네요."

"억양이 그렇잖아요." 부인이 대꾸했다. "그래서 추측했을 뿐이에요."

부인의 말이 칭찬으로 들리지는 않았지만, 첩자는 애써 웃어넘기며 상황을 무마했다. 코냑을 마지막 한 방울까지 다 마신 첩자는 이렇게 덧붙였다.

"그렇군요. 마네트 양이 곧 결혼할 예정이랍니다. 그런데 상대가 영국인이 아니라 마네트 양과 같은 프랑스 출신이래요. 참, 가스파르 말인데요. 아, 불쌍한 가스파르! 정말 너무 잔인하게 죽었어요! 그런데 놀랍게도 루시 양이 결혼할 남자가 가스파르를 그렇게 높이 매달아 죽인 프랑스 후작의 조카라더군요. 그러니까 현재 후작이죠. 하지만 영국에서는 후작의 신분을 숨기고 어머니의 성인 '돌네(D'Aulnais)'를 써서 '찰스 다네이'라는 이름으로 살고 있답니다."

부인은 차분히 뜨개질하는 손을 멈추지 않았지만, 드파르주는 이 소식을 듣고 눈에 띄게 동요했다. 좁은 카운터 뒤로 들어가 뭐라도 해보려고 했지만 성냥을 그어 담배에 불을 붙이는 일조차 쉽지 않았고 불안해서 손을 떨었다. 이 수상한 움직임을 눈치채고 뇌리에 박아두지 않았다면 첩자라 불릴 자격도 없을 것이다.

얼마나 가치가 있을지는 몰라도 어쨌거나 한 건 건졌다고 생각한 첩자는 달리 정보를 얻을 손님도 더 이상 들어오지 않자, 술값을 지불하고는 다시 만나기를 바란다며 정중하게 인사하고 가게를 떠났다. 바사드가 가게를 나서서 아직 생앙투안 외곽을 벗어나지 않은 몇 분 동안, 드파르주 부부는 혹시라도 그가 다시 돌아오진 않을지 걱정되어 조금 전과 똑같은 자세를 유지했다.

"사실일까? 마네트 양 이야기 말이야." 드파르주는 부인이 앉은 의자 등받이에 팔을 걸치고 담배를 피우며 아내를 내려다보았다.

"그 작자가 한 말이니," 부인은 뒤돌아서 눈썹을 약간 치켜뜨고 말했다. "거짓말이겠지. 아냐, 사실일지도 몰라."

"만약 사실이라면……." 드파르주는 무슨 말인가 꺼내려다 입을 다물었다.

"사실이라면?" 부인이 그 말을 받았다.

"그래서 정말 그날이 오고 우리가 사는 동안 승리를 지켜볼 수 있다면, 마네트 양을 위해 운명의 신이 그 남편을 프랑스 밖에 묶어두기를 바랄밖에."

"살 운명이면 살고, 죽을 운명이면 죽겠지. 우리가 할 수 있는 말은 그뿐이야." 드파르주 부인이 평소처럼 침착하게 말했다.

"하지만 참으로 묘하군. 어쨌거나 지금 이 상황은 정말 그렇지 않아?" 드파르주는 부인이 이 말에라도 수긍해주기를 바라는 심정으로 말했다. "우리가 마네트 박사님과 따님을 위해 애썼는데 결국 방금 나간 저 지독한 개자식 이름 옆에 당신 손으로 아가씨의 남편 이름을 올려야 한다니 말이야."

"그날이 오면 훨씬 더한 일도 벌어질걸." 부인이 대답했다. "두 명 모두 명단에 확실히 올렸어. 둘 다 자기가 한 일에 대해 대가를 치러야지. 그러면 된 거야."

드파르주 부인은 뜨개질감을 돌돌 말면서 이렇게 말하고는 머릿수건에 꽂았던 장미를 뺐다. 수상한 장식이 사라졌다는 사실을 본능적으로 눈치챘는지, 그러기를 기다리며 지켜보고 있었는지는 모르지만, 부인이 장미를 빼자마자 가게에 손님들이 들어오기 시작했고 술집은 금세 평소의 모습으로 돌아갔다.

생앙투안이 안팎을 뒤집어 사람들을 밖으로 내놓는 여름 저녁이면 너도나도 문간이나 창가에 앉아 있거나, 바람을 쐬기 위해 더러운 길모퉁이나 마당으로 모여들었다. 그러면 드파르주 부인은 뜨개질감을 들고 이리저리 기웃거리거나 이런저런 무리로 옮겨 다녔다. 일종의 전도사라고나 할까? 그녀와 비슷한 사람들도 아주 많았는데 제대로 된 세상이라면 결코 발붙이지 못했을 부류의 사람들이었다. 여인들은 모두들 뜨개질을 했다. 쓸데없는 짓처럼 보였지만 아무 생각 없이 뜨개질을 하다 보면 먹고 마실 걱정을 잠시나마 잊을 수 있었다. 굶주려서 배가 뒤틀리는 고통에 시달리지 않으려면 턱과 소화기관 대신 앙상한 손가락을 쉬지 않고 놀려야 했다.

끊임없이 손을 움직이는 아낙들의 시선과 생각도 멈추지 않았다. 여러 무리를 옮겨 다니는 드파르주 부인과 이야기를 나누고 나면 아낙들의 시선과 생각도 빨라졌고 손놀림도 격렬해졌다.

드파르주는 가게 문간에 앉아 담배를 태우며 그런 부인을 존경을 담아 바라보았다. "대단한 여자야. 강인하고 위대한 데다가 무섭도록 야심 찬 여장부라니까!"

 어둠이 내려앉고 교회 종소리와 저 멀리 궁에서 군대 북소리가 들려오는 시간까지도 여인들은 모여 앉아 뜨개질을 계속했다. 짙은 어둠이 이들을 에워쌌다. 그리고 그날 밤, 다른 어둠이 다가오고 있었다. 프랑스 전역의 드높은 교회 첨탑에서 울려 퍼지는 청아한 종소리는 천둥 같은 대포 소리에 녹아 버리고, 군대의 북소리가 '힘과 풍요', '자유와 생명'을 부르짖는 함성만큼 간절한 목소리를 덮어버릴* 어둠이 밀려오고 있었다. 끊임없이 뜨개질을 하는 여인들 곁에도 어둠이 바싹 다가왔고, 한창 세워지고 있는 그 구조물에도 어둠이 성큼 다가와, 뜨개질을 계속하며 그곳에서 잘려 떨어지는 머리통을 셀 날도 가까워오고 있었다.

---

* 1793년 1월 21일, 루이 16세가 처형될 때 그의 마지막 말은 북소리에 묻혀버렸다.

17장
어느 달밤

 마네트 부녀가 플라타너스 나무 아래 나란히 앉아 영원히 기억될 시간을 보내던 저녁, 조용한 소호 모퉁이를 물들이는 석양은 여느 때보다 빛났다. 밤이 찾아올 때까지 함께 앉아 있는 부녀의 얼굴을 나뭇잎 사이로 비추고 있는 달빛도, 런던의 밤을 여느 때보다 은은하게 밝혔다.

 내일은 루시가 결혼하는 날이다. 마지막 저녁을 아버지와 함께 보내고 싶은 딸의 바람대로 두 사람은 플라타너스 나무 아래 앉아 있었다.

 "아버지, 행복하세요?"

 "더없이 행복하단다, 애야."

부녀는 그렇게 한참을 말없이 앉아 있었다. 아직 해가 지지 않았으므로 평소처럼 아버지에게 책을 읽어드리거나 일을 할 수도 있었지만, 루시는 아무것도 하지 않았다. 다른 때 같았으면 플라타너스 아래로 찾아가 아버지 곁에서 책을 읽어드리고 일을 하면서 시간을 보냈겠지만 오늘만큼은 평소 같지 않았으므로 그렇게 보낼 수가 없었다.

"저도 오늘 밤 무척 행복해요, 아버지. 하늘의 축복으로 찰스와 서로 사랑할 수 있어서 정말 기뻐요. 하지만 제 결혼으로 아버지에게 소홀해진다거나 아버지와 사이가 멀어지기라도 한다면, 얼마 안 되는 이 길의 거리만큼이라도 멀어진다면 저는 말할 수 없이 불행해질 것이고 저 자신을 원망할 거예요. 지금 이 순간에도……."

이 말을 하면서도 루시는 떨리는 목소리를 가라앉힐 수 없었다.

애처로운 달빛 아래서 루시는 아버지의 목을 끌어안고 가슴팍에 얼굴을 묻었다. 인간의 삶도 해처럼 뜨고 지기에 해가 지고 나서 빛나는 달빛은 늘 그렇듯 슬펐다.

"사랑하는 아버지! 마지막으로 한 번만 더 말씀해주세요. 제게 찾아온 사랑도, 제게 새롭게 주어진 본분도 결코 아버지와 제 사이를 갈라놓지는 못할 거라고요. 저는 그렇지 않을 거라고 확신하는데 아버지도 그러신 거죠? 진심으로 그렇게 믿으시는 거죠?"

마네트 박사는 확신에 찬 진심 어린 목소리로 단호하면서도 유쾌하게 대답했다. "물론이란다, 얘야! 굳게 믿다마다!" 박사는 딸에게 다정하게 입 맞추면서 말을 이었다. "루시, 네가 결혼하면서 내 앞날은 과거 어느 때보다도 밝아졌단다."

"아버지, 정말 그렇다면 얼마나 좋을까요!"

"정말이고말고! 사랑하는 루시, 이렇게 상황이 순리대로 흘러가는 것이 얼마나 자연스럽고 쉬운지 생각해보렴. 젊고 효심이 깊은 너는 내가 느끼는 불안을 온전히 이해하지 못할 게다. 절대 인생을 허비해서는……."

루시가 아버지의 입을 막으려고 손을 뻗자 박사는 그 손을 붙잡고 계속 말했다.

"절대로 인생을 허비해서는 안 된다, 얘야. 아비 때문에 순리를 거스르며 살아서는 안 돼. 너는 배려심이 깊고 모질지 못해서 내가 얼마나 많이 고민했는지 낱낱이 헤아리지는 못할 게다. 하지만 자신에게 물어보렴. 네가 온전히 행복할 수 없는데 난들 어떻게 온전히 행복할 수 있겠니?"

"찰스를 만나지 않았다면 이렇게 되지 않았을 거예요. 아버지와 행복하게 살았을 거예요."

박사는 찰스 없이는 행복하지 않을 것이라고 무심결에 인정하는 딸의 말을 듣고는 빙그레 웃었다.

"루시, 어쨌든 너는 찰스를 만나 사랑에 빠졌잖니? 찰스가 아니었더라도 분명히 누군가를 만났을 게다. 혹시 아무도 못 만난다면 그건 내 불찰이 되었겠지. 내 인생에 드리운 암흑이나 자신은 물론이고 네 앞길에도 어두운 그림자를 드리웠기 때문일 테니까."

박사가 법정이 아닌 곳에서 자신이 겪어온 괴로운 과거를 언급한 건 이번이 처음이었다. 루시는 아버지가 그 시절에 대해 이야기하는 게 무척 생소하다고 느꼈고, 이때의 느낌이 오랫동안 사라지지 않고 마음에 남았다.

"저기를 보거라!" 마네트 박사는 달을 가리키며 말했다. "감옥에서 창문 틈새로 저 달빛을 바라보기가 정말 고통스러웠단다. 저 달이 내가 잃어버린 바깥세상을 훤히 비추고 있다고 생각하면 마음이 너무도 쓰리고 괴로워서 감옥 벽에 머리를 찧으며 몸부림쳤지. 우울하고 무기력할 때는 저 달을 쳐다보면서 달에다 가로 선과 세로 선을 몇 개나 그을 수 있을지 생각하기도 했단다." 박사는 달을 올려다보며 당시를 곰곰이 회상했다. "가로세로 각각 스무 줄 정도 그었던 것 같은데 스무 번째 선을 그려 넣기가 만만치 않았지."

과거 속으로 점점 빠져드는 아버지의 모습을 지켜보고 있자니 루시도 기분이 점차 묘해졌다. 하지만 걱정할 필요는 조금도 없었다. 박사는 단지 지나온 인고의 시간에 견주어 지금 이 순간 더할 나위 없이 행복하다고 말하고 싶었을 뿐이다.

"달을 바라보면서 미처 태어나기도 전에 헤어지는 바람에 한 번도 본 적이 없는 아기의 모습을 수없이 상상했단다. 살아 있을까, 혹시 엄마가 충격을 받는 바람에 세상 빛을 보지 못한 것은 아닐까, 아들이 태어나서 언젠가 아비의 원수를 갚아주지 않을까(감옥에 갇혀 있는 동안 복수를 하고 싶어 견딜 수가 없었던 시기가 있었단다), 태어난 아들이 아버지의 전후 사정을 전혀 알지 못하는 것은 아닐까, 아니면 아비가 제 발로 집을 나가 사라져버렸을지 모른다는 의심에 짓눌려 평생을 살아가는 건 아닐까, 딸이 태어나 성숙한 여인으로 성장할까."

루시는 아버지 곁에 바짝 다가가 뺨과 손에 가볍게 입을 맞췄다.

"딸이 태어났지만 아비를 잊어버리고, 아니 아버지에 대해 아무것도 모른다고 상상해보기도 했단다. 그리고 해가 바뀔 때마다 딸의 나이를 꼽아보았다. 내 운명에 대해 전혀 알지 못하는 어떤 남자와 결혼하는 모습도 그려보았지. 살아 있는 사람들의 기억에서 사라져 다음 세대가 되면 내 자리는 텅 비고 말 거라고 생각했단다."

"아버지! 아버지가 상상했던 딸의 이야기를 듣기만 해도 마치 제가 그런 것처럼 마음이 아파요."

"루시, 네가? 아니란다. 네가 보살펴준 덕분에 내가 건강을 회복하고 이렇게 달빛을 받으며 나란히 앉아 옛일을 회상하면서 결혼 전야를 보낼 수 있게 되었잖니. ……내가 방금 무슨 이야기를 하고 있었더라?"

"아버지에 대해 아무것도 모르고 관심조차 없는 상상 속의 딸 이야기요."

"그렇지! 그런데 같은 달밤이라도 슬픔과 적막이 평소와 조금 다르게 느껴지는 날도 있었지. 고통이 밑바닥에 깔려 있는 감정이 으레 그렇듯이 평화로우면서도 서글플 때가 있었어. 그럴 때면 딸아이가 감옥에서 나를 꺼내 자유로운 세상으로 탈출시켜주는 상상을 했단다. 지금 너를 바라보듯 종종 달빛 아래에서 딸아이의 모습을 보기도 했지. 하지만 품에 안아볼 수는 없었단다. 언제나 쇠창살로 막힌 작은 창문과 감방 문 사이에 서 있었거든. 그런데 루시, 그 아이는 내가 줄곧 상상해온 아이와 달랐어. 무슨 말인지 알겠니?"

"아버지가 보신 아이가 상상 속의 아이가 아니라는 말씀이세요?"

"그래, 다른 아이였단다. 내 정신이 혼미하기는 했지만 분명히 그 아이가 꼼짝 않고 서 있었어. 상상 속의 아이와 달랐고 진짜보다 더 진짜 같았지. 그 아이가 자기 엄마를 닮았다는 것 말고는 모습이 딱히 생각나지는 않는구나. 상상 속의 아이도 너처럼 엄마를 닮았지만 똑같지는 않았어. 루시, 무슨 말인지 알겠니? 아마 이해하기 힘들겠지. 감옥에서 외롭게 갇혀 있어보지 않고서야 이렇듯 혼란스럽게 얽히고설킨 현실과 상상의 세계를 어떻게 이해할 수 있겠니?"

침착하고 차분하게 이야기하기는 했지만 아버지가 오랜 기억을 하나씩 들추어낼 때마다 루시는 피가 점점 차갑게 얼어붙는 것만 같았다.

"마음이 좀 평온해질 때면 딸아이가 달빛을 맞으며 다가와 자신이 결혼해서 살고 있는 집으로 나를 데려갔지. 잃어버린 아버지에 대한 애틋한 기억이 가득 서린 집이었단다. 방에는 내 사진이 걸려 있고, 딸아이는 나를 위해 기도했지. 그 아이는 활기차고 씩씩하고 보람 있는 삶을 살고 있었지만 아비의 비참한 과거가 그 삶에도 스며들어 있었단다."

"그 아이가 저였으면 좋겠어요. 착하기로는 그 아이의 반에도 미치지 못하겠지만 아버지를 향한 사랑만큼은 결코 모자라지 않아요."

"그 딸애는 자기가 낳은 아이들도 내게 보여주었단다." 보베의 의사가 말했다. "아이들에게 외할아버지 이야기를 들려주고 가슴 아프게 여기라고 가르쳤더구나. 외할아버지가 갇힌 감옥을 지나칠 때마다 아이들은 위압적인 벽에서 멀찌감치 떨어져서 창살을 올려다보며 숨죽여 내게 말을 건넸지. 하지만 상상 속의 딸아이도 나를 구해낼 수는 없었단다. 내게 이러한 장면들을 모두 보여주고는 나를 다시 감옥에 데려다주었어. 그때마다 나는 눈물을 쏟아내며 무릎을 꿇고 딸아이의 축복을 빌어주었지."

"그 아이가 저였으면 좋겠어요, 아버지. 사랑하는 내 아버지. 내일 저도 그렇게 뜨겁게 축복해주실 거죠?"

"루시, 오늘 밤 지난 시절 겪었던 괴로움을 돌아본 이유는, 말로 표현할 수 없을 만큼 너를 사랑한다고 말해주고 이토록 크나큰 행복을 베풀어준 신께 감사하고 싶어서란다. 머릿속이 걷잡을 수 없을 만큼 뒤죽박죽이던 당시에는 꿈도 꿀 수 없었던 행복을 너로 인해 느꼈고 앞으로도 그럴 거란다."

마네트 박사는 루시를 품에 안고 루시를 보내주셔서 감사하다고, 부디 잘 보살펴달라고 겸허한 마음으로 신께 빌었다. 얼마 후 두 사람은 집 안으로 들어갔다.

결혼식에 초대한 사람은 로리 씨뿐이었다. 몸이 아픈 프로스 양 말고는 신부 들러리도 없었다. 결혼한 후에도 마네트 양은 같은 집에서 계속 살기로 했다. 대신 자주 보이지 않아서 사는 둥 마는 둥 했던 위층 세입자가 나가서 더 넓은 공간을 쓰게 되었고, 그것으로 충분했다.

조촐한 저녁 식사였지만 마네트 박사는 기분이 아주 좋아 보였다. 식탁에는 세 사람의 자리가 마련되었고 프로스 양이 함께 앉았다. 마네트 박사는 찰스가 자리를 비운 것이 못내 아쉬웠다. 부녀가 오붓하게 시간을 보내게 하려는 찰스의 살뜰한 배려가 그다지 마음에 들지는 않았지만 여하튼 사위를 위해 애정을 담아 건배했다.

취침 시간이 되자 마네트 박사는 루시에게 잘 자라는 인사를 건넸고, 세 사람은 각자 방으로 돌아갔다. 하지만 알 수 없는 두려움에 사로잡힌 루시는 적막이 감도는 새벽 세 시에 아래층에 있는 아버지 방으로 살짝 들어갔다.

하지만 모든 것이 제자리에 놓여 있었고 방은 더할 나위 없이 평온했다. 아버지는 하얗게 센 머리를 깨끗한 베개에 그림처럼 뉘고 이불 위에 손을 가지런히 올려놓은 채 잠들어 있었다. 루시는 침대에서 멀찍이 떨어진 어둠 속에서 촛불을 내려놓고 살금살금 침대 머리맡으로 다가가 아버지에게 살짝 입을 맞추고는 몸을 굽혀 아버지를 가만히 바라보았다.

반듯한 얼굴의 이면에는 갇혀 지낸 세월이 남긴 쓰라린 고난의 흔적이 배어 있었다. 하지만 어찌나 강한 정신력으로 그 흔적을 감추었는지, 잠을 자는 동안에도 전혀 알아볼 수 없을 정도였다. 그날 밤 잠든 내내 박사의 얼굴은 보이지 않는 적에 대항해 누구보다 단호하고 고요하게, 그러면서도 신중하게 싸우는 표정을 짓고 있었다.

  루시는 아버지의 가슴에 가만히 손을 얹고 아버지를 향한 사랑이 간절한 만큼 오랫동안 정성을 다해 아버지를 모실 수 있기를, 그래서 아버지가 고난의 시간을 전부 잊을 수 있기를 기도했다. 루시는 손을 거두고 다시 한 번 아버지에게 입을 맞추고 나서 방을 나왔다. 해가 떠오르자 플라타너스 나뭇잎이 만들어낸 그림자가 기도를 읊조리던 루시의 입술처럼 마네트 박사의 얼굴 위로 살며시 내려앉았다.

18장

아흐레

결혼식 날은 눈부시게 화창했다. 마네트 박사와 찰스 다네이가 방 안에서 이야기를 나누는 동안 아름다운 루시와 로리 씨, 프로스 양은 교회로 향할 채비를 마치고 두 사람이 나오기를 기다렸다. 프로스 양은 운명과 서서히 타협해가고 있었다. 동생 솔로몬이 신랑이 되었어야 한다는 생각이 꿈틀대지만 않았다면 누구보다 이 결혼을 진심으로 축복해주었을 테지만 말이다.

로리는 신부 주위를 돌며 단아하고 예쁜 드레스를 구석구석 살펴보았다. 그는 어떤 감탄사를 늘어놓아도 성에 차지 않을 것 같았다. "어여쁜 우리 아가씨, 이런 날이 오려고 제가 그 조그맣던 아가씨를 품에 안고 해협을 건넜나 봅니다. 별일 아니라고 생각했는데 지금 보니 그게 아니군요. 오, 이런! 내 친구 찰스가 이렇게 중요한 날을 맞이할 줄도 모르고 가볍게 생각했었군요!"

"일부러 그러신 것도 아니잖아요. 더군다나 일이 이리 될 줄 누가 알았겠어요? 말도 안 되는 소리는!" 프로스 양은 워낙 곧이곧대로 생각하고 말하는 사람이었다.

"그런가요? 이런, 울지 말아요." 로리가 자상하게 말했다.

"울기는요. 선생님이나 울지 마세요."

"울기는 누가 울어요, 프로스 양?" 로리는 프로스 양과 가끔씩 농담을 주고받을 만큼 사이가 가까워졌다.

"조금 전까지 울었잖아요. 내가 봤어요. 뭐 그럴 만도 하죠. 누구든 눈물을 글썽일 만큼 정성 어린 선물을 보내신 분이니까요. 어젯밤에 주신 선물 상자에 담긴 숟가락 하나, 포크 하나에도 눈물이 났답니다. 나중에는 너무 울어서 앞이 안 보였다니까요."

"정말 기쁩니다. 부족한 선물로 눈앞이 보이지 않을 만큼 누군가를 울릴 수 있으리라고는 생각하지 못했어요. 이러고 있으니 내가 한 남자로서 무엇을 놓치고 살았는지 알겠군요. 이런, 이런! 거의 반백 년을 사는 동안 나도 아내를 맞을 수

있었겠다는 생각이 들다니요!"

"어림도 없는 말씀이죠." 프로스 양이 대꾸했다.

"내가 결혼을 생각한 여인이 단 한 명도 없었다고 생각하나요?"

"에이 참, 선생님은 갓난쟁이 때부터 독신으로 살겠다고 우겼을걸요?"

"음, 그 말도 일리가 있군요." 로리는 가발을 고쳐 쓰며 씩 웃었다.

"선생님은 타고난 독신이에요. 어머니 배 속에서부터요."

"그건 내가 처신을 잘못한 탓입니다. 인생의 갈림길에 섰을 때 목소리를 더 높였어야 했는데 말이죠. 그 이야기는 이쯤 해둡시다! 자, 우리 어여쁜 루시 양!" 로리가 루시의 허리에 조심스레 팔을 둘렀다. "두 사람이 나올 채비를 하는 소리가 들리는군요. 이 틈을 타서 진행을 맡은 프로스 양과 내가 아가씨가 반가워할 이야기를 좀 해야겠습니다. 떠나 있는 동안 내가 아가씨 못지않은 애정으로 박사님을 성실하게 보살피겠습니다. 아가씨가 워릭셔와 그 근방을 돌아볼 두 주 동안 온갖 방법을 동원해서 최선을 다해 박사님을 보필할게요. 설령 텔슨 은행이 다른 사람 손에 넘어간다 하더라도 말입니다. 두 주가 지나고 사랑하는 남편과 함께 박사님을 만나, 다시 두 주 동안 웨일스 여행을 떠나면 우리가 박사님을 굉장히 건강하고 행복하게 모셨다는 걸 알게 될 겁니다. 이제들 나오시나 보군요. 새신랑이 아가씨를 데려가기 전에 이 독신주의자가 옛날 방식으로 축복의 입맞춤을 해도 될까요?"

로리 씨는 루시의 고운 얼굴을 두 손으로 감싸고 이마에 어린 그녀의 익숙한 표정을 물끄러미 바라보고는, 찬란한 금빛 머리카락을 아주 조심스럽고 부드럽게 자신의 작은 갈색 가발에 갖다 댔다. 로리는 창세기에나 나올 법한 아주 오래된 방식으로 루시를 축복했다.

방문이 열리고 마네트 박사와 찰스 다네이가 나왔다. 방으로 들어갈 때와 달리 박사의 얼굴은 핏기가 하나도 없이 창백했다. 박사는 전과 다름없이 차분하게 행동했지만, 예리한 로리는 매서운 바람처럼 두렵고 피하고 싶은 기억의 음침한 그림자가 박사를 막 스쳐갔다는 사실을 알아차렸다.

로리가 오늘을 위해 준비해둔 마차를 타기 위해 마네트 박사는 딸과 팔짱을 끼고 아래층으로 내려갔다. 나머지 사람들은 다른 마차를 타고 뒤따라 근처 교회에 도착했다. 찰스 다네이와 루시 마네트는 가까운 사람들만 모인 자리에서 행복하게 결혼식을 올렸다.

식이 끝나자 미소를 지으며 눈물을 훔치는 몇몇 사람들 사이로, 로리가 짙은 색 주머니에서 꺼낸 다이아몬드가 루시의 손가락에서 햇빛을 받아 눈부시게 반짝거렸다. 모두들 집으로 돌아가 아침 식사를 했고 모든 절차는 순조로웠다. 이내 작별할 시간이 왔다. 파리의 다락방에서 그랬듯, 아침 햇살을 받으며 서로 부둥켜안은 아버지의 흰 머리카락과 딸의 금빛 머리카락이 다시금 뒤엉켰다.

길지는 않았지만 힘겨운 작별의 시간이었다. 마네트 박사는 루시를 다독이고는 자신을 안고 있던 루시의 팔을 살며시 풀며 어렵사리 입을 뗐다. "루시를 어서 데려가게, 찰스! 이제 자네 사람이네!" 루시는 마차 창문 밖으로 떨리는 손을 흔들며 떠났다.

오가는 구경꾼도 없는 외진 곳이고 결혼식도 더없이 간소하게 치렀기 때문에 길에는 마네트 박사와 로리 씨, 프로스 양만 덩그러니 남았다. 고풍스러운 현관에 드리운 그늘 쪽으로 세 사람이 발걸음을 옮기는 순간, 로리는 엄청난 변화가 마네트 박사를 휘감고 있음을 느꼈다. 박사는 마치 건물 뒤편 벽에 튀어나와 있는 황금 팔뚝에 세게 얻어맞기라도 한 것 같았다.

결혼식이 끝나고 나면, 마네트 박사가 태연한 듯 억누르고 있던 감정들이 어떤 식으로든 폭발하리라는 것을 예견할 수 있었다. 로리는 예전처럼 겁에 질려 불안해하는 박사의 모습에 무척 마음이 쓰였다. 2층으로 올라가 머리를 움켜쥐고 쓸쓸하게 방으로 사라지는, 넋을 잃은 것 같은 박사의 모습을 보면서, 박사를 모시러 갔던 별밤의 여행과 술집 주인 드파르주를 떠올렸다.

걱정에 사로잡힌 로리는 프로스 양에게 나지막이 말했다. "저, 지금은 박사님께 말도 걸지 말고 편히 쉬시게 하는 편이 좋겠습니다. 나는 은행 일을 봐야 하니 지금 갔다가 곧 돌아올게요. 저녁에 박사님을 모시고 교외로 나가 외식을 하고 나면 괜찮아지겠지요."

로리에게 텔슨 은행은 업무를 처리하러 들어가기는 쉬워도 나오기는 쉽지 않은 곳이었다. 그 때문에 은행에서 두 시간을 지체했다. 박사의 집으로 돌아온 로리는 아무도 만나지 않고 혼자 낡은 계단을 올라 박사의 방으로 향했다. 쿵쿵거리는 소리가 낮게 울려 퍼지자 그는 발걸음을 멈췄다.

"맙소사! 대체 이게 무슨 소리지?" 로리는 깜짝 놀라며 말했다.

겁에 질린 프로스 양의 목소리가 들렸다. "아이고! 이를 어쩌! 이제 다 끝나버렸어!" 프로스 양은 두 손을 비벼대며 큰 소리로 외쳤다. "아가씨한테 뭐라고 말한담? 어떡해, 구두를 만들고 계시잖아!"

로리는 프로스 양을 겨우 진정시키고 마네트 박사의 방으로 들어갔다. 박사는 로리가 파리에서 보았던 구두 짓는 모습 그대로, 작업대를 볕이 드는 쪽으로 돌려놓고 고개를 숙인 채 손을 바삐 놀리고 있었다.

"박사님. 세상에, 마네트 박사님!"

마네트 박사는, 일하고 있는데 누군가가 말을 걸자 부아가 치밀지만 그 사람이 누구인지 궁금하기는 한 듯 로리를 물끄러미 쳐다보더니 다시 작업에 몰두했다.

예전에 일할 때처럼 외투와 조끼를 옆에 벗어두고 목이 보이도록 셔츠 단추를 풀어헤친 모습 그대로였다. 심지어는 늙어 수척한 모습과 시들한 표정까지 과거와 판박이였다. 마네트 박사는 로리 때문에 흐름이 끊길까 봐 조바심을 내며 더더욱 일에 몰입했다.

로리는 박사가 만들고 있는 구두를 흘깃 보고는 예전에 만들던 구두와 크기도 모양도 같다는 것을 확인했다. 그리고 박사 옆에 놓인 구두 한 짝을 들고 이게 무엇인지 물었다.

"젊은 아가씨가 신을 산책용 구두요. 진작 끝냈어야 하는데, 거기 그냥 두시오." 박사는 눈길도 주지 않고 중얼거렸다.

"박사님, 저 좀 보세요!"

마네트 박사는 과거에 그랬듯 아무 생각 없이 순순히 고개를 들었지만 하던 일을 멈추지는 않았다.

"저 아시죠, 박사님? 잘 생각해보세요. 박사님이 지금 하실 일은 이게 아니잖습니까? 생각을 해보세요, 박사님!"

무슨 말을 해도 박사는 입을 열지 않았다. 마네트 박사는 로리가 부르면 이따금 한 번씩 고개를 들기는 했지만, 아무리 설득해도 한마디도 하지 않았다. 박사는 조용히 앉아 일하고, 일하고, 또 일했고, 그에게 무슨 말을 건네든 대답 없는 벽에 부딪치거나 허공으로 흩어지는 듯했다. 한 줄기 희망이 있다면, 누가 부르지 않아도 박사가 한 번씩 슬그머니 고개를 든다는 것이었다. 박사의 표정에는 마음속에 일렁이는 의심을 풀어보려는 듯, 호기심과 혼란스러움이 희미하게 배어 있었다.

문득 로리는 무엇보다 중요한 두 가지를 깨달았다. 첫째는 루시가 이 사실을 알면 안 된다는 것이었고, 둘째는 박사를 아는 사람 모두에게 비밀로 해야 한다는 것이었다. 일단 로리는 프로스 양과 함께 두 번째 문제에 대한 대책으로, 박사가 몸이 좋지 않아 당분간 푹 쉬어야 한다고 주변 사람들에게 알렸다. 그다음 프로스 양은 루시에게 거짓 편지를 썼다. 아버지가 멀리 출장 진료를 가시는 바람에, 두세 줄짜리 편지를 급히 손수 쓰셔서 같은 우체국을 통해 자신에게 보내셨다는 내용이었다.

로리는 박사가 다시 온전한 정신으로 돌아오기를 바라면서, 어쨌든 상황을 모면할 최선책들을 실행에 옮겼다. 박사의 증세가 금세 호전될 경우를 대비해서는 박사의 증세를 가장 잘 아는 사람에게 의견을 구할 작정이었다.

로리는 박사가 회복되어 세 번째 대책을 실행할 수 있기를 바라면서, 가능한 한 눈에 띄지 않게 박사를 주의 깊게 지켜보기로 했다. 그래서 난생처음 텔슨 은행에 휴가를 내고 박사의 방 창가에 자리를 잡았다.

박사에게 말을 붙이면 압박감 때문인지 더욱 불안해할 뿐 아무 소용이 없다는 걸 이내 깨닫게 되었다. 그래서 첫째 날에는 말 붙이기를 포기하고, 박사를 집어삼켰거나 집어삼키려는 망상에 소리 없이 맞서듯 그저 박사 곁을 마냥 지키기로 했다. 로리는 창가 의자에 앉아 이곳이 자유로운 공간이라는 것을 보여주려고 책도 읽고 글도 쓰면서 최대한 자연스럽고 밝게 행동했다.

첫날 마네트 박사는 주는 대로 먹고 마시면서 계속 일을 했다. 날이 어두워져서 로리가 읽고 쓰기를 포기하고 나서도 박사는 반 시간 동안 더 일했고, 앞이 보이지 않을 정도로 컴컴해지고 나서야 일손을 놓았다. 박사가 내일 아침에야 다시 잡을 연장을 옆으로 치워놓자, 로리가 자리에서 일어나 말했다.

"밖으로 같이 나가실래요?"

마네트 박사는 파리의 다락방에서 하던 것처럼 마룻바닥 양옆을 번갈아 바라보다가 고개를 들어 로리를 쳐다보고는 그때처럼 기운 없는 목소리로 로리의 말을 따라 했다.

"밖으로?"

"네. 저와 함께 산책하실래요, 어떠세요?"

이번에는 어떠냐는 로리의 말을 따라 하지도 않았고 그저 입을 꾹 다물었다. 하지만 로리 씨는 어둑한 방에서 박사가 작업대에 앉아 팔꿈치를 무릎에 대고 양손으로 머리를 감싼 채 머릿속으로나마 흐릿하게 '어떠냐고?'라고 묻고 있으리라 짐작했다. 예리한 은행원인 로리는 여기서 희망의 끈을 보고 같은 방법을 쓰기로 결심했다.

프로스 양과 로리 씨는 밤 동안 교대하기로 하고, 옆방에서 마네트 박사를 틈틈이 살펴보았다. 박사는 한참이나 이리저리 서성이다가 마침내 자리에 누워 잠들었다. 이튿날 아침이 되자 일찌감치 일어나더니 곧장 작업대에 앉아 일을 시작했다.

이튿날, 로리는 마네트 박사의 이름을 부르며 활기차게 인사를 건네고는 최근에 함께 이야기했던 친숙한 화제를 꺼냈다. 박사는 아무 대답도 하지 않았고 혼란스러워 보였지만 로리의 이야기를 들으면서 그에 대해 생각하는 게 분명했다. 박사의 태도에서 희망을 얻은 로리는 낮 동안 프로스 양을 자주 방으로 불러들였다. 두 사람은 마치 아무 문제도 없는 것처럼 루시와 그 자리에 있는 그녀의 아버지에 대해 조용히 도란도란 이야기했다. 의도가 드러나지 않도록 신중하게 이런 시도를 했고, 박사가 괴로워하지 않도록 시간과 빈도를 조절했다. 로리는 박사가 점점 더 자주 고개를 들고 주위의 이상한 상황을 알아채는 것 같아 조금이나마 걱정을 덜 수 있었다.

다시 날이 저물자 로리는 전날과 같이 마네트 박사에게 물었다.

"박사님, 밖으로 나가실래요?"

박사는 어제처럼 따라 말했다. "밖으로?"

"네. 저와 함께 산책하실래요?"

마네트 박사가 아무 대꾸도 하지 않자 로리는 밖으로 나가는 시늉을 하며 한 시간가량 자리를 비웠다가 돌아왔다. 그가 자리를 비운 사이에 박사는 창가 의자로 옮겨 앉아 플라타너스 나무를 내려다보았다. 하지만 로리가 돌아오자 조용히 작업대로 돌아가 앉았다.

시간은 무척 더디게 흘렀다. 희망에 어둠이 드리우면서 로리의 마음은 날이 갈수록 무거워지기만 했다. 사흘째 날이 밝았다가 졌다. 나흘 그리고 닷새, 엿새, 이레가 지나고 여드레, 아흐레가 되었다.

로리는 실낱같은 한 줄기 희망을 버리지 않았지만 점점 무거워지는 마음으로 불안한 나날을 보냈다. 다행히 비밀은 새어 나가지 않았고 루시는 아무것도 모른 채 행복했다. 하지만 로리는 처음에는 서툴렀던 구두 만드는 손놀림이 무서울 정도로 능숙해져가는 것을 놓치지 않았다. 마네트 박사가 이 정도로 일에 몰두한 적은 없었고, 아흐레가 되고 저녁 어둠이 몰려올 즈음 박사의 손놀림은 여느 때보다 날렵하고 능숙해졌다.

19장

진단

 불안한 마음으로 박사를 지켜보느라 지친 로리는 그대로 잠이 들었다. 불안에 시달린 지 열흘째 되던 날 아침, 캄캄한 밤중에 잠들었던 로리는 방 안을 비추는 햇살에 놀라 잠에서 깼다.

 로리는 눈을 비비고 자리에서 일어났지만 정신을 차리고도 여전히 꿈인지 생시인지 의심스러웠다. 마네트 박사의 방을 들여다보니 구두 작업대와 연장이 다시 한쪽으로 치워져 있고 박사가 창가에서 책을 읽고 있지 않은가! 평소 아침처럼 옷을 입은 박사는 여전히 안색은 매우 창백했지만 꼼꼼하고 차분하게 독서에 집중하고 있었다.

확실히 잠이 깼다고 생각하고 나서도 로리는 얼마 전까지 마네트 박사가 구두를 만들던 것이 악몽은 아니었는지 헷갈려 잠시 멍해졌다. 박사는 로리의 눈앞에서 낯익은 옷을 입고 친숙한 모습으로 평상시처럼 행동하고 있었다. 로리가 괴로워할 만큼 마네트 박사에게 실제로 변화가 일어났던 흔적은 찾아볼 수 없었다.

처음에는 놀라고 당황스러워서 자신에게 질문을 던졌지만 대답은 분명했다. 자신을 경악하게 만들었던 박사의 행동이 실제가 아니었다면 어째서 자신이 박사의 집에 와 있겠는가? 어째서 옷도 벗지 않은 채 박사의 진료실 소파에서 잠을 잤고, 이 이른 아침에 그의 침실 앞에서 이런 고민을 하고 있겠는가?

이내 프로스 양이 다가와 조용히 말을 건넸다. 로리에게 의심이 조금이라도 남아 있었다면 프로스 양의 이야기를 듣고 납득했겠지만, 이미 그의 머릿속은 맑았고 의심은 조금도 남아 있지 않았다. 로리는 프로스 양에게 평상시처럼 아침 식사를 할 때까지 마네트 박사를 혼자 있게 놔두고 아무 일도 없었던 것처럼 행동하라고 일렀다. 그는 박사가 평소의 정신 상태로 돌아온 뒤에 박사를 도울 수 있는 방법을 애타게 찾고 있었고, 박사 자신에게 그에 대해 조심스럽게 조언을 구해보기로 마음먹었다.

프로스 양은 로리의 판단이 옳다고 수긍하고는 조심스럽게 행동하기로 했다. 시간을 충분히 들여 평소처럼 몸단장을 한 로리는 평소처럼 흰색 리넨 셔츠와 말쑥한 바지를 입고 아침 식사를 하러 왔다. 여느 때처럼 박사에게 식사가 준비되었다고 알리고 자신도 자리에 앉았다.

마네트 박사를 이해시키려면 도가 지나치지 않게 차근차근, 부드럽게 다가가야 했다. 아무래도 박사는 딸의 결혼식이 어제였다고 생각하는 것 같았다. 로리가 오늘이 며칠인지 슬쩍 언급하자 박사는 머릿속으로 날짜를 꼽아보더니 눈에 띄게 당혹스러워했다. 하지만 박사는 그 외에는 평소와 같은 모습이었으므로 로리는 도움을 청하기로 결심했다. 그 열쇠는 박사 자신이 쥐고 있었다.

아침 식사를 마치고 마네트 박사와 단둘만 남자, 로리는 진지한 태도로 말을 꺼냈다.

"마네트 박사님, 저와 상당히 가까운 어떤 분이 보이는 이상한 증상에 대해 박사님의 진단을 긴히 여쭤보려 합니다. 그러니까, 매우 이상하기는 하지만 박사님은 해박하시니 이해하실 수 있을 겁니다."

박사는 얼마 전까지 구두를 만드느라 더러워진 손을 흘끗 보고 동요하는 듯했지만 로리의 말에 귀를 기울였다. 그러면서도 틈틈이 손을 흘끔 내려다보았다.

"마네트 박사님." 로리가 박사의 팔을 다정하게 어루만지며 말했다. "이건 제가 특별히 아끼는 친구의 이야기입니다. 부디 그 친구를 위해, 그리고 무엇보다 친구의 딸을 위해 마음을 쓰셔서 조언을 해주십시오."

"혹시," 마네트 박사의 목소리는 가라앉아 있었다. "정신적 충격에 따른 증상입니까?"

"그렇습니다!"

마네트 박사가 말을 이었다. "솔직하게 말씀해보세요. 하나도 빠뜨리지 말고 세세한 것까지 모두요."

로리 씨는 대화가 잘 통하고 있다고 생각하며 말을 이었다.

"마네트 박사님, 이 친구는 과거에 오랜 세월 동안 충격을 받은 적이 있습니다. 아주 극심했던 혹독한 충격 때문에 감정과 감각이 상했고 박사님께서 사용하시는 용어로 마음까지 다쳤지요. 마음이 무너질 정도로 크나큰 충격이 얼마나 계속되었는지는 아무도 모릅니다. 친구 자신도 얼마나 오랜 시간이었는지 모르고 알아낼 수 있는 방법도 없기 때문입니다. 지금은 충격에서 벗어나기는 했지만, 이 친구가 언젠가 공식적인 자리에서 분명히 말하기도 했듯 회복하는 동안 일어났던 일을 본인은 기억하지 못합니다. 요사이에는 정신적으로나 육체적으로나 어려운 일도 거뜬히 처리할 만큼 완전히 회복해서 원래의 명석함도 되찾았습니다. 지식이 이미 풍부한데도 꾸준히 새로운 공부도 하고 있고요. 하지만 안타깝게도……."
이 시점에서 로리는 잠시 말을 멈추고 숨을 깊이 들이쉬고는 말했다. "증상이 잠시 재발했었습니다."

마네트 박사는 낮은 목소리로 물었다. "재발이 얼마나 지속되었습니까?"

"아흐레 동안이었습니다."

"증상은 어땠습니까? 짐작건대……." 박사는 다시 손을 힐끗 내려다보고 말을 이었다. "옛날의 충격과 관련된 행동이 다시 나타나지 않던가요?"

"네, 맞습니다."

"혹시 오래전 그 친구가 충격을 받아 그런 행동을 시작했을 때도 본 적이 있습니까?" 목소리는 여전히 낮았지만 마네트 박사의 질문은 차분하고도 명료했다.

"한 번 보았습니다."

"재발했을 때 그 친구의 행동이 전과 많이 비슷하거나 완전히 똑같았습니까?"

"제 생각엔 똑같았습니다."

"친구에게 딸이 있다고 말했지요. 그 딸도 아버지의 증상이 재발했다는 것을 아나요?"

"아니요. 그 딸에게는 말하지 않았고 말할 생각도 없습니다. 저와, 믿을 만한 한 사람만 압니다."

마네트 박사는 로리의 손을 쥐고 중얼거렸다. "잘하셨습니다. 매우 사려 깊은 행동이었습니다." 로리도 마네트 박사의 손을 굳게 마주 쥐었고 둘 다 한동안 아무 말도 하지 않았다.

"그렇다면 말입니다, 마네트 박사님." 이윽고 로리가 박사를 배려하는 심정으로 다정하게 말했다. "한낱 은행원인 저는 이렇게 복잡하고 어려운 문제를 감당하기에는 적당하지 않습니다. 필요한 지식도 정보도 없고요. 박사님께서 도와주셔야 합니다. 저를 올바르게 안내해주고 제가 의지할 수 있는 사람은 이 세상에 박사님밖에 없으니까요. 그러니 말씀해주세요, 재발한 이유가 뭘까요? 다시 재발할 위험이 있나요? 재발을 막을 수 있을까요? 다시 재발하면 어떻게 해야 합니까? 완치될 수는 없을까요? 친구를 위해 제가 무엇을 할 수 있을까요? 친구를 돕고 싶은 제 마음은 누구보다도 간절합니다. 방법만 알 수 있다면요! 하지만 어찌해야 할지 도통 모르겠습니다. 박사님의 지혜와 지식, 경험으로 제게 올바른 길을 알려주신다면 힘닿는 대로 그 친구를 도우려 합니다. 박사님께서 도와주지 않으시면 무지한 제가 할 수 있는 일은 아무것도 없습니다. 부디 말씀해주세요. 제가 조금이라도 상황을 더욱 분명하게 파악하고, 친구에게 작은 도움이나마 줄 수 있도록 방법을 가르쳐주십시오."

자신의 간청에 마네트 박사가 생각에 잠기자 로리는 더 이상 재촉하지 않았다.

"로리 씨, 제 생각에는 아마도……." 침묵을 깨고 박사가 힘겹게 입을 뗐다. "재발하리라는 것을 친구분은 어느 정도 예상했을 겁니다."

"그 친구가 자신에게 증상이 재발할까 봐 걱정해왔다는 말씀인가요?" 로리 씨가 용기를 내어 물었다.

"그것도 상당히 심하게요." 의지와 무관하게 박사의 몸이 떨리고 있었다. "로리 씨는 이해하지 못할 겁니다. 그 친구가 재발에 대한 걱정으로 얼마나 마음이 무거웠을지, 그러면서도 그에 관해서 말하기가 얼마나 어려웠을지 말입니다. 불가능에 가까운 일이었겠죠."

로리가 물었다. "마음에 걱정이 가득할 때 그 우울한 비밀을 누군가에게 털어놓는다면 친구의 마음이 좀 가벼워질까요?"

"그럴지도 모르지만, 이미 말했듯 매우 어렵습니다. 경우에 따라서는 전혀 불가능할 수도 있어요."

둘 사이에 짧은 침묵이 흐른 뒤 로리는 박사의 팔에 부드럽게 손을 올려놓으며 말했다. "그렇다면 이번에 재발한 원인은 무엇이었을까요?"

마네트 박사가 대답했다. "제가 보기에는, 애초에 그 병에 원인을 제공한 일련의 생각과 기억들이 아주 강렬하게 다시 떠오르지 않았나 싶습니다. 매우 고통스러운 기억들은 서로 끈끈하게 연결되어 있으니 하나씩 아주 생생하게 되살아난 겁니다. 아마 그 친구는 이러한 일련의 기억들이 어떤 특정한 시기나 상황에서 되살아날지도 모른다는 두려움을 늘 품고 살았겠죠. 나름대로 막아보려고 했겠지만 허사였던 겁니다. 어쩌면 막아보려던 노력이 오히려 부담으로 작용해서 더욱 버티기 힘들었을 수도 있어요."

"재발했을 때 일어난 일들을 친구가 기억할까요?" 로리가 약간 머뭇거리며 물었다.

마네트 박사는 공허한 눈으로 방을 둘러보고 고개를 내저으며 낮은 목소리로 대답했다. "전혀요."

"그럼, 앞으로는……." 로리 씨가 운을 뗐다.

"미래는 매우 희망적이라고 생각합니다." 건강한 모습을 되찾은 박사가 말을 받았다. "하늘이 보살펴서 그렇게 단기간에 회복했으니 희망을 가져도 좋겠습니다. 긴 시간 동안 두려위하고 막연하게 짐작만 하던 괴로운 상황이 결국 일어났고, 힘에 부쳐 무릎을 꿇고 말았지만 끝내 맞서 싸웠기 때문이죠. 이제 구름이 걷혀 사라졌으니 최악의 상황은 지나갔다고 생각합니다."

"다행입니다, 다행이에요! 위안이 됩니다. 정말 감사합니다!" 로리가 대답했다.

"저도 감사할 일입니다!" 마네트 박사도 경의를 표하는 뜻으로 목례를 하면서 같은 말을 반복했다.

"박사님의 도움을 받고 싶은 일이 두 가지 더 있습니다." 로리가 말을 이었다. "말씀드려도 될까요?"

"친구를 위해 정말 최선을 다하는군요." 마네트 박사가 기꺼이 도와주겠다고 했다.

"우선 친구는 학구적인 사람이고 비범할 정도로 열정적입니다. 엄청난 열의로 실험뿐 아니라 여러 가지 일을 벌여 전문 지식을 습득하고 있습니다. 너무 무리하는 건 아닐까요?"

"그렇지 않습니다. 언제나 무언가에 몰두하는 것이 그 친구의 성격이겠죠. 부분적으로는 타고난 성격 때문일 수도 있고 병 때문이기도 하겠지요. 건전한 일에 몰두하지 않으면 오히려 바람직하지 못한 방향으로 나아갈 위험이 커집니다. 그 친구는 이 점을 잘 알고 있었을 겁니다."

"그래도 그 친구에게 너무 큰 부담이 되지는 않을까요?"

"그렇지는 않을 겁니다."

"마네트 박사님, 그 친구가 자신을 혹사시키고 있는 건 아닌지……."

"로리 씨, 그런 증상이 괜히 나타나는 게 아닙니다. 한쪽 방향으로 극심한 압박을 받으니 다른 방향에서 균형을 잡을 필요가 있었겠지요."

"죄송합니다, 박사님. 저 같은 은행원은 원래 집요한 구석이 있거든요. 그 친구가 자신을 혹사시켜서 증상이 재발했다고는 볼 수 없나요?"

"제 생각에는 그렇지 않습니다." 박사는 자신 있게 대답했다. "연관되어 있는 일련의 기억 말고는 증상이 재발할 까닭이 없습니다. 앞으로도 마음에 엄청난 균열이 생길 만큼 큰 일이 아니고서는 재발하지 않을 겁니다. 그 친구에게 있었던 일이나 회복 상태를 들어보니 그런 끔찍한 혼란이 다시 나타나지는 않을 것 같군요. 재발을 일으킬 만한 상황도 이제 전부 사라진 것 같고요."

박사는 섬세하게 만들어진 마음이 얼마나 쉽게 깨져버리는지 잘 아는 사람처럼 무기력하게 말하다가도, 괴로움을 인내로 극복하고 점차 자신감을 쟁취해낸 사람처럼 확신에 차서 말하기도 했다. 친구를 위해서도 박사가 보이는 자신감을 깎아내릴 일은 아니었다. 로리는 우려가 어느 정도 가시고, 위안과 용기를 얻었다고 생각하고는 두 번째이자 마지막 질문을 꺼내려 했다. 다른 무엇보다 어려운 질문일 거라는 생각이 들었지만, 지난 일요일 아침 프로스 양과 나눈 이야기와 아흐레 동안 박사가 보인 행동을 되짚어볼 때 묻지 않을 수 없었다.

"지금은 다행히도 회복했지만 일시적으로 증상이 재발했을 때 친구가 보인 행동은요," 로리는 헛기침을 하고 나서 말을 이었다. "대장간 일, 예, 대장간 일이라고 해두죠. 그 친구가 크게 고통을 겪던 시절에 작은 대장간에서 일했다고 가정하겠습니다. 그런데 뜻밖에도 지금 그가 다시 대장간 일을 시작한 겁니다. 그 일을 하도록 내버려두어도 괜찮겠습니까?"

박사는 이마에 손을 대고 초조한 듯 발을 떨었다.

"그 친구는 곁에 늘 연장을 놔두거든요." 로리는 근심스러운 눈길로 친구를 보며 말했다. "그대로 두면 안 되겠죠?"

박사는 여전히 손으로 이마를 짚은 채 초조한 듯 발로 바닥을 두드려댔다.

"조언을 하기가 어려우신가요?" 로리가 물었다.

"아주 좋은 질문이에요. 하지만 제 생각에는," 박사는 말을 하다 말고 고개를 좌우로 젓더니 입을 다물었다.

불안하게 뜸을 들이던 박사는 로리 씨를 바라보며 말을 이었다. "알고 있겠지만, 그 불행한 친구의 마음속 가장 깊은 곳에서 일어나는 일들을 조리 있게 설명하기는 아주 어려워요. 아마도 그 친구는 한때 그 일을 몹시 동경했었고, 결국 할 수 있게 되어 기뻤을 겁니다. 복잡한 머릿속을 헤매는 대신 손가락을 바삐 움직이고, 교묘하게 얽히고설킨 고통에 갇혀 있는 대신 점점 더 정교하게 손을 놀리면서 괴로움을 벗어버릴 수 있었으리라 생각합니다. 그러니 친구는 손이 닿지 않도록 그 일을 밀쳐내는 건 상상조차 할 수 없을 거예요. 여느 때보다 상태가 좋고 자신감을 느끼고 있다고는 하지만, 그에게는 오래전부터 해온 그 일이 여전히 필요할 겁니다. 그 일을 할 수 없으면 길을 잃은 아이처럼 갑자기 끔찍한 공포를 느낄 수 있어요."

마네트 박사는 자신이 길을 잃은 아이가 된 것 같은 표정으로 로리의 얼굴을 바라보았다.

"하지만 제 말을 들어보십시오. 저는 기니나 실링, 지폐처럼 손에 잡히는 것만 다루는 은행원이라 둔해서 그런지는 몰라도 더 여쭤봐야겠습니다. 어떤 물건을 옆에 계속 두면 그 물건과 관련된 생각을 하게 되지 않나요? 박사님, 만약 그 물건이 사라지면 그것과 연결된 두려움도 사라지지 않을까요? 그러니까 그 친구가 연장을 곁에 두는 이유는 증상이 재발할지도 모른다는 두려움에 굴복했기 때문이지 않습니까?"

다시 침묵이 흘렀다.

박사는 떨리는 목소리로 말했다. "로리 씨도 아시겠지만, 그 연장은 오랜 친구 같은 겁니다."

"저라면 갖고 있지 않겠습니다." 로리는 박사가 불안해하는 모습을 보자 확신을 갖고 단호하게 고개를 가로저으며 말했다. "저라면 친구에게 연장을 없애라고 말하겠습니다. 그래야 한다고 말씀해주세요. 저는 연장을 갖고 있는 것이 좋을 리가 없다고 굳게 믿습니다. 제발! 훌륭하신 분답게 허락해주십시오, 마네트 박사님. 그 친구의 딸을 위해서라도 그렇게 해주세요."

박사의 마음속에서 일고 있는 갈등을 눈으로 볼 수 있었다면 얼마나 놀라웠을까!

"딸을 위해서라면 그렇게 합시다. 없애도 좋습니다. 하지만 저라면 그 친구가 보는 데서 치워버리지는 않겠습니다. 그가 자리에 없을 때 치우도록 하세요. 연장이 사라지면 몹시 아쉬워하겠지만 별수 없지요."

로리는 바로 그렇게 하겠다고 약속하며 대화를 마쳤다. 두 사람은 하루를 근교에 나가 보냈고 박사는 거의 평소 수준으로 회복되었다. 박사는 그 뒤 사흘 동안도 아주 건강하게 지내다가 열나흘째 되는 날 딸 부부를 만나러 떠났다. 로리는 아흐레 동안 루시에게 집안 소식을 전하지 못한 이유를 지어내서 박사에게 미리 알려주었다. 루시에게도 같은 내용으로 편지를 보내두었으므로 의심받지 않았다.

 박사가 떠난 날 밤, 로리는 촛불을 든 프로스 양을 앞세우고 조그만 도끼와 톱, 끌, 망치를 가지고 박사의 방으로 들어갔다. 문을 닫자 방 안에는 비밀 범죄라도 벌어질 것 같은 분위기가 감돌았다. 로리는 구두 작업대를 마구 부쉈다. 프로스 양은 그 옆에서 내내 촛불을 들고 서 있었는데, 그녀의 험악한 표정은 방 안 분위기와도 딱 맞아떨어져서 마치 그녀가 살인에라도 가담하고 있는 듯 보였다. 두 사람은 부숴버린 작업대 조각을 망설이지 않고 부엌 아궁이에 넣어 태워버렸고, 연장과 구두와 가죽 조각은 정원에 구덩이를 파고 묻어버렸다. 정직한 사람들은 무언가 파괴하거나 비밀스럽게 행동하는 것이 사악하다고 여기기 마련이므로, 로리와 프로스 양은 작업대를 태우고 연장을 없애는 데 몰두하면서 끔찍한 범죄에 가담한 것처럼 느꼈다. 사실 그렇게 보이기도 했다.

20장

간청

 갓 결혼한 부부가 집으로 돌아오자 시드니 카턴이 가장 먼저 찾아와 축하 인사를 건넸다. 카턴은 부부가 돌아온 지 몇 시간도 지나지 않아 찾아왔다. 버릇이나 외모, 태도가 전혀 나아지지는 않았지만 찰스 다네이는 카턴에게서 전에는 느끼지 못했던 신뢰를 강하게 느꼈다.
 카턴은 혹시 엿듣는 사람이 있을까 봐 창가에 서서 다네이와 대화할 기회를 기다렸다.
 "다네이 씨," 카턴이 말했다. "당신과 친구가 되고 싶어요."
 "저는 이미 카턴 씨를 친구로 생각하고 있는데요."
 "인사치레라도 그렇게 말씀해주시니 고맙군요. 하지만 그런 인사치레 정도로 그치고 싶지 않습니다. 친구가 되어달라고 말할 때는 그 이상의 의미가 있는 법이죠."

찰스 다네이는 항상 그렇듯 쾌활하고 다정한 목소리로 무슨 뜻인지 물었다.

카턴은 미소를 지으며 대답했다. "제 머릿속에서 돌아다니는 생각을 당신에게 전부 설명하려면 평생이 걸려도 모자랄 겁니다. 어찌 되었든 한번 이야기해봅시다. 제가 술을 많이, 그것도 평소보다 많이 마셔서 흠뻑 취했던 술자리를 기억합니까?"

"기억하죠. 당신이 술에 무척 취했다는 사실을 저더러 인정하라고 억지를 부렸었죠."

"저도 기억합니다. 요즘도 그날 밤 술자리에서 저지른 실례가 생각나 견딜 수가 없습니다. 제 삶이 끝나 심판받을 때 하느님이 이렇게 괴로워하는 저를 불쌍하게 여겨주시기를 바랄 뿐입니다! 당신에게 설교를 하려는 것은 아니니 걱정하지 마세요."

"전혀 걱정하지 않습니다. 카턴 씨가 진지하게 말하고 있는데 걱정을 할 리가요."

"아!" 카턴은 다네이가 한 말을 물리치려는 듯 무심결에 손을 저으며 말했다. "뭐 물론 아시다시피 취해 있는 날이 태반이기는 하지만, 그날 밤에도 흠뻑 취해서 무례하게도 당신이 좋다느니 싫다느니 떠들어댔었죠. 당신이 그때 일을 모두 잊었기를 바랍니다."

"오래전에 잊었어요."

"또 예의를 차리시는군요! 하지만 다네이 씨, 저는 당신의 말처럼 그렇게 쉽게 잊을 수가 없습니다. 조금도 잊지 않았습니다. 그렇게 쉽게 말씀하시면 제가 그날 일을 잊는 데 전혀 도움이 되지 않아요."

다네이가 대답했다. "쉽게 말하는 것처럼 들렸다면 용서하세요. 당신이 너무 괴로워하는 게 걱정스러워서 조금이라도 마음을 편하게 해주고 싶었을 뿐 다른 뜻은 없었습니다. 신사의 신의를 걸고 말하건대 저는 그 일을 기억에서 이미 지웠습니다. 게다가 잊고 말고 할 것이 있기나 한가요! 그날 카턴 씨가 저를 위해 정말 큰일을 해주었다는 사실 말고는 기억할 것이 없습니다."

"큰일이라," 카턴이 말했다. "솔직히 말해 다네이 씨가 그렇게 말씀하시지만 저는 직업이기 때문에 그렇게 했을 뿐입니다. 당시 저는 당신에게 어떤 판결이 내려지든 별로 관심이 없었을지도 모릅니다. 물론 과거에 그랬다는 뜻입니다."

"대단한 일을 하시고도 가볍게 말씀하시는군요." 다네이가 대답했다. "하지만 당신이 쉽게 말했다는 이유로 실랑이를 벌이지는 않겠습니다."

"정말입니다. 다네이 씨, 제 말을 믿으세요! 이야기가 한참 벗어났군요. 친구가 되자고 말하고 있었죠? 이제 저에 대해 아셨겠죠. 지체 높고 훌륭한 인물이 될 만한 그릇이 못 된다는 사실도 눈치채셨겠죠. 제 말을 못 믿으시겠다면 스트라이버에게 물어보세요. 그 친구가 그렇다고 말해줄 겁니다."

"그 사람에게 물어보지 않고 저 스스로 판단하겠습니다."

"좋아요! 당신이 어떻게 생각하든 저는 타락한 놈이고 평생 좋은 일이라고는 해본 적도 없고 앞으로도 결코 하지 않을 겁니다."

"결코 하지 않을지는 두고 봐야 알지요."

"그렇지 않습니다. 제 말을 있는 그대로 받아들이셔야 합니다. 흠! 말했다시피 평판도 좋지 않고 딱히 쓸모도 없는 이 사람이 당신 집에 종종 드나드는 것을 이해해주실 수 있다면, 내게 친구로서 이 집을 왕래할 수 있는 특권을 주시겠습니까? 저를 그저 오래 놓여 있어서 누구도 주목하지 않는 쓸모없는 가구 정도로 생각해주십시오. 당신과 제가 얼굴이 닮지 않았다고 치면, 보기 좋은 장식용 가구도 되지 못하겠지만 말입니다. 그렇다고 이 특권을 악용할 생각은 추호도 없습니다.

1년에 네 번 정도면 충분합니다. 제가 찾아오고 싶을 때 그렇게 할 수 있기만 해도 정말 기쁘겠습니다."

"찾아오실 거죠?"

"제 부탁을 기꺼이 들어주신 것으로 알겠습니다. 고맙습니다, 다네이. 이제는 편하게 이름을 불러도 될까요?"

"이제부터 그럽시다, 카턴."

두 사람은 악수를 나누고 헤어졌다. 일 분도 지나지 않아 카턴은 평소처럼 눈에 띄지 않는 존재로 돌아갔다.

카턴이 떠나고 찰스 다네이는 박사와 로리, 프로스 양과 함께 저녁 시간을 보냈다. 다네이는 조금 전에 카턴과 했던 대화에 대해 몇 마디 꺼내면서 경솔하고 무모한 성격이 그의 단점이라고 언급했다. 그를 깎아 내리거나 엄격한 판단을 내리지는 않았지만, 그를 대하는 사람이면 누구나 느꼈을 만한 견해를 말했다.

다네이는 젊고 아름다운 아내가 카턴을 어떻게 생각하고 있는지 전혀 몰랐다. 하지만 잠시 후 방으로 돌아가자 마네트 양이 예의 이마를 잔뜩 찌푸리고, 낯익으면서도 사랑스러운 표정으로 남편을 기다리고 있었다.

다네이는 "오늘 밤에는 생각할 것이 많은가 보군요!"라고 말하며 아내를 두 팔로 감싸 안았다.

"그래요. 사랑하는 찰스," 마네트 양은 남편의 가슴에 손을 얹으면서 무언가 궁금하다는 표정으로 그를 바라보았다. "오늘 밤에는 생각할 것이 많아서 고민을 좀 해야겠어요."

"여보, 무슨 일이요?"

"아무것도 묻지 않겠다고 내게 약속할 수 있어요?"

"약속? 내 사랑에게 약속 못할 게 뭐가 있겠어요?"

다네이는 루시의 뺨을 가리는 금빛 머리카락을 뒤로 쓸어 넘기면서 반대편 손을 아내의 가슴 위에 얹었다.

"찰스, 당신이 가엾은 카턴 씨를 대할 때는 오늘 밤보다 좀 더 존중하고 배려해야 한다고 생각해요."

"그래요? 왜 그렇게 말하는 거죠?"

"이유는 묻지 않기로 약속했잖아요. 나는 그렇게 생각해요, 아니 그래야만 해요."

"당신이 그래야 한다고 하면 그만이에요. 여보, 내가 어떻게 할까요?"

"당신이 그분을 늘 관대하게 대하고, 곁에 없더라도 그분의 결점을 포용해주었으면 좋겠어요. 사람들에게 좀처럼 드러내지는 않지만 따뜻한 마음을 지닌 분이라고 믿어줘요. 그분의 마음속에는 깊은 상처가 있어요. 여보, 나는 그분이 괴로워하는 모습을 보았어요."

"내가 그를 옹졸하게 대했다니 마음이 좋지 않군요." 찰스 다네이는 크게 놀란 듯 말했다. "그 친구에게 그런 면이 있다고는 전혀 생각하지 못했어요."

"여보, 모두 사실이에요. 나는 그분이 고통을 극복하지 못할까 봐 두려워요. 자신의 능력이나 재력을 키울 수 있으리라는 희망도 전혀 없어요. 하지만 저는 그분이 선량하고 친절하고, 많은 것을 포용할 수 있는 분이라고 확신해요."

가엾은 카턴을 신뢰하는 순수한 마음이 루시의 아름다움을 더욱 돋보이게 만들었으므로 다네이는 몇 시간이고 아내를 바라볼 수 있을 것 같았다.

"사랑하는 당신!" 루시는 남편에게 가까이 다가가 그의 가슴에 머리를 묻었다가 올려다보며 말했다. "행복을 누리며 살아가는 우리가 얼마나 큰 축복을 받았는지, 절망에 빠져 있는 그분은 얼마나 가련한 사람인지 잊지 마셔야 해요!"

루시가 간절히 애원하자 다네이의 마음이 흔들렸다. "영원히 기억하리다, 내 사랑. 살아 있는 한 잊지 않겠소."

다네이는 루시의 금빛 머리로 고개를 숙여 장밋빛 입술에 입을 맞추고는 두 팔로 그녀를 껴안았다. 그 쓸쓸한 나그네가 어두운 거리를 헤매다 마네트 양의 순수한 고백을 들었다면, 그리고 사랑하는 남편이 키스할 때 부드러운 푸른 눈에서 떨어지던 동정의 눈물을 보았다면 밤새워 울었을 것이다. 그리고 몇 번이고 이 말을 되뇌었을 것이다.
"하느님, 그녀의 갸륵한 동정심을 축복해주십시오."

21장

메아리치는 발자국 소리

 앞에서 말했듯 마네트 박사는 소리가 잘 울리는 길모퉁이에 살았다. 루시는 남편과 아버지, 자기 자신, 그리고 오랫동안 자기를 보살펴준 프로스 양을 한데 묶어주는 금색 실을 어느 때보다 부지런히 감으며 행복해했고, 울려 퍼지는 발자국 소리를 여러 해 동안 들으면서 길모퉁이에 있는 평온한 집에서 살아갔다.
 결혼 초에는 젊고 행복한 아내로 살면서도 일에 집중하지 못하고 눈앞이 아득해질 때가 있었다. 명확하게 들리지는 않았지만 멀리서 가볍게 메아리를 타고 들려오는 소리들이 그녀의 마음을 이리저리 휘저어놓았다. 루시의 마음에는 희망과 의심이 뒤엉켜 있었다. 앞으로 경험할 사랑을 향한 희망과 기쁨을 제대로 누리지 못하고 이 세상에서 사라질지 모른다는 의심 때문에 마음이 혼란스러웠다. 귓전을 울리는 메아리에는 그녀가 일찍 죽어 묻힐 무덤 속에서 퍼져 나오는 소리도 있었다. 그래서 외로이 홀로 남은 남편이 그녀를 그리워하리라는 생각에 눈물이 가득 차올랐다가 파도처럼 산산이 부서지기도 했다.

그렇게 시간이 흘러가고 이제 루시의 품에는 자그마한 딸이 안겨 있었다. 여러 소리가 모퉁이를 돌아 다가올 때면 어린 딸이 조그만 두 발로 아장아장 걸어오면서 옹알거리는 소리가 섞여 들리기도 했다. 다른 소리가 아무리 크게 울려 퍼져도 요람 옆에 앉아 있는 젊은 엄마의 귀에는 집으로 돌아오는 아이의 소리가 들렸다. 아이의 웃음소리가 널리 퍼지면서 어둡던 집 안이 밝아졌다. 어린 시절 루시가 고민을 털어놓으면 아이들의 친구인 신이 루시를 품에 안아 성스러운 기쁨을 안겨주었듯, 그 딸도 팔에 안아 보살펴주는 것 같았다.

루시는 모든 가족을 하나로 묶어주는 금색 실을 부지런히 감아 가족 모두의 삶에 자신의 행복한 마음을 짜 넣었고, 가족들은 어디서나 행복을 느꼈다. 그 몇 년 동안 모퉁이를 돌아 들려오는 메아리는 오로지 다정하고 부드러운 소리뿐이었다. 남편이 돌아오는 발자국 소리는 강하면서도 풍요로웠고 아버지의 발걸음은 굳건하고도 한결같았다. 그리고 프로스 양은 어떤가! 멍에에 매여 있으나 오직 채찍으로만 다스릴 수 있는 사나운 야생마처럼, 정원의 플라타너스 나무 아래에서 땅을 발로 차고 콧김을 내뿜으며 길모퉁이의 메아리들을 모조리 깨우지 않는가!

메아리에 섞여 구슬픈 소리가 들려오기도 했지만, 가혹하거나 잔인하게 들리지는 않았다. 루시의 금발을 그대로 물려받은 아들이 희미한 빛을 뒤로하고 지친 얼굴을 베개에 뉘고 미소를 지으며 "엄마와 아빠, 예쁜 누나를 두고 먼저 떠나서 죄송해요. 하지만 하느님이 부르셔서 이제 가야겠어요!"라고 말했을 때도 젊은 어머니의 뺨을 적신 것은 고통의 눈물이 아니었다. 신이 맡긴 영혼이 어미의 품을 떠나 다시 신에게 돌아갔기 때문이다. '그들을 오게 하라, 그들을 막지 말라.'는 말씀처럼 아이는 신의 얼굴을 본다. 아, 하느님 아버지. 축복하소서!

천사의 날갯짓 소리가 메아리와 어우러져 들려오면 지상의 소리에 천상의 숨소리도 섞여 있는 것 같았다. 정원의 작은 무덤을 스치는 바람의 한숨 소리까지 어우러지면, 루시의 귀에는 이 두 소리가 모래사장 위에 잠든 여름 바다의 숨소리처럼 고요히 쌔근쌔근 들려왔다. 마치 어린 딸이 아침에 미소를 지으며 공부를 하거나 엄마의 발치에서 인형 옷을 갈아입히는 놀이를 하면서, 생활에 녹아 있는 두 도시의 억양을 섞어가며 조잘거리는 것 같았다.

시드니 카턴의 발소리가 울려 퍼지는 일은 드물었다. 기껏해야 1년에 대여섯 번이나 되었을까, 그는 초대받지 않아도 들를 수 있는 특권을 받았다고 주장하면서 예전처럼 루시의 가족들과 함께 저녁 시간을 보내기도 했다. 하지만 술에 취해 찾아온 적은 없었다. 그리고 메아리에는 카턴과 관계있는 다른 한 가지 소리도 실려왔다. 헤아릴 수 없이 오랫동안 메아리에 묻혀 전해져왔던 소리였다.

진심으로 사랑했던 여인이 다른 사람의 아내가 되고 자녀를 낳아 어머니가 되어도 한결같은 마음으로 여인을 이해하고 원망하지 않는 남자가 있겠는가? 하지만 여인이 낳은 아이들은 신기하게도 그 남자를 본능적으로 동정했다. 여기에 어떤 감정이 숨어서 작용하는지 메아리는 설명해주지 않았다. 하지만 이 일은 실제로 일어났다. 루시의 딸이 낯선 사람에게 처음으로 통통한 오른팔을 뻗어 안긴 사람이 카턴이었고, 성장하는 동안에도 아이의 마음 한구석에는 늘 카턴이 자리했다. 루시의 어린 아들은 삶의 마지막 순간에서도 카턴을 그리워하며 "가여운 카턴 아저씨. 저 대신 아저씨께 키스를 전해주세요!"라고 말했다.

스트라이버는 탁류를 뚫고 나아가는 성능 좋은 엔진처럼 법조계에서 길을 개척해나가면서, 꼬리에 작은 배들을 달고 다니는 듯 쓸모 있는 친구들을 거느리고 다녔다. 그러나 큰 배의 힘으로 끌려다니는 작은 배들이 대개 험한 골골로 물속에 가라앉고 말듯 시드니 카턴도 술에 취해 허우적대며 살아갔다. 하지만 카턴은 불행하게도 친구를 떠나고 싶다거나 치욕스럽다고 느끼기보다는, 익숙한 습관에 젖어 이리저리 끌려다녔다. 진짜 자칼은 사자의 자리를 넘보지만 카턴은 사자 옆을 지키는 자칼의 신세를 벗어나려고 하지 않았다. 스트라이버는 부자가 되었다. 재산이 많고, 자랑거리라고는 큰 머리에 쭉쭉 뻗은 머리카락뿐인, 아들 셋 딸린 화려한 과부와 결혼한 덕택이었다.

스트라이버는 몸의 온갖 구멍으로 역겨움을 뿜어내며 후견인 행세를 하면서, 어린 세 신사를 세 마리 양처럼 앞세우고 소호의 조용한 모퉁이에 나타났다. 그러고는 루시의 남편에게 아이들의 선생님 자리를 제안하며 부드럽게 말했다. "안녕하세요, 다네이 씨! 부부끼리 오붓하게 산책 나가 드시라고 치즈를 넣은 빵 세 덩이를 가져왔습니다." 하지만 다네이가 치즈 넣은 빵 세 덩이를 정중하게 거절하자 스트라이버는 잔뜩 골을 냈고, 나중에는 저 가정교사처럼 구걸하면서 살아가는 처지에 자존심만 내세우는 족속들을 경계해야 한다고 세 아들에게 훈계하는 지경에 이르렀다. 또한 향이 풍부한 고급 포도주를 마시면서 한때 루시가 자기를 '잡으려고' 애썼지만 자신은 더욱 영리한 방법으로 '잡히지 않는' 전술을 펼쳤다고 부인에게 열변을 토했다. 고등법원의 동료 법관들이 이따금씩 포도주를 같이 마시면서 그의 거짓말에 맞장구를 쳐주자 스트라이버는 흥이 나서 지나치게 떠벌리고 다니다가 나중에는 자신조차도 그 이야기가 진짜라고 믿기에 이르렀다. 이는 가뜩이나 나쁜 행동을 구제 불능의 지경까지 부추기는 짓으로, 범죄자를 으슥한 곳으로 끌고 가 목 졸라 죽이고는 정당한 행위였다고 생각하는 꼴이었다.

루시는 딸이 여섯 살이 될 때까지도 모퉁이에서 울려 퍼지는 소리를 들으면서 가끔 수심에 잠기기도 하고, 기뻐하거나 웃음을 터뜨리기도 했다. 사랑하는 남편의 발소리에 가슴이 설렌 것은 말할 것도 없고, 아이의 발소리나 활기차지만 침착한 아버지의 발소리를 들을 때면 늘 가슴이 뛰었다. 루시가 절약하면서도 품위를 잃지 않도록 현명하게 가꾸어온 집 안에는 마치 음악 소리처럼 가벼운 메아리가 울려 퍼졌다. 메아리에는 루시의 기분을 북돋우는 말도 들렸다. 아버지는 (가능한 일인지 모르겠지만) 딸이 결혼하기 전보다 결혼하고 나서 아버지를 더욱 지극정성으로 보살핀다고 몇 번이나 말했고, 남편도 걱정거리나 할 일이 많은데도 늘 변치 않는 사랑으로 뒷바라지를 해주고 있다고 여러 번 칭찬했다. "도대체 마법의 비결이 뭔가요? 내 사랑, 마치 한 사람에게 헌신하듯 우리 모두를 다 챙기면서도 절대 허둥대거나 할 일이 산더미처럼 쌓여 있는 것처럼 보이지 않는 비결이 말이요?"라고 묻기까지 했다.

그러나 저 멀리에서 모퉁이로 전해진 메아리는 위협적으로 계속 울려 퍼졌다. 어린 루시의 여섯 번째 생일날, 프랑스에 엄청난 폭풍우가 일어났고 바다가 뒤집히듯 무시무시한 소리가 들리기 시작했다.

1789년 7월 중순 어느 날 밤, 로리 씨는 늦은 시간에 텔슨 은행에서 나와 루시의 집을 찾아 그들 부부와 함께 어두운 창가에 앉았다. 무덥고 날씨가 험상궂은 밤이었다. 세 사람 모두 같은 장소에서 번개를 바라보았던 오래전 일요일 밤을 떠올렸다.

로리가 갈색 가발을 뒤로 젖히며 말했다. "차라리 텔슨 은행에서 밤을 새울 걸 그랬나 봅니다. 하루 종일 할 일이 너무나 많다 보니 무엇부터 어떻게 해야 할지 갈피를 잡을 수 없었어요. 파리 쪽 상황이 좋지 않아서 고객들이 우리 은행을 많이 찾거든요! 우리 쪽으로 재산을 옮겨놓는 일이 파리 고객들이 원하는 만큼 신속하게 처리되고 있지 않나 봅니다. 너나 할 것 없이 재산을 영국으로 돌려놓으려고 난리랍니다."

"불길하네요." 다네이가 말했다.

"친애하는 다네이씨, 불길하다고 했나요? 그렇습니다. 그런데 우리는 도대체 그 이유를 모르겠습니다. 사람들이 어찌나 지나친 요구를 하는지! 텔슨 은행 직원들은 나이가 많아서 정당한 업무가 아니면 처리하려고 하지 않아요."

"그렇다고는 해도, 선생님은 상황이 얼마나 불길하고 위협적인지 알고 계시는군요." 다네이가 말했다.

"모를 리가 있겠습니까." 로리는 이렇게 인정하고는, 자신의 온화한 성격이 고약해진 것도 무리는 아니라고 합리화하듯 투덜거렸다. "그렇다 하더라도 온종일 업무에 시달리고 나니 짜증이 나는군요. 마네트 박사는 어디 계십니까?"

"여기 있소." 마네트 박사가 어두운 방으로 들어오면서 말했다.

"댁에 계셔서 다행입니다. 온종일 바쁜 데다 좋지 않은 느낌에 시달리다 보니 아무 이유도 없이 신경이 곤두서네요. 외출 계획은 없으시죠?"

"나가지 않으려 합니다. 로리 씨만 좋다고 한다면 같이 주사위 놀이나 할까요?" 마네트 박사가 말했다.

"솔직히 말씀드리자면 주사위 놀이를 할 기분도 아니에요. 오늘 밤은 박사님과 경쟁하고 싶은 마음이 생기질 않아서요. 루시, 차 쟁반 아직 거기에 두었나요? 보이지 않네요."

"당연히 그대로 두었답니다. 선생님을 위해 치우지 않았어요."

"고맙습니다. 우리 귀여운 아기는 잘 자고 있나요?"

"곤히 잘 자고 있답니다."

"모두들 안전하게 잘 있어서 정말 다행입니다! 이 집에 무슨 일이 생기지 않을까 걱정한 이유를 모르겠네요. 잘됐습니다! 온종일 은행 업무 때문에 정신이 쏙 빠졌던 데다가 예전처럼 젊지도 않으니! 아, 차를 주셨군요! 고마워요. 이제 이쪽에 다 같이 조용히 앉아 루시가 주장하는 메아리의 울림에 관한 이론을 들어봅시다."

"이론이 아니에요. 상상과 비슷할 뿐이에요."

"상상이라고요? 우리 현명한 아가씨." 로리가 루시의 손을 쓰다듬으며 말했다. "그래도 메아리는 종류도 다양하고 소리도 참 큽니다. 그러니 들어봅시다!"

이들이 런던의 한 어두운 창가에서 둘러앉아 있는 사이, 저 멀리 생앙투안에서는 거침없고 광기 어린, 위험한 발자국이 다른 사람들의 삶을 침범하고 있었다. 한번 피로 붉게 물든 발자국은 쉽사리 깨끗해지지 않았다.

그날 아침 생앙투안에서는 허수아비처럼 처참한 몰골에 표정이 우울한 군중이 구름처럼 무리 지어 들썩거렸고, 소용돌이치는 군중의 머리 위에서 강철 칼날과 총검이 햇빛에 반사되어 어슴푸레하게 번쩍였다. 생앙투안 사람들의 목구멍에서 무시무시한 함성이 터져 나오고, 겨울바람에 쪼글쪼글해진 나뭇가지처럼 헐벗은 팔이 허공에 허우적대며 숲을 이루었다. 그들은 손마다 온갖 무기를 들었고, 무기가 없으면 마음 깊은 곳에서 복받치는 감정을 무기 삼아 부들부들 떨릴 정도로 움켜쥐었다.

그 무기를 누가 나누어 주었는지, 어디서 구했는지, 어디서부터 사태가 시작되었는지, 어떻게 무기가 번개처럼 사람들의 머리 위에서 휘어질 듯 떨리면서 번뜩이게 되었는지 아무도 몰랐다. 하지만 사람들은 소총을 나눠 가졌고 탄약통과 화약, 총탄, 철이나 나무로 된 막대, 칼, 도끼, 창과 같이 각자 찾아냈거나 만든 무기를 손에 쥐었다. 아무 무기도 없는 사람들은 피범벅이 된 맨손으로 집 벽에서 돌과 벽돌을 파내 무장했다. 생앙투안의 모든 심장과 맥박이 열병에 걸린 듯 마구 뛰었고, 살아 숨 쉬는 사람들은 누구나 목숨 따위는 언제라도 버릴 각오가 되어 있었다.

소용돌이를 이루며 끓어오르는 물에도 중심이 있듯 그 중심은 드파르주의 술집이었다. 사람들의 분노가 들끓고 있는 이 가마솥에 잠시 들르기만 해도 누구든 소용돌이에 휩쓸리기 마련이었다. 화약 가루와 땀으로 범벅이 된 드파르주는 명령을 내리고 무기를 나누어 주면서 사람들을 뒤로 빼거나 전진시키는가 하면, 사람을 보아가며 무기를 회수하기도 하고 무장시키기도 하느라 끓어오르는 가마솥 한복판에서 고군분투하고 있었다.

"자크 3호는 내 옆에 있고, 자크 1호와 2호는 따로 찢어져서 가능한 한 많은 애국자 동지들을 통솔해주게. 이런, 마누라는 어디 있어?"라고 드파르주가 외쳤다.

"나 여기 있어!" 드파르주 부인이 말했다. 언제나처럼 침착했지만 뜨개질 거리는 손에서 놓고 있었다. 그녀는 부드러운 털실을 쥐고 있던 오른손으로 도끼를 움켜쥐었고 허리춤에는 권총과 날카로운 칼을 차고 있었다.

"당신은 어디로 갈 거야?"

"일단 당신이 가는 곳으로 가려고. 하지만 곧 앞장서서 여성 동지들을 이끌어야지."

"자, 진군! 애국자 동지와 전우 여러분! 모든 준비는 끝났소. 바스티유로 갑시다!" 드파르주가 외쳤다.

프랑스에서 살아 숨 쉬는 모든 숨결이 바스티유라는 혐오스러운 단어를 외치듯 함성이 포효하자, 살아 있는 군중의 파도가 일어나 깊은 곳에서부터 굽이쳐 도시로 넘쳐흘렀다. 경종이 울리고 북소리가 울려 퍼지자 격분한 파도와 천둥이 새로운 해변에 들이쳤다. 공격이 시작된 것이다.

깊은 배수로, 이중 도개교, 거대한 석벽, 높은 탑 여덟 개, 대포와 소총. 여기저기 화염과 연기가 들어차고 바다를 이룬 군중이 대포 앞으로 올려 보내는 순간 드파르주는 포병이 되었다. 술집 주인은 두 시간 동안 용감무쌍한 군인이 되어 격렬하게 싸웠다.

깊은 배수로, 이중 도개교, 거대한 석벽, 높은 탑 여덟 개, 대포와 소총, 화염과 연기. 도개교 하나가 무너졌다! "공격하라, 동지들이여! 일제히 나가 싸우자! 자크 1호와 2호, 자크 1000호, 자크 2000호, 자크 2만 5000호! 천사든 악마든 동지들 마음 내키는 이름을 걸고 싸우라!" 술집 주인 드파르주는 이미 한참 전부터 뜨겁게 달궈진 대포 앞에 서서 외쳤다.

"여성 동지들이여! 여기로 모여라!" 드파르주 부인이 외쳤다. "이곳만 장악하면 우리도 남자들만큼 죽일 수 있다!" 다양한 무기로 무장한 여자들이 날카롭게 소리 지르면서 드파르주 부인 주위로 몰려들었다. 그들은 하나같이 배고픔과 복수심으로 불타올랐다.

대포와 소총에서 화염과 연기가 솟아올랐다. 격렬한 싸움이 계속되었지만 여전히 깊은 배수로, 이중 도개교, 거대한 석벽, 높은 탑 여덟 개가 버티고 있었다. 사람들이 부상당해 쓰러지자 미친 듯이 몰아치던 바다가 잠시 멈칫했다. 무기가 번쩍이고, 횃불은 맹렬히 타올랐고, 마차에 실린 젖은 짚 더미에서 연기가 솟아올랐다. 사방의 방어벽에서 치열한 싸움이 벌어졌다! 비명, 일제사격, 저주, 움츠러들지 않는 용기, 쾅 하고 부서지는 소리와 덜커덕거리는 소리, 살아 있는 군중이 분노해 부르짖는 외침! 그러나 여전히 깊은 배수로, 이중 도개교, 거대한 석벽, 높은 탑 여덟 개는 버티고 있었고, 네 시간 동안 맹렬하게 전투를 벌여서 두 배는 더 뜨거워진 대포 앞에 술집 주인 드파르주가 서 있었다.

협상을 요청하는 하얀 깃발이 요새에서 올라왔다. 깃발은 아무것도 들리지 않는 격렬한 폭풍 속에서 어렴풋이 모습을 드러냈다. 갑자기 군중의 바다가 엄청나게 거대하고 높게 일어나더니 아래쪽 도개교를 휩쓸고 거대한 바깥 석벽을 지나

항복한 여덟 개의 탑에 술집 주인 드파르주를 내려놓았다.

너무도 강한 바다의 힘에 이끌린 드파르주는 마치 남쪽 바다에 이는 파도에 휩쓸려 사투를 벌이는 듯 숨을 고르지도 고개를 돌리지도 못한 채 바스티유 외벽 마당에 다다랐다. 그곳에서 한쪽 벽 모퉁이에 기대어 주변을 둘러보았다. 곁에 자크 3호가 눈에 띄었다. 드파르주 부인이 손에 칼을 들고 몇몇 여성 동지를 이끌고 있는 모습이 저 멀리 보였다. 귀청이 찢어질 것 같은 엄청난 소음에 기쁨과 혼란이 뒤섞여 광기 어린 분위기가 사방에 가득했지만 분노의 무언극은 계속되었다.

"죄수들!"

"기록!"

"비밀 감방!"

"고문 도구!"

"죄수들!"

이 모든 외침들과 알아들을 수 없는 수만 가지 말이 뒤섞이는 와중에 모여드는 군중의 바다는 다 함께 "죄수들!"을 외치기 시작했다. 끝없이 밀려드는 사람의 파도에 휩쓸려 시간과 공간도 영원히 지속될 것만 같았다. 맨 앞에 선 사람들은 간수들을 잡아와서 비밀 감옥을 모두 열지 않으면 즉시 처단하겠다고 협박했다. 드파르주는 건장한 팔을 휘둘러, 횃불을 쥐고 있는 머리 희끗한 간수의 멱살을 잡아 나머지 간수들에게서 떼내 벽으로 밀어붙였다.

"북탑이 어디야? 어서 말하지 못해!" 드파르주가 말했다.

"나를 따라오시오. 하지만 그곳에는 아무도 없소." 간수가 대답했다.

"북탑 105가 무슨 뜻이지? 당장 대답해." 드파르주가 호통쳤다.

"무슨 뜻이냐니?"

"죄수 번호야 아니면 감방 번호야? 죽도록 맞아봐야 대답을 할 거냐?"

"죽여버려!" 자크 3호가 가까이 다가오며 잔뜩 쉰 소리로 외쳤다. "감방 번호요."

"그리로 안내해!"

"이쪽으로 오시오."

평소처럼 굶주린 표정을 짓고 있던 자크 3호는 대화가 유혈 사태로 이어질 조짐이 보이지 않자 크게 실망하더니, 간수의 팔을 잡는 드파르주의 팔을 잡았다. 짧은 대화였지만 셋은 머리를 가까이 맞대야 겨우 상대의 말을 알아들을 수 있었다. 요새로 난입해 법정과 복도, 계단을 가득 메운, 살아 출렁이는 바다의 소리가 너무 컸기 때문이다. 바깥도 마찬가지였다.

깊고 거칠게 포효하는 함성이 벽을 때렸고, 때로 소란한 외침이 물보라처럼 공기 중으로 솟아올랐다가 부서졌다.

세 사람은 낮에도 햇빛이 조금도 들지 않는 어두컴컴한 아치형 복도를 통과해 어두운 굴과 짐승 우리 같은 감방으로 이어지는 흉물스러운 문들을 지나 어둡고 휑뎅그렁한 층층계단을 내려갔고, 계단이라기보다는 물이 바싹 말라버린 폭포 같은, 울퉁불퉁한 돌과 벽돌이 쌓인 가파른 오르막을 올랐다. 드파르주와 간수, 자크 3호는 서로 손과 팔을 잡고 가능한 한 재빠르게 움직였다. 처음에는 여기저기서 군중이 넘쳐나 옆을 휩쓸고 지나갔다. 하지만 계단을 내려가서 탑을 구불구불 감아 올라가자 사람들은 더 이상 눈에 띄지 않았다. 거대하고 두꺼운 벽과 아치에 둘러싸여 있었으므로, 여태껏 들은 소음 때문에 청력에 충격을 받은 듯 안팎에서 이는 폭풍 소리가 둔하고 나지막하게 들렸다.

간수는 키가 낮은 문 앞에서 멈추고는 뻑뻑한 자물쇠에 열쇠를 밀어 넣어 천천히 문을 열었다. 그리고 세 사람 모두 머리를 숙이고 감방 안으로 들어가자 말했다.

"여기가 북탑 105호요!"

벽 높은 곳에 유리 없이 굵은 쇠창살만 달린 작은 창문이 나 있었지만 돌이 가리고 있어서 하늘을 보려면 허리를 구부리고 올려다보아야 했다. 조금 떨어진 곳에는 쇠창살이 단단히 가로놓인 자그마한 굴뚝이 있었고 난로에는 오래된 나뭇재가 깃털처럼 쌓여 있었다. 가구라고는 팔걸이가 없는 의자와 책상, 짚을 쌓아 만든 침대가 전부였다. 사방을 에워싼 벽은 새까맣게 변색돼 있고 한쪽에 녹슨 쇠 종이 매달려 있었다.

"벽을 따라가면서 천천히 횃불을 비춰봐, 좀 살펴봐야겠어." 드파르주가 간수에게 말했다.

간수가 시키는 대로 하자 드파르주는 눈으로 불빛을 가까이 좇았다.

"멈춰! 여기를 봐, 자크!"

"A. M.!" 자크 3호가 쉰 목소리로 허겁지겁 글자를 읽었다.

"알렉상드르 마네트." 드파르주가 화약 때가 깊이 밴 거무스름한 손가락으로 글자를 따라가며 자크 3호의 귀에 대고 속삭였다. "그리고 여기 '불쌍한 의사'라고 썼어. 이 돌에 날짜를 새겨놓은 것도 그분이 분명하군. 틀림없어. 자네 손에 든 게 뭔가? 쇠 지렛대? 이리 줘봐!"

여전히 대포 화승을 쥐고 있던 드파르주는 갑자기 쇠 지렛대로 바꾸어 잡더니, 벌레 먹은 책걸상 쪽으로 돌아서서 몇 차례 세게 내리쳐 끝내 산산조각 냈다.

"횃불을 좀 더 높이 들어봐!" 그리고 간수에게 소리쳤다.

"떨어져나간 조각들을 자세히 살펴보라고, 자크. 여기! 내 칼을 받아." 드파르주는 칼을 자크에게 던졌다. "침대를 찢어서 짚더미를 뒤져봐. 그리고 당신! 횃불을 번쩍 들어!"

드파르주는 간수를 위협하듯 쳐다보면서 난로 쪽으로 기어가 굴뚝을 자세히 올려다보았다. 쇠 지렛대로 굴뚝 옆면을 툭툭 치고 비틀어보기도 하고, 난로 안의 쇠 살대도 살펴보았다. 얼마 안 있어 회반죽과 먼지가 떨어져 내리는 통에 얼굴을 돌렸다. 그러고는 난로와 오래된 나뭇재, 굴뚝 틈 안에 쇠 지렛대를 집어넣어 쑤시고 나서 손으로 조심스럽게 더듬어보았다.

"자크, 나뭇조각이나 짚 더미에서 아무것도 못 찾았어?"

"아무것도 없어요."

"감방 한가운데로 그것들을 모아보세. 당신, 여기에 불을 붙여!"

간수가 그 작은 더미에 불을 붙이자 높고 뜨겁게 불길이 타올랐다. 그들은 작은 더미가 계속 타도록 남겨두고는 몸을 숙여 키 낮은 아치형 문을 통과해 감방에서 나와 길을 되짚어 지나 마당으로 나갔다. 계단을 내려오자 청력이 돌아오기라도 한 것처럼 격렬한 함성 소리가 다시 들렸다.

군중들이 드파르주를 찾아 이리저리 움직이고 있다는 소

식이 들렸다. 생앙투안 시민들은 바스티유 감옥을 지키기 위해서라면서 군중에게 사격을 가한 교도소장을 술집 주인 드파르주가 앞장서서 호송해주기를 원했다. 드파르주가 있어야 교도소장을 시청까지 데려가 재판정에 세울 수 있을 것이고, 그래야 교도소장이 탈출하지 못하게 막고 시민들이 흘려온 피에 대한 복수를 할 수 있을 터였다. 시민이 흘린 피는 수년간 무가치했지만 지금은 갑자기 중요하게 여겨졌다.

교도소장의 회색 외투에 달린 붉은 훈장은 사람들의 이목을 끌었다. 암울한 표정의 교도소장 주변에서 격정과 논쟁의 소용돌이가 그를 집어삼킬 듯 휘몰아쳤다. 그 와중에 여성 동지들을 이끄는 드파르주 부인만이 유일하게 침착했다. "저기를 보시오, 저기 내 남편이 있소!" 드파르주 부인이 남편을 가리키며 외쳤다. "드파르주를 봐라!" 그녀는 암울한 표정을 짓고 있는 늙은 교도소장 옆에 꼼짝도 않고 서 있었다. 드파르주와 무리가 그를 끌고 길을 지날 때도 옆에 바싹 붙어 있었다. 교도소장이 목적지 가까이 도착해 사람들에게 몰매질을 당할 때도 옆을 지켰다. 행렬을 지은 군중이 무섭게 내리치는 비처럼 교도소장을 칼로 찌르고 때릴 때도 바로 옆에 붙어 있었다. 결국 교도소장이 숨이 끊겨 심판대 아래로 떨어질 때도 옆에 가까이 서 있던 드파르주 부인은 갑자기 생기를 띠며 오래 기다렸다는 듯 그의 목을 발로 밟고 잔인하게 칼로 베어버렸다.

　무시무시한 계획을 실행에 옮길 때가 왔다. 생앙투안 시민들은 가로등에 사람을 매달아 자신들이 어떤 사람이고 무슨 짓을 할 수 있는지 보여주었다. 시민들의 피는 끓어올랐고 가혹하게 압제하던 독재자의 피는 아래로, 교도소장의 시체가 떨어져 뒹구는 시청사 계단 아래로, 시체를 짓밟아 뭉개고 있는 드파르주 부인의 신발 밑으로 흘러내렸다. "저기 있는 가로등을 내려라!" 새로운 죽음의 도구를 노려보던 생앙투안 시민들이 소리를 질렀다. "여기 교도소장 옆에서 보초를 서던 병사가 있다!" 몸부림치던 보초병이 가로등에 매달렸고 군중의 바다가 계속 몰려왔다.

　검고 위협적인 군중의 바다, 파도에 파도가 부딪쳐 닥치는 대로 파괴할 것처럼 솟아오르는 바다는 헤아릴 수 없을 정도로 깊었고 무지막지한 힘을 휘둘렀다. 갈수록 심하게 소용돌이치면서 흔들리는 바다와 복수의 목소리, 고통의 용광로에서 굳어진 얼굴에는 일말의 동정도 보이지 않았다.

　그러나 사나움과 분노가 생생하게 살아 꿈틀거리는 얼굴들의 바다에, 다른 사람들과 확실히 대조되는 두 부류의 얼굴이 보였다. 각 무리는 일곱 명이었고, 군중의 바다에 휩쓸려 주목할 만한 파괴 행위를 저지르는 법이 없었다. 폭풍이 불어

닥쳐 자신들의 무덤인 바스티유를 산산조각 내는 바람에 갑자기 풀려난 일곱 죄수는 심판의 날을 코앞에 둔 것처럼 겁에 질려 혼란스러워했다. 이들을 머리 위로 높이 들어 올린 채 발걸음을 옮기며 기쁨에 취한 사람들은 영혼을 잃었다. 이들보다 더 높이 들려진 일곱 개의 얼굴은 눈꺼풀을 내리깐 채 반쯤 뜬 눈으로 심판의 날을 기다렸다. 무표정한 얼굴들이었지만 표정이 굳었을 뿐 아예 지워지지는 않았다. 오히려 겁에 질려 그대로 굳어버린 듯했다. 금방이라도 눈꺼풀을 치켜뜨며 핏기 없는 입술로 "너희들이 그랬잖아!"라고 자신들을 죽인 사람들에게 말할 것만 같았다.

일곱 죄수는 풀려났고, 피투성이 머리 일곱 개는 창에 꽂혔다. 저주받은 탑 여덟 개가 있는 요새의 열쇠, 편지 몇 통, 오래전 억울하게 죽은 죄수들의 기념품들, 1789년 7월 중순 파리 거리를 행진하는 생앙투안 시민들의 크게 울려 퍼지는 발자국 소리. 이제 하늘은 루시 다네이의 환상을 깨버렸다. 이 발자국들이 그녀의 삶을 더럽히지 못하게 하소서! 거칠 것 없는 광기로 가득한 이 발자국들은 위험했고, 드파르주의 술집 문 앞에서 포도주통이 깨지고 나서 시간이 오래 흘렀는데도 한번 물든 붉은 얼룩은 쉽게 지워지지 않았다.

22장
여전히 거센 바다

 초췌해진 생앙투안 시민들이 얼마 되지도 않는 쓰고 딱딱한 빵을 씹으면서 동료들과 기쁨의 포옹을 나누고 축하하며 기뻐한 시간은 고작 일주일뿐이었고, 드파르주 부인은 여느 때처럼 카운터에 앉아 손님을 맞이했다. 그녀의 머리에는 장미꽃이 꽂혀 있지 않았다. 단 일주일이긴 했지만 거대한 첩자 조직은 생앙투안 시민들의 자비에 자기 목숨을 맡기는 사태가 발생할까 봐 극도로 활동을 꺼렸기 때문이다. 길거리의 가로등이 그들과 함께 불길하게 이리저리 흔들렸다.

 드파르주 부인은 아침 햇빛과 열기를 몸으로 받으며 팔짱을 끼고 앉아 술집과 길거리를 보았다. 길거리에는 사람들이 무리 지어 어슬렁대고 있었는데, 초라하고 비참했던 자들이 권력에 눈을 뜨는 왕관을 가난 위에 뒤집어쓴 듯했다. 형편없는 머리 위에 아무렇게나 눌러쓴 헐어빠진 나이트캡에는 배배 꼬인 의미가 숨겨져 있었다. "이런 나이트캡이나 쓰고 있는 나는 정말 어렵게 먹고살지. 하지만 이런 나이트캡을 쓰고 있는 내가 당신네들을 얼마나 쉽게 죽일 수 있는지 알아?" 전에는 일이 없던 말라빠진 맨 팔뚝도 이제는 항상 일을 준비하고 있었으니, 이는 바로 때려 부수는 일이었다. 뜨개질하는 여자들의 손가락도 찢고 뜯을 수 있다는 것을 경험하자 대단히 잔인해졌다. 이제 생앙투안은 달라졌다. 수백 년 동안 망치질을 당해왔지만, 최근에 받은 최후의 일격이 그 모습에 분명하게 새겨졌다.

드파르주 부인은 생앙투안 여성들을 이끄는 지도자라는 자부심을 억누르며 앉아서 그 모습을 지켜보고 있었다. 옆에서는 여성 동지 한 명이 뜨개질을 하고 있었다. 키가 작고 약간 통통한 동지는 가난한 식료품 잡화상의 아내이면서 두 아이의 어머니였고, 드파르주의 참모로 이미 복수의 여신이라는 영광스러운 이름을 얻었다.

"잘 들어봐요! 들어보라고요! 누가 오고 있죠?" 복수의 여신이 말했다.

뿌려놓은 화약 가루에 화르륵 불이 붙듯 소곤대는 소리가 생앙투안 가장 바깥에서부터 술집 문까지 쏜살같이 퍼져나갔다.

"드파르주가 오네요. 동지들, 조용히!" 드파르주 부인이 말했다.

가쁜 숨을 몰아쉬며 들어온 드파르주가 붉은색 모자를 벗으며 주변을 둘러보았다! "여러분, 잘 들으세요!" 드파르주 부인이 다시 말했다. "이 사람이 뭐라고 하는지 들어보자고요!"

드파르주는 거칠게 숨을 몰아쉬며 입을 벌린 채 열망하는 눈빛으로 문 밖에 몰려 있는 사람들 앞에 섰다. 술집 안에 있던 사람들이 모두 벌떡 일어섰다.

"여보, 말해봐요. 무슨 일이에요?"

"바깥세상에서 온 소식이오!"

"뭐요? 바깥세상이요?" 드파르주 부인이 거만하게 외쳤다.

"배가 고프면 풀을 먹으라고 말했던 늙은이 말이오, 죽어서 지옥에 간 풀롱을 기억들 하시오?"

"모두 기억하오!" 다 같이 대답했다.

"그 늙은이의 소식이오. 그놈이 여기 있다는군요!"

"뭐라고? 그놈은 죽었잖소." 모두 일제히 대답했다.

"죽지 않았소. 우리가 무서워서(당연히 그렇겠지) 죽은 것처럼 위장해서 거짓 장례까지 성대히 치렀다고 하오. 하지만 시골에 숨어 있다가 들켜서 끌려왔소. 죄수가 되어 시청으로 끌려가는 것을 두 눈으로 직접 보고 왔소. 그놈이 우리를 무서워하는 것이 당연하다고 내가 방금 말했지만, 말해들 보시오. 마땅히 그래야 할 이유가 있지 않소?"

일흔 살이 넘은 처참한 몰골의 노인은 자신이 그들을 무서워해야 할 이유를 몰랐다 하더라도 그들의 맹렬한 외침을 들었다면 가슴 깊숙이 그 이유를 깨달았으리라.

잠시 무거운 침묵이 흘렀다. 드파르주 부부는 서로를 결연히 바라보았다. 복수의 여신은 몸을 굽혀 카운터 뒤 자신의 발밑에서 북을 꺼내 울리기 시작했다.

"애국 동지들이여!" 드파르주는 단호한 목소리로 외쳤다. "모두 준비됐습니까?"

드파르주 부인은 이내 허리춤에 칼을 찼다. 거리에는 북소리가 울려 퍼졌다. 북과 북을 치는 사람 모두 마법에 홀려 날뛰는 것 같았다. 복수의 여신은 끔찍한 괴성을 지르며 손을 머리 높이 휘둘러대면서 이집저집 뛰어다니며 여자들을 선동했다. 복수의 여신 마흔 명이 한꺼번에 날뛰는 것 같았다.

남자들의 모습은 섬뜩했다. 창밖을 내다보다가 피 끓는 분노가 치밀어 오르자 무기가 될 만한 것을 집어 들고 거리로 쏟아져 나왔다. 한 술 더 떠서 여자들은 아무리 겁 없는 사람이라도 벌벌 떨 만큼 무시무시했다. 가난한 살림살이에 찌든 집안일을 팽개치고, 헐벗고 굶주린 배를 움켜쥐고 맨바닥에 쪼그려 앉은 아이와 노인들과 병자들을 내버려둔 채 머리카락을 휘날리며 거리로 뛰쳐나왔다. 그들은 거친 울부짖음과 그악스러운 행동으로 다른 사람의, 그리고 자신의 광기를 분출시켰다. 언니! 늙은 놈 풀롱이 잡혔대. 어머니! 사악한 풀롱 놈이 잡혔대요, 딸들아, 풀롱 놈이 잡혔단다! 잠시 후 여자 수십 명이 무리에 합류하여 가슴을 탕탕 치고 머리를 쥐어뜯으며 소리를 질렀다. '풀롱이 살아 있다니! 굶주린 사람에게 풀을 먹으라고 말한 그 늙은 놈 풀롱이! 내가 우리 아버지께 드릴 빵도 없었을 때 아버지께 풀을 먹으라고 말한 놈! 젖이 말라 아기에게 젖을 먹일 수도 없을 때 풀을 먹이라고 말한 놈! 오, 성모 마리아님, 풀롱이 살아 있다니요. 하느님, 저희의 고통을 살피소서. 나와 내 죽은 아이와 늙고 쇠약한 아버지의 하소연을 들어주세요. 나는 무릎을 꿇고 이 돌들에게 맹세하오! 풀롱에게 복수하고 말겠노라고! 남편이여, 형제여, 청년들이여, 우리에게 풀롱의 피를 주시오. 그의 목을 주시오. 그놈의 심장을 주시오. 그놈의 몸과 영혼을 우리에게 주시오. 풀롱을 갈기갈기 찢어 땅에 파묻고 그 몸뚱이를 뚫고 거기서 풀이 자라게 합시다!

 여자들은 이렇게 절규하며 광란에 빠져 빙글빙글 돌았고, 자기들끼리 때리고 잡아 뜯다가 기절해버렸다. 남편들은 사람들 발에 밟히지 않도록 자기 아내를 간신히 구해냈다. 이 와중에도 행진은 한순간도 멈추지 않았다. 단 한순간도! 풀롱은 시청에 있었고 풀려날지도 몰랐다. 생앙투안 사람들이 당한 고통과 모욕과 부당한 대우를 생각하면 절대 있어서는 안 될 일이었다. 사람들은 무기를 들고 엄청나게 빠른 속도로 떼를 지어 마지막 남은 사람들까지 모조리 막강한 흡입력으로 빨아들이며 마을을 빠져나갔다. 불과 십오 분 만에 생앙투안은 노인 몇 명과 우는 아이들만 남기고 텅 비었다.

 실로 그러했다. 그 시각 마을 사람들은 흉측하고 악독한 그 늙은이가 잡혀 심문받고 있는 조사실을 가득 메우고도 모자라 인접한 공터와 거리까지 나왔다. 드파르주 부부와 복수의 여신, 세 명의 자크가 서 있는 맨 앞줄에서 풀롱이 있는 조사실까지는 그리 멀지 않았다.

 "보시오!" 드파르주 부인은 풀롱이 있는 곳을 칼로 겨누며 외쳤다. "포승줄에 묶인 저 악당을 보시오! 등짝에다 풀을 묶어놓은 꼴이 아주 보기 좋군. 하하! 잘되었소. 저놈에게 풀을 먹입시다!" 드파르주 부인은 칼을 겨드랑이에 끼고 연극이라도 보는 것처럼 손뼉을 쳤다.

드파르주 부인 뒤에 서 있는 사람들이 그녀가 기뻐하는 이유를 뒷사람에게 설명했고, 설명을 들은 사람들은 다시 자기 뒷사람에게 말을 옮겼다. 이제 시청 근방 거리는 박수 소리로 넘실댔다. 이렇게 두세 시간 동안 수많은 단어들이 키질에 날리는 쭉정이처럼 주변으로 흩어졌다. 드파르주 부인이 수시로 안달하는 표정을 보이면 그 소식은 놀라울 만큼 빠르게 멀리까지 전해졌다. 동작이 민첩한 남자 몇 명이 시청 외벽을 타고 올라가 창문을 들여다보면서 부인의 얼굴빛을 건물 안으로 들어오지 못한 군중에게 알려주었기 때문이다.

마침내 해가 높이 떠올라 늙은 죄수의 머리 위로 따스한 햇살이 쏟아지자 얼핏 희망과 보살핌의 빛줄기로 보이기도 했다. 하지만 그 늙은이가 그런 호사를 누리게 놔둘 수는 없었다. 놀라울 만큼 길게 늘어선 먼지와 지푸라기 장벽이 순식간에 무너지고 생앙투안 시민들은 드디어 죄수 풀롱을 손에 넣었다.

이 소식은 가장 멀리 떨어진 군중에게까지 곧장 전달되었다. 드파르주는 난간과 탁자를 뛰어넘어 죽은 듯이 포승줄에 묶여 있는 그 비참한 처지에 놓인 비열한 자를 움켜잡았다. 드파르주 부인도 따라와 죄수가 묶인 포승줄의 한쪽 끝을 잡앉다. 복수의 여신과 자크 3호는 미처 따라오지 못했고, 높은 횃대에 앉아 때를 기다리는 독수리처럼 창가에 매달려 있던 남자들도 미처 시청 안으로 뛰어내리지 못하고 있었다. 이내 함성이 도시 전역에서 울려 퍼졌다. "저놈을 끌어내라!" "저놈을 가로등으로 끌고 가자!"

군중은 죄수를 이리저리 위아래로 끌고 다니다가 시청 계단 아래에 패대기쳐버렸다. 죄수는 처음에는 무릎을 꿇었다가 다시 발을 딛고 서는 듯했지만 이내 자빠져버렸다. 그는 끌려다니면서 매질을 당했고, 수백 개의 손이 풀 더미와 지푸라기를 입에 쑤셔 넣으며 그의 숨통을 조였다. 그는 잡아 뜯기고 헐떡거리며 피 흘리면서도 자비를 베풀어달라고 빌었다. 사람들이 죄수를 보려고 잠시 뒤로 물러나면 그 비좁은 공간에서 격렬한 고통으로 몸을 뒤틀었다. 그러자 숲처럼 빽빽한 군중의 다리 사이로 통나무 하나가 쑥 들어왔다. 그는 죽음의 가로등이 있는 가장 가까운 길모퉁이로 끌려갔다. 드파르주 부인은 고양이가 쥐를 놓아주듯 그를 잠시 풀어놓고, 사람들이 사형 준비를 하는 동안 자비를 베풀어달라고 애원하는 죄수를 아무 말 없이 태연하게 바라보기만 했다. 여자들은 쉴 새 없이 죄수를 향해 악을 썼고, 남자들은 풀을 먹여 죽이라고 매서운 고함을 내질렀다. 죄수가 높이 매달렸다가 밧줄이 끊어지자, 사람들은 비명을 질러대는 그를 붙잡아 세웠다. 죄수는 다시 공중으로 높이 끌어올려졌고 자비로운 밧줄은 더 이상 끊어지지 않았다. 입에 풀을 한가득 문 죄수의 머리통에 이윽고 창이 꽂히자 생앙투안 사람들은 그 광경을 보며 춤을 추었다.

그날의 잔혹한 행위는 여기서 끝나지 않았다. 해 질 무렵이었다. 마찬가지로 시민을 욕보였던, 처형당한 늙은이의 사위를 막강한 기병대 오백 명이 파리로 호송해오고 있다는 소식을 전해 들은 생앙투안 사람들은 다시금 분노의 피가 끓어올라 악을 쓰고 춤을 춰댔다. 그들은 종이 위에 그의 죄목을 낱낱이 적어 흔들어댔고 결국 그를 손아귀에 넣었다. 기병대가 그를 순순히 내주지 않았더라면 군중들은 직접 기병대에게서 그를 빼앗아 풀롱과 함께 보내버렸을 것이다. 마침내 군중은 그의 머리통과 심장에도 창을 꽂았다. 그리고 풀롱의 머리, 사위의 머리와 심장을 전리품으로 창에 꽂은 채 이리 떼처럼 거리를 휩쓸고 다녔다.

사람들은 한밤중이 되어서야 굶주려서 울어대는 아이들이 있는 집으로 돌아갔다. 그들은 맛없는 빵을 사기 위해 초라한 빵집 앞에 길게 줄을 섰다. 고픈 배를 끌어안고 참을성 있게 차례를 기다리던 사람들은 그 와중에도 그날의 승리에 도취하여 서로 얼싸안고 위업을 되새기느라 시간 가는 줄을 몰랐다. 누더기를 입은 사람들의 줄이 차츰 짧아지더니 어느새 사라졌다. 높은 창문마다 희미한 등불이 켜졌고 거리에 작은 모닥불을 피우고 함께 요리하던 이웃들도 각자 문간에 앉아 수프를 홀짝였다.

고기는커녕 형편없는 빵에 바를 소스조차 없는 초라하고 빈약한 저녁 식사였다. 하지만 돌처럼 딱딱하게 굳은 빵에 인간적인 동지애가 스며들어서인지 사람들의 얼굴에는 생기가 돌았다. 잔혹하기 그지없는 하루를 만드는 데 크게 활약한 아버지와 어머니는 뼈가 앙상한 아이들과 다정하게 놀아주었다. 연인들은 자신들을 둘러싼 세상, 그리고 앞으로 다가올 세상과 함께 사랑을 나누고 희망을 품었다.

이른 새벽, 마지막 손님이 술집을 나가자 드파르주는 문을 잠그며 아내에게 쉰 목소리로 말했다.

"마침내 그날이 왔군."

"그래요." 드파르주 부인이 대답했다. "거의 다 왔어요."

드파르주 부부와 함께 생앙투안도 잠들었다. 복수의 여신도 비리비리한 식료품 잡화상 남편과 잠이 들었고, 북도 휴식을 얻었다. 생앙투안에서 그날의 유혈 사태로도 변하지 않은 유일한 소리는 북소리뿐이었다. 북 관리인인 복수의 여신이 두드리는 북소리는 바스티유가 함락되고 풀롱 영감이 잡히기 전과 같았지만, 생앙투안의 품에 살고 있는 사람들의 쉰 목소리는 그렇지 않았다.

23장

불길은 타오르고

 샘터가 있는 마을에도 변화가 일어났다. 마을에 사는 도로 수리공은 가엾고 어리석은 영혼과 쪼그라드는 불쌍한 육체를 부지하기 위해 매일 도로에 나가 돌을 깼다. 이제는 절벽 위의 감옥도 예전처럼 위세를 부리지 못했다. 감옥을 지키는 병사들이 있기는 했지만 수도 적었고, 장교는 병사들이 자신의 명령에 복종하지 않으리라는 사실 말고는 그들이 무슨 일을 하는지 알지 못했다.
 저 멀리 폐허로 바뀐 시골 마을이 드넓게 펼쳐졌다. 그곳에는 황량함만이 가득했다. 푸른 이파리며 풀잎이며 곡식들도 가난한 사람들처럼 안타깝게 바짝 말라갔다. 작물들은 모두 축 늘어져 꺾였고 짓밟히고 죽어갔다. 집, 담장, 가축, 남자와 여자 그리고 아이들도, 심지어 그들이 딛고 있는 땅조차도 기진맥진해 보였다.

(지체 높은 신사를 이르는) 나리들은 국가가 주는 축복이었다. 매사에 세련된 분위기를 풍기는 그들은, 화려하고 빛나는 삶의 표본으로 그러한 목적을 위해 많은 일을 저질러온 자들이었다. 그런데도 나리 계급들은 어찌 된 일인지 세상을 이 꼴로 만들어놓았다. 자신들을 위해 창조한 세상이 분명한데도 이렇게 금세 바닥이 드러나도록 쥐어짜내다니 이상하기 그지없었다. 영원할 것 같은 세상에 시야가 좁은 뭔가가 끼어든 게 분명했다. 정말 그랬다. 하지만 단단한 돌에서 마지막 한 방울까지 피를 쥐어짜고, 고문대를 하도 돌려대서 마지막 나사못이 헐거워지고 나서야 나리들은 천한 것들의 까닭 모를 움직임을 피해 도망가기 시작했다.

변한 것은 이 마을만이 아니었다. 다른 마을도 사정은 비슷했다. 나리들은 수십 년 동안 마을을 수탈하면서도 사냥할 때 이외에는 그 고귀한 모습을 마을에 드러내는 법이 없었다. 그들은 때로는 사람을 사냥하고 때로는 맹수를 사냥하며 추격의 짜릿함을 즐기기 위해 사냥터를 원시적인 형태로 보존해왔다. 세상이 변한 이유는 하층민이 예전과 다른 표정을 지어서가 아니었다. 반듯하게 깎아놓은 것처럼 아름다운, 아니 아름다워지려고 애쓰는 귀족들이 사라졌기 때문이었다.

사람은 흙에서 태어나서 흙으로 돌아간다는 생각을 한 번도 해본 적이 없는 도로 수리공이 흙먼지를 뒤집어쓰며 열심히 일하고 있었다. 그의 머릿속은 당장 저녁 식사 거리가 얼마나 부족한지, 그리고 저녁거리가 있다면 얼마나 더 먹을 수 있을지에 관한 생각으로 가득 차 있었다. 그 무렵에는 혼자 일하다 고개를 들어 주위를 보면 자기 쪽으로 다가오는 초라한 사람이 눈에 띄기도 했다. 전에는 이런 일이 드물었는데 요즘에는 부쩍 잦아졌다. 그래서 그 형체가 가까이 다가와도 도로 수리공은 놀라지 않았다. 그는 큰 키에 머리털이 덥수룩했고 도로 수리공인 자신이 봐도 형편없어 보이는 나막신을 신고 있었다. 까무잡잡한 피부에 거칠고 험상궂은 용모를 한 그는 가파른 진창길과 흙먼지가 날리는 길을 오래 걸었는지 행색이 더러웠고, 저지대의 습지를 지났는지 옷도 축축했으며, 숲 속 샛길도 지났는지 온몸에 가시덤불과 이파리와 이끼가 잔뜩 묻어 있었다.

7월 하고도 어느 날 정오에 그런 몰골을 한 남자가 유령처럼 다가왔을 때 도로 수리공은 마침 강둑 아래 돌무더기에 앉아 우박을 피하고 있었다.

남자는 수리공을 보더니 움푹 꺼진 마을과 방앗간, 절벽 위에 있는 감옥을 차례로 둘러보았다. 어두운 마음으로 구조물들을 확인한 남자는 간신히 알아들을 수 있는 사투리로 말했다.

"일은 어떻게 되어가고 있나, 자크?"

"잘되어가지, 자크."

"그럼 악수나 하세!"

그 남자는 악수를 나누고 돌무더기 위에 앉았다.

"식사는 했는가?"

"아직 구경도 못했네."

도로 수리공이 배고픈 기색으로 말했다.

"음식 구경을 못하는 것이 요새 사는 모습이지. 제대로 식사를 하는 사람이 없더구먼."

남자는 투덜대면서 시커먼 담뱃대를 꺼내 담배를 채우고 부싯돌로 불을 붙인 다음 불꽃이 일 때까지 입으로 빨았다. 그러고는 담뱃대를 불쑥 내밀면서 엄지와 검지 사이에서 무엇인가를 떨어뜨렸다. 그러자 그것은 불꽃이 번쩍 일면서 담배 연기 속으로 사라져버렸다.

"그때 보세." 이번에는 남자의 행동을 살펴보던 도로 수리공이 말했다. 둘은 다시 손을 맞잡았다.

"오늘 밤이라고?" 수리공이 말했다.

"오늘 밤일세." 그 남자가 담뱃대를 입에 문 채로 대답했다.

"장소는?"

"여기."

남자와 도로 수리공은 돌무더기에 앉아 서로 말없이 바라보았다. 마치 난쟁이들이 총검으로 공격하듯 우박이 휘몰아치다가 날이 개었다.

"어디쯤인지 알려주게." 멀리서 걸어온 남자가 언덕 등성이로 발걸음을 옮기면서 말했다.

"저기를 보게." 도로 수리공이 손가락을 뻗어 길을 가리켰다. "여기서 내려가서 길을 따라 샘터를 지나면……."

"제기랄!" 남자는 말을 끊고 그가 가리키는 방향에서 눈을 뗐다. "나는 도로도 건너지 않고 샘터도 지나지 않아. 알겠나?"

"그렇다면 마을 위 저 언덕 꼭대기를 넘어 10킬로미터쯤 더 가면 된다네."

"좋아. 일은 언제 끝나나?"

"해가 지면."

"떠날 때 나 좀 깨워주게. 이틀 밤을 쉬지 않고 걸었거든. 이 담배만 마저 피우고 잠을 청하려고. 금세 푹 잠이 들 걸세. 나 좀 깨워줄 수 있겠나?"

"물론이지."

나그네는 담배를 마저 다 피우고 파이프를 가슴팍에 넣은 다음 커다란 나막신을 벗고 돌무더기 위에 몸을 뉘었다. 그는 눕자마자 바로 곯아떨어졌다.

도로 수리공은 먼지를 펄펄 날리면서 부지런히 하던 일을 계속했다. 비구름이 물러가고 밝은 햇살이 하늘에서 기둥처럼 내려와 사방이 은빛으로 환하게 빛났다. 몸집이 작은 도로 수리공은 (이제 푸른색 모자를 붉은색 모자로 바꿔 썼다) 돌무더기 위에 누운 남자에게 온통 정신이 팔린 것 같았다. 그 남자를 자주 흘끗 돌아다보느라 연장질도 대충 해서 누군가가 본다면 제대로 일하지 않는다고 한마디할 법했다. 구릿빛 얼굴에 텁수룩한 머리와 수염을 기르고 거친 양모로 짠 붉은색 모자에 집에서 만든 것 같은 누더기 옷을 걸친 그는 털이 수북했고, 넉넉지 않은 형편 때문에 야위었지만 체격이 건장했다. 자면서도 절박하게 다문 부루퉁한 입술을 보면서 도로 수리공은 경외심을 느꼈다. 먼 길을 걸어오느라 발은 엉망이고 발목은 여기저기 쓸려서 피가 나고 있었다. 먼 길을 끌고 오기에는 분명 무거웠을 커다란 나막신에는 나뭇잎과 풀이 가득 들어 있었다. 군데군데 상처 난 몸처럼 옷도 여기저기 닳아서 구멍투성이였다. 도로 수리공은 옆에 웅크리고 앉아 가슴팍이나 다른 곳에 비밀 무기를 숨겨두지는 않았는지 찾아봤지만, 나그네는 결연하게 다문 입술처럼 팔짱을 단단히 끼고 자고 있어서 허사였다. 도로 수리공에게는 방책, 감시초소, 성문, 참호, 도개교 등으로 요새가 되어버린 마을도 이 사내에 비하면 빈틈이 많아 보였다. 도로 수리공은 나그네에게서 눈을 돌려 지평선을 바라보면서, 자신과 같은 부류의 사람들이 프랑스 방방곡곡을 자유롭게 돌아다니는 사소한 상상에 잠겼다.

우박이 쏟아지다 잠시 날이 개고, 얼굴에 볕이 내리쬐다 이내 그늘이 지고, 몸에 붙어 있던 둥글둥글한 얼음 덩어리가 햇볕에 녹아내려 다이아몬드 모양으로 변하는 와중에도 사내는 개의치 않고 깊이 잠을 잤다. 어느덧 해가 서쪽으로 넘어가면서 하늘이 붉게 타올랐다. 도로 수리공은 연장을 모아 챙기고 마을로 내려갈 준비를 하고 나서 나그네를 깨웠다.

"고맙네. 언덕 꼭대기에서 10킬로미터를 가야 한다고 했지?" 나그네가 팔꿈치로 몸을 일으키며 말했다.

"대충 그 정도일세."

"대충이라고. 알았네."

도로 수리공은 바람에 흩날리는 먼지를 맞으며 집으로 향하는 길에 샘터에 다다랐다. 그는 여윈 암소에게 물을 먹이러 온 무리를 비집고 들어가 뭐라고 소곤댔다. 초라한 저녁 식사를 마친 마을 사람들은 평소와 달리 잠자리에 들지 않고 문밖으로 나왔다. 이상한 수군거림이 전염병처럼 마을에 퍼졌다. 어둑어둑한 샘터에 사람들이 모이더니 이번에는 무언가를 기대하듯 한쪽 하늘을 응시하는 이상한 행동도 전염되었다. 지역 관리자인 가벨도 불안한 나머지 혼자 지붕에 올라가 그쪽 방향을 바라보았다. 가벨은 자기 집 굴뚝 뒤편 오래 샘터에 모인 어두운 얼굴들을 발견하고, 성당 열쇠를 보관하는 관리인에게 어쩌면 비상용 종을 울려야 할지도 모르겠다는 전갈을 했다.

밤이 깊어졌다. 오래된 대저택을 고립시키듯 에워싼 나무들이 음침한 어둠 속에 서 있는 이 거대한 건물을 위협하듯 바람에 흔들렸다. 테라스로 이어진 두 개의 계단에 비가 억수같이 쏟아졌고, 전갈을 전하러 온 심부름꾼이 집 안 사람을 깨우는 것처럼 비가 육중한 문을 세차게 때렸다. 바람은 불안한 듯 홀 안으로 불어와 낡은 창과 칼 사이를 휘젓더니 구슬픈 소리를 내면서 위층으로 올라가 죽은 후작의 침대 커튼을 뒤흔들었다. 그때 동서남북 사방에서 숲을 헤치고 네 개의 묵직한 발소리가 들리면서, 덥수룩한 사람들이 수풀을 헤치고 잔가지를 부러뜨리며 저택 안마당으로 조심스럽게 모여들었다. 그곳에서 네 개의 불꽃이 일어나 각기 다른 방향으로 흩어졌고 사방은 다시 암흑에 잠겼다.

하지만 얼마 지나지 않아 마치 어둠 속에서 빛을 내듯 저택 스스로 빛을 발하며 기괴한 모습을 드러내기 시작했다. 건물 정면 뒤편에서 깜빡이는 빛줄기가 나타나더니 투명한 공간을 골라내듯 난간과 아치와 유리창을 보여주었다. 이윽고 불이 더욱 높이 치솟고 더욱 넓게 번지면서 한없이 밝아졌다. 곧이어 수십 개의 대형 창문에서 화염이 폭발했고, 잠에서 깬 얼굴 조각상들이 불길에 휩싸인 채 밖을 쳐다보았다.

저택에 남아 있던 몇몇 사람들이 웅성거리는 소리가 희미하게 들렸고 말에 안장을 얹고 달려나가는 사람도 있었다. 말을 탄 사람은 어둠을 뚫고 말에 박차를 가해 흙탕물을 튀기며 달려 마을 샘터를 지났다. 말은 비지땀을 흘리며 가벨 씨 집 문 앞에 섰다. "도와주세요, 가벨 나리! 누구든지 좀 도와주세요!" 다급하게 종을 울렸지만 (누가 있었다 해도) 아무도 도와주려 하지 않았다. 도로 수리공과 이백오십 명의 동지들은 팔짱을 끼고 샘터에 서서 하늘 높이 치솟는 불길을 구경했다. "족히 12미터는 되겠는데." 사람들이 섬뜩하게 말했다. 하지만 누구 하나 움직이려 하지 않았다.

말을 타고 저택에서 빠져나온 사내와 비지땀을 흘리는 말은 말발굽 소리를 내며 마을을 지나 가파른 돌길을 질주해 절벽 위에 있는 감옥으로 갔다. 정문에서는 장교들이 무리를 지어 불구경을 하고 있었다. 그보다 떨어진 곳에서는 병사들이 무리 지어 있었다. "장교 나리, 도와주세요! 저택이 불타고 있어요. 불 속에서 귀중품을 빨리 꺼내야 합니다. 도와주세요, 제발!" 장교들은 불구경하는 병사들을 쳐다볼 뿐 아무 명령도 내리지 않았다. 그러고는 어깨를 으쓱하고 입술을 지그시 깨물며 대답했다. "불이 날 만하니 났겠지."

말을 탄 사내는 다시 언덕을 힘껏 달려 거리로 내려왔다. 온 마을이 환하게 빛나고 있었다. 도로 수리공과 이백오십 명의 동지들이 함께 불을 켜기로 의논하고 각자 집으로 서둘러 돌아가 자그마한 낡은 창가에 촛불을 밝혔기 때문이다. 모든 물자가 부족했으므로 가벨에게 양초를 강제로 빌렸다. 가벨이 머뭇거리자 그동안 관리에게 순종적이었던 도로 수리공이 가벨의 마차를 부숴 모닥불에 불쏘시개로 던지고 역마는 구워 먹겠다고 겁을 주었다.

불길에 휩싸인 저택은 활활 타올랐다. 으르렁거리는 사나운 화염 속에서 뜨겁고 시뻘건 바람이 일어나 건물을 날려버릴 것만 같았다. 불길이 치솟다 가라앉으면서 얼굴 석상들이 고통으로 일그러졌다. 커다란 석재나 목재가 떨어져 내릴 때 콧구멍 두 개가 움푹 파인 얼굴이 사라졌다가 이내 다시 나타나 연기 속을 몸부림치며 빠져나오려는 모습은, 마치 잔혹한 후작이 화형대에서 화염과 사투를 벌이는 것 같았다.

저택은 잿더미가 되었다. 가까이 있는 나무들에도 불이 옮겨붙어 그을리고 쪼그라들었다. 괴한 네 명이 멀리 떨어진 나무들에도 불을 붙였으므로 저택은 새로운 불길에 휩싸였다. 대리석 분수대에는 녹아내린 납과 쇳물이 펄펄 끓었고 물은 모두 말라버렸다. 뾰족한 첨탑 네 개가 불 앞에 놓인 얼음처럼 녹아 사나운 불구덩이 속으로 흘러내렸다. 견고한 벽이 나뭇가지 모양으로 커다랗게 갈라지고 틈이 벌어져 흡사 수정 결정처럼 보였다. 얼빠진 새들이 하늘을 빙빙 돌다가 불꽃 용광로로 떨어졌다. 괴한 네 명은 횃불로 길을 밝히며 사방이 밤의 어둠으로 뒤덮인 도로를 따라 다음 목적지를 향해 터벅터벅 걸어갔다. 마을에 환하게 불을 밝힌 사람들은 성당의 종을 압수한 다음 종지기를 쫓아내고 기쁨의 종을 울려댔다.

여기서 끝나지 않았다. 배를 곯은 데다가 불이 나고 종소리까지 들리자 이성을 잃은 마을 사람들은 가벨이 지대와 세금을 걷었다는 것을 생각해내고는(비록 나누어 내는 세금은 얼마 안 되고 또 지대는 전혀 내지 않았다. 게다가 가벨은 최근에 들어서야 징수를 맡았다) 그를 만나려고 안달이 났다. 그래서 그의 집을 에워싸고 밖에 나와 담판을 짓자고 외쳤다.

그 모습을 본 가벨은 대문에 육중한 빗장을 걸고 뒤로 물러나 생각에 잠겼고, 고심 끝에 지붕 위 굴뚝 뒤로 피신하기로 결론 내렸다. 그리고 사람들이 대문을 부수고 들어온다면 담장 너머로 몸을 던져 한두 놈은 깔아뭉개기로 결심했다. (사실 가벨은 체격은 작아도 성격이 불같은 남부 출신이었다.)

아마 지붕 위에서 가벨은 멀리 불타고 있는 저택과 집마다 촛불이 켜진 모습을 보면서, 대문 두드리는 소리와 기쁨의 종소리가 뒤섞인 소리를 들으며 긴 밤을 지새웠을 것이다. 역참 앞에 도로를 가로질러 매달아놓은 가로등이 불길한 징조로 느껴지는 것은 말할 필요도 없었다. 그 가로등에는 등불 대신 가벨을 매달겠다는 마을 사람들의 굳은 의지가 담겨 있었다. 가벨은 시커먼 바다로 뛰어들 각오를 하면서 극도의 긴장감을 느끼며 바닷가에서 여름밤을 꼬박 지새웠던 것이다! 하지만 고맙게도 결국 여명이 밝아왔고 집집마다 켜놓았던 양초도 하나둘 꺼지고 사람들은 만족해하며 흩어졌다. 잠시나마 목숨을 부지한 가벨도 지붕에서 내려왔다.

200여 킬로미터 이내에 있는 다른 마을에서도 불길이 치솟았고 가벨보다 운이 좋지 않았던 관리들은 그날 밤 아니면 다른 날 밤에 매달려 죽어나갔다. 태양이 떠오를 대면 그들이 태어나고 자랐던, 한때는 평화로웠던 거리에 시체가 내걸렸다. 도로 수리공과 그의 친구들보다 재수가 없었던 마을 주민들도 있었다. 그들은 관리와 군인들에게 역습을 당해 목이 매달리기도 했다. 하지만 괴한 네 명은 동서남북으로 꾸준히 전진하면서 같은 수법으로 불을 지르고 사람들을 매달았다. 교수대에서 목숨을 잃는 사람이 얼마나 쌓여야 이 불길을 잡을 만큼 거대한 물로 바뀔 수 있을지, 어떤 관리도 아무리 복잡한 수학 공식을 동원해서도 계산해내지 못했다.

24장

자석 바위에 끌리다

　불길이 치솟고 바다가 높게 일렁이면서 단단한 대지가 성난 파도에 흔들렸다. 이제는 썰물도 사라지고 바닷물은 점점 높아지기만 해서 바닷가에서 바라보던 사람들은 공포와 경악에 사로잡혔다. 폭풍 같은 3년이 흘렀다. 루시의 가족은 아기 루시가 생일을 세 번 더 맞을 때까지 평화로운 가정이라는 천을 금색 실로 짜나갔다.

　수많은 밤과 낮이 지나가는 동안 길모퉁이에서 메아리가 울리고 군중의 발소리가 들릴 때마다 루시의 가족은 심장이 멎는 것 같았다. 발소리가 나면 으레 군중의 발소리 같았다. 국가에 비상사태가 선포되고 혁명 세력의 붉은 깃발 아래 혼란이 더해지면서 오랫동안 끔찍한 마법에 홀린 군중들은 폭도로 돌변했다.

귀족 계급은, 프랑스에서 귀족이 환영받지 못해서 지위를 박탈당하거나 심지어 목숨까지 잃는 사태가 벌어지는 사회현상이 자신들과는 관계없다고 여겼다. 그들은 동화에 나오는 촌뜨기처럼 무한한 고통을 감수하며 악마를 불러내놓고는 막상 악마가 나타나자 너무 두려운 나머지 말 한마디 못하고 줄행랑을 친 꼴이었다. 고관대작들은 뻔뻔스럽게 오랜 세월 주기도문을 거꾸로 읽으면서 악마를 부르는 강력한 주문을 여러 차례 실행했지만, 악마를 보자마자 겁을 집어먹고 고상한 신분에도 줄행랑을 쳤다.

반짝이는 궁정의 보물로 대접받던 궁정 귀족들은 자취를 감췄다. 아마 남아 있었다면 나라 안에 있는 온갖 총탄이 날아드는 표적이 되었을 것이다. 교만해서 하늘에서 추방된 루시퍼만큼 오만하고, 역사상 가장 사치스러웠다고 알려진 아시리아의 왕 사르다나팔로스 못지않게 향락을 즐기고, 땅속 두더지만큼이나 세상 보는 눈이 없던 궁정 귀족들은 이제 자취를 감추어버렸다. 왕궁은 배타적인 내부는 물론 온갖 음모와 부패와 위선이 난무하던 썩어버린 외곽까지 모조리 없어졌다. 왕과 왕비도 사라졌다. 마지막 혁명의 파도가 덮쳤을 때 왕족은 유폐되고 왕권은 정지되었다.

1792년 8월 귀족들은 모두 뿔뿔이 흩어져버렸다.

자연히 런던 텔슨 은행은 프랑스 귀족들의 본부이자 집결지가 되었다. 유령이 자기 몸뚱이가 살아생전에 주로 다니던 장소에 나타나는 것처럼 땡전 한 푼 없는 귀족 나리들은 자기 돈을 맡겼던 곳에 모였다. 게다가 텔슨 은행은 프랑스에 관해 가장 신빙성 있는 정보를 가장 빠르게 들을 수 있는 곳이었다. 또한 높은 지위에 있다가 나락으로 떨어진 옛 고객들을 문전박대하지 않는 관대한 장소이기도 했다. 덧붙이자면, 폭풍이 불어닥칠 것을 시기적절하게 예견해서 약탈당하거나 몰수당하기 전에 미리 저축을 해둔 귀족들은 텔슨 은행에 가면 언제든 가난한 동지들의 소식을 들을 수 있었다. 프랑스를 빠져나온 사람들은 텔슨 은행을 찾아가 자기 신분을 밝히고 자신의 사연을 전하는 것을 당연한 과정으로 여겼다. 이렇듯 여러 이유로 텔슨 은행은 당시에 프랑스의 정보국 역할을 맡았다. 이 사실이 일반인에게도 널리 알려져서 질문이 쇄도했으므로 텔슨 은행은 길 가는 행인이 읽을 수 있도록 최근 뉴스를 몇 줄 적어 은행 창문에 간간이 붙여놓기도 했다.

안개가 낀 후텁지근한 어느 오후, 책상 앞에 앉아 있는 로리와 그 옆에 기대선 찰스 다네이가 낮은 목소리로 이야기를 나누고 있었다. 한때는 은행의 업무 상담을 하기 위해 별도로 마련해둔 고해소 같은 골방이 지금은 정보 교환소로 바뀌어 사람들로 넘쳐났다. 은행 문이 닫힐 때까지 삼십 분 남짓 남았을 뿐이었다.

"물론 선생님께서 누구보다 기력이 좋으시긴 하지만……." 다네이가 머뭇거리면서 말했다. "저는 이런 말씀을 드릴 수밖에……."

"알아요. 내가 너무 늙었다는 거죠?" 로리 씨가 대답했다.

"날씨도 일정하지 않고 여행 기간도 길 뿐 아니라, 교통수단도 확실하게 정해지지 않았고 나라도 혼란스러우니 아무리 도시라고 하더라도 선생님이 여행하시기에 안전하지 않을 수 있습니다."

"오, 찰스." 로리가 생기 있고 확신에 찬 목소리로 말했다. "내가 피해야 할 이유가 아니라 가야 할 이유를 말해준 것 같군요. 나에게는 충분히 안전한 여행입니다. 괴롭힐 사람이 차고 넘치는 마당에 나 같은 팔순 노인네를 괴롭히겠습니까? 혼란한 도시라고는 하지만, 만약 혼란스럽지 않다면 그 도시를 잘 알고 업무도 잘 처리하는 노련하고 믿음직한 직원을 보낼 필요가 없었겠지요. 모든 것이 불확실하고 기간이 긴 여행이고 계절도 겨울이긴 하지만, 텔슨 은행에서 평생을 일해온 내가 이 정도 불편을 겪어내지 못한대서야 누가 그 일을 할 수 있겠어요?"

"제가 갔으면 합니다." 다네이가 머릿속에 있던 말을 무심코 입 밖으로 내뱉었다.

"그래요! 당신이 적격이죠!" 로리 씨가 외쳤다. "당신이 가고 싶다고요? 게다가 프랑스 태생이잖아요? 아주 현명한 조언자가 되겠군요."

"로리 씨, 제가 프랑스 사람이라서 그런지 몰라도 머릿속에 자꾸 떠오르는 생각이(굳이 여기서 말씀드리지는 않겠습니다) 있습니다. 비참한 상황에 놓인 프랑스 사람들이 안쓰럽고, 그 불쌍한 사람들을 내팽개쳐버렸다는 생각을 떨칠 수 없습니다." 찰스 다네이는 평소처럼 신중하게 말했다. "그 사람들의 이야기를 들어주고, 그들에게 자제하라고 설득할 수 있을 것 같습니다. 어젯밤에 선생님이 떠나시고 나서 루시에게 말했더니……."

"루시에게 말했다고요?" 로리가 찰스의 말을 반복했다. "아, 정말이지 루시를 생각하면 그러기가 힘들었을 텐데요. 지금 이 시기에 프랑스에 가고 싶어 하다니 말이죠!"

"하지만 저는 가지 않겠습니다." 찰스가 빙긋 웃으며 말했다. "선생님께서 가신다는 것이 문제죠."

"나는 당연히 가야 합니다. 사실은 찰스," 로리는 멀리 떨어져 앉아 있는 은행장을 흘끗 쳐다보더니 목소리를 낮춰서 말했다. "사실 요즘 은행이 정말 어려워졌어요. 파리에 있는 장부와 문서도 잘못될 위기에 놓여 있습니다. 만약 문서 중 일부라도 몰수당하거나 소실되는 날에는 수많은 목숨이 어떻게 될지 저 위의 하느님만 아실 겁니다. 당신도 알다시피 언제든지 그런 일은 일어날 수 있어요. 프랑스가 불에 타고 발칵 뒤집히는 날이 오늘이 될지 내일이 될지 누가 알겠어요. 되도록이면 빨리 서류를 현명하게 분류해서 땅에 묻든지 안전한 곳으로 옮겨야 해요. 내가 아니면 그 일을 누가 처리하겠어요? 내가 60년 동안 일해온 텔슨 은행이 내가 그 일을 해주기를 원하는데 그저 관절이 조금 삐걱댄다고 해서 물러서야 되겠어요? 게다가 은행에 널린 영감들에 비하면 나 정도는 청년이에요!"

"선생님의 젊은 정신과 용기를 정말 존경합니다, 로리 씨."

"에이, 무슨 그런 말을!" 로리는 다시 은행장을 쳐다보고는 찰스 다네이에게 말했다. "요즈음 파리에서 무엇이든 빼내오는 것은 거의 불가능하다고 봐야 합니다. 오늘 서류들과 중요한 물건을 은행에 가져다준 사람들만 해도 우리가 생각지도 못했을 만큼 낯선 사람들이지만 프랑스 국경을 넘다가 발각되면 간발의 차이로 체포되어 머리가 잘릴 수도 있었어요. (이렇게 극비 사항을 귀띔하는 것은 직장인의 태도가 아니지만 당신한테만 말해주는 거예요.) 다른 때 같으면 옛날 영국에서 그랬듯 물건이 쉽게 오갔겠지만 지금은 모든 것이 멈췄어요."

"그런데 정말 오늘 밤에 떠나실 건가요?"

"정말 오늘 밤에 떠날 겁니다. 상황이 너무 다급해져서 지체할 수가 없어요."

"아무도 안 데려가시나요?"

"여러 종류의 사람들이 자원했지만 전부 마음에 들지 않아요. 그냥 제리를 데려갈까 합니다. 오랫동안 일요일 밤마다 나를 경호해주어서 나도 그가 편하거든요. 누구든 제리를 보면 그저 영국산 불독이나 주인을 건드는 자라면 무조건 물어뜯고 보는 충견으로 볼 뿐 머릿속으로 딴생각을 품을 거라고 의심하진 않을 겁니다."

"다시 말씀드리지만 선생님의 용기와 젊은 정신을 진심으로 존경합니다."

"다시 말하지만 제발 그런 말은 하지 말아요. 내 자그마한 임무를 완수하고 나면 아마도 은행으로부터 은퇴하라는 제안을 받아들이고 노후를 편안하게 보낼 수 있겠죠. 그때가 되면 노후에 대해 생각할 시간도 충분할 거예요."

로리의 사무실에서 이런 대화가 오가는 동안 멀지 않은 곳에서 상류층 '나리'들이 구름 떼처럼 몰려들어 오래전부터 말썽을 부리는 폭도들을 어떻게 응징할지 떠벌리고 있었다. 처지가 뒤바뀌어 피난민 신세가 된 귀족들은 늘 이런 식이었다. 그들은 혁명이 일어날 만한 원인은 애당초 없었고, 마치 씨도 뿌린 적이 없는데 열리는 열매처럼 지긋지긋한 혁명이 갑자기 일어났다고 말했다. 또 그들은 프랑스에 사는 불쌍한 수백만 민중과 마땅히 그들에게 돌아가야 할 자원이 잘못 사용되고 낭비되어 귀족의 배만 불리는 것을 보고서도, 오래전에 혁명이 필연적으로 다가오는 것을 알지 못했고 자신들이 목격한 것을 누구 하나 기록으로 남기지 않았다. 완전히 지치고 닳고 닳은 원래의 모습대로 프랑스를 되돌려놓겠다는 귀족 피난민들의 계획은 하도 허무맹랑해서, 진실을 알고 제정신이 박혀 있는 사람이라면 참고 들어주기 어려운 무의미한 잡담에 지나지 않았다. 이것은 정신을 어지럽히고 머릿속의 피를 휘저어 고통을 안기는 듯, 예나 지금이나 찰스를 불안하게 만드는 소음이었다.

그런 말을 하는 사람 중에는 고등법원에서 일하는 스트라이버도 끼어 있었다. 공직에서 승승장구하고 있던 그는 이런 종류의 이야기에는 더욱 목청을 높였다. 게다가 혁명에 참가한 민중들을 폭파시켜 세상에서 몰살시킬 계획을 프랑스 귀족들에게 귀띔해주었다. 독수리 무리를 쫓을 때 꼬리에 소금을 뿌리듯 독수리와 천성이 비슷한 것들은 비슷한 방법으로 처리해야 한다고 떠들었다. 스트라이버의 이야기를 듣고 있자니 찰스는 특히나 심기가 불편해졌다. 자리를 떠서 더 이상 그런 이야기를 듣지 말아야 할지, 어쩌면 대화에 끼어들 수도 있는 상황에서 계속 자리를 지켜야 할지 판단할 수 없었다.

은행장이 로리에게 다가오더니 아직 뜯어보지 않은 때 묻은 편지를 건네며 수신자를 알아낼 단서를 찾았는지 물었다. 그가 편지를 꽤 가까운 곳에 놓았으므로 찰스도 편지의 수신인을 볼 수 있었다. 편지 봉투에는 자신의 이름이 적혀 있었다. 영어로 바꿔 적은 내용은 이랬다.

"매우 긴급. 프랑스의 전 후작인 샤를 에브레몽드 귀하. 영국의 런던 소재 텔슨 은행 귀중."

찰스와 루시가 결혼식을 올리던 날 아침, 마네트 박사는 다급하게 찰스를 불러 그의 진짜 이름은 둘만 아는 비밀로 하자고 말했었다. 그러지 않으면 관계를 끊자고까지 말했으므로 현재까지 찰스의 본명을 아는 사람은 아무도 없었다. 로리 씨는 물론이고 아내인 루시도 몰랐다.

"아니요." 로리 씨가 대답했다. "여기 있는 사람들 모두에게 물어봤지만 그 이름을 아는 사람이 없었습니다."

은행이 거의 문 닫을 시간이 되자 한데 모여 이야기를 나누던 사람들이 로리 씨의 책상을 지나갔다. 로리 씨는 그들에게 편지를 내밀며 수신인을 아는지 물었다. 편지를 읽은 사람들은 분개하는 것 같았다. 이 사람 저 사람 돌려 읽더니 하나같이 프랑스어와 영어를 섞어가며 정체불명의 후작을 비난했다.

"내 판단에, 이 작자는 살해당한 기품 있는 후작의 조카이고, 기껏해야 자격을 상실한 상속자네요." 한 사람이 말했다. "차라리 그 작자를 몰라서 다행입니다."

"몇 년 전 자기 지위를 포기하고 도망친 비겁한 인간이지." 다른 귀족이 말했다. 그는 파리에서 도망쳐 나올 때 건초 더미 밑에 거꾸로 처박혀 숨는 바람에 질식해 죽을 뻔했던 사람이었다.

"전염병처럼 퍼진 새로운 신조에 빠진 자로구만." 세 번째 사람이 말했다. 그는 돋보기로 편지의 주소를 들여다보며 "죽은 후작에게 반대해서 상속받은 재산을 전부 포기하고 망나니 패거리들한테 넘겨주었지. 이제 그것들이 그에게 보상을 해주려나 보군. 의당 그래야지."

"아, 그래요?" 스트라이버가 능청스럽게 끼어들었다. "그자가 그랬답니까? 그런 부류의 인간이란 말이죠? 어디 그렇게 파렴치한 친구의 이름 좀 볼까요, 망할 녀석!"

더 이상 참고 듣기 힘들어진 다네이는 스트라이버의 어깨에 손을 올리며 말했다.

"내가 그 사람을 알고 있소."

"정말이오? 그거 참 유감이군요." 스트라이버가 대답했다. "어째서죠?"

"어째서라뇨, 찰스 씨? 그 친구가 무슨 짓을 했는지 못 들었나요? 이런 시국에 어째서라고 물으면 안 되죠."

"그래도 이유를 묻고 싶군요."

"그렇다면 다시 한 번 유감이네요, 찰스 씨. 그런 대담한 질문을 하시다니 말입니다. 이 작자는 역사상 가장 치명적이고 불경스러운 악마의 신념에 전염되었어요. 대량 학살을 저지른 최고로 끔찍한 버러지들에게 자기 재산을 넘겨준 자를, 그것도 아이들을 가르치는 선생님께서 알고 계시다니 유감일 수밖에요. 그런데 어째서냐고 제게 물으시는 겁니까? 뭐 그래도 대답은 해드리죠. 그런 악독한 무리들의 생각은 전염성이 있어서 걱정입니다. 그것이 이유예요."

마네트 박사와 비밀을 지키기로 한 약속을 마음에 새긴 다네이는 가능한 한 인내심을 최대로 동원해 말했다. "그 신사분을 잘 모르시는 것 같군요."

"당신을 궁지에 몰아넣을 방법은 알고 있죠, 찰스 씨." 스트라이버의 어투가 공격적으로 바뀌었다. "또 그렇게 할 작정이고요. 만약 그 작자가 신사라 하더라도 저는 납득이 가지 않습니다. 제 말을 찬사와 함께 전해주시죠. 야만적인 무리를 위해 자신의 재산과 지위를 포기했으면서도 어째서 그 패거리의 우두머리가 되지 않았는지 궁금하다고 말입니다. 하지만 여러분," 스트라이버는 이렇게 말하면서 주위를 둘러보더니 손가락 마디를 꺾어 뚝뚝 소리를 냈다. "제가 인간의 본성을 조금 압니다. 이 작자처럼 자기 스스로 아랫것에게 연민을 품어서 그것들의 자비에 자신을 의탁하는 사람은 눈 씻고 찾아봐도 없을 겁니다. 절대 없지요. 그렇지만 여러분, 그런 작자는 싸움이 일어나면 일찌감치 말짱한 구두 뒤축을 보이며 내빼겠죠."

마지막으로 손가락 마디를 꺾으면서 말을 마친 스트라이버는 환호하는 사람들을 어깨로 밀치며 플리트 거리로 빠져나왔다. 사람들 모두 은행을 떠났지만 로리 씨와 다네이만은 그대로 남아 있었다.

"이 편지를 받아주겠습니까?" 로리가 말했다. "이 편지를 어디에 전해주어야 하는지 알고 있죠?"

"네, 알고 있습니다."

"그럼, 이 편지를 어디로 전달해야 하는지 우리가 알고 있다고 생각해서 이곳으로 부친 모양인데, 이곳에 상당 기간 동안 보관되어 있었다고 설명해주시겠어요?"

"네, 그렇게 하겠습니다. 프랑스로는 여기서 바로 출발하실 건가요?"

"여덟 시에 여기서 출발할 겁니다."

"떠나실 때 다시 찾아오겠습니다."

스트라이버와 다른 사람들 때문에 기분이 매우 언짢아진 다네이는 서둘러 고요한 템플 바로 가서 편지를 뜯어 읽었다. 편지의 내용은 이랬다.

파리 아베이 감옥
1792년 6월 21일

전 후작 나리께

꽤 오랫동안 마을 사람들에게 생명의 위협을 받다가 결국 잡혔고 사나운 폭행과 수모를 겪으며 파리까지 호송되었습죠. 파리까지 먼 길을 걷는 동안 말할 수 없는 고통에 시달렸고요. 이뿐이 아닙니다. 집도 무너져 쑥대밭이 되었습죠.

　나리, 저들이 말하기를 제가 이곳에 잡혀 와서 법정에 불려 나가면 나리의 자비로우신 도움 없이는 틀림없이 목숨을 잃을 거라고 합니다요. 그 이유는 존엄한 시민에게 반역죄를 지었기 때문이랍니다. 제가 어느 망명자를 위해 일하느라 시민에게 등을 졌다고 하더라고요. 시민들에게 등을 진 것이 아니라 나리의 지시를 받아 시민들을 위해 일했다고 말했지만 모두 허사였습죠. 나리의 재산을 처분하기 전에 그들이 내지 않은 세금을 면제해주고, 지대도 받지 않은 데다가 저는 조금도 재산을 차지하지 않았다고 항의했지만 그것도 믿어주지 않았고요. 그들은 제가 망명자 편에 서서 일했다면, 그 망명자는 어디에 있느냐고 물었습니다.

　아! 자애로우신 전 후작 나리, 대체 어디 계신가요? 밤마다 꿈속에서 나리가 어디 계신지 찾느라 울부짖고 있습죠. 나리께서 저를 구하러 오실지 하늘에 대고 묻고 있지만 아직까지 아무 대답도 듣지 못했습니다. 아, 전 후작 나리, 저의 외롭고 쓸쓸한 사연이 망망대해를 건너 이곳 파리에도 잘 알려진 텔슨 은행을 통해 나리의 귀에 들어가기를 바라마지 않습니다!

　'바라옵건대, 부디 나리의 정의롭고 자비로우며 영광스러운 이름으로 저를 이곳에서 구해주십시오. 저에게 죄가 있다면 나리께 충성을 다한 것뿐입죠. 아, 전 후작 나리, 저의 서글픈 충직에 보답해주시기를 바랍니다.

매 시간 죽음이 다가오는 섬뜩한 감옥에서 비통하고 애달픈 와중에도 전 후작 나리께 충성을 맹세합니다.

나리의 고통받는 하인,
가벨 올림

편지를 읽자 다네이가 마음속 깊이 묻어두었던 불안감이 격렬하게 밖으로 치밀어 올라왔다. 지은 죄라고는 자신과 가족에게 충성한 것뿐인 늙고 충직한 하인이 위험에 빠져 있었다. 다네이의 얼굴에 자책하는 빛이 역력하게 드러났다. 어떻게 해야 할지 고민하던 그는 템플 바를 이리저리 서성이면서 옆을 지나가는 사람들에게 자책 어린 얼굴을 들키지 않으려고 애썼다.

숙부에게 의혹과 분노를 느끼면서 절정에 이른 가문의 악행과 악명에 두려움을 느끼고, 자신이 떠받쳐야 하는 허물어진 사회구조를 혐오한 나머지 자신이 일을 서투르게 처리했다는 사실을 그는 잘 알고 있었다. 자기 삶에 오랫동안 뿌리내렸던 사회적 지위였지만 루시를 사랑하기 때문에 그렇게도 성급하고 미흡한 방법으로 포기했다는 것도 잘 알고 있었다. 체계적으로 일을 처리하고 감독했어야 했고, 그렇게 할 생각이었지만 결국 그렇게 하지 못했다.

자신이 선택해서 꾸민 영국의 가정에서 행복하게 생활했고, 쉬지 않고 힘껏 일에 매진해야 했고, 시대가 너무나 빠르게 변하면서 꼬리에 꼬리를 물고 일어나는 문제를 해결해야 했다. 그래서 지난주에 세운 계획들이 고작 한 주 만에 무산되기도 했고, 새롭게 발생한 사건들이 새로 꼬리가 되는 환경에 굴복하고 말았다. 마음이 불안하지 않은 것은 아니었지만 끈질긴 저항심은 여전히 자라지 않았다. 오랫동안 프랑스의 상황을 지켜보면서 행동할 때를 기다렸지만 그들이 투쟁하는 사이에 시간은 흘러가버렸다. 귀족들은 이용할 수 있는 온갖 경로를 통해 프랑스를 우르르 빠져나왔다. 그들의 재산은 몰수당하고 파괴되어갔으며 가문의 이름조차 지워져갔다. 또한 다네이는 지금 프랑스에서 어떤 무리가 집권하든, 자신을 비난하고 이런 일에 대한 책임을 물을지 모른다는 사실도 잘 알고 있었다.

하지만 다네이는 누구를 탄압한 적도 가둔 적도 없었다. 게다가 매몰차게 세를 거둬들이는 성품과는 거리가 멀어서 자발적으로 모든 권리를 포기하고 농민들과 똑같은 세상에 자신을 내던져서 자신의 땅을 일구고 식량을 구했다. 편지로 자신의 지시를 받은 가벨이 영지를 관리하면서, 사람들이 세금을 내고도 겨울을 날 수 있도록 연료를 나누어 주고 여름에는 남은 식량을 나누어 주었을 것이고, 혹시라도 자신의 안전을 위해 필요할 때 사용하려고 증거를 남겨두었을 것이니 그것을 제시하면 그만이었다.

그래서 찰스 다네이는 절박한 심정으로 파리로 돌아가야겠다고 마음먹게 되었다.

그렇다. 옛날이야기에 나오는 선원처럼, 그는 바람과 물결에 휩쓸려 자석 바위*로 끌려가고 있었다. 그의 머릿속에 떠오르는 모든 생각이 점점 빠르고 확실하게 그를 불행한 마력 속으로 끌고 갔다. 부패한 자들 때문에 나라가 병들고 있는데도 그들보다 더 많이 배운 지식인인 자신이 조국에 남아 학살을 중단시키고 사람들에게 자비와 인정을 베풀라고 설득하지 못한다는 생각에 시달려 계속 괴로워했다. 이런 불안감에 짓눌리고 숨이 막혔던 다네이는 자신에게 성실하게 헌신한 용감한 노신사 가벨과 자신을 비교하기에 이르렀다. 이어서 숙

---

* 《아라비안나이트》에 나오는 바위로, 배가 끌려갈 만큼 힘이 강력해서 근처를 항해하는 배는 모두 난파당하고 만다.

부인 후작의 차가운 조롱과 무엇보다 스트라이버의 비웃음이 떠올라 분통이 터졌다. 그러던 중 무고하게 감옥에 갇혀 나리의 정의롭고 자비로우며 영광스러운 이름을 위해 처형당할 위기에 놓인 가벨의 편지를 받았던 것이다.

    찰스 다네이는 파리에 가기로 마음을 굳혔다.

    그렇다. 자석 바위가 끌어당기고 있었으므로 다네이는 자석 바위에 닿을 때까지 항해해 나아가야 했다. 어디에 암초가 있고 어떤 어려움이 기다리고 있는지는 몰랐다. 계획대로 전부 실행하지는 못했지만 프랑스 사람들 앞에 직접 나아가서 자신의 의도를 설명하면, 그들이 고맙게 생각해줄 거라고 여겼다. 그러면서 많은 선량한 사람이 종종 낙천적으로 꿈꾸듯 선한 일을 하는 영광스러운 미래상을 머릿속에 떠올렸고, 무서울 정도로 제멋대로 흘러가는 광포한 혁명의 물결을 이끌어 영향을 미치는 자신의 모습을 그렸다.

    파리로 가겠다고 결심하고 이리저리 방을 거닐면서 그는, 집을 떠나는 날까지 루시도 마네트 박사도 자신의 계획을 몰라야 한다고 생각했다. 루시에게 이별의 고통을 안길 수는 없었고, 과거를 생각하고 싶어 하지 않는 마네트 박사는 실제로 사태가 벌어지기 전까지 절대로 눈치채서는 안 되었다. 박사는 프랑스에서의 기억이 떠오를까 봐 고통스럽게 불안해했으므로, 다네이는 자신이 쉽게 결정을 내리지 못하는 상황이 얼마만큼 박사 때문인지에 관해서는 조금도 생각하지 않았다. 하지만 박사의 상황이 다네이의 결정에 영향을 미친 것만은 확실했다.

다네이는 로리를 배웅하기 위해 텔슨 은행으로 가야 할 시간이 될 때까지도 이리저리 서성이며 생각에 잠겨 있었다. 파리에 도착하자마자 오랜 친구인 로리를 찾아가겠지만 지금은 자신의 계획을 말할 수 없었다.

은행 입구에는 역마차가 준비되어 있었고 제리가 옷을 갖춰 입고 기다리고 있었다.

"그 편지는 전달했습니다." 다네이가 로리에게 말했다. "서면 답장까지 받아주실 필요는 없지만 말은 전해주시겠습니까?"

"위험하지 않다면 기꺼이 그렇게 하지요." 로리가 말했다.

"전혀 위험하지 않습니다. 아베이에 갇혀 있는 죄수에게 보내는 것이기는 하지만."

"죄수 이름이 뭔가요? 로리가 수첩을 꺼내면서 물었다.

"가벨입니다."

"가벨. 감옥에 갇힌 불행한 가벨에게 전할 말은 뭔가요?"

"그저 그가 편지를 받았고 그곳으로 찾아갈 것이라고 전해주십시오."

"출발 시간은요?"

"내일 밤에 출발할 겁니다."

"그 사람의 이름을 알려주어야 할까요?"

"아뇨."

다네이는 로리가 웃옷과 외투를 여러 벌 껴입는 것을 도와주고는 공기가 훈훈한 낡은 은행을 벗어나 플리트 거리로 나왔다. "루시와 어린 루시에게 안부를 전해주세요." 로리가 헤어지면서 당부했다. "그리고 내가 돌아올 때까지 그들을 잘 돌봐주세요." 다네이는 마차가 떠나는 모습을 지켜보면서 고개를 저으며 알 수 없는 미소를 지었다.

8월 14일이었던 그날 밤, 다네이는 늦게까지 잠자리에 들지 않고 열정을 담아 편지 두 통을 썼다. 루시에게 쓴 편지에는 자신이 절박하게 파리로 가지만 신변이 위험하지는 않다고 설명했고, 마네트 박사에게 쓴 편지에는 루시와 딸을 돌봐달라는 부탁과 함께 자신은 안전할 것이라고 썼다. 그리고 도착하는 즉시 편지로 자신의 안부를 알리겠다고 두 편지 모두에 썼다.

결혼 후 겪는 첫 시련이었으므로 그날은 가족과 함께 있는 내내 힘들었다. 가족들이 의심조차 하지 못하는 비밀을 간직하고 있는 것이 내내 마음을 괴롭혔다. 하지만 너무나 행복하게 이리저리 움직이는 아내의 모습을 애정 어린 눈길로 바라보면서, 자신에게 처한 위기를 말하지 않기로 결심했다. (그렇더라도 아내의 조용한 내조 없이 계획을 추진하기가 매우 어색했으므로 하마터면 계획을 털어놓을 뻔했다.) 그날은 빨리 흘러갔다. 초저녁이 되자, 다네이는 약속이 있어서 나가지만 곧 돌아올 것처럼 말하고는, 아내와 아내만큼 어여쁜 딸을 포옹하고 나서 옷가방을 몰래 챙겨 어두운 거리를 뒤덮은 어두운 안개 속으로 그보다 훨씬 어두운 마음을 안고 사라졌다.

보이지 않는 힘이 그를 힘껏 끌어당겼고, 바닷물과 바람도 그 힘을 향해 강하게 이끌었다. 다네이는 믿을 만한 짐꾼에게 편지 두 통을 맡기면서 자정이 되기 삼십 분 전에 전달하되 더 일찍 전달해서는 안 된다고 당부하고, 도버로 가는 말을 구한 다음 여행길에 올랐다. 이 세상에서 자신이 사랑하는 사람들을 남기고 표류하며 자석 바위를 향하느라 마음이 천근만근 가라앉았던 다네이는, '바라옵건대 부디 나리의 정의롭고 자비로우며 영광스러운 이름을 위해서!'라고 절규했던 가없은 죄수를 머릿속에 떠올리며 마음을 다시 단단히 먹었다.

3부
·
폭풍을 쫓아

1장

독방으로

 1792년 가을, 한 여행자가 영국에서 파리로 먼 길을 떠났다. 프랑스 왕이 세상을 호령하던 시절에도 길이 험난하고, 마차가 자주 고장 나고, 말이 지쳐서 여행이 지체되는 난관이 많았지만, 왕이 세력을 잃어 시대가 바뀔 무렵이 되자 다른 종류의 어려움이 생겨났다. 각 도시의 관문과 마을 세관에는 시민혁명군이 자리를 지키고 서서 언제라도 총을 쏠 기세였다. 그들은 오가는 사람들을 모두 멈춰 세우고는 자신들이 지니고 있는 명단에 통행자의 이름이 있는지 살피고 서류를 검사하고 나서, '자유와 평등, 박애가 아니면 죽음을 달라. 떠오르는 공화국은 하나일 뿐 나뉠 수 없다.'는 공화국의 구호에 적합한 사람인지 기분 내키는 대로 판단해서, 통행자를 되돌려 보내거나 가던 길을 계속 가도록 허락하거나 구금했다.

프랑스 땅을 밟은 지 얼마 지나지 않아 찰스 다네이는 파리에서 선량한 시민으로 인정받지 못하면 영국으로 돌아갈 희망이 없다는 사실을 깨닫기 시작했다. 이제는 무슨 일이 터지더라도 끝까지 갈 길을 가야 했다. 작은 마을을 하나씩 지나고 관문을 하나씩 통과할 때마다 자신이 영국에서 점점 멀어지는 것을 느꼈다. 게다가 자신을 감시하는 시선이 얼마나 따갑던지 그물이나 우리에 갇혀 목적지까지 가는 편이 오히려 더 자유롭겠다고 느낄 정도였다.

대로를 지날 때만도 통상적인 검문을 받느라 한 지역을 지나는 동안 스무 번이나 멈춰 서야 했고, 그 밖에도 어떤 사람이 말을 타고 뒤를 쫓다가 앞지르거나, 앞에서 말을 달리다가 그를 멈춰 세우거나, 나란히 말을 달리면서 그를 감시하는 바람에 하루에도 스무 번은 속도를 늦춰야 했다. 프랑스에 접어들어서 길을 가다가 밤이 되면 마을에 들러 지칠 대로 지친 몸을 뉘면서 여행한 지 며칠이 지났건만 파리까지는 여전히 멀었다.

아베이 감옥에서 고통을 겪고 있는 가벨에게 편지를 받지 않았다면 결코 이렇게 멀리까지 오지 않았을 것이다. 작은 마을 검문소를 통과하느라 크나큰 고충을 겪으면서 다네이는 자신이 위기에 빠졌다는 사실을 직감했다. 그래서 아침까지 쉬려고 찾아 들어간 어느 작은 여관에서 누군가가 한밤중에 잠을 깨울 때도 그리 놀라지 않았다.

소심해 보이는 지방관리 한 명과 조잡한 붉은색 모자를 쓰고 담뱃대를 입에 문, 무장한 시민혁명군 세 명이 침대 앞에 앉아 다네이를 깨웠다.

"망명자," 관리가 말했다. "당신을 파리까지 호위하겠소."

"여보시오, 나는 파리로 가려는 시민일 뿐이요. 호위는 사양합니다."

"입 다물어!" 붉은색 모자를 쓴 사내가 총 개머리판으로 침대보를 내리치며 고함쳤다. "귀족 양반, 잠자코 있게!"

"이 일등 시민혁명군의 말이 맞소." 소심한 관리가 거들었다. "당신은 귀족이니 호위를 받아야 하고, 그 대가를 지불하는 것이 당연하오."

"어쩔 수 없군요." 다네이가 말했다.

"뭐야, 어쩔 수 없다고? 이 작자가 대체 뭐라고 지껄이는 거야?"

붉은색 모자를 쓴 사내가 고함쳤다. "가로등에 매달리지 않게 지켜주겠다는데 고마운 줄도 모르다니 파렴치하군!"

"일등 시민혁명군이 시키는 대로 하시오." 관리가 말했다. "어서 일어나 옷을 입어."

찰스는 그들의 말을 거스르지 않고 다시 검문소로 끌려갔다. 검문소에는 조잡한 붉은색 모자를 쓴 다른 시민혁명군들이 횃불을 둘러싸고 모여서 담배를 피우거나 술을 마시거나 쓰러져 잠을 자고 있었다. 여기서 찰스는 호위 비용으로 거액을 냈고 일행은 새벽 세 시에 축축하게 젖은 길을 나섰다.

삼색 표지를 단 붉은색 모자를 쓰고 총과 칼로 무장한 시민혁명군 두 명이 찰스의 양옆에서 호위하며 말을 몰았다. 찰스가 직접 말을 몰 수도 있었지만 고삐에 달린 줄을 시민혁명군 한 명이 자기 허리에 묶었다. 이렇게 일행은 억수같이 쏟아지는 비를 그대로 얼굴에 맞으면서 중무장 기병대가 지나가듯 요란하게 덜컹거리는 소리를 내며 울퉁불퉁한 시가지 도로를 내달려서 진흙탕 길로 들어섰다. 그들은 가끔 말을 바꾸고 속도를 달리했을 뿐 이런 상태로 파리까지 줄곧 달렸다.

일행은 밤새 달리다가 해가 뜨면 한두 시간이 지난 후에 멈춰서 해 질 때까지 잠을 청했다. 호위하는 자들의 옷차림은 불쌍해 보일 만큼 초라했다. 몸이 젖지 않도록 짚을 꼬아서 맨 다리를 감싸고 어깨에 걸친 넝마 위에 짚을 얹었다. 강제로 호위를 받아 불편한 데다 호위 중 한 명이 계속 술에 절어서 총을 함부로 다루는 바람에 사고가 날까 봐 염려스러웠지만, 다네이는 포로 취급받는 것을 크게 두려워하지는 않았다. 아직 진술하진 않았지만 개인적인 상황은 자신에게 유리하게 작용할 것이고, 자신의 신분은 아무 문제가 없고, 아베이 감옥에 갇힌 가벨이 확인해줄 사실도 아무 문제가 없다고 믿었기 때문이다.

하지만 저녁때 보베에 도착하자 매우 놀라운 상황이 벌어졌다. 거리를 꽉 메운 위협적인 군중들이 다네이를 보려고 모여들어 소리를 질렀다. "망명자를 끌어내려라!"

다네이는 말안장에서 내려오려다가 말에 그대로 앉아 있는 편이 오히려 안전하다는 생각이 들어서 그대로 동작을 멈추고 말했다.

"여러분, 망명자라뇨? 제 의지로 여기 프랑스에 온 걸 보고 계시잖습니까?"

"넌 저주받아야 할 망명자야." 군중 사이에서 망치를 든 편자공이 격분해서 외쳤다. "게다가 저주받아야 할 귀족이라고!"

편자공이 찰스의 말고삐를 잡으러 앞으로 나가자 역장이 그를 막아서면서 진정시키며 말했다. "이 사람은 그냥 놔둡시다, 제발! 파리에서 재판을 받을 테니 말이오."

"재판해라!" 편자공이 망치를 휘두르며 다시 소리쳤다. "맞

아. 반역자로 처형해야 해." 군중들이 소리치며 이 말에 동조했다.

술 취한 시민혁명군이 말고삐를 여전히 허리에 묶은 채 말에 앉아 돌아가는 꼴을 태연하게 지켜보는 동안, 다네이는 말머리를 마당으로 돌리려는 역장을 저지하면서 군중들이 잠잠해진 순간을 놓치지 않고 말했다.

"여러분은 잘못 알고 있거나 속고 있습니다. 저는 반역자가 아닙니다."

"거짓말 마라!" 편자공이 외쳤다. "법에 따라 네놈은 반역자가 틀림없어. 네놈의 목숨은 시민에게 달렸다. 저주받아야 할 네놈 목숨은 더 이상 네 것이 아니야!"

그때 다네이는 당장이라도 자신에게 덤벼들 것 같은 군중의 눈에서 광기가 치솟는 것을 보았다. 역장이 다네이의 말을 마당 쪽으로 돌리자 호위하던 시민혁명군도 곁에 붙어서 같이 빠져나왔고, 역장은 이중 관문들을 닫고 빗장을 걸어 잠갔다. 편자공이 망치로 관문을 한 방 내리치자, 실망한 군중이 소리를 질렀지만 더 이상은 아무 일도 일어나지 않았다.

"편자공이 말한 법이 대체 뭡니까?" 마당에 들어선 다네이가 역장에게 고맙다고 인사하고 그 옆에 서서 물었다.

"망명자들의 재산을 매각하도록 허용하는 법이라오."

"언제 공표되었나요?"

"14일이었어요."

"내가 영국을 떠난 날이군요!"

"모두들 이 법은 앞으로 공표될 여러 법령의 하나일 뿐이라고 하더군요. 이미 공표되었는지는 모르지만, 망명자를 모조리 추방하고 귀국하는 자는 무조건 사형에 처한다는 법령도 생긴다고 합니다. 그래서 아까 그자가 당신 목숨이 당신 것이 아니라고 말한 거죠."

"하지만 그 법이 아직 공표되지는 않았겠죠?"

"난들 알겠소? 이미 공표를 했든 앞으로 공표를 하든 마찬가지 아니겠소? 안 그렇소?" 역장이 어깨를 으쓱하며 말했다.

다네이와 호위들은 밤이 깊을 때까지 지붕 밑 다락에 깔아놓은 지푸라기에 누워 쉬다가 마을 사람이 모두 잠들자 다시 달리기 시작했다. 익숙했던 풍경이 너무 변해서 여행 자체가 꿈만 같았고, 그중에서도 가장 생소한 것은 잠을 거의 잊은 것 같은 사람들의 모습이었다. 황량한 길을 오래도록 고독하게 달리다가 가난한 시골집들이 모여 있는 한 마을에 이르렀다. 집집마다 불빛을 밝히고 있어서 마을에는 어둠이 내리지 않았다. 한밤중인데도 서로 손을 잡고 말라비틀어진 '자유의 나무' 주위를 빙빙 돌거나, 다 함께 서서 자유의 노래를 부르는 사람들의 모습이 희미하게 보였다. 다행히도 그날 밤 보베는 온전히 잠들어 있었으므로 일행은 보베를 무사히 빠져나가 외로운 여행을 계속할 수 있었다. 때 이른 추위와 비를 뚫고 달리면서 한 해 동안 아무 열매도 거두지 못한 황폐한 농토들을 지나갔고, 군데군데 불에 타 검게 변한 집의 잔해들도 보았다. 한두 번은 길마다 경계를 서고 있던 시민혁명군이 매복해 있다가 갑자기 나타나기도 하고 길을 막아서기도 했다.

마침내 동이 트고 일행은 파리의 성벽 앞에 이르렀다. 다가가니 성문은 굳게 닫혀 있고 경비가 매우 삼엄했다.

"이 죄수의 증빙 서류를 보여주시오." 보초의 호출을 받고 나온 책임자가 단호한 표정으로 말했다.

이 불쾌한 명칭을 듣고 깜짝 놀란 다네이는 자신은 자유롭게 여행 온 사람이고 프랑스 시민이며, 나라가 혼란스러워서 호위를 받고 있으며 그에 따른 비용도 지불했다고 말했다.

책임자는 다네이의 말에 아랑곳하지 않고 다시 말했다. "이 죄수의 증빙 서류를 보여주시오."

술 취한 호위가 모자 속에서 서류를 꺼내 책임자에게 건넸다. 가벨의 편지를 훑어보던 책임자는 당황하고 놀란 기색을 보이더니 다네이를 유심히 쳐다보았다.

책임자는 호위받는 자와 호위하는 자들을 남겨두고 아무

말 없이 다시 검문소로 들어갔고 다네이와 호위들은 말을 탄 채 성문 밖에서 기다렸다. 다네이는 긴장해서 주위를 둘러보았다. 정규군과 시민혁명군이 섞여 성문을 지키고 있었는데 시민혁명군의 수가 훨씬 많았다. 보급품을 실은 수레를 운반하는 농부나 상인들은 수월하게 성문 안으로 들어갔지만, 밖으로 나오는 것은 평범한 시민들도 쉽지 않았다. 갖가지 가축과 탈것은 물론이고 수많은 남녀가 한데 뒤섞여 기다리고 있었지만, 앞에서 워낙 엄격하게 신분을 확인하고 있어서 성문을 빠져나오는 데 시간이 아주 오래 걸렸다. 자기 차례가 한참 남아서 땅에 드러누워 잠을 자거나 담배를 피우는 사람도 있었고, 옆 사람과 한담을 주고받거나 주위를 어슬렁대는 사람도 있었다. 남녀 구분하지 않고 모두 삼색 표지를 단 붉은색 모자를 쓰고 있었다.

안장에 앉아 사람들의 갖가지 모습을 지켜본 지 삼십 분가량 지나자 아까 나왔던 책임자가 경비병에게 성문을 열어주라고 지시하고는 다시 다네이 앞에 섰다. 책임자는 다네이를 호위해 온 술 취한 사람과 술에 취하지 않은 사람에게 인수증명서를 건네주고 다네이에게는 말에서 내리라고 지시했다. 그가 말에서 내리자 두 호위군은 성 안으로 들어가지 않고 다네이가 타고 온 지친 말을 끌고서 왔던 길을 되돌아갔다.

다네이는 책임자에게 안내받아 싸구려 포도주와 담배 냄새가 배어 있는 검문소로 들어갔다. 검문소에는 정규군과 시민혁명군들이 서 있거나 바닥에 드러누워 있었고, 그중에는 잠든 사람, 깨어 있는 사람, 술 취한 사람, 술 취하지 않은 사람들이 섞여 있었다. 또한 잠들지도 깨어 있지도 않은 사람, 술에 취하지도 멀쩡하지도 않은 어중간한 사람들도 보였다. 밤새 켜놓아 꺼져가는 등불과 흐린 날의 새벽빛이 퍼져 있는 검문소 안은 사람들의 상태만큼이나 흐릿했다. 장부 몇 개가 책상 위에 펼쳐져 있고 그 너머에는 얼굴이 검고 거칠게 생긴 장교가 앉아 있었다.

"시민 드파르주, 이자가 망명자인 에브레몽드인가?" 장교는 기록하기 위해 좁다란 종이 한 장을 꺼내면서 다네이를 데려온 책임자에게 물었다.

"그렇습니다."

"에브레몽드, 나이는?"

"서른일곱입니다."

"결혼은 했나, 에브레몽드?"

"했습니다."

"어디에서 결혼했지?"

"영국에서 했습니다."

"그렇겠지. 아내는 어디 있나, 에브레몽드?"

"영국에 있습니다."

"더 물을 필요도 없군. 에브레몽드, 너는 라포르스 감옥행이다."

"말도 안 됩니다!" 찰스 다네이가 소리쳤다. "대체 무슨 죄목으로 감옥에 간단 말입니까?"

장교는 종이에서 잠시 눈을 떼고 다네이를 올려다보았다.

"네가 프랑스에 오고 나서 새 법이 생겼고 너는 그 법을 어겼다, 에브레몽드." 장교는 차가운 미소를 흘리더니 다시 기록을 하기 시작했다.

"부탁합니다. 나는 이곳에 자발적으로 왔습니다. 당신 앞에 놓인 편지를 쓴 사람을 도우려고 왔고, 하루빨리 그를 만나는 것 말고는 원하는 바가 없습니다. 내게 그럴 권리가 없나요?"

"망명자에게는 권리가 없다, 에브레몽드." 장교는 차갑게 말했다. 기록을 끝낸 그는 적은 내용을 다시 한 번 확인하고 번지지 않게 봉한 다음에 드파르주에게 건네며 말했다. "독방에 넣어." 드파르주는 서류를 들고 다네이에게 따라오라고 손짓했다. 다네이는 시키는 대로 움직였고 무장한 시민혁명군 두 명이 그의 뒤를 따랐다.

검문소 계단을 내려가 파리 시내에 들어서자 드파르주가 낮은 목소리로 물었다. "바스티유 감옥에 수감되었던 마네트 박사의 따님과 결혼하신 분인가요?"

"그렇습니다만." 다네이가 놀란 표정으로 그를 바라보며 대답했다.

"나는 드파르주입니다. 생앙투안 거리에서 술집을 하고 있으니까 아마 내 이름을 들어보셨을 테지요."

"내 아내가 아버님을 구하러 찾아간 곳이 당신 집이었나요? 들어본 적이 있습니다!"

드파르주는 '아내'라는 말에 우울해하며 참지 못하고 물었다. "새로 탄생한 저 날카로운 단두대라는 여인의 이름을 걸고 묻겠소. 대체 프랑스에는 왜 왔나요?"

"조금 전에 듣지 않았습니까? 내 말이 거짓이라고 생각합니까?"

"당신에게 하등 좋을 것 없는 진실이군요." 드파르주는 이맛살을 찌푸리며 말하고 앞만 바라보며 걸었다.

"대체 뭐가 뭔지 모르겠습니다. 모든 것이 낯설군요. 예전과 많이 달라진 데다가 너무 갑작스럽게 불공평한 일을 당해서 어찌해야 할지 모르겠습니다. 좀 도와주시겠습니까?"

"안 됩니다." 드파르주는 계속 앞만 보고 걸으며 대답했다.

"그럼 하나만 대답해줄 수 있나요?"

"질문에 따라서 다르겠죠. 물어보세요."

"이렇게 부당하게 끌려가 감옥에 갇히고 나면 바깥세상과 연락할 방법이 있나요?"

"가보면 압니다."

"혹시 재판도 받지 못하고 판결을 당하고, 내 사정을 설명할 기회도 없이 매장되는 건가요?"

"두고 봐야죠. 하지만 그렇다 한들 어쩌겠습니까? 지금껏 더 끔찍한 감옥에 그렇게 매장된 사람이 한둘이 아닌걸요."

"나는 절대 잘못을 저지르지 않았습니다, 시민 드파르주."

드파르주는 대답 대신 찰스 다네이를 위협적인 눈초리로 흘끗 바라보고는 입을 굳게 다문 채 계속 걸었다. 드파르주의 침묵이 더욱 깊어질수록 그가 조금이나마 너그러워질지 모른다는 희망도 흐려진다고 생각한 다네이는 다급하게 말을 건넸다.

"정말 무엇보다도 중요한 일입니다. 얼마나 중요한지는 나보다 당신이 더 잘 알 겁니다. 텔슨 은행에서 일하는 영국 신사 로리 씨가 지금 파리에 있습니다. 그와 이야기를 해야 합니다. 다른 말은 필요 없으니 내가 라포르스 감옥으로 보내진다는 사실만 전해주세요. 나를 좀 도와주면 안 되겠습니까?"

"당신을 위해서는 어떤 일도 해줄 수 없습니다. 나는 당신 같은 무리로부터 조국과 시민을 지키는 종이 되기로 맹세했고, 내 의무는 내 조국과 시민들을 위하는 것입니다. 당신을 위해서는 아무것도 하지 않습니다." 드파르주가 단호하게 거절했다.

찰스 다네이는 그에게 더 부탁해봤자 부질없다는 사실을 깨닫고 자존심이 상해서 더 이상 아무 말도 하지 않았다. 두 사람은 말없이 걸었고 찰스는 사람들이 거리를 지나가는 죄수의 모습에 익숙하다는 사실을 눈치챘다. 어린아이들조차 그에게 아무 관심도 기울이지 않았다. 지나가던 몇 사람이 그를 향해 고개를 돌리고서 귀족이라며 손가락질을 하기는 했지만, 고급스러운 옷을 입고 감옥에 끌려가는 사람의 모습은 작업복을 입고 일하러 가는 노동자의 모습만큼이나 특별한 볼거리가 아니었다. 어둡고 더러운 좁은 골목을 지나던 다네이는 한 열성적인 연사가 의자 위에 올라가 흥분한 관중 앞에서 왕과 귀족들이 백성들에게 저질러온 죄악을 낱낱이 폭로하는 모습을 모았다. 그 연사의 입에서 나오는 몇 마디 단어를 듣고서 찰스는 왕이 투옥되었고 모든 외국 대사들이 파리를 떠났다는 사실을 처음으로 알게 되었다. 보베에서 조금 들었을 뿐 파리로 오는 내내 아무 소식도 듣지 못했다. 호위군의 감시를 받은 데다가 밤낮으로 경계하며 이동하느라 세상 소식이 완전히 차단되었던 것이다.

다네이는 자신이 영국을 떠날 때 생각했던 것보다 훨씬 심각한 위험에 처했다는 사실을 확실히 깨달았다. 자신을 둘러싼 위험이 깊은 수렁이 되어 점점 빠르게 깊어지고 있는 것도 분명했다. 며칠 동안 벌어진 일들을 미리 예상했더라면 애당초 여행을 시작하지도 않았을 것이라고 인정할 수밖에 없었다. 하지만 그의 불안은 나중에 닥칠 일들을 생각해보면 그다지 암울하지는 않았다. 미래가 어수선하다 하더라도 아직은 무슨 일이 터질지 알 수 없으므로 어렴풋하게나마 희망을 품을 수 있었기 때문이다. 다네이는 시곗바늘이 몇 번 더 돌기도 전에 끔찍한 대학살이 시작되어, 신성한 수확의 시간이 밤낮없이 오래도록 거대한 피로 얼룩지리라는 것을 짐작조차 하지 못했고, 설사 들었다 하더라도 10만 년도 더 떨어진 세상의 이야기쯤으로 생각했을 것이다. 그는 "새로 탄생한 날카로운 여인인 단두대"가 무엇인지 알지 못했고 사람들도 대부분 알지 못했다. 곧 벌어질 일은 당시 사태를 지휘한 사람들조차도 상상하지 못했을 만큼 끔찍했다. 온화한 사람들이 어떻게 그토록 잔혹한 생각을 했을까?

찰스 다네이는 부당하게 감금되어 고초를 겪을 것이고 아내와 아이를 두 번 다시 볼 수 없을지 모른다는 끔찍한 생각이, 아니 확신이 들었다. 하지만 그 밖에 딱히 두려운 것은 없었다. 그는 암울한 감옥 마당에 들어서며 떠오를 법한 생각들을 되새기면서 라포르스 감옥에 도착했다.

얼굴이 퉁퉁 부은 한 남자가 단단한 쪽문을 열자 드파르주는 "망명자 에브레몽드."라고 이름을 대며 찰스 다네이를 그자에게 넘겼다.

"제기랄! 얼마나 더 들어오는 거야!" 얼굴이 부은 남자가 소리를 질렀다.

드파르주는 그 소리를 못 들은 척하면서 인수증을 받아들고 두 시민혁명군과 함께 돌아갔다.

"빌어먹을!" 부인과 둘만 남은 간수가 다시 소리쳤다. "대체 얼마나 더 들어오는 거야!"

간수의 부인은 남편의 불평에 대꾸하지 않고 "제발 좀 참아요, 여보!"라고 말할 뿐이었다. 부인이 종을 울리자 부하 간수 세 명이 들어와 똑같은 불평을 늘어놓았고, 그중 하나가 "자유를 향한 사랑을 위하여."라고 말했지만 그들이 있는 감옥과는 전혀 어울리지 않는 결론이었다.

라포르스 감옥은 어둡고 더러운, 암울한 공간으로 끔찍한 죽음의 악취가 풍겼다. 놀라우리만큼 빠르게 퍼져나가는 역겨운 악취로 이곳이 얼마나 엉망으로 관리되고 있는지 알 수 있었다.

"또 독방이군. 아직 미터져지지는 않았을 거라는 거야 뭐야!" 간수가 서류를 들여다보며 투덜거렸다.

간수는 신경질을 내며 서류를 처리했고, 찰스 다네이는 끊임없이 이어지는 불평을 들으며 삼십 분가량 기다렸다. 다네이는 견고한 아치형 방 안을 서성거리기도 하고 돌로 만든 의자에 앉기도 했다. 어찌 되었든 간수장을 비롯해 간수들의 기억에 남을 만큼 오랫동안 기다렸다.

"이리 따라와! 망명자, 날 따라오라고." 한참이 지나고 간수장이 열쇠를 챙기며 말했다.

다네이는 음울한 감옥의 어스름을 뚫고 새로 배정된 간수를 따라 복도와 계단을 지나고, 등 뒤로 철커덕 소리를 내며 잠기는 많은 문을 넘어, 남녀 죄수로 가득한 넓고 낮은 아치형 방에 도착했다. 여자 죄수들은 기다란 탁자에 앉아 책을 읽고 글을 쓰거나 바느질, 뜨개질, 자수 놓기 등을 했고, 남자 죄수들은 대개 의자 뒤에 서 있거나 방 안을 이리저리 서성거리고 있었다.

죄수라면 당연히 수치스러운 범죄와 치욕을 떠올렸던 신참 죄수는 이들을 보고 흠칫 놀랐다. 죄수들은 급히 자리에서 일어나 더없이 세련된 태도로 우아하고도 정중하게 그를 맞이했고, 이 장면은 다네이에게 이미 현실처럼 느껴지지 않는 여행 중에서 가장 꿈같은 순간이었다.

죄수들의 세련된 태도는 칙칙한 감옥과는 전혀 어울리지 않았고, 낯선 불결함과 비극 속에서 그들은 유령처럼 겉돌았다. 다네이는 마치 죽은 사람들에게 둘러싸여 있는 것 같았다. 모두가 유령 같았다! 아름다운 유령, 위엄 있는 유령, 우아한 유령, 긍지가 넘치는 유령, 경솔한 유령, 재치 있는 유령, 젊은 유령, 늙은 유령, 모두가 황량한 해안을 떠나기만을 기다리고 있었다. 그들은 감옥에 오면서 이미 죽음을 맞았고 너나할 것 없이 망자의 시선으로 그를 바라보았다.

다네이는 몸이 얼어붙어 움직일 수가 없었다. 간수 한 명이 그 옆에 섰고 다른 간수들은 늘 하던 대로 업무를 처리하고 있었지만, 슬픔에 빠진 어머니와 한창 나이의 딸들, 요염한 여인, 젊고 아름다운 여인, 귀족 혈통의 고상한 중년 여인의 망령들과 함께 있으니 너무나 난폭해 보였다. 망령들을 보면서 다네이는 과거의 모든 경험과 미래의 가능성이 완벽하게 뒤집히는 것을 느꼈다. 확실히 그들은 모두 유령이었다. 틀림없었다! 길고도 비현실적인 이 여행 끝에 결국 그는 악화되는 질병처럼 암울한 무덤가에 다다르고 말았다.

품위 있어 보이는 신사가 앞으로 다가오면서 말했다. "불행하게 여기 갇힌 모든 사람들을 대표해서 라포르스에 오신 것을 환영합니다. 그리고 재앙을 겪어 이곳으로 끌려온 당신에게 위로의 말을 드립니다. 모든 일이 잘 해결되기를 바랍니다. 당신의 이름과 신분을 여쭈어도 되겠습니까? 장소가 달랐다면 무례한 행동이겠지만 여기서는 예외지요."

찰스 다네이는 정신을 차리고 문제가 되지 않을 만한 무난한 단어를 골라가며 질문에 대답했다.

신사가 방을 지나는 간수장을 눈으로 좇으며 말했다. "혹시 독방에 갇히시는 건 아니죠?"

"독방이 어떤 곳인지는 몰라도 간수들이 그렇다고 말했습니다."

"이렇게 안타까울 데가! 하지만 괜찮을 겁니다. 우리 중에도 처음에 독방에 갇혔던 사람이 몇 명 있었지만 곧 이곳으로 옮겨왔어요." 신사가 목소리를 높여 주위 죄수들에게 말했다. "안타깝게도 이분은 독방에 가신다고 합니다."

다네이가 감방을 가로질러 간수장이 기다리는 쇠창살 문으로 가는 동안 여러 사람이 위로의 말을 속삭였다. 행운을 빌어주고 용기를 주는 많은 목소리 사이에서 부드럽고 연민 어린 여인들의 목소리가 유독 크게 들렸다. 그는 문 앞에서 뒤로 몸을 돌린 채로 진심을 담아 감사하다고 말했고, 이내 간수장이 쇠창살 문을 닫자 연민 어린 망령들은 눈앞에서 영영 사라졌다.

쪽문을 열고 위로 향하는 돌계단을 올랐다. 계단 마흔 개를 오르자(찰스는 수감된 지 삼십 분도 되지 않아 이미 계단 수를 셌다) 간수장이 야트막한 검은 문을 열고 다네이를 독방으로 집어넣었다. 차갑고 습한 기운이 온몸에 퍼졌지만 어둡지는 않았다.

"여기가 네가 지낼 곳이다." 간수장이 말했다.

"왜 나를 독방에 가두는 거죠?"

"내가 그걸 어찌 알겠나!"

"펜과 잉크, 종이를 얻을 수 있습니까?"

"그건 내 소관이 아니다. 이따 누가 오면 그 사람에게 물어봐. 지금은 돈을 주고 음식만 살 수 있고, 다른 건 안 돼."

독방에는 의자와 책상, 짚으로 채워 넣은 침대가 있었다. 간수장이 나가기 전에 가구와 사방의 벽을 검사하는 동안, 다네이는 맞은편 벽에 등을 기대고 서서 두서없이 공상에 빠져들었다. 얼굴과 몸이 심하게 퉁퉁 부은 간수장을 보면서 몸에 물이 가득 찬 익사체 같다고 생각했다. 간수장이 나간 뒤에도 계속 공상에 빠져 있다가 "이제 죽은 사람처럼 여기 혼자 남겨졌구나." 하고 한탄했다. 침대를 내려다보다가 속이 메스꺼워지자 고개를 돌리며 말을 이었다. "죽고 나면 내 몸에도 저런 벌레들이 우글우글 기어 다니겠지."

"다섯 걸음, 네 걸음 반, 다섯 걸음, 네 걸음 반, 다섯 걸음, 네 걸음 반." 다네이는 걸음 수로 독방 크기를 쟀다. 도시의 소음이 천으로 감싼 북처럼 둔탁하게 울렸고, 사람들의 거친 함성이 점점 크게 들렸다. "그는 신발을 만들었지. 그는 신발을 만들었어. 그는 신발을 만들었어." 다네이는 감방 크기를 다시 재면서 마지막에 한 말을 머릿속에서 지우려고 더욱 빨리 몸을 움직였다. "쪽문이 닫히자 유령들이 사라졌지. 유령들 사이로 검은 드레스를 입은 여인이 창가에 기대 있었어. 금발 머리 위로 햇살이 비추면서 그녀는 마치, 오! 제발! 사람들이 모두 깨어 있는, 불빛이 밝았던 그 마을로 다시 돌아가게 해주소서! 그는 신발을 만들었지. 그는 신발을 만들었어. 다섯 걸음, 네 걸음 반." 생각의 단편들이 마음 깊은 곳을 두서없이 떠돌았고, 그는 점점 빨리 움직이면서 고집스럽게 감방 크기를 재고 또 쟀다. 도시의 소음은 여전히 천으로 감싼 북소리 같았지만, 소리가 점점 커지면서 자기가 아는 사람들의 울부짖음도 함께 들려오는 것 같았다.

2장

회전 숫돌

 파리 생제르맹 지역에 있는 텔슨 은행은 커다란 저택의 별관에 있어서 저택의 안뜰을 통과해 출입해야 했고, 거리와 은행 사이에는 높은 벽과 튼튼한 문이 가로놓여 있었다. 저택은 어느 대단한 귀족의 소유였는데, 세상이 소란스러워지자 그 귀족은 요리사의 옷을 빌려 입고 국경을 넘어 도망쳤다. 겉으로는 사냥꾼에게 쫓기는 짐승 신세가 되었지만, 영혼은 여전히 초콜릿 먹는 데만도 그에게 옷을 빌려준 요리사 말고도 건장한 시종 셋이 필요했던 그 귀족 나리였다.

 나리가 도망가고 남은 건장한 시종 세 명은 그동안 많은 봉급을 받고 나리의 밑에서 일한 죄를 씻고자, "자유와 평등,

박애가 아니면 죽음을 달라. 떠오르는 공화국은 하나일 뿐 나뉠 수 없다."라고 외치며 떠오르는 공화국의 제단에 누구보다 먼저 나리의 목을 베어 바칠 각오를 했다. 재판이 일사천리로 진행되어 모든 일이 순식간에 벌어진 탓에 나리의 저택은 가압류되었다가 다시 몰수되었다. 9월 3일 가을밤이 되자 법을 집행하는 시민혁명군이 저택을 점령해 삼색 깃발을 꽂았고, 곳곳에 모여 앉아 술을 마셨다.

만약 런던의 텔슨 은행이 파리의 텔슨 은행처럼 되었다면, 런던 은행장은 분노가 치밀어 펄펄 뛰면서 관보에 분노를 토로했을 것이다. 책임감 강하고 존경받는 차분한 영국인들이 은행 안뜰에 놓인 오렌지 나무 화분들과 은행 창구 위에 걸린 큐피드 동상을 봤다면 뭐라고 했을까? 하지만 파리의 텔슨 은행은 그러한 모습이었다. 은행에서 큐피드 동상을 하얗게 칠해 덮었지만 큐피드는 여전히 잘 보였고, 시원한 리넨을 걸친 채 천장에서 사랑을 겨누듯 온종일 활로 돈을 겨누고 있었다. 어린 이교도이자 불멸의 소년인 큐피드, 그 뒤에 있는 커튼 처진 벽감, 벽에 걸린 거울, 틈만 나면 거리에 나가 춤추는 철없는 젊은 점원이 근무하는 프랑스의 텔슨 은행이 런던 롬바르드 거리에 있었다면 그 은행은 틀림없이 파산했을 것이다. 하지만 프랑스의 텔슨 은행은 세상이 시끄러워져서 고객들이 돈을 찾아가지만 않았더라면 멀쩡하게 계속 잘 돌아갔을 것이다.

앞으로 텔슨 은행에서 얼마나 많은 돈이 인출되고 얼마나 많은 돈이 묻히고 잊힐지, 주인들이 감옥에서 썩는 동안 얼마나 많은 귀금속이 은행 금고에서 녹슬어갈지, 그리고 그들이 언제 끔찍하게 죽음을 맞고, 얼마나 많은 계좌가 이승에서 정산되지 못하고 저승으로 넘어갈지, 자비스 로리는 그날 밤 많은 질문을 던지며 고심했지만 답을 찾기가 어려웠다. 그뿐 아니라 누구라도 확실히 답하지 못했을 것이다. 농작물에 병충해가 들어 수확이 적었던 그해에 추위마저 일찍 찾아오자 로리는 장작불을 새로 피우고 그 앞에 앉았다. 정직하고 용감한 그의 얼굴에는 짙은 어둠이 드리웠다. 벽에 드리운 전등의 그림자나 방 안에 있는 모든 물건에 드리운 일그러진 그림자보다 더욱 어두운 공포의 그림자였다.

로리는 뿌리 깊은 담쟁이넝쿨처럼 은행에 충실한 직원이었으므로 은행에 개인 집무실을 몇 개나 두고 있었다. 시민혁명군이 저택의 본관을 점령하고 있었으므로 별관은 일종의 안전지대가 되었지만, 정직한 노신사인 로리는 그런 계산을 하지 않고 주변을 전혀 신경 쓰지 않은 채 맡은 업무를 묵묵히 처리했다. 안뜰 반대편 돌기둥 아래에는 마차를 세워놓는 널찍한 공간이 있었고, 나리의 마차 몇 대가 여전히 세워져 있었다. 반대편 기둥에 매달려 활활 타오르는 횃불 아래에는 커다란 숫돌이 휑하니 놓여 있었다. 이웃 대장간이나 다른 작업실에서 급하게 가져다 놓은 듯 보였다. 로리는 자리에서 일어나 창밖에 놓여 있는 아무 죄 없는 물건들을 바라보다가 온몸이 오싹해서 장작불 앞으로 돌아왔다. 창문과 격자 덧문을 열어두었다가 모두 닫았지만 여전히 한기가 느껴져서 몸이 떨렸다.

높은 벽과 단단한 문 너머 거리에서 여느 밤처럼 도시의 활기찬 소리가 들렸지만, 가끔 뭐라 표현하기 힘든 괴상하고 섬뜩한 소리가 섞여 들렸다. 이상하고 끔찍한 그 소리는 마치 하늘로 솟아오르는 듯했다.

로리는 손을 맞잡으며 외쳤다. "하느님, 고맙습니다. 저와 가깝고 제가 아끼는 사람들 중에 어느 누구도 오늘 밤 이 끔찍한 도시에 없다니 다행입니다. 위험에 처한 모든 사람들에게 자비를 베풀어주소서!"

곧이어 정문에서 종소리가 울리자 로리는 '그들이 다시 왔구나!'라고 생각하며 귀를 기울였다. 하지만 예상과 달리 사람들이 몰려오는 소리는 들리지 않았고, 그저 문이 철커덩거리더니 사방이 다시 고요해졌다.

불안하고 초조해진 로리는 은행의 안전이 막연히 걱정스러웠다. 세상이 이렇게 소란스러우면 당연히 그런 기분이 들기 마련이었다. 하지만 은행은 보안이 잘되어 있었으므로 로리는 은행을 지키는 듬직한 경비원들에게 가보려고 자리에서 일어섰다. 그때 문이 벌컥 열리며 두 사람이 재빠르게 안으로 들어왔고, 이들을 본 로리는 화들짝 놀라며 뒷걸음질을 쳤다.

마네트 부녀였다! 루시는 로리에게 팔을 뻗으며, 특유의 간절하고 진지한 표정을 지었고, 그 표정은 마치 이 순간을 위해 평생의 힘과 의지를 끌어모아 도장처럼 얼굴에 강하게 새겨놓은 것 같았다.

당황한 로리가 숨 가쁘게 소리쳤다. "아니, 무슨 일입니까? 무슨 일이 생겼습니까? 루시! 마네트 박사님! 대체 어찌 된 일입니까? 여기 어떻게 오셨어요? 이유가 뭡니까?"

하얗게 질린 얼굴로 로리에게 시선을 고정한 루시가 절망스러운 표정을 지으며 로리의 품에 안겼고, 이내 숨을 고르며 애원하듯 말했다. "아, 선생님! 제 남편 일이에요!"

"루시 양, 남편이라니요?"

"찰스요."

"찰스에게 무슨 일이 있나요?"

"여기 있어요."

"파리에 왔다고요?"

"찰스가 며칠 전 파리로 왔어요. 사흘인가 나흘 전인데 지금 정신이 하나도 없어서 정확히 기억이 나질 않아요. 누군가의 부탁을 들어주려고 우리 모르게 왔다가, 성문에서 붙잡혀 감옥으로 끌려갔대요."

노년의 신사는 견딜 수 없어 탄식을 내뱉었다. 그때 정문에서 종소리가 다시 울리고 사람들이 떠드는 시끄러운 말소리와 안뜰로 들이닥치는 발소리가 울려 퍼졌다.

"이게 무슨 소리죠?" 마네트 박사가 창문 쪽으로 돌아서면서 말했다.

"보지 마십시오!" 순간 로리가 소리쳤다. "절대 밖을 내다보지 마세요! 마네트 박사님, 덧문도 여시면 안 됩니다!"

창문 걸쇠에 손을 얹은 상태로 마네트 박사는 뒤를 돌아보며 침착하고 대범한 미소를 띠고 말했다.

"아끼는 친구여, 나는 이 도시에서 끈질기게 살아남았소. 바스티유 감옥에 있지 않았소. 파리뿐 아니라 프랑스 전체를 통틀어 어떤 시민혁명군도 내가 바스티유 감옥에 갇혀 있었다는 사실을 안다면 나를 건드리지 않을 것이오. 오히려 감격해서 나를 포옹하거나 나를 데리고 승리의 행진을 하려 하겠죠. 내가 오랫동안 시련을 겪은 덕택에 우리 둘은 성문을 통과할 수 있었고 찰스의 소식을 듣고 이곳까지 올 수 있었다오. 앞으로도 그럴 것이오. 내가 찰스를 위험에서 건져줄 수 있을 겁니다. 루시에게도 그렇게 말했어요. 그런데 이게 대체 무슨 소리지요?" 박사가 다시 창문에 손을 얹었다.

"내다보지 마세요!" 로리가 매우 다급하게 외쳤다. "루시 양도 보면 안 됩니다!" 로리가 루시를 양팔로 감싸 안으며 말했다. "루시 양, 겁먹지 마세요. 진심으로 맹세하는데 찰스에게 나쁜 일이 닥쳤다는 소식은 전혀 듣지 못했습니다. 게다가 찰스가 파리에 와 있으리라는 생각조차 하지 못했어요. 찰스는 지금 어느 감옥에 있습니까?"

"라포르스요!"

"라포르스라고요! 루시 양이 지금까지 용감하고 헌신적인 사람이었다면, 물론 늘 그래왔지만요. 우선 마음을 단단히 먹고 내가 시키는 대로 해야 합니다. 그게 제일 중요해요. 내가 지금 말하는 것 이상으로, 루시 양이 생각하는 것 이상으로 중요합니다. 오늘 밤은 루시 양이 남편을 위해 할 수 있는 일이 없어요, 절대 밖에 나가서도 안 됩니다. 내가 찰스를 위해 부탁하는 이 일이 루시 양에게는 가장 힘든 일이라는 것을 잘 압니다. 하지만 내 말을 반드시 듣고 침착하게 조용히 있어야 합니다. 저 뒤에 있는 방에 들어가 계세요. 그리고 아버지와 내가 단둘이 이야기를 나누도록 잠시 시간을 주세요. 삶과 죽음이 달린 문제이니 서둘러야 합니다."

"선생님 말씀에 따를게요. 선생님 표정을 보니 그렇게 할 수밖에 없다는 것을 알겠습니다. 그 말씀이 옳아요."

로리는 루시에게 입을 맞추고 그녀를 방으로 들여보낸 뒤 걸쇠를 잠갔다. 곧바로 마네트 박사에게 돌아온 로리는 창문을 열고 덧문을 살짝 연 다음 마네트 박사의 팔에 손을 얹고 함께 안뜰을 내다보았다.

밖에는 남녀 무리가 있었다. 안뜰을 가득 채울 만큼 많지는 않았고 모두 합해 사오십 명쯤 돼 보였다. 저택을 점령한 사람들이 문을 열어주자 무리는 일제히 회전 숫돌로 몰려갔다. 쓰기 편하고 눈에 잘 띄지 않는 곳에 회전 숫돌을 갖다 놓은 것이 분명했다.

이토록 소름 끼치는 일을 저지르다니, 얼마나 끔찍하고 무시무시한 사람들인가!

손잡이가 이중으로 달린 회전 숫돌을 두 남자가 미친 듯이 돌리자 기다란 머리카락이 이리저리 휘날렸고 목은 뒤로 젖혀져 이들의 얼굴은 가장 야만적으로 변장한 미개인보다 훨씬 잔인하고 끔찍해 보였다. 그들의 극악무도한 얼굴에는 가짜 눈썹과 가짜 콧수염이 박혀 있었고 피와 땀이 범벅되어 있었다. 소리를 지를 때마다 얼굴이 심하게 일그러졌고, 잠을 제대로 자지 못한 데다가 짐승처럼 흥분해서 시뻘겋게 충혈된 눈동자가 이글거렸다. 이 패거리들이 회전 숫돌을 돌리고 돌리자 한데 엉킨 머리카락이 앞으로 쏟아져 내려 눈을 가렸다가 다시 목 뒤로 넘어가기를 반복했다. 몇몇 여자들은 포도주를 입에 머금었다. 흐르는 피와 뚝뚝 떨어지는 포도주와 회전 숫돌에서 튀는 불꽃, 이 모든 사악한 기운이 뿜어져 나와 불타는 것 같았다. 이 패거리에서 피 냄새가 나지 않는 사람은 아무도 없었다. 어깨와 어깨를 맞대고 서서 회전 숫돌을 돌리려고 기다리고 있는 벌거벗은 남자들의 몸은 피 얼룩으로 도배되었다. 넝마를 걸치고 있는 남자들의 옷에도, 레이스나 비단이나 리본을 마구 휘감고 있는 여자들의 옷에도 여기저기 피 얼룩이 묻었다. 도끼, 칼, 총검, 장검, 날을 갈기 위해 가져온 모든 연장들이 시뻘겋게 물들었다. 어떤 사람들은 마구 난도질한 장갑을 리넨 헝겊과 찢어진 드레스로 손목에 동여맸다. 그 각양각색의 띠들도 빨갛게 물이 들었다. 사람들은 불꽃의 물줄기 속에서 이 무기들을 움켜쥐고 미친 듯이 휘두르면서 거리로 뛰쳐나갔다. 이들의 광분한 눈에도 피와 같은 붉은 빛이 서려 있었다. 야만적이지 않은 사람이라면, 조준하는 데만 20년이 걸리는 한이 있어도 잘 조준되는 총으로 죽

이고 싶은 그런 눈이었다.

이 모두가 한순간에 시야에 들어왔다. 익사할 위기에 처한 사람이나 생사를 가르는 엄청난 고비를 맞은 인간만이 볼 수 있는 광경 같았다. 두 사람은 창가 뒤로 물러났고 마네트 박사는 친구의 창백한 얼굴을 보면서 그가 이 상황을 설명해주기를 기다렸다.

로리는 무서움에 떨면서 문이 잠긴 방 안을 힐끗 둘러보며 속삭였다. "저들은 죄수들을 죽이고 있습니다. 박사님 생각에 확신이 있으시다면, 그러니까 박사님이 생각하고 제가 믿듯 정말로 박사님에게 힘이 있으시다면, 저 악마들에게 가서 박사님의 신분을 밝히시고 라포르스로 데려가 달라고 하십시오. 늦었을지 모르니 단 일 분도 지체하시면 안 됩니다."

마네트 박사는 로리와 악수하고 모자도 쓰지 않은 채 서둘러 방을 나갔다. 로리가 덧문 앞으로 돌아왔을 때 박사는 이미 안뜰에 도착했다.

박사는 백발을 흩날리며 비상한 표정과 자신감 넘치는 태도로 자연스럽게 무기를 밀쳐내면서 순식간에 회전 숫돌 근처에 서 있는 무리의 한가운데로 나아갔다. 잠시 정적이 흐르고 나서 수군거리는 소리가 났고, 무슨 말을 하는지 알 수 없는 박사의 목소리가 들렸다. 잠시 후 박사는 사람들에게 둘러싸였다. 스무 명의 남자들이 서로 밀착하거나 어깨동무를 한 채 박사를 가운데에 두고 빠르게 줄지어 나가면서 큰 소리로 외쳤다. "바스티유 죄수 만세! 라포르스에 갇힌 바스티유 죄수의 친척을 구하자! 바스티유 죄수의 앞길을 터라! 라포르스의 죄수 에브레몽드를 구하자!" 사람들의 외침이 계속 이어졌다.

로리는 떨리는 가슴으로 창문과 덧문을 닫고 서둘러 루시에게 가서는, 그녀의 아버지가 사람들의 도움을 받으며 사위를 구하러 갔다고 말했다. 그제야 로리는 어린 루시와 프로스 양도 함께 왔다는 사실을 깨달았다. 그는 시간이 한참 지나 밤마다 찾아오는 고요 한가운데 앉아 앞을 물끄러미 바라보다가 두 사람을 보고 깜짝 놀랐다.

그때까지 루시는 로리의 손을 꼭 붙잡은 채로 망연자실해서 그의 발치에 털썩 쓰러져 있었다. 프로스 양이 어린 루시를 로리의 침대에 눕혔고, 그녀의 머리가 조금씩 아래로 내려가 예쁜 아이 옆의 베개에 놓였다. 오, 길고 긴 밤이여, 가련한 아내의 신음이여! 그리고 오, 길고 기나긴 밤 그녀의 아버지는 돌아오지 않고 기별조차 없구나!

어둠 속에서 대문의 종이 울렸고 패거리가 거듭 들어왔으며 회전 숫돌이 돌고 돌아 불꽃을 일으키는 일이 두 번 더 일어났다. 루시가 겁에 질린 목소리로 외쳤다. "무슨 소리죠?" 로리가 대답했다. "쉿, 저기에서 병사들이 칼을 갈고 있어요. 국가 소유인데 일종의 무기고처럼 쓰고 있거든요."

침입이 두 번 더 일어났다. 하지만 마지막 작업은 소리가 작았고 이따금씩 멈췄다. 곧이어 해가 뜨기 시작했다. 로리는 꼭 잡고 있던 루시의 손을 살며시 놓으며 다시 창밖을 유심히 내다보았다. 살육이 난무하는 전쟁터에서 중상을 입은 채로 온몸이 피범벅이 되어 기어 나와 정신을 차린 병사로 보이는 남자가 회전 숫돌 옆에 있는 보도에서 일어나더니 멍하니 주위를 둘러보았다. 얼마 지나지 않아 기진맥진한 이 남자는 희미한 불빛 속에서 귀족의 휘황찬란한 마차 한 대를 발견하고는 그쪽으로 비틀거리며 걸어가더니 마차 안에 올라타 문을 잠그고 우아한 쿠션 위에 몸을 뉘었다.

로리가 다시 바깥을 보자 지구라는 거대한 회전 숫돌도 돌고 돌아 태양이 안뜰을 붉게 비췄다. 하지만 햇빛을 받아본 적이 없는 저 작은 숫돌은 절대 지우지 못할 붉은 빛을 드러낸 채 고요한 아침 공기 속에서 홀로 거기에 놓여 있었다.

3장

그림자

 근무 시간이 돌아오자 직장에 충실한 로리에게 가장 먼저 떠오른 생각은, 망명자로 감옥에 갇힌 죄수의 아내를 은행 지붕 아래 숨겨서 은행을 위험에 빠뜨릴 권리가 자신에게 없다는 것이었다. 루시와 어린 루시를 위해서라면 조금도 망설이지 않고 자신의 재산과 안전, 생명까지도 던질 수 있지만, 자신이 관리하는 막대한 재산은 자기 것이 아니었고, 그는 은행 업무만큼은 철두철미하게 책임지는 직원이었다.

 이때 머릿속에 처음 떠오른 사람은 드파르주였다. 로리는 그의 술집에 들러 혼란에 빠진 도시의 어느 곳에 있어야 가장 안전할지 그에게 조언을 구해야겠다고 생각했다. 하지만 깊이 생각하고 고민해보니 좋은 생각이 아닌 듯싶었다. 드파르주는 파리에서 가장 폭력이 난무하는 지역에 살고 있고 두말할 필요도 없이 그곳에서 유력한 인물이었으므로 그 지역에서 일어나는 위험한 일에 깊이 연루되어 있을 터였다.

정오가 가까워졌는데도 박사는 돌아오지 않았고, 시간을 지체할수록 텔슨 은행이 위험해진다고 생각한 로리는 루시와 이 문제를 의논했다. 루시는 아버지가 은행 근처에 단기로 머물 수 있는 집을 구하자고 말씀하셨다고 했다. 로리는 집을 구한다 하더라도 자기 업무에 지장이 생기지는 않을 것이고, 일이 잘 풀려 찰스가 석방되더라도 당장은 파리를 떠나기 어려울 것으로 예상되었으므로 적당한 전셋집을 찾아냈다. 그 집은 외딴 골목의 높은 지대에 있었고, 주위에 쓸쓸하게 서 있는 건물들의 창문에 덧문이 전부 닫혀 있는 걸로 미루어 보아 사람이 살고 있지 않은 것 같았다.

로리는 루시와 어린 루시, 프로스 양을 당장 그 집으로 옮기게 했다. 그리고 최선을 다해 그들을 편안하게 해주었고 자신보다 훨씬 안락하게 생활할 수 있도록 배려했다. 로리는 문 두드리는 소리가 자주 들릴 테니 현관문을 지키라고 제리를 남겨놓고 직장으로 돌아왔다. 하지만 마음이 불안하고 우울해서 업무에 집중하기가 힘들어서인지 하루가 느릿느릿 힘겹게 지나갔다.

하루가 지쳐가듯 로리도 지치자 이윽고 은행이 닫을 시간이 되었다. 로리가 어젯밤 머물던 방에 홀로 앉아 앞으로 어떻게 해야 할지 고민하고 있을 때, 계단을 올라오는 발소리가 들렸다. 잠시 후에 한 남자가 로리 앞에 서서 날카로운 눈빛으로 그를 살펴보며 이름을 불렀다.

로리가 말했다.

"제가 로리입니다만, 저를 아십니까?"

그 남자는 까만 곱슬머리에 몸이 건장하고 나이는 마흔 다섯에서 쉰 살가량 되어 보였다.

로리의 물음에 대답하는 대신 그는 억양까지 똑같이 그 물음을 반복했다.

"저를 아십니까?"

"어디서 본 것 같기는 합니다."

"아마 저희 술집일 겁니다."

로리는 크게 호기심이 일며 격앙된 목소리로 물었다.

"마네트 박사님의 심부름으로 왔습니까?"

"네, 박사님 심부름으로 왔습니다."

"뭐라고 하시던가요? 제게 전할 말이 있나요?"

드파르주는 로리의 떨리는 손에 종이쪽지 한 장을 내밀었다. 그곳에는 박사가 쓴 글이 적혀 있었다.

찰스는 안전합니다. 하지만 나는 아직 이곳을 안전하게 떠날 수 없습니다. 저를 도와준 사람 편에 찰스가 아내에게 쓴 짧은 편지를 보냈으니 찰스의 아내를 만나게 해주십시오.

쪽지에 적힌 시간을 보니 라포르스에서 쓴 지 한 시간도 채 지나지 않았다.

"저를 따라오세요." 로리는 편지를 큰 소리로 읽고 나서 안심이 되었는지 기쁜 목소리로 말했다. "찰스 부인의 거처로 안내하지요."

"네." 드파르주는 말했다.

로리는 드파르주가 이상할 정도로 말수가 적고 기계적으로 말한다는 사실을 미처 알아채지 못한 채 모자를 쓰고 안뜰로 나갔다. 안뜰에는 두 여자가 있었고, 그중 한 명은 뜨개질을 하고 있었다.

"드파르주 부인이군요!"라고 로리가 말했다. 그녀는 17년 전 마지막으로 보았을 때도 지금처럼 뜨개질을 하고 있었다.

"네, 맞습니다." 드파르주가 대답했다.

"부인도 같이 가시나요?" 로리가 뒤따라오는 부인을 보고 물었다.

"네. 제 아내도 그분들의 얼굴을 알아두어야 할지 몰라서요. 그분들의 안전을 위해서 말입니다."

그제야 드파르주의 태도를 수상하게 여긴 로리는 의심스럽게 그들을 쳐다보며 앞장섰고 두 여자도 따라나섰다. 다른 한 여자는 복수의 여신이었다.

일행이 가능한 한 빠른 걸음으로 거리 사이를 지나 새 거처의 계단을 오르자 제리가 맞아주었다. 루시가 혼자 울고 있는 모습이 보였다. 로리가 남편 소식을 전해주자, 루시는 기뻐서 어쩔 줄 몰라하며, 쪽지를 건네는 드파르주의 손을 덥석 잡았다. 그날 밤 이 손이 남편 가까이에서 무슨 일을 했는지, 그리고 운이 따르지 않았다면 남편에게 무슨 일을 저질렀을지 상상조차 하지 못한 채 말이다.

진심으로 사랑하는 당신, 용기를 내요. 나는 잘 있소. 장인어른이 이곳에서 크게 힘을 써주고 있어요. 이 편지에 답장하지 말아요. 나를 대신해 우리 아이에게 키스해주시오.

편지 내용은 이뿐이었다. 하지만 편지를 읽은 루시는 감정이 복받쳐 드파르주에게서 몸을 돌려 뜨개질을 하고 있는 드파르주 부인의 손에 입을 맞췄다. 사랑과 고마움을 담은 열정적이고 여성스러운 행동이었지만, 부인은 아무 반응도 없이 냉정하게 손을 툭 떨어뜨리고는 다시 뜨개질을 계속했다.

부인의 손을 만지며 루시는 이상한 낌새를 눈치챘다. 편지를 가슴팍에 넣으려다가 멈칫한 루시는 목 언저리에 두 손을 올린 채 두려운 눈빛으로 드파르주 부인을 보았다. 드파르주 부인은 눈썹과 이마를 치켜 든 루시를 냉담하게 노려보았다.

로리가 둘 사이에 끼어들며 설명했다. "루시, 거리에서 폭동이 빈번하게 일어나고 있어요. 그렇다고 루시가 해코지 당하는 일은 없겠지만 만에 하나 그럴 경우에 힘 있는 드파르주 부인이 자기가 지켜줘야 할 사람을 만나고 싶어 했어요. 미리 인사를 나눠 얼굴을 익혀두시겠다는 말씀이죠." 로리는 돌처럼 딱딱한 세 사람의 태도에 당황한 나머지 루시를 안심시키려는 말도 더듬었다. "드파르주 씨, 내가 옳게 설명한 거죠?"

드파르주는 우울한 표정으로 아내를 보며 동의한다는 뜻으로 퉁명스러운 소리를 낸 것 말고는 별 다른 대답을 하지 않았다.

로리는 어떻게든 분위기를 살려보려는 어조와 태도로 말했다. "루시, 아이와 프로스 양을 여기로 오라고 하는 게 좋겠어요. 드파르주 씨, 우리 프로스 양은 영국인이라 프랑스어를 전혀 못합니다."

자신이 외국인에게 절대지지 않는다고 예전부터 믿어왔던 문제의 여인이 어떤 곤경과 위험에 부딪쳐도 흔들리지 않겠다는 각오를 보이듯 팔짱을 낀 채 모습을 드러내고는 처음 눈이 마주친 복수의 여신에게 영어로 말을 걸었다. "와, 염치없는 사람처럼 생기셨구먼! 안녕하시죠?" 프로스 양은 드파르주 부인에게도 영국인 티를 내며 헛기침을 했지만 드파르주 부인도 복수의 여신도 전혀 눈길을 주지 않았.

"이 아이가 그 남자의 딸인가요?" 드파르주 부인은 뜨개질을 하다가 처음으로 멈추고는 바늘로 운명의 장난을 치려는 듯 루시의 딸을 가리키며 말했다.

로리가 대답했다. "네, 부인. 이 아이가 불쌍한 죄수의 사랑스런 딸이자 유일한 혈육입니다."

드파르주 부인과 그 일행에 드리운 어둠의 그림자가 위협적으로 아이를 뒤덮자, 어머니는 본능적으로 옆으로 가서 아이를 품에 앉고 바닥에 무릎을 꿇고 앉았다. 그 순간 드파르주 부인과 그 일행에 드리운 어둠의 그림자가 위협적으로 아이와 그 어머니를 뒤덮었다.

드파르주 부인이 말했다. "여보, 이제 됐어요. 사람들을 다 만났으니 이제 갑시다."

3장. 그림자 · 517

하지만 눈에 띌 정도는 아니었지만 부인의 절제하는 태도에서 어렴풋하게 적의가 느껴졌으므로 불안해진 루시는 애원하듯 드파르주 부인의 옷에 손을 대며 말했다.

"불쌍한 제 남편을 보살펴주세요. 남편에게 해를 입히지 말아주세요. 남편을 만나게 해줄 수 있나요?"

드파르주 부인은 아주 태연하게 루시를 내려다보며 말했다. "내가 여기 온 이유는 당신 남편 때문이 아니에요. 당신 아버지의 딸을 만나러 왔을 뿐이에요."

"그러면 저를 봐서라도 제 남편에게 자비를 베풀어주세요. 제 아이를 봐서라도요! 제 딸아이도 두 손을 모아 부인께서 자비를 베풀어주시길 기도할 거예요. 우리는 여기 다른 누구보다 부인이 두려워요."

이 말을 칭찬으로 들은 드파르주 부인이 남편을 쳐다보았다. 불안하게 엄지손톱을 물어뜯으며 아내를 보고 있던 드파르주가 한층 근엄한 표정을 지었다.

"당신 남편이 편지에 뭐라고 썼더라? 힘, 뭔가 힘이 되고 있다고 했던가요?" 드파르주 부인이 얕보는 듯 미소를 띠며 물었다.

루시는 허둥대며 가슴에서 편지를 꺼냈지만 편지가 아니라 질문한 사람을 주목하며 대답했다. "저희 아버지가 그곳에서 남편 주변에 큰 힘이 되어주고 있다고 썼어요."

"그러면 풀려나겠군! 그렇게 해보시죠." 드파르주 부인이 말했다.

이 말에 루시가 진심을 담아 호소했다. "한 남자의 아내이자 한 아이의 어미인 저를 불쌍히 생각하셔서 부디 죄 없는 제 남편을 내치지 말고 그의 편에 서서 힘써주세요. 제발 자매 같은 마음으로 제 마음을 헤아려주세요. 한 사람의 아내이자 어미로서 애원합니다!"

드파르주 부인은 애원하는 루시를 여전히 차가운 눈길로 바라보다가 친구인 복수의 여신을 돌아보며 말했다.

"여기 이 아이만 하거나 더 어렸을 때 우리가 봤던 아내들과 어머니들이 제대로 대접을 받기나 했었나? 남편과 아버지가 감옥에 끌려가 가족들과 찢어지는 모습을 수없이 봤지? 그래서 여성 동지와 아이들이 가난에 찌들어서 헐벗고 굶주리고 목마르고, 병 걸려 아파하고, 억압받고 무시당하고, 온갖 힘든 일에 녹아나는 모습을 똑똑히 봤잖아?"

"그런 모습만 봤지." 복수의 여신이 대답했다.

드파르주 부인은 다시 한 번 루시에게 시선을 던지며 말했다. "우리는 오랫동안 그런 대접을 견뎌냈어. 생각해봐! 그러니 그저 아내이자 어머니로서 힘들다고 말해봐야 그게 대수겠어?"

부인은 다시 뜨개질을 하면서 밖으로 나갔고 복수의 여신이 그 뒤를 따랐다. 드파르주가 마지막으로 나가면서 문을 닫았다.

"기운 차려요, 루시 양." 로리 씨가 그녀를 일으켜 세우며 말했다. "용기를 냅시다, 용기를. 여태껏 우리가 해온 일은 모두 잘됐잖아요. 수많은 불쌍한 사람들이 요즘 겪고 있는 일에 비하면 훨씬 잘 풀리고 있어요. 그러니 감사하는 마음을 품고 힘을 내요."

"제가 감사하지 않는 게 아니에요. 하지만 저 사나운 아주머니가 제 희망을 어두운 그림자로 덮어버리는 것 같아요."

로리가 혀를 찼다. "쯧쯧! 작지만 용감한 아가씨가 어째서 이렇게 의기소침한가요? 그림자라는 말이 맞네요. 그 안에는 실체가 없어요."

하지만 드파르주 일행의 태도가 드리우고 떠난 그림자 때문에 로리의 마음은 어두워졌고 속으로는 크게 걱정했다.

4장

폭풍 속의 고요

　마네트 박사는 떠난 지 나흘째 되는 날 아침에야 돌아왔다. 그동안 벌어졌던 끔찍한 사건들 대부분을 루시에게 철저하게 숨겼기 때문에 루시는 프랑스를 떠나고 오랜 시간이 지나고 나서야, 남녀 가릴 것 없이 자신의 목숨을 지킬 힘이 없는 죄수 천 명이 시민들에게 목숨을 빼앗겼다는 사실을 알게 되었다. 이렇게 무시무시한 사건이 계속 일어났던 나흘 밤낮은 암울했고 주변의 공기는 학살로 더러워졌다. 당시 루시가 알고 있었던 사실은, 감옥이 습격당해서 정치범들이 모두 위험에 빠졌고, 그중 일부는 군중의 손에 밖으로 끌려 나가 살해되었다는 것뿐이었다.

박사는 굳이 그럴 필요가 없는데도 로리에게 비밀을 지키겠다는 다짐을 받고서야, 군중이 자신을 데리고 대학살이 벌어지는 현장을 지나 라포르스 감옥으로 갔다고 말했다. 그곳에서 박사는 즉결 재판정에서 벌어지는 재판을 목격했다고 했다. 죄수들이 한 명씩 나오면 신속하게 판결이 내려졌는데, 사형이나 석방을 선고받거나 경우에 따라 감방으로 되돌아가라는 명령을 받기도 했다. 감옥 안내원들이 즉결 재판정으로 데려가자 박사는 이름과 직업을 밝히고 바스티유 감옥에서 재판도 받지 못하고 외부에 알려지지 않은 채 18년 동안 갇혀 있었다고 말했다. 그러자 재판정에 앉아 있던 사람 하나가 벌떡 일어나서 박사의 신분을 확인해주었는데, 그 사람이 바로 드파르주였다고 했다.

이때 박사는 탁자에 놓인 명단을 보고 사위가 아직 살아서 그곳에 수감되어 있다는 사실을 알았다. 그리하여 조는 사람, 졸지 않는 사람, 살인으로 손에 피를 묻힌 사람, 손에 피를 묻히지 않은 사람, 술에 취한 사람, 술을 마시지 않아 정신이 멀쩡한 사람들이 앉아 있는 재판부에 사위를 풀어달라고 간청했다. 재판부는 전복된 과거 체제 밑에서 부당하게 핍박받은 저명인사인 박사를 아낌없이 환영하고 나서, 무법이 판치는 재판정으로 찰스 다네이를 데려와 조사하기로 의견을 모았다. 분위기로는 찰스가 곧장 석방될 것 같았는데 우호적이던 분위기가 뜻하지 않은 (박사가 이해할 수 없는) 몇 가지 확인 절차를 거치더니 바뀌었고 짧게 비밀회의가 열렸다. 잠시 후 재판장석에 앉아 있던 사람이 마네트 박사를 부르더니 다네이를 계속 감금하되 박사의 명망을 감안해 안전을 보장해주겠다고 말했다. 그렇게 다네이는 감방으로 다시 끌려갔다. 하지만 감옥 밖에서 죄수들의 목숨을 위협하는 고함 소리가 재판 진행을 방해할 정도로 시끄럽게 들렸으므로, 박사는 사위가 감옥 밖으로 끌려 나가는 불상사가 일어나지 않도록 자신도 감옥에 머물 수 있게 해달라고 간청했고, 그렇게 하도록 허락을 받았으므로 위험한 상황이 종료될 때까지 피의 전당에 남아 있게 되었다.

박사는 그곳에서 잠깐 허기를 채우고 자다 깨다를 반복하면서 목격한 사건에 대해서는 일절 말하지 않으려 했다. 사형을 면한 죄수가 미친 듯이 기뻐하는 모습도, 사형을 선고받아 사지가 잘려나갈 죄수를 향한 잔인한 광기도 놀랍기는 마찬가지였다. 박사의 말로는 감옥에서 풀려난 죄수 하나가 길을 걸어가다가 그를 잘못 알아본 잔혹한 사람의 창에 찔렸다고 했다. 부상당한 그를 치료해달라는 부탁을 받고 같은 문으로 나가보니 선량한 사람들 무리가 자신들이 살해한 시체들을 깔고 앉은 채로 그 남자를 안고 있었다. 이렇듯 끔찍한 악몽 속에서 그들은 모순되게 행동했다. 박사를 도와 들것을 만들어주고 부상자를 조심스럽게 옮겨주면서 진심 어린 배려를 아끼지 않다가도 곧바로 돌아서서 무기를 들고 학살을 자행했던 것이다. 그 광경이 너무나 무시무시해서 박사는 두 손으로 눈을 가렸고, 학살 현장의 한복판에서 정신을 잃기도 했다.

로리는 마네트 박사로부터 비밀 이야기를 전해 들으면서 이제 예순두 살이 된 친구의 얼굴을 바라보았다. 그는 이 끔찍한 사건들을 겪은 마네트 박사가 오래전의 위험한 상태로 돌아가진 않을지 걱정되었다. 하지만 로리는 지금 같은 친구의 모습을 처음 보았다. 박사를 오래 알아왔지만 지금의 모습은 낯설었다. 박사는 고통스러운 과거 경험으로 인해 이제야 자신이 단단하고 강해졌다고 생각하고 있었다. 타오르는 불구덩이 속에서 강철처럼 서서히 단련되어, 사위가 갇힌 감방 문을 부수고 그를 데리고 나올 수 있을 거라는 자신감이 처음으로 생긴 것이다. "과거에 겪었던 일은 모두 좋은 결말을 거두기 위한 거였다오, 친구. 쓸데없이 시간을 낭비한 게 아니었습니다. 사랑하는 딸아이가 나를 도와서 회복시킨 것처럼 이제는 딸아이에게 가장 소중한 남편을 돌려주기 위해 내가 도울 차례요. 하늘도 도와주셔서 할 수 있을 겁니다!" 마네트 박사는 그렇게 굳게 믿었다. 박사의 삶이 항상 멈춰 있는 시계 같다고 오랫동안 느껴왔던 로리는 박사의 열정적인 눈빛과 결연한 표정과 침착하지만 기운 넘치는 태도를 보면서, 쓰일 곳이 없어 멈춰 있던 시계가 다시 힘을 받아 움직이기 시작했다고 생각하며 박사의 말대로 될 거라고 믿었다.

그렇듯 불굴의 의지를 발휘한다면, 당시 박사가 직면했던 곤경보다 더욱 힘든 장애도 충분히 극복할 수 있을 터였다. 박사는 죄수이든 아니든, 부자이든 아니든, 악하든 선하든 환자를 가리지 않고 의사로서 본분을 다하면서 자신의 영향력을 매우 현명하게 발휘하여, 곧 라포르스 감옥을 포함해 세 군데 감옥의 전담 의사로 지정되었다. 따라서 사위가 독방에서 풀려나 일반 죄수들과 함께 있다는 사실도 딸에게 확인시켜줄 수 있었다. 그리고 일주일에 한 번씩 사위를 만나 그에게 직접 들은 다정한 말을 딸에게 전해주었다. 다네이는 편지를 써서 아내에게 보내기도 했지만(절대 박사를 통해 전달하지는 않았다), 루시가 답장을 쓰는 일은 결코 허용되지 않았다. 감옥에서 죄수들이 음모를 꾸미고 있다는 터무니없는 의혹이 나돌았고, 그런 와중에 외국에 친구나 친척이 많다고 알려진 망명자들이 특히 의심을 받았기 때문이다.

이렇게 새로운 삶을 살게 된 박사는 확실히 걱정이 많아졌다. 하지만 현명한 로리는 박사가 예전과 달리 자부심을 느끼고 있다는 걸 알 수 있었다. 무슨 일이 생겨도 자연스럽게 솟아난 박사의 훌륭한 자부심은 끄떡없었고 로리는 호기심을 품고 그를 지켜보았다. 그때까지 박사는 딸이나 친구가 자신이 투옥되었던 사건을 생각하면 고통과 박탈감, 나약함을 떠올린다는 사실을 알고 있었다. 하지만 이제는 상황이 달라졌다. 박사는 오래전에 시련을 겪은 덕택에 딸과 친구가 바라는 대로 사위를 안전하게 석방시킬 수 있는 힘을 얻었다고 확신했다. 그는 자신의 모습이 이렇게 바뀐 것에 상당히 기뻐하면서, 약자인 두 사람을 앞장서서 이끌어가며 강한 자신에게 의지하라고 말했다. 이제 박사와 루시의 관계는 완전히 뒤바뀌었다. 이는 서로 감사하고 사랑하는 마음이 넘쳤기 때문에 가능한 일이었다. 박사는 자신을 진심으로 도와주었던 딸에게 어떤 방식으로든 도움을 되돌려주지 않고서는 자부심을 지킬 수 없었을 것이다. "세상일이란 참 묘하기도 하죠." 로리는 예리하면서도 예의 다정한 태도로 말했다. "하지만 당연하고 옳은 일이지요. 그러니 계속 노력해주세요, 내 소중한 친구인 박사님. 이 상황을 박사님보다 잘 헤쳐나갈 사람은 없으니까요."

 박사는 찰스 다네이를 석방시키거나 그게 어렵다면 최소한 재판이라도 받게 하려고 백방으로 노력했지만 여론의 흐름이 지나치게 강경하고 빠르게 변해가서 힘에 부쳤다. 새 시대가 열리고 있었다. 왕은 재판에 회부되어 사형을 선고받아 참수되었다. 자유, 평등, 박애가 아니면 죽음을 달라고 외치는 공화국은 대항하는 세력에게 승리 아니면 죽음을 선택하라고 선언했다. 노트르담 성당의 높은 탑에는 밤낮 없이 검은 깃발이 펄럭였다. 프랑스 곳곳에서 삼십만 명이 일제히 들고 일어나 압제자들에 대항해 반란을 일으켰다. 그것은 마치 용의 이빨이 씨앗처럼 뿌려져 언덕과 평원에서도, 바위 위에서도, 자갈과 겹겹이 쌓인 진흙 속에서도, 맑은 남쪽 하늘과 구름 낀 북쪽 하늘 아래 고지대와 숲에서도, 포도밭과 올리브 밭에서도, 잘린 목초와 그루터기만 남은 옥수수 밭 사이에서도, 넓은 강의 비옥한 기슭에서도, 바닷가 모래 속에서도 싹을 터서 어디서나 똑같은 열매를 맺는 것만 같았다. 그러니 개인의 근심이 어찌 자유 시대의 원년에 휘몰아치는 폭풍에 대항할 수 있겠는가! 게다가 폭풍이 위에서 떨어지지 않고 아래에서 치솟은 데다가 천국의 창문은 열리지 않고 굳게 닫혀 있기만 했으니!

평화도 연민도 일시 중단도 차분한 휴식도 없이, 사람들은 시간이 어떻게 흘러가는지 몰랐다. 시간이 존재하기 시작한 날, 아침과 저녁만 있었던 그날처럼, 낮과 밤은 계속 돌고 돌았지만 다른 시간을 세는 사람은 없었다. 고열에 시달리는 환자처럼 나라 전체가 분노의 열기에 휩싸여 시간을 잊었다. 도시 전체의 어색한 정적을 깨면서 사형 집행인이 왕의 머리를 잘라내어 사람들에게 보여주었고, 왕을 잃고 과부가 되어 여덟 달 동안 비참한 옥살이에 지쳐 백발이 되어버린 아름다운 왕비의 머리도 잘라 공개했는데, 두 가지 일은 거의 동시에 일어난 것처럼 느껴졌다.

하지만 이럴 때마다 나타나는 기이한 모순의 법칙에 따라, 시간은 불꽃처럼 빠르게 지나가면서도 아주 길었다. 수도에는 혁명재판소가 들어섰고 사오만 명으로 구성된 혁명위원회가 전국 곳곳에서 조직되었다. 이곳에서 용의자들에게 적용하기 위해 새로 제정된 특별법에는 인간의 자유나 생명을 보장하는 조항이 하나도 포함되어 있지 않았다. 이 법은 악랄한 죄인들이 선량하고 죄 없는 사람을 고발하는 데 이용되었다. 감옥은 죄짓지 않은 사람들로 들끓었고 이들은 재판받을 기회조차 얻지 못했다. 생긴 지 몇 주 되지 않았는데도 굳건한 질서와 법으로 자리 잡은 이 모든 현상은 마치 고대부터 계속되어온 것만 같았다. 무엇보다도 세상이 창조될 때부터 보아온 것 같은 끔찍한 물건에 사람들은 점점 익숙해져갔다. 그 날카로운 물건은 여인의 이름을 따서 기요틴이라고 불렸다.

기요틴, 즉 단두대는 농담의 소재로 자주 오르내렸다. 그것은 두통을 확실하게 씻어주는 치료약이었고, 머리카락이 하얗게 세는 것을 막아주는 염색약이었으며, 얼굴을 연약하게 보이게 해주는 독특한 화장품이었다. 또 깔끔하게 면도해주는 '국민의 면도날'이었다. 기요틴에 입 맞추는 사람들도 있었고, 그 작은 창문으로 내다보다가 자루에 대고 재채기를 하는 사람도 있었다. 단두대는 십자가를 대신해 인류 재탄생을 상징했다. 따라서 사람들은 십자가 목걸이를 풀어버리고 단두대 모형을 목에 걸었고, 십자가를 거부하고 단두대에 머리를 조아리고 이를 숭배했다.

단두대는 사람의 목을 너무 많이 베어버린 탓에 몸체와 밑바닥은 붉은 피로 너저분하게 얼룩져 있었다. 그것은 어린 악동이 가지고 노는 퍼즐 장난감처럼 조각조각 해체했다가 필요할 때마다 다시 조립할 수 있었다. 그 앞에서는 달변가도 입을 다물었고, 권력자도 맥을 못 추고 쓰러졌으며, 아름답고 선량한 사람이 사라졌다. 어느 날 아침에는 이미 죽은 한 명을 포함해 고위 공직자 스물두 명의 머리를 전부 쳐내는 데 한 명당 일 분 정도밖에 안 걸렸다. 사형 집행을 책임지는 사람은 구약성서에 등장하는 힘센 인물의 이름을 따서 삼손이라 불렸다. 단두대로 무장한 그는 구약성서에 나오는 어떤 인물보다 힘이 세고 충동적이어서 신전의 문을 매일같이 부쉈다.

박사는 이런 흉악한 행위와 그런 짓을 자행하는 사람들 사이를 흔들림 없는 굳은 정신력으로 버티면서 돌아다녔다. 자신의 능력을 확신한 그는, 사위를 구하겠다는 목표를 이루기 위해 의지를 굽히지 않고 묵묵히 인내했다. 하지만 시간의 조류는 아주 거칠고도 급박하게 흘러서, 박사가 자신감을 잃지 않고 꾸준히 노력했는데도 찰스 다네이가 수감된 지 1년 하고도 석 달이 지났다. 그해 12월, 혁명의 열기는 더욱 멀리까지 거세게 퍼져나가 남부 지방의 강에는 밤이면 시체들이 마구 버려져 쌓여갔고, 남쪽의 겨울 햇빛 아래서는 죄수들이 줄을 서거나 삼삼오오 무리 지어 총살당했다. 하지만 박사는 이토록 끔찍한 공포에 젖은 상황을 한결같은 태도로 버텨냈다. 당시 파리에서 박사만큼 유명한 사람도 없었고, 박사만큼 묘한 상황에 놓인 사람도 없었다. 말이 없고 인정 넘치는 박사는 병원과 감옥에서 없어서는 안 되는 사람이었다. 그는 학살자와 희생자 모두에게 동등하게 의술을 베풀었다. 환자를 치료할 때면 바스티유 감옥에 수감되었던 과거가 그를 더욱 빛나게 했다. 마치 박사는 18년 전에 되살아난 게 아니라 유령이 되어서 인간 사이를 떠돌아다니고 있는 것처럼 누구도 그를 의심하지도 심문하지도 않았다.

5장

나무꾼

1년 하고도 석 달이 지났다. 그동안 루시는 다음 날이면 단두대의 칼날에 남편의 목이 날아가지는 않을까 걱정하면서 하루하루를 보냈다. 사형수를 가득 실은 호송차가 울퉁불퉁한 자갈길을 매일같이 심하게 덜컹거리면서 지나갔다. 예쁜 여자아이들, 머리카락이 갈색인 여자, 머리카락인 검은 여자, 머리카락이 반백인 여자, 청년들, 건장한 남자와 노인들, 귀족이나 농부, 그들 모두가 기요틴이 마실 적포도주가 되었다. 그들은 매일 혐오스러운 감옥의 어두운 지하 저장고에서 밝은 지상으로 나와 단두대의 타오르는 갈증을 풀어주기 위해 길거리를 거쳐 그녀에게 운반되었다. 자유, 평등, 박애, 아니면 죽음을. 그중에서도 기요틴에게 가장 쉬운 것은 바로 죽음이었다!

자신에게 갑작스럽게 닥친 재앙과 빙빙 돌아가며 빠르게 지나가는 시간 속에서 두 손 놓고 부질없이 절망에 빠져 결과만을 기다리고 있었다면, 박사의 딸 루시도 비슷한 상황에 처한 많은 사람과 마찬가지 신세였을 것이다. 하지만 생앙투안의 다락방에서 백발이 된 아버지를 만난 순간부터 루시는 자신이 해야 하는 일에 충실했다. 성실하고 선량한 사람이라면 변함없이 늘 그렇듯 루시도 시련을 맞았을 때 자기 임무에 더욱 전념했다.

새 집에 자리 잡고 아버지가 평소처럼 환자를 진료하기 시작한 뒤로 루시는 남편이 함께 살고 있는 것처럼 작은 살림을 꾸려나갔다. 세상 모든 일에는 정해진 시기와 장소가 있기 마련이었다. 영국에 있는 집에서 모두 함께 살았을 때처럼 루시는 정기적으로 딸을 가르쳤다. 다네이가 돌아와 곧 함께 살 수 있을 거라는 믿음을 굳히기 위해 자신을 속이는 방책을 사용하기도 했다. 가령 남편이 금세 돌아올 것에 대비해 이것저것 준비하고, 남편이 앉을 의자와 책 읽을 자리를 마련해두었다. 그리고 밤에는 감옥에 갇혀 죽음의 위기를 맞는 수많은 불행한 영혼을 위해 기도했고, 그중에서도 특히 자신에게 소중한 죄수를 위해 엄숙하게 기도했다. 루시가 근심으로 가득 찬 마음을 진정시키기 위해 드러내놓고 할 수 있는 일은 이런 것들뿐이었다.

루시의 겉모습은 많이 바뀌지 않았다. 그녀와 딸은 상복과 비슷한, 무늬 없는 어두운 색 옷을 입고 있었는데, 그 옷은 그들이 행복했을 때 입었던 밝은 색 옷만큼이나 깔끔하고 꼼꼼하게 손질되어 있었다. 하지만 그녀는 안색이 더욱 창백해졌고, 예전에 가끔 보이곤 했던 심각한 표정을 이제는 항상 짓고 있었다. 그것만 빼면 루시는 여전히 아름다웠다. 이따금씩 아버지에게 취침 인사를 건네고는 하루 종일 참았던 슬픔을 쏟아내면서 자신이 이 세상에서 의지할 수 있는 사람은 아버지뿐이라고 말하기도 했다. 그러면 박사는 언제나 단호하게 대답했다. "네 남편한테 일어나는 일은 내가 다 알고 있단다. 이 아버지가 반드시 찰스를 구해주마."

그들이 새로운 생활을 시작한 지 몇 주 되지 않았을 때였다. 박사가 저녁에 집에 돌아오자마자 루시에게 말했다.

"얘야, 감옥에 높은 창문이 있는데 찰스가 오후 세 시경이면 가끔씩 그곳에 갈 수 있다는구나. 여러 가지로 불확실한 상황이 발생할 수 있지만, 그 앞길의 특정 장소에 서 있으면 너를 볼 수 있을지 모른다고 말하더라. 그 장소를 알려주마.

하지만 불쌍한 내 딸아, 찰스를 볼 수는 없을 게다. 설사 볼 수 있다 하더라도 아는 체를 했다가는 고초를 겪을지 몰라."

"오, 아버지, 그곳이 어디인지 당장 알려주세요. 매일 가겠어요."

그때부터 루시는 비가 오나 눈이 오나 매일 거리에서 두 시간씩 기다렸다. 시계가 두 시를 가리킬 때 그곳에 도착했고, 네 시가 되면 마지못해 발길을 돌렸다. 비가 쏟아지거나 날씨가 험하지 않으면 딸을 데리고 갔다. 그렇지 않은 날에는 혼자라도 가서 하루도 빠짐없이 자리를 지켰다.

루시가 찾아가는 곳은 구불구불하고 좁은 거리의 어두컴컴하고 지저분한 모퉁이였다. 모퉁이 끝에는 통나무를 패서 장작을 만드는 나무꾼의 가게만 있을 뿐 나머지는 온통 벽이었다. 루시가 그곳에 가서 기다린 지 사흘째 되던 날, 나무꾼이 루시를 보았다.

"안녕하십니까, 여성 시민 동지."

"안녕하세요, 시민 동지."

이제는 이런 방식으로 인사해야 한다고 법으로 정해졌다. 예전에는 열성적인 혁명가들이 자발적으로 이렇게 인사했지만 지금은 누구나 그렇게 인사해야 했다.

"산책하러 나오셨나요, 여성 시민 동지?"

"저를 지켜보고 계셨군요, 시민 동지!"

한때 도로 수리공이었던 키 작은 나무꾼은 부산을 떨면서 감옥을 힐끗 보더니 열 손가락을 철창처럼 얼굴 앞에 대고는 그 사이를 우스꽝스럽게 들여다보았다.

"하기야 내가 상관할 일이 아니죠!"

그는 혼잣말을 하며 톱질을 계속했다.

다음 날 나무꾼은 루시를 기다렸다가 루시가 나타나자마자 곁으로 다가와 인사했다.

"어라? 오늘도 산책하십니까, 여성 시민 동지?"

"네, 그렇습니다, 시민 동지."

"아하! 오늘은 따님도 같이 왔군요! 네 어머니시니, 꼬마 시민 동지?"

"엄마, 그렇다고 대답할까요?"

어린 루시는 엄마에게 바싹 붙어서 속삭였다.

"그렇게 하렴."

"예, 시민 동지."

"아차! 내가 상관할 일이 아니지. 일이나 해야겠소. 내 톱을 보세요! 저는 이 녀석을 사랑스러운 기요틴이라 부르죠. 랄랄라, 랄랄라! 모가지가 날아간다!"

말하는 도중에 장작이 잘려나갔고 나무꾼은 그것을 바구

니에 던져 넣었다.

"나를 '장작 목을 베는 삼손'이라 부르죠. 여기를 보세요! 랄랄라, 랄랄라! 모가지가 날아간다! 예야, 잘 보렴. 간질간질, 까르르 까르르! 아이 모가지가 날아간다! 온 가족 모가지가 다 날아가는구나!"

나무꾼이 바구니에 장작 두 개를 더 던져 넣는 모습을 보자 루시는 온몸에 소름이 돋았다. 하지만 두 시에서 네 시 사이는 나무꾼이 일하는 시간이어서 피할 수도 없었다. 그래서 그의 환심을 사려고 항상 먼저 말을 걸었고 가끔씩 술값 하라고 돈도 주었다. 나무꾼은 그 돈을 덥석 받았다.

하지만 나무꾼은 호기심이 많았다. 이따금 루시는 그가 근처에 있다는 사실도 깜빡 잊고 남편을 그리워하며 감옥 지붕과 철창을 바라보다가, 톱질을 멈추고 벤치에 무릎을 대고 앉아 자기를 쳐다보는 나무꾼을 발견하고는 정신이 번쩍 들곤 했다. 그럴 때면 나무꾼은 으레 "내가 상관할 일이 아니지!"라고 말하면서 다시 힘차게 톱질을 시작했다.

눈서리가 내리는 겨울이 지나고, 꽃샘추위가 매서운 봄이 찾아오고, 곧이어 햇볕이 따가운 여름을 지나 우중충한 가을이 되고, 다시 눈서리가 내리는 겨울이 되어도 루시는 매일 그곳에서 두 시간씩 기다렸다. 그리고 떠날 때마다 감옥 벽에 입을 맞추었다. 나중에 아버지에게 듣고 나서야 알았지만 다네이는 대여섯 번에 한 번꼴로 아내를 보았다고 했다. 두세 번을 연속으로 본 적도 있었고 한두 주 동안 보지 못한 적도 있었다. 하지만 남편이 기회가 닿을 때마다 자신을 보았다는 사실만으로 충분했으므로 루시는 하루도 빠지지 않고 매일 기다렸다.

루시가 이렇게 하루를 보내는 동안 어느덧 12월이 되었고, 마네트 박사는 정신을 바짝 차리고 무시무시한 사건이 넘쳐나는 거리를 오갔다. 싸라기눈이 내리던 날 오후, 루시는 평상시처럼 모퉁이에 도착했다. 그날은 사람들이 즐거워하며 뛰노는 축제날이었다. 그녀는 모퉁이로 이어지는 거리를 걸으면서 창에 자그마한 붉은색 모자를 끼워 장식한 집을 여러 채 보았다. 그뿐 아니라 삼색 리본으로 장식하고 '자유와 평등, 박애가 아니면 죽음을 달라. 떠오르는 공화극은 하나일 뿐 나뉠 수 없다.'라는 구호를 사람들이 좋아하는 삼색으로 새겨 넣은 집도 있었다.

나무꾼이 운영하는 누추한 오두막 가게는 너무 작아서, 이런 구호를 전부 써넣기에는 공간이 부족했다. 누군가에게 구호를 써달라고 부탁해서 붙이기는 했지만, '죽음을!'이라는 단어는 억지로 집어넣어서 비뚤배뚤했다. 훌륭한 시민이라면 으레 그렇게 하듯 창과 모자로 가게 지붕을 장식했고, 창문에는 '성스럽고 사랑스러운 기요틴'이라고 적어놓은 톱을 걸었다. 당시에는 날카롭게 생긴 여성인 기요틴을 찬양하던 시절이었으므로 그럴 법도 했다. 나무꾼의 가게가 닫혀 있었으므로 루시는 안심하고 혼자 서 있었다.

하지만 나무꾼은 그리 멀지 않은 곳에 있었다. 이내 어수선한 발소리와 고함 소리가 들렸고, 루시는 두려움에 휩싸였다. 잠시 후 군중이 감옥 벽을 돌아 모퉁이에서 떼를 지어 몰려들었고, 그 무리 속에 섞인 나무꾼은 복수의 여신과 손을 맞잡았다. 오백 명은 족히 넘어 보이는 사람들이 오천 명의 악마처럼 날뛰며 춤을 추었다. 음악이라고는 그들이 부르는 노랫소리가 전부였다. 그들은 유행하는 혁명가를 부르면서 노래에 맞춰 춤을 추었고, 한꺼번에 이를 갈듯 맹렬하게 박자를 맞추었다. 남녀 상관없이 함께 춤추다가 어느새 여자끼리, 남자끼리 춤추는 모습은 마치 위험을 피하려고 이리저리 뭉치는 사람들 같았다. 처음에는 남루한 붉은색 모자와 누더기를 걸친 무리에 불과했지만, 모퉁이에 모여 루시 앞에서 춤을 추기 시작하자 무시무시한 유령이 미친 듯 춤을 추는 것만 같았다. 무리는 앞으로 나갔다가 뒤로 물러서고, 서로 손바닥을 치고 머리를 감싸 쥐었다. 그리고 혼자 돌다가 서로 붙잡고 둘이서 돌다가

대부분 지쳐 쓰러졌다. 그러는 동안 나머지 무리는 손에 손을 잡고 고리 모양을 만들어 다 함께 돌았다. 고리 하나가 무너지면 두 명이나 네 명씩 짝을 지어 작은 고리를 만들어 돌았고, 갑자기 뚝 멈췄다가 다시 돌기 시작했다. 서로 손바닥을 치고 머리를 움켜쥐고 잡아당기면서 이번에는 반대 방향으로 돌았다. 다시 멈추었다가 새로 시작하더니 거리 폭만큼 줄지어 서서 머리는 숙이고 손은 번쩍 든 채 고함을 질렀다. 어떤 싸움이라도 이 격렬한 춤에는 절반도 미치지 못할 것이다. 한때는 순수했지만 이제는 끔찍한 행동에 지나지 않는 이 춤이야말로 타락한 운동이 되었고, 한때는 건강한 취미였지만 이제는 분노를 토해내고 정신을 난잡하고도 독하게 만드는 수단으로 전락해버렸다. 게다가 옛날의 건전한 성격이 가끔씩 드러나면 더더욱 흉측해 보였고, 원래 선한 것이 어떻게 뒤틀리고 타락할 수 있는지를 여실히 보여주었다. 거리낌 없이 드러낸 아가씨의 젖가슴, 이성을 잃고 흔들리는 예쁜 아이의 머리, 진흙과 피가 범벅이 된 진창에서 첨벙대는 고운 발, 이 모든 것은 해체되어 갈가리 찢긴 시대의 상징이었다.

이것은 '카르마뇰'이라고 불리는 춤이었다. 충격을 받은 루시는 춤을 추던 군중이 지나가고 나서도 나무꾼의 가게 앞에 우두커니 서 있었다. 조금 전에 아무 일도 없었다는 듯 깃털 같은 눈이 조용히 부드럽게 내려앉았다.

잠깐 손으로 두 눈을 가리고 있다가 눈을 떠보니 루시 앞에 아버지가 서 있었다.

"오, 아버지! 정말 끔찍하고 잔인한 광경이었어요."

"나도 알고 있단다, 얘야. 잘 알고 있지. 이미 수도 없이 보았단다. 무서워하지 말거라! 아무도 너를 해치지 못할 게다."

"제가 어떻게 될까 봐 무섭지는 않아요, 아버지. 하지만 찰스를 생각하고 저 사람들이 얼마나 잔인한지 떠올리면……."

"조만간 찰스를 저들의 손에서 빼낼 수 있을 게다. 찰스가 창문으로 기어 올라가는 걸 보고 네게 말해주러 왔단다. 마침 보는 사람도 없으니 지붕에 난 창문 쪽으로 입맞춤을 보내렴."

"네, 그럴게요, 아버지. 사랑을 가득 담아 보내겠어요."

"불쌍한 것, 찰스가 보이지는 않지?"

"안 보여요, 아버지. 안 보여요."

루시는 이렇게 말하면서 그리움에 흐느끼며 입맞춤을 보냈다.

그때 눈을 밟는 소리가 들렸다. 드파르주 부인이었다. "안녕하시오, 여성 시민 동지."라고 박사가 인사했다. "안녕하세요, 시민 동지." 드파르주 부인은 이렇게만 말하고 하얀 눈길을 밟고 그림자처럼 사라졌다.

"팔을 내밀렴. 찰스에게 보여주기 위해서라도 쾌활하고 힘차게 걸어가자꾸나." 부녀는 자리를 떠났다. "잘했다. 분명 찰스에게 큰 힘이 될 거야. 찰스가 내일 재판을 받을 예정이라는구나."

"내일이라고요?"

"서둘러야 해. 준비는 철저하게 해놓았지만 조심할 일이 있단다. 사실 찰스가 재판정에 나오고 나서야 쓸 수 있지. 찰스는 아직 통보를 받지 못했겠지만 내일 재판을 받고 나서 콩시에르주리 감옥으로 이감된다더구나. 때마침 정보를 얻어낼 수 있었다. 괜찮지?"

"아버지를 믿어요." 루시는 간신히 대답했다.

"나만 믿으렴. 네 고생이 끝날 날도 얼마 남지 않았단다, 얘야. 지금까지 갖은 수단을 동원해서 찰스를 지켜왔으니 몇 시간만 있으면 너의 품으로 돌아올 수 있을 게다. 이제 로리 씨를 만나러 가야겠다."

박사가 말을 멈추었다. 육중한 마차 소리가 들렸다. 부녀는 그 소리가 무엇을 뜻하는지 말하지 않아도 잘 알았다. 하나. 둘. 셋. 사형수 호송마차 세 대가 두려움에 벌벌 떠는 죄수들을 싣고 눈길을 지나갔다.

"이제 로리 씨를 만나러 가자." 박사는 말의 방향을 바꾸며 출발했다.

건장한 노신사인 로리는 여전히 은행에 남아 있었고, 결코 은행을 떠나지 않았다. 국가가 재산을 압수하는 바람에 로리와 그의 장부를 찾는 사람들이 많았다. 로리는 재산 주인들 편에 서서 최선을 다했다. 텔슨 은행의 재산을 지키고 비밀스럽게 유지하는 업무를 수행하는 데 로리보다 유능한 사람은 세상 어디에도 없었다.

붉고도 노란 하늘이 어두컴컴해지고, 센 강에서 안개가 피어오르는 것을 보니 어둠이 다가오고 있었다. 밤이 다 되어서야 부녀는 은행에 도착했다. 웅장했던 나리의 집은 이제 텅 비어 있어서 폐가나 다름없었다. 재와 먼지가 가득한 바닥 위에 다음과 같이 적혀 있었다. '재산은 국가로. 자유와 평등, 박애가 아니면 죽음을 달라. 떠오르는 공화국은 하나일 뿐 나뉠 수 없다.'

그런데 로리와 같이 있는 사람은 누구일까? 의자에 놓인 승마용 외투의 주인은 누구일까? 보이지 않는 얼굴의 주인은 누구일까? 그리고 로리가 방금 나온 방 쪽으로 고개를 돌려 루시가 한 말을 큰 소리로 전달한 사람은 누구일까? "찰스가 내일 재판을 받고 콩시에르주리 감옥으로 이감된다고요?"

6장

승리

 판사 다섯 명과 검사, 결연한 배심원단이 한데 모인 가운데 매일마다 무시무시한 재판이 열렸다. 다음 날 재판받을 죄수의 명단이 저녁에 발표되면, 여러 감옥의 간수들이 으레 농담 던지듯 이렇게 말하면서 죄수들에게 명단을 읽어주었다.
 "이리 나와서 저녁 뉴스를 들어라, 죄수 놈들아!"
 "샤를 에브레몽드, 일명 찰스 다네이!"
 라포르스 감옥에도 저녁 뉴스를 읽어줄 시간이 되었다.
 호명된 사람은 자신에게 할당된 구역으로 나가야 했다. 샤를 에브레몽드, 일명 찰스 다네이 역시 이 사실을 잘 알고 있었다. 수백 명이 이런 식으로 떠나가는 모습을 지켜보았기 때문이다.

안경을 쓴 뚱뚱한 간수가 다네이가 제자리로 나왔는지 안경 너머로 훑어보았고, 명단에 있는 이름을 부를 때마다 그렇게 잠깐씩 멈추어 확인했다. 명단에는 모두 스물세 명의 이름이 있었지만 대답한 사람은 스무 명뿐이었다. 재판 일정이 잡힌 죄수 한 명은 감옥에서 죽었고, 나머지 두 명은 이미 단두대에서 처형되어 사람들의 기억에서 사라졌기 때문이다. 지금 간수가 명단을 읽고 있는 방은, 다네이가 감옥에 수감되던 날 밤 죄수 무리를 만났던 천장이 아치형인 방이었다. 그 죄수들은 이미 모조리 학살당했고, 그 후 다네이가 감옥에서 친해졌다가 헤어진 죄수들도 모두 단두대의 이슬로 사라졌다.

죄수들은 급하게 작별 인사를 나누거나 애정 어린 말을 건넸지만 이런 이별의 시간도 금세 끝났다. 이는 워낙 매일 있는 일인지라 라포르스 감옥의 죄수들은 이러한 밤에 대비해 게임 몇 가지와 작은 음악회를 준비했다. 죄수들은 감옥 문 앞에 모여 눈물을 흘렸지만, 행사에 참여한 스무 명이 수감되었던 방은 곧 다른 죄수들로 채워질 것이었다. 바야흐로 감방 문을 잠그는 시간까지 얼마 남지 않았고, 경비견이 곧 일반 감방과 복도를 돌아다니면서 밤새 순찰을 돌 것이다. 죄수들은 당시 상황 때문에 어쩔 수 없었을 뿐 결코 인정이 없거나 무정한 사람들은 아니었다. 미묘한 차이는 있었겠지만, 일부 죄수들은 극도로 흥분하거나 광란에 빠져서 쓸데없이 단두대에 맞서 싸우다가 단두대에서 목숨을 잃었다. 단순히 허세를 부리는 게 아니었다. 민심을 흔드는 지독한 전염병이었다. 전염병이 창궐하면 어떤 사람들은 전염병에 은근히 매혹되어 그 병으로 죽고 싶다는 끔찍한 바람을 품기도 한다. 인간들은 모두 비슷하게 각자의 마음에 기묘한 욕망을 숨기고 있고, 이를 드러낼 기회를 기다리고 있다.

콩시에르주리로 가는 복도는 짧고 어두웠으며, 벌레가 들끓는 감방에 찾아온 밤은 길고 차가웠다. 다음 날 죄수 열다섯 명이 재판을 받고 나서야 찰스 다네이가 호명되었다. 앞서 열다섯 명 모두 사형선고를 받았는데 재판 시간은 모두 합해 봐야 한 시간 반밖에 되지 않았다.

"샤를 에브레몽드, 일명 찰스 다네이." 마침내 재판이 시작되었다.

재판관들은 깃털이 달린 모자를 쓰고 판사석에 앉아 있었지만 대부분의 사람들은 삼색 표지가 붙어 있는 조잡한 붉은색 모자를 쓰고 있었다. 찰스는 배심원과 소란스러운 청중을 보면서, 세상의 순리가 뒤집히다 못해 악한 사람들이 무고한 사람들을 심판한다는 생각을 했을 것이다. 저급하고 잔인하고 악한 사람들이 사는 도시에서, 가장 저급하고 잔인하며 악랄한 사람들이 재판을 쥐고 흔들었다. 군중은 아무런 제재도 받지 않고 시끄럽게 참견하고 박수쳤으며, 반대 의견을 떠들고, 결과를 예측하고 단정했다. 남자들은 대개 이런저런 도구로 무장했다. 부엌칼이나 단검을 가슴에 품은 여자들은 먹고 마시면서 재판을 구경하기도 했지만, 대부분은 뜨개질을 했다. 한 여자는 뜨개질을 하면서도 다른 뜨개질감을 겨드랑이 사이에 끼고 있었다. 앞줄에 앉은 그 여자 옆에는 한 남자가 앉아 있었다. 파리의 성문에서 본 이후로 한 번도 본 적이 없었지만 다네이는 그 남자가 드파르주라는 것을 알 수 있었다. 드파르주에게 한두 차례 귓속말을 하는 것으로 보아 그 옆에 앉은 여자는 드파르주 부인일 터였다. 하지만 다네이가 두 사람을 지켜보면서 알아차린 가장 중요한 사실은, 법정 안에서 누구보다도 그들과 가깝게 앉아 있는데도 두 사람 모두 단 한 번도 그를 보지 않는다는 것이었다. 드파르주 부부는 확고한 결의에 차서 무언가를 열중해서 기다리는 듯 배심원들을 바라볼 뿐 다른 곳에는 눈길도 주지 않았다. 마네트 박사는 평소처럼 점잖은 차림으로 재판장 아래 자리에 앉아 있었다. 다네이가 보기에도 법정에 모인 사람들 중에서 카르마뇰의 허름한 복장이 아닌 평상시 복장을 입은 마네트 박사와 로리만

이 법정과 무관한 것 같았다.

검사는 샤를 에브레몽드, 일명 찰스 다네이를 망명자라는 죄목으로 기소하고, 모든 망명자는 사형에 처한다는 법령에 따라 그의 목숨은 공화국에 몰수되었다고 말했다. 그가 프랑스로 되돌아오고 나서 법이 제정되었다는 사실은 중요하지 않았다. 다네이는 프랑스에 있으므로 법은 유효한 것이다. 또한 그가 프랑스에서 잡혔으므로 프랑스는 그의 목을 원했다.

"목을 베라!" 청중이 외쳤다. "공화국의 적이다!"

재판장이 종을 울려 청중의 외침을 잠재우고 나서 피고에게 영국에서 수년간 산 것이 사실인지 물었다.

네, 그렇습니다.

그러니 망명자가 아닌가? 아니라면 자신이 누구라고 생각하는가?

저는 망명자가 아닙니다. 법의 정의와 이념에 따라 망명자가 아니고, 아니기를 바랍니다.

어째서 망명자가 아닌가? 재판장이 궁금해했다.

현재 법정에서 말하는 망명자라는 단어가 사용되기도 전에 혐오스러운 귀족 작위와 신분을 자발적으로 포기하고 나라를 떠났기 때문입니다. 저는 수많은 사람의 피와 땀을 착취하면서 프랑스에서 살기보다는, 혼자 힘으로 영국에서 살기로 결심했습니다.

그랬다는 증거가 있는가?

찰스는 증인 두 명의 이름을 제출했다. 테오필 가벨과 알렉상드르 마네트였다.

하지만 영국에서 결혼하지 않았는가? 재판장이 결혼 사실을 상기시켰다.

그렇습니다. 하지만 영국 여자와 결혼하지 않았습니다.

그럼 프랑스 시민인가?

네, 프랑스 태생입니다.

아내의 이름은? 재판장은 아내의 이름과 출신 가문을 물었다.

루시 마네트입니다. 저기 앉아 계시는 훌륭한 의사, 마네트 박사님의 외동딸입니다.

이 대답은 청중에게 긍정적으로 작용했다. 저명하고 훌륭한 의사를 칭송하는 함성이 법정에 퍼졌다. 사람들이 얼마나 변덕스러운지, 조금 전까지만 해도 다네이를 당장 길바닥으로 끌어내 죽일 듯 노려보다가, 이제는 마음 아파하면서 그 표독스러운 얼굴에 눈물을 흘리기까지 했다.

다네이는 마네트 박사가 거듭 일러준 지시에 따라 위험한 길을 한 걸음씩 나아갔다. 박사는 다네이가 걸음을 내디딜 때마다 방향을 신중하게 조언했고, 그 길의 모든 단계를 치밀하게 준비해두었다.

재판장이 그에게 그럼 어째서 프랑스로 돌아왔는지, 어째서 좀 더 일찍 돌아오지 않았는지 물었다.

제가 거부한 수단 말고는 프랑스에서는 생계를 유지할 수단이 없었지만, 영국에서는 프랑스어와 문학을 가르치면서 살 수 있었으므로 더 일찍 돌아올 수 없었습니다. 하지만 제가 없으면 목숨이 위험하다면서 프랑스 시민이 긴급하게 보낸 탄원서를 받고 돌아왔습니다. 한 시민의 목숨을 구하고, 제가 어떤 위험에 처하든 진실을 밝히기 위해서였습니다. 공화국의 눈에는 그것이 범죄입니까?

청중이 "아니요!"라고 외쳤다. 재판장이 종을 울리며 청중을 조용히 시켰다. 하지만 청중은 스스로 진정될 때까지 계속 "아니요!"라고 외쳤다.

재판장이 탄원서를 보낸 프랑스 시민의 이름을 물었다. 피고는 그 시민이 바로 자신이 신청한 첫 번째 증인이라고 밝혔다. 찰스는 그 시민이 쓴 편지는 성문에서 빼앗겼지만 재판장 앞에 있는 서류에 편지가 있으리라 믿어 의심치 않는다고 자신 있게 말했다.

마네트 박사가 재판장의 수중에 편지가 들어가도록 손쓰

고 나서 다네이에게 그 사실을 귀띔해주었기 때문이다. 재판이 진행되면서 때가 되자 편지가 공개되었다. 재판장이 프랑스 시민 가벨을 불러 본인이 쓴 편지인지 확인했다. 가벨은 매우 정중하고 겸손한 태도로 공화국이 수많은 적을 상대해야 하는 탓에 법정에서 처리해야 하는 일이 너무 많아 아베이 감옥에 갇혀 있던 자신이 잠시 방치되어 있었다고 말하면서, 사실 사흘 전 법정으로 소환되기 전까지만 해도 프랑스를 극진히 사랑하는 법정의 기억에서 사라져 있었다고 진술했다. 그리고 일명 찰스 다네이인 시민 에브레몽드가 체포되었으므로 자신은 무혐의라는 배심원들의 판결을 받고 석방되었다고 밝혔다.

다음으로 마네트 박사가 질문을 받았다. 사람들 사이에 인기가 많았던 그는 명쾌한 진술로 청중에게 좋은 인상을 주었다. 박사는 자신이 오랜 감금에서 풀려난 후에 피고가 처음으로 친구가 되어주었고, 피고는 영국에 체류하면서 당시 망명 중이었던 자기 부녀에게 늘 충실하게 헌신했다고 증언했다. 게다가 영국에 살면서도 그곳 귀족 사회에 동조하지 않았고, 오히려 미국을 지지했다는 혐의를 받고 영국의 적으로 간주되어 종신형을 선고받을 뻔했다고 밝혔다. 박사가 매우 신중하고 진실한 태도로 열심히 증언한 덕택에 배심원과 청중의 마음이 움직였다. 또한 마지막으로 로리의 이름을 언급하며 이 자리에 있는 영국 신사가 자신과 마찬가지로 영국에서 열렸던 재판 과정을 목격했으므로 증언해줄 수 있다고 호소하자, 배심원들은 증언을 충분히 들었으므로 재판장만 기꺼이 허락한다면 표결을 시작할 준비가 되었다고 밝혔다.

배심원들이 한 명씩 투표할 때마다 (당시에는 배심원들이 자신의 의견을 법정에서 큰 소리로 말했다) 청중은 박수갈채를 보냈다. 전원 피고의 손을 들어주었고 재판장은 무죄를 선고했다.

그러자 자신들의 변덕을 충족시키기 위해서인지, 관대하고 자비로운 충동에 휩싸여서인지, 그것도 아니면 잔인하리만치 분노했던 자신들의 행동을 무마하기 위해서인지 청중들이 기이한 행동을 하기 시작했다. 어째서 이러한 장면이 연출됐는지는 아무도 몰랐다. 세 가지 이유가 뒤섞였겠지만 아마도 두 번째 이유가 가장 컸을 것이다. 재판장이 무죄를 선고하자 청중은 피를 흘리듯 눈물을 쏟아냈다. 남녀를 막론하고 많은 사람이 달려들어 형제처럼 포옹하자 지독한 수감 생활로 가뜩이나 지쳐 있던 다네이는 탈진해서 거의 쓰러지기 직전에 이르렀다. 분위기가 달리 흘러갔다면 이들이 지금처럼 거세게 달려들어 자신을 갈기갈기 찢어 길바닥에 내던졌으리라는 사실을 그는 너무나 잘 알고 있었다.

다른 피고들이 재판을 받아야 했으므로 다네이는 청중들의 극성스러운 애정 표현에서 벗어날 수 있었다. 속개된 재판에서는 말로든 행동으로든 프랑스 혁명에 기여하지 않았다는 이유로 공화국의 적으로 지목받은 다섯 명이 일제히 재판을 받았다. 법정은 다네이를 처벌할 기회를 놓쳐버린 것을 보상하려는 듯 신속하게 재판을 진행했고, 다네이가 법정에서 나오기도 전에 피고 다섯 명은 스물네 시간 안에 사형에 처한다는 선고를 받았다. 한 피고가 감옥에서 사형을 뜻할 때 사용하는 표시로 손가락을 세워 다네이에게 보여주었고, 피고 다섯 명은 모두 "공화국이여 영원하라!"라고 외쳤다

사실 그 피고 다섯 명에게는 재판을 오래 끌어줄 청중도 없었다. 법정에서 나오는 다네이와 마네트 박사를 맞이하기 위해 청중이 법정에서 나와 문 앞에 모여 있었기 때문이다. 법정에서 보았던 사람들이 거의 모두 모여 있었지만 유독 두 사람의 얼굴이 보이지 않았다. 다네이는 두 사람의 모습을 찾았지만 허사였다. 다네이가 법정에서 나오자 청중이 다시 달려들어 모두 함께 눈물을 흘리거나 차례대로 그와 포옹하면서 환호했다. 강둑에 서 있던 사람들이 이렇듯 광기 어린 광경을 연출하는 동안 강물도 미친 듯이 거세게 출렁였다.

법정에서 가져왔는지 아니면 다른 법정이나 복도에서 가져왔는지 알 수 없지만, 청중이 커다란 의자를 들고 나와 다네이를 앉혔다. 그들은 의자 위에 붉은 깃발을 꽂고 그 뒤로는 창을 세우고 끝에 붉은색 모자를 고정시켰다. 마네트 박사가 만류했지만 다네이를 승리의 가마에 태워 그의 집까지 행진하겠다는 사람들을 막을 수는 없었다. 다네이는 붉은색 모자의 혼란스러운 물결이 여기저기 넘실대고, 폭풍에 떠밀려 올라온 잔해처럼 둥둥 떠다니는 얼굴들을 보면서 자신이 착각한 것은 아닌지, 실제로는 지금 사형수 호송차를 타고 단두대로 향하고 있는 것은 아닌지 몇 번이고 의심했다.

길을 가는 동안 군중은 만나는 사람마다 얼싸안으면서 다네이를 손으로 가리켰고 광기를 내뿜으며 행진했다. 예전에는 더욱 짙은 피로 눈을 붉게 물들였을 굽이진 길을 터벅터벅 걸으며, 눈 덮인 길바닥을 위대한 공화국을 상징하는 색으로 붉게 물들이면서 다네이가 살게 될 건물의 뜰에 도착했다. 마네트 박사가 미리 와서 딸에게 귀띔해주었으므로 루시는 남편이 땅에 발을 딛자마자 달려들어 품에 안겼다.

다네이가 루시를 품에 안고, 아름다운 아내의 머리를 돌려 군중에게 보이지 않게 눈물을 흘리며 입맞춤하자 몇몇 사람들이 춤을 추기 시작했다. 곧이어 다른 사람들도 춤을 추기 시작하면서 뜰은 카르마뇰을 추는 사람들로 넘실댔다. 군중은 자신들 가운데서 젊은 여자 하나를 골라 그녀가 마치 자유의 여신이나 되는 듯 빈 의자에 앉혀 높이 들어 올리고는 이리저리 행진했다. 인파는 점점 불어나 근처 거리와 강둑, 다리 위까지 넘쳐났고 모두들 함께 춤을 추었다. 마치 카르마뇰이 사람들을 전부 빨아들여 소용돌이치는 듯했다.

다네이는 승리를 거두고 자랑스럽게 자기 앞에 서 있는 마네트 박사에게 다가가 그 손을 덥석 잡았다. 숨을 헐떡이며 카르마뇰의 소용돌이를 헤치고 나온 로리의 손도 잡았다. 프로스 양이 번쩍 들어 올려주자 아빠의 목을 감싸는 어린 루시에게 입맞춤하고, 누구보다 열심히 일해온 충직한 프로스 양과도 포옹했다. 그러고는 아내를 품에 안고 방으로 올라갔다.

"루시! 내 사랑! 난 이제 살았어!"

"오, 내 사랑 찰스, 제 기도를 들어준 하느님께 무릎 꿇고 감사드릴래요."

부부는 머리를 숙이고 기도했다. 루시가 다시 품에 안기자 다네이가 말했다.

"여보, 당신 아버님께도 감사드려야 해요. 고생도 마다하지 않고 이렇게까지 나를 위해 애써줄 사람은 프랑스를 다 뒤져도 아버님뿐이야."

아주 오래전 가련한 아버지가 루시의 품에 얼굴을 묻었듯, 이번에는 루시가 아버지의 품에 얼굴을 묻었다. 마네트 박사는 딸에게 보답할 수 있어 더할 나위 없이 행복했다. 그동안 겪은 고통을 보상받은 것 같았고 자신의 능력이 자랑스러웠다. 박사는 딸을 토닥이며 말했다. "약해지면 안 된다, 내 딸아. 떨지 말아라. 아버지가 네 남편을 구해냈잖니."

7장

문 두드리는 소리

"아버지가 네 남편을 구해냈잖니." 다네이가 집으로 돌아오는 꿈을 자주 꾸었는데 이것은 꿈에서 들은 말이 아니었다. 남편이 정말 집에 돌아왔다. 하지만 루시는 분명하지 않은 무거운 공포에 짓눌려 벌벌 떨었다.

주변 공기는 무겁고 어두웠다. 사람들의 마음은 복수심으로 이글거렸고 너무도 변덕스러워서 언제 바뀔지 알 수 없었다. 사악한 범죄 의도를 품었다는 모호한 혐의를 쓴 무고한 사람들이 형장의 이슬로 끊임없이 사라졌다. 루시는 남편처럼 죄가 없고 누군가에게 소중한 사람들이 날마다 같은 운명에 시달리고 있다는 생각을 떨쳐버릴 수 없었다. 그래서 남편이 돌아왔지만 생각만큼 마음이 가벼워지지 않았다. 겨울 오후의 그림자가 내려앉기 시작했고, 죽음의 수레는 여전히 거리를 굴러다녔다. 루시는 수레에 탄 사형수들 틈새로 남편을 찾으며 수레를 쫓아가는 상상을 했고, 실제로 곁에 있는 남편에게 매달리며 더욱 불안에 떨었다.

마네트 박사는 딸의 기분을 북돋워주려고 애쓰면서도, 약해진 딸과 달리 강한 모습을 보여 주위 사람들을 감동시켰다. 박사는 더 이상 다락방에 갇혀 있지도 않고, 구두를 만들지도 않았으며, 북탑 105호도 아니었다! 스스로 세운 목표를 달성했고, 사람들과의 약속도 지켰으며, 결국 사위도 구했다. 자신이 믿고 의지할 수 있는 사람이라는 사실을 모두에게 증명한 것이다.

루시네 가족의 살림살이는 무척 검소했다. 사람들에게 반감을 사지 않는다는 면에서 가장 안전하게 지내는 방법이긴 했지만 사실은 돈도 충분하지 않았다. 다네이가 투옥되어 있는 동안 형편없는 식사에 비용을 대고 경비병에게 뒷돈을 주느라 지출이 컸고, 자신들보다 가난한 죄수들에게 필요한 돈을 대신 지불해주었기 때문이었다. 게다가 내부 첩자가 있을까 무서워서 가정부를 두지 않고 성문 안에 있는 짐꾼들을 불러다 일을 시켰다. 그 외에는 로리가 조치를 취해주어서 제리가 집안일을 거들고 매일 밤 박사의 집에서 잠을 갔다.

'자유, 평등, 박애가 아니면 죽음을 달라'고 외치는 공화국의 법에 따라 모든 주택의 대문이나 문기둥에는 거주자 전원의 이름을 정해진 높이에 일정한 크기로 읽기 쉽게 적어야 했다. 그래서 제리 크런처의 이름도 루시네 집의 문기둥 아래쪽에 기록되었다. 오후 그림자가 깊어질 무렵 제리가 모습을 드러냈다. 그는 찰스 다네이, 즉 샤를 에브레몽드의 이름을 문기둥에 추가로 올리기 위해 마네트 박사가 고용한 페인트공을 감독하고 있었다.

공포와 불신이 세상을 뒤덮은 시절이었으므로 일상적이고 평범한 생활방식도 모조리 바뀌었다. 다른 집도 그랬지만 루시네 가족도 저녁이면 생필품을 조금씩 나누어 여러 가게에서 구매했다. 이렇게 사람들은 타인의 이목을 끌거나 그 입에 오르내리거나, 시샘받지 않기를 바라면서 숨죽여 지냈다.

지난 몇 달 동안 생필품을 사다 나르는 일은 프로스 양과 제리가 맡았다. 프로스 양은 지갑을 챙겼고 제리는 장바구니를 들었다. 매일 저녁 가로등이 켜질 무렵이면 두 사람은 거리로 나가 필요한 물건을 사서 집으로 돌아왔다. 프로스 양은 프랑스인 가족과 오래 살았으므로 마음만 먹으면 얼마든지 프랑스어를 모국어만큼 구사할 수 있었지만 그럴 마음이 전혀 없었다. 그래서 '꼬부랑 혀 꼬는 말'(프로스 양은 프랑스어를 그렇게 부르곤 했다)을 제리만큼도 못했다. 장을 볼 때는 구구하게 설명하지 않고 장사꾼에게 물건을 가리키면서 이름만 내뱉었고, 원하는 물건의 이름을 제대로 모를 때는 직접 물건을 골라 집어 들고는 흥정이 끝날 때까지 내려놓지 않았다. 장사꾼이 손가락 몇 개를 들어 보이든 그것보다 무조건 손가락 하나가 줄어들 때까지 흥정했다.

"크런처 씨, 준비되었으면 나갑시다." 기쁨에 눈시울까지 붉어진 프로스 양이 말했다.

제리는 갈 채비를 마쳤다고 쉰 목소리로 대답했다. 손가락에 스며든 녹물은 오래전에 빠졌지만 삐쭉삐쭉 뻗은 머리카락은 헝클어진 채 그대로였다.

"필요한 물건이 많아요. 까딱하면 시간이 부족하겠어요. 일단 포도주가 필요한데 술 파는 곳마다 붉은색 모자를 쓴 패거리들이 축배를 들고 있겠죠?" 프로스 양이 말했다.

"어차피 프로스 양은 무슨 말인지도 모르잖아요?" 제리가 대꾸했다. "패거리들이 당신의 건강을 위해 축배하든 어떤 늙은이를 위해 축배하든 말입니다."

"늙은 누구요?" 프로스 양이 말했다.

제리는 조심스럽게 '늙은 악마'를 말한다고 설명했다.

"아하! 그 말은 따로 설명해주지 않아도 돼요. 그런 놈들은 딱 한 부류니까요. 한밤의 살인자이자 사회악이죠." 프로스 양이 말했다.

"쉿! 제발 말 좀 조심해요!" 루시가 다그쳤다.

"알았어요, 알았어. 조심할게요. 그나저나 우리끼리 있으니 하는 말인데 밖에서 양파 냄새와 담배 냄새를 풍기는 인간들이 얼싸안으면서 여기저기 돌아다니지 않았으면 좋겠어요. 우리 예쁜 아가씨는 내가 돌아올 때까지 꼼짝 말고 난롯가에 있어야 해요! 다시 찾은 사랑스러운 남편 잘 보살피고 남편 어깨에 기대어 쉬고 계세요! 참! 마네트 박사님! 나가기 전에 뭐 하나 물어봐도 될까요?" 프로스 양이 말했다.

"그야 프로스 양의 자유지요." 박사가 미소 지으며 대답했다.

"아이고, 자유 타령 좀 그만하세요. 지겹도록 들었거든요." 프로스 양이 대꾸했다.

"쉿! 또 그러신다." 루시가 나무랐다.

"아, 알았어요, 아가씨." 프로스 양이 고개를 끄덕이며 말했다. "무슨 말을 하려 했느냐면요, 저는 자애로운 조지 3세의 시민이잖아요." 프로스 양은 왕의 이름을 말할 때는 예의를 갖추었다. "그러니 저는 이렇게 믿어요. 적들의 정치를 뒤

흔들어놓고, 그들의 간교한 계략을 뭉개고, 하느님께 바라오니 왕을 지켜주소서!"

제리는 충성심이 불끈 솟았는지 교회에서 기도하는 사람처럼 프로스 양의 말을 쉰 목소리로 따라 했다.

"당신이 영국인인 것을 자랑스러워해서 좋기는 한데, 감기나 얼른 나아서 그 쉰 목소리 좀 그만 냈으면 좋겠네요." 프로스 양이 흐뭇한 표정으로 말했다. "어쨌든 제가 묻고 싶은 것은요, 마네트 박사님, 우리가 이곳을 빠져나갈 수나 있나요?" 프로스 양은 모든 사람이 크게 걱정하고 있는 문제를 지나가는 말로 가볍게 물어볼 줄 아는 영리한 면이 있었다.

"아쉽게도 아직은 그럴 수 없어요. 찰스가 위험해질 수 있거든."

"아이쿠! 그럼 참고 기다려야죠." 프로스 양은 난로 불빛에 비친 루시의 금발 머리카락을 흘낏 쳐다보며 한숨을 삭이고는 짐짓 명랑하게 말했다. "내 동생 솔로몬이 항상 내뱉던 말처럼 고개 치켜들고 맞서야지요. 크런처 씨! 어서 가봅시다. 예쁜 아가씨는 여기 가만히 계시고요!"

프로스 양과 제리는, 루시 가족을 밝은 난롯불 옆에 남겨두고 밖으로 나왔다. 로리는 은행 업무를 마치고 곧장 오기로 했다. 프로스 양은 루시 가족이 편안하게 난롯불을 쬘 수 있도록 등불을 밝혀 구석에 걸어놓았다. 할아버지는 팔짱을 끼고 앉은 어린 루시에게 속삭이는 목소리로 옛날이야기를 들려주었다. 언젠가 자신을 도와주었던 죄수를 감옥에서 꺼내주는, 멋지고 힘센 요정 이야기였다. 사방은 고요했고 편안했으며 루시는 여느 때보다 마음이 평온했다.

"대체 이게 무슨 소리예요?" 갑자기 루시가 소리쳤다. 박사가 이야기를 멈추고 딸의 손을 잡았다.

"루시! 진정해라. 마음이 편하지 않아서 그런 거야! 작은 일로도 마음을 졸이는구나! 내 딸!"

"하지만 아버지, 계단을 올라오는 것 같은 낯선 발자국 소리가 들렸어요." 루시가 창백해진 얼굴로 목소리를 파르르 떨며 의심스러운 듯 말했다.

"애야, 계단은 쥐 죽은 듯 조용하단다."

박사가 이 말을 마치자마자 '쾅쾅' 하고 세차게 문을 두드리는 소리가 났다.

"아버지, 도대체 누구일까요! 찰스 좀 숨겨주세요. 찰스를 살려야 해요."

"애야, 찰스는 이미 내가 구해냈잖니? 왜 이렇게 마음이 약해진 거냐! 내가 확인하고 오마." 박사가 일어서서 딸의 어깨에 손을 얹으며 말했다.

마네트 박사는 램프를 손에 들고 바깥쪽 방 두 개 사이를 지나 현관문을 열었다. 붉은색 모자를 쓴 험상궂은 사내 네 명이 쿵쿵거리는 소리를 내며 복도를 걸어와 칼과 권총으로 무장한 채 방으로 들어왔다.

"찰스 다네이라 불리는 시민 에브레몽드를 찾고 있소." 첫 번째 남자가 말했다.

"누가 다네이를 찾나요?" 다네이가 물었다.

"내가 찾고 있지 않소? 우리가 찾는다고 해두지. 에브레몽드 씨, 나는 당신을 알고 있소. 오늘 법정 앞에서 보았지. 그런데 당신은 다시 공화국의 죄수가 되었소."

사내 네 명이 다네이를 둘러싸자 아내 루시와 아이가 그를 붙잡았다.

"어떤 연유로 내가 다시 죄수가 되었는지 말해주시오."

"당신은 콩시에르주리 감옥으로 곧장 돌아간다는 것만 알면 돼. 무슨 일인지는 내일 알게 될 테니까. 내일 법정에 출두해야 하오."

낯선 사내들의 갑작스런 방문에 놀라 흡사 램프를 든 동상처럼 뻣뻣하게 굳어 있던 마네트 박사는 사내가 말을 마치자 몸을 움직여 램프를 내려놓았다. 그러고는 사내를 마주 보고 서서 붉은색 모직 셔츠의 헐렁한 가슴팍 부위를 단단히 움켜쥐며 말했다.

"다네이를 안다고 들었소. 나는 아시오?"

"그렇소. 알고 있소. 시민 마네트 박사."

"우리 모두 당신을 알아요, 시민 박사." 나머지 세 명도 이구동성으로 말했다.

마네트 박사는 차례대로 사내들을 물끄러미 쳐다보다가 잠시 후 목소리를 깔고 물었다.

"다네이가 한 질문에 대한 대답을 내게 해주겠소? 무슨 일이오?"

"시민 마네트 박사! 다네이는 생앙투안 지역에서 고발당했소. 이 시민이 생앙투안 소속이오." 첫 번째 남자가 마지못해 대답하며 두 번째로 들어온 남자를 가리켰다.

"생앙투안에서 고발당한 것이 맞아요." 지목당한 시민이 고개를 끄덕이며 덧붙였다.

"무엇 때문이오?" 박사가 물었다.

"시민 박사! 더 이상 질문을 할 수 없습니다. 공화국이 요구한다면 박사는 훌륭한 애국 시민으로 기꺼이 희생을 받아드리리라 생각하오. 공화국이 최우선이고, 공화국 시민이 가장 중요하니까요. 에브레몽드 씨! 지체할 시간이 없소." 첫 번째 남자가 조금 전과 마찬가지로 마지못해 말했다.

"한 가지만 더 물읍시다. 누가 고발했는지 말해주겠소?" 박사가 부탁했다.

"그것은 규칙에 어긋나지만 여기 생앙투안 소속 시민에게 물어보시오." 첫 번째 남자가 말했다.

박사가 두 번째 사내에게 시선을 돌렸다. 사내는 부자연스럽게 발을 움직이면서 잠시 턱수염을 만지작거리더니 입을 떼었다.

"정말 규칙에 어긋나기는 하지만 시민 드파르주 부부가 그를 중죄로 고발했소. 그리고 고발자는 한 사람 더 있다오."

"그 사람은 누구요?"

"이것도 질문이요, 시민 박사?"

"그렇소."

"그건 내일 알게 될 거요. 이제 더 이상은 말할 수 없소!" 생앙투안에서 온 사내가 묘한 표정을 지으며 말했다.

8장

비장의 카드

집에 새로운 비극이 들이닥친 줄 모르는 프로스 양은, 가벼운 발걸음으로 좁은 길을 요리조리 빠져나와 퐁뇌프 다리를 건너면서 오늘 사야 할 물건이 뭔지 머릿속으로 생각했다. 제리는 옆에서 장바구니를 들고 나란히 걷고 있었다. 두 사람은 양옆으로 늘어선 가게를 훑으면서 무리 지어 돌려 있는 사람들을 경계했고, 이야기하느라 한창 열을 올리고 있는 무리를 피해 그곳을 빠져나왔다. 몹시 추운 저녁, 안개가 자욱한 강은 휘황찬란한 불빛을 받아 흐릿해 보였고, 귀에 거슬리는 소음에 덮여 아무 소리도 들리지 않았다. 정박해 있는 바지선 안에서는 대장장이가 공화국 군대에서 쓸 총을 만드는 중이었다. 공화국 군대를 상대로 농간을 부리거나 부당하게 승진하는 놈들은 화를 면치 못하리라! 그런 놈들은 수염을 기르지 않는 게 좋을지어다! '인민의 면도날'이라 불리는 단두대가 수염은 물론 그 목까지도 뎅강 베어버릴 테니!

식료품 몇 가지와 램프에 넣을 기름을 산 프로스 양은 포도주를 사야 한다는 생각을 해냈다. 여기저기 포도주 가게를 둘러보다가 인민 궁전에서 그리 멀지 않은 곳에 '훌륭한 고대 공화주의자 브루투스'라는 간판이 걸린 가게 앞에 멈춰 섰다. 한때(꽤 오래) 튈르리 궁전이었던 인민 궁전은 그 모습이 흥미로워서 프로스 양의 시선을 사로잡았다. 지나온 다른 가게들에 비해 훨씬 조용해 보였고, 시민혁명군 모자를 쓴 사람들이 있기는 했지만 다른 가게에 비해 붉은 기운이 상대적으로 적었다. 제리에게 의견을 묻고 동의를 얻고 나서 프로스 양은 그의 호위를 받으며 '훌륭한 고대 공화주의자 브루투스'에 들어섰다.

어둑어둑한 불빛 속에서 사람들은 파이프를 입에 물고 낡은 카드와 노란색 도미노로 게임을 하고 있었다. 가슴팍을 풀어헤친 그을음투성이 인부가 소매를 걷어올리고 큰 소리로 신문 기사를 읽자 옆에 있는 사람들이 귀를 기울였다. 무기를 쥐고 있는 사람도 있고, 당장이라도 무기를 잡을 수 있도록 옆에 놔둔 사람도 있었다. 고개를 숙이고 엎드려 잠을 자는 손님도 두엇 보였다. 당시에 한창 유행하던 형태로, 어깨가 높이 솟아 있고 털이 덥수룩하면서 길이가 짧은 외투들을 입고 있어서인지 곰이나 개가 겨울잠을 자고 있는 것 같았다. 그리고 가게와 어울리지 않는 듯 보이는 손님 두 명이 카운터로 다가가 포도주를 주문했다.

주문한 포도주가 나오기를 기다리던 손님 하나가 구석에 있는 동행을 남겨두고 가게를 나서려고 벌떡 일어났다. 손님은 문 쪽으로 걸어가다가 프로스 양과 눈이 마주쳤고, 그 순간 프로스 양은 소리를 지르면서 손뼉을 쳤다.

그때 가게에 있던 사람들이 일제히 자리에서 일어섰다. 당시에는 의견 차이 때문에 사람을 죽이는 사건이 종종 벌어졌으므로 사람들은 누가 쓰러지기라도 했는지 보려고 두리번거렸지만, 한 남자와 한 여자가 서로 마주 보고 서 있을 뿐이었다. 겉으로 봐서는 남자는 프랑스인, 그것도 뼛속까지 공화국 시민으로 보였고 여자는 빼도 박도 못하는 영국인이었다.

'훌륭한 고대 공화주의자 브루투스'의 제자들은 시시한 상황에 실망하고는 다시 떠들기 시작했다. 그들의 말에 귀를 기울였더라도 프로스 양과 제리의 귀에는 굉장히 크고 시끄러운 소리로 들릴 뿐 히브리어나 칼데아어 등을 말하는 것처럼 무슨 소리인지 전혀 알아들을 수가 없었을 것이다. 하지만 너무 놀란 프로스 양와 제리의 귀에는 아무 소리도 들리지 않았다. 여기서 한 가지 분명하게 밝혀둘 점은, 놀라고 흥분한 사람은 프로스 양만이 아니었으므로 제리도 나름대로 말 못할 속사정이 있는 것 같았다.

"어떻게 된 거야?" 프로스 양을 소리 지르게 만들었던 남자가 짜증이 밴 퉁명스러운 목소리로 (그러나 낮게) 그것도 영어로 말했다.

"세상에! 솔로몬! 내 동생 솔로몬! 오랫동안 보지도 못하고 소식도 듣지도 못하던 널 여기서 만나다니!" 프로스 양이 다시 손뼉을 치며 소리쳤다.

"솔로몬이라고 부르지 마. 내가 죽었으면 좋겠어?" 남자가 깜짝 놀라 주위를 살피며 겁먹은 듯 말했다.

"동생아! 내 동생아! 내가 뭘 그렇게 잘못했다고 그런 끔찍한 말을 하니?" 프로스 양이 울음을 터뜨리며 외쳤다.

"그만 입 다물고 할 말이 있으면 밖으로 나와. 포도주 값 계산하고 얼른 나오라고. 그런데 이 남자는 누구야?" 솔로몬이 물었다.

프로스 양은 눈곱만큼도 다정하지 않은 동생에게 섭섭한 듯 고개를 젓고는 눈물을 흘리며 말했다. "제리 크런처 씨야."

"이 사람도 함께 나오라고 말해. 설마 그 사람이 나를 유령으로 생각하는 건 아니겠지?" 솔로몬이 말했다.

사실 제리는 솔로몬의 모습을 보고 유령일 거라고 생각했지만 아무 말도 하지 않았다. 프로스 양은 한바탕 눈물을 쏟아내고는 손가방을 깊숙이 뒤적여 겨우 포도주 값을 치렀다. 누나가 술값을 계산하는 동안 솔로몬이 '훌륭한 고대 공화주의자 브루투스'의 추종자들을 돌아보며 프랑스어로 상황을 간단하게 설명하자 모두 제자리로 돌아갔다.

"원하는 게 뭐야?" 솔로몬이 어둑어둑한 길모퉁이에 서서 물었다.

"동생이라는 녀석이 어쩜 그렇게 매정하니? 아무리 그래도 내 마음은 변하지 않아. 인사도 제대로 안 하고 반가워하지도 않고." 프로스 양이 외쳤다.

"환장하겠네! 됐지?" 솔로몬은 프로스 양에게 대는 둥 마는 둥 살짝 입을 맞추고는 말했다.

프로스 양은 고개를 저으면서 말없이 울기만 했다.

"내가 놀랐을 거라고 짐작했겠지만 나는 전혀 놀라지 않았어. 누나가 거기 있다는 걸 알고 있었거든. 그뿐만 아니라 그곳에 있는 사람들을 대부분 다 알아. 나를 위험에 빠뜨리고 싶지 않으면, 그럴 수도 있겠다는 생각이 들기는 하지만, 빨리 각자 갈 길을 가자고. 나는 한가한 사람이 아니야. 이래 뵈도 공화국 관리라고." 솔로몬이 말했다.

프로스 양은 눈물이 가득 고인 눈으로 동생을 바라보며 한탄했다.

"내 영국인 동생 솔로몬이 조국 땅에서 최고로 멋진 사람이 될 줄 알았는데 외국인들, 저런 외국인들 틈바구니에서 관리나 하고 있다니. 차라리 무덤에 누워 있는 네 모습을 보는 편이 더 나았을지도……."

"분명히 말했지. 이럴 줄 알았어. 누나는 내가 죽었으면 좋겠지. 나는 누나 때문에 의심을 받게 될 거라고. 이제 막 출세길이 열렸는데!" 솔로몬이 프로스 양의 말을 자르고 소리쳤다.

"자비롭고 은혜로운 하느님이 그렇게 내버려두지는 않으실 거야. 내 동생 솔로몬, 너를 진심으로 아끼고 앞으로도 그럴 테지만 다시는 너를 보지 않는 편이 낫겠구나. 대신 따뜻하게 한마디만 해주렴. 화난 게 아니라고, 우리 사이가 멀어진 게 아니라고 말해주면 더 이상 붙잡지 않을게." 프로스 양이 소리쳤다.

마음씨 착한 프로스 양! 남매간에 소원해진 이유를 다 자신의 탓으로 여기다니. 몇 년 전 소호의 조용한 길모퉁이 집에서 로리 씨도 이미 알고 있었듯, 소중한 동생이 누나의 돈을 모두 탕진하고 나서 결국 누나도 버리고 떠났던 일을 기억하지 못하는 것처럼 말하다니!

솔로몬은 실제로 그러한 사연은 까맣게 잊고 누나와 동생의 관계가 뒤바뀌기라도 한 것처럼 마지못해 생색을 내며 아랫사람 다루듯 프로스 양에게 다정한 말을 건넸다. (세상 어디에나 이런 부류들은 변함없이 존재한다.) 그러자 제리가 솔로몬의 어깨에 손을 올리며 쉰 목소리로 불쑥 질문을 던졌다.

"저! 뭐 하나 물어봐도 되겠소? 이름이 존 솔로몬이오, 솔로몬 존이오?"

공화국의 관리인 솔로몬이 갑자기 몸을 휙 돌려 믿을 수 없다는 눈초리로 제리를 쳐다보았다. 지금까지 단 한 마디도 하지 않다가 처음으로 입을 열더니 불쑥 자기 이름을 물었기 때문이다.

"어서! 말해보시오." 제리는 가능한 한 힘주어 더 큰 소리를 내려고 애쓰며 말했다. "존 솔로몬이오, 솔로몬 존이요? 프로스 양이 자네를 솔로몬이라 부르는군. 당신 누나는 알겠지. 나는 당신 이름을 존으로 알고 있소만. 무엇이 맞는 이름이오? 프로스는 또 뭐고? 영국에서 쓰던 이름이 아니잖소."

"대체 무슨 말이요?"

"뭐, 나도 정확히 내가 무슨 말을 하는지 모르겠군. 영국에서 자네가 쓰던 이름이 도통 기억이 나지 않아서."

"기억이 나지 않는다고?"

"그래. 기억은 나지 않지만 분명 세 글자였지."

"그래요?"

"그렇소. 또 하나 이름은 한 글자였지. 나는 자네를 알고 있소. 중앙형사법원에서 증인으로 법정에 섰던 첩자였지. 자네 아버지인 악마의 이름을 걸고 말할 수 있어. 그때 이름이 뭐였더라?"

"바사드." 누군가 대화에 끼어들며 말했다.

"그래, 맞소! 그 이름이 맞다는 데 천 파운드 걸겠소!" 제리 크런처가 소리쳤다.

불쑥 대화에 끼어든 사람은 다름 아닌 시드니 카턴이었다. 카턴은 승마용 외투를 입고 뒷짐을 지고는 중앙형사법원에서 그랬던 것처럼 무심한 태도로 제리 가까이 섰다.

"놀라지 마시오, 프로스 양. 어젯밤 로리 씨 댁에 불쑥 찾아가서 그분을 놀라게 해드렸지요. 모두 다 무사하고, 내 도움이 필요하지 않다면 누구 앞에도 나타나지 않기로 했지만 프로스 양의 남동생과 이야기를 나누어야 해서 이곳에 왔습니다. 프로스 양의 동생인 바사드가 지금 하고 있는 일보다 좋은 직업에 종사하는 사람이면 좋을 텐데요. 당신을 위해서라도 바사드가 감옥에 갇힌 양이 아니기를 바랍니다."

'양'은 당시 감옥의 간수들이 쓰던 은어로 '첩자'를 가리켰다. 얼굴이 하얗게 질린 첩자 솔로몬은 얼굴이 더욱 창백해지면서 시드니 카턴에게 그걸 어떻게 알았느냐고 물으려다가 말끝을 흐렸다.

"설명해주지." 시드니 카턴이 말했다. "바사드! 한두 시간 전쯤 콩시에르주리 감옥 벽을 바라보며 생각에 잠겨 있는데 그곳에서 자네가 나오는 장면을 우연히 목격했네. 자네 얼굴이 기억에 남는 편인 데다가 나는 사람들 얼굴을 잘 기억하거든. 자네가 그곳에 간 이유가 궁금하더군. 구면이기도 하고, 자네를 보니까 지금 사정이 매우 딱하게 된 친구의 불운한 신세가 생각나 자네 뒤를 밟았지. 이 술집까지 따라 들어와서 자네 근처에 자리를 잡았네. 조심성 없는 대화를 엿듣고 자네의 숭배자들이 공공연히 떠들어대는 소문을 들으니 자네가 무슨 일을 하는지 쉽사리 짐작이 가더군. 별 생각 없이 자네 뒤를 따라왔더니만 이렇게 수확이 생기는군."

"수확이라니?" 첩자가 물었다.

"길거리에서 설명하기에는 번거롭기도 하고 위험할 것 같군. 비밀리에 이야기를 나누고 싶은데 잠시 시간을 내주겠나? 텔슨 은행의 사무실은 어떻겠나?"

"지금 나를 협박하는 거요?"

"이런! 내가 그렇게 말했던가?"

"그게 아니면 내가 왜 그곳에 가야 하는 거요?"

"바사드, 그런가? 가지 않겠다면 자네가 묻는 말에 대답해 줄 수 없지."

"여기서는 말하지 않겠다는 거요?" 첩자가 주춤하면서 물었다.

"바사드, 잘 알아들었군. 그래, 말해주지 않을 작정일세."

카턴은 무심한 듯 저돌적인 자신만의 방식으로 민첩하고 노련하게 비밀스러운 일을 진행시켰다. 그는 바사드 같은 사내를 능숙하게 다룰 줄 알았다.

"봐, 내가 뭐랬어. 만약 이 일로 나한테 무슨 일이라도 생기면 전부 누나 때문인 줄 알아!" 첩자는 비난하는 눈초리로 누나를 바라보며 말했다.

"아니, 이봐, 바사드!" 카턴이 소리쳤다. "누나의 은혜를 잊지 말게! 내가 자네 누나를 존경하지 않았다면 이렇게 정중하게 말하지 않았을 테니까. 내 제안이 우리 모두에게 이익이 될 거라고 생각되는군. 자, 이제 은행으로 함께 가지."

"좋습니다. 이야기나 한번 들어봅시다. 함께 가겠소."

"먼저 자네 누님을 골목 모퉁이까지 안전하게 바래다 드리자고. 프로스 양, 제게 팔짱을 끼시겠습니까? 이런 시간에 동행 없이 다니기에 이 도시는 그리 안전하지 않습니다. 프로스 양과 동행한 크런처 씨도 바사드를 알고 있으니 로리 씨의 집으로 함께 가시죠. 준비됐나요? 그럼, 출발합시다!"

카턴의 팔을 붙들고 그의 얼굴을 바라보면서 솔로몬을 해치지 말아달라고 간청할 때, 그의 팔에서 느껴졌던 굳은 결심과 무언가 열망으로 끓어오르는 눈빛을 프로스 양은 평생 동안 결코 잊을 수 없었다. 평소의 가벼운 태도와는 정반대인 그 모습을 보면서 그가 달라 보였고 존경스러웠다. 하지만 당시에는 누나의 사랑을 받을 자격도 없는 남동생을 지나치게 염려하는 동시에 카턴의 따뜻하고 듬직한 모습에 정신이 팔린 나머지, 자신이 읽어낸 카턴의 변화까지 신경 쓰지는 못했다.

프로스 양을 길모퉁이까지 바래다 주고 나서 카턴은 걸어서 몇 분 거리에 있는 로리의 집을 향해 앞장섰다. 존 바사드 혹은 솔로몬 프로스도 카턴과 나란히 걸었다.

로리 씨는 방금 저녁 식사를 마치고 타닥타닥 타오르는 작은 난롯불 앞에 앉아 있었다. 아마도 불꽃을 바라보며 오래전 자기 모습을 회상하는 것 같았다. 텔슨 은행에서 근무하는 지금보다 젊었던 중년의 로리가 도버에 있는 로얄 조지 호텔에서 빨갛게 타오르는 석탄을 바라보고 있었다. 일행이 들어서

자 로리가 돌아보더니 낯선 사람의 등장에 놀랐다.

"선생님, 이 사람은 프로스 양의 남동생 바사드입니다." 카턴이 말했다.

"바사드?" 노신사가 되뇌었다. "바사드? 이름이 낯설지 않군. 얼굴도 그렇고."

"내가 말했지 않나. 기억하기 쉬운 얼굴이라고. 바사드, 앉게나." 카턴이 차갑게 말했다.

바사드는 자리에 앉으며 찌푸린 표정으로 "그 재판의 증인이었소."라고 밝혀 로리가 기억하도록 거들었다. 로리는 곧 그때 일을 떠올리고는 혐오감을 그대로 드러낸 표정으로 바사드를 바라보았다.

"프로스 양이 찾아냈습니다. 선생님께서도 들은 적이 있으시죠? 프로스 양이 사랑하는 남동생이 바로 바사드였습니다. 바사드도 그렇다고 시인했고요. 그리고 나쁜 소식이 있습니다. 다네이 씨가 다시 체포됐습니다." 카턴이 말했다.

이 말에 노신사는 충격을 받고 소리쳤다. "도대체 무슨 말을 하는 겁니까? 불과 두 시간 전에 안전하게 석방되는 모습을 보았는데 말입니다. 이제 막 그를 만나러 다시 가보려던 참이었는데요!"

"그런데 다시 체포되었습니다. 바사드, 다네이 씨가 언제 체포되었는가?"

"아마 방금 전일 거요."

"선생님, 그 사실은 아마도 바사드가 가장 잘 알 겁니다. 저도 바사드가 술집에서 포도주를 마시면서 다른 첩자에게 하는 이야기를 듣고 다네이 씨가 다시 체포되었다는 사실을 알았으니까요. 다네이 씨 집 앞에 배치했던 심부름꾼들이 짐꾼을 따라 안으로 들어가는 것을 바사드가 봤답니다. 다네이 씨가 다시 체포된 게 틀림없습니다." 카턴이 말했다.

사업가답게 예리한 눈매의 소유자인 로리는 카턴의 표정을 읽으면서 다네이의 체포 여부를 놓고 왈가왈부하는 것이 아무런 의미가 없다는 사실을 알아챘다. 로리는 혼란스러웠지만 정신을 차려야겠다고 생각하고 마음을 다잡고는 다시 이야기에 주의를 기울였다.

"마네트 박사님의 명성과 영향력이 내일도 다네이 씨를 크게 도우리라 믿습니다. 바사드, 아까 다네이 씨가 내일 재판장 앞에 다시 설 거라고 하지 않았소?" 카턴이 말했다.

"그렇게 알고 있소."

"오늘처럼 내일도 마네트 박사님이 도우시겠지만 어쩌면 상황이 오늘처럼 돌아가지 않을 수도 있습니다. 선생님, 솔직히 말씀드리자면 오늘 다네이 씨가 체포되는 것을 마네트 박사님이 막지 못하셨다는 사실에 충격받았습니다."

"아마 사전에 모르고 계셨겠지요." 로리가 말했다.

"하지만 다네이 씨가 박사님의 사위라는 사실을 누구나 알고 있다는 사실을 감안한다면 상황이 정말 심상치 않습니다."

"맞는 말이군요." 로리는 카턴이 지적한 문제를 인정하면서 초조한 듯 턱에 손을 갖다 대고 불안한 눈으로 카턴을 바라보았다.

"말하자면 저희는 지금 벼랑 끝에 몰려 있습니다. 죽음을 각오하고 최후의 도박에 전부 걸어야 할 때라는 뜻이죠. 마네트 박사님은 승리하는 수를 두셔야 합니다. 지는 것은 제가 맡겠습니다. 여기서는 모두 파리 목숨일 뿐입니다. 오늘 인민의 칭송을 받으며 집으로 돌아왔더라도 내일 사형선고를 받을 수도 있는 세상이니까요. 다네이가 사형을 당하게 되는 최악의 경우에 대비해서 콩시에르주리 감옥에 갇힌 그 친구를 걸고 도박을 하기로 결심했습니다. 그리고 제가 포섭하려는 사람은 바로 바사드입니다." 카턴이 말했다.

"선생, 나를 포섭하려면 좋은 패가 있어야 할 거요." 첩자가 말했다.

"그럼 내가 어떤 패를 쥐고 있는지 한번 봐야겠군. 선생님은 제가 얼마나 지독한 놈인지 아실 겁니다. 브랜디 한 잔만

주십시오."

 카턴은 앞에 놓인 브랜디 한 잔을 단숨에 들이켜고 다시 한 잔을 더 비우더니 병을 옆으로 조심스레 밀어냈다. 이번에는 정말 손에 쥔 패를 펴 보일 것 같은 목소리로 말을 이었다.

 "바사드, 자네는 감옥의 '양'이자 공화국 위원회의 밀사 아닌가? 간수가 되었다가 죄수가 되기도 하고, 늘 첩자와 비밀 정보원으로 활동해왔지. 이곳 프랑스에서는 자네가 영국인이기 때문에 더욱 인정을 받는다지? 영국인이 이런 임무에 매수되리라고는 대개 생각하지 않거든. 자네는 고용인들에게 거짓 이름을 대고 활동하고 있지. 이거 정말 좋은 패로군. 바사드, 지금은 프랑스 공화국 정부에 고용되어 있지만 예전에는 프랑스의 적이자 자유의 적이었던 영국 귀족 정부 편에 서서 일했지. 이것도 정말 훌륭한 패가 아닌가? 오늘날 불신이 넘쳐나는 이 나라에서 바사드가 여전히 영국 귀족 정부의 녹을 받으면서 윌리엄 피트 수상의 첩자로 활동하고 있다는 의심을 제기하기는 쉽다는 말씀이지. 자네를 프랑스 공화국 품에서 허리를 굽실거리면서 공화국을 배반하는 첩자라고 몰아붙일 수도 있지. 온갖 사악한 짓을 벌여 사람들 입에 자주 오르내리지만 여태껏 잡히지 않은 영국인 첩자이자 배반자라고 고발할 수도 있겠지. 이쯤 되면 절대 질 리 없는 패가 아닌가?

무슨 말인지 알아듣겠는가, 바사드?"

"당신이 어떤 도박을 하려는지 잘 모르겠소." 첩자가 다소 불편한 기색을 내비치며 대꾸했다.

"바사드, 내 비장의 카드는 자네를 인근 혁명위원회 지부에 고발하는 것이네. 이제 자네가 쥐고 있는 패를 보게나, 바사드. 자네는 어떤 패를 가지고 있나? 아하! 그렇다고 너무 서두르지는 말게."

카턴은 브랜디 병을 자기 앞으로 끌어당겨 한 컵 가득 따라 들이켰다. 바사드는 카턴이 혹여나 술기운에 자기를 당장이라도 신고할까 봐 겁을 먹은 것 같았다. 그 모습을 보면서 카턴은 브랜디를 한 잔 더 따라 마셨다.

"바사드, 서두르지 말고 찬찬히 자네가 쥔 패를 보게나."

바사드의 패는 생각했던 것보다 형편없었다. 게다가 카턴도 모르는 더욱 불길한 패가 있었다. 아무렇지 않게 거짓 증인을 서는 일에 서툴러서 워낙 일을 많이 그르치는 통에 영국에서 괜찮은 일자리를 잃기는 했지만, 그렇다고 다시 발붙일 자리가 없었던 것은 아니었다. (자국이 기밀 유지와 첩보에서 다른 나라보다 우월하다고 과시하는 영국의 태도는 그때나 지금이나 조금도 바뀌지 않았다.) 바사드는 영국 해협을 건너와 프랑스의 제의를 받아들였다. 처음에는 프랑스에 거주하는 영국인들을 시험하고 정보를 캐내기 시작하다가 서서히 프랑스인들 틈으로 활동 무대를 옮겼다. 그러다가 지금은 전복된 프랑스 정부 편에 서서 생앙투안과 드파르주의 술집을 염탐하는 임무를 맡았고, 감시 경찰에게 마네트 박사의 투옥과 석방 과정, 과거 행적에 관한 주요 정보를 입수했다. 그 정보를 이용해 드파르주 부부에게 접근할 생각이었기 때문이다. 그래서 마네트 박사를 꼬투리로 드파르주 부인과 이야기를 나누려 했지만 여지없이 실패하고 말았다. 대화하면서도 뜨개질을 멈추지 않았고 자신을 섬뜩한 눈초리로 건너다보면서 계속 손가락을 놀리던 그 무시무시한 여인의 모습을 떠올릴 때마다 두려워서 몸서리가 쳐졌다. 그 후로도 생앙투안에서 드파르주 부인이 끊임없이 이름을 뜨개질하고, 그녀가 고발한 사람들을 단두대가 여지없이 삼켜버리는 광경을 지켜보았다. 모든 첩자가 그렇듯 바사드도 자신이 절대 안전하지 않다는 사실을 알고 있었다. 도망칠 수도 없었다. 그는 도끼 그림자에 단단히 결박되어 있었다. 공포정치의 앞잡이 노릇을 하면서 변절과 배신을 일삼았지만 자그마한 소문에도 완전히 몰락할 수 있었다. 일단 고발당해서 지금 카턴이 말한 진퇴양난의 상황에 빠지고 나면, 드파르주 부인이 살생부를 들이대면서 자신의 목을 치려고 달려들 것이 뻔했다. 바사드는 무시무시한 드파르주 부인이 그렇게 하는 것을 이미 여러 차례 목격했다. 게다가 비밀이 많은 사람은 쉽사리 겁에 질리기 마련이다. 온통 같은 무늬의 검은색 카드뿐인 패를 확인한 바사드는 화가 치밀었다.

"패가 마음에 안 드는 눈치군. 한번 해보겠나?" 카턴이 태연하게 말했다.

바사드는 고개를 돌려 비굴한 태도로 로리 씨에게 말했다.

"자비로운 노신사님, 제가 간청을 하나 드려도 되겠습니까? 선생님보다 한참 어린 다른 신사분에게 제가 어떻게 해야 방금 말씀하신 비장의 카드를 꺼내지 않으실지 물어봐주시겠습니까? 제가 첩자이고 하는 일이 불명예스럽다는 것은 알지만 누군가는 해야 하는 일입니다. 하지만 이 신사분은 첩자가 아닙니다. 그런데 어째서 첩자 행세를 해서 스스로 위신을 떨어뜨리시는 겁니까?"

"바사드, 나는 비장의 카드를 쓸 작정이오." 로리 씨 대신 카턴이 대답하며 손목시계를 보았다. "게다가 조금도 가책을 느끼지 않고 당장 말이오."

"두 신사분께서 저희 누나를 봐서라도 아량을 베풀어주시면……." 첩자가 호시탐탐 로리 씨를 대화에 끌어들이려 애쓰면서 말했다.

"프로스 양을 남동생에게서 해방시켜주는 것이 자네 누나에 대한 내 존경심을 증명할 더없이 좋은 방법인 것 같군." 시드니 카턴이 말했다.

"선생님, 꼭 그래야겠습니까?" 바사드가 말했다.

"나는 이미 마음을 정했네."

첩자는 과장되게 걸친 조악한 옷차림이나 평소 행실과는 어색하리만치 어울리지 않는 고분고분한 태도를 취했지만, 속을 알 수 없는 카턴에게 전혀 먹히지 않자 마음이 흔들리기 시작했다. 바사드보다 현명하고 정직한 사람들에게도 카턴은 수수께끼 같은 인물이었다. 바사드가 어쩔 줄 몰라 쩔쩔매자 카턴은 아까처럼 자신의 패를 보이며 깊이 생각하듯 말했다.

"곰곰이 생각해보니까 아직 빼 들지는 않았지만 아무래도 정말 괜찮은 패 하나를 더 가지고 있는 것 같단 말이지. 누구였더라? 그 친구, 자기 입으로 시골 감옥에서 시간 때우면서 지낸다고 말했던 동료 첩자 말일세."

"그자는 프랑스인이요. 당신이 알 리가 없소." 첩자가 재빨리 말했다.

"프랑스인이라고?" 카턴은 그의 말을 되뇌면서 생각에 빠졌다. 바사드의 말을 메아리처럼 따라 하면서도 그의 존재는 안중에도 없는 것 같았다.

"그럴 수도 있겠군."

"틀림없소." 스파이는 단호하게 말하면서 덧붙였다. "별로 중요한 사실은 아니지만."

"별로 중요한 사실은 아니다……." 이번에도 카턴은 아까처럼 바사드의 말을 기계적으로 따라 했다. "별로 중요한 사실이 아니다……. 중요하지는 않다. ……그래, 중요하지는 않아. 그런데 그자의 얼굴을 알 것도 같은데."

"아니, 그럴 리 없소. 절대 알 리가 없단 말이오."

"그럴 리가 없다?" 시드니 카턴이 술잔을 빙빙 돌리면서 (다행히도 작은 술잔이었다) 무언가 기억해내려는 듯 중얼거렸다. "그럴 리가 없다고 했지? 프랑스어가 유창하기는 했어. 그런데 이상하게도 외국인처럼 들렸단 말이지."

"시골뜨기라 그랬을 거요." 바사드가 말했다.

"아니, 외국인이었어!" 그 순간 카턴은 뭔가 생각났다는 듯 손바닥으로 테이블을 탕 내려치며 소리쳤다. "클라이였어! 변장을 했지만 틀림없이 그자였어. 중앙형사법원의 법정에서 우리 앞에 서 있던 그 작자 말이야."

"이걸 어쩌나, 너무 속단하시는 것 같군요." 씩 웃을 때 바사드의 매부리코는 한층 더 휘어 보였다. "덕분에 제가 한 수 앞선 것 같군요. 클라이는 몇 년 전에 죽었소. (이제야 실토하지만 클라이는 오래전 내 파트너였소.) 제가 마지막 임종도 지켜보았죠. 지금은 런던 세인트 판크라스 교회 묘지에 고이 묻혀 있소이다. 당시 클라이가 불량배들에게 원한을 많이 샀기 때문에 장례 행렬을 따라가지는 못했지만 내 손으로 입관도 도왔단 말이오."

이때 로리는 자신이 앉아 있던 자리의 맞은편 벽에 시커먼 도깨비 그림자가 드리운 것을 보았다. 그림자의 출처를 살펴보니 평소보다 심하게 삐죽삐죽 솟은 제리 크런처의 머리카락이었다.

"좀 더 이성적으로 생각해보자고요." 첩자가 말했다. "공정하게요. 당신이 어떤 착각을 했는지, 그리고 얼마나 턱도 없는 추측을 하고 있는지 말입니다. 마침 내 수첩 안에 그 자의 사망증명서가 있으니 확인해볼 수 있겠군요." 그는 서둘러 수첩을 꺼내 펼쳐 보였다. "여기 있네요. 자, 보세요. 위조인지 아닌지 직접 확인해보시라고요."

로리 씨는 벽에 비친 그림자가 길게 늘어나는 것을 보았다. 제리 크런처가 일어나 앞으로 걸어오고 있었다. 그의 머리카락은 (영국의 옛 동요 〈마더구스〉에 나오는) 구불구불한 뿔이 달린 소가 와서 핥아주면 모를까 도저히 가라앉지 않을 것처럼 맹렬하게 뻗쳐 있었다.

제리는 첩자가 보지 못하는 사이에 옆으로 다가가 유령 집행관처럼 그의 어깨를 툭 쳤다.

"로저 클라이 그자를," 딱딱하게 굳은 얼굴로 제리가 말했다. "정말 네 놈이 관에 집어넣었어?"

"그랬다니까요."

"그럼 그자를 다시 관에서 꺼낸 건 누구지?"

바사드는 의자 등받이에 몸을 기대며 말을 더듬었다.

"도, 도대체 무슨 소리요?"

"그러니까 내 말은 그자가 관에 들어간 적이 한 번도 없다는 거지. 절대로! 그자가 아니었다고! 내 말이 틀리면 목을 쳐도 좋아."

바사드는 카턴과 로리 씨를 번갈아 보았고, 두 사람은 너무 놀란 나머지 말문이 막혀 제리를 쳐다보았다.

"내가 설명해주지." 제리가 말했다. "너는 관에 자갈과 흙을 잔뜩 채워서 묻었어. 클라이를 묻었다고 우길 생각일랑 하지도 말아. 사기 치는 거 다 아니까. 나 말고도 두 사람이나 이 사실을 알고 있거든."

"그걸 어떻게 알았지?"

"네 놈이 그건 알아서 뭐하게?" 제리 크런처가 으르렁거리며 말했다. "내 오랜 원한의 상대가 너였구나. 정직하게 일하는 장사꾼들의 뒤통수를 쳐? 어? 금화 반 냥이면 네 놈 숨통을 졸라 죽일 수도 있어."

로리와 함께 있던 시드니 카턴은 상황이 예기치 않은 방향으로 흘러가자 놀라서 제리에게 흥분을 가라앉히고 무슨 일인지 설명해보라고 말했다.

"다음에 말씀드릴게요, 선생님." 제리가 말끝을 흐렸다. "지금은 설명 드리기가 곤란합니다. 한 가지 분명한 것은 클라이라는 작자가 관에 들어간 적이 결단코 없다는 것을 이놈도 똑똑히 알고 있다는 겁니다. 클라이가 관 속에 있다고 한마디만 더하면 금화 반 냥에 이자의 목을 졸라 죽이겠습니다." 마치 선심이라도 쓰는 듯한 말투였다. "아니면 이참에 제가 나서서 이 작자를 고발할까요?"

"흠! 한 가지는 분명하군." 카턴이 말했다. "바사드, 나한테 패가 하나 더 늘었어. 불신으로 가득 차서 가뜩이나 분위기가 험악한 이곳 파리에서 자네 같은 작자가 고발당하지 않고 오래 살아남기는 불가능하지. 만약 자네가 전적이 같은 귀족 첩자와 내통했다면, 게다가 내통한 작자가 죽은 줄 알았는데 사실은 버젓이 살아 있다면, 목숨을 부지하기는 어려울 거야. 공화국에 맞서서 감옥에서 음모를 꾸민 외국인이란 혐의를 확실히 받겠지. 아주 확실한 단두대 직행 카드군! 자, 도박을 시작해볼까?"

"아니 됐소!" 첩자가 대답했다. "내가 졌소이다. 고백하겠소. 우리는 악랄한 불량배들 사이에서 평판이 너무 나빴고, 까딱하다가는 수장당할 판이라서 영국을 빠져나올 수밖에 없었소. 쫓는 무리가 더 많았던 클라이는 영국을 벗어나려면 죽은 척이라도 해야 했고. 그나저나 우리 둘이 사기 친 것을 이 양반이 어떻게 알아냈는지 도저히 모르겠군요."

"나한텐 신경 끄시지." 제리가 분이 안 풀린 듯 쏘아붙였다. "여기 계신 신사분께 신경 쓰는 것만으로도 네놈 골머리가 썩을 테니까, 그런데 이봐, 한 번 더 말하지만!" 제리는 자기가 얼마나 너그러운 사람인지 생색 내지 않고는 견딜 수가 없었다. "금화 반 냥이면 네놈의 목을 확 움켜잡아 졸라서 죽여버렸을 거야."

감옥의 양인 바사드는 제리에게서 몸을 돌려 카턴을 보면서 결심을 굳힌 듯 말했다. "자, 본론으로 들어갑시다. 곧 일을 하러 가야 하고 늦으면 안 되니까. 나한테 무슨 제안을 하려던 건가요? 무리한 부탁이라면 하나 마나일 거요. 나더러 공화국 관리 신분을 이용해 무언가를 해달라는 거라면 어차피 그것도 목숨을 걸어야 하는 일일 테고, 그렇다면 당신의 제안을 거절할 거요. 한마디로 나는 그런 선택을 할 수밖에 없단 말이오. 당신은 절박하다고 말했지만 여기에 절박하지 않은 사람이 어디 있겠소? 명심하시오! 그래야 한다면 내가 당신을 거짓으로 고발하는 것쯤은 일도 아니니까. 물론 누구나 그렇겠지만. 자, 나에게 원하는 게 대체 뭐요?"

"뭐 그리 대단한 일은 아니오. 당신, 콩시에르주리 감옥에서 간수로 일하지?"

"분명히 말해두는데 탈출은 꿈도 꾸지 마시오." 첩자는 단호하게 말했다.

"묻는 말에 대답이나 하시오. 당신, 콩시에르주리 감옥의 간수 맞지?"

"가끔 간수로 일하기는 하오만."

"원하는 시간에 근무할 수 있다는 뜻인가?"

"마음대로 드나들 수는 있소."

시드니 카턴은 브랜디 한 잔을 더 채워서 난로 위로 천천히 떨어뜨리면서 그 모습을 지켜보았다. 브랜디가 다 떨어지고 잔이 비자 자리에서 일어서면서 말했다.

"지금까지 두 분 앞에서 이야기를 한 것은, 우리가 갖고 있는 패가 어떤 의미인지가 단순히 우리 둘만의 문제가 아니기 때문이지. 이제 그만 어두운 방으로 옮겨 둘이서 이야기를 마무리 지읍시다."

9장

시작된 도박

 시드니 카턴과 감옥의 양인 바사드가 어두운 옆방에서 워낙 작은 소리로 이야기를 나누었기 때문에 밖에서는 한마디도 들리지 않았다. 로리 씨는 의구심과 불신이 가득 찬 눈빛으로 제리 크런처를 쳐다보았다. 로리 씨의 시선을 받은 정직한 장사꾼 제리의 반응이 로리 씨의 불신을 더욱 가중시키고 있었다. 제리는 마치 다리가 쉰 개나 달린 사람이 그 다리들을 모두 사용해보려는 듯 다리를 연신 바꿔가며 꼬았고, 손톱을 자세히 들여다보며 관찰했다. 로리 씨와 눈이 마주칠 때마다 뭔가 숨기고 있는 사람처럼 손으로 입을 가리고 얕은 헛기침을 해댔다. 성격이 단순해서 속이 훤히 들여다보이는 그에게 좀처럼 찾아보기 힘든 모습이었다.

"제리, 이리 좀 와보게."

로리 씨가 부르자 제리는 한쪽 어깨를 쭉 늘어뜨리고 옆걸음으로 쭈뼛거리며 앞으로 다가왔다.

"자네, 심부름하는 일 말고 달리 하는 일이 있는 건가?"

자신의 고용인을 빤히 쳐다보며 골똘히 생각한 끝에 제리는 마침내 적당한 답을 찾아냈다는 듯 말했다. "농사 같은 겁니다."

"정말 걱정이로군." 제리를 가리키는 로리 씨의 손가락이 분노로 떨렸다. "신망 있고 훌륭한 텔슨 은행을 방패막이 삼아 입에 담지도 못할 추악한 짓을 하고 다니는 건 아닌가? 만약 한 차라도 법에 어긋나는 짓을 하고 돌아다닌다면, 영국으로 돌아가고 나서 예전처럼 자네를 대우하지 않을 걸세. 정말 그런 짓을 한다면 내가 자네의 비밀을 지켜줄 거라고 기대하지 말게. 텔슨 은행을 그런 식으로 이용해서는 안 되네!"

"아이고, 나리." 제리는 당황하며 변명을 늘어놓기 시작했다. "나리 같은 신사분은 머리가 희끗희끗한 이 나이까지 제가 나리를 위해 심부름하는 일을 얼마나 영광스러워하는지 모르실 겁니다. 소인한테 그런 호된 벌을 내리시기 전에 한 번만 제 입장을 생각해주시기를 간절히 바랄 뿐입니다. 만약에 제가 그랬다면, 아니 제가 정말 그랬다는 것이 아니고요, 그러니까 정말 만약에 말입니다. 그랬다고 친다면 말이죠. 무슨 일이든 양쪽 이야기를 다 들어봐야 한다는 말씀입죠. 의사 나리들은 지금 이 시간에도 금화를 착착 벌어들이실 텐데 저희 같은 정직한 장사꾼들은 그 금화의 천 분의 일도 못 벌고 있습니다. 아니 천 분의 일이라뇨, 가당치도 않습죠. 그 반도, 아니 그 반에 반도 벌까 말까 한데요. 의사 나리들이 연기처럼 은행에 예금하러 오셔서는 눈을 치켜뜨고 저 같은 장사꾼들을 보시고서, 다시 개인 마차를 타고 연기처럼 돌아가시죠. 글쎄, 그분들도 사실 은행을 이용해먹는 것 아닙니까? 아니, 뭐, 암거위를 나무랄 수 없으면 수거위도 봐줘야 하는 거 아닙니까? 제 여편네도 한몫하고 있기는 합니다. 아, 옛날식으로 손을 봐줬어야 했는데 말입니다. 틀림없이 내일도 그럴 텐데요, 바닥에 철퍼덕 엎드려서 제가 하는 일마다 망하라고 기도를 드리고 있단 말입니다. 망하라고요! 의사 나리의 부인들은 남편이 망하라고 기도하지는 않겠죠. 나리들이 꽉 잡고 계실 테니까요. 기도를 하신다 하더라도 환자가 더 많이 오게 해달라고 기도하실 테고, 하기야 옆에서 거들어주는 사람 없이 무슨 수로 혼자 돈을 벌겠습니까? 장의사는 또 어떻고요? 교구 총무나 교회지기는요? 소도둑놈 같은 사설 경비는 어떻습니까? 아무리 용을 써도 돈을 많이 벌 수가 없습니다. 버는 게 부실하니 떵떵거리고 사는 것은 꿈도 꾸지 못한다니까요. 도대체 무슨 좋은 일이 생기겠어요? 그래서 항상 일을 집어치울 궁리를 하게 되는 거죠. 그러다 빠져나올 방도가 있다 싶으면 말입니다, 만약 나리 말씀이 맞는다면 말입니다."

"이런!" 로리 씨는 어느 정도 마음이 누그러지기는 했지만 여전히 호통을 쳤다. "자네가 이런 사람일 줄은 정말 몰랐네!"

"나리, 송구스럽지만 부탁이 하나 있습니다. 만약 사실이라 하더라도, 아니, 사실이라는 말씀이 아니라……."

"얼버무릴 생각은 말게." 로리 씨가 다그쳤다.

"그럴 리가 있겠습니까요, 나리," 모든 걸 체념한 듯 제리가 말했다. "나리께서 생각하시는 것이, 아, 사실이라는 말씀이 아니라, 어쨌거나 이것만은 부탁드리고 싶습니다요. 거기 템플 바에 있는 의자에 앉아 있는 놈이, 어느새 자라서 사내 태가 나는 그놈이 제 자식놈입니다. 나리께서 원하시면 돌아가실 때까지 심부름도 시키고, 전갈도 보내고, 이런저런 잔일에 부리십시오. 만일 그 일이 사실이래도, 아니, 사실이라는 말씀이 아니라, 절대로 얼버무리려는 게 아닙니다요. 나리, 이놈 대신 그놈이 제가 하던 일을 하면서 어미를 돌볼 수 있게 해주십쇼. 제발, 제발 그놈의 아비를 고발하지 말아주십쇼,

나리. 그놈의 아비가 파헤쳤던 무덤으로 돌아가서, 아니 만약 그게 사실이라면, 제대로 다시 파서 원래 상태로 되돌려놓게 해주십쇼, 나리. 이것이," 제리가 마음속에 담고 있던 말을 다 쏟아낸 것 같은 표정으로 이마의 땀을 훔치며 말을 이었다. "제가 나리께 삼가 드리고 싶은 말씀입니다. 하루아침에도 몇 명씩 머리가 뎅강뎅강 잘려나가고 있으니 짐꾼 일당이 얼마나 줄어들겠습니까? 그런데도 바로 코앞에서 일어나고 있는 이 심각한 일을 걱정하는 작자들이 단 한 명도 없어요. 저 또한 마찬가지고요. 제가 말하지 않을 수도 있었지만, 다네이 씨를 도우려는 좋은 뜻으로 입을 열었다는 것만은 꼭 기억해주시길 부탁드립니다."

"그래, 그건 인정하네." 로리 씨가 대답했다. "이제 그만하게. 자네에게 그만한 자격이 있고, 또 말로만 뉘우치는 게 아니라 행동으로도 보여준다면 나는 여전히 자네 편일세. 어쨌든, 그 일에 관해서는 더 이상 얘기하고 싶지 않네."

제리 크런처가 주먹으로 이마를 문지르고 있을 때 시드니 카턴과 첩자가 어두운 방에서 나왔다.

"잘 가게, 바사드, 약속한 대로만 해준다면 자네가 걱정할 일은 없을 걸세."

카턴은 난로가 의자에 로리와 마주 앉았다. 둘만 남자 로리는 바사드와 무슨 이야기를 나눴는지 물었다.

"별일 아닙니다. 다네이 씨에게 일이 생기면 제가 그를 면회할 수 있도록 조치해뒀습니다."

로리가 고개를 떨어뜨렸다.

"제가 할 수 있는 건 그것뿐입니다." 카턴이 말했다. "너무 많은 걸 요구했다가는 오히려 그자의 목이 위태로울 수 있습니다. 우리가 밀고한다고 해서 그자 말대로 상황이 더 나빠질 것도 없으니까요. 그래봤자 우리에게도 득이 되지 않고요. 별 뾰족한 수가 없습니다."

"하지만 찰스를 만난다 해도, 법정에서 만약 잘못되었을 경우에는 그를 구할 방도가 없지 않습니까?" 로리가 말했다.

"제게 그를 구할 방도가 있다고 말씀드린 적은 없습니다."

로리가 화로의 불빛 쪽으로 천천히 시선을 옮겼다. 루시에 대한 연민과, 찰스가 연이어 체포되는 바람에 말할 수 없는 낙담이 밀려와 마음이 점점 약해졌다. 그는 아무 힘도 쓸 수 없는 한낱 노인일 뿐이었다. 최근에 겪은 불안이 밀려오는지 로리의 눈에서 눈물이 떨어졌다.

"선생님은 참 좋은 분이시고 진실한 친구분이십니다." 카턴은 어조를 바꾸어 말했다. "혹시 제가 눈치 없이 굴었다면 용서하십시오. 선생님께서 제 아버지라면 우시는 모습을 쳐다보지도, 무심히 앉아 있지도 않았을 겁니다. 선생님의 슬픔을 동정하지도 않았을 테고요. 선생님이 제 아버지가 아니어서 다행입니다."

마지막 말에서야 본래의 어투로 슬그머니 돌아오기는 했지만 카턴의 어투와 감정에는 진심과 존경이 묻어났다. 카턴의 자상한 모습을 한 번도 본 적이 없었던 로리에게 그 모습은 낯설었다. 로리가 손을 내밀자 카턴은 그 손을 부드럽게 잡았다.

"가엾은 다네이 씨 이야기로 돌아가서," 카턴이 말했다. "루시 양에게는 바사드와 나누었던 이야기나 협상에 대해 말하지 않는 편이 좋겠습니다. 그녀는 다네이 씨를 만나러 갈 수도 없고, 최악의 경우에는 최종 판결이 내려지기도 전에 그에게 스스로 목숨을 끊게 하려는 의도로 비쳐질 수도 있으니까요."

로리는 미처 생각하지 못했던 일이라서 혹시 카턴이 실제로 그럴 의도를 품은 것은 아닌가 싶어 그를 흘끔 쳐다보았다. 그럴 수도 있을 것만 같았다. 로리를 쳐다보는 카턴도 로리가 어떤 의구심을 품었는지 짐작하는 게 분명했다.

"루시 양은 수만 가지 생각에 사로잡혀 있을 겁니다. 어떤 생각이든 그녀를 더욱 혼란스럽게 만들 테고요. 그러니 루시 양에게는 저에 대해서 이야기하지 마십시오. 제가 처음 도착했을 때 말씀드렸듯 저는 그녀를 만나지 않는 편이 좋겠습니다. 만나지 않더라도 제 능력이 닿는 범위 안에서 무슨 일이든 그녀를 힘껏 도울 것입니다. 루시 양에게 가실 거죠? 오늘은 그녀에게 매우 비통한 밤이겠군요."

"지금 바로 가려 하네, 당장."

"다행입니다. 루시 양은 선생님을 가깝게 생각하고 의지하고 있으니까요. 그녀는 좀 어떻습니까?"

"늘 수심에 가득 차 있고 비통해하지. 하지만 여전히 아름답다네."

"아!"

비탄에 잠긴 듯 내쉬는 카턴의 긴 한숨이 흐느낌처럼 들렸다. 이 소리에 로리는 고개를 돌려 난롯불을 응시하는 카턴의 얼굴을 바라보았다. 화창한 날 산비탈 위를 순식간에 덮치는 어둠처럼 카턴의 얼굴에는 빛인지 그림자인지, 노신사의 눈으로는 확실히 알 수 없는 뭔가가 스쳐 지나갔다. 장작 하나가 여린 불꽃을 일으키면서 앞쪽으로 굴러 나오려 하자 카턴이 발끝으로 툭 밀어 넣었다. 당시에 유행하던 새하얀 승마 외투와 장화가 불빛에 반사되는 바람에 더욱 창백해 보이는 얼굴 주위로 손질하지 않아 헝클어진 기다란 갈색 머리카락이 아무렇게나 늘어져 있었다. 발을 얹어 놓았던 장작이 무게를 이기지 못하고 부서졌는데도 카턴은 전혀 열기를 느끼지 못하는 것처럼 뜨거운 장작 위에 여전히 발을 올려놓았고, 이 모습을 보다 못한 로리가 결국 발을 떼라고 말해주었다.

"아, 잊고 있었습니다." 카턴이 말했다.

로리는 다시 카턴의 얼굴을 쳐다보았다. 황폐한 표정 때문에 빛을 잃은 잘생긴 얼굴은 로리가 최근에 만나 생생하게 기억하는 죄수들의 표정과 닮아 있었다.

"이곳에서 마치셔야 하는 임무는 다 마무리하셨나요?" 카턴이 로리를 돌아보며 물었다.

"그래요. 지난밤 루시가 갑자기 찾아왔을 때 당신에게 말했듯 내가 여기서 할 수 있는 일은 모두 처리했습니다. 모두 안전하게 파리를 떠나기를 바랐는데 말입니다. 어쨌거나 내게는 이곳을 떠날 수 있는 통행증이 있으니 언제든 떠날 준비는 된 셈입니다."

둘 사이에 침묵이 흘렀다.

"돌이켜 생각하면 꽤 긴 세월이었죠, 선생님?" 카턴이 아쉬워하며 물었다.

"올해로 나이가 일흔여덟이니까요."

"선생님께서는 평생 열심히 사셨습니다. 한결같이 늘 바쁘게 생활하셨죠. 사람들의 신뢰와 존경을 한 몸에 받으며 살아오지 않으셨습니까?"

"성인이 되고 나서, 아니 사실 소년 시절부터 은행원으로 살아왔죠."

"일흔여덟의 나이에 선생님이 이루어놓은 일을 보십시오. 선생님이 떠나시고 나면 많은 사람이 그 빈자리를 그리워할 겁니다."

로리는 고개를 가로저으며 대답했다.

"그저 나를 위해 울어줄 사람 하나 없는 외로운 독신자일 뿐입니다."

"무슨 그런 말씀을 하십니까? 루시 양도 어린 루시도 선생님의 위해 울어줄 텐데요."

"아 참, 그렇죠. 감사한 일입니다. 그런 뜻으로 한 말은 아니었어요."

"하늘에 감사할 일이지요. 그렇지 않습니까?"

"그럼, 그렇다마다요."

"오늘 밤 선생님께서 외로운 가슴에 손을 얹고 진심으로 돌이켜보실 때 누구 하나 자신을 사랑해주는 사람도, 아껴주는 사람도, 고마워하는 사람도, 존경하는 사람도 없다면, 누구도 자신을 따뜻하게 기억해주지 않는다면, 살아오는 동안 누구에게도 기억에 남을 만큼 도움을 준 적도 선행을 베푼 적도 없다면 그 기나긴 세월은 저주일 테죠?"

"그렇겠죠. 나라면 그렇게 생각할 겁니다."

카턴은 다시 난로를 응시했고 한동안 말이 없다가 다시 물었다.

"여쭤보고 싶은 것이 있습니다. 어린 시절이 까마득하게 멀게 느껴지시나요? 어머니 무릎에 앉아 있던 시절이 아주 오래된 일로 생각되세요?"

로리 씨는 한결 부드러워진 카턴의 태도를 의식하며 대답했다.

"20년 전까지만 해도 그랬습니다. 하지만 지금은 아니에요. 인생의 끝자락에 다가갈수록 마치 원을 그리는 것처럼 처음에 가까워지는 것 같습니다. 가야 할 길을 차분하게 준비한다고나 할까요. 요즘은 오랫동안 잊고 지냈던 많은 기억과 젊고 예뻤던 어머니(나는 이렇게 늙었는데!), 세상 무서운 줄 모르고 덤볐던 시절, 무엇을 잘못하고 있는지도 몰랐던 젊은 시절에 대한 기억으로 아련해지곤 한답니다."

"그 기분 잘 압니다!" 카턴은 상기된 표정으로 외쳤다. "그래서 지금이 더 좋으시다는 뜻이죠?"

"그러기를 바랍니다."

카턴은 대화를 멈추고 외투를 입는 로리를 도왔다.

"하지만 당신은 아직 젊어요." 로리가 다시 대화를 이었다.

"네, 나이가 많지는 않지만 지금처럼 치기 어리게 굴어서는 제대로 나이 들 수조차 없을 것 같습니다. 이제 제 이야기는 그만하죠."

"내 이야기야말로 그만하기로 하죠. 함께 나갈 겁니까?"

"루시 양 집 앞까지만 함께 가겠습니다. 방랑벽이 있어서 한자리에 가만히 못 있는다는 걸 잘 아시지 않습니까? 제가 오랫동안 거리를 배회하더라도 걱정하실 필요 없습니다. 아침이면 어김없이 나타날 테니까요. 내일 법정에 가실 겁니까?"

"유감스러운 일이지만 가야죠."

"저도 갈 겁니다. 방청객 신분으로요. 바사드가 제 자리를 마련해놓겠다고 했습니다. 선생님, 제 팔을 잡으시죠."

로리 씨는 카턴의 팔짱을 끼고 층계를 내려가 거리로 나섰다. 루시의 집은 몇 분 거리에 있었다. 카턴은 대문 앞에서 로리와 헤어진 후 조금 뜸을 들였다. 로리가 집 안으로 사라지고 문이 닫히고 나서야 다가가 대문에 손을 가져다 댔다. 루시가 감옥에 매일 간다는 이야기를 들었던 카턴은 주위를 돌아보며 말했다. "이 문을 나와 이 길을 돌아 이 자갈길을 밟고 지나가겠지. 발자국을 따라가볼까."

루시가 수백 번은 서 있었을 라포르스 감옥 앞에 카턴이 도착했을 때는 밤 열 시경이었다. 몸집이 왜소한 나무꾼이 가게 문을 닫고 문 앞에서 파이프 담배를 피우고 있었다.

"안녕하시오. 시민 동지." 자신을 호기심 어린 눈으로 쳐다보는 나무꾼을 보고 카턴은 가던 길을 멈추고 인사를 건넸다.

"안녕하시오, 시민 동지."

"공화국은 어떻습니까?"

"단두대를 말하는 거라면 나쁘지 않수다. 오늘 하루만 예순세 명이었으니까요. 곧 백 명을 채우겠죠. 삼손과 그 동료들은 피곤해 죽겠다고 불평하지만 말이에요, 하하하! 삼손 그 친구 진짜 재미있어요. 그렇게 훌륭한 이발사가 어디 또 있겠어요, 허허."

"자주 보러 가시나 봅니다."

"면도하는 거요? 매일 보러 가죠. 정말 대단한 이발사예요! 그 친구가 칼질하는 걸 본 적 있소?"

"한 번도 없습니다."

"언제 면도할 사람이 많은 날을 골라서 한번 그경 가시구려. 오늘 하루만 해도 내가 파이프 담배 두 대를 다 피우기도 전에 예순세 명을 면도시켰다니까! 상상이 되시오? 파이프 담배 두 대도 다 태우지 않았는데 말이요. 진짜라니까!"

왜소한 사내가 자신이 어떻게 처형 시간을 쟀는지 설명한 답시고 피우고 있던 파이프 담배를 내밀며 히죽거리자, 카턴은 그자를 때려눕히고 싶은 마음이 치밀어 올랐지만 그냥 돌아섰다.

"근데 영국인은 아니죠? 복장은 영국인 같소만."

"영국인이오." 카턴은 돌아선 채 잠시 멈추고 어깨너머로 대답했다.

"그런데 프랑스인처럼 말을 잘하는군요."

"예전에 여기서 학교를 다녔어요."

"아하, 꼭 프랑스인 같네요! 안녕히 가시오, 영국인."

"잘 계시오, 시민 동지." 왜소한 사내가 카턴의 등에 대해 끈질기게 말했다. "어쨌든 그 재밌는 친구를 꼭 보러 가시오. 갈 때는 파이프 담배도 잊지 말고."

시드니 카턴은 나무꾼의 시야에서 벗어나자마자 길 한복판에 서서 희미한 불빛을 받으며 종잇조각에 연필로 뭔가를 적었다. 그러고는 길을 잘 아는 사람처럼 거침없이 어둡고 더러운 길을 가로질렀다. 공포의 시기에는 공공 도로도 대부분 청소가 되지 않고 방치되어 있던 터라 일반 도로들은 훨씬 더러웠다. 카턴은 막 문을 닫으려는 약국 앞에 멈춰 섰다. 큰 거리의 구불구불한 오르막길에 있는 작은 약국은 어두컴컴하고 찌들어 보였으며, 약국 주인도 체구가 작고 둔하고 몸이 구부정했다.

카턴은 카운터에 다가서며 약사에게 인사를 건네고는 종잇조각을 내밀었다. 약사는 종이에 쓰인 걸 읽으면서 가볍게 휘파람을 불었다. "휘이! 휘! 휘! 휘!"

카턴은 약사가 어떤 태도를 보이든 아랑곳하지 않았다.

"시민 동지가 쓸 겁니까?"

"네, 제가 쓸 겁니다."

"시민 동지, 서로 섞이지 않게 따로 보관해야 합니다. 섞이면 어떻게 되는지 아시죠?"

"잘 압니다."

약사는 작은 약봉지 몇 개를 건넸다. 카턴은 외투 안주머니에 약봉지를 하나씩 넣은 후에 값을 치르고 침착하게 약국을 나섰다. 그리고 달을 올려다보며 중얼거렸다.

"이제 내가 해야 할 일은 다 한 것 같군. 일단 내일까지는 말이야. 오늘 밤에는 잠이 올 것 같지 않아."

빠르게 흘러가는 구름을 바라보며 소리 내어 중얼거렸지만, 앞뒤 가리지 않고 뱉은 말이 아니라 대담한 도전의 말이었다. 정처 없이 떠돌며 분투하다가 길을 잃고 지친 남자가 드디어 가야 할 길을 찾아 목적지를 바라보는 결연한 태도였다.

오래전, 촉망받는 청년으로 또래들 사이에서도 유명했던 카턴은 아버지의 장례 행렬을 따라 묘지로 향했었다. 어머니는 이미 몇 해 전에 돌아가셨다. 머리 위로 달과 구름이 하늘 높이 떠 있고, 칠흑 같은 어둠과 짙은 그림자에 휩싸인 캄캄한 길을 헤치고 걷는데, 아버지 무덤 앞에서 읽었던 성경 구절이 떠올랐다. "예수께서 이르시되, 나는 부활이요 생명이니, 나를 믿는 자는 죽어도 살겠고 무릇 살아서 나를 믿는 자는 영원히 죽지 아니하리니."

도끼가 지배하는 도시의 어두운 밤길을 홀로 걷자니 그날 죽어나간 예순세 명과 감옥에서 자신의 운명을 기다리고 있을 내일의 희생자들과 모레 처형당할 희생자들이 생각나 자연스럽게 연민의 감정이 솟아났다. 물속 깊이 가라앉은 낡은 배의 녹슨 닻처럼 그 성경 구절을 떠올릴 만한 기억의 사슬을 끌어내기는 어렵지 않았다. 카턴은 굳이 기억해내려 하지 않아도 저절로 떠오르는 성경 구절을 입으로 외우며 길을 걸었다.

자신들을 둘러싼 공포를 잊을 수 있는 짧지만 평온한 휴식을 취하고자 밝혀져 있는 창문들, 사제를 사칭하며 긴 세월 동안 약탈과 부덕을 일삼더니 이제는 자멸의 길을 걸으면서 사람들의 혐오를 한 몸에 받아 더 이상 기도 소리도 들리지 않는 교회의 탑들, 묘지 입구에 적힌 영면을 누릴 수 없는 버려진 무덤들, 죄수로 넘쳐나는 감옥들, 육십여 명이 사형장으로 끌려가는 것쯤이야 그저 평범한 일상이 되어버려서 단두대에서 죽어간 슬픈 유령 이야기조차 자취를 감춘 거리들, 잠시 분노를 누르고 잠이 든 도시에 담긴 온갖 삶과 죽음을 생각하면서 카턴은 센 강을 건너 좀 더 환한 거리로 향했다.

마차를 타고 다니면 의심받기 쉬웠으므로 길에는 마차가 거의 없었다. 상류 계급도 붉은색 모자로 얼굴을 가리고 투박한 신발을 신고 터벅터벅 걸었다. 하지만 극장은 늘 사람으로 붐볐고, 카턴이 지나갈 무렵 사람들이 극장에서 쏟아져 나와 신나게 이야기를 나누며 집으로 가고 있었다. 극장 앞에서 어린 소녀가 엄마와 함께 진흙투성이 길을 건너려고 머뭇거리고 있었다. 카턴은 소녀를 번쩍 안아 길을 건너게 해주고는 아이가 소심하게 그의 목에 두른 팔을 풀기 전에 아이에게 뽀뽀를 해달라고 말했다.

"예수께서 이르시되, 나는 부활이요 생명이니, 나를 믿는 자는 죽어도 살겠고 무릇 살아서 나를 믿는 자는 영원히 죽지 아니하리니."

이제 거리는 조용해지고 밤은 깊어갔다. 카턴의 발아래에서도 허공에서도 그 성경 구절이 울려 퍼졌다. 더없이 평온한 마음으로 결심을 굳힌 그는 길을 걸으면서 가끔씩 성경 구절을 읊었고 머릿속에서는 그 소리가 끊임없이 들려왔다.

밤이 끝나고 카턴은 다리 위에 서서 강 벽에 물이 철썩이며 부딪치는 소리를 들었다. 달빛을 받아 환하게 빛나는 집과 성당이 한 폭의 그림 같았다. 차갑게 밝아오는 하늘은 마치 죽은 사람의 얼굴처럼 보였다. 달과 별이 빛나던 밤이 점점 창백해지다가 급기야 사라지자, 잠시 동안 죽음이 온 세상을 지배하는 듯했다.

하지만 눈부신 태양이 떠오르면서 밤새 카턴을 짓눌렀던 성경 구절이 내리쬐는 밝은 햇살을 받아 가슴에 박히면서 마음을 따뜻하게 어루만졌다. 손으로 가리개를 만들어 햇살을 바라보자 자신과 태양 사이에 있는 허공에 빛의 다리가 걸쳐졌고, 다리 아래에 있는 강이 그 빛을 받아 아롱거렸다.

아침의 정적을 가르며 빠르면서도 깊고 힘차게 흐르는 물살은 마치 마음이 통하는 친구 같았다. 카턴은 주택가에서 멀리 떨어진 강을 따라 걷다가 태양의 빛과 온기를 받으며 강둑에서 잠이 들었다. 그러다 잠에서 깨어나 강가에 머물며, 아무 목적 없이 굽이쳐 돌다가 결국 물살에 휩쓸려 바다로 흘러가는 소용돌이를 바라보며 중얼거렸다. "꼭 나 자신을 보고 있는 것만 같군."

흐린 낙엽 색깔의 돛을 단 무역선이 카턴의 시야에 미끄러져 들어왔다가 스쳐 지나가더니 사라졌다. 배가 남기고 간 잔잔한 물살의 흔적마저 사라지자 카턴은 자신이 그동안 저질렀던 모든 무지와 잘못들을 자비롭게 용서해달라는 기도를 가슴 깊은 곳에서 쏟아내면서, '나는 부활이요 생명이니'라는 말로 기도를 마쳤다.

카턴이 돌아왔을 때 로리는 이미 외출하고 없었지만 노신사가 어디로 갔을지는 충분히 짐작할 수 있었다. 커피와 빵으로 요기를 한 카턴은 얼굴을 씻고 옷을 갈아입은 다음 법정으로 향했다.

법정은 무척이나 시끄럽고 술렁거렸다. 많은 사람이 두려워하여 가까이 가기조차 꺼리는 검은 양 바사드가 군중의 틈을 비집고 눈에 띄지 않는 구석으로 카턴을 안내했다. 로리 씨와 마네트 박사의 모습이 눈에 들어왔다. 루시는 마네트 박사 옆에 앉아 있었다.

남편이 법정에 들어오자 루시는 사랑과 애정을 가득 담아 응원하는 눈빛으로 남편을 바라보며 힘을 북돋아주었다. 자신을 위해 용기를 내는 아내의 모습을 보자 다네이의 얼굴에도 생기가 돌았고 눈빛이 환해지면서 심장박동이 빨라졌다. 이때 루시의 모습을 보고 카턴에게 어떤 변화가 나타났는지 보는 눈이 있었다면, 카턴에게서도 다네이와 똑같은 표정을 보았을 것이다.

정의를 상실한 법정은 피고인에게는 누구나 항변할 기회를 주어야 한다는 절차를 무시했다. 애초에 모든 법과 절차, 형식을 그토록 잘못 사용하지만 않았어도, 이 모두를 날려버린 혁명의 자멸적인 복수는 일어나지도 않았을 것이다.

모두가 배심원을 쳐다보았다. 애국자이자 훌륭한 공화국 시민인 배심원들은 어제도 그제도 그 자리에 있었고 내일도 모레도 변함없이 그 자리를 지킬 것이다. 그중 유난히 눈에 띄는 한 남자가 탐욕스러운 얼굴로 입 근처를 손으로 연신 문지르자 그 모습을 본 청중은 매우 흡족해했다. 생명을 탐하는 식인종처럼 잔혹한 배심원인 그는 생앙투안에서 온 자크 3호였다. 사실 그 사람 말고도 배심원 모두가 사슴을 사냥하는 굶주린 들개 같았다.

이제 사람들의 시선은 일제히 판사 다섯 명과 검사에게로 쏠렸다. 오늘은 어느 누구도 자비를 베풀 것 같지 않았다. 모두 악랄하고 단호하며 살기가 가득해 보였다. 모든 청중은 서로 바라보며 눈동자를 반짝이면서 고개를 끄덕이고는 팽팽하게 긴장해서는 상체를 앞으로 기울였다.

재판의 피고인은 샤를 에브레몽드, 일명 찰스 다네이다. 어제 석방되었으나 어젯밤 고발장이 접수되어 다시 체포되었다. 공화국의 적이자 귀족이며 폭군 가족의 일원이자 사라져야 마땅한 종족의 일원으로서, 폐지된 특권을 이용하여 사람들을 악랄하게 억압한 혐의로 고발되었다. 샤를 에브레몽드, 일명 찰스 다네이는 법이 금지한 행위를 저질렀으므로 사형을 받아 마땅하다.

이렇게 검사는 짤막하게 구형했다.

재판장이 물었다. "공개 고발입니까, 비밀 고발입니까?"

"공개 고발입니다, 재판장님."

"누가 고발했습니까?"

"세 명이 고발했습니다. 먼저 생앙투안의 술집 주인 에르네스트 드파르주입니다."

"알겠소."

"다음은 그의 부인 테레즈 드파르주입니다."

"알겠소."

"그리고 의사인 알렉상드르 마네트입니다."

순간 법정이 크게 동요하며 술렁거렸고 관중 한가운데 앉아 있던 마네트 박사는 창백한 얼굴로 몸을 떨며 자리에서 일어섰다.

"재판장님, 이것은 분명 위조된 거짓이자 사기임을 강력히

항의합니다. 재판장님도 피고가 제 사위라는 사실을 알고 계십니다. 딸과 딸이 소중히 여기는 가족은 제 목숨보다 소중합니다. 제가 사위를 고발했다고 거짓된 음모를 꾸민 자는 도대체 누구이고 어디에 있습니까!"

"애국 시민 마네트, 진정하시오. 법정의 권위에 복종하지 않는 발언은 위법 사항이 될 수 있소. 박사에게 목숨보다 소중한 것이 무엇이든, 선량한 시민에게 공화국보다 소중한 것은 없소."

재판장이 이렇게 꾸짖자 청중들이 환호했다. 재판장은 종을 치고 나서 말을 이었다.

"공화국이 당신에게 딸을 희생시키라고 요구한다면 그렇게 하는 것이 당신의 의무요. 이제 조용히 경청하도록 하시오!"

다시 열광적인 환호가 터졌다. 박사가 주위를 둘러보고 입술을 파르르 떨며 자리에 앉자 루시가 바싹 붙어 앉았다. 배심원석에 앉아 있는 피에 굶주린 남자는 손을 마주 비비더니 늘 하던 대로 다시 입가에 가져갔다.

그때 드파르주가 앞으로 나왔고 자신의 목소리가 들릴 만큼 법정이 조용해지자 마네트 박사가 투옥된 일부터 어린 시절 박사네 집에서 일했던 이야기, 박사가 석방된 경위, 석방되어 자기 집에 왔을 때 박사의 상태를 빠르게 설명했다. 이

후 짧고 간단하게 심문이 이어지면서 재판이 빠르게 진행되었다.

"당신이 바스티유 감옥을 함락하는 데 크게 기여했습니까, 시민 드파르주?"

"네, 저는 그렇게 생각합니다."

이를 듣고 청중 가운데 앉아 있던 한 여성이 흥분한 목소리로 크게 소리쳤다.

"당신은 그때 가장 훌륭한 애국 시민이었잖아요? 왜 그렇게 말하지 않나요? 바스티유가 붕괴될 때, 그 저주받은 감옥에 대포를 쏘고 맨 처음 그 안으로 들어갔잖아요! 애국 시민 여러분, 제가 하는 말은 사실입니다!"

소리친 여성은 복수의 여신으로, 청중의 열렬한 환호를 받으며 재판의 진행을 부추겼다. 재판장은 종을 울려 사람들을 진정시키려 했지만 사람들의 환호에 기운이 난 복수의 여신은 악을 쓰며 말했다. "종 따위는 무시할 테요!" 청중은 그 말에 더욱 열광했다.

"그날 바스티유 감옥에서 당신이 한 일을 말해주시오, 시민 드파르주."

드파르주는 그가 서 있는 계단 제일 아래에서 자신에게서 눈을 떼지 않고 있는 아내를 내려다보며 말을 이었다. "저는 마네트 박사가 북탑 105호에 갇혀 있었다는 사실을 알고 있었습니다. 박사에게서 직접 들었기 때문입니다. 제게 보살핌을 받으면서 구두를 만들 당시에 박사는 자신의 이름을 '북탑 105호'라고만 알았습니다. 그날 대포를 쏘면서 저는, 요새가 함락되면 그 감방을 꼭 조사하리라 마음먹었습니다. 요새가 무너지자 지금 배심원으로 있는 시민 동지 한 명과 함께 간수의 안내를 받아 감방으로 올라갔습니다. 감방을 샅샅이 뒤졌습니다. 그리고 굴뚝 벽돌 하나가 빠졌다가 교체된 자리에 나 있는 구멍에서 글이 적힌 종이를 발견했습니다. 이것이 그때 찾은 종이입니다. 저는 마네트 박사가 쓴 글들을 구해 필체를 조사해보았습니다. 이것은 마네트 박사의 필체가 틀림없습니다. 마네트 박사가 직접 쓴 이 글을 재판장님께 드리겠습니다."

"직접 읽어보시오."

모든 것이 멈춘 듯 정적이 흘렀다. 재판을 받는 죄수 찰스 다네이는 아내 루시를 사랑스럽게 바라보고 있었고, 루시는 남편에게서 시선을 옮겨 걱정 어린 눈으로 아버지를 바라보았다. 마네트 박사는 글을 읽는 드파르주를 뚫어져라 쳐다보았고, 드파르주 부인은 다네이에게 시선을 고정했으며, 드파르주는 통쾌해하는 아내를 응시했다. 다른 사람들은 모두 마네트 박사를 뚫어져라 바라보고 있었지만 마네트 박사는 시선을 다른 곳으로 돌리지 않고 드파르주만을 응시했다. 종이에는 다음과 같은 글이 쓰여 있었다.

10장

그림자의 실체

 나, 비운의 의사 알렉상드르 마네트는 보베에서 태어나 파리에서 살았고, 1767년의 마지막 달 바스티유의 음침한 감옥에서 이 비극적인 이야기를 쓰고 있다. 여러 어려움이 있었지만 몰래 틈틈이 이 글을 쓴다. 그리고 이 글을 오랜 시간에 걸쳐 힘겹게 마련한 굴뚝 벽 구멍 속에 숨겨놓을 작정이다. 내 고통이 먼지가 되어 날아간 어느 날 동정 어린 손길이 찾아와 이 글을 찾기를 바라면서.

 감금 생활 10년째 되는 해의 마지막 달에 굴뚝에서 긁어낸 그을음 부스러기와 숯가루에 피를 섞어 녹슨 쇠못에 묻혀 힘겹게 이 글을 쓰고 있다. 마음에서 희망이 사라진 지 오래다.

무시무시한 징후를 통해 내가 곧 정신을 놓으리라는 것을 알 수 있지만 맹세컨대 지금 이 순간만큼은 정신이 완전히 멀쩡하고 기억력은 정확하고 상세하며, 언젠가 이 글을 읽는 것이 인간이든 최후의 심판을 맡은 신이든 내가 마지막으로 남긴 이 기록은 진실만을 말하고 있음을 밝힌다.

1757년 12월 셋째 주 어느 흐린 달밤 (아마 22일이었을 것이다) 나는 차가운 공기를 쐬려고 의과 대학 근처에 있는 집을 나와 한 시간가량 떨어진 센 강의 한적한 부두를 걷고 있었다. 그때 마차 한 대가 빠른 속도로 뒤따라왔다. 마차에 치일까 걱정이 되어 마차가 지나가도록 길 한쪽으로 비켜섰는데, 마차 창문으로 머리 하나가 쑥 나오더니 마부에게 멈추라고 말했다.

마부가 말의 고삐를 당기자 마차가 멈추었고 마차를 세운 목소리가 내 이름을 불렀다. 내가 대답하면서 저만치 앞에 서 있는 마차로 미처 다가서기도 전에, 두 남자가 마차에서 내렸다.

그들은 자신의 모습을 숨기려는 듯 망토를 몸에 두르고 있었다. 마차 옆에 나란히 서 있는 두 사람은 내 나이 또래거나 좀 더 어려 보였고, 서로 키도 목소리도 비슷했고 행동거지도 닮았다. 내가 보기에는 얼굴마저도 놀라울 만큼 빼다 박았다.

"당신이 마네트 박사입니까?" 한 사람이 물었다.

"그렇습니다."

"마네트 박사. 보베 출신. 젊은 내과의사. 원래는 외과 전문의였고 최근 1, 2년 사이에 파리에서 명성이 자자하셨죠?" 다른 사람이 물었다.

"그렇게 말씀해주시니 몸 둘 바를 모르겠습니다만, 제가 마네트가 맞습니다." 내가 대답했다.

"박사님 댁에 갔더니 유감스럽게도 안 계시더군요. 이 방향으로 가셨을 것이라고 해서 행여 만날 수 있을까 싶어 뒤따라왔소. 우리 마차로 가시겠소?" 첫 번째 남자가 말했다.

그들의 태도는 아주 위협적이었고, 그들은 말을 마치자마자 양옆에 서서 나를 마차로 끌고 갔다. 그들은 무기를 갖고 있었지만 나는 갖고 있지 않았다.

"저, 실례합니다만, 신사분들. 제 도움이 필요한 분이 누구신지, 제가 보아야 할 환자의 상태가 어떤지 미리 알아야 선생님들께 제대로 도움을 드릴 수 있습니다." 내가 말했다.

두 번째 남자가 대답했다. "박사의 환자는 신분이 높은 사람들이오. 박사의 능력이라면 우리의 설명을 듣는 것보다 박사가 직접 보고 상태를 파악하는 것이 더 나을 것이오. 더 이상 설명할 것이 없소. 자, 이제 마차에 오르시죠?"

나는 별수 없이 조용히 마차에 올랐다. 두 사람도 뒤따라 마차에 올라탔고 마지막에 탄 사람은 발판을 올리고 뛰어올랐다. 마차는 방향을 틀어 왔던 길을 아까처럼 빨리 달렸다.

지금 나는 당시에 오갔던 대화를 순서대로 똑같이 옮겨 적고 있다. 한 글자도 빠지지 않았다고 장담할 수 있다. 모든 일을 일어난 대로 정확히 적었고, 생각이 엉뚱한 방향으로 흘러가지 않도록 애썼다. 아래에 그은 표시는 글쓰기를 잠시 멈추고 비밀 장소에 종이를 숨겨놓는다는 뜻이다.

마차는 시내 거리를 벗어나 북쪽 성벽을 넘어 시골길에 다다랐다. 성벽에서 3킬로미터 정도 떨어진 지점에서 (당시에는 거리를 짐작할 수 없었지만 나중에 돌아오는 길에 되짚어 보았다) 큰길을 벗어나더니 이내 외딴 저택 앞에 멈추었고, 우리 세 사람은 마차에서 내리고 나서, 방치되어 있는 분수에서 물이 흘러넘쳐 질척질척한 정원 오솔길을 지나 저택 문 앞까지 걸었다. 벨을 눌렀지만 문이 바로 열리지 않자 나를 데리고 온 사람 중 하나가 늦게 문을 연 하인의 얼굴을 묵직한 승마용 장갑으로 갈겼다.

평민이 두들겨 맞는 광경을 개가 두들겨 맞는 광경보다 많이 보아왔으므로 특별히 주목할 만한 광경은 아니었다. 그런데 두 번째 남자도 똑같이 화를 내며 하인의 얼굴을 팔로 쳤다. 두 사람의 얼굴과 행동이 매우 흡사해서 그제야 나는 두 사람이 쌍둥이라는 사실을 깨달았다.

마차에서 내려 형제 중 한 명이 열고 다시 닫은 대문에 선 순간부터 위층에서 비명 소리가 들렸다. 안내를 받아 곧장 위층으로 향하는 동안 비명 소리는 점점 커졌고, 비명이 새어 나온 방의 침대에는 고열에 시달리는 환자가 누워 있었다.

환자는 젊고 매우 아름다운 여인으로 나이는 스무 살이 갓 넘은 것 같았다. 머리카락은 마구 쥐어뜯어 산발이었고, 팔은 허리띠와 스카프로 묶여 있었다. 팔을 묶느라 사용한 물건은 모두 신사용 소지품이었다. 술이 달린 예복용 스카프에는 귀족 문장과 영문자 'E'가 새겨져 있었다.

환자를 진찰하고 몇 분이 지나지 않아 그 문양이 유독 눈에 들어왔다. 환자가 발버둥 치면서 침대 모퉁이에 얼굴을 파묻는 바람에 스카프 끝자락이 입속에 들어가 질식할 위험이 있었다. 그래서 환자가 숨을 편하게 쉴 수 있도록 도와주려고 스카프를 옆으로 치우다가 한쪽 모서리에 수놓인 문양을 본 것이었다.

나는 조심스럽게 환자를 바른 자세로 눕히고, 진정시킬 목적으로 가슴에 손을 얹고는 얼굴을 자세히 살폈다. 사납게 눈을 부릅뜬 환자는 끊임없이 날카로운 비명을 지르며 '내 남편, 내 아버지, 내 동생!' 하고 외치다가 열둘까지 숫자를 세더니 '쉿!' 하고 입을 다물었다. 그러고는 순간 무슨 소리를 듣는 것처럼 잠시 멈췄다가 다시 비명을 지르고 '내 남편, 내 내 아버지, 내 동생!'을 다시 외치더니 열둘까지 숫자를 세고 '쉿!' 하고 말했다. 순서도 행동도 한결같았다. 사이사이에 규칙적으로 잠깐 멈추기만 할 뿐 계속 반복했다.

"이런 증상을 보인 지 얼마나 됐습니까?"

두 사람을 구분하기 위해 앞으로는 형과 아우로 구별해서 쓸 것이고, 둘 중 대부분의 권한을 행사하는 사람이 형일 거라고 짐작했다. 내가 묻는 말에 대답한 사람도 형이었다.

"어젯밤 이맘때부터였소."

"환자에게 남편이나 아버지, 남동생이 있습니까?"

"남동생이 한 명 있소."

"당신이 남동생인가요?"

형은 굉장히 기분 나쁘다는 듯 대답했다.

"아니오."

"최근에 환자가 숫자 열둘과 관련이 있었나요?"

이 질문에 아우가 성급하게 끼어들었다.

"열두 시를 말하는 것 아니겠소?"

나는 그녀의 가슴에 손을 얹은 채로 말했다. "신사분들, 이렇게 끌려오니 내가 할 수 있는 일이 없질 않습니까? 무엇 때문에 오는지 알았더라면 필요한 준비를 해올 수 있었을 겁니다. 일이 이렇게 되어버렸으니 시간을 낭비하고 말았네요. 이런 외딴 곳에는 변변한 약도 없을 것 아닙니까?"

내 말에 형이 아우를 쳐다보자 아우는 벽장에서 약상자를 꺼내 탁자 위에 올려놓으며 거만하게 말했다. "여기 약상자가 있소."

나는 약병 몇 개를 열어 냄새를 맡고 뚜껑을 입술에 대보았다. 독성이 있는 마취제가 필요하지 않았다면 상자에 있는 어떤 약도 사용하지 않았을 것이다.

"약을 의심하는 거요?"

아우가 말했다.

"보다시피 이 약을 쓸 겁니다." 나는 짧게 대답하고 이내 입을 다물었다.

몇 번이나 실패한 끝에 그녀에게 필요한 만큼의 약을 간신히 먹일 수 있었다. 약효를 확인하고 나서 필요하면 약을 더 먹여야 했으므로 나는 침대 옆에 자리를 잡고 앉았다. 방 안에 같이 있던 아래층 하인의 아내는 잔뜩 겁을 먹고 주눅이 들어 자꾸만 구석으로 숨었다. 집이 눅눅하고 여기저기 허물어진 데다가 세간도 엉성한 모양새를 보니 임시로 사용하기 시작한 지 얼마 되지 않은 것 같았다. 비명 소리가 밖으로 새어 나가지 않도록 창문에는 낡고 두꺼운 벽걸이 천을 걸어놓고 있었다. 환자는 여전히 울부짖으며 '내 남편, 내 아버지, 내 동생!'을 순서대로 외치고 다시 열둘을 세고 '쉿!' 소리를 냈다. 너무 심하게 발작하는 바람에 환자의 팔에 묶인 끈을 풀어줄 수가 없어서 아프지 않은지 살펴보기만 했다. 그나마 다행히도 가슴에 손을 얹어주는 방법이 상당히 진정 효과가 있었는지 몇 분 동안은 몸부림이 잠잠해졌다. 하지만 울음은 시계추처럼 끊임없이 규칙적으로 터져 나왔다.

내 손이 환자를 진정시키는 데 효과가 있다고 생각했으므로 나는 삼십 분 동안 침대 곁을 지켰고, 형제도 그 모습을 가만히 보고 있었다. 그러다가 형이 입을 열었다.

"환자가 한 명 더 있소."

나는 깜짝 놀라 물었다. "위급한 환자입니까?"

"직접 보는 것이 좋겠소." 그는 무신경하게 대답하며 손전등을 집어 들었다.

다른 환자는 두 번째 계단 맞은편 밀실에 누워 있었다. 마

치 마구간 위에 있는 다락방 같은 곳이었다. 천장의 일부는 회반죽을 빚어 낮게 올렸고 나머지는 지붕 꼭대기까지 뻥 뚫려 있었으며 서까래가 천장을 가로지르고 있었다. 방 한쪽에는 건초와 지푸라기가 쌓여 있고, 장작 몇 개와 사과를 묻어 둔 모래 더미가 있었다. 방의 반대편으로 가려면 그곳을 지나가야 했다. 지금도 상세하고 정확하게 기억난다. 이 바스티유 감방에서 10년가량 갇혀 있었는데도 그날 밤 보았던 장면을 낱낱이 떠올릴 수 있다.

기껏 해야 열일곱 살이 될까 말까 한 잘생긴 농부 소년이 바닥에 깔린 지푸라기를 베개 삼아 누워 있었다. 이를 악문 소년은 똑바로 누운 채로 꽉 쥔 주먹을 가슴에 올려놓고 날카로운 눈빛으로 천장을 똑바로 올려다보고 있었다. 소년의 환부가 어딘지 찾을 수 없었으므로 한쪽 무릎을 꿇어 들여다보고 나서야 소년이 날카로운 것에 찔려 상처를 입고 죽어가고 있다는 사실을 깨달았다.

"애야, 나는 의사란다. 상처를 봐도 되겠니?" 내가 말했다.

"진찰받고 싶지 않아요. 그냥 놔두세요." 소년이 대답했다.

꽉 쥔 주먹 밑에 상처가 있었으므로 나는 소년을 달래 손을 내려놓게 했다. 칼에 찔린 지 꼬박 하루 정도 되어 보였지만 사실 다친 직후에 치료를 했어도 살리기 힘들 정도로 상처는 깊었다. 소년은 빠르게 죽어가고 있었다. 고개를 드니 형이, 다친 새나 토끼를 보듯 이 잘생긴 소년의 생명이 꺼져가는 모습을 내려다보고 있었다. 절대 같은 인간을 바라보는 눈빛이 아니었다.

"어떻게 된 겁니까?" 내가 물었다.

"미친 애송이 개자식 같으니라고! 한낱 농노 즈제에! 얼마나 까불어대던지 내 동생이 기어이 칼을 빼게 만들더니만 그 칼에 찔려 나자빠졌소. 자기가 무슨 기사라도 되는 줄 아나 보지!"

그 말에는 소년을 가여워하거나 불쌍해하는 기미도, 인간에 대한 동족애도 없었다. 형은 자기 집에 하층민의 시체가 생기는 것이 귀찮을 뿐이고, 차라리 다른 소작농 버러지들처럼 자기 눈에 안 보이는 데서 죽어주었으면 좋겠다고 생각하는 것 같았다. 그에게는 소년의 죽음에 대해 연민의 감정이 조금도 없었다.

소년의 눈은 말하는 남자를 쳐다보다가 천천히 내게로 향했다.

"선생님, 저 고귀하신 분들은 자존심이 무척 강하죠. 하지만 개나 다름없는 우리들도 때로는 자존심이라는 게 있습니다. 귀족들은 우리에게 화를 내고 우리를 약탈하고 짓누르고 게다가 죽이기까지 해요. 하지만 가끔은 우리에게도 아주 쥐꼬리만 한 자존심이라도 남아 있다고요. 누나, 우리 누나를 보셨어요?"

"그래, 보았단다." 내가 답했다.

비명과 울부짖는 소리가 희미하게 여기까지 들렸다. 소년은 누나와 함께 있기라도 한 것처럼 비명 소리에 대해 말했다.

"제 누나예요, 선생님. 이 귀족들은 수년간 소작농의 딸들의 정절을 짓밟고 권력을 휘둘러 추잡한 짓을 일삼았어요. 하지만 우리에게는 소중한 딸들이었어요. 나도 알고 있고 아버지도 그렇게 말했어요. 누나는 착했어요. 게다가 결혼을 약속한 좋은 남자도 있었는데, 그 남자도 저 작자의 소작농이었죠. 사실 우리는 모두 바로 저기 서 있는 작자의 소작인들이에요. 저 작자 말고 다른 남자가 동생인데 이 나쁜 가문 족속들 중에서도 가장 악랄해요."

말을 계속하기가 매우 힘들어 보였지만 소년은 정신을 잃지 않으려고 애쓰면서 무서울 정도로 힘을 주어 계속 말했다.

"개만도 못한 소작농들이 고귀하신 귀족분들에게 의당 수탈당하듯, 우리도 저기 서 있는 작자에게 많은 것을 빼앗겼어요. 저 작자는 무자비하게 세금을 뜯어가는가 하면, 품삯도 주지 않고 부려먹고, 우리가 수확한 옥수수를 강제로 자기 방앗간에서 빻게 하고, 그나마 우리가 먹을 말라빠진 곡식까지 빼앗아 애완용 새에게 먹였죠. 그러면서 우리에게는 새도 기르지 못하게 했어요. 어느 정도로 빼앗겼느냐 하면, 어쩌다 고기가 조금 생겨도 저 작자의 수하들에게 들켜 빼앗길지도 몰라 벌벌 떨면서 문을 걸어 잠그고 먹었어요. 심하게 수탈당하고 쫓기는 바람에 너무 가난해져서, 이 세상에 아이가 태어나는 것 자체가 끔찍한 일이니 차라리 여자들이 임신을 못해서 이 비천한 가문이 멸망하기를 기도하라고 아버지가 말할 정도였어요!"

억압받는 사람들이 불꽃처럼 쏟아내는 감정을 나는 그때까지 한 번도 접한 적이 없었다. 그저 어딘가에서 누군가 품고 있으리라고 생각했던 분노가 봇물 터지듯 터져 나오는 광경을 나는 죽어가는 소년을 통해 비로소 보았다.

"그래도, 선생님, 누나는 결혼을 했어요. 그때 불쌍한 매형이 아팠기 때문에 아마도 누나가 사랑하는 마음에 집에서 간호해주려고 결혼했을 거예요. 저들이 '개집'이라고 부르는 우리 집에서 말이죠. 결혼한 지 얼마 되지 않았는데 누나를 보고 흑심을 품은 저놈 동생이 매형에게 누나를 빌려달라고 말했어요. 우리 같은 사람들이 남편이라고 해서 무슨 힘이 있나요! 매형은 반대하지 못했지만 누나는 매우 정숙하고 도덕심

이 강한 데다가 저자의 동생을 나만큼이나 증오하고 있었어요. 그러자 저 작자들이 누나의 마음을 돌리려고 매형에게 무슨 짓을 했는지 아세요?"

나를 똑바로 바라보던 소년의 시선이 자신을 구경하고 있는 두 남자에게로 천천히 옮겨갔다. 두 남자의 얼굴을 보는 순간 나는 소년이 말한 내용이 모두 사실이라는 것을 알았다. 두 남자의 엇갈린 자존심이 서로 팽팽히 맞붙고 있었다. 태연하게 무관심한 태도를 보이던 남자의 모습과 철저하게 짓밟혀 복수심에 불타오르던 소년의 모습이 지금 이 바스티유 감옥에 앉아 있는데도 눈에 선하다.

"선생님도 아시다시피 귀족들은 개만도 못한 우리들에게 말 대신 마차를 끌게 할 권리가 있죠. 그래서 매형에게 마구를 채워 마차를 끌게 했어요. 또 자기들이 자는 데 방해가 될까 봐 개구리를 울지 못하게 하려고, 우리를 들판에 밤새 세워놓을 권리도 있다는 것 아시죠? 밤에는 건강에 해로운 안개에 묻혀 내내 서 있으라 하고, 낮에는 다시 마차를 끌게 했어요. 그래도 매형은 뜻을 굽히지 않았어요. 절대로요! 그러던 어느 낮 열두 시에 먹을 것을 구하려고 마구를 벗은 매형은 종이 칠 때마다 한 번씩 열두 번을 흐느껴 울더니 누나의 품에 안겨 숨을 거두고 말았어요."

형제의 악행을 낱낱이 고발하려는 소년의 의지만이 그의 목숨을 붙들고 있었다. 소년은 주먹을 꽉 쥐어 가슴의 상처 위에 올려놓으면서 죽음의 그림자와 싸우고 있었다.

"그 후 저 동생 놈은 형의 허락을 받고, 아니 심지어 도움까지 받아서 우리 누나를 욕보였어요. 내가 알고 있는 사실을 누나가 그놈한테 틀림없이 말했을 텐데도 말이죠. 누나가 그때 무슨 말을 했는지 선생님도 곧 아시게 될 거예요. 동생 놈은 잠깐의 쾌락과 유흥을 위해서 누나를 끌고 갔던 거죠. 나는 누나가 길에서 끌려가는 것을 보고 집에 와서 말했어요. 그 소식을 들은 아버지는 심장 발작을 일으켜 끝내 숨을 거두셨죠. 나는 여동생을 저놈의 마수가 닿지 않을, 적어도 저놈의 노예가 되지 않을 만한 곳에 데려다 놓았어요. 그리고 놈을 쫓아 여기까지 왔어요. 드디어 어젯밤 개만도 못한 내가 칼을 들고 놈의 창가까지 기어 올라갔죠. 이 다락의 창문이 어디에 있나요? 여기 어디쯤인가요?"

소년의 눈에는 방이 점점 어두워지고 자신을 둘러싼 세상도 점점 좁아지고 있었다. 주위를 돌아보니 지푸라기와 건초들이 바닥에 마구 짓이겨져 있었는데 바로 그곳에서 몸싸움이 벌어진 것 같았다.

"내 목소리를 들은 누나가 안으로 뛰어 들어왔어요. 나는 저 작자가 죽을 때까지는 가까이 오지 말라고 누나에게 말했죠. 놈은 방에 들어와서는 처음에는 내게 돈을 집어던졌어요. 그러고는 채찍으로 때렸죠. 개만도 못한 소작농인 제가 마구 덤벼들자 결국 놈이 칼을 뽑았던 거예요. 제 하찮은 피로 얼룩졌으니 어디 할 수 있으면 그 칼을 마음껏 산산조각 내라고 하세요. 분명 저놈은 지 목숨 부지하겠다고 칼을 뽑았고 온갖 기술을 부려가며 저를 찔렀어요."

조금 전에 나는 부러진 칼 조각이 건초 사이에 떨어져 있는 것을 보았었다. 동생의 무기가 확실했다. 그보다 좀 떨어진 곳에는 이 소년이 무기로 사용했을 낡은 칼도 있었다.

"자, 이제 저를 일으켜주세요. 선생님, 좀 도와주세요. 그놈은 어디 있나요?"

"여기 없단다." 소년이 말하는 사람이 동생일 것으로 추측하고 소년을 부축하며 대답했다.

"그놈! 자신만만한 그 귀족 놈이 이제는 무서워서 저를 마주하지 못하네요. 그럼 여기 있던 자는 지금 어디 갔나요? 그자를 볼 수 있게 제 고개를 좀 돌려주세요."

나는 소년의 머리를 들어 무릎으로 받쳐주었다. 하지만 일순간 어디서 그런 힘이 솟았는지 소년은 스스로 몸을 벌떡 일으켰다. 소년을 부축하기 위해 나도 따라 일어서야 했다.

소년은 눈을 부릅뜨고 오른손을 들어 올리며 남자를 향해 돌아서서 말했다. "후작, 언젠가 이 모든 일의 죗값을 치르게 될 그날이 오면, 나는 네놈과 네놈의 자손, 그리고 네놈 가문의 마지막 자손까지 불러 응징할 것이다. 피의 십자가를 그어 복수를 다짐하는 징표로 너에게 보여주마. 이 모든 일의 죗값을 치르게 될 그날이 오면, 네 가문에서 가장 악랄한 존재인 네 동생은 따로 그자가 저지른 죄의 대가를 치르게 하겠다. 피의 십자가를 그어 복수를 다짐하는 징표로 그놈에게 보여주마."

그는 가슴의 상처에 손을 댔다가 검지를 들어 공중에 십자가를 그리기를 두 번 반복했다. 그러다가 손가락을 든 채로 잠시 서 있더니 이내 손을 떨어뜨리고 풀썩 쓰러지고 말았고, 나는 그의 시신을 바닥에 눕혔다.

내가 젊은 여인이 있는 침대 곁으로 돌아왔을 때 환자는 여전히 아까와 정확하게 같은 순서로 고래고래 소리를 지르며 난동을 부리고 있었다. 앞으로 오랫동안 그녀의 울부짖음이 계속될 것이며 그녀가 죽어 무덤에 들어가야만 그치리라는 것을 알았다.

나는 아까 먹였던 약을 환자에게 다시 한 번 먹이고 늦은 밤까지 침대 곁을 지켰다. 환자의 비명은 전혀 줄어들지 않았고 말을 더듬지도 순서가 달라지지도 않았다. 한결같이 "내 남편, 내 아버지, 내 동생! 하나, 둘, 셋, 넷, 다섯, 여섯, 일곱, 여덟, 아홉, 열, 열하나, 열둘. 쉿!"이라고 외쳤다.

그녀를 처음 만나고 나서 스물여섯 시간 동안이나 울부짖음은 계속되었다. 두 번 정도 방을 들락날락하다가 다시 침대 곁으로 돌아와 앉았을 때쯤에야 환자는 조금씩 기운을 잃었다. 나는 그 기회를 이용해 필요한 치료를 조금 했고 결국 환자는 혼수상태에 빠져 시체처럼 누워 있었다.

마치 길고 무서운 폭풍우가 한바탕 몰아치다가 그친 형국이었다. 나는 묶여 있던 그녀의 팔을 풀어주고 아래층 하인의 아내를 불러 그녀의 옷매무새와 몸을 가다듬도록 도와달라고 했다. 그녀가 임신을 했다는 사실을 알게 된 것도 바로 그때였다. 그러면서 나는 그녀가 회복될 거라는 작은 희망을 놓았다.

"죽었소?" 내가 '형'이라고 생각하는 후작이 말을 탈 때 신었던 부츠를 그대로 신은 채 방으로 들어오면서 내게 물었다.

"죽지는 않았지만 죽은 거나 다름없습니다." 내가 말했다.

"이런 천한 몸뚱이에 대체 무슨 힘이 남아 있는지 원!" 남자는 도통 알 수 없다는 표정으로 환자를 내려다보았다.

"슬픔과 절망에는 엄청난 힘이 있지요." 내가 대답했다.

형은 처음에는 내 말을 듣고 웃더니 이내 얼굴을 찌푸렸다. 그러고는 의자 하나를 발로 밀어내 옆으로 옮기고는 하녀에게 나가라고 말한 다음 목소리를 가라앉히며 말했다.

"의사 양반, 내 동생이 이런 시골 놈들 때문에 곤란을 겪고 있다는 사실을 알고 당신 도움이 필요할 거라고 일러주었소. 선생은 명성이 높고 젊은 데다 한창 돈을 벌 나이이니 분명히 본인의 이익을 염두에 두고 있을 테죠. 여기서 보고 들은 것을 절대 입 밖에 내서는 안 되오."

나는 환자의 숨소리를 들으며 대답을 피했다.

"내 말 듣고 있소, 의사 양반?"

"의사들은 직업상 환자와 나눈 대화는 항상 비밀에 부칩니다." 나는 그 집에서 보고 들은 것 때문에 곤란해지겠다는 생각이 들어 조심스레 대답했다.

환자의 호흡이 너무 약해져서 조심스레 맥박을 재고 심장 박동을 확인했다. 목숨은 붙어 있었지만 그뿐이었다. 자리로 돌아가 주위를 둘러보니 형제가 나를 뚫어져라 쳐다보고 있었다.

글을 쓰기가 너무 힘들다. 추위가 매서운 데다 혹시라도

발각되면 칠흑같이 어두운 지하 감옥으로 옮겨질 수 있으므로 이만 줄여야겠다. 내 기억에 혼란스럽거나 잘못된 부분은 없다. 그 형제와 나눈 이야기는 토씨 하나 틀리지 않고 자세히 기억할 수 있다.

환자는 그렇게 일주일을 버텼다. 최후가 가까워올 무렵 그녀의 입술에 귀를 가까이 대고 몇 마디만 겨우 알아들을 수 있었다. 지금 자신이 어디에 있느냐고 물어서 대답해주었다. 나더러 누구냐고 묻기에 말해주었다. 나는 그녀에게 성이 무엇이냐고 물었지만 허사였다. 그녀는 베개 위에서 힘없이 고개를 저으며 남동생이 그랬듯 입을 다물었다.

그녀가 빠르게 기력을 잃고 있어서 오늘을 넘기지 못할 것 같다고 형제에게 말하기 전까지는 그녀에게 질문할 기회가 없었다. 그때까지 그녀가 알아볼 수 있었던 사람은 하녀와 나뿐이었지만, 내가 그곳에 있을 때면 형제 중 한 사람은 늘 침대 머리맡 커튼 뒤에 앉아 감시하고 있었기 때문이다. 하지만 최후의 순간이 가까워오자 형제는 내가 그녀와 무슨 말을 하든 더 이상 관심이 없어 보였다. 순간 '나도 죽겠구나.'라는 생각이 스쳐 지나갔다.

보아하니 내가 동생으로 알고 있는 작자가 어린 소작농을 상대로 칼을 휘둘렀다는 사실에 몹시 자존심이 상한 것 같았다. 이 일 때문에 가문의 명예가 실추되어 조롱거리가 되는 것이, 두 사람이 유일하게 신경 쓰는 문제였다. 동생과 눈이 마주칠 때마다 내가 소년에게 들은 내용이 있으므로 나를 몹시 싫어한다는 것을 알 수 있었다. 형보다는 동생이 내게 더 서글서글하고 깍듯하게 대하기는 했지만 틀림없었다. 형도 나를 성가신 존재로 여긴다는 것도 알았다.

자정을 두 시간 남겨둔 시각, 내 시계로 보니 그녀를 처음 보았을 때와 거의 같은 시각에 그녀는 숨을 거두었다. 젊고 불쌍한 여인의 고개가 살며시 한쪽으로 떨어졌을 때는 나 홀로 그녀 곁을 지키고 있었고, 이 세상에서 보낸 그녀의 고달픈 운명과 애통함도 끝이 났다.

형제는 말을 타고 나가고 싶어 안달이 나서 아래층 방에서 기다리고 있었다. 침대 옆에 홀로 있던 나는 그들이 승마용 채찍으로 장화를 툭툭 치며 방 안을 왔다 갔다 걸어 다니는 소리를 들었다.

"드디어 죽었소?" 내가 들어가자 형이 물었다.

"죽었습니다." 내가 말했다.

"축하한다, 아우야." 형이 동생에게 몸을 돌리며 말했다.

형은 진작부터 돈을 주려 했는데 내가 사양했었다. 그는 종이로 둘둘 만 금화 한 줄을 내밀었다. 나는 돈을 받아 들기는 했지만 곧바로 탁자 위에 내려놓았다. 심사숙고한 끝에 아무것도 받지 않기로 결심했기 때문이다.

"무례를 이해해주시기 바랍니다. 이런 경우에는 돈을 받을 수 없습니다."

형제는 서로 시선을 주고받았지만 내가 고개를 숙이자 같이 고개를 숙여 보였다. 우리는 서로 아무 말 없이 헤어졌다.

지치고, 힘들고, 고되다. 비참한 기분에 내 존재가 닳아 없어진다. 이 깡마른 손으로 힘들게 쓴 것을 읽을 수도 없을 지경이다.

이른 아침, 그 금화는 곁에 내 이름이 적힌 작은 상자에 담겨 내 집 문 앞에 놓여 있었다. 나는 어떻게 해야 할지 고민에 빠졌다. 그날 나는 강제로 불려간 그 집에서 본 두 환자의 진실을 알리기로 결심하고 수상에게 개인적으로 편지를 쓰기로 했다. 모든 정황을 밝히려고 했던 것이다. 궁정 세력이 어떤지, 귀족들의 면책특권이 무엇인지 잘 알고 있었으므로 아무 소용 없을 거라고 예상했지만 마음의 짐만이라도 덜고 싶었다. 이 문제를 가슴 깊이 묻어두고 아내에게도 비밀로 했다는 사실도 편지에 밝히기로 마음먹었다. 내가 앞으로 어떤 위험에 처할지는 전혀 걱정하지 않았지만, 내가 아는 사실을 다른 사람이 알게 되는 경우에 그가 위험해지지 않을까 노심초사했다.

그날은 일이 너무 많아 밤이 될 때까지도 편지를 다 쓰지 못했다. 다음 날 편지를 마무리 짓기 위해 평소보다 훨씬 일찍 일어났다. 한 해의 마지막 날이었다. 편지를 막 다 썼을 때 한 여인이 나를 만나려고 기다리고 있다는 말을 들었다.

내가 스스로 시작한 일이지만 점점 감당할 수가 없다. 너무 춥고 어두워서 감각이 아주 무뎌진 데다 어둠이 가혹하게 짓누른다.

그 여성은 젊고 매력적이며 아름다웠지만 오래 살지 못할 것 같은 느낌을 받았다. 그녀는 무척 흥분한 상태였다. 에브레몽드 후작의 아내라고 자신을 소개했다. 나는 죽은 소년이 귀족 형제 중 형을 지칭할 때 썼던 호칭과 스카프에 수놓여 있던 글자를 연상했고, 아주 최근에 그 귀족을 본 적이 있다는 결론을 쉽게 내릴 수 있었다.

내 기억력은 여전히 정확하지만 후작 부인과 나눈 말을 일일이 옮겨 적을 수는 없다. 감시가 전보다 삼엄해졌다는 생각이 들고, 언제 나를 감시하는지도 알 수 없기 때문이다. 그녀는 완전히 믿지는 않았지만 남편이 그 잔인한 사건에 얼마나 가담했는지 얼마간 알아냈고 내가 도우러 갔었다는 사실도 알았다. 하지만 시골 처녀가 죽었다는 사실은 모르고 있었다. 자신도 정말 마음이 괴롭다면서 같은 여자로서 동정하는 마음을 남몰래 표현하고 싶다고 했다. 그러면서 많은 농민에게 고통을 안겨 오랫동안 증오의 대상이 되어온 자기 가문이 하늘의 분노를 피할 수 있기를 바랐다.

후작 부인은 시골 처녀의 여동생이 어딘가에 살아 있다고 믿는다면서 그녀를 최대한 돕고 싶다고 했다. 하지만 나는 여동생이 있다는 사실을 빼고는 아는 것이 없었다. 후작 부인이 나를 찾아온 것은 내가 비밀을 지켜주리라 믿고, 그 소녀의 이름과 사는 곳을 알려주기를 바랐기 때문이었다. 하지만 만신창이가 된 지금 이 순간에도 나는 그에 대해서는 알지 못한다.

이 종잇조각 때문에 곤란해졌다. 어제 경고를 받고 한 장을 빼앗겼다. 오늘은 무슨 일이 있어도 기록을 끝내야 한다.

후작 부인은 착하고 인정 많은 여인이었지만 결혼 생활은 행복하지 않았다. 어떻게 행복할 수 있겠는가! 시동생은 후작 부인을 싫어하며 믿지 않았고 그녀가 하는 일은 무엇이든 반대했다. 그녀는 시동생이 두려웠고 남편도 그러기는 마찬가지였다. 그녀를 현관으로 배웅하다 마차 안에 있는 두세 살가량 먹은 예쁘장한 남자아이를 보았다.

"우리 아들을 위해서요, 선생님." 그녀는 눈물을 흘리며 아이를 가리켰다. "턱없이 모자라겠지만 제가 보상할 수 있다면 뭐든 하겠습니다. 그렇게 하지 않으면 아들은 재산을 상속받고도 잘 살 수 없을 거예요. 이 일에 대해 누군가 순수하게 속죄하지 않으면 언젠가 그 죗값을 아들이 대신 치르게 되리라는 예감이 들어요. 보석 몇 개 정도밖에 안 되지만 제 앞으로 재산이 남아 있으니 제가 죽으면 애도와 연민을 담아 아들의 목숨을 간청 드리는 대가로 상처 입은 가족 분들께 우선 드리겠습니다. 그 여인의 여동생을 찾기만 한다면요."

그녀는 아들에게 입 맞추고 어루만지면서 말했다. "너를 위해서란다. 약속을 지키는 아이가 될 거지, 내 아들 샤를?" 아들은 씩씩하게 대답했다. "네!"

나는 그녀의 손등에 입을 맞추었고 그녀는 아이를 품에 안고 쓰다듬으며 떠났다. 그 후로 다시는 그녀를 보지 못했다.

후작 부인은 내가 알 거라고 믿고 남편의 이름을 말했기 때문에 나는 편지에 그 이름을 덧붙이지 않았다. 나는 편지를 봉하고 남의 손에 맡기는 것이 미덥지 않아 그날 직접 보냈다.

그날 밤, 그러니까 그해의 마지막 날 밤, 아홉 시가 되어갈 무렵 검은 옷을 입은 남자 하나가 초인종을 울리며 나를 만나기를 청했고 당시 청년이었던 하인 에르네스트 드파르주를 따라 위층으로 올라갔다. 아, 가슴 깊이 사랑하는 내 아내! 나의 어여쁘고 젊은 영국인 아내와 내가 함께 앉아 있는 방에 하인이 들어왔을 때 우리는 현관에 있어야 할 방문자가 하인 뒤에 소리 없이 서 있는 것을 보았다.

남자는 생토노레 거리에 위급한 환자가 있다고 말했다. 그리 오래 걸리지 않을 것이라며 마차를 미리 대기시켜놓았다고 했다.

그 때문에 내가 여기 무덤이나 다름없는 곳에 오게 된 것이다. 집이 한 눈에 들어오지 않을 만큼 멀어지자 그 남자는 뒤에서 검은 머플러로 내 입을 단단히 막고 두 팔도 꼼짝 못하게 묶었다. 어두컴컴한 모퉁이에서 길을 건너온 두 형제는 단 한 번의 몸짓으로 내가 맞다고 확인했다. 후작은 주머니에서 내가 쓴 편지를 꺼내 보이더니 들고 있던 등잔불에 태워버린 다음 그 재를 발로 밟아버렸다. 그리고 한마디 말도 하지 않았고, 나는 여기로 끌려와 산 채로 이 무덤에 갇히고 말았다.

만약 이 끔찍한 세월 동안 신이 형제 중 아무라도 좋으니 그 냉혹한 가슴에 사랑하는 내 아내의 소식을 내게 전해주어야겠다는, 적어도 살았는지 죽었는지라도 알려주어야겠다는 생각을 심어주었다면 나는 신께서 그 형제를 완전히 저버리지는 않았다고 생각했을 것이다. 하지만 이제 어린 소년이 죽어가면서 남겼던 그 붉은 십자가가 그들에게 파멸을 불러와 신의 자비를 받을 수 없으리라고 믿는다. 불행한 수감자인 나 알렉상드르 마네트는 1767년 마지막 날 밤 견딜 수 없는 고통을 겪으며, 이 모든 일이 밝혀질 때를 대비해 후작 형제와 그 자손들을, 그 집안의 마지막 후손에 이르기까지 전부를 고발한다. 그들을 하늘과 땅에 고발한다.

문서 낭독이 끝나자 무시무시한 함성이 들끓었다. 피만을 갈구하고 갈망하는 소리였다. 그 이야기는 이 시대의 가장 깊은 복수심을 불러일으켰고, 온 나라에서 그 앞에 머리를 숙이지 않을 수 있는 사람은 없었다. 그런 법정과 청중 앞에 드파르주가 나서서, 바스티유에서 획득한 다른 전리품을 공개할 때 어째서 이 문서를 함께 공개하지 않고 간직하면서 적절한 때를 기다렸는지는 굳이 설명할 필요가 없었다. 오랫동안 생앙투안 사람들의 저주를 받아온 그 혐오스러운 에브레몽드라는 성이 살생부에 올랐다는 사실도 굳이 말할 필요가 없었다. 그날, 그곳에서 그 정도 비난을 상쇄할 만큼 덕을 쌓고 은혜를 베푼 사람은 어디에도 없었다.

이 비운의 남자에게 불어닥친 더욱 큰 불행은 그를 고발한 사람이 저명한 시민이고, 그 남자의 사랑하는 친구이자 장인이라는 사실이었다. 광적인 열망에 사로잡힌 서민들은 고대의 미심쩍은 도덕을 모방했고, 인민의 제단에 사람들이 자신을 희생하여 제물로 바치기를 바랐다. 그래서 (이렇게 말하지 않으면 자기 목이 달아날까 두려움에 몸을 떤) 판사가 공화국의 훌륭한 의사라면 눈엣가시 같은 귀족 가문을 응당 뿌리 뽑아야 공화국 시민이라 할 만하며 자기 딸을 과부로 만들고 손녀를 고아로 만들어서 다분히 기뻐하고 자랑스러워해야 한다고 말했을 때, 서민들은 극도로 흥분하여 애국심을 불태웠을 뿐 인간적인 연민은 눈곱만큼도 보이지 않았다.

"저 의사 양반이 힘깨나 쓴다지?" 드파르주 부인이 복수의 여신을 향해 미소 지으며 중얼거렸다. "어디 저 사람을 구해보시지, 의사 양반, 구해보라고!"

배심원단이 한 명씩 투표할 때마다 환호성이 일었다. 한 표, 또 한 표. 환성, 또 환성.

만장일치로 유죄 판결이 내려졌다. 귀족 가문의 혈통, 공화국의 적, 악명 높은 민중의 압제자, 콩시에르주리로 다시 이감, 스물네 시간 안으로 사형 집행!

11장

황혼

 죽을 운명에 처한 무고한 남자의 가련한 아내는 사형선고가 떨어지자 죽은 듯이 쓰러졌다. 하지만 아무 소리도 내지 않았다. 이 세상에서 비참한 남편을 지지할 사람은 자신뿐이니 남편을 더 불행하게 하면 안 되겠다는 내면의 외침이 아주 강해서, 충격을 받은 상태였지만 재빨리 정신을 차리고 일어섰다.

 판사들이 밖으로 나가서 민중 시위에 참가해야 했으므로 재판은 연기되었다. 많은 사람이 신속히 법정을 빠져나가느라 소음이 끊이지 않는 순간에도 루시는 사랑과 위로만을 담은 표정으로 남편을 향해 두 팔을 뻗고 서 있었다.

"그이에게 닿을 수만 있다면! 다시 한 번 안아볼 수 있다면! 선량한 시민 여러분, 우리 부부를 동정 어린 시선으로 바라봐주세요!"

법정에는 간수 한 명과 어젯밤 다네이를 데려온 네 명 중 두 명의 남자와 바사드만 남았다. 다른 사람들은 이미 구경거리를 좇아 거리로 쏟아져 나갔다. 바사드가 나머지 사람들에게 제안했다. "남편을 한번 안을 수 있게 해주죠. 아주 잠깐이면 되니까." 모두 이 제안을 소리 없이 묵인하고 그녀를 다른 곳보다 약간 높은 연단으로 건너가게 해주었다. 남편은 피고석 너머로 몸을 구부려 아내를 품에 안았다.

"잘 있어요, 영혼을 바쳐 사랑하는 내 아내여. 마지막으로 당신에게 축복을 보내겠소. 지친 영혼의 영원한 안식처에서 우리는 다시 만날 거요!"

남편은 아내를 가슴에 끌어안고 말했다.

"찰스, 저는 견딜 수 있어요. 하늘에 계신 신이 지켜주실 테니까요. 제 걱정은 하지 마세요. 우리 딸에게 작별 인사를 해주세요."

"당신에게 대신 하겠소. 내 키스를 전해주시오. 내 대신 작별 인사를 부탁하오."

"여보, 안 돼! 잠깐만요!" 다네이는 아내에게서 몸을 뗐다.

"그리 오래 헤어져 있지는 않을 거요. 앞일을 생각하면 억장이 무너져 내리지만 가능한 동안에는 내가 할 수 있는 일을 다 하겠소. 신이 그래주었듯 내가 떠나고 나면 우리 딸에게도 친구들을 보내주실 것이오."

장인이 뒤따라와 두 사람 앞에 무릎을 꿇으려 하자 다네이는 손을 뻗어 만류하며 소리쳤다.

"이러지 마십시오, 장인어른! 무슨 일을 하셨다고 저희에게 무릎을 꿇으십니까! 오래전부터 얼마나 애쓰셨는지 저희도 다 압니다. 제 출신에 대해 어렴풋이 느끼셨을 때, 그리고 결국 진실을 알게 되셨을 때 무엇을 견디셔야 했는지도, 사랑하는 딸을 위해 당연히 마음속에 드셨을 반감과 싸우시고 감정을 억누르셨다는 것도 이제 압니다. 진심으로 사랑하고 존경하는 마음으로 아버님께 감사드립니다. 하늘이 돌보실 겁니다!"

마네트 박사는 아무 대답도 하지 못한 채 하얗게 센 머리카락을 두 손으로 움켜잡고 비틀며 고통에 비명을 지를 뿐이었다.

"어차피 다른 길은 없었습니다." 죄수인 다네이가 말했다. "처음부터 모든 일이 얽혀 돌아갔던 겁니다. 저 같은 불길한 인간이 처음 장인어른 곁에 나타나 제 가엾은 어머니의 희망을 이루어드리겠다며 노력했던 것은 줄곧 헛된 일이었습니다. 선은 절대 그런 악에서 나올 수 없고 그런 불행한 시작에서 행복한 결말이 빚어질 수 없으니까요. 그러니 진정하시고 저를 용서해주십시오. 하늘의 가호를 빕니다!"

다네이가 끌려가는 순간 아내는 남편을 놓아주면서 기도하듯 한쪽 손을 다른 손에 포개고 선 채로 남편을 하염없이 눈으로 좇았다. 그녀는 얼굴에 환한 빛을 띠고 격려하는 듯 옅게 미소마저 지었다. 하지만 남편이 재소자 출입문으로 사라지자 몸을 돌려 아버지의 가슴에 살포시 머리를 묻었다. 그리고 아버지에게 무언가 말하려하다가 그 발밑에 쓰러졌다.

그때 미동도 없이 어두운 구석에 서 있던 시드니 카턴이 뛰어나와 루시를 일으켜 부축했다. 루시 곁에는 아버지와 로리뿐이었다. 카턴은 떨리는 팔로 루시를 일으키고 그녀의 머리를 받쳤다. 카턴은 연민만이 아니라 자기 행동에 대한 자부심으로 흥분해 있는 것 같았다.

"제가 마차로 모셔가도 되겠습니까? 전혀 무겁지 않을 겁니다."

카턴은 루시를 가볍게 안아 문을 나서서 마차 안에 부드럽게 눕혔다. 아버지와 부녀의 오랜 친구가 마차에 올랐고 카턴은 마부 옆에 자리를 잡았다.

마차가 현관에 도착했다. 몇 시간 전 카턴이 그 길의 거친 자갈을 밟고 걸었을 루시의 모습을 상상하면서 어둠 속에서 서성이던 곳이었다. 카턴은 다시 그녀를 안아 올렸고 계단을 올라가 그들 가족의 셋방으로 데려갔다. 소파에 그녀를 눕히자 어린 딸과 프로스 양이 다가와 눈물을 흘렸다.

"깨우지 마세요." 카턴이 프로스 양에게 조용히 말했다. "그냥 두는 게 낫습니다. 그냥 기절한 것뿐이니 일부러 깨울 필요는 없습니다."

"아, 아저씨. 카턴 아저씨!" 어린 루시가 폴짝 뛰어올라 팔로 카턴의 목을 감싸 안고 슬픔을 터뜨렸다. "아저씨가 오셨으니까 엄마를 도와주실 거죠? 아빠를 구해주실 거죠? 오, 카턴 아저씨. 엄마 좀 보세요. 엄마를 아끼시니까 이런 엄마를 그냥 보고 있지 않으실 거죠?"

카턴은 몸을 구부려 발그레한 아이 볼에 자기 볼을 갖다 댔다. 그러고는 부드럽게 아이를 놓아주고 정신을 차리지 못하고 있는 아이 엄마를 바라봤다.

"가기 전에……" 그는 잠시 머뭇거렸다. "아저씨가 엄마한테 입 맞춰도 될까?"

그곳에 있던 사람들이 나중에 기억하기를 카턴이 몸을 굽혀 루시의 뺨에 입을 맞추며 무슨 말을 중얼거렸다고 했다.

가장 가까이 있었던 어린 루시는 얼마 후 다른 사람들에게, 그리고 멋진 할머니가 되었을 때 손주들에게 당시에 카턴이 이렇게 말하는 것을 들었다고 전했다. "당신이 사랑하는 사람을 위해서라면."

카턴이 옆방으로 건너가자 로리 씨와 마네트 박사도 따라 들어갔다. 카턴은 두 사람 쪽으로 갑자기 몸을 돌리더니 박사에게 말했다.

"마네트 박사님, 어제만 해도 대단한 일을 해내셨잖습니까? 그러면 다시 한 번 시도라도 해보셔야지요. 판사들뿐만 아니라 다른 영향력 있는 사람들과 친분이 있지 않으십니까? 그들은 박사님이 어떻게 일해오셨는지 잘 알지요, 그렇지 않습니까?"

"찰스와 관련된 사항은 하나도 숨기지 않고 다 말했네. 내가 찰스를 분명히 구할 수 있을 거라고 믿었고 결국 그렇게 했지." 그는 아주 힘겹게 천천히 말을 이었다.

"한 번만 더 그렇게 해주십시오. 지금부터 내일 오후까지 시간이 얼마 남지 않았지만 그래도 노력해주세요."

"그럴 생각이네. 계속 뛰겠네."

"좋습니다. 지금까지 대단한 일을 힘껏 해내셨잖습니까?" 카턴은 한숨 섞인 미소를 지으며 덧붙였다. "지금까지 박사님께서 훌륭한 능력을 발휘해서 큰일을 하셨지만 이번에는," 카턴은 한숨을 쉬며 미소를 지었다. "문제가 훨씬 심각합니다. 그래도 해봐야죠! 인생은 우리가 잘못 살았을 때 비로소 가치가 사라지는 법이니 노력할 가치가 있지 않겠습니까? 인생이 그렇지 않다면 헌신할 가치가 없겠지요."

"당장 검사에게도 가고 재판장도 찾아보겠네. 이 자리에서 이름을 밝히지 않는 편이 나을 사람들에게도 들러야겠어. 편지도 쓰겠네. 그런데 잠깐만! 거리에서 기념행사를 하고 있어서 해가 지기 전에 사람들을 만나기가 힘들 텐데."

"맞는 말씀입니다. 아무 좋게 봐도 희망은 실낱같으니 어두워질 때까지 기다리신다 한들 상황이 더 절망적이 되지는 않을 겁니다. 다만 언제 무엇을 하실지 알고 싶습니다. 하지만 이 점은 기억하십시오! 저는 아무것도 기대하지 않습니다. 그 무서운 유력자들을 언제 만나실 수 있겠습니까?"

"해가 지면 바로 만날 수 있겠지. 앞으로 한두 시간 안으로 말이야."

"네 시만 넘으면 곧 어두워질 겁니다. 그러니 한두 시간 더 늘려 잡겠습니다. 아홉 시에 로리 씨 댁에 들르면 가신 일이 어떻게 되었는지 로리 씨나 박사님께 들을 수 있을까요?"

"그렇겠지."

"성공하시길 빕니다!"

로리 씨는 떠나는 카턴을 배웅하러 문 밖으로 나와 그의 어깨를 두드렸다. 카턴이 뒤돌아봤다.

"희망을 품을 수가 없습니다." 로리 씨는 슬픔에 젖어 낮은 목소리로 속삭였다.

"제 생각도 그렇습니다."

"그 사람들 중 누구라도, 아니면 그들 모두가 다네이 씨를 구해주고 싶어 하더라도, 이것은 내 욕심일 뿐이고 사실 다네이 씨의 목숨, 아니 그 누구의 목숨이 달렸다 한들 그들에게 무슨 상관이 있겠습니까! 법정에서 그런 시위가 일어난 다음이라 그들이 과연 다네이 씨를 보호해주려 할지 더더욱 의심스럽습니다."

"저도 같은 생각입니다. 그 시끄러운 속에서 저는 도끼날이 떨어지는 소리를 들었습니다."

로리 씨는 문기둥에 팔을 기대고 얼굴을 묻었다.

"슬퍼하지 마십시오. 언젠가 루시에게 위로가 될 수 있을 것 같아 마네트 박사님께 아까 그 일을 하시라고 권한 겁니다. 그렇게라도 하지 않으면 루시는 '남편의 목숨이 무관심 속에 헛되이 버려졌다'고 생각할 것이고 그래서 더욱 괴로울 테니까요." 카턴이 조심스레 말했다.

"그래. 그렇겠죠. 맞아요." 로리 씨가 눈물을 훔치며 대답했다. "당신 말이 맞아요. 그렇지만 어쨌거나 그는 죽겠죠. 정말 희망이 없군요."

"네. 죽겠죠. 절망적입니다." 카턴이 로리 씨의 말을 되풀이했다.

그러고는 단호한 걸음으로 아래층으로 내려갔다.

12장

어둠

 시드니 카턴은 어디로 갈지 결정하지 못하고 거리에 멈춰 섰다. "텔슨 은행에서 아홉 시라." 그는 생각에 잠긴 채 혼잣말을 했다. "그동안 내 모습을 드러내는 것이 잘하는 일일까? 그럴 거야. 그와 닮은 사람이 파리에 있다는 것을 그 사람들도 알아야 하니까. 안전한 사전 조치이고 어쩌면 꼭 필요한 일이 될 수도 있을 거야. 하지만 조심, 또 조심해야지! 생각을 좀 해보자!"

 카턴은 목적지를 향해 발걸음을 뗐지만 이내 멈추어 섰고, 어두워지기 시작한 거리를 천천히 걸으면서 앞으로 일어날 수 있는 모든 결과를 머릿속으로 되짚어보았다. 그러자 처음에 했던 생각이 확고해졌다. "그 방법이 최선이야." 카턴은 마침내 결정을 내렸다. "그를 닮은 사람이 있다는 것을 알려야 해." 그러고는 생앙투안으로 향했다.

그날 드파르주는 자신이 생앙투안 교외에서 술집을 운영한다고 말했었다. 이 도시를 잘 아는 사람이라면 길을 묻지 않고도 그 술집을 쉽게 찾을 수 있었다. 술집의 위치를 확인한 카턴은 좁은 길을 빠져나와 선술집에서 저녁을 먹고 잠시 곤히 잠이 들었다. 과음을 하지 않은 것은 수년 만에 처음이었다. 어젯밤부터 마신 술이라고는 가벼운 포도주 약간뿐이었고, 어젯밤에는 술을 끊은 사람처럼 로리 씨의 난로에 브랜디를 천천히 붓기까지 했다.

저녁 일곱 시경 그는 상쾌한 기분으로 잠자리에서 일어나 거리로 나갔다. 생앙투안 방향으로 길을 걷다가 한 가게의 진열장 앞에 멈추어 섰다. 안쪽 거울을 보면서 느슨해진 스카프를 고쳐 매고 외투 깃을 정돈하고 헝클어진 머리도 쓸어내리며 흐트러진 매무새를 가다듬었다. 정돈이 끝나자 드파르주의 술집을 향해 다시 걸음을 옮겼고, 곧 도착해 가게 안으로 들어갔다.

술집에는 다른 손님은 없었고 쉴 새 없이 손가락을 움직이며 쉰 목소리를 내는 자크 3호만 눈에 띄었다. 배심원단에서 보았던 이 남자는 좁은 카운터에 서서 술을 마시며 드파르주 부부와 이야기를 나누고 있었다. 복수의 여신도 가게 단골손님인 것처럼 대화에 끼었다.

카턴은 가게에 들어가 자리를 잡고 아주 서툰 프랑스어로 포도주를 작은 병으로 하나 달라고 주문했다. 드파르주 부인은 그에게 무심히 시선을 돌렸다가 곧 눈매가 날카로워지면서 점점 더 매섭게 응시하다가, 결국 카운터에서 나와 무엇을 주문했느냐고 물었다.

카턴이 주문을 반복했다.

"영국인이오?" 드파르주 부인이 짙은 눈썹을 치켜뜨며 캐물었다.

프랑스 단어를 하나하나 또박또박 발음하면서도 카턴은 아까처럼 강한 외국인 억양으로 대답했다. "네, 부인. 그렇습니다. 영국인입니다!"

드파르주 부인은 포도주를 가지러 카운터로 돌아갔고, 카턴은 자코뱅 신문을 들여다보며 기사를 이해하려고 정신을 집중하는 척했다. 그사이에 부인이 "장담하는데 에브레몽드랑 닮았다니까!"라고 말하는 소리가 들려왔다.

드파르주는 와인을 가져다주며 인사를 건넸다.

"뭐라고요?"

"안녕하시냐고요."

"아! 안녕하시냐고요? 시민 동지." 카턴이 잔을 채우면서 말했다. "아! 포도주 맛이 좋군요. 공화국을 위해 건배하겠습니다."

카운터로 돌아온 드파르주가 말했다. "분명 조금 닮기는 닮았네." 그러자 부인은 "정말 많이 닮았다니까."라며 매섭게 쏘아붙였다. "그 사람 생각을 너무 많이 해서 그렇게 보이는 거예요."라고 자크 3호가 태평하게 말했다. 쾌활한 복수의 여신도 웃으면서 덧붙였다. "맞아, 내 생각도 그래요. 그 사람을 내일 한 번 더 볼 생각을 하니 너무 기뻐서 그런 거겠죠."

카턴은 검지로 천천히 줄을 그으며 기사의 문장과 단어를 읽느라 몰두한 표정을 지었고, 네 사람은 카운터에 팔을 기대고 서서 낮은 목소리로 속삭였다. 그들은 자코뱅 신문을 읽는 척 가장하고 있는 카턴을 방해하지 않고 잠시 말없이 쳐다보다가 이내 다시 대화하기 시작했다.

"드파르주 부인의 말이 맞습니다." 자크 3호가 동의했다. "어째서 멈춰야 하죠? 지금 기세가 엄청난데 말입니다. 어째서 지금 멈춰야 합니까?"

"글쎄. 하지만 언젠가는 멈춰야지. 결국 언제 멈추느냐가 문제지." 드파르주가 이성적으로 대답했다.

"일족을 모조리 몰살시키고 난 다음에요." 드파르주 부인이 말했다.

"대단합니다!" 자크 3호가 거친 목소리로 응수했다. 복수의 여신도 열렬히 동의했다.

"여보, 몰살시키는 것이야 훌륭한 방법이지." 드파르주가 말했다. 그러다 이내 난처하다는 듯 머뭇거리며 덧붙였다. "보통 때 같으면 나도 반대하지 않아. 하지만 박사님이 너무나 괴로워하셔. 당신도 오늘 편지가 낭독될 때 박사님의 얼굴을 봤잖아?"

"물론 봤지!" 부인은 화가 나서 경멸조로 대답했다. "그래. 똑똑히 봤어. 공화국의 진실한 친구라고 할 수 없는 얼굴이었지. 표정 관리 좀 하라지!"

"여보, 당신도 봤잖소. 딸이 괴로워하자 박사님이 죽을 것 같이 고통스러워했어!" 애원하는 것 같은 말투로 드파르주가 말했다.

"물론 그 딸도 잘 봤지!" 드파르주 부인이 대답했다. "그래. 그 딸을 한두 번 본 게 아니지. 오늘도 봤고 며칠 전에도 봤어. 법정에서도 보고, 감옥 옆길에 서 있는 것도 봤어. 그래도 내 손가락을 들어서 내가 하고 싶은 일을 하고 말 테야!" 카턴은 신문에서 눈을 떼지 않았지만, 그녀가 마치 도끼로 내리치듯 손가락을 들어 올렸다가 손으로 앞에 놓인 선반을 탕 하고 쳤다고 생각했다.

"부인, 정말 대단합니다!" 자크 3호가 쉰 목소리로 말했다.

"당신은 정의의 사도예요!" 복수의 여신이 드파르주 부인을 감싸 안으며 말했다.

"다행히도 그럴 일은 없지만, 만약 당신한테 결정권이 있기라도 하면 당장 그 작자를 구할 기세군그래." 드파르주 부인이 남편을 향해 냉혹하게 쏘아붙였다.

"아니," 드파르주가 외쳤다. "설사 잔을 치켜드는 것만으로 그를 살릴 수 있다 해도 그러지 않을 거야. 하지만 여기서 손을 떼겠어. 우리 이제 그만두자고."

"그때 봅시다, 자크." 드파르주 부인이 노기를 띠며 인사를 건넸다. "복수의 여신도 잘 가요. 둘 다 또 봅시다. 잘 들어둬! 내 명부에 에브레몽드 일가가 폭군이자 압제자로 기록된 지는 아주 오래되었어. 그들은 파멸해서 구제받지 못할 운명이지. 못 믿겠다면 남편에게 물어봐."

"맞아." 드파르주는 묻기도 전에 대답했다.

"바스티유 감옥을 습격하던 위대한 혁명의 첫날, 남편은 그 글을 발견했고 집으로 가져왔어. 손님이 모두 떠나고 문을 닫는 한밤중이 되자 바로 여기 이 등불 아래에서 그 글을 읽었지. 못 믿겠다면 물어봐."

"그랬지." 드파르주가 맞장구쳤다.

"등불도 꺼지고 덧문과 쇠창살 사이로 엷은 빛만 새어 들어오던 그날 밤에 나는 남편에게 비밀을 털어놨어. 못 믿겠다면 물어봐."

"그랬었어." 드파르주가 역시나 동의했다.

"남편에게 내 비밀을 털어놨어. 이렇게 두 손으로 가슴을 치면서 말했어. '여보, 난 해안가 어부들 손에 자랐어. 바스티유 감옥에서 발견한 그 글에서 이야기하는, 에브레몽드 형제에게 해를 입은 그 소작농 가족이 바로 우리 가족이야. 심한 상처를 입고 땅바닥에서 죽어가던 소년의 누나가 내 언니였고, 그 남편이 형부였고, 배 속에 든 아이는 조카였어. 죽어가던 소년은 오빠였고, 그 아버지는 내 아버지였어. 죽어간 사람들 전부 내 가족이었다고. 그러니 그 작자들을 심판할 책임은 내게 있어!'라고 말이야. 못 믿겠다면 남편에게 확인해봐."

"사실이야." 드파르주가 이번에도 동의했다.

"그럼 언제 멈출지는 바람과 불한테나 물어보라고 해." 부인이 말했다. "나한테 묻지 말고."

카턴은 굳이 보지 않아도 분노로 창백해졌을 부인의 얼굴이 눈에 선했고, 자크 3호와 복수의 여신은 그 엄청난 분노를 지켜보며 소름 끼치는 쾌감을 느꼈고 감탄을 금치 못했다. 그 무리에서 드파르주의 존재는 희미했다. 그는 인정 많은 에브레몽드 후작 부인에 관해 기억나는 말을 몇 마디 덧붙였다. 하지만 드파르주 부인은 조금 전에 던진 말을 반복할 뿐이었다. "언제 멈출지는 바람과 불한테나 물어보라고 해. 나한테 묻지 말고!"

손님들이 가게로 들어서자 무리는 흩어졌다. 영국인 손님은 마신 술값을 지불했고 힘겹게 잔돈을 세었다. 그러고는 이곳에 처음 온 사람처럼 왕궁으로 가는 길을 물었다. 드파르주 부인은 문가로 손님을 데리고 나가 팔을 잡고 이끌어가며 길을 일러주었다. 영국인 손님은 여주인의 팔을 잡고 들어 올려 옆구리를 깊고 날카롭게 내리칠 수 있다면 참 좋겠다는 생각에 빠져들었다.

그러나 카턴은 가려던 길을 갔고, 곧 감옥 벽면에 드리운 그림자 속으로 몸을 감추었다. 약속한 시간에 로리 씨의 방으로 돌아왔을 때, 로리 씨는 불안에 떨며 이리저리 거닐고 있었다. 로리는 조금 전까지 루시와 함께 있다가 약속 시간이 되어 그녀를 잠시 혼자 두었다고 말했다. 마네트 박사는 오후 네 시가 되기 전에 은행에서 나간 뒤로 아직 돌아오지 않았다. 루시는 아버지가 손을 써서 남편을 살려줄 거라는 실낱같은 희망을 품고 있었지만 그럴 가능성은 아주 희박했다. 박사는 벌써 다섯 시간이 넘도록 돌아오지 않고 있었다. 대체 어디에 있는 것일까?

로리가 열 시가 다 되도록 기다렸지만, 마네트 박사에게서는 아무 소식도 없었다. 루시를 홀로 두는 것이 내키지 않았던 로리 씨는 일단 루시에게 갔다가 자정이 되면 은행으로 돌아오기로 했다. 그사이 카턴은 난롯불 옆에서 홀로 마네트 박사를 기다렸다.

계속 기다렸지만 시계가 열두 시를 알렸는데도 마네트 박사는 감감 무소식이었다. 로리 씨가 돌아오고 나서도 박사에게서는 아무 소식도 없었고, 로리 씨가 들고 온 정보도 없었다. 박사는 도대체 어디에 있는 것일까?

두 사람이 이 문제에 대해 이야기를 나누며 박사가 이토록 오래 자리를 비우고 있는 상황을 놓고 나름대로 희망적인 이유를 찾아보려 할 때, 박사가 계단을 올라오는 소리가 들렸다. 하지만 박사가 방에 들어선 순간, 모두 부질없다는 사실이 분명해졌다.

마네트 박사가 실제로 누굴 만났는지, 아니면 그저 하루 종일 거리를 거닐었는지 아무도 알 수 없었다. 박사는 두 사람을 빤히 쳐다보며 서 있었다. 그의 표정이 모든 걸 설명하

고 있어서 두 사람은 어떤 질문도 할 수 없었다.

"찾을 수가 없어, 찾아야 하는데. 어디에 있는 거지?"

모자를 쓰지 않고 목도 훤히 드러내놓은 박사는 심란한 표정을 지으며 주위를 둘러보다가 외투를 벗어 바닥에 내려놓았다.

"내 작업대가 어디 갔지? 여기저기 다 찾아봐도 보이질 않네. 내 일감을 어떻게 한 거야? 시간이 없어. 구두를 완성해야 하는데."

카턴과 로리는 심장이 멈춘 듯 서로 얼굴만 쳐다보았다.

"이봐, 여보게들." 노인은 처절하게 훌쩍이며 소리쳤다. "다시 일하게 해줘. 내 일감을 돌려달란 말이야."

아무 대꾸도 없자 박사는 머리카락을 쥐어뜯으며 성난 어린아이처럼 바닥을 발로 쿵쿵 굴렀다.

"가엾은 나를 그만 좀 고문하시오." 박사는 소리치며 애원했다. "내게 일감을 돌려주시오. 오늘 밤까지 다 못 만들면 어떻게 하지?"

틀렸다! 다 틀려버렸다!

노인에게 자초지종을 설명하거나 그의 의식을 회복시키려 해봤자 아무 소용이 없는 듯했다. 둘은 마음이 통했는지 노인의 어깨에 손을 얹어 그를 진정시키고 화로 앞에 앉혔다. 곧 일감을 가져오겠다는 약속도 덧붙였다. 노인은 의자에 푹 주저앉아 타다 남은 장작을 바라보며 생각에 잠기더니 눈물을 주르륵 흘렸다. 로리의 눈에 노인은 드파르주의 보살핌을 받던 다락방으로 완전히 돌아간 듯했고, 그 후에 있었던 일들이 모두 한순간의 환상이나 꿈이 된 것 같았다.

카턴과 로리는 박사가 이토록 파멸로 치닫는 모습에 충격받았고 두려웠지만 지금은 그런 감정에 무릎 꿇을 때가 아니었다. 마지막 희망마저 잃고 홀로 남은 루시를 떠올렸다. 둘은 다시 마음이 통했는지 마주 보면서 의미심장한 표정을 지었다. 카턴이 먼저 입을 열었다.

"가능성이 크지는 않았지만 어쨌거나 우리는 마지막 기회마저 잃었습니다. 자, 마네트 박사님을 딸에게 모셔다 드리는 것이 좋겠습니다. 하지만 그 전에 잠시만 제 이야기를 들어주십시오. 제가 어째서 이런 조건을 제시하는지, 어째서 이런 약속을 부탁하는지는 묻지 마세요. 그럴 만한 이유가 있으니까요."

"그렇게 하겠소. 계속해보시오."

마네트 박사는 두 사람 사이에 놓인 의자에 앉아 몸을 앞뒤로 흔들며 신음했다. 둘은 밤새워 병상을 지키는 사람들처럼 조용히 이야기를 나누었다.

바닥에 놓인 외투가 발에 걸리적거리자 카턴은 몸을 숙여 코트를 집어 들었다. 그때 마네트 박사가 일과를 종이에 적어 넣어두는 작은 상자가 바닥으로 떨어졌다. 카턴이 상자를 집어 들자 그 안에서 접힌 종이가 나왔다. "어서 펴봅시다!" 카턴이 제안했다. 로리는 고개를 끄덕였다. 그는 종이를 펴서 읽고 소리쳤다. "이럴 수가!"

"뭐라고 적혀 있소?" 로리가 다급하게 물었다.

"잠깐! 전후 사정을 따져봅시다." 카턴은 외투에 손을 넣어 다른 종이 한 장을 꺼냈다. "이건 제가 파리를 떠날 때 쓸 증명서입니다. 보십시오. 여기에 '영국인 시드니 카턴'이라고 적혀 있습니다."

로리는 증명서를 손에 쥔 채 카턴의 진지한 표정을 바라보았다.

"내일 찰스 다네이를 만나러 가기로 한 걸 기억하실 겁니다. 그때까지만 보관해주세요. 감옥에 갈 때 가져가지 않는 게 좋겠습니다."

"왜 그렇게 생각했소?"

"글쎄, 그 편이 나을 것 같습니다. 자, 마네트 박사님이 갖고 계시던 이 종이도 챙기십시오. 제 것과 비슷한 증명서입니다. 박사님과 루시, 루시의 딸이 언제든 성벽을 통과해 국경을 넘게 해줄 겁니다. 무슨 뜻인지 이해하십니까?"

"그렇소!"

"아마 박사께서는 최후의 조치로 이 증명서를 챙겨놓았을 겁니다. 발행된 날짜가 언제지요? 아니, 그것은 중요하지 않습니다. 이제 그만 보시고 제 증명서, 선생님 증명서와 이 종이들을 함께 잘 보관해두십시오. 아, 정말이지! 저는 한두 시간 전까지만 해도 박사님이 이런 종이를 챙겨두었으리라고 생각지도 못했습니다. 하지만 이 증명서들은 철회될 때까지만 쓸 수 있을 것이고, 아마 곧 철회될 겁니다. 그럴 거라고 생각하는 이유가 있습니다."

"이들도 위험하다는 뜻인가요?"

"상당히 위험합니다. 드파르주 부인에게 고발당할 위기에 처해 있습니다. 그 부인이 직접 하는 이야기를 들었습니다. 박사님 가족들이 심각한 위기에 빠질 거라고 수군대는 소리를 조금 전에 분명히 들었거든요. 더는 시간을 지체할 수 없어 첩자를 찾아갔습니다. 그랬더니 그가 확실히 말해주더군요. 첩자가 아는 바에 따르면, 드파르주 부부가 감옥 근처에 사는 나무꾼을 시켜 '그 여자'(루시라는 이름은 절대 언급하지 않더군요)가 수감자에게 신호를 보내는 모습을 본 적이 있다고 말하라 했답니다. 루시가 음모를 꾸미고 있다고 주장할 것이 뻔합니다. 그런 식으로 루시와 어린 루시, 아버지까지 모두 고소할 겁니다. 어린 루시와 아버지도 그곳에 함께 있었거든요. 그렇게 두려워하실 필요는 없습니다. 선생님께서 모두를 구하시게 될 겁니다."

"부디 내가 해내길 바랍니다, 카턴. 그런데 어떻게 해야 하지요?"

"어떻게 할지 알려드리죠. 이 일은 선생님께 듣렸어요. 선생님이 최고 적임자입니다. 분명 그들은 오늘내일 안에 고발하지는 않을 겁니다. 아마 이틀이나 사흘은 기다리겠죠. 일주일 후일 가능성이 가장 높습니다. 단두대에서 이슬로 사라진 사람들을 애도하고 동정심을 갖는 것은 중범죄입니다. 루시와 박사님은 틀림없이 유죄 판결을 받을 겁니다. 말로 표현할 수 없을 만큼 끈질긴 원한을 품은 드파르주 부인은 이 혐의도 추가해서 유죄 판결에 힘을 실으려고 하겠죠. 제 말을 이해하시겠습니까?"

"귀 기울여 듣고 있어요. 당신의 논리에 확신이 들어 박사님이 계시다는 것도 깜빡 잊을 정도였어요." 로리는 노인이 앉은 의자의 등을 어루만지며 말했다.

"준비되는 대로 갖고 계신 돈으로 여행 편을 마련해주세요. 선생님께서는 요새 며칠 동안 영국으로 돌아갈 준비를 마치셨으니, 내일 아침 일찍 말을 준비시켜 오후 두 시에는 떠날 수 있도록 조치해주십시오."

"그러겠소."

로리는 카턴의 열의에 한껏 고무되어 젊은이처럼 함께 의욕에 불타올랐다.

"선생님은 정말이지 고귀한 마음을 지니셨습니다. 저는 선생님만 믿겠습니다. 루시에게 본인과 어린 딸, 그리고 아버지가 어떤 위험에 처해 있는지 알고 계신 대로 낱낱이 설명해주셔야 합니다. 누누이 말하지만 루시는 기꺼이 남편 옆에 누워 행복하게 눈을 감으려 할 테니까요." 카턴은 잠시 머뭇거리더니 다시 말을 이어갔다. "루시에게 딸과 아버지를 위하려면 모두 함께 파리를 떠나야 한다고 전해주십시오. 남편의 마지막 결정이라고 하세요. 그녀가 믿고 바라는 것보다 훨씬 더 중요하다는 이야기도요. 그런데 박사님이 이런 불안한 상황에서 따님의 말을 순순히 따르실까요?"

"틀림없이 그러실 거요."

"저도 그렇게 생각합니다. 이 뜰 안에서 소리 없이 민첩하게 모든 계획을 완수해야 합니다. 마차 안에 선생님 자리도 마련해두셔야 해요. 제가 도착해 마차에 타는 즉시 출발하면 됩니다."

"어떤 상황이 와도 당신을 기다려야 한다는 말이죠?"

"선생님께서 제 증명서까지 갖고 계시니 제 자리도 마련해두셔야 합니다. 제 자리가 채워지기만 하면 지체 없이 영국으로 떠나는 겁니다!"

"그럽시다." 열의에 차 있으면서도 흔들림 없는 카턴의 손을 로리가 꼭 잡으며 말했다. "이 늙은이에게 전적으로 달려 있지는 않겠지만 곁에서 도와줄 젊은이가 있으니 해보겠소."

"하늘이 도울 겁니다! 약속해주십시오. 어떤 경우에도 우리가 약속한 계획을 절대 바꾸지 않겠다고 말입니다."

"물론입니다, 카턴 씨."

"내일이 와도 절대 이 사실을 잊지 마십시오. 계획이 변경되거나 지연되면 누구도 살아남지 못하고 많은 사람이 희생될 거라는 사실을 말입니다."

"꼭 기억하지요. 내 역할을 충실히 해낼 수 있길 바랍니다."

"저 역시 그렇습니다. 그럼, 잘 들어가십시오!"

카턴은 진지한 미소로 인사를 건네고 로리의 손에 작별 키스도 했지만 자리를 뜨지 않았다. 로리는 다 꺼져가는 장작 앞에서 흔들의자에 앉은 노인을 일으키는 것을 도와 외투를 입히고 모자를 씌웠다. 두 사람은 노인이 여전히 슬퍼하며 찾고 있는 작업대와 일감을 찾으러 가자고 말해서 그를 밖으로 데리고 나왔다. 카턴은 마네트 박사가 집 뜰에 도착할 때까지 건너편에서 걸으며 곁을 지켰다. 그 집에 한 여인이 있었다. 그가 사모하는 마음을 털어놓았던 그 잊지 못할 순간에는 큰 행복으로 가득했지만, 지금은 고통으로 미어터지는 가슴을 부여잡고 끔찍한 밤을 지새울 여인이었다. 그는 뜰을 떠나지 않고 불 켜진 그녀의 방문을 올려다보며 한동안 홀로 서 있었다. 그리고 그녀에게 축복을 빌고 이별을 고하고 나서 그 자리를 떠났다.

13장

쉰두 명

 어둑한 콩시에르주리 감옥에는 사형선고를 받은 죄수들이 운명의 시간을 기다리고 있었다. 사형수의 수는 1년을 이루는 주(週)의 수와 같았다. 그날 오후 쉰두 명은 도시를 휘몰아치고 있는 생명의 파도에 쓸려 끝없이 펼쳐진 광활한 바다로 흘러가게 될 운명을 선고받았다. 희생자들이 감방을 나서기도 전에 새로 수감될 죄수가 정해졌고, 오늘 흘릴 피가 어제 흘린 피와 섞이기도 전에 내일 누구의 피가 섞일지 이미 정해져 있었다.

 마흔 명, 이어 열두 명이 추가로 호명되었다. 돈으로 목숨을 구하지 못한 일흔 살의 농부도 있고, 가난하고 미천하여 자신을 지키지 못한 스무 살의 재봉사도 있었다. 인간의 사악함과 무관심이 초래한 육체의 질병이 모두를 엄습했고, 형언할 수 없는 고통과 참을 수 없는 억압, 비정한 무관심이 만들어낸 끔찍한 무질서가 모두를 고통스럽게 했다.

독방에 갇힌 찰스 다네이는 재판을 받고 이곳에 온 후로는 헛된 희망을 품지 않으려고 애쓰며 자신을 다독였다. 법정에서 들었던 한 마디 한 마디가 모두 그의 죽음을 예고했다. 그 누가 힘을 쏟다 하더라도 그는 목숨을 부지할 수 없을 것이다. 이 나라의 수백만 명이 그에게 죽음을 선포했는데 어떻게 단 한 명이 그를 살릴 수 있겠는가?

그렇지만 눈앞에 아른거리는 사랑스러운 아내를 떠올리면 마음을 추스르기가 쉽지 않았다. 삶에 대한 굳은 의지를 놓아버리기가 너무도 힘겨웠다. 애써 하나를 내려놓으면 다른 하나가 마음에 걸렸고, 조금씩 받아들이다 보면 다른 이유가 발목을 잡았다. 체념하지 않으려고 온갖 생각을 떠올리다 보면 심장이 격렬하게 요동치고 마음은 급해졌다. 죽음을 받아들일까 하고 잠시 생각하기도 했지만 홀로 남겨질 부인과 딸을 생각하니 자신이 이기적인 사람처럼 느껴졌다.

하지만 이러한 생각은 곧 사라졌다. 얼마 지나지 않아 자신이 맞닥뜨릴 운명이 결코 수치스럽지 않다는 생각이 들었고,

많은 사람이 부당하지만 같은 길을 가면서 매일 용감하게 감내하고 있다고 생각하니 기운이 났다. 사랑하는 사람들이 먼 훗날 평화로운 마음을 즐기며 살아가려면 자신이 용기를 내야 한다는 사실도 깨달았다. 그러면서 다네이는 서서히 마음의 안정을 되찾았고, 긍정적으로 생각하며 마음이 편해졌다.

사형선고를 받은 날 밤, 다네이는 어둠이 드리워오는 생의 마지막 순간까지 이러한 생각을 하고 있었다. 그리고 종이와 펜을 구해 감옥이 소등되기 전까지 편지를 썼다.

그는 루시에게 장문의 편지를 썼다. 자신은 장인어른이 투옥되었던 일을 그녀에게 듣기 전까지 알지 못했으며, 그녀와 마찬가지로 그 글의 내용을 듣고 나서야 자기 아버지와 숙부가 관련되었다는 사실을 알았다고 설명했다. 그녀에게 예전 이름을 숨긴 것은 장인어른이 결혼을 허락하면서 내건 조건이었고, 결혼식 날 아침에도 신신당부하셨기 때문이며, 이제야 장인어른이 왜 그러셨는지 이해하게 되었다고 덧붙였다. 그는 장인어른이 그 글의 존재를 아예 잊고 있었는지, 아니면 오래전 일요일에 정원에 있는 플라타너스 나무 아래에 앉아 런던탑의 죄수 이야기를 나눌 때 잠시 기억이 떠올랐고 그 후로도 기억하고 있었는지에 대해 아버지에게 제발 묻지 말라고 루시에게 간청했다. 혹시 장인어른이 그 글에 대해 정확하게 기억하고 있었더라도, 바스티유가 함락되면서 사람들이 찾아내 세상에 공개한 죄수들의 유품 가운데 그 글은 흔적조차 찾을 수 없었으므로 아예 사라져버렸다고 생각했을 것이라고 말했다. 굳이 말하지 않아도 되겠지만, 장인어른을 잘 위로해드리라는 부탁도 했다. 그분은 결코 자책할 만한 행동은 하신 적이 없고, 가족을 위해 한결같이 참고 사셨으므로 최선을 다해 장인어른을 정성껏 보살펴달라고 말했다. 이어 천국에서 다시 만나게 될 테니 자신의 사랑과 축복을 잊지 말고 슬픔을 이겨내라고 강조하면서 딸과 장인어른을 부탁한다는 말로 편지를 끝맺었다.

다네이는 장인어른에게도 비슷한 내용의 편지를 썼고, 루시와 딸을 잘 돌봐달라고 부탁했다. 절망적이고 위험한 생각에 빠져 있을 장인어른이 힘을 낼 수 있게 하려고 강하고 힘찬 말투로 썼다.

로리 씨에게는 재산 문제에 관해 상세히 설명하고 모든 일을 맡겼다. 그리고 그의 우정에 대한 고마움과 따뜻한 애정을 가득 담아 장문의 편지를 썼다. 그러나 카턴에 대해서는 전혀 생각하지 못했다. 이미 다른 문제로 머릿속이 가득 찼으므로 그럴 만한 여유가 없었다.

다네이는 불이 꺼지기 전에 편지를 마무리하고, 침대에 누워 살아온 날들을 돌이켜보았다.

그는 이내 잠이 들었고 꿈속에서 삶이 화사하게 되살아났다. 모습은 전혀 달랐지만 소호의 옛집에서 아내와 함께였고 걱정 하나 없이 무척 자유롭고 행복했다. 모두가 꿈이었다고, 그는 집을 떠난 적도 없다고 아내가 속삭였다. 잠시 잠에 깊게 빠졌다가 다시 꿈을 꾸었고, 고통을 겪다 아내에게 돌아갔다가 다시 죽어서 평화를 찾기도 했다. 하지만 아무것도 달라지지 않았다. 찰스는 다시 깊은 잠에 빠졌다가 침울한 아침을 맞았고 자신이 어디 있는지 생시인지 꿈인지 멍하게 있다가 문득 깨달았다. "오늘은 내가 죽는 날이구나!"

그렇게 시간이 지나 쉰두 명이 참수될 그날이 왔다. 찰스는 조용히 영웅적인 최후를 맞기를 바라며 침착하려 했지만 도저히 억누를 수 없는 생각들이 머릿속에 떠오르기 시작했다.

다네이는 자신의 목숨을 앗아갈 장치를 한 번도 본 적이 없었다. 얼마나 높은지, 계단이 몇 개나 있는지, 어디에 서야 하는지, 칼날이 어떻게 목에 닿을지, 집행자의 손이 피로 물들지, 어느 쪽으로 고개를 돌려야 하는지, 자신이 죽을 순서가 처음일지 마지막일지 그의 의지로는 도저히 알 수 없는 질문들이 끊임없이 떠오르고 또 떠올랐다. 두려움은 아니었다. 전혀 두렵지는 않았다. 그보다는 때가 왔을 때 무엇을 해야 할지 알고 싶다는 생각이 이상하게 머리에서 떠나지 않았다. 하지만 처형이 벌어질 찰나와 어울리는 생각은 아니었다. 그 호기심은 자신이 아니라 자기 안에 깃들어 있는 다른 영혼의 호기심 같았다.

다네이가 감방 안을 서성이는 사이에 시간은 여지없이 흘러 영원히 듣지 못할 시계 종소리가 들렸다. 시침은 아홉 시를 지나 열 시, 그리고 다시 열한 시를 지나 열두 시를 향하고 있었다. 마지막 순간에 괴로움을 몰고 온 당황스러운 생각들을 이겨내자 마음이 조금 안정되었다. 다네이는 계속 서성이면서 사랑하는 사람들의 이름을 조용히 불렀다. 가장 괴로운 일까지 정리되었다. 그는 끊임없이 걸으면서 마음을 혼란시키는 공상들을 떨쳐내고 자신과 사랑하는 사람들을 위해 기도했다.

열두 시도 영영 지났다.

처형 시각은 세 시라는 통지를 받았다. 그는 느릿느릿 움직이는 묵직한 사형수 호송차를 타야 하므로 그보다는 일찍 불려갈 것이라고 짐작했다. 마음속으로는 처형 시각이 두 시라고 생각하기로 하고, 마음을 단단하게 먹고 잘 도닥여서 남은 한 시간 동안 담담한 모습을 보여 사랑하는 사람들에게 용기를 주어야겠다고 생각했다.

팔짱을 끼고 담담하게 서성이는 다네이의 모습은 라포르스 감옥에서 초조해했던 것과는 전혀 달랐다. 시계가 한 시를 알렸지만 당황하지 않았다. 시간은 여느 때처럼 흘러갔다. 그는 침착함을 되찾아준 신께 마음을 다해 감사했고, '이제 한 시간 남았구나.'라고 생각하며 다시 서성이기 시작했다.

그때 문밖에서 돌로 된 복도를 걸어오는 발소리가 들렸다. 다네이는 걸음을 멈췄다.

자물쇠에 열쇠를 넣고 돌리는 소리가 들렸다. 문이 열리기 전이었는지 아니면 열리는 도중이었는지 몰라도 어떤 남자가 영어로 낮게 속삭였다. "그는 여기서 나를 본 적이 없소. 내가 줄곧 그를 피해 다녔거든요. 혼자 들어가시오. 나는 근처에서 기다리리다. 시간이 없어요!"

문이 재빨리 열렸다가 닫혔고, 찰스 앞에는 시드니 카턴이 얼굴을 마주하고 서 있었다. 그는 옅은 미소를 지으면서 조용히 하라는 뜻으로 입술에 손가락을 대고 있었다.

카턴이 밝으면서도 의미심장한 표정을 짓고 있어서 처음에는 상상 속에서 유령을 마주하고 있다는 생각이 들었다. 그러나 카턴의 목소리가 분명했고 자신의 손을 부여잡은 것도 그의 손이 틀림없었다.

"세상 많은 사람 중에서 하필 저를 여기서 보게 될 줄은 몰랐겠죠?" 카턴이 말했다.

"당신이 이곳에 왔다니 믿을 수가 없군요. 지금도 믿기지가 않습니다." 다네이는 순간 불안이 엄습하며 말했다. "설마 죄수로 온 것은 아니죠?"

"아닙니다. 우연치 않게 여기 관리자와 연줄이 닿아 올 수 있었습니다. 당신 부인이 보내서 왔어요, 다네이 씨."

다네이는 카턴의 손을 덥석 잡았다.

"부인의 말을 전하러 왔어요."

"무엇입니까?"

"무엇보다도 긴급하고 중요한 부탁입니다. 사랑하는 부인께서 간절한 목소리로 전하는 부탁이에요."

다네이는 고개를 옆으로 살짝 떨구었다.

"지금은 제가 왜 여기 왔는지, 그게 무슨 의미인지 물어볼 시간이 없습니다. 저도 설명해줄 시간이 없기는 마찬가지고요. 그저 제가 하라는 대로 하십시오. 신고 있는 신발을 벗고 제 신발을 신어요."

감방 벽 근처에 의자가 하나 있었다. 카턴은 잽싸게 다가가 의자를 끌어와 다네이를 앉히고는 맨발로 서서 말했다.

"제 신발을 신으세요. 두 손으로 잡고 발을 힘껏 밀어 넣어요. 어서!"

"카턴 씨, 여긴 탈출구가 없습니다. 나갈 수 없어요. 여기서 그냥 저와 같이 죽게 될 겁니다. 미친 짓이나 다름없어요."

"당신에게 탈출하라고 하면 미친 짓이지만 제가 그러라 했습니까? 제가 저 문을 나가라고 말한다면 그때 제게 미쳤다고 말하고 여기 남아 있어요. 이제 제 스카프와 코트로 갈아입어요. 그동안 저는 당신 머리를 묶은 이 리본을 풀어서 당신 머리를 내 머리처럼 헝클어놓겠습니다."

카턴은 초인적인 힘과 정신력을 동원해 매우 빠른 속도로 다네이의 모습을 바꾸어놓았다. 다네이는 마치 보살핌을 받는 어린아이 같았다.

"카턴 씨! 이봐요 카턴 씨! 이건 미친 짓이에요. 절대 성공할 수 없어요. 탈출을 시도한 사람들은 모두 실패했습니다. 제발 부탁입니다. 당신이 저와 같은 최후를 맞이하는 것은 원하지 않습니다."

"다네이 씨, 제가 언제 저 문으로 나가라고 했습니까? 제가 그러라고 하면 거절하세요. 탁자에 펜과 종이가 있군요. 차분히 글을 적을 수 있겠습니까?"

"당신이 오기 전까지 그랬어요."

"다시 마음을 가라앉히고 제가 말하는 대로 받아 적으세요. 어서요. 시간이 없습니다!"

다네이는 혼란스러운 듯 양손으로 머리를 움켜쥐며 시키는 대로 책상에 앉았다. 카턴은 오른손을 양복 안주머니에 찔러 넣은 채 그 옆에 섰다.

"제가 말하는 것을 그대로 받아 적어요."

"누구에게 쓰는 겁니까?"

"이름은 적지 마세요." 카턴은 여전히 손을 주머니에 넣은 채 대답했다.

"날짜를 적을까요?"

"아뇨."

질문을 할 때마다 다네이는 그를 올려다보았지만 카턴은 양복 안주머니에 손을 넣은 채 곁에 서서 자신을 내려다볼 뿐이었다.

카턴이 내용을 부르기 시작했다. "오래전에 우리끼리 했던 말을 기억한다면, 이 편지를 보는 순간 쉽게 이해할 수 있을 겁니다. 당신이 그 말들을 기억하리라 믿습니다. 당신은 그 말을 잊을 사람이 아니니까요."

카턴이 양복 안주머니에서 손을 빼자, 글을 받아 적으려던 찰스는 궁금한 마음에 급히 고개를 들었다. 그의 손에 무언가가 쥐어져 있었다.

"'잊을 사람이 아니니까요.'까지 적었습니까?" 카턴이 물었다.

"예. 손에 쥔 것은 혹시 무기입니까?"

"무기가 아니에요."

"그럼 뭘 쥐고 있는 거죠?"

"곧 알게 될 겁니다. 계속 적으세요. 이제 몇 자 남지 않았습니다." 카턴은 다시 말을 이었다. "저는 그 말들을 증명할 수 있게 되어 기쁩니다. 그러니 제가 하는 일 때문에 슬퍼하거나 괴로워하지 마십시오." 내용을 불러주면서 카턴은 다네이에게서 시선을 떼지 않았고 이내 자기 손을 다네이의 얼굴 가까이로 천천히 부드럽게 댔다.

다네이는 들고 있던 펜을 탁자 위에 떨어뜨리면서 멍하니 카턴을 올려다보았다.

"이 연기는 뭐죠?" 다네이가 물었다.

"연기라니요?"

"지금 제 눈앞에 아른거리는 연기 말입니다."

"아무것도 안 보이는데요. 여기에 연기가 있을 턱이 있습니까. 펜을 들고 어서 써요, 어서요! 빨리!"

기억이 혼미해지고 생각이 마비되는 것 같은 느낌이 들었지만 다네이는 다시 정신을 집중하려고 애를 썼다. 숨을 헐떡이며 초점이 흐려진 눈으로 올려다보니, 카턴이 다시 손을 안쪽 주머니 쪽에 넣고 자신을 바라보고 있었다.

"빨리요! 어서 끝냅시다!"

찰스는 다시 종이 위로 몸을 숙였다.

"이렇게라도 하지 않으면," 카턴의 손이 다시 살며시 아래로 움직였다. "우리에게는 더 이상 기회가 없습니다. 이렇게라도 하지 않으면," 이제 그의 손은 다네이의 얼굴에 닿았다. "책임져야 할 죽음이 더 많아집니다. 이렇게라도 하지 않으면 말입니다." 카턴은 죄수의 손에 들린 펜을 바라보았다. 펜은 더 이상 글씨가 아닌 알 수 없는 형상을 그리고 있었다.

이제 카턴의 손은 더 이상 안주머니에 없었다. 다네이가 원망스러운 표정을 지으며 벌떡 몸을 일으켰지만 재빨리 손으로 그의 코를 단단히 틀어막고 왼쪽 팔로는 허리를 졸랐다. 다네이는 자신을 대신해 죽음을 맞으러 온 사람의 손아귀에서 잠시 미약하게 버둥거렸지만, 일 분도 채 안 되어 정신을 잃고 바닥에 축 늘어졌다.

카턴은 날렵하게 움직이면서도 흔들림 없는 마음만큼 정확하게 손을 놀려 다네이가 벗어놓은 죄수복을 걸쳐 입고 머리를 뒤로 빗어 넘겨 다네이의 리본으로 단단하게 묶었다. 그러고는 "들어오게! 어서!" 하고 나지막이 말했다. 이내 첩자가 모습을 드러냈다.

"봤지?" 카턴은 기절한 죄수의 옆에 한쪽 무릎을 꿇고 앉아서 첩자를 올려다보며 말했다. 그리고 다네이의 가슴 안주머니에 편지를 집어넣었다. "이래도 자네 입장이 아주 곤란하다는 소리를 할 텐가?"

첩자가 머뭇대며 손가락을 까딱거렸다. "합의한 대로만 정직하게 잘 처리해주시면 그리 문제될 것도 없겠군요, 카턴 씨."

"염려 말게. 나는 죽을 때까지 신의를 지킬 테니."

"쉰두 명의 머릿수를 맞추려면 그래야 할 겁니다. 당신이 그 죄수복을 입고 있는 한 제가 걱정할 것은 없지요."

"걱정 말라니까! 이제 나는 자네에게 해를 끼칠 일도 없고 다른 사람들도 곧 모두 떠나지 않는가. 자, 이제 사람을 불러 마차에 나를 태워 가게."

"당신을 말이오?" 첩자가 초조해하며 되물었다.

"다네이 씨 말이야, 이 사람아. 내가 바꿔치기한 죄수 말일세. 나를 데려왔던 문으로 다시 나가야 하지 않겠나?"

"아, 물론이죠."

"나는 아까 자네가 데려왔을 때부터 힘없이 맥도 못 추렸으니, 이제는 실신해버렸다고 해도 될 걸세. 친구와 작별 인사를 하다가 너무 슬퍼서 그만 정신을 잃었다고 말하란 말일세. 여기서는 그런 일이 종종, 아니 허구한 날 일어나기 마련이니까. 이제 자네 목숨은 자네에게 달렸네. 어서! 사람을 불러!"

"배신하지 않겠다고 맹세할 수 있소?" 첩자가 마지막 순간에 잠시 멈춰 서며 말했다. 그의 몸이 덜덜 떨리고 있었다.

"아니, 이 사람이!" 카턴이 발을 탕탕 구르며 외쳤다. "내가 죽음을 맞겠다고 이미 목숨을 걸고 맹세하지 않았나? 그런데 어떻게 이리도 귀중한 시간을 낭비하는 건가? 어서 자네가 알고 있는 그 집 안뜰로 그를 데려가 마차에 실어주게. 자네가 그를 로리 씨에게 직접 데려가 보여주고, 다른 약은 쓸 필요 없고 신선한 공기를 쐬게 하면 정신을 차릴 것이라고 일러주게. 지난밤에 내가 한 이야기와 약속을 잊지 말라는 말도 전해주고. 그리고 당장 떠나라고 전하게!"

첩자가 물러나고 카턴은 탁자에 팔을 얹고 손을 이마에 댄 자세로 주저앉았다. 첩자는 곧 간수 두 명과 함께 돌아왔다.

"어찌 된 일인가?" 간수가 쓰러진 사람을 보며 말했다. "단두대행 제비뽑기에 당첨된 친구를 보다가 기절이라도 한 모양이지?"

그러자 다른 간수가 말했다. "진정한 애국자라면 이 귀족 나리가 꽝을 뽑는 통에 그냥 풀려나는 꼴을 볼 때 더 고통스러워해야지."

간수들은 문가에 대놓은 들것에 정신 잃은 사람을 싣고 몸을 굽혀 운반할 준비를 했다.

"시간이 다 됐네, 에브레몽드." 첩자가 경고하듯이 쏘아붙였다.

"잘 알고 있소." 카턴이 대답했다. "내 친구를 부디 잘 돌봐주게. 부탁하네. 이제 떠나시오."

"그럼 이제 가세나. 그자를 들고 어서 떠나자고!"

문이 닫히고 카턴은 홀로 남겨졌다. 그는 혹시 의심을 받거나 무슨 일이 생기지 않았는지 궁금해서 밖에서 들리는 소리에 바짝 귀를 기울였다. 아무 소리도 들리지 않았다. 열쇠 돌리는 소리, 문이 쾅 닫히는 소리, 그리고 멀리 떨어진 통로 쪽으로 걸어가는 발자국 소리만 들렸다. 이상하다고 생각할 만한 고함 소리나 다급히 뛰는 소리는 들리지 않았다. 카턴은 안도의 한숨을 내쉬고 주저앉아 밖에서 나는 소리에 계속 귀를 기울였고, 그사이 시계는 두 시를 알렸다.

다른 소리들이 들리기 시작했지만 그는 그 소리의 의미를 알고 있었으므로 두려워하지 않았다. 연달아 문이 열리더니 마침내 그의 차례가 왔다. 명단을 손에 든 간수는 감방 안을 들여다보고 한마디를 툭 내뱉었다. "따라와, 에브레몽드!" 카턴은 간수를 따라 멀리 떨어진 크고 캄캄한 방으로 갔다. 어둑어둑한 겨울날이었다. 안팎으로 어두운 그늘이 드리워서 팔이 묶인 채 끌려온 다른 죄수들이 흐릿하게 보였다. 몇 명은 서 있고 몇 명은 앉아 있었다. 슬피 울거나 초조하게 서성거리는 죄수도 있었지만 몇 명 되지는 않았다. 죄수들은 대부분 입을 굳게 다문 채 미동도 없이 바닥에 시선을 고정하고 있었다.

카턴이 그늘진 벽 귀퉁이에 기대서 있는 동안, 몇 사람이 더 들어와 쉰두 명이 되었다. 한 남자가 앞을 지나다가 걸음을 멈추고 아는 사람이라는 듯 카턴을 껴안았다. 카턴은 정체가 발각될까 봐 식은땀이 흘렀지만 그 남자는 그대로 지나갔다. 잠시 후 카턴의 시선이 머물렀던, 소녀처럼 아담한 체구의 젊은 아가씨가 자리에서 일어나 다가왔다. 예쁘장하고 여윈 얼굴에 혈색이라고는 찾아볼 수 없었지만 크고 동그란 눈이 강해 보였다. 그녀가 말했다.

"시민 에브레몽드 님." 여자의 차가운 손이 카턴의 몸에 닿았다. "저는 라포르스에 함께 있었던 가난한 재봉사예요."

카턴은 명료하지 않게 발음을 흐리며 대답했다. "그렇군요. 당신이 잡혀온 이유를 그만 잊고 말았소만……."

"음모를 꾸몄다는 죄목이에요. 하지만 제가 무고하다는 사실은 하늘이 알고 땅이 알죠. 제가 그랬을 것 같아 보이나요? 대체 누가 저처럼 허약하고 별 볼일 없는 것과 음모를 꾸미겠어요?"

그녀의 얼굴에 떠오른 서글픈 미소에 카턴은 마음이 흔들렸고 눈에는 눈물이 고였다.

"시민 에브레몽드 님, 저는 죽음이 두렵지 않아요. 하지만 저는 아무런 죄도 저지르지 않았어요. 저처럼 가난한 사람들에게 수많은 은혜를 베풀어준 공화국이 제 죽음으로 얻는 것이 있다면 기꺼이 목숨을 내놓겠어요. 하지만 제 죽음으로 무엇을 얻을 수 있는 건가요, 시민 에브레몽드 님? 저는 그저 허약하고 별 볼일 없는 계집에 지나지 않는데!"

이 가엾은 아가씨는 카턴의 마음에 온기와 보드라움을 불어넣어주는 세상 마지막 존재인 듯했다. 카턴은 그녀 덕분에 마음이 따뜻하게 누그러지는 것을 느꼈다.

"당신은 풀려났다고 들었는데요, 시민 에브레몽드 님. 저는 그렇게 되기를 바랐어요."

"풀려날 뻔했지요. 하지만 다시 붙잡혀 사형선고를 받았습니다."

"시민 에브레몽드 님, 만약 우리가 같은 호송차를 타게 되면 제 손을 잡아주시겠어요? 두렵지는 않지만 작고 허약한 제게는 더욱 큰 용기가 필요해요."

그녀는 강단 있는 눈으로 카턴의 얼굴을 올려다보았다. 별안간 그녀의 눈동자에 의혹이 일더니 놀라운 표정이 스쳐 지나갔다. 카턴은 고된 노동과 오랜 굶주림으로 거칠어진 젊은 아가씨의 손을 지그시 누르며 자신의 입술에 손가락을 갖다 댔다.

"그분 대신 죽으시려는 건가요?" 그녀가 속삭였다.

"그래요, 그 사람뿐 아니라 그 사람의 부인과 아이를 위하는 일이지요. 목소리를 낮춰요!"

"당신의 용기 넘치는 손을 잡게 해주시겠어요?"

"쉿! 물론입니다, 가엾은 자매여. 마지막 순간까지 함께합시다."

이른 오후의 같은 시각 감옥 위를 엄습한 그림자는 파리 성벽 위에도 드리웠다. 성벽 근처에는 군중이 모여 있고, 파리를 빠져나가는 마차 한 대가 검문을 받고 있었다.

"누가 가는 거요? 마차 안에는 누가 있소? 서류를 보여주시오!"

서류를 건네받은 검문소 관리가 명단을 읽기 시작했다.

"알렉상드르 마네트, 의사, 프랑스인. 누구죠?"

"이분입니다." 어눌하게 혼잣말을 중얼거리는 허약하고 넋 나간 노인을 손가락으로 가리키며 누군가가 말했다.

"의사 시민께서는 정신이 나간 모양이군요. 혁명의 열기가 지나치게 뜨거웠던 게죠?"

"분명 과하기는 했죠."

"하기야 혁명의 열기에 데인 사람이 한둘이 아니지요. 루시, 의사의 딸, 프랑스인. 이 여자는 누구요?"

"여깁니다."

"그렇다면 루시, 에브레몽드의 아내인가요?"

"그렇소."

"아하! 남편은 다른 데 있나 보군요. 딸 루시, 영국인. 이 아이가 루시요?"

"맞습니다."

"얘야, 아저씨에게 뽀뽀해줄래. 옳지, 훌륭한 공화당원에게 뽀뽀를 하다니 너희 가족에게는 처음 있는 일이겠구나. 잘 기억해두렴! 다음은, 시드니 카턴, 변호사, 영국인. 어디 있소?"

"여기 마차 구석에 드러누운 사람입니다." 아까 박사를 가리켰던 손가락이 카턴을 향했다.

"영국인 변호사께서는 졸도한 겁니까?"

"맑은 공기를 쐬면 나아질 겁니다. 이 사람은 몸이 건강하지도 않은데, 공화국의 분노를 산 친구와 이별하느라 슬픔에 겨워 정신을 잃었거든요."

"겨우 그깟 일 때문에요? 뭐가 그리 대수라고! 수많은 인간이 공화국의 분노를 사서 감옥 창살만 바라보는 철창신세가 됐는걸요. 자비스 로리, 은행가, 영국인. 어디 있소?"

"나요. 나만 남았으니까요."

여태껏 검문에 대답한 사람은 자비스 로리였다. 그는 마차에서 내려 한 손으로 마차 문을 잡은 채 검문소 관리들이 묻는 질문에 대답했다. 관리들은 마차 주위를 느긋하게 돌며 검사했고 마차 지붕에 놓인 짐도 샅샅이 살펴보았다. 성벽 근처에 사는 시골 사람들이 근처를 어슬렁거리다 이제는 가까이 다가와 두리번거리며 마차 안을 살펴보기까지 했다. 엄마 품에 안긴 아이 하나가 작은 팔을 뻗어, 단두대로 끌려가 처형된 귀족의 부인을 만져보려 했다.

"서류 받으시오, 자비스 로리. 승인되었다고 서명했소."

"이제 떠나도 됩니까, 시민 동지?"

"그렇소. 마부! 출발하시오. 조심해서 가시오!"

"감사합니다, 시민들이여. 이제 첫 번째 고비는 넘겼군!"

이번에도 자비스 로리가 말했다. 그는 두 손을 꽉 움켜쥐고 하늘을 올려다보았다. 마차 안에는 공포와 울음소리, 정신을 잃은 자의 거친 숨이 한데 뒤섞여 있었다.

"마차가 너무 느리지 않아요? 더 빨리 몰아달라고 하면 안 될까요?" 루시가 로리를 꼭 부여잡은 채 말했다.

"그러면 도망가는 것처럼 보일 겁니다. 의심을 살 수 있으니 빨리 몰아달라고 할 수가 없어요."

"뒤를 한번 봐주세요. 뒤에서 누가 쫓아오지는 않나요?"

"길에는 아무도 없어요, 아가씨. 아직 아무도 따라오고 있지 않습니다."

마차는 두세 채씩 모여 있는 인가와 외딴 농장, 폐가와 염색 공장, 무두질 공장, 탁 트인 들판과 벌거숭이 가로수가 늘어선 길을 지나갔다. 길은 거칠고 울퉁불퉁했으며 양쪽으로는 질척거리는 진창길이 이어졌다. 이따금 자갈 때문에 덜컹거리는 것을 피하려고 진창길로 마차를 몰다가 바퀴가 구덩이에 빠지기도 했다. 그때마다 마차 안에 있는 사람들은 불안에 사로잡혀 당장이라도 마차에서 뛰쳐나가 어디론가 달아나거나 숨고 싶었다. 이곳에서 멈추는 것만 빼고는 무슨 짓이든 하고 싶었다.

그들은 폐가, 외딴 농장, 염색 공장, 무두질 공장 등에 둘러싸인 너른 들판에 멈춰 섰다. 아까 지나쳤던 풍경과 비슷한 작은 집 두세 채와 벌거숭이 가로수가 늘어선 길이 보였다. '마부들이 우리를 속이고 다른 길로 유인해 우리가 왔던 길로 돌아가는 건가? 같은 길을 두 번 지나는 것은 아닌가? 오, 신이시여 감사합니다. 아니군. 저기 마을이 보여. 자, 뒤를 한번

살펴보고 누가 쫓아오지나 않는지 확인해보자! 쉿, 역참이 보이는군.'

마부가 느릿느릿 말 네 필의 마구를 풀었다. 작은 길가에 한가로이 세워진 마차는 두 번 다시 움직이지 않을 것처럼 보였다. 저 멀리서 천천히 새 말들이 한 마리씩 시야에 들어오기 시작했고, 뒤이어 새 마부들이 채찍으로 땅을 훑거나 채찍을 휘두르며 나타났다. 이곳까지 마차를 몰았던 마부들은 느긋하게 품삯을 계산하다가 덧셈을 잘못했는지 금세 기분이 상했다. 그러는 동안 걱정에 눌려 있는 여행객들의 심장은 세상에서 가장 빠른 말이 가장 빠른 속도로 달리는 것보다 더 빠르게 쿵쿵 뛰었다.

한참이 지나서야 새 마부들이 안장에 올라탔고, 이곳까지 마차를 몰고 왔던 마부들은 뒤에 남았다. 마차는 마을을 지나 언덕을 오르내리며 낮고 습한 지대로 진입했다. 갑자기 마부들이 요란스러운 몸짓으로 말을 주고받더니 말을 급하게 끌어당겨 멈추게 했다. '추적당하고 있는 건가?'

"이봐요! 안에 있는 사람들, 아무나 말 좀 해봐요!"

"무슨 일입니까?" 로리가 창밖을 내다보며 외쳤다.

"몇 명이라고 하던가요?"

"무슨 소리요?"

"요전 역참에서 못 들었소? 오늘 단두대로 몇 경이나 간답디까?"

"쉰두 명이라더군요."

"내 그럴 줄 알았지! 엄청나게 많구먼! 아니, 옆에 있는 동료가 마흔둘이라고 말하기에 물어봤소. 목숨 줄을 열이나 더 움켜쥐다니. 단두대가 제 몫을 단단히 하는군! 좋았어. 자, 가자. 이랴!"

어느새 밤이 이슥해졌다. 그가 조금씩 몸을 뒤척이더니 마침내 의식이 들기 시작했고, 말도 알아들을 수 있을 정도였다. 하지만 여전히 그는 카턴과 같이 있다고 생각하는지 카턴의 이름을 부르며 손에 무엇을 쥐고 있느냐고 물었다. '오, 하늘이시여. 우리를 가엾게 여기사 도와주소서! 밖을 내다봐야겠어, 밖을, 누가 쫓아오고 있는 건 아닐까?'

이들을 쫓아 바람이 휘몰아쳤다. 구름이 흩날리고 달빛이 요동쳤다. 닥치는 대로 집어삼킬 기세로 사나운 밤이 끈질기게 쫓아왔다. 하지만 아직까지 쫓아오는 사람은 없었다.

14장

뜨개질이 끝나다

쉰두 명의 죄수가 자신들의 운명을 기다리는 동안 드파르주 부인은 복수의 여신과 혁명의 배심원인 자크 3호를 불러 심각하게 회의를 했다. 부인이 회의를 소집한 곳은 자신의 술집이 아니라 한때 도로 수리공이었던 나무꾼의 오두막 가게였다. 나무꾼은 회의에 참석하지 않고 시종처럼 조금 떨어진 곳에서 대기하며, 말을 시키거나 의견을 물을 때를 제외하고는 입을 꾹 다물고 있었다.

"그런데 드파르주는 훌륭한 공화국 시민이 틀림없잖소? 안 그렇소?" 자크 3호가 물었다.

"암, 프랑스에서 둘째가라면 서러운 양반이죠." 입담 좋은 복수의 여신이 카랑카랑한 목소리로 맞장구쳤다.

"조용히 좀 해, 복수의 여신." 드파르주 부인은 눈살을 살짝 찌푸리며 손으로 동료의 입을 막았다. "자, 내 말을 들어봐요. 동지인 내 남편은 훌륭한 공화국 시민이고 용감한 사람이요. 그러니 공화국에서 인정도 받고 신임도 얻고 있는 거 아니겠소. 다만 마음이 여려서 탈인데 특히 그 의사 양반 일이라면 한없이 약해진다니까."

"정말 유감이네요." 잔인한 손가락을 굶주린 입가에 대고 자크 3호가 믿을 수 없다는 듯 고개를 저으며 말했다. "훌륭한 시민답지 않은 짓이야. 안타깝군."

"이봐요, 나는 그 의사 양반이 어찌 되든 상관없어요. 그 사람 모가지가 붙어 있든 떨어지든 관심 없다고요. 하지만 에브레몽드 일가는 달라요. 부인과 자식까지 모두 몰살시켜야 해요." 드파르주 부인이 말했다.

"그 여자 머리는 단두대에 올리기 딱 좋겠더군." 자크 3호가 쉰 목소리로 말했다. "요전에 눈이 파란 금발 머리가 처형되는 광경을 봤는데 삼손이 잘린 머리를 치켜들 때 정말 매력적이었단 말이지." 미식가처럼 찬사를 늘어놓는 모습이 마치 식인귀 같았다.

드파르주 부인은 눈을 내리깔고 곰곰이 생각에 잠겼다.

"가만, 그 아이도 금발에 눈동자가 파랗던데. 그곳에서 아이를 보는 건 좀처럼 드물지 않소? 진귀한 광경을 보겠구먼!" 자크 3호가 입맛을 다시며 말했다.

"그러니까 이 일만큼은 남편을 믿을 수 없어요. 계획을 그이에게 속속들이 털어놓으면 안 되겠다는 생각이 어젯밤부터 들더라니까. 게다가 일을 질질 끌다가는 남편이 귀띔을 해서 그들이 달아나버리겠다 싶기도 하고." 드파르주 부인은 잠시 딴생각을 하다가 정신을 차리고 말문을 열었다.

"절대 안 되지. 한 놈도 빠져나가선 안 되고말고. 아직 절반도 채우지 못했는걸. 하루에 백이십 명씩은 처단해야지." 자크 3호가 외쳤다.

드파르주 부인이 말을 이었다. "그러니까 내 남편은 에브레몽드 일가를 몰살해야 한다고 생각하지 않아요. 하지만 나는 남편과 달리 그 의사 양반에게 동정을 베풀 마음이 조금도 없어요. 그러니 내 뜻대로 하는 수밖에. 어이, 작은 시민. 이리 좀 와봐."

죽음을 당할까 봐 무서워서 드파르주 부인에게 복종하고 존경을 표하는 나무꾼이 붉은색 모자를 손에 쥐고 다가왔다.

"그 여자가 죄수들에게 신호를 보내는 장면을 목격했다고 오늘이라도 당장 증언할 수 있지?" 드파르주 부인이 단호하게 물었다.

"네, 그럼요. 여부가 있겠습니까!" 나무꾼이 큰 소리로 대답했다. "비가 오나 바람이 부나 매일같이 두 시부터 네 시까지 어김없이 신호를 보냈습죠. 가끔 애를 데려오기도 하고 혼자 오기도 하고요. 정말 틀림없습니다. 이 두 눈으로 똑똑히 봤어요."

그는 말하는 내내 여러 몸짓을 지어 보였다. 마치 자신이 보았다는 많은 신호 가운데 몇 가지를 흉내 내는 것 같았지만 사실은 한 번도 본 적 없는 신호였다.

"음모를 꾸민 게 확실해. 틀림없어!" 자크 3호가 말했다.

"배심원은 확실히 믿을 만한가요?" 드파르주 부인이 음흉한 미소를 머금고 자크 3호를 바라보며 물었다.

"배심원도 애국자들이니 믿어도 좋소, 여성 시민 동지. 배심원 동료들은 내게 맡겨요."

"잠깐만, 가만있어봐요." 드파르주 부인이 곱씹어 생각하며 말했다. "다시 생각해봐야겠어! 남편을 봐서라도 그 의사는 살려둘까요? 난 어떻든 상관없기는 한데. 그냥 살려둘까?"

"그럼 모가지 수가 줄지 않소." 자크 3호가 나지막이 대답했다. "아직 머릿수를 채우려면 한참 모자란데, 그냥 살려두면 너무 아깝잖소."

"내가 목격했을 때 의사도 자기 딸과 함께 신호를 보내고 있었어요. 한 사람만 고발하고 한 사람은 그냥 놔둘 수는 없죠. 게다가 이 일을 여기 작은 시민에게만 맡기고 나는 입 다물고 있어서도 안 되고. 나도 꽤 괜찮은 증인이니까 말이죠."

드파르주 부인이 단호하게 말했다.

복수의 여신과 자크 3호는 드파르주 부인이 가장 훌륭하고 존경스런 증인이라며 서로 앞다투어 칭송했다. 작은 시민도 질세라 드파르주 부인은 하늘이 내린 증인이라고 추켜세웠다.

"박사 목숨은 그 양반 운에 맡깁시다. 우리가 구해줄 수는 없지! 그런데 자네 세 시에 볼일이 있지 않아? 오늘 처형당하는 사람들 구경하러 간다면서."

나무꾼에게 한 질문이었다. 나무꾼은 허둥지둥 그렇다고 대답하고, 틈을 놓치지 않고 재빨리 덧붙여서 자신은 가장 열성적인 공화국 시민이며, 무슨 일이 있더라도 오후에 담배를 피우면서 그 익살맞은 국민 이발사의 솜씨를 구경하는 즐거움을 누리지 못하면 가장 처량한 공화국 시민이 되고 말 거라고 말했다. 하지만 어찌나 열변을 토하며 말하는지 자기 목숨을 부지할 생각만 한다는 의심을 살 정도였다. 실제로 검은 눈동자로 경멸스럽게 그를 바라보고 있는 드파르주 부인은 그렇게 생각하는 것 같았다.

"나도 처형장에 갈 거야. 처형이 끝나고 저녁 여덟 시경에 생앙투안의 가게로 오게. 우리 지구에서 그 작자들을 고발해야 하니." 드파르주 부인이 말했다.

나무꾼은 여성 시민 동지와 함께 일하게 되어 크나큰 영광이라면서 아첨을 떨었다. 여성 시민 동지가 쳐다보자 당황한 나무꾼은 강아지가 꼬리를 감추듯 그녀의 시선을 피해 목재를 쌓아둔 곳으로 가서 무안한 기색을 감추려는지 톱질을 시작했다.

드파르주 부인은 손짓으로 자크 3호와 복수의 여신을 문쪽으로 불러 모은 뒤 자신의 계획을 자세히 설명했다.

"그 여자는 지금쯤 집에서 남편의 처형을 기다리며 통곡하고 있을 거예요. 공화국의 판결을 원망하면서 공화국의 적들을 한없이 가엾게 여기고 있을 테지. 그 여자를 만나러 가야겠어요."

"부인은 정말 존경스런 여성이오. 참 대단해요!" 자크 3호가 열광하며 외쳤다. "오, 나의 보배예요!" 복수의 여신이 소리치며 드파르주 부인을 끌어안았다.

"자, 이걸 받아요." 드파르주 부인이 복수의 여신에게 뜨개질감을 건네며 말했다. "가지고 가서 내가 항상 앉던 곳에 놔

뒤요. 내가 늘 앉는 의자도 챙겨놓고. 다른 데 들르지 말고 곧장 가도록 해요. 오늘은 보통 때보다 사람들이 훨씬 많이 모여들 테니까."

"대장님 부부에 기꺼이 따르겠습니다." 복수의 여신이 재빨리 대답하며 부인의 뺨에 입을 맞췄다. "늦지 않을 거죠?"

"시작하기 전에 도착할 거요."

"사형수 호송마차가 도착하기 전에 꼭 와야 합니다. 알겠죠? 마차보다 늦으면 안 되고, 반드시 먼저 와야 합니다!" 이미 거리로 나선 드파르주 부인의 등 뒤로 복수의 여신이 소리쳤다.

드파르주 부인은 알아들었다면서 제시간에 도착할 테니 걱정하지 말라는 듯 가볍게 손을 흔들었다. 그녀는 진창길을 지나 감옥 담장 모퉁이를 돌아갔다. 복수의 여신과 자크 3호는 멀어지는 그녀의 뒷모습을 바라보며 그녀의 아름다운 외모와 고귀한 도덕성을 입이 마르도록 칭찬했다.

그 당시에는 시대가 시대이니만큼 끔찍한 괴물로 변해버린 여자들이 많았다. 하지만 지금 거리를 걷고 있는 이 여자보다 더 무자비하고 잔혹한 여자는 찾아볼 수 없었다. 그녀는 강인하고 두려움이 없었으며, 날카로운 감각을 지니고 있었고 철저한 준비성과 단호한 결단력을 자랑했다. 게다가 자신의 결의와 투지를 불태우게 하고, 자신의 자질을 주변 사람들에게 본능적으로 알아차리게 만드는 아름다움도 지녔다. 그녀는 세상의 풍파를 겪으면서 어떤 상황에서도 무릎 꿇지 않는 불굴의 여인이 되었다. 무엇보다 어릴 때부터 부당한 대우를 받고 계급에 대해 뿌리 깊은 반감이 쌓이면서 암호랑이로 바뀌었다. 동정심이라고는 눈곱만큼도 없었고, 설사 과거에 있었다 하더라도 지금은 완전히 사라졌다.

무고한 사람이 조상이 지은 죄 때문에 목숨을 잃는다 해도 그녀는 눈 하나 깜짝하지 않았다. 그녀의 눈에는 무고한 사람이 아니라 그 조상이 보였기 때문이다. 그 사람의 부인이 과부가 되고 딸이 고아가 되어도 아무렇지 않았고, 심지어 그것으로도 부족하다고 생각했다. 그들은 자신의 천적이자 먹잇감이었으며 살 권리도 없었기 때문이다. 그녀는 심지어 자신에게도 자비를 베풀지 않았으므로 아무리 애원한다 해도 소용없었다. 그동안 수없이 참여했던 전투를 또 치르다가 길바닥에 쓰러진다 해도 자신조차 전혀 동정하지 않을 여인이었다. 심지어 내일 당장 단두대에 끌려간다 하더라도 자신을 이렇게 만든 사람에게 그대로 갚아주겠다는 열망만 불태울 뿐 조금도 마음이 약해지지 않을 것이었다.

드파르주 부인은 행색이 남루하더라도 이런 마음가짐을

잃지 않았다. 그래서인지 아무 옷이나 걸쳐도 신기하게 잘 어울렸고, 검은 머리카락은 조잡한 붉은색 모자 아래서도 풍성하게 굽실댔다. 그녀는 장전된 권총을 가슴팍에 품고 날이 선 단검을 허리춤에 몰래 찔러 넣고 다녔다. 이렇게 단단히 무장한 드파르주 부인은 어릴 때 맨발로 모래사장을 노닐던 것처럼 당당한 걸음걸이로 마음껏 거리를 활보했다.

그때 한쪽에서는 역마차가 마지막 승객을 기다리고 있었다. 지난밤 주도면밀하게 도주 계획을 실행에 옮기던 로리는 여건이 허락하지 않아 프로스 양과 함께 떠나기 힘들어지자 고민을 했다. 마차의 무게를 줄이는 것만이 아니라 무엇보다 마차와 승객을 검문하는 데 걸리는 시간을 최대한 줄여야 했기 때문이다. 탈출의 성패는 여기저기서 지체되는 시간을 얼마나 줄이느냐에 달려 있었다. 고심 끝에 로리는 프로스 양과 제리에게 두 사람은 언제든 도시를 떠날 수 있으니, 세 시경에 가장 이른 마차를 타고 따라오면 어떻겠냐고 제안했다. 프로스 양과 제리는 짐도 별로 없으니 먼저 출발한 마차를 금세 따라잡을 뿐 아니라 앞지를 수 있으니, 먼저 도착해서 미리 말을 준비해두면 촌각을 다투는 상황에서 귀중한 시간을 많이 아낄 수 있을 것이었다.

프로스 양은 위급한 상황에 큰 도움을 줄 수 있어 기쁘다면서 로리 씨의 제안을 흔쾌히 받아들였고 가족을 태운 마차가 떠나는 모습을 제리와 함께 지켜보았다. 두 사람은 솔로몬이 데려온 사람이 누구인지 깨닫고, 십여 분가량 두려움에 벌벌 떨다가 이제야 마차를 뒤따를 준비를 하기 시작했다. 바로 그 시간 드파르주 부인은, 모두 떠나고 프로스 양과 제리만 남아 떠날 방법을 의논하고 있는 집을 향해 걸어오고 있었다.

"크런처 씨, 어떻게 생각하세요?" 프로스 양이 말을 꺼냈다. 그녀는 몹시 불안한 나머지 말을 제대로 잇지 못했고, 서 있거나 움직이기는커녕 숨 쉬기도 힘들어했다. "이곳 말고 다른 곳에서 출발하는 게 좋지 않을까요? 오늘 이미 마차 한 대가 여기서 출발했으니까 괜히 의심을 살 수도 있잖아요?"

"프로스 양, 당신 말이 옳소. 그리고 옳든 그르든 나는 당신이 하자는 대로 따르겠소." 제리가 대답했다.

"나는 그분들이 걱정되어서 정신이 하나도 없고 아무 생각도 나질 않아요. 크런처 씨, 부탁인데 당신이 어떻게 좀 해봐요." 프로스 양이 흐느끼며 말했다.

"시간이 좀 지나면 머릿속에 뭔 생각이 떠오를지 모르겠는데 지금 당장은 이 늙은이의 머리가 꽉 막혀서 무엇을 어떻게 해야 할지 모르겠소." 제리가 말했다. "프로스 양, 부탁 하나만 들어주겠소? 죽을지 살지 모르는 지금 내가 두 가지를 맹세하고 싶은데 들어주겠소?"

"이런! 그게 뭔지 어서 말해봐요. 사내답게 속 시원히 털어놔요." 프로스 양이 여전히 눈물을 쏟아내며 대꾸했다.

"우선 그 불쌍한 양반들이 무사히 빠져나가면 나는 더 이상 그 짓을 하지 않을 거요. 정말 손을 떼겠소!" 크런처는 하얗게 질린 얼굴로 온몸을 부들부들 떨며 침통하게 외쳤다.

"잘 알겠어요. 뭔지는 몰라도 그 짓을 다시는 하지 않겠다는 거죠. 알았어요. 그런데 그게 무슨 일인지 굳이 자세히 알려줄 필요는 없어요."

"그래요. 말하지 않으리다. 두 번째로는, 그 불쌍한 양반들이 무사히 빠져나가면 나는 더 이상 마누라가 기도를 하든 말든 상관하지 않을 거요. 다시는 절대 참견하지 않겠소!"

"그쪽 집안 사정이 어떤지는 잘 모르지만, 자고로 집안일은 무조건 부인에게 맡겨두는 것이 상책이오. 그나저나 이 불쌍한 양반들을 어쩌면 좋아!" 프로스 양은 눈물을 멈추고 마음을 가라앉히려 애쓰며 말했다.

"게다가 이런 말도 하고 싶소." 제리는 교회 설교대에 선 사람처럼 비장하게 말했다. "프로스 양, 내가 하는 말을 잘 기억해두었다가 내 마누라에게 꼭 전해주시오. 이제는 기도하는 것을 다르게 생각한다고 말입니다. 마누라가 지금 이 순간

기도하고 있기를 간절히 바랐다고 전해줘요."

"그럼요, 암요! 나도 지금 당신 부인이 기도하고 있었으면 좋겠어요. 그리고 하느님이 그 기도를 들어주시기를 빌어요!" 마음이 심란한 프로스 양이 울먹였다.

제리는 더욱 비장하고 느린 말투로 횡설수설 말을 쏟아냈다. "오! 제발, 내가 이제껏 했던 나쁜 말과 짓거리 때문에 그 불쌍한 분들이 해를 입어서는 안 돼요! 혹시 그런 일이 생기지 않도록, 그분들이 어두운 위험에서 벗어날 수 있도록 기도합시다! 프로스 양! 이렇게 간절히 바라고 바랍니다!" 제리는 좀 더 그럴싸하게 말하려고 계속 장황하게 늘어놓으며 부질없이 애쓰다가 결국 이렇게 말을 끝냈다.

그 시간 드파르주 부인은 계속 길을 재촉하여 박사의 집에 점점 가까워지고 있었다.

"우리가 고국으로 돌아갈 수만 있다면," 프로스 양이 말했다. "당신이 지금 한 감동적인 말을 내가 기억하고 이해할 수 있는 만큼 많이, 있는 힘껏 당신 부인에게 전해주리다. 그리고 당신이 이렇게 위험한 순간에 얼마나 진실했는지를 틀림없이 증언해줄 테니 걱정일랑 붙들어 매요. 그러니 이제는 어떻게 하면 좋을지 생각 좀 합시다! 존경하는 크런처 씨, 어서 생각 좀 해봐요!" 프로스 양이 말했다.

밖에서는 여전히 드파르주 부인이 점점 다가오고 있었다.

"당신이 먼저 가서 마차를 여기 오지 못하게 세우고 다른 곳에서 나를 기다리는 게 어떻겠어요?" 프로스 양이 말했다.

크런처도 그러는 편이 가장 좋겠다고 생각했다.

"그러면 어디서 기다릴래요?" 프로스 양이 물었다.

크런처는 너무 당황한 나머지 템플 바 말고는 생각나는 곳이 없었다. 하지만 템플 바는 수백 킬로미터나 떨어져 있지 않은가! 이제 드파르주 부인은 진짜 코앞까지 와 있었다.

"대성당 정문 옆은 어때요?" 프로스 양이 제안했다. "두 탑 사이에 있는 대성당 정문 근처에서 만나면 너무 멀까요?"

"아니오. 괜찮소, 프로스 양." 제리가 대답했다.

"그럼, 멋진 사내답게 한번 해봐요. 바로 역참에 가서 장소가 바뀌었다고 알리고요!"

"그런데 당신을 혼자 두고 가도 괜찮을지 모르겠소. 무슨 일이 날지 모르니." 제리가 머뭇거리며 고개를 내저었다.

"하느님도 아니고 우리가 그걸 어찌 알겠어요. 하지만 내 걱정은 말아요. 성당 앞으로 최대한 되는 대로 세 시경에 나를 데리러 와요. 여기서 같이 출발하는 것보다 그 편이 훨씬 나아요. 내 직감이 틀림없어요. 자! 신의 가호를 빌게요, 크런처 씨! 내 걱정일랑 말고 우리 손에 달려 있는 많은 목숨을 생각해요!"

　이렇게 설득하며 그의 두 손을 꼭 붙잡고 간절히 애원하는 프로스 양을 보면서 제리는 그녀의 말에 따르기로 했다. 그는 알았으니 걱정하지 말라며 고개를 두어 번 끄덕이고는 계획대로 프로스 양을 혼자 남겨두고 일정을 바꾸기 위해 떠났다.

　만약을 대비해 세운 계획을 실행에 옮기고 나니 프로스 양은 한결 마음이 놓였다. 그리고 거리에서 사람들의 눈에 띄지 않도록 차림새를 바꾸면 되겠다는 생각이 들자 더욱 안심이 되었다. 시계는 두 시 이십 분을 가리키고 있었다. 더는 지체할 시간이 없었으므로 곧바로 떠날 채비를 해야 했다.

　프로스 양은 텅 빈 집에 홀로 남겨진 데다가 열린 문틈으로 누군가 자신을 엿보고 있는 것만 같아 너무 무섭고 불안했다. 그녀는 대야에 찬물을 받아 시뻘겋게 퉁퉁 부은 눈을 씻었다. 하지만 너무 불안한 나머지 세수하는 동안 잠시 앞을 볼 수 없는 것마저 견딜 수 없어서, 세수하던 손을 멈추고 누가 지켜보지는 않는지 살피려고 주변을 두리번거렸다. 그러다 그녀는 소스라치게 놀라며 비명을 질렀다. 방 안에 누군가가 서 있었기 때문이다.

　대야가 바닥에 떨어지면서 깨지는 바람에 물이 쏟아져 드파르주 부인의 발치로 흘렀다. 믿기지 않을 만큼 비정한 발걸음으로 수많은 피를 밟고 지나온 그 발로 물이 흘러가고 있었다.

"에브레몽드 부인은 어디 있지?" 드파르주 부인이 프로스 양을 차갑게 응시하며 물었다.

프로스 양은 방문이 죄다 열려 있어 다들 도망친 것이 들통 날 수도 있다는 생각이 불현듯 들었다. 빨리 문을 전부 닫아야 했다. 그래서 방문 네 개를 황급히 닫고 루시가 살았던 방의 문 앞에 섰다.

드파르주 부인의 어두운 눈동자가 재빨리 방문을 닫는 프로스 양의 모습을 줄곧 좇다가, 방문 앞에 멈춰선 그녀를 뚫어지게 노려보았다. 프로스 양은 아무리 훑어보아도 아름다운 구석이라고는 없었다. 거칠고 험악한 그녀의 용모는 세월이 흘러도 전혀 길들여지지도 부드러워지지도 않았다. 드파르주 부인 못지않게 그녀도 나름대로 단호하고 굳센 여인이었다. 프로스 양은 두 눈으로 드파르주 부인을 위아래로 샅샅이 살폈다.

"보아하니 악마의 마누라로군. 그래도 너는 나를 절대 못 이겨. 이래 봬도 영국 여자라고." 프로스 양이 숨을 고르며 말했다.

드파르주 부인은 프로스 양을 깔보듯 노려보았지만 사실

은 두 사람 모두에게 힘겨운 싸움이 되리라 생각했다. 오래전 로리 씨가 프로스 양을 처음 만나던 날 멱살을 잡히면서 느꼈던 대로, 부인도 눈앞에 있는 상대가 단호하고 강단이 있다는 사실을 알 수 있었다. 게다가 프로스 양이 마네트 가족의 헌신적인 친구라는 것을 잘 알고 있었고, 프로스 양은 드파르주 부인이 마네트 가족의 철천지원수라는 것을 잘 알고 있었다.

"저기로 가던 길에 들렀다." 드파르주 부인이 죽음의 장소를 아무렇지도 않게 손가락으로 가리키며 말했다. "동지들이 이미 내 의자에 뜨개질감도 갖다놓았어. 지나는 길에 부인에게 인사나 하려고 들렀네. 좀 만났으면 좋겠는데."

"네 시커먼 속을 모를 줄 알고? 내가 절대로 호락호락하지 않으리란 걸 명심해야 할 거야!" 프로스 양이 대꾸했다.

드파르주 부인과 프로스 양은 둘 다 자기네 나라 말로 말했기 때문에 서로 무슨 말을 하는지 전혀 알아듣지 못했다. 하지만 두 사람은 신경을 곤두세우고 상대의 표정이나 행동을 보며 무슨 말을 하는지 이해하려 애썼다.

"지금 부인을 숨겨봤자 좋을 건 하나도 없어. 진정한 애국자라면 무슨 말인지 알겠지. 어서 부인을 데려와. 내가 보자고 당장 가서 전하란 말이야. 알아듣겠어?" 드파르주 부인이 말했다.

"네가 침대 손잡이라면 나는 기둥이 네 개 박힌 영국제 침대라고!" 프로스 양은 이렇게 받아쳤다. "내 털끝 하나 네 맘대로 움직이지 못할걸? 절대로 그렇게는 안 되지. 이런 사악한 외국 년 같으니라고, 내가 상대해주지!"

드파르주 부인은 프로스 양이 하는 말을 당연히 조금도 알아들을 수 없었지만 자기를 무시하고 있다는 것만은 확실히 알아챘다.

"이 머저리, 돼지 같은 여편네가!" 드파르주 부인이 인상을 쓰며 소리쳤다. "너하고는 할 말 없어. 그 여자를 봐야겠어! 그 여자한테 가서 내가 보자고 전하든지 아니면 내가 직접 쳐들어갈 테니 저리 비켜!" 부인은 이렇게 외치면서 오른팔을 매섭게 휘저었다.

"말도 안 되는 우스꽝스러운 말을 알아듣고 싶은 생각은 쥐꼬리만큼도 없지만 네년이 혹시 무슨 눈치라도 채고 온 건지 아닌지 알 수만 있다면 지금 입은 옷만 빼고 뭐든 홀랑 다 내놓을 텐데!"

두 사람 모두 상대에게서 단 한 순간도 눈을 떼지 않았다. 프로스 양이 처음 보았던 장소에서 꼼짝 않고 서 있던 드파르주 부인은 이제 성큼 한 발을 대디뎠다.

"나는 영국인이야. 지금 무슨 짓이든 할 수 있고, 게다가 내 목숨 따위는 단돈 2펜스 가치도 없다고 생각하거든. 게다가 내가 너를 여기에 오래 붙잡아둘수록, 우리 아가씨가 살아날 희망이 커지지. 어디 내 몸에 손끝 하나라도 대봐! 네 그 검은 머리털을 죄다 뽑아버릴 테니까!" 프로스 양이 말했다.

그녀는 말하는 내내 눈을 부라리고 고개를 까딱이며 숨도 쉬지 않고 속사포처럼 말을 쏟아냈다. 태어나서 한 번도 사람을 때려본 적이 없는데도 이렇게 드파르주 부인에게 맞서고 있었다.

프로스 양은 따뜻한 사랑의 마음에서 용기가 솟아나자 감정이 끓어올라 눈물을 주르륵 흘렸다. 이러한 용기를 조금도 이해하지 못하는 드파르주 부인은 프로스 양의 눈물을 나약함의 표시로 착각했다. "하하하!" 드파르주 부인이 비웃었다. "불쌍하고 가여워서 이를 어째. 아무 짝에도 쓸모없는 여자로구먼! 내가 직접 박사를 불러내야겠어." 부인이 목소리를 높여 외쳤다. "마네트 박사! 에브레몽드 부인! 에브레몽드의 딸! 이 불쌍하고 멍청한 여자 말고 누구라도 있으면 이 시민 드파르주의 말에 대답하시오!"

아무도 대답하지 않아서인지, 무언가를 숨기는 것 같은 프로스 양의 표정 때문인지, 아니면 다른 의심이 갑자기 생긴 탓인지 드파르주 부인은 그들이 달아났다는 것을 눈치챘다.

그래서 나머지 방문 세 개를 재빨리 열고 안을 들여다보았다.

"방마다 엉망이군. 급하게 짐을 쌌는지 바닥도 난장판이고. 네년이 막고 서 있는 방에도 아무도 없겠지! 저리 비켜!"

"어림없는 소리!" 프로스 양은 드파르주 부인이 무슨 말을 하는지 정확하게 이해하고 소리쳤고, 부인 역시 프로스 양의 대답이 무슨 뜻인지 정확하게 알아들었다.

"방에 아무도 없다면 다들 도망간 거지. 그렇다면 쫓아가서 다시 잡아와야겠군." 드파르주 부인이 중얼거렸다.

"방 안에 사람이 있는지 없는지 알기 전에는 너도 뭘 어떻게 해야 할지 모를 테지. 내가 끝까지 가로막으면 네가 알 리는 만무하고 말이지. 그리고 사실을 알든 모르든 네년이 여기서 한 발짝도 나가지 못하게 내가 붙잡고 늘어질 거야." 프로스 양 역시 혼잣말로 중얼거렸다.

"나는 혁명이 시작될 때부터 길바닥에서 싸워온 여자야. 무엇도 나를 막지 못해. 네년을 갈기갈기 찢어버리겠지만 먼저 그 문에서 떼어내야겠군."

"외딴집에, 그것도 꼭대기 층에 지금 우리 둘밖에 없어. 우리가 소리를 지른다 해도 들을 사람이 없지. 너를 꼼짝 못하게 붙들고 있을 힘을 달라고 기도하는 중이야. 네가 여기 붙들려 있는 일분일초가 우리 아가씨에게는 10만 기니만큼 값

지니까." 프로스 양이 말했다.

  드파르주 부인이 문 쪽으로 다가섰다. 순간 프로스 양은 본능적으로 부인의 허리를 두 팔로 감아쥐고 꽉 붙들었다. 부인이 발버둥 치며 저항했지만 허사였다. 언제나 사랑은 증오를 이기는 법이다. 프로스 양은 끈질기고 강력한 사랑의 힘으로 상대를 두 팔로 단단히 감고 드잡이를 하다가 부인을 바닥에서 들어올리기까지 했다. 부인이 프로스 양의 얼굴을 두 손으로 때리고 쥐어뜯었지만 프로스 양은 아랑곳하지 않고 고개를 숙인 채 물에 빠진 사람보다 집요한 힘으로 드파르주 부인의 허리를 놓지 않았다.

  이내 드파르주 부인은 손을 마구 휘두르다가 멈추더니 허리춤을 더듬었다. 프로스 양이 숨을 헐떡이며 말했다. "네가 찾는 칼은 내 팔 밑에 있어. 절대 꺼낼 수 없을걸. 하늘에 감사하게도 내가 너보다 훨씬 힘이 세니까 말이지. 우리 둘 중 하나가 먼저 쓰러지거나 죽기 전에는 절대로 너를 놓지 않을 거야!"

  드파르주 부인이 가슴팍으로 손을 뻗었다. 프로스 양이 고개를 들어 그것이 무엇인지 알아보고는 손으로 내려쳤다. 순간 빛이 번쩍하고 굉음이 들렸고 앞이 보이지 않는 자욱한 연기 속에 프로스 양은 혼자 서 있었다.

모든 일이 순식간에 벌어졌다. 연기가 걷히자 끔찍한 적막이 흘렀다. 바닥에 시체가 되어 쓰러진 흉포한 여인의 영혼과 함께 공기 속으로 연기가 흩어졌다.

공포에 질린 프로스 양은 도움을 구하려고 시체에서 최대한 멀리 떨어져서 아래층으로 내달렸다. 하지만 때맞춰 자신이 저지른 짓이 어떤 결과를 가져올지 깨닫고 정신을 가다듬은 다음 다시 집으로 돌아갔다. 문을 열고 집으로 들어가려니 너무 끔찍했지만 용기를 내서 방 안으로 들어갔고 시체 가까이까지 다가가서 모자와 다른 옷가지를 챙겼다. 떠날 준비를 마친 프로스 양은 계단으로 나와 문을 잠그고 열쇠를 빼냈다. 그리고 계단에 앉아 잠시 숨을 고르며 눈물을 쏟아내고는 다시 자리에서 일어나 갈 길을 서둘렀다.

프로스 양이 쓴 모자에는 다행스럽게도 베일이 달려 있었다. 그렇지 않았다면 검문에 걸리지 않고 무사히 거리를 통과하기가 힘들었을 것이다. 평소에도 프로스 양의 행색이 워낙 독특했으므로 다른 여자들과 달리 헝클어진 모습을 하고도 그렇게 눈길을 끌지 않았으니 그것도 천만다행이었다. 베일 달린 모자를 쓴 것도, 원래부터 독특한 행색도 프로스 양에게는 꼭 필요했다. 얼굴에는 드파르주 부인이 할퀸 흉터가 꽤 깊이 팼고, 머리카락도 산발인 데다가, 손을 벌벌 떨면서 허둥지둥 입은 옷마저 엉망으로 쥐어뜯겨 있었기 때문이다.

다리를 건널 때 프로스 양은 열쇠를 강물에 던졌다. 그리고 제리보다 몇 분 일찍 대성당에 도착해 그를 기다리는 동안 오만 가지 생각이 머릿속을 스쳤다. 강바닥에 버린 열쇠가 그물에 걸리지는 않을까? 누군가가 그 열쇠의 정체를 알아차리고 방문을 열고 그 안에 무엇이 있는지 발견하지는 않을까? 성문에서 검문에 걸려 감옥에 끌려가고 결국 살인죄를 선고받지 않을까? 이렇게 온갖 상상에 사로잡혀 있을 때 제리가 마차를 타고 도착해서 그녀를 태우고 길을 떠났다.

"밖에서 무슨 소리가 나나요?" 프로스 양이 물었다.

"뭐, 늘 들리는 소리죠." 그녀의 뜬금없는 질문과 행색에 놀라며 제리가 대답했다.

"당신 목소리가 안 들려요. 뭐라고 말했어요?" 프로스 양이 물었다.

제리가 다시 말해줘도 아무 소용이 없었다. 프로스 양은 아무 소리도 듣지 못했다. '그러면 고개를 끄덕여야겠군. 어쨌거나 보이기는 할 테니까.' 놀란 제리는 속으로 이렇게 생각했고 그의 생각은 옳았다.

"지금 밖에서 무슨 소리가 나나요?" 프로스 양이 다시 물었다.

크런처가 고개를 끄덕였다.

"그런데 내 귀에는 아무 소리도 안 들려요."

'한 시간 사이에 귀가 먹다니? 대체 무슨 일이 있었던 거야?' 제리는 몹시 당황하며 생각에 잠겼다.

"뭔가 번쩍 하고 쾅 하는 소리가 들렸는데, 그 소리가 세상에서 마지막으로 들은 소리 같아요." 프로스 양이 말했다.

"상태가 이상해진 게 분명해! 용기를 내려고 뭐라도 먹은 건가? 이봐요! 저 지긋지긋한 수레바퀴가 요란한 소리를 내며 굴러가잖아요! 안 들려요? 프로스 양?" 제리는 더욱 당황하며 소리쳤다.

"안 들려요. 아무 소리도 안 들려요. 오! 세상에! 갑자기 쾅 하는 굉음이 들리더니 쥐 죽은 듯 조용해졌어요. 그리고 그렇게 계속 조용했는데 앞으로도 평생 이럴 것만 같아요." 프로스 양이 제리를 바라보며 말했다.

"이제 고생도 끝이 보이는데. 저 끔찍한 수레바퀴 굴러가는 소리마저 들리지 않는다면 저 여자는 앞으로 평생 아무 소리도 듣지 못하겠군." 제리는 어깨너머로 그녀를 흘깃 쳐다보며 중얼댔다.

정말 프로스 양은 아무 소리도 듣지 못했다.

15장

영원히 사라진 발자국 소리

　냉혹한 죽음의 수레가 덜컹거리는 소리를 공허하게 울리며 파리의 거리를 지난다. 사형수 호송마차 여섯 대가 성녀 기요틴에게 오늘 바칠 포도주를 싣고 달린다. 인간의 상상력이 기록할 수 있는 온갖 탐욕스럽고 게걸스러운 괴물들을 하나로 합쳐 만든 것이 바로 기요틴, 즉 단두대였다. 그토록 토양이 비옥하고 기후가 다양한데도 프랑스에는 풀잎 하나, 나뭇잎 하나, 뿌리 하나, 잔가지 하나, 후추 열매 하나도 제대로 자라지 않았다. 지금처럼 두려운 세상이 아니었다면 순리대로 잘 자랐을 것이다. 똑같은 망치로 인간을 한번 내리쳐보라. 똑같이 고통 가득한 모습으로 일그러지리라. 이처럼 탐욕스러운 방종과 탄압의 씨앗을 뿌려보라. 뿌린 그대로 열매를 맺으리라.

　호송마차 여섯 대가 거리를 지난다. 시간이여, 강력한 마법사여! 이 마차들을 원래 모습으로 되돌려놓아라. 그러면 절대 군주의 마차, 봉건 귀족의 장식품, 화려한 요부 이세벨의 화장대, 하느님 아버지의 집이 아니라 도둑의 소굴로 바뀐 교회, 굶주린 수백만 농민들의 오두막이 나타나리라! 그러나 창조주가 정한 순리에 따라 장엄하게 마법을 부리는 위대한 마법사는 이미 바꾼 것을 절대로 되돌리지 않는다. 지혜로운 이야기인 아라비안나이트에 나오는 예언자들은 마법에 걸린 자들에게 이렇게 말했다. "네가 신의 뜻에 따라 모습이 바뀌었다면 영원히 되돌아가지 못할 것이다. 하지만 한낱 주술 때문에 바뀌었다면 반드시 원래대로 돌아가리라!" 사형수 호송마차는 아무 변화도 희망도 없이 길을 달린다.

　칙칙한 바퀴로 굴러가는 호송마차 여섯 대는, 마치 쟁기를 들고 거리의 군중 사이로 고랑을 구불구불 파듯 길을 가른다. 인파의 흙더미가 양옆으로 밀려나고 쟁기는 거침없이 앞으로 나아간다. 동네 사람들은 워낙 익숙한 광경이 벌어지는 터라 대부분 창밖으로 내다보지도 않는다. 어떤 사람은 눈으로는 마차에 탄 죄수들의 얼굴을 쫓으면서도 일손을 멈추지 않는

다. 이 광경을 보러 손님이 찾아오기도 한다. 그러면 집주인은 공연 책임자나 전문 해설가라도 되는 양 의기양양하게 마차를 하나씩 가리키며 어제는 누가 타고 있었고 그제는 누가 탔었는지 설명한다.

호송마차에 탄 죄수들은 바깥을 눈여겨보기도 하고, 죽기 전 마지막 가는 길에 보이는 모든 풍경을 멍하게 바라보기도 하고, 사람과 인생에 아직 미련을 떨치지 못해 관심을 가지고 쳐다보기도 한다. 절망에 빠져 고개를 푹 숙이고 아무 말 없이 앉아 있기도 하고, 남에게 어떻게 보이는지 지나치게 의식해서 연극이나 그림에서 본 표정을 따라 지으며 군중을 쳐다보는 사람들도 있다. 어떤 죄수들은 눈을 감고 생각에 잠기거나 뒤숭숭한 머릿속을 정리하기도 한다. 이런 사람들 가운데 가엾게도 미친 사람 하나는 공포에 질려 정신이 나가 노래를 부르고 춤까지 추려 한다. 하지만 죄수들 중 어느 하나도 표정이나 몸짓으로 군중의 동정을 사려 하지 않는다.

기마 경비대가 호송마차와 나란히 달린다. 가끔 사람들이 무리에서 튀어나와 그들에게 무언가 묻는다. 대답을 듣고 모두들 세 번째 마차로 우르르 달려가는 것을 보니, 전부 같은 질문인 모양이다. 세 번째 마차 옆에서 달리는 기마병이 안에 있는 한 사내를 연신 칼로 가리킨다. 시민들이 가장 알고 싶은 것은 바로 누가 그 죄수냐는 것이다. 그는 마차 뒤쪽에 서서 머리를 숙이고 그의 손을 잡고 옆에 앉아 있는 한 시골 처녀와 이야기를 나누고 있다. 주변에서 일어나는 소란에는 아랑곳하지 않고 오직 그 처녀하고만 이야기를 한다. 길게 뻗은 생토노레 거리 이곳저곳에서 사람들이 그에게 고함을 친다. 하지만 그는 전혀 동요하지 않고, 그저 머리를 살짝 흔들어 흘러내린 머리카락으로 얼굴을 가리며 조용히 미소 지을 뿐이다. 두 팔이 묶여 있어 손을 얼굴로 가져갈 수 없기 때문이다.

감옥의 양인 첩자가 교회 계단에서 호송마차가 오기를 기다리고 있다. 첫 번째 마차를 들여다본다. 거기에는 없다. 두 번째 마차를 들여다본다. 역시 없다. 첩자는 어느새 혼잣말을 중얼거린다. "나를 속인 거야?" 세 번째 마차를 들여다본 그의 얼굴이 갑자기 환해진다.

"에브레몽드가 누구요?" 첩자 뒤에 있던 한 남자가 묻는다.

"저기. 마차 뒤쪽에 있는 자요."

"처녀랑 손잡고 있는 사내 말이오?"

"그렇소."

"내려라, 에브레몽드! 귀족이란 귀족은 모조리 단두대로 보내라! 내려라, 에브레몽드!" 남자가 소리친다.

"쉿! 쉿!" 첩자가 소심하게 간청한다.

"뭐가 문제요? 시민?"

"저자는 죗값을 치를 테고 이제 오 분이면 다 끝날 것이오. 조용히 가게 해줍시다."

하지만 남자는 계속 소리친다. "내려라, 에브레몽드!" 에브레몽드가 그 남자를 돌아본다. 그리고 옆에 있는 첩자를 알아보고는 물끄러미 바라보다 멀어져간다.

시계 종이 세 시를 알린다. 군중 사이로 쟁기가 지나가며 생긴 고랑이 한 바퀴 빙 돌다가 처형장 앞에서 멈춘다. 양옆으로 밀려났던 흙더미가 우르르 무너지면서 마지막 쟁기가 지나간 흔적까지 지운다. 사람들이 모두 단두대로 몰려든 것이다. 단두대 앞쪽에는 수많은 여인이 마치 공원 벤치에 앉아 있기라도 하듯 의자에 앉아 열심히 뜨개질을 하고 있다. 맨 앞자리에서 복수의 여신이 일어나 친구를 찾는다.

"테레즈! 누가 본 사람 없어요? 테레즈 드파르주!" 여자가 카랑카랑한 목소리로 소리친다.

"한 번도 빠진 적이 없는데 어찌 된 일이야." 옆에서 뜨개질하던 다른 여자가 말한다.

"그러게, 오늘은 더더욱 빠질 리가 없는데 말이야. 테레즈!" 복수의 여신이 초조해하며 크게 소리를 지른다.

"더 크게 불러봐." 뜨개질하던 여자가 말한다.

이봐, 복수의 여신! 더 크게 불러. 더 크게! 아무리 소리쳐도 그녀는 그 목소리를 듣지 못해. 그래! 더 크게 불러라. 복수의 여신! 욕설이라도 퍼부으며 불러봐. 그래도 그 여자는 오지 못할 것이다. 다른 여자들을 보내 찾아봐. 그녀들이 그동안 얼마나 끔찍한 일을 저질러왔든, 그 여자를 찾으러 제 발로 나서서 그 먼 데까지 갈 사람은 없을 것이다!

"이 형님은 지지리 운도 없지! 호송마차가 도착했거늘! 이제 에브레몽드의 모가지가 뎅거덩 날아갈 판인데 여기 없다니! 뜨개질감이랑 의자까지 다 챙겨놓았는데. 너무 안타깝고 속상해서 눈물이 다 나네!" 복수의 여신이 의자 위에서 발을 동동 구르며 울먹인다.

복수의 여신이 눈물을 흘리며 의자에서 내려오고 호송마차가 짐을 내리기 시작한다. 성녀 기요틴의 사제들은 의복을 갖춰 입고 제사 지낼 준비를 한다. 쿵! 잘린 머리가 위로 들린다. 조금 전 그 머리가 생각하고 말할 때까지는 거들떠보지도 않고 뜨개질만 하던 여인들이 일제히 "하나!" 하고 숫자를 센다.

두 번째 마차가 짐을 내리고 자리를 뜨자 세 번째 마차가 들어온다. 쿵! 여인들은 뜨개질하는 손을 머뭇거리거나 멈추지도 않고 계속 놀리며 수를 센다. 둘!

에브레몽드로 보이는 남자가 마차에서 내리고 여자 재봉사가 뒤따라 내린다. 그는 마차에서 내릴 때도 처녀의 침착한 손을 놓지 않고 약속한 대로 계속 잡고 있다. 그는 쉴 새 없이 휙 올라가서 쿵 하고 떨어지는 기계를 처녀가 보지 못하도록 그녀의 등을 살짝 돌린다. 처녀가 그를 바라보며 고맙다고 말한다.

"누구신지 모르지만 선생님이 아니었다면 저는 이렇게 침착하지 못했을 거예요. 저는 그저 겁 많고 마음이 약한 계집일 뿐이니까요. 선생님이 아니었다면 저희를 위해 돌아가신 예수 그리스도를 떠올리지도 못했을 테고, 오늘 이 자리에서 희망과 안식을 얻지도 못했을 거예요. 선생님은 하늘이 제게 보내주신 분이세요."

"당신이야말로 하늘이 내게 보내주신 사람이오. 자, 나만 봐요, 꼬마 아가씨. 다른 건 아무것도 생각하지 말고." 시드니 카턴이 말한다.

"선생님 손만 잡고 있으면 저는 아무렇지도 않아요. 그리고 저들이 빨리만 끝내준다면, 선생님 손을 놓고 있는 순간에도 괜찮을 것 같아요."

"단숨에 끝날 거예요. 걱정하지 말아요."

두 사람은 빠르게 줄어드는 희생자들에 섞여 서 있었지만 마치 단둘이 있는 것처럼 이야기를 나눈다. 눈과 눈, 목소리와 목소리, 손과 손, 마음과 마음이 이어져 이런 일이 아니었으면 멀리 떨어져 다른 모습으로 살았을 대우주의 두 자녀가 어두운 길목에서 만나 함께 집을 고치고 어머니의 품 안에서 잠들려 한다.

"용감하고 너그러우신 선생님, 마지막으로 뭐 하나만 여쭈어도 될까요? 조금 신경 쓰이는 일이 있는데 어찌해야 할지 모르겠어서요."

"뭔지 말해봐요."

"제게 사촌이 하나 있어요. 유일한 피붙이고 저처럼 고아예요. 제가 무척 사랑하는 아이랍니다. 나이는 저보다 다섯 살 어린 여자아이이고, 남부 시골 농가에 살아요. 형편이 어려워 떨어져 지냈는데 제가 이렇게 된 걸 그 애는 전혀 몰라요. 글을 몰라 편지를 못 썼는데, 혹시 글을 쓸 줄 안다 해도 어떻게 말하겠어요! 그냥 이대로 모르는 게 나을 것 같기도 하고."

"그래요. 그냥 두는 게 나을 것 같군요."

"제게 큰 위안을 주는 선생님의 굳건한 얼굴을 보면서 여기까지 오는 내내 생각했고, 지금도 생각하는 것이 있어요. 공화국이 정말로 가난한 사람들을 도와 굶주리지 않고 이런

저런 고통을 줄여준다면 그 아이도 오래 살 수 있을지 몰라요. 할머니가 될 때까지 살 수 있을지도 모르잖아요."

"만약 그렇다면요, 착한 아가씨?"

"선생님과 제가 자비로운 신의 인도를 받아 살게 될 더 좋은 보금자리에서 동생을 기다리는 시간이 길게 느껴질까요?" 꾹 참으며 원망할 줄도 모르던 처녀의 눈에 눈물이 차오르고 입술이 벌어지며 희미하게 떨린다.

"그렇지 않아요, 아가씨. 그곳에는 시간도 없고, 고통도 없답니다."

"덕분에 마음이 놓여요. 저는 정말 아무것도 모르거든요. 작별의 입맞춤을 해도 될까요? 시간이 다 됐죠?"

"그래요."

처녀가 그의 입술에 입 맞추고, 그도 처녀의 입술에 입을 맞춘다. 둘은 엄숙하게 서로 축복을 빈다. 그가 손을 놓아도 처녀의 손은 떨리지 않는다. 침착하게 운명을 받아들이는 처녀의 굳건한 얼굴이 사랑스럽게 빛난다. 처녀가 먼저 올라가고 그리고 떠난다. 뜨개질하는 여인들이 숫자를 센다. 스물둘!

"주께서 말씀하시기를, 나는 부활이요 생명이니, 나를 믿는 사람은 죽어서도 살 것이고, 살아서 나를 믿는 사람은 영원히 죽지 아니할 것이다."

웅성거리는 수많은 목소리, 올려다보는 수많은 얼굴, 먼 끝에서부터 몰려오는 수많은 발자국이 거대한 파도처럼 한껏 치솟았다가 철썩하고 순식간에 사라진다. 스물셋!

그날 밤 파리 시내에는 형장에서 보았던 얼굴들 중에 그의 얼굴이 가장 평화로워 보였다는 이야기가 떠돌았다. 예언자처럼 숭고한 얼굴이었다고도 말했다.

그날 조금 앞서 같은 도끼날에 희생된 죄수 중에 눈에 띄는 한 여자 죄수는 죽기 직전에 단두대 아래에서 떠오르는 생각을 받아 적게 해달라고 부탁했다. 만약 카턴도 그때 떠오른 생각을 입 밖에 내고, 그것이 미래를 예언하는 말이었다면 이랬으리라.

"바사드와 클라이, 드파르주와 복수의 여신, 혁명의 배심원과 재판관처럼 옛 체제의 붕괴를 딛고 새롭게 태어난 많은 압제자도, 이 복수의 도구가 지금의 쓰임을 다하기 전에 역시 이 도구로 멸망하는 모습이 보인다. 이 깊은 구렁텅이에서 아름다운 도시와 눈부신 사람들이 다시 태어나리라. 그리고 오랜 세월 동안 진정한 자유를 얻기 위해 투쟁하며 실패와 승리를 거듭하여, 이 시대의 죄악과 그것을 낳은 전 시대의 죄악이 스스로 죗값을 치르고 소멸하는 모습이 보인다.

내가 목숨을 바쳐 구한 사람들이 이제 나는 다시 갈 수 없는 영국 땅에서 평화롭고 행복하게 살아가면서 남에게 도움을 주며 번창하는 모습이 보인다. 내 이름을 딴 아이를 품에 안고 있는 그녀의 모습과, 늙고 허리는 구부정하지만 건강을 회복한 그녀의 아버지가 진료실에서 환자들을 정성껏 돌보며 평화롭게 사는 모습이 보인다. 그 가족의 오랜 친구이자 오랜 세월 동안 자신이 가진 모든 것을 바쳐 그들을 풍요롭게 해준 선량한 노인이 그 보답으로 평온하게 눈을 감는 모습이 보인다.

나는 그들과 그들 자손의 마음속에 성스러운 안식처로 길이길이 남으리라. 그리고 그녀는 할머니가 되어서도 매년 오늘이 되면 나를 위해 눈물을 흘리리라. 그녀는 남편과 함께 이승의 여행을 마치고 지상의 마지막 침대에 나란히 누우리라. 그리고 두 사람은 서로의 영혼을 명예롭고 성스럽게 여기는 만큼 나의 영혼도 똑같이 귀하게 여기리라.

그녀의 품에 안긴 내 이름을 딴 아이가 자라서 한때 내가 걷던 인생길을 성공적으로 걷는 모습이 보인다. 그 아이는 아주 훌륭한 사람이 되어 내 이름도 같이 빛내주리라. 그리하여 내가 남긴 오점도 깨끗이 지워주리라. 가장 정의로운 판사이자 명예로운 인물로 성장한 그 아이가 역시 내 이름을 물려받은 아이, 내가 익히 아는 그 이마와 금발을 물려받은 소년을 이곳으로 데려오리라. 그때는 이곳도 오늘의 끔찍한 흔적이 사라지고 아름다운 장소가 되어 있으리라. 그가 아이에게 감격으로 떨리는 다정한 목소리로 나의 이야기를 들려주는 소리가 들린다.

오늘 내가 하려는 일은 지금껏 해온 그 어떤 일보다 훌륭하고, 내가 얻을 안식은 지금껏 알아온 그 어떤 안식보다 평온하다."

옮긴이
서가원

경기대학교에서 영어영문학을 전공했고, 동 대학원에서 영어교육학 석사학위를 취득했다. 바른번역의 출판 번역과정을 수료했으며, 현재 바른번역 소속 번역가로 활동 중이다. 가장 좋아하는 일을 직업으로 삼을 수 있어 항상 감사하며 번역 일을 하고 있다. 원문의 의도를 잘 전달하면서도 국어의 맛을 풍부하게 살리고, 작가와 독자의 마음을 모두 깊이 헤아리는 번역을 하기 위해 매 순간 노력한다.

두 도시 이야기

초판 1쇄 인쇄 | 2014년 12월 18일
초판 1쇄 발행 | 2014년 12월 24일

지은이 | 찰스 디킨스
옮긴이 | 서가원
발행인 | 노영현

편집인 | 노승권
편집 | 김영주, 김승규, 박나래
일러스트레이션 | 최광렬
디자인 | ★규

사업운영단장 | 김현오
마케팅기획 | 임현석, 이현우, 김도현, 소재범, 정완교
경영지원 | 차동현, 김보연

임프린트 | 책읽는수요일
주소 | 서울시 중구 무교로 32 효령빌딩 11층
전화 | 02-728-0240(편집), 02-728-0270(마케팅)
팩스 | 02-774-7216

발행처 | (사)한국물가정보
등록 | 1980년 3월 29일
이메일 | booksonwed@gmail.com
홈페이지 | kpibook.co.kr

값은 뒤표지에 있습니다.
ISBN 978-89-6260-696-6 04800
ISBN 978-89-6260-687-4 (세트)

● 책읽는수요일, 라이프맵, 비즈니스맵, 사훌, 생각연구소, 스타일북스, 지식갤러리, 피플트리는 KPI출판그룹의 임프린트입니다.